DOLORES REDONDO
TODESSPIEL
DIE NORDSEITE DES HERZENS

Thriller

Aus dem Spanischen
von Anja Rüdiger

btb

*Für Aitor und June, dafür, dass sie, um mit mir
zusammen zu sein, darauf verzichtet haben,
»etwas mehr zu schwimmen«. Das ist ein echtes Privileg.
Für Eduardo. Immer, alles.*

*Für meine Literaturagentin Anna Soler-Pont,
für ihren Beitrag, ihre Führung und ihre unaufhörliche und
unermüdliche Arbeit. Danke, dass du der »bad cop« in
meinen Romanen bist und meine gute Ratgeberin im Alltag.
Von Herzen danke und »weiter so«.*

*Für Maria Cardona, für die Zuversicht, die Beharrlichkeit
und die Freude bei der Arbeit und für den Beweis,
dass mit einem Lächeln alles »besser« geht. Danke, dass du
dafür gesorgt hast, dass alles ganz leicht zu sein scheint.*

*Für Ricard Domingo. Du hast immer noch die Fähigkeit,
das Unsichtbare zu sehen. Für die vielen Jahre.*

*Im Gedenken an José Antonio Arrabal, der unbemerkt
gestorben, aber unvergessen ist.
Danke dafür, dass du bis zum Schluss mein Leser warst.*

Prolog

Elizondo

Als Amaia Salazar zwölf Jahre alt war, hatte sie sich im Wald verlaufen und war sechzehn Stunden lang unauffindbar gewesen. Es war früh am Morgen, als sie dreißig Kilometer nördlich der Stelle, wo sie vom Weg abgekommen war, wieder auftauchte. Bewusstlos lag sie im heftigen Regen. Ihre Kleider waren schwarz versengt und verschmutzt. Ihre Haut jedoch war auffallend blass, makellos und bitterkalt, als wäre sie gerade aus Eis erstanden.

Amaia behauptete, dass sie sich kaum noch daran erinnern konnte, was geschehen war. Ihr war nur noch eine kurze Sequenz an Bildern im Gedächtnis geblieben, die sich ununterbrochen wiederholte. Manchmal fragte sie sich, ob sie wirklich so weit durch den Wald gegangen war oder ob sie möglicherweise einfach nur so lange auf denselben Baum gestarrt hatte, bis ihr Gehirn in eine Art Hypnosezustand gefallen war.

Es war ein ganz normaler Sonntagmorgen gewesen, an dem sie mit ihrem Hund Ipar gemeinsam mit einer Gruppe Wanderer aufgebrochen war. Sie wollte ihrer Tante Engrasi den Gefallen tun, die sie seit Monaten drängte, mehr an die frische Luft zu gehen. Beide wussten, dass das in Elizondo unmöglich war. Im letzten Jahr war sie immer seltener draußen gewesen, bis sie schließlich nur noch den Schulweg zurückgelegt und Tante Engrasi sonntags zur Messe begleitet hatte. Die restliche Zeit über war sie im Haus geblieben und hatte gelesen, ihre Hausaufgaben gemacht, der Tante beim Putzen geholfen oder mit ihr zusammen gekocht. Sie hatte jeden Vorwand genutzt, um nicht rauszugehen. Jede Ausrede war willkommen, um sich nicht dem stellen zu müssen, was im Ort passiert war.

Sie sagte immer wieder, dass sie sich nur noch daran erinnerte, den Baum angesehen zu haben, und ihr sonst nichts im Gedächtnis geblieben wäre, wobei das nicht ganz stimmte. Denn in ihrer Erinnerung sah sie zwar den Baum, aber auch das Gewitter … und das Haus mitten im Wald.

Als sie wieder zu sich gekommen war, hatte ihr Vater neben dem Krankenhausbett gesessen, in dem sie lag. Sein Gesicht war bleich gewesen, das nasse Haar klebte ihm an der Stirn, und die Augen waren vom Weinen gerötet. Beschützend hatte er sich zu ihr heruntergebeugt, mit besorgter Miene, in der sich aber allmählich Erleichterung zeigte. Ihr kamen fast die Tränen vor Rührung. Sie liebte ihren Vater über alles.

Doch in dem Moment, als sie ihm dies sagen wollte, spürte sie die leichte Berührung seiner warmen Lippen, während er ihr etwas ins Ohr flüsterte: »Amaia, erzähl niemandem davon. Tu es für mich. Erzähl es nicht.«

Die Worte, mit denen sie ihm hatte sagen wollen, wie sehr sie ihn liebte, erstarben in ihr. Unfähig, auch nur einen Laut herauszubringen, nickte sie. Sie versprach zu schweigen, dieses letzte Geheimnis für sich zu behalten. Es war der Grund dafür, dass sie aufhörte, ihn zu lieben.

ERSTER TEIL

Ein Komponist denkt die ganze Zeit über an sein unvollendetes Werk.

STRAWINSKY

Die Toten tun, was sie können.

ENGRASI SALAZAR

1
Albert und Martin

Brooksville, Oklahoma

Albert

Albert war elf Jahre alt und eigentlich ein braver Junge, doch am Tag der Morde gehorchte er seinen Eltern nicht. Er tat dies nicht, weil er sich ihnen ständig widersetzte, sondern einfach nur, weil er dachte, dass am Ende doch nichts Schlimmes passieren würde. Der Wetterdienst warnte schon seit Stunden vor einem heftigen Gewittersturm. Kalte und warme Luftmassen prallten aufeinander und würden in Form von Tornados auf die Erde treffen. Allerdings befanden sie sich das ganze Frühjahr schon im ständigen Alarmzustand. Seine Mutter hatte den Fernseher in der Küche auf volle Lautstärke gestellt, obwohl die Nachrichten sich immerzu wiederholten, und wehe, man wagte es, den Ton leiser zu drehen oder auf ein anderes Programm umzuschalten. Seine Eltern nahmen die Sache mit den Tornados sehr ernst, und Albert verstand beim besten Willen nicht, warum. Schließlich war noch nie so ein Monstersturm über sie hinweggefegt.

Doch als er seinen Eltern am Morgen erklärte, er sei mit Tim, dem Sohn der Jones, zum Spielen verabredet, wollten sie ihn nicht gehen lassen. Die Scheune der Jones war vor drei Jahren von einem Tornado zerstört worden, und warum sollte sich das nicht wiederholen?

Sie würden alle zu Hause bleiben und, sobald die Sirene erklang, nach unten in den Schutzraum gehen.

Albert protestierte nicht. Er stellte nach dem Frühstück seine Schüssel in die Spüle und schlich sich durch die Hintertür davon. Als er etwa den halben Weg zur Farm der Jones zurückgelegt hatte, merkte er, dass etwas Seltsames passierte. Die Wolken, die den Himmel schon am frühen Morgen bedeckt hatten, zogen auf einmal rasend schnell über den Himmel; zwischen ihnen blitzte die Sonne hindurch und projizierte ein Spiel aus Licht und Schatten auf die Erde, auf der sich ansonsten nichts rührte. Eine gespenstische Stille lag über den Feldern, nirgends war eine Landmaschine zu sehen, und sogar die Vögel waren verstummt. Er horchte aufmerksam, doch das Einzige, was er hörte, war das Heulen eines Hundes in der Ferne. Oder war es vielleicht gar kein Hund?

Er erreichte die Farm der Jones mit den ersten Windböen. Erschreckt begann er zu rennen, lief die Treppe zur Haustür hinauf und trommelte mit aller Kraft dagegen. Keine Antwort. Er eilte um das Haus herum zur Hintertür, die immer offen war, nur nicht an diesem Tag. Er legte die Hände auf die Scheibe und blickte in die Küche. Niemand da.

Und dann hörte er es. Er trat zwei Schritte zurück und blickte um die Ecke zur Seite des Hauses. Der Tornado raste wie ein wütender Bote der Finsternis, eingehüllt in eine Wolke aus Staub, Nebel und Zerstörung, über die verlassene Wiese heran. Albert verharrte einen Moment in stummer Bewunderung, wie hypnotisiert von der heranstürzenden Macht und erstaunt von der magnetisierenden Gewalt. Der aufwirbelnde Staub trieb ihm die Tränen in die Augen. Panisch suchte er nach einem Ort, wo er sich in Sicherheit bringen konnte.

Die Jones hatten im vorderen Teil der Farm bestimmt einen Schutzraum, aber genau wusste er das nicht, und es war eh zu spät, um dorthin zu gelangen. Also rannte er zum Hühnerstall, wandte unterwegs kurz den Blick zurück auf das heranstürzende Monster und betete, dass die Tür des Stalls nicht abgeschlossen war. Er schob den sperrigen Riegel zurück, stolperte hinein und schloss die Tür von innen. Für einen Moment verharrte er keuchend in der Dunkelheit. Hier drinnen stank es nach Federn und Hühnerkot. Als seine Augen sich an das spärliche Licht, das durch die Ritzen im Holz hereinfiel, gewöhnt hatten, tastete er in seiner Hosentasche nach seinem Asthmaspray. Vor seinem geistigen Auge sah er es zu Hause auf dem Tisch neben dem Fernseher liegen. Während er die aufsteigenden Tränen zurückdrängte, lauschte er auf die draußen tobende Bestie. Hatte sie sich ein wenig beruhigt? Vielleicht entfernte sie sich bereits wieder?

Er legte sich auf den Boden und blickte durch die Luftlöcher zwischen den Holzbrettern nach draußen. Wenn der Tornado für einen Moment die Richtung geändert hatte, dann nur, um noch gewaltiger zurückzukehren. Wie ein lebendes Wesen, das aus all dem bestand, was es auf seinem Weg mit sich riss, kam er über die Wiese heran.

Albert blickte zurück in den Stall, und erst da fielen ihm die Hühner auf, die sich in einer Ecke versammelt hatten. Sie wussten, dass sie sterben würden, und in diesem Moment wusste er es auch. Am ganzen Körper zitternd, stürzte er in der letzten Sekunde, bevor der Tornado die Farm erreichte, auf die Vögel zu und rollte sich zwischen ihnen zusammen. Die zuvor still aufeinander hockenden Hühner stoben mit lautem vorwurfsvollem Gackern auf, das sich beinahe wie panisches menschliches Geschrei anhörte.

Auch Albert schrie. Er schrie voller Angst nach seiner Mutter. Als er sich einen Moment später selbst nicht mehr hören konnte, weil das Brüllen der Bestie draußen alles übertönte, wusste er, dass dies das Ende war. Das Letzte, was er spürte, bevor der Hühnerstall über ihm zusammenbrach, war die Wärme des Urins, der an der Innenseite seiner Schenkel hinunterlief.

Martin

Die Sonne strahlte an einem blauen Himmel, an dem sich nicht eine einzige Wolke zeigte. Martin hielt inne, als er in seinem kurzen, perfekt gekämmten Haar einen Schweißtropfen spürte. Nervös strich er mit der Hand darüber und stellte besorgt fest, dass der Kragen seines Hemdes bereits feucht war.

Mit der Spitze seines glänzenden Schuhs schob er Schutt und gesplittertes Holz zur Seite, um seinen Aktenkoffer abstellen zu können. Dann nahm er ein weißes Stofftaschentuch heraus und wischte sich damit über den Nacken. Während er es wieder zusammenfaltete und einsteckte, begutachtete er sein Äußeres. Die gebügelte Hose und die makellosen Schuhe. Das Jackett war dagegen ein Fehlgriff gewesen. Er hätte wissen können, dass auf einen Tornado stets Hitze folgte, und ein leichteres Kleidungsstück wählen sollen.

So weit das Auge reichte, war alles vollständig zerstört. Nur die kleine rote Scheune stand noch, gleich neben der Treppe, die hinunter in den Schutzraum führte; dorthin hatte sich die Familie Jones geflüchtet. Er griff wieder nach seinem Koffer und ging auf den offen stehenden Eingang des Schutzraums zu. Kurz blieb er noch einmal stehen und atmete den Geruch von dunkler Erde ein, der daraus aufstieg; es roch nach Pilzen, Torf und leicht nach Urin. Er spürte, wie sich sein Herzschlag beschleunigte. Dort war niemand mehr. Also ging Martin auf die Farm zu, oder besser auf das, was von ihr übrig geblieben war.

Albert

Albert kam wieder zu sich. Noch bevor er die Augen öffnete, merkte er, dass er sich nicht bewegen konnte. Er spürte einen heftigen Druck auf der Brust. In der Ferne hörte er die Stimmen der Familie Jones, und er wollte nach ihnen rufen. Doch seine von dem Gewicht der Balken zusammengepresste Lunge erlaubte ihm nur drei Atemzüge, bevor er erneut das Bewusstsein verlor.

Grelles Licht blendete ihn, als er die Augen wieder aufschlug. Er wusste nicht, wie lange er bewusstlos gewesen war, und nahm sich vor, diesmal keine Panik zu bekommen, um nicht wieder ohnmächtig zu werden. Nach wie vor konnte er sich nicht bewegen. Ein Teil des Dachs lag auf ihm, aber er schätzte, dass darüber noch etwas anderes war, etwas sehr Schweres. Wahrscheinlich war einer der Stützbalken auf ihn gefallen. Keuchend atmete er durch den Mund. Seine Stirn brannte an der Stelle, wo das gesplitterte Holz seine Haut aufgeschürft hatte, und seine Nase war voller Blut und Rotz. Wahrscheinlich war auch sein linker Fuß gebrochen, denn er spürte darin einen stechenden Schmerz.

Neben seiner rechten Hand entdeckte er ein lebloses Huhn. Er begann zu weinen, aber er wusste, dass er sich zusammenreißen musste, um keinen Asthmaanfall zu bekommen. Mühevoll atmete er durch den Mund ein, wobei er so tief Luft holte, wie das Gewicht auf seiner Brust es zuließ. »Sehr gut, Albert, du machst das prima, Schatz«, hörte er die Stimme seiner Mutter, die ihm bei den Anfällen normalerweise beistand. Als er an sie dachte, stiegen ihm erneut Tränen in die Augen. Er kam sich wie ein kleiner dummer Junge vor.

Wütend auf sich selbst, spannte er den Körper an, der unfreiwillig erbebte. Der Schmerz jagte hinunter bis zu seinem verletzten Fuß. Keuchend verlor er die schwache Kontrolle, der er seinen Atem unterworfen hatte. Also konzentrierte er sich darauf, seine

Atemzüge im Kopf mitzuzählen, bis er wieder ruhiger wurde. Anschließend drehte er den Kopf nach rechts und schürfte sich erneut die Stirn auf, als er versuchte, durch die Öffnung zwischen den eingestürzten Brettern zu schauen.

Er war ein Junge vom Land und konnte daher anhand des einfallenden Lichts feststellen, dass es kurz nach Mittag war. Der Tornado hatte sämtliche Wolken weggefegt. Er dachte auch, dass Mr. Jones zum Glück zwei Tage zuvor das Gras gemäht hatte, denn ansonsten hätte er nun den Mann nicht sehen können, der über die Wiese heranschritt. Er wusste sofort, dass es nicht Mr. Jones war. Der Mann hatte ein glänzendes Abzeichen auf der Brust und trug einen Aktenkoffer.

Albert holte tief Luft und versuchte zu schreien, aber es drang nur ein ersticktes, heiseres Krächzen aus seinem Mund. Der Mann wandte kurz den Blick in die Richtung des zerstörten Hühnerstalls. Albert war sich sicher, dass er zu ihm herüberkommen würde, doch in dem Moment kroch das Huhn, das er für tot gehalten hatte, zu der Öffnung zwischen den Brettern, schlüpfte nach draußen auf die Wiese, und der Mann wandte den Blick wieder ab und ging weiter auf die Farm zu.

Albert brach in Tränen aus. Es war ihm egal, ob er dabei erstickte oder nicht. Er war sich sicher, dass er in jedem Fall sterben würde.

Martin

Während er näher kam, drang ein leises verzweifeltes Klagen an sein Ohr. Er hatte es schon Dutzende Male gehört. Dabei kam es gar nicht darauf an, was sie sagten. Alle Menschen, die eine Tragödie überlebten, klangen gleich.

Ein etwa sechzehnjähriges Mädchen zog bunte Tücher aus dem

Schutt und schwenkte sie in einer Staubwolke wie Gymnastikbänder durch die Luft, bevor sie sie sich um den Hals legte. Sie war die Erste, die ihn sah, und sie machte ihre Familie auf ihn aufmerksam, indem sie mit dem Finger auf ihn wies.

Die Wiese war von hölzernen Trümmern übersät, und er ging darüber hinweg weiter auf die Farm zu.

Da waren noch zwei weitere Kinder, ein Jugendlicher in etwa demselben Alter wie das Mädchen und ein Junge von vielleicht zwölf Jahren. Der ältere Junge trug ein Shirt mit dem Bild einer Rockgruppe, und der jüngere hatte für einen Jungen etwas zu langes Haar. Mr. Jones hingegen saß weinend auf den Stufen zu dem, was von der Veranda noch übrig war. Martin entdeckte neben ihm auf der Treppe eine Wasserflasche, zwei Schokoriegel und eine Pistole. Mr. Jones hielt sich den Kopf in einer Geste absoluter Hilflosigkeit, während seine alte Mutter, die neben ihm saß, ihn wie ein kleines Kind tröstend in den Armen wiegte.

Ein paar Schritte daneben stand eine Frau von etwa Mitte vierzig und sah Martin fragend entgegen, die jüngere Mrs. Jones, wie er annahm. Sie war eine zierliche, hübsche Frau, deren Haar in einem künstlichen Rotton gefärbt war, der ihr nicht stand, und sie hielt eines von diesen kleinen, dummen Schoßhündchen im Arm, die ununterbrochen winselten.

Martin überprüfte noch einmal, ob das Abzeichen auf seiner Brust gut sichtbar war. Die ganze Familie schien sich zu freuen, ihn zu sehen. Alle hielten in dem inne, was sie gerade taten, und gingen instinktiv auf die Stelle zu, an der sich die Haustür befunden hatte, obwohl der größte Teil der Wand auf dieser Seite nicht mehr vorhanden war.

Mrs. Jones war die Erste, die reagierte. Ohne den Hund abzusetzen, zog sie sich die Bluse zurecht und strich sich leicht durchs Haar, bevor sie die Treppe hinunterging, um Martin mit strahlendem Lächeln zu empfangen.

Auch er lächelte, obwohl er sie abgrundtief dafür hasste, so viel Böses angerichtet zu haben, für all die Korruption und die anderen schrecklichen Dinge, mit denen sie Gott selbst wütend gemacht hatte. Er streckte ihr die Hand entgegen, und noch bevor er die ihre schüttelte, hatte er beschlossen, dass, obwohl er sich eigentlich schon für die Alte entschieden hatte, diesmal sie die Erste sein sollte, die er töten würde.

Albert

Albert hörte die Schreie und die Schüsse. Er riss erschreckt die Augen auf. Womöglich war dies trotz allem ja doch sein Glückstag.

2
Der Bergkauz

FBI-Akademie, Quantico, Virginia
Mittwoch, 24. August 2005

Amaia Salazar rutschte unruhig auf ihrem Stuhl in der zweiten Reihe hin und her. Sie war eine der Ersten gewesen, die den großen Raum betraten, in dem der Vortrag stattfinden würde und der wegen des großen Publikumsandrangs inzwischen aus allen Nähten platzte. Anders als der Unterricht an den vorangegangenen Tagen, der allein den europäischen Polizisten vorbehalten war, war diese Veranstaltung als Master Class angekündigt und allen Agents und Kadetten zugänglich, die daran teilnehmen wollten. Ein paar kühle Blicke reichten aus, um zwei Agents im Anzug und ein paar breit grinsende Kadetten in den typischen blauen Poloshirts davon abzuhalten, sich neben sie zu setzen. Sie hatte keine Lust auf Gesellschaft.

Von allen Themengebieten im Austauschprogramm war der Vortrag von Special Agent Dupree der interessanteste. Und das nicht nur für sie, wie sie aus dem mittlerweile fast überfüllten Raum schloss. Gertha, eine Kommissarin der deutschen Polizei mittleren Alters, grüßte sie und setzte sich neben sie. Sie beide waren die einzigen Frauen in der Gruppe der europäischen Polizisten. Und angesichts der frostigen Begrüßung seitens ihrer männlichen Kollegen war es kein Wunder, dass die Deutsche ihr bisher nicht von der Seite gewichen war. Am Anfang hatte sich Amaia ihr gegenüber eher zurückhaltend gezeigt. Sie mochte Gertha, fand sie sympathisch, aber sie redete für Amaias Geschmack etwas zu viel. An den zwei Tagen während des Frühstücks, des Abendessens und im Flughafenbus hatte sie Amaia praktisch ihr komplettes Leben erzählt.

»Ein Bergkauz«, hatte Gertha zu ihr gesagt.

»Bitte?«

»Ich wette, dass du irgendwo aus den Bergen kommst, genau wie mein Mann, dem man auch jedes Wort aus der Nase ziehen muss.«

»Tatsächlich bin ich eigentlich im Tal zu Hause.«

Sie hatten gelacht, und Gertha hatte ihr in den letzten vier Tagen wesentlich mehr als nur ein paar Worte aus der Nase gezogen. Möglicherweise weil es einem leichter fiel, sich jemandem anzuvertrauen, den man vielleicht niemals mehr sehen würde, oder weil Gertha Schneider nicht nur reden, sondern auch zuhören konnte.

Gertha leitete in Deutschland eine fünfundvierzigköpfige Mordkommission, von denen achtunddreißig Mitglieder männlich waren. Sie hatte ganz schön kämpfen müssen, um sich den nötigen Respekt zu verdienen, und trat dennoch jedem erst einmal vorurteilsfrei entgegen.

Doch bevor Gertha nun das Wort ergreifen konnte, setzte sich ein Mann im Anzug neben Amaia.

»Subinspectora, ich habe Sie überall gesucht. Ich dachte, Sie wären mit den anderen im Gemeinschaftsraum.« Er untermalte den scheinbaren Vorwurf mit einem Lächeln, das vielleicht ein wenig zu lange andauerte.

Emerson sollte sie während der Zeit an der Akademie unterstützen; seine Aufgabe war es, sie durch die Gebäude zu führen, ihr bei den Schulungen zu helfen, sie den verschiedenen Ausbildern vorzustellen und ihr über sein Passwort den Zugriff auf die Daten zu ermöglichen, die die Kursteilnehmer brauchten, um die technischen Übungen zu absolvieren. Und hin und wieder schmiss er sich ein bisschen an sie ran.

»Ja, na ja«, entgegnete Amaia, »ich bin etwas früher hier erschienen, weil ich einen guten Platz ergattern wollte. Dieser Vortrag interessiert mich ganz besonders.«

»Da sind Sie nicht die Einzige«, stellte Emerson fest und sah sich im Saal um. »Agent Dupree weiß sein Publikum zu begeistern. Haben Sie ihn schon mal gehört? Kennen Sie ihn?«

»Ich habe schon mal einen Vortrag von ihm besucht, vor drei Jahren am Loyola College in Boston, als ich dort studiert habe. Ich hab Schlange gestanden, um mir das Programm von ihm signieren zu lassen, und habe ihm die Hand geschüttelt, das ist alles. Im Programm unseres Kurses steht, dass Agent Dupree das nächste Seminar halten wird, und ich möchte gut vorbereitet sein.«

Emerson lächelte angeberisch und zog eine Augenbraue hoch.

»Wissen Sie etwas, was ich nicht weiß?«, fragte sie in dem Bewusstsein, dass er es unbedingt erzählen wollte.

»Agent Dupree hat seine eigenen Methoden«, antwortete er. »Ein Seminar zu halten bedeutet bei ihm nicht das Gleiche wie bei anderen. Er ist der Leiter einer Einsatzgruppe und kein Lehrer. Hin und wieder hält er einen Vortrag oder veröffentlicht einen Artikel. Dass er sich bereiterklärt hat, an der Ausbildung der Europol-Gruppe mitzuwirken, ist eine Ausnahme.«

»Sie arbeiten mit ihm, stimmt's?«

»Nicht wirklich.« Man merkte, dass es Emerson schwerfiel, das zuzugeben. »Manchmal begleite ich ihn, wenn er unterwegs ist. Ich würde mich freuen, wenn das zur Gewohnheit würde, und ich halte das in Zukunft durchaus für möglich. Ich gehöre zum *communications support team* von Agent Stella Tucker, die ihrerseits zu Duprees Team gehört. Man könnte also sagen, dass ich indirekt für ihn arbeite. Das Feld der Verhaltensanalyse umfasst viele Bereiche. Die Einsatzgruppen werden mit Agents aus dem kriminalistischen Bereich gebildet, aber es gibt viele andere Aspekte, die bei den Ermittlungen eine Rolle spielen und hier vor Ort durchgeführt werden, zur Unterstützung der Kollegen, die draußen die Bösen jagen.«

Er sagte »die Bösen«, als spräche er mit einem kleinen Mädchen, und untermalte das Ganze mit einem weiteren übertriebenen Lächeln. Als er merkte, dass er damit nicht das gewünschte Ergebnis erzielte, fuhr er in professionellem Ton fort.

»Wir Ermittler hier können von allen drei Einsatzgruppen herangezogen werden. Klar, ich bin auf Datenanalyse spezialisiert. Das hört sich vielleicht nicht so berauschend an, ist bei einer Ermittlung aber von zentraler Bedeutung.«

Im Saal ging das Licht aus, und zeitgleich erstarben die Gespräche im Publikum. Dafür wurde das Rednerpult in der Mitte des Vortragsbereichs von einem hellen Strahl erleuchtet.

Agent Dupree kam von der rechten Seite und stellte sich ins Licht. Er war ein schlanker, eleganter Mann. Das kurz geschnittene und akkurat gekämmte dunkle Haar erinnerte Amaia an einen Soldaten in früheren Zeiten. Zum tadellosen marineblauen Anzug trug er ein weißes Hemd und eine dazu passende Krawatte und war sorgfältig rasiert.

Laut der kurzen Vita im Programm war Dupree vierundvierzig Jahre alt, hatte im Bundesstaat Louisiana das Licht der Welt erblickt und verfügte über eine breit gefächerte Ausbildung in den Bereichen Recht, Wirtschaft, Kunstgeschichte, Psychologie und Kriminologie. Seit einem Jahr leitete er eine der drei Arbeitsgruppen, die in der *Behavioral Science Unit*, der Abteilung für Verhaltensforschung des FBI, für den Bereich Feldforschung zuständig waren.

Dupree ließ den Blick über das gesamte Publikum schweifen. Dann tippte er aufs Mikrofon, und das dumpfe Geräusch aus den Lautsprechern zeigte an, dass es eingeschaltet war. Er beugte sich leicht über das Rednerpult, hob den Blick und richtete sich an eine unsichtbare Person hinten im Publikumsbereich.

»Bitte, könnten Sie die Zuhörer ein wenig beleuchten? Wenn ich niemanden sehe, habe ich das Gefühl, mit mir selbst zu reden.« Er lächelte. »Und das kommt oft genug vor.«

Der launige Kommentar ließ ihn sofort sympathisch wirken, und die Stimmung war gleich wesentlich entspannter, als das Licht hell genug war, dass Agent Dupree sein Publikum sehen konnte.

Er ließ noch einmal den Blick über die Anwesenden schweifen, als ob er jemanden suche. Als er Amaia entdeckte, sah er sie für ein paar Sekunden an, dann richtete er den Blick wieder aufs Rednerpult.

Es war nur ein Moment gewesen. Amaia sagte sich, dass er wahrscheinlich jemanden hinter ihr angeschaut hatte, und bemerkte im selben Augenblick, dass Agent Emerson sie beobachtete. Er hatte es ebenfalls bemerkt.

Dupree wandte sich ans Publikum und begann zu sprechen.

»Sie alle wissen, wie wichtig es ist, eine viktimologische Analyse zu erstellen, die es uns erlaubt, über das Opferprofil eines Täters den Täterkreis einzugrenzen. Heute jedoch werde ich über die Erstellung von Registern potenzieller Opfer reden, mit denen man herausfinden kann, ob man es mit einem Serientäter zu tun hat oder nicht. Wir werden unsere Aufmerksamkeit zunächst dem gewählten Opfertyp widmen, und zwar bereits bevor sich herausstellt, ob er überhaupt existiert.«

Eine Art kollektives Seufzen ging durch den Raum. Duprees Blick fiel erneut auf Amaia. Als er dann weitersprach, schien jedes seiner Worte an sie gerichtet zu sein.

»Im Allgemeinen geht man davon aus, dass die Tat eines Serienmörders dazu dient, den eigenen Schmerz zum Schweigen zu bringen, denn oft ist er selbst Opfer gewesen, bevor er zum Täter wurde. Doch von allen Hypothesen ist die gefährlichste, dass alle Mörder im Grunde geschnappt und festgenommen werden wollen und ihre Straftaten nichts anderes sind als der verzweifelte Versuch, die Aufmerksamkeit auf das eigene Leiden zu lenken, denn natürlich trifft das nicht auf geistesgestörte Mörder zu.«

Agent Dupree machte eine Pause und wandte sich wieder an das gesamte Publikum. »Diese Hypothese geht davon aus, dass die Brutalität und die Grausamkeit der Tat nur dazu dienen, Aufmerksamkeit zu erregen. Dass der Täter nicht mit dem Morden aufhören kann, weil er damit endlich eine Möglichkeit gefunden hat, etwas zu sein, jemand zu sein, wichtig zu sein. Das ist eine rein ichbezogene Sicht auf sich selbst, und in seiner wahnhaften Absicht, als Täter erkannt zu werden, geht dieser dann auch so weit, dass er schließlich gefasst wird. Aber Vorsicht, denn derartige Annahmen sind der größte Feind des Ermittlers, und es ist offensichtlich, dass nicht alle Serienmörder zwanghaft und unorganisiert handeln. Tatsächlich sind sich einige von ihnen ihrer ›Besonderheiten‹ durchaus bewusst und greifen zu einer List, um den Ermittler in die Irre zu führen, indem sie sich bei der Ausübung der Tat in ihn hineinversetzen und dementsprechend den Tatort präparieren oder falsche Spuren legen. Damit wollen sie dem Ermittler vorgaukeln, es mit einem anderen Tätertypus zu tun zu haben, als es tatsächlich der Fall ist. Ein solcher Mörder ist in der Lage, seine makabren Verbrechen unerkannt über Jahre zu begehen, indem er sämtliche Spuren oder auch die Leichen beseitigt, damit es den Anschein hat, seine Opfer wären untergetaucht, vor etwas auf der Flucht, hätten einen Unfall gehabt oder Selbstmord begangen. Dafür wählt er Opfer, die von ihrem Profil her höchst gefährdet sind, Menschen, deren Verschwinden entweder unbemerkt bleibt oder kein Misstrauen erregt, weil sie aus irgendwelchen Gründen am Rande der Gesellschaft leben: Drogenabhängige, Prostituierte, Obdachlose, illegale oder geduldete Einwanderer. Ein solcher Verbrecher wählt seine Opfer ganz genau aus und weiß, dass derartige Menschen oft ihren Aufenthaltsort wechseln. Dies trifft besonders auf unser Land zu, dessen Größe die Ermittlungen erschwert. Aber«, fügte Dupree, an die linke Seite des Raums gerichtet, hinzu, wo Amaia und ihre europäischen Kollegen saßen, »Sie in Europa befinden sich durch die offenen Grenzen innerhalb der EU in einer ähnlichen Situation. Dieser Mördertyp hat absolut nicht die Absicht, gefasst zu werden, und er ist in der Lage, sein ganzes Leben lang die Rolle des braven Bürgers zu spielen, da er es nicht darauf abzielt, berühmt zu werden, weil er seinen Platz in der Welt bereits gefunden hat.«

Dupree sah Amaia eindringlich an, als er fortfuhr: »Seine Befriedigung und das Gefühl von Macht verschafft er sich dadurch, dass wir wie beim Teufel glauben, dass er nicht existiert.« Er lächelte, und das Publikum tat es ihm nach.

Amaia versuchte, Agent Emersons Blick zu ignorieren, aber es war unmöglich, Gertha zu überhören, die sich zu ihr hinüberbeugte und ihr zuflüsterte: »Das hat er zu dir gesagt.«

Dupree wandte sich wieder ans gesamte Publikum. »Ein Mordermittler ist darauf gedrillt, Unstimmigkeiten zu erkennen und die üblichen Motive im Blick zu haben: Eifersucht, Sex, Drogen, Geld, Erbschaft, Erpressung. Serientäter sind dabei jedoch ein Ausnahmefall, da ihr Lohn psychologischer Art ist. Deshalb ist es so wichtig, herauszufinden, auf welche Art und Weise sich unser Täter belohnt, um zu verstehen, welche Bedürfnisse er befriedigt. Das Ziel dieses Vortrags und der anschließenden Übungen in Ihren Ausbildungslehrgängen ist die Eruierung allgemeiner und unstimmiger Elemente im Umfeld eines Opfertyps in der Art und Weise, wie die Leiche entsorgt oder präsentiert wird, was darauf hinweist, dass sich hinter dem, was wie ein Selbstmord oder ein Unfall aussieht, möglicherweise ein Mord oder sogar eine Mordserie verbirgt. Und wie können wir Mörder studieren, die wir noch nicht fassen konnten? Wie können wir eine Datenbasis schaffen, wenn uns die Daten nicht bekannt sind? Wie können wir das Verhalten eines Gespenstes studieren, eines Wilderers, der seinen Lohn daraus bezieht, dass seine Existenz uns nicht bekannt ist?« Dupree machte erneut eine Pause.

»Mithilfe der Viktimologie«, flüsterte Amaia.

»Mithilfe der Viktimologie«, fuhr Dupree beinahe im selben Moment fort. »Der Erstellung von Opferprofilen, aber auch der Profile von potenziellen Opfern, von verschwundenen oder scheinbar untergetauchten Menschen, von Leuten, die auf einmal spurlos weg sind. In einem solchen Fall wird die Viktimologie zu einer abstrakten Wissenschaft, in der die Intuition des Ermittlers eine zentrale Rolle spielt, um festzustellen, ob es sich in Wirklichkeit um das Opfer eines Verbrechens handelt. Dabei kommen Aspekte zum Tragen wie das physische und das psychologische Profil des mutmaßlichen Opfers, seine gesellschaftliche Stellung, Charakterzüge, persönliche Schwächen und Neigungen und natürlich auch auffällige äußerliche und körperliche Besonderheiten. Zu welcher Familie das mögliche Opfer gehört, seine Krankheiten und Pathologien, die medizinische Vorgeschichte und jedwede Information über sein Verhalten, seine Persönlichkeit, seine Geschmäcker, seine Affinitäten. Zweifellos können die Arbeiten, die der Ermittler durchführen muss, wenn auch nur die geringste Möglichkeit besteht, dass es sich um das Opfer eines Verbrechens handelt, egal, ob eine Leiche vorhanden ist oder nicht, mühselig sein, und wir wissen, dass unser Gedächtnis uns täuschen und uns verwirren kann. Deshalb ist es von größter Wichtigkeit, sämtliche Elemente genau zu dokumentieren, um eine Datenbasis zu schaffen, auf die wir zurückgreifen können, damit es in unserem Gehirn klick macht, wenn ein weiteres mögliches Opfer auftaucht oder verschwindet, das die gleichen Züge aufweist wie die uns bereits bekannten.«

Agent Dupree drückte auf einen Knopf am Rednerpult, und auf der Leinwand hinter ihm erschien das Gesicht eines jungen Mannes im Anzug mit ansprechendem Erscheinungsbild, abgesehen davon, dass er sehr dünn war. Das Schwarz-Weiß-Foto schien aus einer alten Zeitung zu stammen.

»In den 1980er-Jahren begann der englische Ermittler Noah Scott Sherrington bei Scotland Yard mit der Erstellung einer Datenbasis zu potenziellen Opfern auf der Grundlage des Profils von angeblich aus ihrer Familie geflohenen, untergetauchten oder anderweitig verschwundenen Frauen. Besonders bemerkenswert dabei ist, dass Inspector Sherrington keine Leichen oder irgendwelche anderen sterblichen Überreste hatte, die die Annahme untermauerten, dass die Verschwundenen nicht mehr lebten, und genauso wenig über irgendwelche Hinweise darauf, dass es eine Entführung gegeben hatte oder dass eine der Frauen nicht freiwillig untergetaucht war. Wenn Sie sich später das Dossier ansehen, das Sie nach diesem Vortrag erhalten, werden Sie feststellen, dass sich Sherrington auf eine Küstenregion mit einer hohen Anzahl Arbeitsloser und einem unangenehmen Klima konzentriert hat. In den Achtzigern war die Chance, in London zum Popstar zu werden, wesentlich größer als die, eine Anstellung in der dortigen Konservenfabrik zu finden, was dazu führte, dass viele Jugendliche die Gegend verließen. Und die Facharbeiter, die nur eine kurze Zeit dort blieben, schienen vielen der jungen Frauen eine gute Gelegenheit, sich einen Ehemann zu angeln, um ihrer Heimat den Rücken kehren zu können.

Die Erstellung dieser Datenbasis anhand der Profile der Frauen erlaubte Scott Sherrington, eine Art Landkarte des Verbrechens zu erarbeiten. In den folgenden Jahren konnte er dann einige

Namen auf der Liste der verschwundenen Frauen streichen, weil sie zu einem späteren Zeitpunkt wieder zu Hause oder an einem anderen Ort auftauchten. Doch nach und nach konkretisierten sich seine ›Landkarte‹ und das Opferprofil in alarmierendem Maße.

Inspector Scott Sherrington ist im Bereich der Viktimologie ein Vorbild für alle Ermittler auf der ganzen Welt, denn er führte die Möglichkeit ein, auf der Basis des Profils potenzieller Opfer das Vorhandensein eines Mörders nachzuweisen. An diesem Punkt angekommen, begann er auf die allgemein bekannte Art und Weise zu ermitteln – Zeugensuche, Rekonstruktion der letzten Stunden der Opfer vor ihrem Verschwinden und Festlegung der Profile –, bis er in der Lage war, mit einer kaum vorhandenen Fehlerquote die Frauen herauszufiltern, die von zu Hause geflohen oder aus anderen Gründen aus freiem Entschluss untergetaucht waren. Natürlich erhielten Sherringtons Theorien damals nicht so viel Unterstützung, wie es heute der Fall ist.«

Dupree richtete den Blick erneut auf Amaia, was diesmal dazu führte, dass einige Agents sich zu ihr umdrehten.

»Seinem Instinkt folgend, konnte Sherrington den Kreis der Verdächtigen auf zwei mögliche Täter reduzieren, wenn er dies auch als ›Eingebung‹ bezeichnete«, betonte Dupree.

»Eine Eingebung«, flüsterte Amaia, der plötzlich klar wurde, worin die Verbindung zwischen ihr und Duprees Vortrag bestand. Denn vor gerade mal sechs Monaten hatte sie, kurz nachdem sie zur Subinspectora der *Policía Foral* – der autonomen Polizei der Region Navarra – befördert worden war, von ihrer Vorgängerin einen Fall übernommen, in dem es um das Verschwinden einer jungen Krankenschwester ging, die im Krankenhaus gerade ein Praktikum begonnen hatte. Die vorherigen Ermittler hatten den engsten Kreis der Frau gründlich unter die Lupe genommen und waren kurz davor, den Fall als »freiwilliges

Verschwinden« abzuschließen. Allerdings hatte die Mutter der jungen Frau keine Ruhe gegeben, war immer wieder im Kommissariat erschienen und hatte mit ihren Auftritten im Fernsehen und in der Presse für einigen Wirbel gesorgt. Der Fall war nicht gerade als Willkommensgeschenk für Amaia gedacht gewesen, sondern es war darum gegangen, ihn endlich abzuschließen und Ruhe zu haben, doch sie hatte sich voller Enthusiasmus an die Arbeit gemacht. Sie war sämtliche Daten der Ermittlungen noch einmal durchgegangen und hatte sich sofort auf einen Arzt des Krankenhauses konzentriert.

Bei der vorangegangenen Ermittlung war er nicht mal als verdächtig eingestuft worden, sondern hatte nur als Zeuge ausgesagt, da mehrere Kollegen der jungen Frau angegeben hatten, ihn im Gespräch mit ihr gesehen zu haben. Er war als Verdächtiger gleich ausgeschlossen worden, weil keine Verbindung zwischen den beiden hergestellt werden konnte, hauptsächlich aber wegen des untadeligen Rufs des Arztes: Er war ein vielversprechender Chirurg und stammte aus einer angesehenen Medizinerfamilie in Pamplona.

Amaia erinnerte sich noch genau an die Worte des Comisario, als sie ihm von ihrem Verdacht berichtet hatte. »Ich kenne diese Familie. Das ist ausgeschlossen!«, hatte er mit ernster, respektvoller Miene gesagt und damit deutlich gemacht, dass er Amaias Argumente für lächerlich hielt.

Daraufhin hatte sie ihren Verdacht nicht mehr erwähnt, sondern war, nachdem sie dem vielversprechenden Chirurgen mehrere Wochen auch in ihrer Freizeit gefolgt war, auf den Ort gestoßen, wo er die junge Frau als Sexsklavin gefangen gehalten hatte. Und sie war nicht die erste. Seine Verhaftung führte dazu, dass das plötzliche Verschwinden von zwei weiteren Frauen aufgeklärt werden konnte. Als Amaia in ihrem Bericht hatte erklären müssen, was diesen Mann für sie verdächtig gemacht hatte, konnte sie dies nicht wirklich erklären, sondern hatte es als Eingebung bezeichnet.

»Scott Sherrington hatte also eine Eingebung«, fuhr Dupree fort. »Mehrere Wochen lang beschattete er abwechselnd die beiden Männer, auf die sich sein Verdacht konzentrierte. In einer Nacht, während eines heftigen Gewitters, als er nach der Beschattung des einen zurück nach Hause fuhr, hielt er an einer Ampel, sah den zweiten Verdächtigen und beschloss, ihm zu folgen, ohne zu wissen, dass er den Richtigen erwischt hatte und in dieser Nacht zusehen würde, wie sich der Mann seiner Opfer entledigte. Was er nach dem Mord mit den Leichen machte, war das Einzige, was Scott Sherrington im Laufe seiner Ermittlungen nicht herausgefunden hatte, obwohl wir, als wir später seine Notizen durchgegangen sind, überrascht von seinen brillanten Schlussfolgerungen waren.

Wie ich bereits gesagt habe, war leider niemand bereit gewesen, den Inspector zu unterstützen oder ihm auch nur zuzuhören. Und das Gebiet, wo der Täter seine Opfer verschwinden ließ, war sehr groß, und die Eintönigkeit der Landschaft erschwerte es zusätzlich, das Versteck zu finden. Das führte dazu, dass der Inspector mitten in der Nacht, während eines Gewitters, auf unwegsamem Gelände ganz allein versuchte, den Täter zu überführen, während dieser die Leiche einer jungen Frau, die perfekt in Scott Sherringtons Profil passte, verschwinden lassen wollte. Die Überraschung, das Monster gefunden zu haben, die körperliche Überlegenheit des Mörders und eine bis dahin unbekannte Herzschwäche des Inspectors führten dazu, dass er im Kampf mit dem Täter einen Herzinfarkt erlitt.

Scott Sherrington wurde am nächsten Morgen von zwei Jägern gefunden, die ihn ins Krankenhaus brachten. Während einer riskanten Herzoperation konnte sein Leben gerettet werden. Doch als der Inspector wieder bei Bewusstsein war, war der Mörder geflohen. Dank Sherringtons Ermittlungen war es jedoch möglich, seine Verbrechen zu rekonstruieren und die Leichen von neun seiner Opfer zu finden.

Die Datenbasis, die Scott Sherrington erstellt hat, dient noch heute als beispielhaft und hervorragendes Lehrstück dafür, wie die Viktimologie anzuwenden ist, egal, ob das Verbrechen offensichtlich ist oder ob der Mörder Maßnahmen ergriffen hat, um es wie Selbstmord oder einen Unfall aussehen zu lassen. Inspector Sherrington konnte seinen Beruf wegen seiner Herzkrankheit leider nicht mehr ausüben.«

Dupree ließ den Blick durch den ganzen Raum schweifen.
»Agents, Kadetten, ich danke Ihnen für Ihre Aufmerksamkeit. Die Gäste aus dem Ausland unter Ihnen werden von den Agents, die mit Ihrer Unterstützung betraut sind, das komplette Dossier mit den Ermittlungen Scott Sherringtons erhalten sowie eine Darstellung der Grundlagen der Viktimologie hinsichtlich Verhaltens- und geografischer Profile. Beschäftigen Sie sich damit, denn das wird das Thema des nächsten Seminars sein. Der Vortrag ist hiermit beendet.«

Special Agent Dupree verließ das Podium auf dem gleichen Weg, wie er gekommen war. Das Publikum verharrte einen Moment schweigend, bis das Licht, das Dupree erbeten hatte, heller wurde und die Leute blendete.

Amaia erhob sich, blieb jedoch noch einen Moment stehen, den Blick auf das Rednerpult gerichtet, das Dupree gerade verlassen hatte, und vermisste auf einmal jene unerklärliche Aufmerksamkeit, die sie beunruhigt, ihr aber vor allem auf seltsame Art geschmeichelt hatte.

Die deutsche Kollegin klopfte ihr auf die Schulter und sagte: »Na, dem bist du aber ins Auge gefallen!«

Und während sie noch in Gedanken war, hörte sie auch Emerson, der sagte: »Aber hallo, Subinspectora Salazar! Wie es aussieht, haben Sie den Chef ganz schön beeindruckt.« In seinem Tonfall schwang eine Nuance ungesunder Rivalität mit.

Amaia richtete den Blick auf ihn, als wäre sie gerade aus einer Trance aufgewacht. Etwas in ihm hatte sich verändert. Bisher hatte er seine Aufgabe beinahe überkorrekt erfüllt. Als er ihr am Tag ihrer Ankunft als Mentor zugeteilt wurde, war sie sich sicher gewesen, bei ihm eine gewisse Verärgerung wahrzunehmen, die sie der Tatsache zugeschoben hatte, dass er unter all den Männern eine Frau erwischt hatte. Wobei es ihn zu entschädigen schien, dass sie diejenige war, die in allen Bereichen die höchste Punktzahl erzielte; das reichte aus, um seine Laune deutlich zu verbessern, woraus Amaia geschlossen hatte, dass er einer jener extrem rivalisierenden Menschen war, die nicht verlieren konnten. Hin und wieder hatte sie auch den Eindruck, dass er versuchte, sie zu verführen, indem er sein Lächeln mit den übermäßig gebleichten Zähnen mit einem eindringlichen Blick in ihre Augen kombinierte. Doch jetzt hatte er einen strengen Zug um die Lippen, reckte das Kinn vor und wirkte wie ein aufgeplusterter Pfau.

Amaia berührte ihn leicht an der Schulter und schob ihn aus dem Weg. Daraufhin wirkte er so irritiert und beleidigt, als hätte sie ihn mit vorgehaltener Waffe zurückgedrängt. Sie ging um die Agents herum, die zwischen den Stuhlreihen standen, um sich zu unterhalten, und auf die Tür seitlich des Vortragsbereiches zu, durch die sie den Raum verließ.

In ihrem Rücken konnte sie hören, wie Emerson sagte: »Salazar, Sie können jetzt nicht weggehen! In einer Viertelstunde beginnt das Seminar in Raum drei auf der anderen Seite des Gebäudes. Die Zeit reicht gerade mal, um pünktlich hinzukommen.«

Er eilte ihr im Gang hinterher und erreichte sie genau in dem Moment, als die Tür zum Vortragsbereich geöffnet wurde. Dupree verließ in Begleitung eines weiblichen Agents den Raum. Eine Gruppe Männer, die im Gang auf ihn warteten, umringte ihn, um ihn zu begrüßen und mit Komplimenten zu bestürmen, während sie durch den Gang schritten.

Amaia hob eine Hand, um auf sich aufmerksam zu machen. »Agent Dupree, Entschuldigung.«

Dupree wandte sich um, sah sie gleichgültig an und nickte grüßend zu Emerson hinüber, der direkt hinter ihr stand.

»Agent Emerson«, sagte er, drehte sich wieder um und ging, von seinen Kollegen umringt, davon.

Wie erstarrt blickte Amaia ihm hinterher. Und es war ihr egal, dass Emerson hörte, wie sie sagte: »Verdammtes eingebildetes Arschloch!«

3

Der Plan des Windes

FBI-Akademie, Quantico, Virginia

Als sie zum Unterrichtsraum kamen, hatte man dort bereits das Licht abgedimmt. Emerson blieb vor der Tür stehen und ging dann, ohne sich von Amaia zu verabschieden, durch den Gang zurück, durch den sie gekommen waren. Im Inneren des Raums wütete ein Unwetter. Auf der Leinwand hinten im Saal lief ein Video, in dem zu sehen war, wie ein brüllender Sturm Dächer mit sich riss. Elektroleitungen lagen am Boden, und schäumende Wellen überschwemmten das Land.

Um nicht durch das Bild zu laufen und möglichst wenig aufzufallen, huschte Amaia auf der Suche nach dem nächsten freien Platz im Halbdunkel tief gebückt durch den Raum. Dem Video folgte ein weiteres, dann wurde eine Reihe von Fotos gezeigt, auf denen die Auswirkungen diverser Naturkatastrophen – Zyklone, Taifune, Orkane – zu sehen waren. Einige Bilder waren aus der Luft aufgenommen, und sie schienen alle aus den Nachrichten oder von den Titelseiten verschiedener Zeitungen zu stammen.

»Naturkatastrophen«, sagte eine Frau im Hintergrund, und Amaia erkannte die nasale Stimme von Agent Tucker. Auch wenn sie sie nicht erkennen konnte, sah Amaia sie im Geiste deutlich vor sich. Tucker war eine Afroamerikanerin um die fünfzig mit einem bildschönen Gesicht. Sie trug das Haar so kurz wie ein Marinesoldat, vielleicht als Gegengewicht zu ihrem fülligen Körper, der sie kleiner wirken ließ, als sie war.

Sie gehörte zur Einsatzgruppe von Agent Dupree und war verantwortlich für die Medienkommunikation, für Familien und Opfer und war nach Dupree selbst der dienstälteste Agent der Truppe. Drei Tage zuvor hatte sie ein Seminar zum Thema Internetkriminalität gegeben, und als Amaia nun erneut Tuckers Stimme hörte, wurde ihr klar, was Emerson gemeint hatte, als er sagte, dass Dupree seine eigene Art habe, die Dinge in die Hand zu nehmen. Der Special Agent hatte offenbar nicht vor, selbst zum Seminar zu erscheinen.

Sie seufzte und zwang sich, Tucker zuzuhören, die weiterhin unsichtbar in der Dunkelheit sprach.

»Sie hinterlassen Dutzende Opfer, Tote und viele Verletzte, und es gibt genaue Handlungsvorschriften, um so schnell wie möglich Überlebende zu bergen und die Verbreitung von Krankheiten durch verwesende Leichen zu verhindern. Das bedeutet für alle an Rettung und Untersuchungen Beteiligten, schnell und effizient zu agieren. Ich spreche von Szenarien, in denen das absolute Chaos herrscht, in denen man leicht den Überblick verliert und Hinweise auf ein Verbrechen übersieht. Ich spreche von verstümmelten oder ausgeweideten Leichen, die in Bäumen hängen und denen in den meisten Fällen die Gewalt des Sturms sogar die Kleidung vom Leib gerissen hat. Auf Ihren Tischen liegt ein Dossier mit den Unterlagen zur nächsten Übung. Darin finden Sie alle Details, die ich nun kurz zusammenfassen werde.

Im letzten Frühjahr war es im März so warm wie selten zuvor, und einige Regionen unseres Landes wurden von mehreren Tornados und heftigen Gewittern heimgesucht. Einer der schlimmsten Tornados verursachte in einem kleinen Ort in der Nähe von

Killeen in Texas verheerenden Vieh- und Flurschaden und forderte auch menschliche Opfer, darunter die Familie Mason. Eine komplette Familie: Vater, Mutter, drei Kinder im jugendlichen Alter und die alte Großmutter, die bei ihnen lebte.«

Auf der großen Leinwand waren Fotos von einer typischen texanischen Farm zu sehen. Die lächelnd in der Tür ihres Farmhauses posierende Familie vor der Katastrophe und wie es dort anschließend ausgesehen hatte. Letztere Bilder waren von schlechter Qualität und wahrscheinlich von einem Assistenten mit wenig Erfahrung gemacht worden. Es waren keine Markierungen oder Hinweise zu sehen. Nur wenige Verletzungen waren aus der Nähe fotografiert, doch auch diese Aufnahmen waren unscharf. Einige Bilder vom gesamten Schauplatz der Katastrophe hingegen waren ganz passabel.

Die Leichen lagen nicht weit voneinander entfernt, was darauf schließen ließ, dass sich die Familie in dem Moment, als das Dach und Teile der Wände weggerissen worden waren, in einem Raum aufgehalten hatte. Amaia stellte sich vor, wie sie sich umarmt und gegenseitig Mut zugesprochen hatten. Die Opfer waren zum Teil von Schutt, Brettern und ein paar schweren Möbelstücken bedeckt, wie sie auf amerikanischen Farmen typisch waren.

Tucker fuhr fort. »Die im Fall von Naturkatastrophen vorgeschriebene Eile, die Toten zu beerdigen, und der Umstand, dass die Todesursache zunächst eindeutig erschien, sorgten dafür, dass die Totenscheine sofort ausgestellt wurden und es keine Autopsien gab. Nur wenige Monate später sorgten die aus Kanada herüberziehenden kalten Luftströme und die warme Luft über dem Golf von Mexiko für mehrere Gewitter mit Superzellen, die zahlreiche Tornados hervorriefen. Eine dieser Superzellen entlud sich mit voller Kraft im Korridor von Oklahoma, und der daraus entstandene Tornado zerstörte die Farm der Familie Jones in der Umgebung von Brooksville.«

Erneut war auf der Leinwand eine hübsche Farm zu sehen, diesmal aus der Luft aufgenommen, gefolgt von einem Foto von Chaos und Verwüstung.

»Die Familie Jones wurde tot auf ihrer Farm aufgefunden. Der Vater, dessen alte Mutter, die ebenfalls dort lebte, die Ehefrau und die drei Kinder. Vom Geschlecht und Alter her alle sehr ähnlich den Mitgliedern der Familie Mason.«

Die Fotos mit der Gesamtansicht glichen den vorherigen so sehr, dass man sie hätte übereinanderlegen können. Die Übereinstimmungen waren geradezu verblüffend: Die Leichen lagen sehr dicht beieinander, und die Toten waren zum Teil mit Staub, Schutt und ein paar Möbeln bedeckt.

Agent Tucker nahm zufrieden das Murmeln unter den europäischen Kollegen zur Kenntnis. Diesmal waren die Bilder sehr gut; selbst mit ungeübtem Auge war zu erkennen, dass sie diesmal von einem Gerichtsmediziner aufgenommen worden waren.

»Wäre man hier genauso verfahren wie in dem anderen Fall, wären auch diese Toten von den Ermittlern nicht weiter beachtet worden. Sämtliche Familienmitglieder befanden sich in dem Raum, der das Wohnzimmer gewesen war, und ihre Leichen wiesen kaum Verletzungen am Körper auf, dafür aber umso heftigere Wunden am Kopf, die von den Balken, Planken oder Möbeln zu stammen schienen, die sie unter sich begraben hatten.«

Der Kollege von der französischen *Police nationale*, der neben Amaia saß, unterbrach den Vortrag: »Die beiden Szenarien sind sich sehr ähnlich. Wenn im ersten Fall der Polizei nichts Ungewöhnliches aufgefallen ist, wie Sie sagen, und angesichts der schlechten Qualität der Fotos gehe ich davon aus, dass das FBI nicht ermittelt hat. Wie kam es dazu, dass die Bundespolizei bei dem anderen Fall eingeschaltet wurde?«

Agent Tucker wartete ein paar Sekunden, bis sie sich sicher sein konnte, die volle Aufmerksamkeit der Zuhörer zu haben. »Ein

Zeuge«, sagte sie leise, aber gut hörbar in der Dunkelheit im hinteren Bereich des Raums.

Amaia lächelte. Diese Frau beherrschte alle Tricks, um sich das Interesse des Publikums zu sichern.

»Ein Junge von elf Jahren, der mit einem der Söhne der Farmerfamilie befreundet war«, erklärte Tucker wieder in normaler Lautstärke. »Trotz der Warnungen im Wetterbericht und des Verbots seiner Eltern hat er das Haus verlassen und ist zu seinem Freund gelaufen. Das Unwetter erwischte ihn mit voller Kraft, bevor er den Schutzraum der Jones erreichen konnte, und er flüchtete sich in den Hühnerstall. Er trug keine allzu schlimmen Verletzungen davon, war jedoch mehrere Stunden unter einem großen Brett eingeklemmt, was ihm das Leben gerettet hat, weil er dadurch nicht von dem Balken getötet wurde, der darauf fiel. Der Druck auf seinem Brustkorb machte es ihm unmöglich, um Hilfe zu rufen. Später sagte er, dass er nach dem Unwetter gehört habe, wie die Familie aus dem unterirdischen Schutzraum kam. Er konnte sie von dort, wo er sich befand, nicht sehen, doch er erkannte ihre Stimmen. Dann hat er einen Mann gesehen, der über die Wiese herankam, und kurz darauf hörte er Schüsse und Schreie und noch mehr Schüsse, bis die Stimmen erstarben. Dann vernahm er, wie jemand in den Trümmern wühlte, und nachdem auch diese Geräusche nicht mehr zu hören waren, sah er den Mann erneut. Laut seiner Beschreibung war er groß und dünn, hatte den Schritt eines jungen Menschen und einen Koffer dabei und trug ein Abzeichen am Revers. Der Junge berichtete weiter, dass der Mann, als er wieder über die Wiese ging, den Koffer auf den Boden stellte und sich noch einmal zu den Überresten der Farm, die nun hinter ihm lagen, umdrehte. Dann habe er beide Arme gehoben und sie, obwohl kein Laut zu hören war, bewegt, als würde er ein Orchester dirigieren. Der Junge nannte ihn den ›Komponisten‹, was die Einheit, die die Ermittlungen durchführt, übernommen hat.«

Alle Anwesenden saßen schweigend da. Amaia starrte in Richtung von Agent Tucker. In der Dunkelheit war ihr Gesicht kaum auszumachen, dennoch nahm sie wahr, dass die Frau, offensichtlich zufrieden mit dem Effekt ihrer Worte, nickte.

»Ungewöhnlicherweise hat der Mörder die Waffe am Tatort zurückgelassen, und wir haben sie in der Nähe der Leichen gefunden. Einen Revolver Smith & Wesson 617, Kaliber .22lr, der dem Familienvater gehörte. Bei der Autopsie stellte sich heraus, dass sich unter den heftigen Kopfverletzungen, von denen angenommen worden war, dass sie von herabfallenden Trümmern oder Balken stammten, bei jedem Familienmitglied Schusswunden befanden, zugefügt mit ebendiesem Revolver. Insgesamt fanden wir hinreichende Beweise dafür, dass sich die Familie, wie der Junge ausgesagt hatte, während des Unwetters in dem unterirdischen Schutzraum befand, dass alle an den Kopfschüssen gestorben sind und dass der herumliegende Schutt arrangiert wurde, um es aussehen zu lassen, als wäre die Familie durch herabstürzende Trümmer gestorben.

Diese Szenerie brachte einem Mitglied unserer Einheit das Foto auf der Titelseite einer Zeitung in Erinnerung, das er einen Monat zuvor gesehen hatte. Das Foto von der Familie Mason in Texas, die während eines heftigen Unwetters ums Leben kam, halb verschüttet unter den Überresten ihrer Farm. Vergessen Sie nicht, dass diese Leute ohne Autopsie beerdigt wurden. Wir befragten den Sheriff, der für den Fall zuständig war. Auch an diesem Ort war eine Waffe in der Nähe der Opfer gefunden worden, doch da sie ebenfalls dem Familienvater gehört hatte, schenkte man ihr keine weitere Beachtung. Wir erhielten die Genehmigung, die Toten zu exhumieren, und bei der anschließenden Untersuchung stellte sich heraus, dass auch in diesem Fall sämtliche Familienmitglieder unter ihren Kopfverletzungen Schusswunden aufwiesen, die ihnen mit dem Revolver des Vaters zugefügt worden waren.«

Auf der Leinwand waren Großaufnahmen der Verletzungen zu sehen, die bei der Autopsie gemacht worden waren.

Tucker verließ ihren Platz im hinteren Bereich des Raums und ging zur Tür, um das Licht wieder einzuschalten. Daraufhin waren die Bilder der Toten auf der Leinwand kaum noch zu erkennen, und die Anwesenden zwinkerten mit den Augen, um sich an die plötzliche Helligkeit zu gewöhnen.

Tucker fuhr fort: »Ein Stück Holz, das in einem Sturm von Windgeschwindigkeiten mit mehr als hundertfünfundfünfzig Meilen pro Stunde durch die Luft wirbelt, wird zu einem tödlichen Projektil. Was der Mörder natürlich wusste. Lediglich in zwei Fällen hatte er die Einschussverletzungen damit kaschiert, dass er die Schädel seiner Opfer mit Trümmern aus Stein eingeschlagen hat; in allen anderen hat er Holzspaten benutzt, mit denen er die Köpfe regelrecht aufgespießt hat.«

Tucker ließ ihren Blick über die Anwesenden schweifen. Amaia wusste, dass nun eine Eröffnung folgen würde, die nicht ohne Reaktion bleiben sollte. Dafür kannte sie Agent Tucker gut genug.

»Sämtliche Verletzungen durch Trümmer waren den Opfern post mortem zugefügt worden. Der Mörder hat den Tatort manipuliert, um die Reihenfolge der Ereignisse scheinbar umzukehren.«

Amaia, die auf einem Stuhl dicht an der Tür saß, befand sich in Tuckers nächster Nähe. Sie sah, dass sich auf den Lippen der Agentin der Anflug eines Lächelns zeigte, während sie der Unruhe lauschte, die erneut unter ihren Zuhörern ausgebrochen war, die sich diesmal sogar umwandten, um mit ihren Kollegen zu reden und Mutmaßungen anzustellen. Als Tuckers Blick auf Amaia fiel und sie merkte, dass sie beobachtet wurde, erstarb das Lächeln.

Tucker wies auf das Dossier auf Amaias Tisch. »In den Mappen auf Ihren Tischen finden Sie alle Informationen, über die wir verfügen; das, was wir von den Nachbarn erfahren haben, die Aussage des Zeugen, die Tatortfotos, kurze Viten sämtlicher Mitglieder der beiden Familien und, damit Sie nicht blindlings loslegen, alles über die Schritte, die wir bereits unternommen haben: die Versuche, ein verbindendes Element zwischen den beiden Taten oder den Familien zu finden, was bisher noch zu keinem Ergebnis geführt hat, abgesehen von der Feststellung der Übereinstimmungen in Geschlecht, Alter und Anzahl der Familienangehörigen, was ich vorhin bereits erwähnt habe. Es handelt sich um einen offenen Fall, an dem das FBI aktuell arbeitet. Die Unterlagen, über die Sie nun verfügen, sind vertraulich. Bisher wurde nichts davon an die Presse gegeben. Wir glauben, dass der Täter unentdeckt bleiben will, dass er also nicht zu denen zählt, die nach Berühmtheit streben; die vollendete Tat scheint auszureichen, um ihn zu befriedigen. Er hat es nicht nötig, Werbung zu machen, und wir auch nicht. Unser größter Vorteil ist, dass er keine Ahnung hat, dass wir von seiner Existenz wissen.«

Gertha schüttelte den Kopf und fragte: »Ist es gegenüber den zukünftigen Opfern nicht rücksichtslos, darauf zu warten, dass er wieder zuschlägt, und nicht die Presse zu informieren, in der Hoffnung, dass er seine Taten daraufhin einstellt?«

»Wir glauben nicht, dass er dann aufhören würde, aber er könnte seine Vorgehensweise ändern, wenn wir die Sache publik machen, und angesichts des sehr großen Radius, in dem sich der Täter bewegt, wäre es dann beinahe unmöglich für uns, ihn zu kriegen. Die einzige Möglichkeit, die wir haben, ist, ihm zuvorzukommen.

Zu der Übung zählt auch, dass Sie zwar auf die Unterstützung Ihres Mentors zählen können, dieser Ihre Schlussfolgerungen jedoch nicht durch Hinweise oder Meinungsäußerungen beeinflussen wird. Aber er wird Ihnen helfen, an jede Information zu gelangen, über die wir verfügen. Erstellen Sie drei Profile, ein Verhaltensprofil, ein geografisches und ein viktimologisches. Wir erwarten Ihre Ergebnisse bis morgen Mittag.«

Barbagallo, der Kollege von den italienischen *Carabinieri*, hob das Dossier hoch, um auf sich aufmerksam zu machen. »Entschuldigen Sie, Agent Tucker, das soll keine Kritik an Ihrem Vortrag sein, aber im Programm steht, dass Special Agent Dupree dieses Seminar halten würde.«

Amaia schüttelte lächelnd den Kopf, während sie daran dachte, wie Dupree sie vorhin absichtlich übersehen hatte.

Agent Tucker, die bereits an der Tür war, hielt, die Hand auf der Klinke, noch einmal inne und antwortete genüsslich: »Hat er doch. Oder was glauben Sie, warum er diesen Vortrag gehalten hat.«

4
Das Bestattungsunternehmen

Cape May, New Jersey

Die Tote sah furchtbar aus. Mary Ward zwickte sie, ohne sich einen Handschuh überzuziehen, mit zwei Fingern in die Wange. Die oberste Hautschicht löste sich und hinterließ auf der Höhe des Wangenknochens eine abgepellte Stelle, als hätte sie dort einen Sonnenbrand gehabt. Vorsichtig befühlte Mary die gelöste Haut zwischen ihren Fingern. Sie war gummiartig wie Reste von Papierkleber.

Mary Ward seufzte. Tiefgefrorene Leichen waren immer die schlimmsten, und diese war da keine Ausnahme. Mit einem Feuchttuch wischte sie sich die Hautreste von den Fingern, dann kümmerte sie sich um den Behälter des Luftentfeuchters neben dem Behandlungstisch, der so voll war, dass das Gerät die ganze Nacht über nicht funktioniert hatte. Sie leerte den Behälter in die Spüle und beschloss, den Entfeuchter trotz des unangenehmen Geräuschs, mit dem er lief, eingeschaltet zu lassen, während sie die arme Mrs. Miller zurechtmachte. Dazu trug sie zuerst eine dicke Schicht feuchtigkeitsbindendes Pulver auf, das sie einwirken ließ, während sie sich dem Haar widmete. Mit aufrichtigem Mitleid betrachtete sie die üppige kastanienfarbene Mähne der

Verstorbenen auf dem Foto, das sie als Vorlage erhalten hatte. Darauf lächelte sie in die Kamera und umarmte eines ihrer Kinder. Sicher den Ältesten, dachte Mary.

Sie erinnerte sich noch gut an den Jungen. Er war wie sein Vater, seine beiden Geschwister und Mrs. Millers Schwiegermutter sechs Monate zuvor während des heftigen Unwetters ums Leben gekommen.

Wie vorgeschrieben war die Familie bereits mehrere Stunden nach dem Unglück bestattet worden, doch Mrs. Millers Mutter, die in Spanien lebte und, als sie die Schreckensnachricht erhielt, einen Herzinfarkt erlitt, hatte Himmel und Hölle in Bewegung gesetzt, damit ihre Tochter erst bestattet wurde, nachdem sie sie noch einmal gesehen hatte. Und so bekam Mary einen Leichnam auf den Tisch, der sechs Monate lang tiefgekühlt aufbewahrt worden war, und ein Foto, und man erwartete von ihr, dass sie Wunder vollbrachte.

Mary entfernte die Reste des Pulvers mit dem Föhn, probierte mehrere Pigmente aus, verrührte die zähe hautfarbene Mischung in einer Schale und verteilte sie dann mit einem Spachtel auf Mrs. Millers Gesicht. Während sie die Mischung mit einem kleinen Schwamm und einem Pinsel, die sich kaum von denen unterschieden, die jede Frau beim Schminken benutzt, auf Mrs. Millers Gesicht verstrich, lächelte sie zufrieden. Anschließend modellierte sie mit den Fingern die Wangenknochen.

Als sie die Mischung auf dem Kinn verteilte, bemerkte sie eine kleine Schwellung. Sicher von einem zerbrochenen Stück Zahnersatz. Das passierte oft. Sie seufzte verärgert und stellte die Schale mit dem Pinsel auf den Tisch. Mit einer Pinzette und einer Lampe inspizierte sie die Mundhöhle und stellte überrascht fest, dass offenbar alles in Ordnung war. Also betastete sie noch einmal die Unterseite des Kinns.

Da war etwas, ein loses Teil, zwischen ihren Fingern. Langsam schob sie das kleine Teil in den Unterkiefer, wo es von der hinteren Zahnreihe gestoppt wurde. Sie musste aufpassen, dass das Ding, was immer es auch war, nicht in Mrs. Millers Kehle rutschte. Mit äußerster Vorsicht schob sie die Pinzette in den Mund und führte sie die Zahnreihe entlang, bis sie die richtige Stelle gefunden hatte. Sie hielt das Teil von außen mit den Fingern fest, bis sie es mit der Pinzette packen konnte. Dann zog sie die Pinzette heraus und hielt sie ins Licht.

Es war nicht das erste Mal, dass Mary Ward eine Revolverkugel sah, aber nie im Leben hätte sie gedacht, eine im Mund von Mrs. Miller zu finden.

5
Unverschämt

FBI-Akademie, Quantico, Virginia
Donnerstag, 25. August 2005

Amaia ging hinter Agent Emerson durch die Gänge der FBI-Akademie. Nachdem sie ein paar kurze Worte gewechselt hatten, hatte er sie lediglich angewiesen, ihm zu folgen. Sie wusste, dass sie von ihm keine weiteren Informationen mehr erhalten würde. Er vermied es sogar, sie anzusehen, und ging etwa einen Meter vor ihr. Seit dem Vortag schien er sie nicht mehr besonders zu mögen, daher verzichtete sie lieber darauf, irgendwelche Fragen zu stellen, und versuchte, sich den komplizierten Weg zu merken, wobei sie den Verdacht hatte, dass er sie absichtlich in die Irre führte, um sie zu verwirren. Sie war sich dessen beinahe sicher, als sie das Ende eines schmalen Gangs erreichten und in einem Aufzug in das erste Untergeschoss fuhren.

Nachdem sich die Aufzugtüren geöffnet hatten, standen sie in einem großen Raum, der durch niedrige Trennwände in kleine Arbeitsbereiche aufgeteilt war; dort standen jede Menge Schreibtische, an denen arbeitende Agents saßen. Sie blieben vor einer der vielen Türen an den Außenwänden des Raumes stehen, wo Emerson auf zwei Stühle an der Wand zeigte, um ihr deutlich zu machen, dass sie warten solle. Dann klopfte er leise an die Tür, öffnete sie, um einzutreten, und ließ Amaia allein zurück.

Während sie dort saß, bemerkte sie, dass mehrere Agents von ihren Schreibtischen aus interessiert zu ihr herüberschauten. Dabei entging ihr nicht, dass einer von ihnen eine Stelle über ihrem Kopf fixierte. Sie folgte seinem Blick und sah das blinkende rote Licht der Kamera. Sie wurde beobachtet.

Agent Emerson trat in das Büro, grüßte die Anwesenden und blieb diskret an der Wand stehen. Mit Duprees, Tuckers und Johnsons Gegenwart hatte er gerechnet, doch es überraschte ihn, dass noch zwei weitere Männer im Raum waren, die zusammen mit Dupree auf einen Bildschirm schauten und die Frau beobachteten, die draußen wartete.

Subinspectora Amaia Salazar war eine hübsche junge Frau mit langem blondem Haar, das sie zu einem Pferdeschwanz gebunden hatte, kleinen Ohrsteckern, sauberen Schuhen, geradem Rücken und stolz gehobenem Kopf. Dupree entging ihr schneller Blick auf die Kamera nicht. Sie wusste, dass sie beobachtet wurde, doch es schien sie nicht zu stören. Ihrem Gesicht war aufrechte Souveränität anzusehen.

Agent Johnson, der neben dem Schreibtisch stand, öffnete eine Mappe und begann zu lesen. Er hatte eine tiefe Stimme und sprach ruhig und belehrend wie ein Professor. Dabei erinnerte er vom Aussehen her eher an einen freundlichen viktorianischen Arzt, wozu zweifellos das frühzeitig ergraute Haar und der gepflegte Vollbart beitrugen. Seit jenem Tag vor dreißig Jahren, an dem er bei der Akademie angefangen hatte, hatte er kein Gramm Fett zugelegt, möglicherweise sogar etwas abgenommen.

»Amaia Salazar, fünfundzwanzig Jahre. Studium am katholischen Boston College: Jura und Sozial- und Verhaltenswissenschaften mit den Schwerpunkten nonverbale Wissenschaftskommunikation und Kriminologie. Abschluss als Jahrgangsbeste. Nach der Rückkehr nach Spanien vervollständigte sie dort ihre universitäre Ausbildung und trat dann in den Polizeidienst ein.«

Einer der Männer, die vor dem Computerbildschirm saßen, nickte, ohne besonders beeindruckt zu wirken. Jim Wilson war der amtierende Leiter des *National Criminal Information Center* und einer der Besten dort. Seine Datenbanken enthielten nicht nur Informationen über Morde, Vergewaltigungen und Raubüberfälle, sondern auch über Vergewaltiger auf Bewährung, Gangs, Terroristen, vermisste Personen, Identitätsdiebstahl und anderes. Es war ihm gelungen, dass ihm Institutionen auf der ganzen Welt ihre Daten zu den Vorstrafen von Tausenden Verbrechern zur Verfügung stellten, und inzwischen hatte er fünfzehn Millionen Einträge erfasst.

Der andere Mann war Michael Verdon, Leiter des Bereichs *Criminal Investigation*. Es war allgemein bekannt, dass Wilson und er alte Freunde waren. Beide waren um die sechzig, hatten im selben Jahr beim FBI angefangen und versuchten verzweifelt, ihr immer spärlicher werdendes Haar möglichst geschickt auf dem fast kahlen Schädel zu verteilen. Aber das war dann auch alles, was sie miteinander gemein hatten.

Michael Verdon hatte eine athletische Figur, gebräunte Haut wie ein Marinesoldat und wäre problemlos in der Lage gewesen, den Fitnesstest bei der Aufnahmeprüfung so gut zu absolvieren wie die jungen Kadetten. Wilson war einer der Menschen, die von hinten betrachtet eine gute Figur hatten, während sich von vorn sein beträchtlicher Bauchumfang zeigte, der einer Schwangerschaft im sechsten Monat in nichts nachstand. Beide zählten sie zu den Gründern des *Descriptive Index for Latent Identification*, einem Pionierprogramm aus den 1980er-Jahren, das dazu diente, die charakteristischen Merkmale eines Verbrechens mit dem Vorgehen von Tätern, die bereits aktenkundig waren, abzugleichen.

Das Programm stellte Analogien fest und wählte mögliche Verdächtige aus. Zu jener Zeit war es nur erlaubt gewesen, Fingerabdrücke von Tätern, die eingesessen hatten oder sich noch im Strafvollzug befanden, zum Abgleich heranzuziehen. Außerdem enthielt das Programm Listen darüber, wer im Gefängnis mit wem die Zelle geteilt hatte und über mögliche Komplizen. Im Vergleich zur aktuellen Technologie war das Programm prähistorisch, aber es hatte die Grundlagen der Daten geschaffen, die mittlerweile in der ganzen Welt benutzt wurden.

Wilson blickte auf sein Exemplar der Akte über Amaia Salazar und war mit Michael Verdon einer Meinung, als dieser die Frage stellte, die in der Luft hing:

»Warum haben wir sie nicht rekrutiert, als sie noch studiert hat? Loyola hat uns einige unserer besten Agents beschert.«

Johnson nickte. »Ja, sie ist dem Chef auch aufgefallen.« Er wies mit dem Kinn auf Dupree, der nach wie vor aufmerksam die Frau auf dem Bildschirm beobachtete. »Tatsächlich haben wir es versucht. Alles hat gepasst: keine Vorstrafen, mit zwölf Jahren in die USA gekommen, besuchte hervorragende Internate. Ein paar unbedeutende Liebeleien mit unproblematischen amerikanischen Kollegen, die immer unauffällig zu Ende gingen. Keine Drogen, keine Waffen, keine Skandale. Wir haben sogar eine besondere Empfehlung des Rektors der Universität erhalten. Salazar hat zum Studienabschluss eine herausragende Arbeit geschrieben zum Thema ...«, Johnson sah in der Akte nach, »... hier ist es: ›Anwendungsmöglichkeiten nonverbaler Wissenschaftskommunikation bei Minderjährigen, die drohen, aus der Gesellschaft ausgeschlossen zu werden‹. Aber als wir an sie herantraten, äußerte sie die Absicht, nach Europa zurückzukehren.«

»Nach Spanien«, betonte Dupree, der bis zu diesem Moment geschwiegen hatte.

»Ja, in den Norden, nach Pamplona«, erklärte Johnson. »Obwohl die gesamtstaatliche Polizei, also die *Policía Nacional* und die *Guardia Civil*, sie haben wollte, hat sie sich für eine kleine regionale Polizeieinheit entschieden, die *Policía Foral de Navarra*.«

»Und jetzt ist sie wieder hier«, meinte Verdon nachdenklich, während er seinen Platz neben Dupree verließ und sich auf einen der Bürostühle neben der Tür setzte.

»Na ja«, meinte Johnson lächelnd, »jedenfalls haben wir sie nie aus den Augen verloren. Wie zu erwarten, hat sie allein wegen ihrer Ausbildung einen rasanten Aufstieg hingelegt: Sie ist bereits Subinspectora, die jüngste in ganz Spanien, und eigentlich ist schon die nächste Beförderung fällig. Ihre berufliche Laufbahn ist tadellos und ...«

»Und sie wissen nicht, was sie mit ihr anfangen sollen«, vollendete Agent Tucker den Satz und warf verärgert ihre Kopie der Akte auf den Schreibtisch. »Wenn man einen guten Job macht, wird man dafür bestraft, vor allem, wenn man eine Frau ist«, fügte sie mit gespielter Resignation hinzu.

Johnson zog eine Augenbraue hoch. Tucker ließ keine Gelegenheit aus, um ihre militante Einstellung in Sachen Sexismus deutlich zu machen. Johnson nahm an, dass sie wie alle anderen ihre Ration an Beleidigungen hatte einstecken müssen, als Frau und auch als Afroamerikanerin. Aber er wusste auch, dass sie eine ehrgeizige Polizistin war, die es auf Duprees Posten abgesehen hatte und auf ihrem Weg gnadenlos Köpfe rollen ließ, sowohl männliche als auch weibliche. In den letzten beiden Jahren hatte sie drei Kriminologen verschlissen, die ihr zur Unterstützung zugewiesen worden waren, einen Mann und gleich zwei Frauen. Dass sie Emerson an ihrer Seite duldete, lag nur daran, dass er ein professioneller Arschkriecher war, dem man zugestehen musste, dass er über das Talent verfügte zu wissen, an wen er sich halten musste.

Emerson zuckte mit den Schultern. »Wie auch immer, jedenfalls ist die Kriminalität in dieser Gegend gleich null. Ich glaube nicht, dass sie in all der Zeit außer Selbstmördern und den Opfern häuslicher Gewalt auch nur einen Toten gesehen hat. Möglicherweise ist sie ein wenig eingerostet.«

Dupree, der bisher nicht wirklich mitbekommen hatte, dass sich Emerson im Raum befand, sah ihn überrascht an, und Emerson wusste sofort, dass ihm sein Kommentar nicht gefallen hatte. Die Reaktion darauf kam jedoch von Tucker.

»Sie irren sich. Sie hat ganz allein einen Sammler gefasst, die übelste Sorte Serienmörder und besonders schwer zu kriegen. Dabei hat sie die letzte Frau, die er entführt hat, befreit und bewiesen, dass er mindestens zwei weitere Opfer gefangen gehalten hatte, bevor er sie umgebracht hat.«

Verdon stellte eine Frage, die an alle gerichtet war: »Warum würde eine Polizistin mit ihrer Ausbildung dorthin zurückkehren wollen? Was will sie in Spanien?«

»Warten«, sagte Dupree.

»Aber worauf?«

Dupree zog es vor, darauf keine Antwort zu geben. Er lächelte leicht, den Blick wieder auf den Bildschirm mit der jungen Frau gerichtet.

Johnson ergriff erneut das Wort. »Normalerweise überlassen wir die Auswahl der europäischen Kollegen immer den Leitern der jeweiligen FBI-Auslandsvertretungen, jedoch nicht im Fall von Subinspectora Salazar; sie wurde konkret benannt.«

Wilson, der dem Gespräch schweigend gefolgt war, ging zu der Seitentür, die ins angrenzende Büro führte. Mit der Hand auf der Klinke, wandte er sich an Dupree. »Du kennst ja meine Meinung. Sie hat uns schon einmal einen Korb gegeben, und nur weil sie genial ist, hat sie nicht das Recht, unverschämt zu sein. Wenn sie in der Lage ist, das zu begründen«, sagte er und wies auf eine Mappe auf dem Schreibtisch, aus der farbige Post-its hervorlugten, »und wenn sich deine Meinung bestätigt und sie *wirklich* genial ist und nicht einfach nur arrogant, hast du meine Unterstützung, egal, wie du dich entscheidest.«

»Danke, Jim«, entgegnete Dupree.

»Bedank dich nicht zu früh. Mal sehen, ob uns ihre Erklärungen zufriedenstellen. Ich werde das Gespräch von meinem Büro aus verfolgen.«

Dupree nickte und wartete, bis Wilson die Tür hinter sich geschlossen hatte, dann sagte er:

»Johnson, hol sie rein.«

Von ihrem Platz gegenüber Agent Dupree aus sah Amaia links von sich Johnson und Tucker und rechts Emerson. Nur ein Agent im Raum, ein Mann an der Tür, dessen Namen sie nicht kannte und der ihr nicht vorgestellt worden war, befand sich außerhalb ihres Sichtfeldes.

Dupree hatte ihr weder die Hand gegeben noch sie auf sonst irgendeine Art begrüßt. Er blätterte in einer Mappe vor ihm auf dem Tisch, die sie wegen der farbigen Post-its sofort erkannte.

Dupree begann so plötzlich zu reden, dass seine Stimme sie zusammenschrecken ließ. »Gestern hat Agent Tucker Ihnen die Unterlagen zu einem Übungsfall gegeben. Die Aufgabe bestand darin, drei Profile zu erarbeiten: ein Verhaltensprofil, ein geografisches und ein viktimologisches.« Er zeigte auf die Uhr in seinem Rücken, die auf Viertel vor zehn stand. »Und obwohl Sie bis heute Mittag Zeit hatten, waren Sie die Erste, die nach nur drei Stunden ihren Bericht abgegeben hat.« Er wies auf die Mappe. »Damit hätten Sie einen neuen Rekord aufgestellt, allerdings haben Sie uns dasselbe Dossier mit lediglich einem halben Dutzend farbigen Post-its und genauso vielen knappen Notizen zurückgegeben.«

»Sir …«, begann Amaia.

Dupree hob die Hand, um sie zum Schweigen zu bringen. »Die erste Notiz lautet: ›Es fehlen die Unterlagen zum dritten Fall.‹« Er sah sie fragend an. »Sagen Sie, Subinspectora Salazar, wie kommen Sie darauf, dass es noch einen dritten Fall gibt?«

Amaia musste schlucken, bevor sie antworten konnte. »Agent Tucker hat es während ihres Vortrags erwähnt.«

Dupree hob fragend eine Augenbraue, und Amaia bemerkte, dass sich Tucker aufgerichtet hatte, als sie ihren Namen hörte.

»Während der Präsentation des Falls hat sie gesagt: ›Angesichts des sehr großen Radius, in dem sich der Täter bewegt …‹ Es mag sein, Sir, dass die vierstündige Autofahrt zwischen Texas und Oklahoma für einen Griechen oder einen Italiener eine große Entfernung darstellt, aber nicht für einen US-Bürger. Daher hat mich Agent Tuckers Äußerung darauf gebracht, dass es möglicherweise noch einen weiteren Fall gibt, der im Dossier nicht erwähnt wird.«

»Aber Agent Tucker hat gesagt, dass das Dossier sämtliche Informationen enthält, über die wir verfügen«, hakte Dupree nach.

»Es dürfte jedem klar sein, dass Sie für eine Übungsaufgabe nicht sämtliche Informationen über eine laufende Ermittlung preisgeben«, begründete Amaia ihre Ansicht.

Agent Tucker trat einen Schritt vor, um der Subinspectora direkt ins Gesicht zu sehen. »Selbst wenn es einen dritten Fall gäbe, sind die Angaben, die wir Ihnen zur Verfügung gestellt haben, ausreichend, um die Ihnen gestellte Aufgabe zu erfüllen.«

Dupree bemerkte den Anflug von Skepsis in Amaias Miene, als sie Tuckers Worte hörte.

»Aber Sie gehen davon aus, dass es einen dritten Fall gibt«, sagte er, als wolle er Amaia ermutigen fortzufahren.

»Alles weist darauf hin, dass es mindestens einen weiteren Fall gibt.«

Dupree lehnte sich auf seinem Stuhl zurück und blickte ihr ein paar Sekunden lang in die Augen, bevor er wieder das Wort ergriff. »Zunächst hatten wir nur die Aussage des Jungen, der unter dem Hühnerstall der Familie Jones verschüttet lag. Offenbar kennt er den Unterschied zwischen einem Komponisten und einem Dirigenten nicht, doch das Verhalten des Mannes erschien uns wie ein Muster, was die Möglichkeit nahelegte, dass er nicht zum ersten Mal jemanden ermordet hat. Wir erhielten die Genehmigung, die Familie Mason zu exhumieren, die einen Monat zuvor auf ihrer Farm ums Leben gekommen war, da einem der ermittelnden Agents aufgefallen war, wie sehr sich die Umstände in beiden Fällen ähnelten. Dabei entdeckten wir etwas, was wir für die Übungsaufgabe nicht erwähnt haben. Ich weiß nicht, ob Sie mit den Auswirkungen der Einbalsamierung vertraut sind. Die eilige Entnahme des Blutes, das durch eine formaldehythaltige Lösung ersetzt wird, kann dazu führen, dass gewisse Merkmale an der Leiche auf den ersten Blick nicht zu erkennen sind, doch nach einem Monat haben sich die Flüssigkeiten so weit gesetzt, dass diese Merkmale unter Schwarzlicht gut zu erkennen sind. Und sämtliche Leichen, einschließlich der des Familienvaters, wiesen Fesselungsspuren auf.«

Amaia wagte nicht, sich zu bewegen, doch Dupree beugte sich wieder vor und blätterte erneut in der Mappe.

»Auf Ihrer zweiten Notiz steht«, begann er und hob den Finger, an dem das entsprechende Post-it klebte, »›Er rettet sie vor der Zerstörung‹, ›Er ist ihr Retter‹, ›Er kommt, als sie ihn am meisten brauchen‹.«

Amaia atmete tief durch, sie war nervös. »Dank des Zeugen …« Ihre Stimme klang hoch und erstickt wie die eines kleinen Mädchens, das außer Atem war. Sie räusperte sich, bevor sie erneut ansetzte. »Dank des Zeugen wissen wir, dass er nach der Katastrophe zu dem zerstörten Haus geht. Er ist der Erste, der dort erscheint, bevor der Rettungstrupp kommt, die Polizei oder die Feuerwehr. Die Familie hat überlebt, ist aber völlig aufgelöst, da jedem bewusst ist, dass sie alles verloren hat. Der Täter tritt als jemand auf, der kommt, um zu helfen. Das ist das Einzige, was erklären kann, warum eine Familie, die aus drei Erwachsenen und drei Jugendlichen besteht, nicht in der Lage ist, sich gegen einen Mann zu wehren, der wahrscheinlich unbewaffnet ist; wir wissen ja, dass er als Tatwaffe jeweils den Revolver des Familienvaters benutzt. Er muss sehr vertrauensvoll auftreten, sonst würde man nicht zulassen, dass er die Waffe an sich nimmt.«

Emerson unterbrach sie: »Das ist alles nichts Neues. Wenn sie den Bericht aufmerksam gelesen hat, weiß sie, dass wir durchaus erwogen haben, dass es sich bei dem Täter um ein Mitglied der Rettungskräfte handelt. Laut dem Zeugen hatte der Komponist einen Aktenkoffer dabei und trug ein Abzeichen, wie es auch bei der Feuerwehr üblich ist oder bei Sanitätern.«

Dupree wies auf ein gelbes Post-it, das auf der Mappe klebte. »Bei Ihrer dritten Notiz geht es darum, wie die Leichen angeordnet waren. Obwohl Sie nicht wussten, dass die Opfer gefesselt waren, nebeneinanderlagen und ihre Köpfe nach Norden zeigten, haben Sie geschrieben: ›Nachdem er sie getötet hat, kümmert er sich um sie. Er hat eine Mission, und solange die nicht erfüllt ist, darf er nicht gefasst werden. Er verschleiert seine Verbrechen, aber weniger aus dem Grund, weiterhin im Dunkeln handeln zu können, als um den Opfern eine gewisse Würde zu geben.‹«

Während Dupree las, bemerkte Amaia, dass Emerson, der neben ihm stand, zu jedem ihrer Worte den Kopf schüttelte.

Der daraufhin folgende Einwand kam jedoch von Johnson. Seine Stimme klang ruhig, und wie immer, wenn er sprach, tat er dies in einem äußerst freundlichen Tonfall. »In diesem Punkt bin ich anderer Meinung. Der Täter, den wir suchen, ist auf der Flucht. Er will im Dunkeln bleiben, um weiter in Ruhe auf die

Jagd gehen zu können. Wir glauben nicht, dass es etwas mit seinen Opfern zu tun hat, dass er seine Verbrechen verschleiert, sondern dass er es für sich selbst tut, um unerkannt zu bleiben. Das ist ihm im Fall der Familie Mason ja auch gelungen, und bei der Familie Jones hat es nur deshalb nicht funktioniert, weil es einen Zeugen gab.«

Dupree hob das Kinn, eine Geste, mit der er Amaia aufforderte, Johnsons Aussage zu kommentieren.

»Meiner Meinung nach hat in diesem Fall die Art und Weise, wie er versucht hat, die wahre Todesursache zu verschleiern, also dass die Opfer erschossen wurden, einen anderen Grund. Ich glaube, dass ihn die bloße Ausführung der Tat nicht zufriedenstellt. Auf eine kranke Art versucht er dem Ganzen eine gewisse Ordnung oder einen Sinn zu geben, es nach einem würdigen Tod aussehen zu lassen. Er will ihnen Hohn oder Scham ersparen, deshalb verbirgt er die Verletzungen, damit es so aussieht, als ob ihr Tod zufällig war, Gottes Wille oder als müsse er das, was Gott mit dem Unwetter nicht geschafft hat, zu Ende bringen. Es gibt eine ganze Menge Leute, die glauben, dass Naturkatastrophen eine Strafe des Himmels sind, eine Art und Weise, wie der Schöpfer seine Macht demonstriert, indem er den Menschen zeigt, wie gering ihre Bedeutung im Universum ist und wie schnell es mit dem Leben vorbei sein kann. Letztendlich beweist er damit, dass er mächtiger ist als der Mensch. Ich glaube, dass der Mörder Naturkatastrophen nicht nur für seine Taten nutzt, um seine Verbrechen zu verschleiern, sondern dass er sie vor allem mit dem Zorn Gottes in Verbindung bringen will.«

Tucker und Johnson wechselten einen schnellen Blick mit Dupree. Der atmete tief durch.

»Ich weiß noch nicht, ob ich Ihnen zustimmen kann«, sagte er. »Wir verfolgen bei unseren Ermittlungen bisher eine klare Linie, die darauf basiert, dass Familienmörder normalerweise ein rituelles Verhalten an den Tag legen. Aber ich muss zugeben, dass Ihre Theorie genauso originell ist wie Ihre Art, Berichte zu verfassen.«

Amaia seufzte und legte eine Hand auf ihr Knie, das zu zittern begonnen hatte. Sie musste sich beruhigen. Schließlich hatte sie genau gewusst, was sie tat, als sie beschlossen hatte, ihre Schlussfolgerungen auf diese Weise zu präsentieren; sie hatte eine entsprechende Reaktion auslösen wollen, und nun musste sie die Konsequenzen tragen.

»Vor allem diese Notiz ist mir aufgefallen«, sagte Dupree und wies auf ein Post-it, das unter der Aussage des Jungen klebte, der den Komponisten gesehen hatte. »›Geht dieser Junge regelmäßig in die Kirche? War er schon mal auf einer Beerdigung? Würde er eine nachgestellte Liturgie erkennen?‹«

Amaia hatte die Luft angehalten, während er sprach; nun atmete sie laut ein, blinzelte und wollte gerade etwas sagen, als Dupree die Hand hob. Darin hielt er ein Dokument mit dem Logo des FBI im Briefkopf, das auf dem Schreibtisch gelegen hatte.

»Gestern, nachdem wir diese Notiz gelesen hatten«, erklärte er, »sind die Agents Johnson und Tucker nach Oklahoma geflogen, um den Zeugen erneut zu befragen. Sie haben mit ihm und seinen Eltern gesprochen und sind heute Morgen in aller Früh zurückgekehrt. Agents ...« Mit einer Geste bedeutete er den Kollegen, dass sie nun das Wort hatten.

»Die Familie geht nicht in die Kirche«, erklärte Tucker. »Und um Ihre Frage zu beantworten: Der Junge hat noch nie an einer religiösen Zeremonie oder an einer Beerdigung teilgenommen.«

»Daraufhin haben wir ihm ein Video gezeigt, auf dem verschiedene Pastoren, Priester und Prediger während des Gottesdienstes zum gemeinsamen Beten auffordern«, fuhr Johnson fort. »Der Junge hat die Gestik sofort wiedererkannt und bestätigt, dass der Komponist genau diese Bewegungen vollführt hat.«

Amaia atmete auf, während erneut Dupree das Wort ergriff. »Der Mörder hat kein Orchester dirigiert, keine Todessymphonie komponiert, sondern hat für seine Opfer gebetet. Er hat zum Abschied ein Requiem abgehalten, eine liturgische Totenmesse.«

»Das *Dies irae*«, flüsterte Amaia, »die Totensequenz.«

Dupree tauschte einen schnellen Blick mit Verdon auf der anderen Seite des Raums, und der nickte. Dann wandte sich Dupree wieder Amaia zu, wobei ihm bewusst war, dass sie sich allmählich unwohl fühlte.

Amaia hielt seinem Blick kaum noch stand. Dieser Mann durchforstete ihr Inneres, suchte etwas, das sie ihm zu zeigen nicht bereit war. Auf das Risiko hin, dass sie sich irrte und es ihr als Schwäche ausgelegt wurde, senkte sie den Blick und schaute erst wieder auf, als er ihre nächste Notiz vorlas.

»›Er erschießt sie mit der Waffe des Familienvaters. Das ist kein Zufall, er weiß, dass die Waffe im Haus ist.‹«

Emerson rutschte auf seinem Stuhl unruhig hin und her. »Und wie findet er sie in dem ganzen Chaos? Natürlich liegt die Vermutung nahe, dass auf einer Farm irgendeine Waffe vorhanden ist, ein Jagdgewehr zum Beispiel, doch auch wenn er vorher gewusst hat, dass eine Waffe im Haus ist, wie konnte er sie nach dem Tornado in den Trümmern finden?«

Amaia antwortete nicht, sondern sah Dupree an, bis dieser sie mit einer Geste zum Sprechen aufforderte.

»Wenn ein Unwetter bevorsteht oder wie in diesem Fall eine angekündigte Naturkatastrophe«, sagte sie, »ist es normal, dass die Familien in dem betroffenen Gebiet gewisse Vorkehrungen treffen, zum Beispiel Essen, Taschenlampen, Wasser und Waffen zusammentragen. Es wäre möglich, dass sich das alles in einer Tasche befand, und da der Täter, wie ich vorhin schon sagte, seinen Opfern nicht verdächtig oder gefährlich erschien, hatten sie keinen Grund, in irgendeiner Weise gegen ihn vorzugehen und sich zu verteidigen.« Amaia machte eine Pause und fuhr dann fort, obwohl sie sich bewusst war, dass sie damit Tucker widersprach: »Oder er hatte doch selbst eine Waffe dabei, mit der er sie bedroht hat, damit sie ihm ihre Waffe aushändigen.«

Dupree zog überrascht eine Augenbraue hoch. Und während er die nächste Frage stellte, notierte er sich am Fuß der Seite etwas. »Wenn er eine eigene Waffe bei sich trug, warum sollte er dann die des Familienvaters benutzen?«

»Als Teil seines Rituals«, antwortete Amaia. »Aus irgendeinem Grund ist es wichtig für ihn, dies zu tun.«

Emerson, der sich offensichtlich nicht länger zurückhalten konnte, stand auf. »Was uns wieder zu einem Familienmörder bringt, der die Tat mit der Waffe des Familienvaters ausführt, um das zu erreichen, was alle Familienmörder haben wollen: Macht und Kontrolle. Sein Hauptziel ist der Vater. Daher benutzt er dessen Waffe.«

»Und warum bestraft er dann auch die anderen Familienmitglieder?«, fragte Tucker.

»Es ist möglich, dass sie für ihn seine eigene Familie repräsentieren«, meinte Emerson. »Er bestraft sie, weil sie seine Tat mitangesehen haben, ohne etwas zu tun.«

Amaia dachte darüber nach. »Ja, er könnte ein Familienmörder sein, aber oft sind Täter, denen es um Macht und Kontrolle geht, in ihrer Kindheit misshandelt worden, physisch und psychisch, und in den meisten Fällen wurden sie auch sexuell missbraucht. Diese Verbrecher quälen ihre Opfer, damit sie das Gleiche durchmachen, was sie erlitten haben. Doch wenn er eine Familie auswählt, weil sie ihn an seine eigene erinnert, muss er sich mit einem Familienmitglied identifizieren. In den meisten Fällen dieser Art verschont er dieses Familienmitglied, und wenn die Sache aus dem Ruder läuft, tötet er es nur, wenn es unvermeidlich ist und ohne es zu quälen. Im Gegensatz zu den anderen

Opfern, bei denen er sich nicht die Mühe macht, Verletzungen, Zeichen des Missbrauchs oder der Erniedrigung zu verbergen. Mehr noch, es gehört zu seiner Inszenierung, dass dies alles deutlich zu erkennen ist. Er will, dass die Welt sieht, was ihm angetan wurde, und seinen Schmerz erkennt.«

Dem stimmte Johnson zu. »Das hieße aber, dass wir es hier mit einem anderen Tätertypus zu tun haben. Sämtliche Familienmitglieder wurden hingerichtet, die Verletzungen, die zum Tod führten, wurden kaschiert, und er hat keines der Opfer besonders grausam behandelt, sondern alle gleich.«

Amaia nickte. »Die einzige Besonderheit liegt darin, dass er in beiden Fällen die Waffe des Familienvaters benutzt hat. Ich glaube nicht, dass es sich um einen Familienmörder handelt, auch wenn es auf den ersten Blick so aussieht. Er ist ein apostolischer Mörder, wählt seine Opfer nach ihren Sünden aus, erlöst sie durch ihren Tod, und wir wissen nun, dass er für sie betet.«

»Ich denke nicht, dass das von Bedeutung ist«, widersprach Emerson. »Vielleicht bereut er seine Taten einfach nur anschließend. Alles andere passt perfekt auf das Profil eines Familienmörders, da sind wir uns doch alle einig, oder?«

Amaia sah, wie Tucker den Kopf leicht zur Seite neigte. Emerson stieß auf weniger Zustimmung, als er gedacht hatte.

»Verzerrender Konsens«, murmelte Amaia genervt.

»Was soll das jetzt schon wieder?«, fragte Emerson, dem seine Verärgerung deutlich anzumerken war.

Amaia atmete tief durch. Allmählich kam ihr das Ganze lächerlich vor. Es war ihr klar gewesen, dass man es ihr nicht leicht machen würde, aber sie hatte nicht gedacht, dass sie der gleichen Meinung zu sein hatte wie diese Leute, nur weil die sich für geniale FBI-Ermittler hielten. Sie wählte ihre Worte sorgsam, bevor sie antwortete.

»Wenn man das Profil eines Mörders erstellt, muss man sich

vor einer kognitiven Verzerrung hüten. Es ist leicht, Theorien und Beweise zu finden, die bestätigen, was man glaubt, indem man alles, was dem widerspricht, ignoriert. Und das Gleiche geschieht mit dem Konsens, was heißt, dass wir dazu neigen zu denken, dass eine Theorie, die den meisten Zuspruch erhält, der Wahrheit entspricht. Das ist ein Irrtum, auf den das Gehirn zurückgreift, wenn wir nicht weiter über ein Thema nachdenken wollen. Auch wenn viele Leute der gleichen Meinung sind, können sie sich irren.«

Emerson senkte den Blick, um seine Wut auf den Fußboden zu projizieren, und Johnsons ungehaltener Seufzer war nicht zu überhören.

Dupree runzelte leicht die Stirn, während er Amaia musterte. Es war nicht zu übersehen, dass ihr Vortrag auch ihm nicht gefallen hatte. Amaia hingegen verstand zwar, dass sie für diese Leute nur eine zweitklassige Polizistin war, aber sie verdiente den gleichen Respekt wie alle anderen.

»Fahren Sie fort«, befahl Dupree.

Sie nickte folgsam. »Dass er für seine Opfer betet, unterscheidet diesen Täter von anderen, und dieser Unterschied verändert die Sachlage. Wir wissen noch nicht, welche Bedeutung das hat, ob es überhaupt von Bedeutung ist, aber wir können es nicht einfach beiseitelassen, nur weil es nicht zum Profil eines Familienmörders passt. Und ich habe den Verdacht«, fügte sie, an Dupree gerichtet, hinzu, »dass Sie ebenso denken«.

Der wirkte amüsiert. »Ach ja? Sie stellen Vermutungen über das an, was ich denke? Und wie kommen Sie darauf?«

»Es kann kein Zufall sein, dass Sie in Ihrem gestrigen Vortrag über Mörder gesprochen haben, die ihre Verbrechen dadurch verbergen, dass sie sie als etwas anderes ausgeben.«

Dupree sagte nichts darauf und blätterte in dem schmalen Dossier mit den farbigen Anmerkungen vor und zurück. Nachdem er es wieder geschlossen hatte, sah er Amaia an. »Da sind noch zwei weitere Notizen. Die zum viktimologischen Profil: ›Identische gleichberechtigte Rollenverteilung‹. Stützt das nicht die Richtung, die wir eingeschlagen haben? Wenn es sich um einen Familienmörder handelt, setzt das doch die ›Rollenverteilung‹ voraus, die Sie meinen. Dass jedes Familienmitglied jemanden repräsentiert, den der Täter aus seiner eigenen Familie kennt, sodass er die Gelegenheit erfährt, sich an ihnen zu rächen.«

Amaia schüttelte den Kopf. »Er will sich nicht rächen, er will bestrafen. Die Rollenverteilung ist ihm egal, seine Rollenverteilung ist gleichberechtigt. Es geht um die Familie im Ganzen. Er ist ein apostolischer Mörder, der den Hund verschont, weil er nicht zu seinem Werk gehört. Ich bin mir sicher, dass er in keinem Fall ein Haustier getötet hat.«

Amaia bemerkte, dass sich alle im Raum unwohl fühlten. Seufzer, Veränderungen der Haltung. Sie spielte auf höchstes Risiko. Mit ihrem Vorstoß war es ihr gelungen, die Aufmerksamkeit auf sich zu ziehen, aber ihr war bewusst, dass das nicht ungefährlich war. Der Unterschied zwischen Mut und Leichtsinn hing von der Beurteilung des Gegenübers ab.

Amaia richtete sich auf. Die Sache ging dem Ende zu, und wenn sie es jetzt nicht sagte, würde sie später nicht mehr die Gelegenheit dazu bekommen. »Sir, ich kann keine Profile erstellen, wenn mir entscheidende Informationen vorenthalten werden und …«

»Sie hätten die Aufgabe mit den Informationen lösen können, die Ihnen zur Verfügung stehen«, fiel ihr Tucker ins Wort.

»Zu wissen, dass Informationen fehlen, ist an sich eine Information, die eine Realität schafft«, entgegnete Amaia postwendend. »Die Aufgabe unter dieser Voraussetzung lösen zu wollen hätte bedeutet, auf Grundlage einer Lüge oder eines Irrtums zu handeln. In dem Dossier, das Sie uns gegeben haben, sind weder die Fesselungsspuren erwähnt, noch dass der Junge ein Abzeichen am Jackett des Verdächtigen gesehen hat.«

Sie bereute ihre Worte, sobald sie sie ausgesprochen hatte. Im nächsten Moment hörte sie, dass hinter ihr eine Tür geschlossen wurde. Der Mann, der die ganze Zeit schweigend zugehört hatte, war gegangen, und ihre Intuition sagte ihr, dass sich damit die Möglichkeit erledigt hatte, ernst genommen zu werden.

Amaia schloss die Augen und atmete langsam aus, bevor sie den Blick wieder auf Dupree richtete. Der hielt ihr das einzige Post-it vor die Nase, das eine andere Farbe hatte als all die anderen. Blau. Darauf stand ihre Notiz zum geografischen Profil.

»Latente Variable?«, fragte er.

Sie versuchte sich zu beruhigen, um antworten zu können. »Latente oder verborgene Variablen, Sir. Die Variablen, die nicht direkt beobachtet, sondern von anderen, sichtbaren Variablen hergeleitet werden. Die latenten Variablen weisen darauf hin, dass er es schon einmal getan hat, denn sein System ist ausgefeilt. Daher bin ich sicher, dass es mindestens noch einen weiteren Fall gibt.«

Emerson grinste böse. »Gestützt auf was?«

Amaia wandte sich zu ihm um und erlaubte sich sogar ein leichtes Lächeln, bevor sie antwortete. »Gestützt auf ein mathematisches Modell, das darauf abzielt, beobachtete Variablen anhand latenter Variablen zu erklären. Die müssen bei der Auswertung der Informationen bekannt sein ...«

»Ich weiß, was latente Variablen sind«, brummte Emerson.

»... in diesem Fall«, sprach sie weiter, als hätte sie seinen Einwurf nicht gehört, »auf Grundlage von Agent Tuckers Äußerung, dass sich der Täter in einem sehr großen Radius bewegt.« Sie hielt den Blick auf Emerson gerichtet.

»Da liegen Sie völlig falsch ...«, begann dieser.

»Sie hat recht«, fiel Dupree ihm ins Wort. »Es gibt noch einen weiteren Fall. Im letzten Februar wurde ein Ort an der Küste in der Nähe von Cape May in New Jersey von einem Unwetter heimgesucht. Die Familie Miller, die genauso viele Mitglieder hatte wie in den beiden anderen Fällen, wurde tot in ihrem Haus aufgefunden. Wie die Familie Mason wurden die Opfer bestattet, ohne dass eine Autopsie vorgenommen wurde. Die Familie von Mrs. Miller lebt im Ausland. Als sie von dem Unglück unterrichtet wurde, erlitt ihre Mutter einen Herzinfarkt und konnte erst in der letzten Woche in die USA reisen. Auf ausdrücklichen Wunsch der Familie wurde die Leiche von Mrs. Miller die ganze Zeit über tiefgekühlt gelagert. Mary Ward, die in der vierten Generation das Bestattungsunternehmen ihrer Familie führt, taute die Leiche auf und begann sie so herzurichten, dass sie für die Familie einen akzeptablen Anblick bietet. Während des Schminkens fiel ihr eine Wölbung am Kinn auf, die, wie sich herausstellte, von einem Projektil Kaliber 22 stammte. Unglücklicherweise haben das fehlende Einverständnis der Familie, die inzwischen vergangene Zeit und ein sehr konservativer Richter bisher verhindert, dass die anderen Toten exhumiert wurden. Der Richter ist der Meinung, dass die am Tatort gemachten Fotos für eine Ermittlung ausreichend wären.«

Dupree öffnete eine Schublade seines Schreibtischs, nahm eine Mappe mit braunen Deckeln heraus und legte sie geöffnet vor Amaia hin. Etwa zwanzig Fotos dokumentierten den Zustand eines von Wind und Wasser zerstörten Hauses am Meer. Die Leichen der Familienmitglieder lagen alle in einem Raum in der Mitte des Gebäudes. Die Reste eines zerfetzten Vorhangs, die dort hingen, wo vormals ein großes Fenster gewesen war, wehten im Wind. Der Fotograf hatte genau den Moment erwischt, in dem der aufgebauschte Stoff wie ein Geist über den toten Körpern schwebte. Die arg in Mitleidenschaft gezogenen Schädel der Toten standen im krassen Gegensatz zu den wenigen sonstigen Verletzungen.

Amaia sah sich die Fotos ausführlich, beinahe ehrfürchtig an, wobei sie sie nach Möglichkeit nur an den Rändern berührte. Bis Agent Duprees Stimme ihre Betrachtung unterbrach.

»Subinspectora Salazar. Soweit ich weiß, haben Sie einige Jahre in unserem Land gelebt, daher sind Sie sicher mit den Besonderheiten der Meteorologie vertraut. Wir befinden uns gerade in der Orkansaison. Heute Morgen hat ein Unwetter eine größere Region in Texas verwüstet. Und nun liegen uns die Leichen der Familie Allen vor, Vater, Mutter und drei Kinder im jugendlichen Alter, zwei Jungen und ein Mädchen, tot in den Trümmern ihres Hauses. Großeltern gibt es nicht, das haben wir überprüft. Die Eltern des Familienvaters und seiner Frau sind gestorben, als ihre Kinder noch klein waren. Beide sind im Heim aufgewachsen. Daher passt die Familie, was die Großmutter angeht, nicht zu dem Profil, auf das sich der Mörder konzentriert hat. Wir werden uns jetzt auf den Weg dorthin machen, und wir möchten, dass Sie uns begleiten.«

6

Itxusuria. Seelenkorridor*

Alvord, Texas

Der Wiese vor dem Haus der Allens war kaum anzusehen, dass dort ein Orkan getobt hatte. Und wenn man nur den unteren Teil des Hauses betrachtete, machte dieses auf den ersten Blick ebenfalls den Eindruck absoluter Normalität. Im Untergeschoss waren sämtliche Fenster intakt, genau wie die Treppe, die zur Haustür hinaufführte, wo sogar noch einige Töpfe mit kleinen violetten Blumen standen. Doch wenn man zum Erdgeschoss aufschaute, sah man, dass die Fensterscheiben zerbrochen waren, und vor allem hatte das einstöckige Haus kein Dach mehr; das war komplett fortgerissen worden.

Die große Anzahl der Fahrzeuge, die auf der Zufahrt standen, ließ auf die Menge an Polizisten, Feuerwehrleuten, Sanitätern und Angestellten des Bestattungsinstituts schließen, die das Haus bevölkerten. Amaia folgte den FBI-Agents durchs Haus, bis sich Agent Emerson, der vor ihr gegangen war, kurz zu ihr umdrehte und ihr sagte, sie würden sich den Tatort zunächst ohne sie an-

---

* Alle kursiv gedruckten Worte, die einer Erklärung bedürfen, werden in einem Glossar am Ende des Romans erläutert. *(Anmerkung des Verlags.)*

sehen, um dann wie die anderen im Wohnzimmer zu verschwinden. Amaia war es gleich, da sich ohnehin zu viele Leute in dem Raum tummelten; da konnte sie sich genauso gut im Rest des Hauses umschauen, für den sich ansonsten niemand zu interessieren schien.

Die Jacke, die sie trug, war ihr zu groß, aber immerhin leuchteten auf ihrem Rücken unübersehbar die drei gelben Buchstaben FBI. Sie durchsuchte die vielen versteckten Taschen, fand ein Paar Handschuhe und zog sie an, während sie durchs Haus ging. Bilder hingen schief an den Wänden, Balken waren herabgestürzt, auf dem Boden lagen staubiger Schutt und Glassplitter, und die abgerissenen Kabel der Elektroinstallation hingen herab. In der Küche schaute ein Bündel Möhren aus der Spüle hervor, das noch voller Erde war.

Schon als Amaia das Haus betreten hatte, hatte sie sich nach dem Zugang zum Schutzraum umgesehen. Dupree hatte ihr zwar bereits mitgeteilt, dass die Familie eigentlich nicht zum Opferprofil des Täters passte, nach dem sie suchten, aber sie glaubte nicht an Zufälle. Der Familienvater, seine Ehefrau und drei Kinder, zwei Jungen und ein Mädchen, im gleichen Alter wie die Kinder der Masons und der Jones'. Alle zusammen im Wohnzimmer des Hauses, das zwar vom Sturm arg beschädigt worden war, in dem sie aber hätten überleben können. Sie musste noch überprüfen, in welche Himmelsrichtung die Köpfe der Leichen ausgerichtet waren, und zudem die Waffe des Vaters finden. Wenn die Familie Allen, wie sie vermutete, ebenfalls Opfer des Komponisten geworden war, hatte sie das Unwetter im Schutzraum unversehrt überstanden.

Neben dem Zugang zur Küche befand sich noch eine weitere Tür. Als Amaia sie öffnete, wusste sie, dass sie den Zugang zum Keller gefunden hatte. Sie klopfte erneut ihre Jackentaschen ab, bis sie die kleine Taschenlampe fand, dann ging sie die Treppe hinab, ohne das Geländer zu berühren, und achtete darauf, die Stufen nur an den Seiten zu betreten, um möglichst keine Spuren zu zerstören.

Das hereinfallende Licht wurde von der dicken Staubschicht gefiltert, die die ebenerdigen Fenster bedeckte, die Amaia schon von außen gesehen hatte und die, wie sie nun feststellen konnte, mit Kreppband und Packpapier verstärkt worden waren. In genau beschrifteten Plastikkisten fand sie Taschenlampen, ein Radio, Batterien, Kanister mit Wasser, Konservendosen mit Nahrung und sogar eine kleine Kochplatte, die an eine Flasche mit Campinggas angeschlossen war. Auf einem klobigen Sideboard, das wohl die Zeit in den Keller verbannt hatte, standen einige Getränkedosen neben leeren Verpackungen von Schokoriegeln. Zwei Dosen Bier, zwei Dosen mit einem zuckerfreien Erfrischungsgetränk, ein halbes Dutzend Cola-Dosen und ein paar kleine Wasserflaschen. Ohne sie zu berühren, beugte sich Amaia vor und konnte in einer geöffneten Dose die zischende Kohlensäure hören.

An den Türen des Sideboards hing ein offenes Vorhängeschloss. Ohne die Griffe anzufassen, öffnete Amaia die Türen und nahm sofort den vertrauten Geruch des Öls wahr, mit dem Schusswaffen gereinigt wurden. Die Waffe selbst fand sie dort nicht, aber mehrere Päckchen Munition vom Kaliber 22.

Weiter hinten im Raum konnte sie mehrere Schlafsäcke und Kissen ausmachen. Sie bückte sich, um den Inhalt eines goldfarbenen Etuis zu inspizieren, wie man es normalerweise für Makeup verwendet. Es war voller Medikamente. Sie schloss es und stellte es zurück.

Anschließend stieg sie die Treppe wieder hinauf, um zum Wohnzimmer zu gehen, fand sich jedoch plötzlich zwischen zwei uniformierten Beamten wieder, die im Flur standen. Sie hörte, wie Dupree versuchte, den Sheriff davon zu überzeugen, dass all diese Leute vom Tatort verschwinden müssten, und presste sich an die Wand, um die beiden Polizisten vorbeizulassen. Danach konnte sie endlich einen Blick ins Wohnzimmer werfen.

In dem Zimmer, in dem die Leichen lagen, war mehr kaputt als in den anderen. Mehrere Agents, von Kopf bis Fuß in die weißen Overalls der Spurensicherung gehüllt, fotografierten jeden von den Gegenständen, mit denen die Toten bedeckt waren, bevor sie diese davon befreiten. Die Köpfe, ein einziges Gemisch aus verklebtem Haar und vom Staub grau verfärbtem Blut, wiesen nach Norden und waren in derselben Folge aufgereiht wie in den anderen beiden Fällen: die Ehefrau, die drei Kinder, dem Alter nach geordnet und das älteste zuerst, und der Familienvater.

Als Dupree bemerkte, dass Amaia in der Tür stand, ging er wütend auf sie zu. Immerhin hatte er sich so weit im Griff, dass er sie erst anschnauzte, als er neben ihr stand.

»Wo, zum Teufel, haben Sie gesteckt?«

»Ich war …«, stotterte sie.

Dupree nahm sie am Arm und führte sie aus dem Haus.

»Agent Emerson hat mich abgehängt, und da der Flur voller Menschen war, hab ich die Gelegenheit genutzt, um …«

»Keine Ausreden!«, unterbrach er sie. »Emerson ist ein Idiot, und ich hab mich weit aus dem Fenster gelehnt, damit Sie mitkommen können. Gehen Sie da rein, lassen Sie alles auf Ihre Sinne einwirken. Fühlen Sie die Angst, die diese Familie durchgestanden hat, und dann sagen Sie mir, wie dieser Komponist denkt. Und lassen Sie sich nicht einschüchtern, seien Sie selbstbewusst.«

Ohne auf eine Antwort von ihr zu warten, wandte sich Dupree auf dem Absatz um und kehrte ins Haus zurück.

Amaia presste die Lippen zusammen und folgte ihm.

Die Spurensicherung hatte die Leichen inzwischen von den Trümmern befreit, und die Agents knieten neben ihnen, um sie zu begutachten, während der Gerichtsmediziner seine ersten Eindrücke schilderte. Amaia ging gleich hinter ihm in die Hocke.

»Sie sind erst seit weniger als fünf Stunden tot. Die Leichenblässe ist bereits eingetreten und das Blut schon abgesunken, sodass an den Stellen, die Kontakt mit dem Boden hatten, die ersten Leichenflecken zu sehen sind. Angesichts der schweren Schädelverletzungen haben sie recht wenig Blut verloren.«

»Könnte das daran liegen, dass sie bereits tot waren, als sie die Kopfverletzungen erlitten haben?«, wollte Agent Tucker wissen.

»Das kann ich noch nicht sagen, dafür müssen Sie die Autopsie abwarten«, erklärte der Arzt. »Was ich Ihnen aber jetzt schon versichern kann, ist, dass die Kopfverletzungen bei allen garantiert tödlich waren.« Er schob mit den Fingern das Haar des jüngsten Kindes zur Seite, damit alle sehen konnten, wie heftig die Schädelverletzung war.

»Halten Sie es für möglich, dass sie sich diese Verletzungen hier, in diesem Raum, zugezogen haben?«, fragte Agent Tucker.

»Na ja, Sie haben ja gesehen, wie viele Gegenstände auf sie heruntergekommen sind. Einige Holzbalken und Betonbrocken sind tief in die Knochen eingedrungen. Aber dass sie sich letztendlich alle in diesem Raum befanden, heißt nicht, dass sie sich die Verletzungen nicht auch in einem anderen Zimmer des Hauses zugezogen haben können. Ich habe das schon oft bei Brandfällen gesehen. Wenn Panik ausbricht, ist es ganz normal, dass sich die Familienmitglieder an einem Ort versammeln, um gemeinsam zu sterben.«

»Mit den Köpfen in Richtung Norden«, merkte Dupree an.

Der Gerichtsmediziner zuckte mit den Schultern. »Ja, das ist seltsam, aber ...«

Amaia schüttelte den Kopf und erklärte: »Nirgendwo sonst im Haus ist Blut zu finden, das hab ich schon überprüft.« Sie sah Dupree an, als sie fortfuhr. »Nicht ein einziger Tropfen, der darauf hinweist, dass sie die Kopfverletzungen anderswo und nicht im Wohnzimmer erlitten haben. Wenn sie sich mit so heftigen Kopfverletzungen von Zimmer zu Zimmer geschleppt hätten, müsste es Blutspuren geben.«

»Auch an ihrer Kleidung findet sich kein Blut«, fügte Johnson hinzu, »und es ist ihnen auch keins übers Gesicht gelaufen, was sicher der Fall wäre, wenn die Trümmer von oben auf sie niedergestürzt wären.«

Amaia rutschte ein Stück vor und beugte sich über die Leiche des Jungen. »Und wenn man genau hinschaut ...«, sagte sie und wies auf das blutige Gemisch in der Wunde. »Ein paar Zentimeter unterhalb der Verletzung hat sich eine Blase gebildet.«

Der Gerichtsmediziner sah es sich genau an. »Das könnte ein Blutgerinnsel sein ...«

»Nein«, widersprach Amaia, »das ist eine Gasblase. Wenn Sie den Rand der Wunde betrachten, sehen Sie zwei kleine schwarze Spuren, typische Abstreifringe, wie Schussgase sie auf der Haut hinterlassen. Die Haut ist sehr dünn an dieser Stelle, anders als der Schädel, der so hart ist, dass sich die Gase darin nicht verteilen können und eine solche Blase bilden.«

Dupree nickte zufrieden.

»Könnte sein, dass Sie recht haben«, gab der Gerichtsmediziner zu.

»Sie wurden alle durch einen Schuss in den Kopf getötet«, war Amaia überzeugt, »und der Mörder versuchte es anschließend zu vertuschen, indem er ihnen die Schädel eingeschlagen hat.«

»Ja, hier gibt es einige Übereinstimmungen mit den uns bekannten Fällen«, wandte Johnson ein. »Aber wir haben noch keine Waffe gefunden, und wie wir ja bereits wissen, gibt es keine Großmutter.«

»Während des Orkans hat sich die Familie in den Keller geflüchtet, der durch die Küche zugänglich ist«, sagte Amaia, die wieder Dupree ansah. »Sie waren bestens vorbereitet, hatten Wasser, Essen, Batterien, ein Radio, Taschenlampen. Außerdem gibt es einen Waffenschrank, in dem sich zwar keine Waffe befindet, aber ein Lappen mit Waffenöl und Munition vom Kaliber 22. Ich glaube nicht, dass sie geschlafen haben, aber sie haben die Nacht dort unten verbracht; das Schlafzimmer ist voller Trümmer, aber man kann noch sehen, dass die Betten gemacht sind. Im Keller sind sechs Schlafsäcke und Getränke für sechs Personen. Das Bier ist garantiert für den Vater, zuckerfreie Limonade für die Mutter, Cola für die Kinder und Wasser für eine sechste Person.«

Emerson blickte, schon vorab auf Zustimmung hoffend, in die Runde, bevor er sagte: »Ich halte es für sehr gewagt, nur wegen eines Schlafsacks und ein paar Flaschen Wasser davon auszugehen, dass es eine sechste Person gibt.«

Dupree sah Amaia an und wartete auf ihre Antwort.

»Neben den Schlafsäcken habe ich ein Etui mit Medikamenten gefunden, wie alte Leute sie üblicherweise nehmen: Kreislaufmittel, Blutdrucktabletten, etwas gegen Rheuma, Schlafmittel. Alte Leute gehen ohne ihre Medikamente nirgends hin. Und weil sie sie nehmen müssen, trinken sie nur Wasser. Außerdem sind Lippenstiftabdrücke auf der Flasche, in einem hellen Rosa. Und weder die Mutter noch das Mädchen haben Lippenstift benutzt.«

»Da gibt es nur ein Problem«, wandte Tucker ein und stand auf. »Wo ist diese Person? Laut den Angaben, die wir haben, sind die Eltern des Ehepaars schon lange tot. Die beiden haben sich als Jugendliche im Heim kennengelernt. Beide waren Waisen ohne irgendwelche Anverwandten.« Und mit einem traurigen Blick auf die Leichen fügte sie hinzu: »Vielleicht hat sie das bis zum Schluss verbunden.«

Amaia verließ das Haus, ging zwischen den auf der Zufahrt parkenden Autos hindurch und entfernte sich so weit, dass sie den ganzen Besitz überblicken konnte. Der Weg zum Haus stieß etwa zweihundert Meter entfernt auf die Staatsstraße. Vom Wegesrand aus besah sie sich die offene Ebene, in der die Farm der Familie Allen lag. Das Haus war das einzige Gebäude, das zu sehen war, und laut der Angaben, über die sie verfügten, war die nächste Farm zwei Meilen entfernt.

Amaia blickte in den Himmel, über den dichte Wolken zogen, und ging dann wieder zurück zur Farm.

Eine etwa vierzigjährige Frau in Uniform stand an einen Streifenwagen gelehnt und lächelte ihr zu, bevor sie sich wieder dem Haus zuwandte und sagte: »Unglaublich, oder? Wie eine Schildkröte, der man den Panzer runtergerissen hat.«

Amaia nickte. »Das Dumme ist, dass es nach Regen aussieht.«

»Machen Sie sich deswegen keine Sorgen, gleich kommt eine Firma aus dem Nachbarstaat, um das Gebäude für die Nacht mit einer Industrieplane abzudecken. Sobald sie die Toten weggebracht haben, wird das Haus Zimmer für Zimmer ausgeräumt, es wird eine Inventarliste erstellt, und bis zum Abschluss der Ermittlungen wird alles eingelagert. Erst danach können die Erben darüber verfügen, wenn es welche gibt.«

»Das nenn ich effektives Arbeiten«, meinte Amaia.

Die Frau reichte ihr freundlich die Hand. »Ich bin Alana Harris von der Highway Patrol.«

Amaia wusste, dass die Texas Highway Patrol nicht etwa eine Verkehrspolizei war, sondern die gleichen Aufgaben erfüllte wie in anderen US-Bundesstaaten die State Police.

»Amaia Salazar, ich arbeite für das FBI«, sagte sie und wies auf das Abzeichen, das an ihrem Jackenkragen hing.

Harris fiel auf, dass das Kleidungsstück viel zu groß für Amaia war, und meinte: »Na, die haben sich aber wenig Mühe gegeben, die richtige Größe zu finden.«

Amaia lächelte und zeigte dann auf die Überreste des Farmgebäudes. Dabei fiel ihr auf, dass Dupree in der Tür stand und sie beobachtete. »Sie wissen nicht zufällig, wo das Dach hingeflogen ist?«

»Doch, natürlich«, entgegnete die Polizistin. »Es ist etwa dreihundert Yards hinter dem Haus gelandet. Und das ist noch gar nichts. Vor drei Jahren hat der Hurrikan Helen einen Teil des Kirchendachs abgerissen, das in mehr als zwei Meilen Entfernung auf eine Scheune gekracht ist.«

Amaia ging an der Seite des Gebäudes entlang hinters Haus. Im Gegensatz zur Vorderseite war die Wiese dort von Balken, Kleidungsstücken und Einrichtungsgegenständen übersät. In der Ferne entdeckte sie einen sechsarmigen Leuchter samt Glühbirnen. Vom Dach keine Spur.

»Sie müssen hier entlang, um es zu sehen!«, rief ihr Harris hinterher. »Es ist in einer Mulde gelandet!«

Amaia wandte sich um und winkte der Frau zum Dank zu. Dann bemerkte sie, dass Dupree seinen Platz in der Tür verlassen hatte und auf sie zukam.

Auf dieser Wiese war das Gras nicht gemäht, und nachdem der heftige Sturm die langen Halme niedergedrückt hatte, richteten sie sich in der leichten Brise allmählich wieder auf. In dem Bewusstsein, dass Dupree ihr folgte, ging Amaia weiter. Noch immer war das Dach nicht zu sehen, doch als sie sich noch einmal nach Alana umwandte, machte diese ihr ein Zeichen, weiterzugehen.

Die Mulde, von der die Polizistin gesprochen hatte, war etwa zwei Meter tief und gut fünfundzwanzig Meter lang. Und tatsächlich war dort das Dach gelandet. Es war beinahe in einem Stück und noch mit den Balken verbunden, mit denen es am Haus befestigt gewesen war.

Auf der Wiese waren deutliche Fußabdrücke zu sehen, als wären es Spuren im Schnee. Amaia blickte hinter sich und stellte fest, dass sie ähnliche Spuren hinterlassen hatte. Nachdem Dupree sie erreicht hatte, ging er schweigend neben ihr her. In einigem Abstand folgten die anderen Mitglieder der Einheit.

Amaia ging in die Mulde hinunter und blickte unter die Dachrinne. Danach richtete sie sich gleich wieder auf, gab Dupree und den anderen ein Zeichen und sagte: »Dort, woher ich komme, gibt es einen sehr alten, tief verwurzelten Volksglauben, der besagt, dass ein Haus so weit reicht wie sein Dach. Den Bereich jenseits der Hauswand nennt man *Itxusuria*, und dort wurden damals die Toten der Familie begraben, die aus irgendeinem Grund nicht auf dem Friedhof beerdigt werden konnten.«

Sie wartete, bis sich alle zu ihr heruntergebeugt hatten, und beleuchtete mit der Taschenlampe das blutige Gesicht der toten alten Frau unter dem Dach.

»Da hätten wir die Großmutter.«

7
Zweifel

FBI-Akademie, Quantico Virginia

Amaia saß vor dem Computer und versuchte, sich auf die Ausführungen des Ausbilders zu konzentrieren, der erklärte, wie die Daten von verdächtigen Mordfällen in das internationale viktimologische Registrierprogramm eingegeben werden mussten. Sie war müde, denn sie hatte die Nacht damit verbracht, einen neuen Bericht zu schreiben, der ihre Schlussfolgerungen enthielt, und in Gedanken ging sie immer wieder ihre Angaben durch, von denen die meisten der Meinung der Agents widersprachen, aber letztendlich war es das, was Dupree ihr aufgetragen hatte:

»Jetzt haben Sie alle Informationen. Vervollständigen Sie Ihren Bericht. Ich will ihn morgen früh um acht auf dem Schreibtisch haben. Und vergessen Sie nicht: drei Profile.«

Amaia hatte den Bericht um sieben in sein Büro gebracht. Sie blickte noch einmal auf die Uhr. Es war nach zwölf, und sie musste ständig an das Profil denken, das sie erstellt hatte:

Ein weißer Mann, älter als fünfundvierzig, der bereits auf die gleiche Art und Weise Menschen seiner Hautfarbe getötet hat. Organisiert und geduldig, in der Lage, auf den richtigen Moment zu warten. Gläubig, wobei ihm möglicherweise die Einstellung der Kirche in Bezug auf Sünde nicht streng genug erscheint.

Der Unterricht war zu Ende, und beinahe übergangslos begann der nächste.

Sie fühlte sich schwach und wusste, dass das der Preis war, den sie dafür bezahlen musste, recht zu haben. Für das stets mysteriöse Privileg, das Puzzleteil zu finden, das das Bild vervollständigte.

Seit sie die tote Frau unter dem Dach entdeckt hatte, hatte sie sich nicht mehr zurückhalten können, denn von da an war die Auseinandersetzung mit Duprees Team nicht mehr nur rein dialektisch gewesen. Als sie den Strahl ihrer Taschenlampe auf das entstellte Gesicht der Frau in dem ihr aufgezwungenen Grab gerichtet hatte, hatten sich in ihr die Teile des düsteren Szenarios, das den Komponisten antrieb, zusammengefügt. Im Gegensatz zum Inneren des Hauses, in dem sich Dutzende Polizisten aufgehalten hatten, war dieser Ort noch unberührt. Wenn sie sich konzentrierte, konnte sie noch den Nachhall seiner Anwesenheit spüren und wie er die alte Frau verfolgt hatte. Nein, er war kein Familienmörder. Nun war sie sich vollkommen sicher. Es war nicht sein Ziel, Familien zu zerstören, sondern eine zusammenzustellen. Die perfekte Familie, im Tod vereint. Der Leichenfund, gefolgt von ihrer deutlichen Aussage, hatte der Konfrontation, die seit der morgendlichen Begegnung in Duprees Büro in der Luft hing, Bahn gebrochen.

»Es gibt keine Großeltern. Die Eltern des Ehepaars leben schon lange nicht mehr, wie Agent Tucker deutlich gesagt hat«, widersprach Johnson, dem es zwar gelang, Haltung zu bewahren, der aber dennoch sichtlich verärgert war.

»Das ist die Großmutter, überprüfen Sie es«, hatte Amaia insistiert, sich dann umgedreht und die Gruppe stehen lassen.

»Wir *haben* es überprüft!«, entgegnete Tucker wütend und folgte ihr über die Wiese. »Sie können nicht einfach eine solche Behauptung aufstellen, die sich nicht beweisen lässt!«

»Na, dann fragen Sie noch mal nach!«

»Was denken Sie, wen Sie vor sich haben?«, fauchte Tucker. »Sie haben mir keine Befehle zu erteilen!«

Amaia blieb stehen. Seufzte und blickte zu Boden, während sie versuchte, sich zu beruhigen. Sie verspürte den heftigen Drang, sich umzudrehen, Tucker am Hemdkragen zu packen und sie zu schütteln, bis sie endlich Vernunft annahm. Aber natürlich tat sie das nicht. Ohne auch nur einen Deut von ihrer Überzeugung abzuweichen, senkte sie die Stimme so weit, dass die anderen Agents gezwungen waren, sie zu umrunden, um sie verstehen zu können.

»Vergessen Sie alle offiziellen Listen und fragen Sie die Nachbarn, ob diese Frau bei der Familie gelebt hat. Die ungetauften Kinder, die laut des Volksglaubens unter dem Vordach beerdigt wurden, gehörten ebenfalls nicht zur Familie im christlichen Sinne.«

Agent Johnson hob, verblüfft von Amaias Worten, die Schultern. Dann wandte er sich mit offenem Mund Dupree zu und wartete auf seine Reaktion.

»Was ist das für ein Blödsinn?«, rief Emerson genervt. »Familienmitglieder, die unter dem Vordach beerdigt werden? Müssen wir uns das von einer Amateurin wirklich bieten lassen?«

»Überprüfen Sie es noch mal«, befahl Dupree ruhig.

»Aber ... Dupree, wir haben alle Angaben ...«, widersprach Johnson.

Dupree bedachte ihn mit einem scharfen Blick. »Ich habe gesagt, Sie sollen es überprüfen.«

Dann hatte er Amaia weggeschickt, während er mit den anderen geredet hatte. Sie hatte im Wagen gewartet und sich gefühlt wie ein kleines Mädchen, das bestraft und ausgeschlossen wurde.

Dabei hatte sie Dupree, Emerson und Tucker, die, ihr den Rücken zugewandt, vor dem Auto standen, nicht aus den Augen gelassen, und ihren Gesten entnahm sie, dass sie heftig diskutierten, wenn auch nicht mit erhobener Stimme. Die Schultern angespannt, den Kopf gesenkt, die Hände in die Hüften gestützt. Tucker blickte einmal zum Auto herüber, und Emerson wies mit dem Kinn auf sie.

Schließlich sah sie Johnson herankommen, der sich bei einer Gruppe Nachbarn, die in der Nähe zusammenstanden, nach der Familie Allen erkundigt hatte. Er informierte kurz Dupree und das komplette Team, blickte sich zu Amaia um und sah sie erstaunt und gleichzeitig argwöhnisch an.

Sie stieg aus dem Auto und wartete, bis sie herangekommen waren. Dupree forderte Johnson mit einer Geste auf zu sprechen.

»Bei der toten alten Frau unter dem Dach handelt es sich um Belinda Wright. Sie war eine Jugendfreundin von Hugh Allens Mutter und hat sich um ihn gekümmert, nachdem er volljährig war und das Heim verlassen konnte. Hugh hat mit ihr und ihrem Mann auf einer kleinen Farm in der Nähe gelebt, bis der junge Mann geheiratet hat und hierhergezogen ist. Jahre später, nachdem Belindas Mann gestorben war, zog sie zu der Familie und half dem Ehepaar bei der Betreuung der Kinder. Auch wenn sie nicht Hughs Mutter war, hat er sie mit dem gleichen Respekt behandelt.«

»Auf irgendeine Weise ist es der Frau gelungen, aus dem Haus zu fliehen«, fuhr Dupree fort, »oder sie war bereits draußen, als der Mörder kam. Er hat sie auf der Wiese erwischt, sie umgebracht und sie zu dem Dach geschleppt, um sie dort wie ein weiteres Familienmitglied zu platzieren.« Die letzten Worte sagte er mit einem respektvollen Blick auf Amaia.

Auch Tucker sprach in gemäßigtem Tonfall, als sie sich an Amaia wandte. »Ich verstehe jetzt, was Sie mit ›gleichberechtigte

Rollenverteilung‹ meinen. Er sucht nicht nach identischen Familien, sondern nach etwas, was sie repräsentieren. Aber Sie müssen zugeben, dass es schwer nachzuvollziehen ist, warum ihn dies ausgerechnet an Orte führt, an denen sich eine Naturkatastrophe ereignet hat.«

»Nein«, wandte Amaia ein, die nun wieder voll motiviert war, »ganz so einfach ist das nicht. Wir müssen dabei beachten, dass die Wettervorhersagen immer präziser werden, was heißt, dass wir ziemlich genau wissen, wann ein Unwetter, ein Zyklon oder ein Orkan zu erwarten ist. Und er weiß es auch. Es ist der Orkan, der ihm sagt, wohin er gehen soll, Gott selbst gibt ihm den Befehl. Gott und die Meteorologen«, fügte sie mit dem Anflug eines Lächelns hinzu. »Ich glaube, so gelingt es ihm, rechtzeitig vor Ort zu sein. Er ist bereits in der Gegend, bevor der Orkan kommt, denn Gott gibt ihm vorab die genauen Koordinaten.«

Emerson schnalzte geringschätzig mit der Zunge. »Mal sehen, ob ich das richtig verstehe«, sagte er mit falscher Freundlichkeit. »Sie nehmen an, dass der Mörder nicht die Familie auswählt, sondern den Ort, einen Ort, wo ein Tornado oder ein Orkan wütet oder wo es Überschwemmungen gibt. Was durchaus möglich ist, denn wie Sie selbst erklärt haben, werden die Wettervorhersagen immer präziser, sodass man mit immer größerer Sicherheit weiß, wo in den nächsten Tagen ein Unwetter stattfindet. Aber wenn er auf diese Weise den Ort auswählt, wie gelingt es dem Komponisten in der kurzen Zeit, Familien zu finden, die dem Profil entsprechen, das er braucht, um seine Mission zu erfüllen? Oder sagt ihm Gott noch vor den Meteorologen, wo demnächst ein Unwetter stattfindet, sodass er die Familien vorab ausfindig machen kann, die er auslöschen soll? Glauben Sie, dass es sich wieder um etwas Mystisches handelt wie bei den Beerdigungen unter dem Vordach?« Emerson schloss seine Ausführung mit dem für ihn typischen hochmütigen Lächeln.

»Auf so viel Unsinn käme ich gar nicht, nur um eine meiner Meinung nach falsche Hypothese schlechtzumachen«, entgegnete Amaia heftig. »Und es handelt sich nicht einmal um eine Hypothese, sondern um eine aus Fakten hergeleitete Feststellung.«

Emersons Lächeln verschwand, und er sah sie mit jenem vernichtenden Blick an, den er immer zur Schau stellte, wenn ihm etwas misslang.

»Es ist nicht wichtig, was ich denke, sondern was *er* glaubt«, fuhr Amaia unbeirrt fort. »Sein Glaube ist maßgebend. Ein Mörder, der seine Taten damit rechtfertigt, dass sie dem Willen Gottes entsprechen, hat mit Sicherheit ein persönliches Muster entwickelt, mit dem er seine Opfer auswählt. Wir dürfen nicht außer Acht lassen, dass er davon ausgeht, sein Wille stimme mit göttlicher Vorsehung überein.«

»Wir befinden uns noch in einer sehr frühen Phase und verfügen noch nicht über alle Informationen«, erklärte Tucker. »Aber apostolische Mörder sind davon überzeugt, dass sie die Gesellschaft von unwürdigen, minderwertigen Subjekten befreien. Ihre Opfer sind für gewöhnlich Prostituierte, Bettler, Drogenhändler, Süchtige … Jeder, den sie für unmoralisch halten. Die Untersuchungen im Fall der Familie Allen sind noch nicht abgeschlossen, aber wir durchleuchten seit Wochen die Hintergründe der anderen Familien, und ich versichere Ihnen, es waren mehr oder weniger durchschnittliche Familien, die nicht in das Profil eines apostolischen Mörders passen. Da gab es nichts, was man in irgendeiner Weise als verwerflich ansehen kann.«

»Erinnern Sie sich an den Fall der Serienmörderin Aline Wuornos?«, wandte Johnson ein. »Ihre Opfer waren die Kunden von Prostituierten, nicht die Prostituierten selbst. Die Sünde, die diese Apostel als Anlass für ihre Taten nehmen, ist nicht immer auf den ersten Blick ersichtlich.«

Tucker schien darüber nachzudenken. »Es könnte also sein, dass ein Mitglied oder mehrere Mitglieder dieser Familien im Leben einmal irgendetwas gemacht haben, was der Täter als verwerflich ansieht, das uns aber bisher entgangen ist?«

»Verwerflich für den Mörder«, präzisierte Amaia. »Wir dürfen nicht vergessen, dass sich seine Auffassung von verwerflich nicht unbedingt mit dem decken muss, was der Rest der Welt darunter versteht. Aber es muss etwas sein, das die ganze Familie betrifft, denn er bestraft alle, und das heißt, dass er sie alle für irgendein Übel verantwortlich hält.«

Amaia spürte Duprees Blick auf sich gerichtet. Er hatte den Kopf leicht zur Seite geneigt und betrachtete sie. Nein, er musterte sie so, wie er es schon in seinem Büro getan hatte.

Emerson verschränkte die Arme vor der Brust. »Also dass die Naturkatastrophen die Orte festlegen, wo er zuschlägt, erscheint mir noch immer ziemlich spektakulär, und es ist auch keine Erklärung dafür, wie er die Familien auswählt.«

»Ich weiß noch nicht, wie er das macht«, gab Amaia zu und wandte sich dabei an Emerson, jedoch hauptsächlich, um Duprees eingehender Musterung zu entgehen. »Ich glaube, dass wir die Antwort darauf erfahren, wenn wir sein Zeitmuster kennen. Die Frage, die sich nun stellt, ist: Seit wann tötet er?«

»Auf jeden Fall seit Februar ...«, begann Emerson.

Amaia fiel ihm ins Wort. »Soweit wir bisher wissen«, betonte sie. »Im Februar hat er die Familie aus Cape May getötet. Aber ich bin mir sicher, dass er viel früher angefangen hat. Seine Methode ist ausgefeilt, sogar so weit, dass er Einzelheiten kennt wie zum Beispiel, dass Belinda Wright bei den Allens die Rolle der Großmutter übernommen hatte. Ein solches Vorgehen setzt Erfahrung und Praxis voraus, denn am Anfang macht man Fehler.«

Dupree nickte langsam.

»Erklären Sie das«, ermunterte er sie.

»Im Februar die Millers, im März die Masons, im April die Jones und jetzt im August die Allens. Da gibt es also eine zeitliche Lücke, und es ist unmöglich, dass immer alles reibungslos geklappt hat. Wir sollten nach abgebrochenen, gescheiterten Versuchen suchen.«

Agent Tucker nickte. »Familien mit der gleichen Anzahl Mitglieder und übereinstimmendem Geschlecht und Alter, von denen jedoch nicht alle ums Leben gekommen sind, weil während des Unwetters nicht die ganze Familie zu Hause war.«

Amaia lächelte zufrieden, beinahe glücklich, weil sie es geschafft hatte, ihre Überlegungen mitzuteilen. Deutlich energischer fuhr sie fort: »Es ist gar nicht so leicht, so viele Leute zu überwältigen. Er muss es irgendwie schaffen, dass sie ihm die Waffe aushändigen, sie in einem Raum des Hauses bewegungsunfähig machen und einen nach dem anderen töten. Belinda Wright ist aus dem Haus entkommen, und das könnte auch anderen gelungen sein.«

Dupree wandte sich an sein Team. »Überprüft, ob Familien in der gleichen Zusammensetzung nach einer Naturkatastrophe verdächtigen Besuch erhalten haben. Vergebliche Versuche, bei denen sich der Täter aus irgendeinem Grund zurückziehen musste, weil ein Nachbar hinzukam, um zu helfen, weil andere Leute im Haus waren, mit denen er nicht gerechnet hat, Gäste, Verwandte, oder weil Familienmitglieder anders als erwartet nicht im Haus waren.«

Amaia nickte, während er sprach. Dupree wandte sich erneut an sie. »Was noch?«

»Ich ... Also, wenn ich diese Ermittlung führen müsste ... dann würde ich so viel wie möglich über das Leben dieser Familien wissen wollen, jedes kleinste Detail. Ich bin mir sicher, dass es aus Sicht des Mörders eine Gemeinsamkeit gibt, die jedoch alles andere als offensichtlich ist, scheinbar so unbedeutend und winzig, dass sie uns bisher entgangen ist. Derartige Täter ziehen ihre Motivation aus Dingen, die sich dem normalen Menschen nicht erschließen, für ihn jedoch ganz klar sind. Wenn es uns gelingt, diese Familien genau kennenzulernen, kommen wir der Antwort auf die Frage näher, wie der Mörder es schafft, in einem so großen Radius abhängig von der Wettervorhersage ein derart konkretes Familienprofil ausfindig zu machen. Wir müssen das viktimologische Profil vervollständigen.«

»Wenn Sie diese Ermittlung führen müssten …«, murmelte Emerson, wobei er sich zu ihr hinüberbeugte, damit nur sie es hören konnte.

Es war eine Nichtigkeit, die jedoch ausreichte, um Amaia für einen Moment aus dem Konzept zu bringen.

»Salazar, was noch?«, hakte Dupree ungeduldig nach.

»Das geografische Profil«, sagte sie und versuchte sich wieder zu konzentrieren. »Ich würde den Radius noch mehr ausweiten.«

»Wie weit?«, fragte Johnson.

»Auf jeden Ort, wo eine Naturkatastrophe eine Familie getroffen hat, die zu dem Muster passt, sagen wir, in den letzten zwei Jahren.«

»Das ist doch verrückt!«, widersprach Johnson.

»Ich nehme mal an, dass sie noch nie von David Canters Kreis-Hypothese gehört hat«, sagte Emerson zu Johnson, als wäre Amaia gar nicht da. »Man kann die Theorie des geografischen Handlungsradius von Serienmördern erst anwenden, wenn man überprüft hat, ob überhaupt noch weitere Fälle existieren. Das ist der erste Schritt.«

»Ich glaube«, mischte sich Tucker ein, »Emerson meint damit, dass es für den Täter unmöglich ist, seine Opfer in einem so großen Gebiet derart genau zu überwachen, dass er Details über sie erfährt wie zum Beispiel das Kaliber der Waffe im Haus oder dass eine Ersatz-Oma bei der Familie lebt. Er muss näher an ihnen dran gewesen sein. Er muss sie sehen, um sie auszuwählen, er muss sie sehen, um sie zu hassen.«

Amaia schüttelte den Kopf. »Er hasst sie nicht. Oder zumindest hasst er sie nicht für das, was sie sind, sondern für das, was sie repräsentieren. Er betet für ihre Seelen, dafür, dass sie in Frieden ruhen. Er kaschiert jedes sichtbare Zeichen von Gewalt, nimmt ihnen die Fesseln ab, erspart ihnen die Schande. Dass er für sie betet, beweist, dass irgendeine Verbindung zwischen ihnen besteht, aber ich glaube nicht, dass es Hass ist. Er will nichts von ihnen, nimmt ihnen nichts weg. Was sollte er ihnen auch wegnehmen, da sie ja nichts mehr haben? Wir leben im Zeitalter der Information, des Exhibitionismus. Auf die gleiche Art und Weise, wie die Meteorologie uns fast millimetergenau über das Eintreten von Unwettern, Tornados und Orkanen informiert, erlaubt das Internet jedem, in unsere Intimsphäre einzudringen. Die Leute stellen im Internet ihr Privatleben zur Schau, ohne darüber nachzudenken, wer es sich ansehen könnte. Ich sage nicht, dass es in diesem Fall so ist, denn es gibt noch viele andere Wege, das Privatleben einer Person oder einer Familie zu durchleuchten, ohne dass man sie von der Wiese vor dem Haus aus beschattet.«

»Andererseits«, führte Dupree an, »muss es sich um jemanden handeln, der nach der Naturkatastrophe nicht besonders auffällt, weil man mit seinem Auftauchen rechnet.«

Tucker öffnete den kleinen Laptop, den sie bei sich trug, stellte ihn auf die Motorhaube und zeigte ihnen mehrere erstellte Grafiken. »Wir haben die Möglichkeit des Aus-der-Nähe-Beobachtens zunächst durchaus in Erwägung gezogen. Deshalb haben wir Telefon-, Strom- und Internetanbieter, Techniker, Installateure und so weiter überprüft. Durch die Zeugenaussage wissen wir, dass das Auftreten des Mörders keinen Verdacht und kein Misstrauen erregt. Aus diesem Grund haben wir Polizisten, Feuerwehrleute,

Rettungsdienste, Ärzte, Sanitäter und das Personal in den Krankenwagen im Auge.«

Amaia nickte. »Sie sollten auch Zeitungsreporter und Fernsehteams mit einschließen, die, die immer dann auftauchen, wenn alle anderen fliehen.«

Johnson notierte dies in seinem PDA und fügte hinzu: »Wir dürfen freiwillige Helfer nicht vergessen, die über soziale Netzwerke von derartigen Unglücken erfahren, diese guten Samariter, die dann plötzlich auftauchen …«

»Kirchen, örtliche Vereine, Wohltätigkeitsorganisationen, gemeinnützige Einrichtungen …«, zählte Tucker weiter auf.

»Nicht zu vergessen Katastrophentouristen, Pseudowissenschaftler und hirnlose Scharlatane, die über YouTube berühmt werden wollen«, ergänzte Amaia.

»Es kommt also noch einiges an Arbeit auf uns zu«, prophezeite Dupree. »Der Gerichtsmediziner hat mir fest versprochen, sofort mit der Autopsie zu beginnen. Die Einheit wird über Nacht hierbleiben. Sie dagegen, Salazar, kehren nach Quantico zurück. In einer halben Stunde geht ein Flug nach Virginia. Officer Harris wird Sie zum Flughafen bringen.«

Die Verabschiedung war schnell und emotionslos. Amaia ging zum Streifenwagen, in dem Harris saß und ihr zuwinkte. Da merkte sie, dass Dupree hinter ihr herging. Sie wandte sich um und sah ihn an.

»Jetzt haben Sie alle Informationen. Vervollständigen Sie Ihren Bericht. Ich will ihn morgen früh um acht auf dem Schreibtisch haben«, sagte er, während er sie bis zum Auto der Polizistin begleitete. »Und vergessen Sie nicht: drei Profile.«

8
Werkzeug

FBI-Akademie, Quantico, Virginia
Freitag, 26. August 2005

Amaia war ihren Bericht im Kopf bis zur Erschöpfung immer wieder durchgegangen. Als es Zeit zum Mittagessen war, hatte sie zwar keinen Appetit, dennoch begleitete sie ihre europäischen Kollegen in den Speisesaal. Am Eingang begegnete sie Emerson, der gerade herauskam. Amaia grüßte ihn, doch er wandte sich geringschätzig ab und machte sich nicht mal die Mühe, so zu tun, als hätte er sie nicht gesehen.

Der Unterricht am Nachmittag beschäftigte sich mit internationalen Mafiagruppierungen und anschließend mit Verbrechen auf hoher See, internationalen Seetransporten und der Kontrolle von Schiffscontainern im Hafen. Leider konnte sie sich immer noch nicht besser konzentrieren. Beim Abendessen stocherte sie lustlos in ihrem Teller herum und zwang sich bei den Scherzen ihrer Tischgenossen zu einem Lächeln. Danach zog sie sich früh in den Schlafraum zurück, den sie sich mit der deutschen Kollegin teilte.

Sie fühlte sich ausgepowert, brauchte dringend Schlaf, doch der Fall ging ihr nicht aus dem Kopf. Gertha neben ihr schlief auf dem Rücken und schnarchte leise. Amaia legte das Buch zur Seite, in dem sie gelesen hatte, um sich ein wenig abzulenken, bedeckte die Lampe mit einem Tuch und dachte, dass sie auch in dieser Nacht kein Auge zumachen würde. Eine Minute später schlief sie tief und fest.

Mitten in der Nacht wurde sie von einem Klopfen an der Tür geweckt und hörte eine männliche Stimme ihren Namen sagen. Das Licht auf dem Nachttisch brannte immer noch. Sie richtete sich auf und versuchte, richtig wach zu werden. Auf dem Weg zur Tür sah sie sich kurz zu Gertha um, die die Augen geöffnet hatte.

»Schlaf weiter, das ist für mich.«

Gertha drehte sich halb auf die Seite und schnarchte sofort wieder.

Als Amaia die Tür öffnen wollte, wurde ihr bewusst, dass sie nur Unterwäsche trug. Darum steckte sie lediglich den Kopf durch den Türspalt.

»Kommen Sie mit«, sagte der Mann. »Special Agent Dupree will mit Ihnen reden.«

Eilig zog sie sich an.

Der Weg zu Duprees Büro erschien ihr in der Stille der Nacht noch verwirrender. Als sich im ersten Untergeschoss die Aufzugtüren öffneten, sah sie, dass auch an den Tischen der *Behavioral Sciences Unit* nicht viel los war. Im Vorbeigehen bemerkte sie den Stuhl, auf dem sie beim letzten Besuch gewartet hatte. Der Agent führte sie gleich ins Büro.

Special Agent Johnson, der so frisch wirkte, als hätte er gerade acht Stunden geschlafen, stand vom Bürosessel hinter Duprees Schreibtisch auf und reichte ihr die Hand. Dann setzte er sich wieder und sagte kein weiteres Wort, sondern betrachtete sie unverhohlen.

Dupree stand vor einer Landkarte. Er wandte sich zu ihr um, begrüßte sie kurz und fragte dann: »Salazar, haben Sie in den letzten Tagen die Berichte der Wettervorhersage verfolgt?«

Amaia dachte, dass auch unabhängig von dem Fall, an dem sie arbeiteten, etwas anderes kaum möglich wäre, denn in den letzten Stunden war in allen Nachrichtensendungen davon die Rede gewesen.

»Ja, ich habe die Nachrichten verfolgt.«

»Am 23. August hat sich ein gewaltiges Tiefdruckgebiet über den Bahamas gebildet, am 24. hat sich daraus ein tropischer Wirbelsturm entwickelt, der den Namen Katrina erhielt und gestern als moderater Hurrikan der Stufe eins den Süden Floridas erreichte. Bisher sind sechs Todesfälle zu verzeichnen und viele Verletzte und eine breite Zone, die von jeglicher Kommunikation abgeschnitten ist, unbenutzbare Straßen, kein Telefon. Wir haben erfahren, dass es mehrere Familien gibt, von denen man seit mindestens vierundzwanzig Stunden keine Nachrichten mehr erhalten hat. Einige davon passen in unser viktimologisches Profil.«

Amaia seufzte, hielt aber das Verlangen, sofort einzugreifen, im Zaum.

Dupree wirkte besonnen. »Das muss nicht unbedingt etwas heißen. Vielleicht wurden sie bereits nach den ersten Hinweisen evakuiert, oder sie befinden sich im Haus von Verwandten oder Freunden.«

»Aber ...«, begann Amaia, da sie sich nun doch nicht länger zurückhalten konnte.

»Aber es könnte auch mit unserem Mann zu tun haben.«

»Sie sollten dorthin fahren«, wagte sie vorzuschlagen.

»Ja, das sehe ich auch so, deshalb habe ich die Agents Tucker und Emerson hingeschickt. Wir kennen die Einsatzprotokolle der Behörden in einem solchen Fall und können nicht riskieren, dass dadurch womöglich ein Verbrechen übersehen wird. Hoffen wir, dass wir in ein paar Stunden die ersten Informationen erhalten.«

Amaia senkte den Blick und nickte. Es war beschlossene Sache: Sie war draußen. Aber warum hatte Dupree sie dann holen lassen?

Nur um ihr deutlich zu machen, dass sie nicht mehr gebraucht wurde?

»Nachdem der Wirbelsturm Florida wieder verlassen hat, ist er über Land schwächer geworden und wurde vom Hurrikan zum Wirbelsturm heruntergestuft. Doch in den letzten Stunden hat er den Golf von Mexiko erreicht, hat dort wegen der warmen Temperaturen erneut an Stärke zugenommen und wurde wieder zum Hurrikan, und das Ende ist noch längst nicht in Sicht. Das *National Hurricane Center* hat uns informiert, dass er im Moment als Kategorie drei eingestuft ist. Laut den anfänglichen Vorhersagen sollte Katrina nach Norden Richtung Florida und Georgia weiterziehen. Doch jetzt bewegt er sich Richtung Westen auf Louisiana zu.«

Ein eiskalter Schauer lief Amaia über den Rücken. Sie wusste es bereits, denn die Nachrichten hatten den ganzen Tag über die Entwicklung des Hurrikans und sein Auge über dem Meer verfolgt.

»Das Büro des Bürgermeisters von New Orleans hat uns mitgeteilt, dass offiziell die Evakuierung der Stadt angeordnet wurde.«

»Er wird dorthin gehen«, sagte Amaia überzeugt, und sie meinte damit den Mörder, hinter dem sie her waren.

»Das glaube ich auch, aber diesmal werden wir dort auf ihn warten.«

»Sie werden auf ihn warten?«

»*Wir* werden auf ihn warten, wenn Sie uns begleiten wollen.«

Amaia strahlte übers ganze Gesicht, obwohl die Gesamtsituation eigentlich kaum Grund dafür gab. »Ja, natürlich will ich.«

»Johnson wird mit Ihnen gehen. Sie müssen das Sicherheitsprotokoll noch hinter sich bringen, damit Sie mitkommen dürfen, danach erhalten Sie einen vorübergehenden Ausweis und eine Waffe. Sie haben nicht viel Zeit, denn wir werden in zwei Stunden nach New Orleans aufbrechen.«

Johnson begleitete sie lächelnd zur Eidablegung. Sie erhielt Einsatzkleidung, eine schusssichere Weste, einen vorübergehenden Ausweis und eine Waffe. Dann kehrte sie in ihren Schlafraum zurück und bemühte sich, möglichst lautlos den kleinen Schrank zu öffnen, in dem sie ihre wenigen Habseligkeiten aufbewahrte. Bei dem Gedanken, was man wohl zu einem Hurrikan mitnahm, musste sie lächeln. Sie stellte eine Tasche aufs Bett und ordnete daneben ihre Ausrüstung. Als sie fertig war, sah sie auf die Uhr und stellte fest, dass ihr nur noch eine knappe halbe Stunde blieb. Es klopfte an der Tür, und Amaia öffnete und sah sich einer Frau in Uniform gegenüber. »Subinspectora Salazar, ein Anruf aus Spanien für Sie.«

Amaia schluckte. Bei dem Anrufer konnte es sich nur um eine Person handeln, und wenn sie hier anrief, dann war etwas Schlimmes passiert.

Innerhalb des FBI-Gebäudes war es ihnen nicht erlaubt, das eigene Handy zu benutzen. Amaia trat kurz noch einmal in den Schlafraum zurück und blickte auf ihr Mobile Data Terminal, das ausgeschaltet im obersten Fach auf ihrer Seite des Schranks lag. Gertha, die inzwischen wach war, sah sie besorgt an. Amaia versuchte ihr beruhigend zuzulächeln, was ihr erheblich misslang, und folgte dann der Uniformierten in den Raum, in dem sich ein halbes Dutzend Telefonkabinen befand. Sie trat in die, die ihr angewiesen wurde, und griff nach dem Hörer.

»Tante Engrasi, geht es dir gut?«

Die sanfte Stimme ihrer Tante erklang an ihrem Ohr. »Ja, Schatz, und ich wollte dich nicht erschrecken. Wie geht es dir? Alles in Ordnung?«

»Ja, *tía*, alles prima hier, sehr gut. Aber was ist los? Warum rufst du an?«

Ein verzweifelter Seufzer, gefolgt von angespannter Stille am anderen Ende der Verbindung. Amaia sah Tante Engrasi vor sich, wie sie auf dem Sessel neben dem kleinen Telefontisch saß, das Haar zu einem koketten Chignon geschlungen und bei offenem Fenster, durch das vom Fluss Baztán eine kühle Brise wehte, die die heiße Augustnacht in Elizondo ein wenig erträglicher machte.

»Amaia, es geht um deinen Vater. Er ist sehr krank. Letzten Sonntag hatte er wieder einen Infarkt, und er ist jetzt seit drei Tagen im Krankenhaus. Ich habe nicht früher angerufen, um dich nicht zu beunruhigen, aber in den letzten Stunden hat sich sein Zustand enorm verschlechtert.«

Nein, bitte nicht!

»Tante Engrasi ...«

»Der Kardiologe sagt, dass sein Herz nicht mehr lange schlagen wird. Es tut mir furchtbar leid, Amaia.«

Ich verspreche, nichts zu verraten.

Amaia wusste nicht, was sie sagen sollte. Sie blickte auf das Brett hinunter, das als Telefontisch diente. Darauf waren Dutzende, Hunderte mit verschiedenen Stiften gemalte Kritzeleien zu sehen. Mitten in dieses Durcheinander hatte jemand ein Herz gezeichnet und die Kontur so oft nachgezogen, dass es besonders hervorstach. Mit der Spitze ihres Zeigefingers fuhr sie an den Seiten entlang bis hinunter zur Spitze.

»Amaia. Als du zwölf warst, hab ich dir geschworen, dass ich dir immer die Wahrheit sagen werde. Heute würde ich dich gern belügen, aber ich werde mein Versprechen halten.« Tante Engrasis Stimme brach, dann fuhr sie fort. »Amaia, dein Vater stirbt. Wenn du dich von ihm verabschieden willst, musst du jetzt sofort zurückkommen.«

9
Die Herzspitze

Elizondo

Amaia wunderte sich, dass Tante Engrasi sie so früh zu Bett schickte. Nach dem Abendessen und dem Abwasch durfte sie noch fernsehen, aber nicht lange, weil Tante Engrasi abends gern las, und wenn es für Amaia Zeit war, zu Bett zu gehen, zog sie sich meistens auch schon in ihr Schlafzimmer zurück. Amaia hatte sich schlafend gestellt, als sie nach einer Weile das Knarren des Holzbodens vor ihrem Zimmer hörte. Die Tür stand weit genug offen, sodass sich ein heller Lichtstreifen auf dem dunklen Holzboden abzeichnete. Dann vernahm sie das Klingeln an der Haustür.

Amaia verließ auf Zehenspitzen ihr Zimmer, machte einen weiten Schritt über die knarrende Stelle im Flur und schlich zur Treppe hinüber. Manchmal kamen Tante Engrasis Freundinnen abends, um eine Runde Karten zu spielen, aber noch nie hatte so spät jemand bei ihnen geklingelt. Engrasi öffnete die Tür und begrüßte den Besucher. Amaias Herz machte einen Sprung, als sie die Stimme ihres Vaters erkannte. Sie wollte gerade die Treppe hinunterstürzen, um sich in seine Arme zu werfen, als sie abrupt stehen blieb.

»Ich bin so schnell gekommen, wie ich konnte, denn du hast mich am Telefon ganz schön erschreckt.«

»Es gibt Probleme, Juan«, sagte ihre Tante sehr ernst. »Es geht um Amaia.«

Amaia hielt den Atem an, weil ihr die Worte wehtaten wie Wespenstiche. Probleme mit ihr? Das verstand sie nicht. Sie versuchte immer, sich gut zu benehmen, aber sie schien die Probleme magisch anzuziehen.

Sie wartete, bis ihr Vater und ihre Tante ins Wohnzimmer traten, und setzte sich dann im Dunkeln auf die oberste Treppenstufe, um zu lauschen, während sie mit dem Zeigefinger die eigenwillige Maserung des Geländers nachzeichnete.

Die Stimme ihres Vaters klang ernst. »Wenn du wieder damit anfängst, dass sie in Pamplona zur Schule gehen soll, kann ich dir gleich sagen, dass das nicht infrage kommt. Es ist schon schwer genug für mich, dass sie nicht zu Hause wohnen kann. Du weißt, wie viel Arbeit wir in der Backstube haben, und wenn sie in Pamplona wäre, könnte ich sie kaum noch sehen. Solange sie hier im Dorf ist, kann ich ihr wenigstens Hallo sagen, wenn sie zur Schule geht und von dort zurückkommt.«

Amaia würde bald zwölf Jahre alt werden, aber vom Verstand her war sie ihrem Alter weit voraus. Sie hatte schon zwei Klassen übersprungen, und im Juni würde sie die Schule beenden. Sie wollte nicht auf die weiterführende Schule hier im Ort gehen; sie wurde eh schon komisch angeguckt, weil sie zwei Jahre jünger war als ihre Klassenkameraden. Einer der Lehrer hatte ihr gegenüber ein Internat in Pamplona erwähnt. Eine Schule, in der Kinder, die noch jünger waren als sie, höhere Klassen besuchten, ohne dass sich jemand darüber wunderte. Einen Ort, an dem sie nicht so auffallen würde.

Sie war zufrieden und hoffnungsvoll mit dem Prospekt von dieser Einrichtung aus der Schule gekommen. Die Tante war von der Vorstellung zuerst ein wenig erschreckt gewesen, aber wie immer hatte sie Amaia nachher unterstützt, denn sie wusste, wie grausam die anderen Kinder dem angeblichen Streber der Klasse gegenüber sein konnten. Juan war sich dessen auch bewusst, und er war ausgesprochen stolz auf seine Tochter, allerdings wollte er nichts davon hören, dass Amaia außerhalb des Orts zur Schule gehen sollte.

»Nein, damit hat es nichts zu tun.« Engrasis Stimme klang angespannt und besorgt. »Die Sache ist wesentlich heikler.«

Amaias Vater entgegnete nichts darauf.

»Vor ein paar Wochen habe ich ihr nach dem Haarewaschen geholfen, das Haar zu entwirren. Dabei habe ich aus Versehen mit dem Kamm die Narbe berührt.«

Amaia hob unbewusst die Hand und tastete nach der ungleichmäßigen Wölbung unterhalb ihres Haaransatzes.

»Die Kleine hat sich an den Kopf gefasst und mich gefragt: ›Was habe ich da, Tante?‹ Ich hab geantwortet: ›Das ist deine Narbe, mein Schatz.‹ Darauf hat sie mich gefragt: ›Welche Narbe?‹ Ich hab den Kamm zur Seite gelegt und sie angesehen, um mich davon zu überzeugen, dass sie mich nicht auf den Arm nimmt. Dann habe ich ihr ruhig erklärt: ›Amaia, das ist die Narbe von dem Schlag, den du auf den Kopf bekommen hast.‹ Daraufhin hat sie gelächelt und einfach nur gesagt: ›Das kann nicht sehr heftig gewesen sein, weil ich mich nicht daran erinnere.‹ Also habe ich ihr einige Fragen gestellt, natürlich ganz vorsichtig, um nichts zu verraten. Ich habe sogar gesagt: ›Das war in der Backstube, erinnerst du dich nicht?‹ Dazu hat sie nur lächelnd gemeint: ›Dann hab ich mich sicher gestoßen, als ich noch klein war.‹ Sie erinnert sich an nichts, Juan. Sie hat es komplett vergessen.«

Juan seufzte erleichtert. »Was soll ich dazu sagen, Engrasi? Vielleicht ist es besser so. Ich wünsche mir so sehr, dass das nicht passiert wäre.«

Als Engrasi wieder das Wort ergriff, klang ihre Stimme deutlich ernster. »Du bist wie ein Vogel Strauß, steckst den Kopf in den Sand und tust so, als wäre nichts. Aber lass dir gesagt sein, dass Gott nichts auslöscht, was bereits geschehen ist. Dir scheint der Ernst der Lage nicht bewusst zu sein. In jener Nacht hat Amaia ein starkes Hirntrauma erlitten. Du kannst nicht wissen, wie heftig es war, weil du sie ja nicht ins Krankenhaus gebracht, sondern diesem Quacksalber vertraut hast, mit dem du befreundet bist; du hast auf ihn gehört und wolltest nichts anderes wissen.«

Juan antwortete nicht. So reagierte er immer, wenn er überfordert war. Amaia konnte sich gut vorstellen, wie er dastand, die Hände in den Taschen vergraben und den Blick zu Boden gerichtet.

»Nach einem solchen Trauma können selbst Jahre später noch neurologische Schäden auftreten«, sagte Engrasi.

»Aber sie ist sehr klug ...«

»Diese Art Verletzung hat nichts mit der Intelligenz zu tun. Sie verhält sich ruhig, kann lange Zeit unbemerkt bleiben, bis sie entscheidet, sich zu zeigen, und dann kann alles sehr schnell gehen.«

Zunächst hörte Amaia nichts mehr, dann ein leises Schluchzen. Ihr Vater weinte.

»Wir müssen mit ihr zum Arzt«, brachte er mühsam hervor.

»Da war ich schon. Doktor Munguía ist einer der besten Neurologen des Landes, und er praktiziert in Pamplona, in der Uniklinik. Wir haben zusammen studiert, und er ist ein guter Mensch.«

Amaia kannte den Namen. Dieser Arzt hatte ihr gefallen.

»Er konnte keinen neurologischen Schaden feststellen«, fuhr Engrasi fort. »Tatsächlich hat er mir gesagt, dass Amaias Intelligenz weit überdurchschnittlich ist, wobei ich, um das zu wissen, keinen Spezialisten gebraucht hätte.«

»Das ist doch eine gute Nachricht«, sagte ihr Vater vorsichtig, »oder?«

»Juan, manchmal entwickeln Menschen mit einem schweren Trauma einen Verteidigungsmechanismus, um sich zu schützen. Ich glaube, dass das bei Amaia der Fall ist. Sie hat sehr gelitten.«

Die Worte ihres Vaters klangen erstickt, als habe er das Gesicht mit den Händen bedeckt. »Wir haben alle gelitten.«

Engrasi wurde laut.

»Erzähl keinen Scheiß!«, rief sie wütend aus.

Amaia zuckte auf der Treppe zusammen. Das war das erste Mal, dass sie ihre Tante so reden hörte.

»Amaia leidet, und du bist dafür verantwortlich, deshalb habe ich dich hergebeten!«

»Was willst du von mir?«

»Amaia war immer ein ruhiges Kind. Sie liest oft und ist gern bei mir. Außerdem lernt sie viel, die ganze Zeit arbeitet sie für die Schule, freiwillig. Aber seit Monaten war sie nicht mehr zum Spielen draußen oder bei ihren Freundinnen. Sie verlässt das Haus nur, um zur Schule zu gehen, und kommt von dort gleich wieder nach Hause. Aber letzte Woche habe ich sie zur Apotheke geschickt, um etwas für mich abzuholen. Am Abend, als sie im Bett lag, hat sie mich gefragt, ob sie zur Strafe hier wäre. Du kannst dir meine Überraschung sicher vorstellen. ›Natürlich nicht‹, hab ich gesagt, ›wie kommst du denn auf die Idee?‹ Daraufhin hat sie mir erzählt, dass ein paar Frauen sie erkannt und gefragt hatten, ob sie sich nun besser benehme. Die Arme hat einfach nur Ja gesagt. Die Frauen haben sich weiter unterhalten, und eine hat der anderen erklärt, dass Amaia bei mir lebt, weil sie schwer erziehbar wäre, dass sie stehlen und ihren Eltern widersprechen würde, dass sie ihre Schwestern geschlagen und sogar gegen ihre Mutter die Hand erhoben hätte. Deshalb habe sie bestraft werden müssen. Angeblich hättet ihr zunächst an ein Internat gedacht, aber Rosario habe sie leidgetan, und deshalb hättet ihr Amaia zu mir geschickt.«

Juan wusste offenbar nicht, was er daraufhin sagen sollte.

Engrasi fuhr fort: »Meine Freundinnen, mit denen ich Karten spiele, wollten mir zunächst nichts sagen, aber dann haben sie mir gestanden, dass ihnen allen dieser Unsinn schon vor einer ganzen Weile zu Ohren gekommen ist. Ich habe den Verdacht, dass das der Grund dafür ist, dass Amaia sich nicht mehr raustraut, und dass das vielleicht nicht das erste Mal war, dass sie das zu hören bekommen hat. Juan, sag mir, dass du nichts davon wusstest.«

»Ich kam aus der Backstube und habe gehört, dass Rosario so was in der Art zu ein paar Kundinnen gesagt hat«, gab er zu.

»Wann war das?«

»Ist schon eine Weile her, vielleicht ein paar Monate.«

Engrasi erhob wieder die Stimme, die vor Wut und Empörung zitterte. »Und du wagst es zu sagen, dass *du* leidest! Wie kannst du zulassen, dass deine Frau rumläuft und erzählt, dass das Kind böse ist?« Als sie dann weitersprach, klang ihre Stimme mehr mitleidig als wütend. »Weißt du, was sie mich gestern gefragt hat? ›*Tía*, wenn ich mich gut benehme, glaubst du, dass ich dann wieder nach Hause darf?‹«

Amaias Vater weinte wieder.

»Das arme Mädchen hat um ihren Schmerz eine Mauer errichtet, die so hoch und so dick ist, dass sie sich nicht mehr daran erinnert, was ihr ihr angetan habt«, sagte Engrasi vorwurfsvoll. »Sie will nur geliebt werden und normal sein.« Die Verachtung in Engrasis Worten war nicht zu überhören. »Und dann muss dieses außergewöhnliche Kind auch noch ertragen, auf der Straße erniedrigt zu werden. Für dich ist ihre Amnesie eine Erleichterung. Aber sie ist ein Grab, ein offenes Grab zu ihren Füßen, das sie früher oder später verschlingen wird.«

»Engrasi, du weißt doch, wie das hier im Dorf ist: Alle wissen alles. Ich schwöre dir, dass ich mit Rosario geschimpft habe, als sie diese Dinge gesagt hat. Aber was soll ich machen? Sie ist sehr krank, Engrasi. Für Flora und Rosaura ist sie eine gute Mutter, und der Arzt sagt, dass ihr nicht bewusst ist, dass sie Amaia wehtut.«

»Aber dir schon. Du musst dafür sorgen, dass das aufhört.«

»Wie denn?«, rief Amaias Vater verzweifelt.

»Indem du sagst, dass es nicht stimmt. Verbiete deiner Frau, so etwas zu behaupten. Wie kannst du das zulassen?«, fragte Engrasi angewidert.

»Und was soll ich den Leuten sagen? Dass ich meine Tochter von zu Hause fortbringen musste, weil sie sonst bereits tot wäre?«

Im Inneren der Telefonkabine in Quantico merkte Amaia, dass sie mit dem Finger unbewusst immer wieder das Herz auf der Ablage nachgezeichnet hatte. Sie hielt mit dem Finger an der Spitze des Herzens inne. Aus sehr weiter Ferne drang die geliebte Stimme ihrer Tante an ihr Ohr.

»Amaia …«

»Ich werde nicht kommen, Tante.«

10

Wärmeempfinden

New Orleans, Louisiana
Samstagmorgen, 27. August 2005

Das Büro des FBI in New Orleans befand sich genau am anderen Ende des Pontchartrain Parks, neben dem Marinestützpunkt und dem dazugehörigen Flughafen. Zunächst war geplant gewesen, auf dem Militärflughafen Lakefront zu landen, was jedoch wegen der Evakuierung der Familien der Marinesoldaten und des zivilen Personals des Stützpunkts sowie der Ankunft der zusätzlichen Hilfskräfte nicht möglich war.

Nachdem das Flugzeug ein paar Runden über dem Lake Pontchartrain gedreht hatte, wurde entschieden, den zivilen Louis Armstrong International Airport anzufliegen, was sie vorher ausgeschlossen hatten, um den starken zivilen Luftverkehr zu umgehen, der Tausende Menschen von New Orleans wegbrachte. Das war ärgerlich, weil der Sitz des FBI ganz in der Nähe des Marinestützpunkts lag und vorauszusehen war, dass die Straßen genauso überfüllt sein würden wie der Louis Armstrong Airport.

Allerdings erhielten sie vor der Landung die Nachricht, dass sie von zwei FBI-Agents erwartet wurden, die mit dem Auto gekommen waren, um sie abzuholen.

Das Erste, was Amaia nach der Landung in New Orleans auffiel, war das veränderte Klima. Es war noch dunkel, wenn auch am Horizont bereits die ersten Strahlen des silbrigen Morgenlichts zu sehen waren, doch schon auf der Gangway nahm sie die feuchte Wärme wahr. Zwei Agents in Anzügen, bei denen die Manschetten der gestärkten weißen Hemden aus den Ärmeln der Jacketts hervorlugten, erwarteten sie am Ende der Landebahn. Amaia sah, dass sie sich leicht zur Seite drehten, um die Knoten ihrer Krawatten zu richten. Sie unterdrückte den Impuls, sich mit der Mappe, die sie in der Hand hielt, Luft zuzufächeln, und fragte sich, wieso die Männer bei diesen Temperaturen Anzüge tragen mussten.

Die beiden Agents kamen ihnen entgegen und brachten gleich nach der Begrüßung Dupree auf den neuesten Stand. »Sir, wie gewünscht haben wir sämtliche Listen aller Passagiere angefordert, die in die Stadt gekommen sind, sowohl über diesen Flughafen als auch über alle anderen in der Nähe, unter besonderer Beachtung der Leute, die dort nach ihrer Ankunft ein Auto gemietet haben, falls der Verdächtige von einem der anderen Airports nach New Orleans fahren will.«

»Haben Sie das Verzeichnis der Einwohner, um das wir gebeten haben?«, fragte Dupree.

»Die Stadtverwaltung hat getan, was unter den gegebenen Umständen möglich war. Der größte Teil des Personals ist bereits evakuiert, aber sie haben uns das Verzeichnis überlassen, und derzeit ist ein Team, das wir zusammengestellt haben, damit beschäftigt, die Daten abzugleichen, um die Liste zu erstellen, die Sie angefordert haben. Wir werden noch ein paar Stunden brauchen, aber auch dann wird die Liste, fürchte ich, nicht vollständig sein.«

Amaia war beeindruckt, wie viele Leute sich im Ankunftsbereich des Flughafens drängten, doch dann fiel ihr auf, dass der Abflugbereich in dem kleinen Terminal nicht groß genug war, um all die Menschen aufzunehmen, die die Stadt verlassen wollten und in lärmenden Gruppen zusammenstanden, ohne dabei die Boarding-Anzeigen aus den Augen zu lassen.

Mit ihren Taschen beladen, durchquerten sie den Terminal, wobei sie um die Kinder herumgehen mussten, die, von der langen Wartezeit erschöpft, auf dem Boden lagen. Einige von ihnen schliefen.

»Sehen Sie sich das an«, meinte einer der beiden Agents. »Und das so früh am Morgen. Im Laufe des Tages werden noch Tausende Menschen erwartet. Es ist das erste Mal in der Geschichte der Stadt, dass sie komplett evakuiert wird.«

Inzwischen war es endgültig hell geworden. Bereits zu dieser frühen Stunde schien die Sonne so stark, dass sie die schwarz lackierten Autos kräftig aufheizte. Dupree blieb neben der Fahrertür eines der Wagen stehen und wandte sich an die Agents aus New Orleans. »Sie können ins Büro zurückkehren und dabei helfen, die Liste zu vervollständigen. Je schneller wir sie kriegen, desto besser. Vergessen Sie nicht, das Alter der Leute zu beachten, das wir Ihnen durchgegeben haben. Unserem Mann ist es nicht so wichtig, dass diese Menschen wirklich miteinander verwandt sind, es geht um die Rollen, die sie innerhalb der Familie einnehmen. Schicken Sie mir die Liste, sobald sie fertig ist. Agent Johnson und Subinspectora Salazar kommen mit mir.«

»Sir, wir haben den Auftrag, Sie in die Zentrale zu fahren. Direktor Peterson erwartet Sie.«

»Sagen Sie Peterson, dass ich später zu ihm komme. Jetzt …« Dupree sah auf die Uhr, »bin ich mit Captain Forneret vom New Orleans Police Department verabredet. Ich nehme mal an, dass er bei dem Trubel hier keine besonders gute Laune hat, deshalb möchte ich ihn nicht warten lassen.«

Er hielt dem Agent die offene Hand hin, der sichtlich unwillig den Schlüssel des SUVs hineinlegte.

Zu ihrer Überraschung war die Interstate 10, die in die Stadt führte, wie ausgestorben. Beeindruckt von dem apokalyptischen Anblick des leeren Highways, fuhren sie mit mäßiger Geschwindigkeit. Die Gegenspur in Richtung Südosten war dafür umso voller, und die Autos standen dicht an dicht und kamen kaum voran. Die Karawane bewegte sich wie eine verletzte Schlange im wilden Durcheinander, in dem menschliche Stimmen und das Hupen der Autos die Motorengeräusche übertönten. Alle paar Meilen war das Blaulicht eines Streifenwagens zu sehen und Polizisten, die beruhigend auf die Menschen einredeten.

Doch je näher sie dem Stadtzentrum kamen, desto normaler wurde das Bild, das sich ihnen bot, und als sie ins French Quarter einfuhren, sah es beinahe aus wie immer. Anders im Revier des achten Distrikts: Sämtliche Polizisten der Stadt schienen gleichzeitig im Dienst zu sein. In den Räumen, an denen sie vorbeikamen, fanden vom *Hurricane Control Center* geleitete Versammlungen für die Streifenpolizisten oder vom FBI abgehaltene Kurzseminare zu den zu leistenden Hilfsmaßnahmen statt. Dennoch hatte sich Dupree, was die Laune des Distriktleiters an diesem Morgen anging, glücklicherweise geirrt.

Captain Forneret stand leicht vorgebeugt neben seinem Schreibtisch, um sich Notizen zu machen. Als er die Ankömmlinge bemerkte, legte er den Telefonhörer beiseite, ging um den Tisch herum und umarmte Dupree wie einen alten Freund. Anschließend betrachtete er ihn mit einem vielsagenden Blick. »Ich hätte nicht gedacht, dass ich dich hier noch mal sehen würde, oder besser gesagt wundere ich mich, dass du überhaupt herkommen durftest.« In seinem Tonfall schwangen echtes Erstaunen und ein wenig Misstrauen mit.

»Ich bin nicht hier, um Urlaub zu machen.«

»Und das muss ausgerechnet jetzt sein, mit einem Hurrikan vor der Tür?« Fornerets Tonfall hatte sich nicht geändert.

»Unser Mann steht auf Naturkatastrophen.«

»Aber mit Samedi hat das Ganze nichts zu tun?« Er musterte Dupree eingehend.

Dessen Miene wurde ernst, und er sah den Captain unnachgiebig an.

Forneret versuchte, diesem Blick standzuhalten, doch es gelang ihm nur für wenige Sekunden. Er seufzte und tat, als müsse er ein paar Papiere auf seinem Schreibtisch ordnen. »Nimm es mir nicht übel, ich musste das fragen.«

Amaia sah zu Johnson hinüber, der zu Boden blickte. Ob er wusste, worum es ging?

Dupree merkte, dass Amaia ihn beobachtete, und das schien ihn noch mehr zu ärgern. »Ich würde unser Gespräch gern später fortsetzen«, sagte er zu Forneret. »Ich nehme an, du hast jede Menge zu tun, und wir sollten uns an die Arbeit machen. Hast du das, worum ich dich gebeten habe?«

»Ja, hab ich.« Forneret wirkte erleichtert, dass sich ihm ein Ausweg aus der Situation bot. »Nach allem, was ich gehört habe, habt ihr's diesmal mit einem echt üblen Burschen zu tun, aber ich will dir dennoch sagen, dass es mir schwerfällt, in dieser Lage auf jemanden wie Jason Bull zu verzichten.« Er hob beinahe mahnend den Zeigefinger. »Dupree, ich hätte dir auch geholfen, wenn du den Superintendent nicht eingeschaltet hättest, aber da du es nun mal getan hast, hoffe ich doch, dass du in deinem Bericht erwähnen wirst, wie wichtig die Zusammenarbeit mit unserem Revier für die Lösung des Falls war.«

Dupree sah den Captain noch immer ernst an. »Ich verspreche es.«

Forneret trat hinter seinen Schreibtisch und griff nach dem Telefon, wobei er vor sich hin murmelte: »Ja, ja, ich weiß, wie das bei euch in Washington läuft. Und dann hör ich nichts mehr von dir.«

Zwei Männer traten durch die Tür. Beide schienen noch keine dreißig zu sein. Der eine war weiß, der andere Afroamerikaner, beide waren athletisch und muskulös, trugen enge Jeans zu schwarzen Shirts und Markenturnschuhen. Ihre Dienstwaffen steckten in Gürtelholstern. Wären die schusssicheren Westen mit dem Abzeichen des New Orleans Police Department nicht gewesen, hätte Amaia sie für zwei Hollywood-Schauspieler in einer TV-Serie gehalten.

»Kommt rein, Jungs«, sagte Forneret zu ihnen. »Ich möchte euch Agent Dupree und seinem Team vorstellen. Sie sind wegen der FBI-Sache hier, von der ich euch erzählt hab, und ihr werdet in den nächsten Tagen mit ihnen zusammenarbeiten. Agents, das sind meine beiden besten Männer, Detective Bill Charbou und Detective Jason Bull. Bill und Bull. Sie gehören zur *Violent Crimes Unit* und haben mehr Verbrecher verhaftet als der gesamte Rest des Reviers zusammen. Sie kennen jeden Winkel der Stadt, sämtliche Drogenhändler und ihre Kunden, alle Prostituierten und ihre Zuhälter und natürlich all unsere Informanten. Wenn ich einen Sohn hätte, würde ich ihn ihnen jederzeit anvertrauen, hätte ich eine Tochter, würde ich sie möglichst von ihnen fernhalten«, fügte er grinsend hinzu.

»Bill und Bull?«, vergewisserte sich Amaia, als sie ihnen die Hand schüttelte.

Charbou lächelte. »Wir sind viel in der Unterwelt unterwegs und immer bereit, einzugreifen. In unseren Handys haben wir die Nummern von sämtlichen Richtern gespeichert, um in Windeseile einen Haftbefehl zu bekommen, wann immer wir ihn brauchen. Wir tragen niemals Uniform und ziehen die schusssicheren Westen niemals aus, denn an den Orten, an denen wir uns bewegen, entscheidet sie darüber, ob wir nach der Arbeit noch nach Hause kommen oder nicht.«

Amaia zog angesichts so viel Testosteron skeptisch eine Augenbraue hoch und warf Johnson einen Blick zu, der sich lächelnd entschuldigte und aus dem Raum ging, um einen Anruf entgegenzunehmen.

»Der Chief hat uns erklärt, dass Sie vorhaben, sich nach dem Hurrikan in der Stadt umzusehen«, meinte Bull.

»So ist es«, bestätigte Dupree, ohne den Polizisten direkt anzuschauen.

»Es ist uns eine Freude, mit Ihnen zusammenzuarbeiten«, sagte Charbou. »Aber diese Stadt ist schon unter normalen Umständen ein gefährliches Pflaster, und es ist keine Kunst, vorherzusagen, dass die Lage nach dem Hurrikan noch schlimmer sein wird. Wir stehen Ihnen bei der Ermittlung jederzeit zur Verfügung, wir werden Sie führen und auf Sie aufpassen, aber auf der Straße haben wir das Sagen. Wir gehen überall zuerst rein, und wir entscheiden, ob wir *überhaupt* irgendwo reingehen.«

Amaia sah Dupree zugleich amüsiert und ungläubig an. Der wandte sich Jason Bull zu, doch der Detective schwieg und verzog keine Miene.

Johnson kam zurück in den Raum und verkündete: »Das waren Emerson und Tucker aus Tampa. Sie haben einen Ort gefunden, an dem sie arbeiten können, aber die Lage ist schwigrig, weil sämtliche Internet-Server ausgefallen sind, und die Einwohnerlisten in Papierform sind wahrscheinlich nicht auf dem neuesten Stand. Sie tun, was sie können. Derzeit versuchen sie, einen Helikopter zu bekommen, um die Orte zu erreichen, zu denen kein Kontakt mehr besteht, denn bisher gibt es noch keine Gewissheit, ob ganze Familien zu Tode gekommen sind. Unsere Jungs hier sind hingegen schon weitergekommen.« Er hielt sein Blackberry hoch, sodass die anderen aufs Display sehen konnten. »Wir verfügen jetzt über eine beinahe vollständige Liste der Familien, die infrage kommen. Allerdings arbeiten sie noch mit diesem anderen Einwohnerverzeichnis, in dem, wie uns der hiesige FBI-Kollege heute Morgen erklärt hat, Leute registriert sind, die auf der anderen Liste nicht vorkommen. Dieses Verzeichnis ist umfangreicher, als ich dachte, und die darin aufgelisteten Familien leben in der ganzen Stadt verstreut.«

Detective Bill Charbou trat neben Johnson und blickte aufs Display. »Ja, in diesem Staat gibt es viele kinderreiche Familien. Und die Kinder kommen und gehen, je nachdem, in welchem Lebensabschnitt sie sich befinden. Manchmal zieht eines aus, und drei kommen zurück, weil eins geheiratet und Nachwuchs bekommen hat. In den meisten Fällen machen sich die Leute dann nicht die Mühe, sich beim Einwohnermeldeamt aus- und einzutragen. Aber diese Liste«, er wies auf das Smartphone, »wird Ihnen nicht viel bringen, denn die wohlhabenden Familien werden wegen des Hurrikans New Orleans verlassen haben oder sind gerade dabei; dort treffen Sie nur noch die Angestellten der Sicherheitsfirmen an. Wenn Ihr Mörder eine Familie sucht, die in der Stadt geblieben ist, dann weder im French Quarter noch im Garden District, sondern in einem weniger wohlhabenden Viertel.«

Amaia nickte; Bill und Bull würden bei ihren Ermittlungen offenbar doch ganz nützlich sein. »Könnten Sie uns die Viertel nennen, von denen Sie glauben, dass dort mehr Leute geblieben sind?«

»Sicher.« Bill Charbou trat vor einen Stadtplan an der Wand. »Das ist nicht das erste Mal, dass New Orleans von einem Hurrikan heimgesucht wird. Und auch wenn diesmal offiziell totale Evakuierung angeordnet ist, gibt es genügend Leute, die bleiben werden, auch wenn sie damit ihr Leben riskieren: Leute, die zu arm sind oder zu alt, um die Stadt zu verlassen, weil sie niemanden haben, der ihnen hilft. Invaliden. Leute, die kein Auto haben, von denen es in New Orleans sehr viele gibt. Und dann sind da noch jene, die bleiben, um nach dem Sturm zu plündern, und sich bereits die Hände reiben, seit der Bürgermeister die Evakuierung der Stadt angeordnet hat. Während Sie mit uns unterwegs sind, tragen Sie bitte immer eine schusssichere Weste und ... o Gott, was ist das denn? Kevlar? Spectra?« Er wies auf die Weste, die an Amaias Rucksack hing, den sie an der Tür abgestellt hatte. »Sie müssen wie wir Westen der Schutzklasse vier tragen, Spectra *und* Aramid. Die sind dutzendmal widerstandsfähiger als Stahl, schwimmen im Wasser, sind feuchtigkeitsresistent und verringern das Trauma auch bei Mehrfachtreffern und sogar bei Gewehrschüssen.«

»Aber das sind die offiziellen ...«, setzte Johnson an.

»Ich weiß nicht, wie und ob Sie Ihre Schutzwesten beim FBI testen, aber ich versichere Ihnen, drei von fünf Drogenhändlern haben Waffen, die diese Weste durchdringen, als wäre sie Butter. Und Sie glauben doch nicht, dass die Waffenhändler hier wegen einer Hurrikan-Warnung ihre Lager räumen und das Feld der Konkurrenz überlassen, oder? Wenn Sie vorhaben, nach dem Sturm in gewissen Vierteln an die Türen zu klopfen und mit ihren FBI-Ausweisen rumzuwedeln«, fügte Charbou entschieden hinzu, »dann halten Sie sich an unsere Regeln, oder wir vergessen die Sache.«

»Ich bin sicher, Mr. Charbou, Mr. Bull, dass wir hervorragend zusammenarbeiten werden«, sagte Dupree und hielt den beiden die Hand hin, damit sie einschlugen. Jason Bull tat es, begleitet von einem Ausdruck der Komplizenschaft, den Amaia schon zuvor zwischen ihm und Dupree bemerkt hatte. Die beiden begegneten sich nicht zum ersten Mal, wurde ihr klar, deshalb fragte sie sich, was das ganze Theater mit dem Begrüßungszeremoniell sollte.

Bill Charbou sah erst seinen Kollegen an und verzog das Gesicht, bevor er Dupree die Hand reichte.

»Vergessen Sie das ›Mister‹«, sagte er verärgert. »Bill und Bull, so werden wir hier genannt, und so kennen sie uns auf der Straße.«

Amaia entging nicht, dass Jason Bull dem Special Agent einen entschuldigenden Blick zuwarf, und sah sich in ihrer Vermutung bestätigt.

»Wie Sie wünschen, Bill und Bull«, willigte Dupree ein.

Die beiden Polizisten nickten zufrieden und wandten sich wieder dem Stadtplan zu.

»Bill und ich haben uns darauf verständigt, dass wir uns während des Sturms in der Feuerwehrstation im Lake Marina Tower aufhalten sollten. Dort befindet sich auch die Notrufzentrale, und da es wichtig ist, dass wir so früh wie möglich erfahren, wenn irgendwo Schüsse fallen, denken wir, dass das der ideale Ort ist. Wir haben schon mit dem Leiter der Feuerwehr und dem Notfallkoordinator gesprochen. Wir bekommen einen SUV, und die Seenotrettung im Hafen hat uns ein Schlauchboot zur Verfügung gestellt. Aber für den Fall der Fälle haben sie auch Lastwagen und Spezialfahrzeuge mit dem entsprechenden Gerät und sogar einen Helikopter. Derzeit sind mehrere Polizeieinheiten unterwegs, um in den verschiedenen Vierteln die Leute, die während des Sturms in der Stadt bleiben, zu informieren und zu warnen. Es wird für uns sicher von Nutzen sein, in etwa zu wissen, in welchem Teil der Stadt sich die meisten Menschen aufhalten.«

Dupree las eine Nachricht auf seinem Handy und unterbrach die Detectives kurz, um sich an Johnson und Amaia zu wenden. »Ich bekomme gerade aus Quantico die Info, dass sie uns eine Zusammenstellung von Fällen schicken, die jene Merkmale aufweisen, die Sie uns genannt haben, Salazar, also möglicherweise fehlgeschlagene Versuche des von uns gesuchten Killers sind. Johnson, Captain Forneret wird Ihnen ein Büro zur Verfügung stellen, wo Sie das Material ausdrucken können. Es geht um sechs Fälle, und es ist auch Fotomaterial dabei. Danach begleiten die Detectives Charbou und Bull Sie zu dem Hotel, wo wir untergebracht sind. Fangen Sie schon mal an, sich die Fälle anzuschauen.

Ich werde später zu Ihnen stoßen.« Dann wandte er sich an Bill und Bull: »Bitte weichen Sie meinen Kollegen draußen nicht von der Seite.«

Gefolgt von Forneret, verließ Dupree das Büro. Als sie sich einige Meter von der Tür entfernt hatten, hielt der Police Captain den Special Agent zurück und sah ihm ins Gesicht.
»Jetzt mal im Ernst, mein Freund, was machst du hier?«
»Das hab ich dir doch schon am Telefon erzählt: Wir sind hinter einem Mörder her, der ganze Familien umbringt. Er hat an verschiedenen Orten im Land bereits mehrfach zugeschlagen und eine seltsame Vorliebe für Naturkatastrophen, daher …«
»Und es hat nichts mit dem Hurrikan zu tun?«
»Du verstehst es nicht. Das *alles* hat mit dem Hurrikan zu tun.«
»Hör mal, Dupree, ich will ehrlich zu dir sein. Als der Boss mir gesagt hat, dass du herkommst, hat mir das gar nicht gefallen. Mit dem Hurrikan vor der Tür hab ich schon die vom Katastrophenschutz hier, die meine Leute für die Straßensperren und Notfälle einspannen, und die vom Roten Kreuz, die sich um die Notunterkünfte kümmern, und wir sind vollauf damit beschäftigt, diesen Aufmarsch hier zu koordinieren. Und plötzlich tauchst auch noch du auf. Du musst verstehen, dass ich nach dem, was beim letzten Mal passiert ist, dir gegenüber misstrauisch bin. Wenn hier ein Hurrikan durchzieht, stehen uns ein paar richtig üble Tage bevor. Alle sind extrem angespannt, zumal hier schon so einige Unheilspropheten herumlaufen, die das Ende der Welt verkünden, und die Leute extrem abergläubisch sind. Das Letzte, was ich hier brauchen kann, ist, dass wie beim letzten Mal Panik ausbricht. Das heißt, wenn du alte Gespenster wiedererwecken willst …«
»Das ist zehn Jahre her«, entgegnete Dupree ungehalten.
»Genau, seitdem sind zehn Jahre vergangen, und keiner von uns, die damit zu tun hatten, hat es vergessen.«

»Das ist ein völlig anderer Fall, und ich werde die Einzelheiten jetzt nicht noch mal wiederholen. Ich denke, dass der Superintendent dir bereits erklärt hat, dass der Befehl direkt aus Washington kommt.«

Forneret stemmte die Hände in die Hüften und blickte seufzend zu Boden. »Okay, ich will dir vertrauen und hoffe, dass es wirklich nichts mit Samedi zu tun hat, aber im Gegenzug möchte ich, dass du dich von Terrebonne Parish fernhältst.«

Dupree zog es vor, nichts darauf zu sagen. Er klopfte Forneret nur beruhigend auf die Schulter, womit er das Gespräch für beendet erklärte, und ging auf den Ausgang zu.

Forneret sah ihm hinterher, bis sich die Tür des Reviers hinter Dupree schloss. Dann nahm er sein Handy heraus und gab eine Nummer ein, die er nicht unter seinen Kontakten gespeichert hatte.

»Es ist möglich, dass wir ein Problem haben«, sagte er, nachdem jemand seinen Anruf angenommen hatte.

11

Das Leichentuch

New Orleans, Louisiana

Agent Dupree ging eine Weile zu Fuß in Richtung Süden, doch als die rote Straßenbahn vorbeikam, bekam er Lust einzusteigen, auch wenn sein Ziel nur zwei Haltestellen entfernt lag. Der Fahrer erklärte ihm, dass dies die letzte Fahrt war, denn alle Straßenbahnen kehrten ins Depot zurück.

Dupree sah ein paar Umzugswagen, in die Möbel und andere Gegenstände verladen wurden; die Menschen brachten ihr Hab und Gut in Sicherheit. An der Ecke Bourbon Street stieg er aus und ging unter der sengenden Sonne durch die Straße. In der Ferne war ein Streifenwagen zu sehen, der Patrouille fuhr, und vor den Geschäften standen Vans und Lastwagen, in die die Geschäftsinhaber den wertvollsten Teil der Ware luden. Restaurants und Bars waren geschlossen, doch als er an den Striptease-Lokalen vorbeiging, drang aus den halb geöffneten Türen Musik.

Alle zehn Meter schien die Temperatur um ein Grad anzusteigen. Dupree überlegte kurz, ob er sein Jackett ausziehen sollte, auch wenn dann jeder seine Dienstwaffe im Gürtelholster sehen konnte. Allerdings befand sich hier, abgesehen von einer kleinen Gruppe Leute vor einer der Bars ein paar Häuserblocks weiter, kein Mensch auf der Straße. Der nächste Schwall glühender Hitze, der ihn traf, erleichterte ihm die Entscheidung. Er zog das Jackett aus, faltete es zusammen und hängte es sich über den Arm.

Ein Gestank, der ihn an einen schweren Kater erinnerte, stieg vom Boden auf, wo seit Jahren Bier zwischen den Pflastersteinen und Rissen im Asphalt versickert war. Als er wieder den Kopf hob, sah er eine alte Frau, die, von einem höchstens zehn Jahre alten Mädchen unterstützt, Blumentöpfe vom Balkon nahm und dicht an die Hauswand stellte. Die Tränen, die ihr übers Gesicht liefen, glitzerten in der Sonne. Dupree war auf einmal alarmiert, und die Intensität dieses Gefühls überraschte ihn. In diesem Moment kreuzte sich sein Blick mit dem der alten Frau. Während sie ihn ansah, schüttelte sie den Kopf. Sie murmelte ein altes, vergessenes Wort. Trotz der Entfernung, die sie trennte, las er es von ihren schmalen, farblosen Lippen ab, und es hallte in seinem Kopf wider, als flüsterte sie es ihm ins Ohr: *Bazagrá*.

Dupree spürte, wie ihm ein eiskalter Schauer über den Rücken lief. Er versuchte, aus ihrem Einflussbereich zu fliehen, doch er konnte den zähen Blick der Alten in seinem Rücken regelrecht fühlen. Also beschleunigte er seinen Schritt, und als er die nächste Ecke erreichte, gab er, bevor er nach links in die Ursulines Avenue abbog, dem Drang nach, für einen Moment zurückzublicken.

Die Alte hob ihre kleine, vertrocknete Hand und winkte ihm lächelnd zu. Erneut war von ihren schmalen Lippen die Phonetik jenes Wortes abzulesen. Ihr Bild flimmerte vor seinen Augen, und plötzlich spürte er einen stechenden Schmerz in der Schulter, wo er vor langer Zeit die Verletzung davongetragen hatte. Von der Heftigkeit der Erinnerung erschreckt, keuchte er auf und legte die Hand auf die Stelle eine Handbreit oberhalb des Herzens.

Schließlich erreichte er das Ende der Straße, und da er sich sicher war, am richtigen Ort vorbeigegangen zu sein, kehrte er ein

Stück zurück. An die Hausnummer erinnerte er sich nicht, und die Holzschilder, die normalerweise in etwa einem Meter Höhe über der Straße hingen, waren entfernt worden, damit der Sturm sie nicht losreißen konnte.

Das Schaufenster war mit frisch geschnittenen Pinienbrettern bedeckt, die nach Harz rochen, doch Dupree erkannte das Geschäft an den granatroten Türen und den alten Fensterläden. Bevor er den Türknauf aus weißem Porzellan drehte, der sich bei der Berührung kalt anfühlte, und die Tür öffnete, zog er sein Jackett wieder an. Drinnen wickelten ein Junge und ein Mädchen den Inhalt der Regale in Papier und legten dann alles vorsichtig in Obstkisten.

»Das Geschäft ist geschlossen«, sagten sie beinahe gleichzeitig, ohne ihre Arbeit zu unterbrechen.

Dupree machte hinter sich die Tür zu und entgegnete: »Könnte ich bitte mit Antoine sprechen?«

Das Mädchen hielt inne und sah ihn beunruhigt an, wahrscheinlich weniger wegen seiner Bitte, sondern weil er die Tür geschlossen hatte.

»Monsieur Meire ist nicht da«, sagte sie mit melodiöser Stimme, aber aufmerksam auf seine Reaktion wartend.

»Ich bin sicher, dass er für mich sehr wohl da ist«, sagte Dupree und griff in die Innentasche seines Jacketts. Beinahe gleichzeitig verschwanden die Hände des Jungen unter der Ladentheke, wo mit Sicherheit eine Waffe verborgen war.

Dupree lächelte und zog vorsichtig mit zwei Fingern eine Plastikhülle hervor, in der sich eine gefaltete Banknote befand, wobei er darauf achtete, dass der Präsident darauf gut zu erkennen war. »Sagen Sie ihm, dass Grover Cleveland ihn sehen möchte.«

Die beiden tauschten lächelnd einen Blick. Das Mädchen trat vor, nahm die Plastikhülle und öffnete sie. Sie prüfte die Qualität des Papiers zwischen den Fingern, dann nickte sie und gab

Dupree die Hülle zurück. Der Junge wies auf den Zugang zu den Räumen im hinteren Teil des Geschäfts, wobei er sagte:
»Herzlich willkommen, Mr. Cleveland. Monsieur Meire empfängt Sie gern.«

Er führte Dupree an Dutzenden Kisten vorbei, die an den Wänden aufgestapelt waren. Ein paar waren offen, und darin waren Holzperlen zu sehen, Totenköpfe mit leeren Augenhöhlen und grob gearbeitete Stoffpuppen, und anderen entströmte der Duft von Bienenwachs.

»Voodoo-Scherzartikel«, murmelte der Junge.

»Bitte?«

»Schnickschnack für die Touristen«, erklärte er mit leichtem Schulterzucken, als wolle er sich dafür entschuldigen, dann schickte er Dupree eine schmale, steile Treppe hinauf, die so lang war, dass sie sicher mindestens in den zweiten Stock führte. Sie lag im Dunkeln, doch an ihrem Ende leuchtete es orangefarben, als ob dort ein Feuer loderte. Dupree stieg die ungleichmäßigen Stufen hinauf, die unter seinen Füßen hohl klangen, und hoffte wie auf einem Schiff, dass er heil wieder herunterkommen würde.

Das Stockwerk bestand nur aus einem Raum, und außer der Tür am Ende der Treppe gab es keine weitere und auch kein Fenster. Nur durch ein paar Öffnungen, durch die nicht mal ein kleines Kind gepasst hätte, kam etwas Luft herein. Durch sie fiel auch ein wenig Sonnenlicht in den Raum, jedoch nicht genug, um ihn wirklich zu erhellen, sondern nur so viel, dass man den in der Luft tanzenden Staub sehen konnte.

Das orangefarbene Licht kam von ein paar Gaslampen, die auf Kopfhöhe von der Decke hingen. Weiter hinten waren zwei Männer – der eine weiß, der andere schwarz –, die Kittel, Handschuhe und Schutzmasken trugen, mit etwas beschäftigt, was aus der Entfernung aussah wie in Tüchern verwahrte Baumrinde oder trockene Wurzeln. Der Geruch von Erde, Puder und verwelkten Blumen stieg Dupree in die Nase.

Da er sich sicher war, dass sie ihn noch nicht bemerkt hatten, verharrte er und beobachtete die beiden Männer. Der Schwarze war Jacques, der schon immer Meires Assistent gewesen war, und der Weiße Meire selbst. Die gebräunte Haut seines Gesichts, die sich bis in seine ausgeprägten Geheimratsecken erstreckte, bildete einen krassen Kontrast zu seinem üppigen weißen Haar, das er im Stil von Christopher Lee nach hinten gekämmt trug.

Meire war auf dem linken Auge blind. Als er drei Jahre alt gewesen war, hatte er auf einem frisch abgeernteten Maisfeld gespielt, war dabei hingefallen, und die Spitze einer der Pflanzen war in sein Auge geraten. Er hatte es nicht ganz verloren, aber die Pupille und die Iris waren zerstört und nun von einer Farbmischung, die an die Murmeln erinnerte, die die Kinder *cubanas* nannten.

Nana hatte gesagt, dass manche Menschen zu viel sahen und dass das Schicksal manchmal für einen Ausgleich sorgte, indem es demjenigen ein Auge nahm. Nana glaubte, dass es in Meires Fall jedoch so war, dass er seit dem Moment, in dem er sein Auge verloren hatte, besser sehen konnte als vorher. Antoine trug immer eine Schildpattbrille mit einem Vergrößerungsglas für das gute Auge und einem normalen Glas für das blinde.

Meire und Jacques brachten ihre staubige Last zu einem Metalltisch, auf dem eine offene Tasche stand. Der Stoff, in den sie den sandigen Inhalt gewickelt hatten, wirkte wie ein Leichentuch, und als sie den Reißverschluss der Tasche schlossen, entpuppte sie sich tatsächlich als Leichensack. Dupree senkte den Blick und unterdrückte das Bedürfnis, tief durchzuatmen.

»Ich bin immer versucht zu fragen, woher Sie ihn haben.« Meires Stimme klang so trocken wie die bräunlichen Reste, die an seinem medizinischen Mund-Nasen-Schutz hafteten, den er mit seinen Händen abnahm, die noch in den Handschuhen steckten. Sein blindes Auge sah anders aus, als Dupree es in Erinnerung hatte, vielleicht hatte es eine grünere Farbmischung, und Antoine, der sich der Faszination, die er damit auslöste, bewusst war, hielt Duprees Blick mehrere Sekunden, bevor er ihm zuzwinkerte und sagte: »Zeigen Sie ihn mir.«

Dupree hielt ihm den Tausend-Dollar-Schein hin.

»Also ...«, setzte er zur Erklärung an.

»Sagen Sie es bloß nicht«, unterbrach ihn Meire. »Ich habe gesagt, dass ich versucht bin, aber ich erliege dieser Versuchung nicht.« Er nahm den Geldschein aus der Plastikhülle und hielt ihn in den Schein der Gaslampe, die von der Decke hing, um ihn im Gegenlicht zu betrachten. »Grover Cleveland, unser zweiundzwanzigster und vierundzwanzigster Präsident, der einzige, der in zwei nicht aufeinanderfolgenden Amtszeiten im Weißen Haus saß.«

»Ich kann Ihnen versichern, dass der Schein echt ist«, sagte Dupree.

»Ich weiß, dass er echt ist, obwohl er weder ein Wasserzeichen noch einen Sicherheitsfaden hat. Das war zu der Zeit noch nicht üblich. Aber Sie wussten, dass Sie ihn mitbringen mussten. Es gibt nicht genug davon, dass sich das Fälschen lohnt, und außerdem hätten meine Kinder Sie hier nicht hochgelassen, wenn er nicht echt wäre.«

»Das sind Ihre Kinder?«, wunderte sich Dupree. »Das sind Caleb und Emma? Mein Gott, wie schnell die Zeit vergeht! Als ich sie zuletzt gesehen habe, waren sie noch klein.«

Der Kommentar sorgte dafür, dass Meire das Interesse an dem Geldschein verlor. Er trat einen Schritt auf den Besucher zu und nahm sogar die Brille ab, während er Duprees Gesicht musterte.

»Andrew Aloisius Dupree«, murmelte er, als hätte er eine Erscheinung. Er ging noch einen Schritt näher, sodass es aussah, als wollte er Dupree umarmen, doch stattdessen nahm er seine Hand und drückte sie fest zwischen den seinen. »Jetzt weiß ich, dass es ernst ist, denn sonst wärest du nicht hier.«

Dupree presste die Lippen zusammen und tat so, als würde er sich in diesem seltsamen Bazar der wundersamen Dinge umschauen. Er wollte nicht in dieses Auge sehen. Sein Blick fiel auf die verschiedenfarbigen Menschenhaarbüschel, die, an einer Schnur aufgereiht, wie eine Gardine von der Decke hingen. Auf einem Tisch stand ein Gefäß mit Korkdeckel voller Backenzähne. Gläser mit Formaldehyd enthielten weiße, zwiebelförmige Wesen. Kartons waren angefüllt mit getrockneten Teilen toter Tiere, Erde und schwarzem sowie weißem Pulver. Leichentücher, welche die rot-braunen Spuren jener Körper aufwiesen, die sie jahrelang bedeckt hatten, hingen an Kleiderbügeln von der Decke, als ob sie die Seelen der Toten umhüllten.

»Was brauchst du?«

Aus derselben Tasche, aus der Dupree den Geldschein hervorgezogen hatte, nahm er nun eine mit Bleistift geschriebene Liste und reichte sie dem Mann. Meire legte zum Lesen den Kopf schief und hob dann für zwei Sekunden den Blick, um Dupree ins Gesicht zu sehen. »Das ist doch nicht für dich, oder?«

»Nein, es ist für Nana.«

»Nana …«, murmelte Meire und wandte sich um. »Jacques!«, rief er dann durch den Raum und hielt die Liste hoch, damit der Mann, der noch immer hinten im Raum seiner Arbeit nachging, sie sah. »Ich hoffe, du hast *le petit enfant* noch nicht eingepackt, denn Mr. Cleveland hier hat eine Bestellung und wird ein Stück davon brauchen.«

12

Das Fenster

New Orleans, Louisiana

Johnson übergab Charbou den Schlüssel des schwarzen SUVs, der noch immer vor dem Eingang des Reviers stand. Als der Polizist das FBI-Fahrzeug sah, pfiff er bewundernd durch die Zähne.

»Ist es sehr weit zum Hotel?«, fragte Johnson und setzte sich neben Amaia auf die Rückbank. Bill und Bull hatten wie selbstverständlich die vorderen Plätze eingenommen.

»Fünf Minuten mit dem Auto«, antwortete Bull, »zehn oder zwölf zu Fuß.«

Die Klimaanlage lief auf Hochtouren, aber Amaia spürte dennoch die Hitze, die in das Fahrzeug einzudringen versuchte. Sie lehnte die Stirn gegen die kühle Fensterscheibe und blickte nach draußen. Bunte, gut gepflegte Häuser wechselten sich mit anderen, nicht so gut erhaltenen ab. Sogenannte *Shotgun Houses*, die vor allem im Süden der USA typischen länglichen Einfamilienhäuser, standen neben französischer Architektur und den Überresten des spanischen Kolonialstils. Bei einigen Häusern hoben sich die Pinienbretter, die vor die Fenster genagelt waren, deutlich von der leuchtenden Farbe der Fassaden ab, an anderen fielen sie an den heruntergekommenen Wänden kaum auf. Amaia bemerkte, dass an den Straßen keine Autos parkten. Und außer in der unmittelbaren Umgebung des Reviers war keine Menschenseele zu sehen.

Als sie den Blick hob, konnte sie in einem Fenster undeutlich das Gesicht einer Frau ausmachen, die die Spitzengardine ein Stück angehoben hatte und auf die Straße schaute. Sofort war sie in Gedanken in Elizondo, wo sie Tausende Male in ihrem Leben eine solche Bewegung im Fenster gesehen hatte. Sie war sich sicher, dass die Frau sie durch die getönte Scheibe des Autos nicht sehen konnte, dennoch ließ sie, als der Wagen vorbeifuhr, die Gardine los und verschwand dahinter.

»Sieht aus, als sei die Evakuierung erfolgreich«, stellte Johnson fest und riss sie damit aus ihren Gedanken. »Es ist kein Mensch zu sehen, nur wenige Autos sind auf den Straßen, und die Leute haben die nötigen Vorsichtsmaßnahmen ergriffen, um ihre Häuser zu schützen.«

Charbou drehte sich zu Johnson um, und es schien so, als wollte er etwas sagen, was er jedoch nicht tat; er blickte so lange nach hinten, dass Amaia, obwohl sie durch ein Wohnviertel und nicht schneller als fünfundzwanzig Meilen fuhren, fürchtete, dass sie gleich gegen irgendeine Hauswand krachten. Schließlich wandte sich Charbou, ohne ein Wort gesagt zu haben, wieder nach vorn und konzentrierte sich aufs Fahren. Stattdessen ergriff Jason Bull das Wort.

»Man kann sagen, dass der achte Distrikt einer der besseren hier in New Orleans ist. Er grenzt direkt an die Gegenden, die die Touristen aufsuchen, nur ein paar Straßen bis zur Frenchmen Street, wo sich Bars, Restaurants und Jazzclubs aneinanderreihen. Dort ist es nicht ganz so elegant wie im French Quarter, aber es reicht, um den Besuchern das Gefühl zu vermitteln, dass sie sich im echten New Orleans befinden. Alles gelogen. Wir wissen, dass Sie ins Hotel müssen, dass Sie noch einige wichtige Dinge zu erledigen haben, aber wir können Sie morgen nicht mit auf die Straßen nehmen, wenn Sie heute mit dem Gefühl zu Bett gehen, dass das, was Sie gesehen haben, wirklich New Orleans ist. Sie können nicht einen Mörder verfolgen, ohne zu wissen, wo diese Leute sich herumtreiben, und davon haben Sie keine Vorstellung, wenn wir Ihnen nicht noch etwas mehr von der Stadt zeigen. Mist, die haben Sie doch tatsächlich im French Quarter untergebracht!«

Johnson sah auf die Uhr, und Amaia war sicher, dass er widersprechen wollte, um nicht noch mehr Zeit zu verlieren. Doch er sah sie an, nickte, um sein Einverständnis zu signalisieren, und blickte dann konzentriert aus dem Fenster.

Nachdem sie die Simón Bolívar Avenue überquert hatten und gerade mal fünf Minuten in die andere Richtung gefahren waren, bot sich ihnen ein ganz anderer Anblick als im achten Distrikt. Charbou reduzierte die Geschwindigkeit. Hier waren wesentlich mehr Leute auf der Straße. In dem Bemühen einiger Hausbesitzer, ihrem Wohnsitz mehr Würde zu verleihen, hatten sie ihn in bunten Farben gestrichen, die in den meisten Fällen, über die Jahre Regen und Sonne ausgesetzt, verblasst waren und von den Fassaden abblätterten. Es gab auch Häuser, die in mehreren Farben gestrichen waren, als hätte die eine nicht ausgereicht, sodass man den Rest in irgendeiner anderen Farbe gestrichen hatte. Zumeist waren sie nur unzureichend oder gar nicht vor dem Hurrikan geschützt worden.

Amaia sah Fenster, die mit Klebeband oder Zeitungspapier bedeckt waren. Ansonsten gingen die Vorsichtsmaßnahmen nicht viel weiter, als dass die Möbel von der Veranda weggeräumt worden waren. Statt der glänzenden Pinienbretter hatten die Hausbewohner hier alles Mögliche benutzt, um die Fenster zu schützen: Plastikteile, bunte Planen, gammelige Holzlatten, aus denen rostige Nägel hervorragten. Die Häuser, die aussahen wie niedrige

Scheunen, wurden, je weiter sie vorankamen, immer kleiner und baufälliger. Die Gärten verschwanden und wurden durch Betonhöfe ersetzt und die Blumenkästen durch kaputte Plastikbehälter, in denen weiße Blumen ein eher trauriges Dasein fristeten. Zwischen den Grundstücken gab es leere Flächen, auf denen sich der Müll häufte, rostige Autowracks mit offenen Türen und aufgeschlitzten Sitzen, aus denen der Schaumgummi herausquoll wie die Gedärme eines überfahrenen Tieres.

In einem der Höfe, an denen sie vorbeifuhren, sahen sie eine Gruppe Jugendlicher, die sich um einen Buick mit offenem Dach scharten. Der, der der Straße am nächsten war, alarmierte die anderen. Die jungen Leute drehten sich instinktiv feindselig zu ihnen um; einige hoben den Mittelfinger und wurden von den anderen angefeuert, als das auffällige Fahrzeug vorbeifuhr.

Bull wandte sich zu Johnson und Amaia um. »Ich hab eine Frau und zwei kleine Kinder, die sind in Atlanta bei meinen Schwiegereltern, die sehr glücklich sind, sie bei sich zu haben. Vor allem freuen sie sich über die Gelegenheit, meiner Frau immer wieder ins Gedächtnis zu rufen, wie übel das Leben in New Orleans ist. Meine Mutter ist bei ihnen. Es ist mir gelungen, die ganze Familie aus der Stadt zu bringen.«

»Mir leider nicht«, sagte Bill Charbou. »Ich hab eine Tante, die kleine Schwester meiner Mutter, die in ihrem Viertel eine Art Aktivistin ist und beschlossen hat, zu bleiben. Niemand schafft es, sie aus ihrem Haus im neunten Distrikt zu kriegen. Sie müssen verstehen«, wandte er sich an Amaia und Johnson, »dass es hier viele Leute wie meine Tante gibt, die die Stadt nicht verlassen wollen. Und dann gibt es andere wie diese Jungen auf der Straße. Sie leben hier, hier ist ihr Zuhause, ihre Straße, ihre Gang, das Einzige, was sie haben. Ihnen geht es schon ihr ganzes Leben über dreckig, das ist nichts Neues für sie. Und sie verachten das System, und glauben Sie mir, sie sind bereit, ihre Straße, ihr Haus und ihre Familie mit ihrem eigenen Leben zu verteidigen, auch gegen jemanden, der behauptet, ihnen helfen zu wollen.«

»Aber das ist ein Hurrikan der Stufe fünf, der vielleicht noch Stufe sechs erreicht«, wandte Johnson ein. »Ich denke, sie sind sich der Gefahr nicht bewusst. Vielleicht hat man ihnen nur nicht deutlich genug erklärt, was der Stadt droht.«

»Ja, sie könnten ihr Leben verlieren«, bestätigte Bull. »Aber das ist ihnen egal. Johnson, mit allem Respekt, Junge, Sie kommen von woanders her, fahren durch diese Straße, sehen diese armseligen Hütten und denken: Dafür sind die bereit zu sterben? Dabei sind Sie sich nicht bewusst, dass diese armseligen Hütten alles sind, was sie im Leben erreichen konnten. Ich habe schon vor einer ganzen Weile gelernt, dass jeder, der herkommt, eine gewisse Überheblichkeit mitbringt.«

Johnson atmete tief durch und schien etwas darauf erwidern zu wollen, doch Amaia kam ihm, in dem Versuch, den Frieden zu wahren, zuvor. »Und Sie, Mr. Charbou? Sind Sie auch verheiratet?«

Der Polizist lachte laut auf, bevor er antwortete. »*Mister* Charbou? Bitte sagen Sie das nie wieder. Bill, einfach Bill oder Charbou, aber nicht *Mister* Charbou!«

»Bill Charbou hat außer seiner Tante keine Familie hier«, beantwortete Bull die Frage, die sein Kollege offenbar nicht beantworten wollte. »Seine Eltern und seine Geschwister leben in Baton Rouge. Er hat ein halbes Dutzend Freundinnen in der Stadt, aber keine ist ihm so wichtig, dass er den Sturm mit ihr zusammen verbringen will.« Bull stöhnte auf, als wäre der Fausthieb, den ihm sein Kollege an der Schulter verpasste, ausgesprochen schmerzhaft gewesen, dann sprach er unbekümmert weiter. »Wahrscheinlich haben die sich alle in den verschiedenen Nachbarstaaten in Sicherheit gebracht und schlafen längst warm und sicher im Haus und in den Armen irgendeines anderen Lovers.«

Sie erreichten erneut die Simón Bolívar Avenue und fuhren dann durch das Marigny-Viertel über die Esplanade Avenue zur Dauphine Street.

Das Hotel Dauphine mit seiner orangefarbenen Fassade erstreckte sich an der Straße, die ihm den Namen gegeben hatte. Die flaschengrünen Türbögen wechselten sich mit weißen Fensterläden in den oberen Etagen und weißen Türen im Erdgeschoss ab. Bill hielt vor einem offenen Tor direkt neben dem Eingang und stellte fest, dass der Hotelparkplatz trotz der offiziellen Aufforderung, die Stadt zu verlassen, voll war.

Die drei üppigen schwarzen Frauen an der Rezeption wirkten überaus beschäftigt. Sie kümmerten sich schnell um ihre Reservierungen und boten Bill und Bull an, in der hübschen kleinen Bar neben der Rezeption zu warten.

Eine der Frauen kam hinter dem Tresen hervor, um Amaia ihr Zimmer zu zeigen. Bill, der darauf bestanden hatte, Amaias Rucksack zu tragen, begleitete sie bis zur Aufzugtür und weigerte sich, den Rucksack loszulassen, den ihm die Frau schließlich entschlossen entriss, während sie ihn mit einem Lächeln darauf hinwies, dass er an der Bar warten müsse.

Nachdem sich die Aufzugtüren hinter ihnen geschlossen hatten, wandte sie sich an Amaia. »Ihr Freund sieht sehr gut aus. Ist er noch Single?«

Amaia lächelte. »Ja, ich glaube schon.«

Die Frau betrachtete sie interessiert. »Also ich würde sagen, dass Sie ihm gefallen.«

»Ich bin sicher, ich gefalle ihm, Sie gefallen ihm und alle Frauen draußen auf der Straße auch«, entgegnete Amaia.

»Ah, ich verstehe, ein Mann, der alle Frauen liebt. Keine Sorge, im May Bailey's sind die beiden gut aufgehoben. Die Bar gehört jetzt zum Hotel, aber früher war dort eines der gefragtesten Bordelle von New Orleans, und zwar das erste, das eine Lizenz bekam und damit legal war.« Sie zwinkerte ihrem Gast zu. »Dies ist einer der verhextesten Orte des Big Easy.«

Amaia lächelte erneut. »Sie meinen, hier spuken die Geister von Prostituierten?«

»Damen von zweifelhaftem Ruf, so wurden sie damals genannt. Wir haben hier tatsächlich ein Gespenst, aber nicht wirklich das einer Prostituierten. Die Schwester der Bordellbesitzern May Bailey, Millie Bailey, träumte damals von einem anderen Leben. Sie lernte einen Soldaten kennen, der ihr sofort einen Heiratsantrag machte und ihr versprach, sie mitzunehmen. Doch am Tag der Hochzeit starb er bei einer Schießerei, wie sie damals in der Stadt nicht selten waren. Angeblich wurde sie daraufhin verrückt und ist nie aus der Stadt rausgekommen. Einige Gäste versichern, dass sie die arme Millie in ihrem weißen Spitzenkleid weinend im Garten gesehen haben oder auf der Galerie.«

Die Aufzugtüren öffneten sich, die Frau entfernte ein gelbes Schild, das vor dem feuchten Boden warnte, und führte Amaia zu ihrem Zimmer, das gleich rechts lag. Amaia fragte sich, wie oft sie diese Geschichte den Hotelgästen wohl schon erzählt hatte.

Die Frau wandte sich erneut an sie. »Aber Sie brauchen sich deshalb keine Sorgen zu machen, sie erscheint nur Männern.« Sie zuckte mit den Schultern. »Vielleicht weil sie immer noch auf ihren Verlobten wartet.«

Sie öffnete die Zimmertür und trat zur Seite, damit Amaia eintreten konnte. Das Zimmer war groß und … *cremig*. Sämtliche Möbel, das Bett, die Wände, die Decke, der Teppich waren im französischen Stil in einem seidigen Cremeton gehalten. Das Badezimmer mit Badewanne lag seitlich, und in der Mitte der Außenwand befand sich ein großes Schiebefenster, wie sie für den amerikanischen Süden typisch waren, mit Jalousie.

Die Frau zog die Jalousie hoch und gab damit den Blick auf das Gebäude nebenan frei. »Es tut mir leid, dass ich Ihnen keinen besseren Ausblick bieten kann, aber die Reservierung kam sehr spät, und das Hotel ist voll …«

»Das habe ich schon gemerkt. Dabei dachte ich, dass wegen der Evakuierung …«

»Viele Leute wollen bleiben, um ihr Eigentum vor Plünderungen zu schützen, wenn der Sturm vorbei ist. Und sie haben hier ein Zimmer genommen, weil sie wissen, dass das French Quarter nie überschwemmt wird. Das, was in der gesamten Geschichte der Stadt noch nicht vorgekommen ist, wird die kleine Katrina wohl auch nicht hinkriegen.« Sie öffnete das Fenster, und Musik klang herein.

Amaia streckte den Kopf nach draußen und erspähte in der engen Gasse eine große Gruppe Musiker, die mit flottem Schritt vorbeizog. »Ich hätte nicht gedacht, dass nach der Evakuierung noch Musiker in der Stadt sind.«

»Es gibt zwei Arten von Wesen, die New Orleans niemals verlassen: die Musiker und die Geister.«

Die Frau hielt einen Moment inne, um den Fernseher einzuschalten, wo ein Nachrichtensender lief. Das allgegenwärtige Bild des Wirbelsturms, der über den Ozean tobte, war zu sehen. Dann wandte sie sich zur Tür, nickte zufrieden, und als sie die Tür öffnete, stand sie Agent Johnson gegenüber.

Er trug ein halbes Dutzend Mappen unter dem Arm, in denen sich das Material zu den Fällen befand, das er im Polizeirevier ausgedruckt hatte. Ohne ein Wort wies Amaia auf den Schreibtisch neben dem Fenster. Sie nahm sich eine der Mappen und setzte sich auf eine Ecke des Betts, um Johnson den Stuhl zu überlassen, der vor dem Schreibtisch stand.

Sie brauchte zwanzig Minuten, um die beiden ersten von den drei Fällen, die ihr zufielen, auszuschließen. Im ersten Fall hatten sich drei Täter als Gastechniker ausgegeben und waren so in die Wohnung der Familie gelangt, die nach einem Erdrutsch von der Gasversorgung abgeschnitten war. Sie hatten den Vater und die Mutter gefesselt und die Großmutter misshandelt, bis die ihnen den Code des Safes genannt hatten.

Im zweiten Fall ging es um einen nächtlichen Überfall durch eine Gruppe vermummter Männer, die diesmal sämtliche Mitglieder der Familie mit dem Profil, nach dem sie suchten, gefesselt hatten. Sie bestahlen sie, vergewaltigten außerdem die Frauen und zwangen den Familienvater, dabei zuzusehen. Die Kinder hatten sie in einem anderen Zimmer eingesperrt.

Der dritte Fall präsentierte sich als Mord mit anschließendem Selbstmord. Acht Monate zuvor, im Dezember des vergangenen Jahres, hatte in Galveston, Texas, ein gewisser Joseph Andrews, achtundvierzig Jahre alt, seine Frau und seine beiden Kinder – einen zwölfjährigen Jungen und ein siebzehnjähriges Mädchen – erschossen und sich anschließend selbst das Leben genommen. Gerade mal einen Monat zuvor war die Familie aus beruflichen Gründen von Sacramento dorthin gezogen, wobei der Grund für die Tat wohl nicht finanzielle Not war. Andrews hatte nach der Versetzung eine beträchtliche Gehaltserhöhung erhalten, und die Familie lebte in einem schönen Haus mit Bootsanlegestelle. Die Ehefrau war eine bekannte Interior-Designerin, die einen Blog mit vielen Followern im ganzen Land betrieb, und ein großer Theaterfan, weshalb sie sich, gleich nachdem sie in die Stadt gekommen waren, einer Amateur-Theatergruppe angeschlossen hatte. Das Foto der jugendlichen Tochter war einem Gruppenbild entnommen, das in ihrer neuen Schule in Galveston gemacht worden war, und sie schien sich gut eingelebt zu haben. Der jüngere Sohn jedoch hatte für Ärger mit den Nachbarn gesorgt.

Laut dem Bericht war Andrews am Tag der Morde nicht zur Arbeit erschienen. Die Leichen waren von einem Nachbarn gefunden worden, der dort vorbeigeschaut hatte, um nachzusehen, ob es der Familie gut ging. Die Waffe des Familienvaters lag neben ihm.

Es gab ein halbes Dutzend Fotos. Amaia breitete sie auf dem Bett aus, um sie aufmerksam zu betrachten. Die Leichen lagen auf dem Boden, die Köpfe nach … Es war unmöglich zu sagen, ob sie nach Norden ausgerichtet waren, und die schlechte Druckqualität machte es unmöglich zu erkennen, ob Fesselungsmale vorhanden waren. Auffällig war jedoch der Rest des Tatorts. Obwohl nichts davon im Bericht stand, herrschte ein vollkommenes Chaos im Raum, alles lag durcheinander, umgekippte Pflanzen, schief hängende Bilder. Nichts, was so auffällig war wie das, was ein Tornado hinterließ, aber dennoch …

Sie ordnete die sechs Tatortfotos auf dem Bett und vier weitere Bilder, auf denen die Familienmitglieder in die Kamera lächelten.

»Johnson, schauen Sie sich das mal an«, sagte sie.

Er hob den Kopf, legte den Bericht, den er gerade gelesen hatte, auf den Schreibtisch und ging zu Amaia hinüber.

»Angeblich ist der Familienvater an diesem Tag nicht zur Arbeit erschienen und hat seine Familie umgebracht. Er hat allen in den Kopf geschossen und danach sich selbst. Aber … sehen Sie sich mal an, wie die Leichen dort liegen. Ich weiß, dass das nur vier Leute sind, und ich kann auch keine Fesselungsmale erkennen, wobei das auch an der schlechten Qualität der Fotos liegen könnte. Laut dem Bericht hat der Vater die vier Schüsse aus seinem Revolver abgegeben, der neben ihm gefunden wurde und auf seinen Namen zugelassen war.«

Johnson nahm eines der Fotos vom Bett und stellte sich damit ans Fenster, um es besser sehen zu können. »Steht in dem Bericht, ob es noch andere Familienmitglieder gibt, die in dem Moment nicht zu Hause waren?«

»Ja, einen älteren Sohn, der zum Profil passt. Er wurde genau unter die Lupe genommen, weil er sowohl das Haus in Sacramento als auch das in Galveston und eine ganze Stange Geld geerbt hat, allerdings wurde er nicht verdächtigt. Er lebte zu der Zeit in Sacramento, und dort war er auch, als die Morde geschahen, das wurde überprüft. Anscheinend hat er ziemlich viel Wirbel in der Presse veranstaltet, weil er immer wieder behauptet hat, dass seine Familie von einem Unbekannten umgebracht wurde und dass die Ermittler die Tat aus Unfähigkeit seinem Vater in die Schuhe geschoben haben, obwohl er unschuldig war.«

Johnson ließ sich von Amaia den Bericht geben und suchte auf der letzten Seite die Angaben über den Beamten, der in dem Fall ermittelt hatte. Dann wählte er die angegebene Telefonnummer in Galveston und erfuhr, dass Detective Nelson um Versetzung gebeten hatte. Johnson bedankte sich, gab erneut eine Nummer ein und schaltete den Lautsprecher an, damit Amaia mithören konnte. Am anderen Ende der Leitung meldete sich die nasale Stimme von Agent Tucker.

»Tucker, Salazar hört über Lautsprecher mit. Seid ihr noch in der Polizeizentrale in Miami?«

»Hallo, Salazar. Ja, wir warten noch auf eine Transportmöglichkeit, um in die zerstörten Gebiete zu kommen, zu denen im Moment keine Verbindung besteht. In der Zwischenzeit achten wir auf jede Meldung über einen Mord oder einen Todesfall während des Unwetters. Allerdings versprechen wir uns nicht besonders viel davon. Das Telefonnetz ist größtenteils zusammengebrochen, und das, was noch funktioniert, fällt ständig aus. Es hat mehrere Meldungen über angebliche Schüsse gegeben, aber die Fälle, denen man nachgehen konnte, waren negativ. Wir haben ein paar Familien gefunden, die ins Profil passen und die wir noch nicht erreichen konnten, die aber laut der Aussage von Verwandten in ihren Häusern geblieben sind. Doch selbst wenn der Komponist bereits zugeschlagen hat, können noch Stunden vergehen, bis wir davon erfahren.«

»Bei der Durchsicht der Berichte, die wir heute Morgen erhalten haben, ist Salazar auf einen Fall von angeblichem Mitnahmesuizid gestoßen, der sich vor acht Monaten in Galveston ereignet hat. Der Vater hat seine Frau und seine beiden Kinder erschossen und sich dann selbst eine Kugel in den Kopf gejagt. Bis dahin nichts Auffälliges, doch es gibt noch einen Sohn, der nicht mit im Haus war und der zum Profil der Familie passt, die wir suchen. Ich habe die Tatortfotos vor mir, und sämtliche Leichen liegen nebeneinander. Leider wissen wir nicht, ob die Köpfe nach Norden zeigen, weil das nirgends vermerkt ist. Man kann auch nicht sehen, ob Fesselungsmale vorhanden waren, und das ballistische Gutachten beschränkt sich auf die Feststellung, dass der Vater Schmauchspuren an den Händen hatte und die bei der Autopsie gefundenen Patronen vom Kaliber 22 aus dem Revolver stammen, der neben ihm auf dem Boden lag und ihm gehörte.«

»Glaubt ihr, dass es sich um unseren Mann handelt?«

»Das versuchen wir herauszufinden, aber dafür muss ich unbedingt mit dem Detective sprechen, der in dem Fall ermittelt hat. Der Bericht ist mit dem Namen Brad Nelson unterschrieben, von der *Homicide Squad* in Galveston.«

»Und?«

»Na ja, Detective Nelson hat um Versetzung nach Tampa gebeten. Wie es aussieht, kommt seine Frau von da, und er arbeitet jetzt für die dortige Polizei.«

»Das ist ja gleich um die Ecke hier. Allerdings muss ich euch ja nicht erklären, was hier in der Zentrale los ist und dass alle verfügbaren Männer unterwegs sind. Aber wenn er Dienst hat, werde ich ihn finden. Lasst uns in einer Viertelstunde eine Konferenzschaltung machen. Wählt diese Nummer …«

In der Zwischenzeit ging Amaia ins Bad und hielt ihre Handgelenke unter kaltes Wasser. Bei der Hitze waren Kopfschmerzen praktisch vorprogrammiert. Sie machte ein Handtuch nass und legte es sich in den Nacken.

»Salazar.« Johnson erschien in der Tür, was sie aufschrecken ließ. »Es ist Zeit.«

»Agent Johnson, Subinspectora Salazar, Inspector Emerson hört über den Lautsprecher mit. Detective Brad Nelson ist derzeit unterwegs. Er ist mit einer Gruppe freiwilliger Helfer in das Gebiet gefahren, wo der Sturm bereits gewütet hat, und wird in den nächsten Stunden wohl nicht zurückkommen. Eine Telefonverbindung ist im Moment nicht möglich, aber ich habe über Funk mit ihm gesprochen. Bisher hat er mir Folgendes mitgeteilt: Der Revolver war ein Smith & Wesson Kaliber 22, was mit den Kugeln, die sie in den Leichen gefunden haben, übereinstimmt. Nelson glaubt, dass die hartnäckigen Behauptungen des älteren Sohnes daher rühren, dass er nicht akzeptieren kann, was sein Vater getan hat und was seiner Familie widerfahren ist. Er studiert in New Orleans an der Tulane University, und seit dem tragischen Vorfall ist er nur noch einmal in Galveston gewesen. Seitdem hat niemand mehr das Haus betreten. Der Junge ruft Nelson jede Woche an, um darauf zu bestehen, dass der Fall noch mal aufgerollt wird. Zuletzt gestern, und da war er noch in der Stadt. Vielleicht können Sie mit ihm reden. Er heißt wie sein Vater Joseph Edwards.«

Johnson blickte Amaia an und wartete auf ihre Reaktion. Sie kniff die Lippen zusammen, schüttelte den Kopf und zuckte leicht mit den Schultern. Das, was sie gerade erfahren hatten, war nicht viel mehr als das, was in dem Bericht stand. Natürlich konnten sie mit dem Jungen reden, aber der Detective hatte recht, wahrscheinlich hatte er die Sache noch nicht verarbeitet und war nicht in der Lage, die furchtbare Tatsache zu akzeptieren.

Tuckers Stimme erklang erneut. »Ich habe auch nach dem Chaos in dem Haus gefragt.«

Amaia horchte auf.

»An diesem Tag wurde Galveston von einem tropischen Wirbelsturm heimgesucht, der allerdings nicht besonders heftig war. Es gab keine Toten und keine Verletzten, nur entwurzelte Bäume und zerbrochene Fensterscheiben. Der Vater war nicht arbeiten, weil die Firma ihren Angestellten empfohlen hatte, zu Hause zu bleiben. Sie waren neu in der Stadt und hatten an der Küste noch nie ein Unwetter erlebt, weshalb der Detective davon ausgeht, dass sie irgendwann während des Sturms ein Fenster geöffnet haben, was dazu geführt hat, dass die Scheiben der anderen Fenster zerbrochen sind. Die Leichen wiesen keine Schnitte oder sonstige Verletzungen durch Glas auf. Der Vater hatte so etwas wie Fesselungsmale an den Handgelenken, wobei man allerdings annahm, dass er sie sich im Zuge eines Selbstmordversuchs selbst zugefügt hat. Am Tatort wurden keine Kabelbinder, Stricke oder sonstige Fesseln gefunden. Das Chaos im Haus wurde von den Windböen angerichtet, die durch die zerbrochenen Fensterscheiben hereingeweht sind. Da das bei der Tat keine Rolle spielte und unabhängig davon eingetreten war, haben sie es im Bericht nicht erwähnt. Nelson sagte, dass er es nicht beschwören könne, aber dass er sich ziemlich sicher sei, dass die Köpfe der Toten nach Norden ausgerichtet waren.«

»Scheiße!«, entfuhr es Amaia. »Ob das ausreicht, um Agent Dupree zu alarmieren?«

Johnson verabschiedete sich von Tucker und gab Duprees Nummer ein. Er erklärte, was sie herausgefunden hatten, und hörte dann aufmerksam zu. Amaia blickte ihm ins Gesicht und versuchte davon abzulesen, was ihr nächster Schritt sein würde.

»Er sagt, wir sollen zum Campus fahren«, erklärte Johnson, nachdem er das Gespräch beendet hatte, »besteht aber darauf, dass Bill und Bull uns begleiten.«

»Glauben Sie, die sind noch unten?«

»Ja«, antwortete Johnson, während er die Fotos in einer Mappe verstaute, »es dürfte ihnen dort nämlich gefallen. Laut der Hoteleigentümerin war dort, wo die Bar ist, früher May Baileys Bordell, und wie es aussieht, ist der Ort immer noch ziemlich sexy.«

Amaia nickte lächelnd. Sie hatte also richtig gelegen mit ihrer Vermutung, dass die Frau die Geschichte allen Gästen erzählte.

13

Taube und stumme Trauer

Elizondo

Engrasi wedelte mit der Hand die Reste der Spinnweben fort.

Sie kniete schon eine ganze Weile im niedrigsten Teil des Speichers und war auf der Suche nach der Weihnachtsdekoration. Wie üblich hatte sie jede Menge Dinge gefunden, nach denen sie nicht gesucht hatte. Kartons mit Kleidern, die sie irgendwann mal in den Straßen von Paris getragen hatte; tonnenweise handgeschriebene Notizen auf Französisch aus der Zeit ihres Psychologiestudiums; Bücher, die die Regale in der Wohnung gefüllt hatten, die sie sich mit dem Mann geteilt hatte, den sie liebte; Dekoration und Erinnerungsstücke, die ihr einmal viel bedeutet hatten und die sie nun mit der Sehnsucht nach einem früheren Leben betrachtete, das unwiederbringlich war, als wäre sie damals ein anderer Mensch gewesen.

Sie schob die Kisten und Kartons beiseite und beugte sich in das Licht, das vom Treppenhaus hereinfiel, um einen Blick auf die Uhr zu werfen. Die Zeit war vergangen, ohne dass sie es gemerkt hatte. Amaia musste schon seit einer Weile zu Hause sein.

Engrasi ging zur Dachluke, und dort angekommen, sah sie eine kleine Holzkiste, die sie ebenfalls aus Paris mitgebracht hatte. Bei dem Gedanken an das, was sich darin befand, seufzte sie. Dann stellte sie den Fuß auf die oberste Stufe und hob, bevor sie die zweite Stufe erreichte, den Deckel der Kiste so weit an, dass sie ihre Hand hineinschieben konnte. Sie nahm die dicke Mappe heraus und versteckte sie unter ihrer Jacke. Anschließend stieg sie eilig die restlichen Stufen zum ersten Stock hinab, während sie einen letzten Blick auf die Kisten voll grünem Lametta warf, die auf der anderen Seite des Speichers standen. Gleich darauf rief sie nach der Kleinen, in der Hoffnung, dass sie leise wie ein Mäuschen ins Haus geschlichen war, während sie oben auf dem Speicher herumgekramt hatte.

Das Fenster, hinter dem es bereits dunkel geworden war, wurde zu einem Spiegel, der ihr Abbild reflektierte: wirres Haar, besorgt gerunzelte Brauen, das dicke Paket unter ihrer Jacke. Darum musste sie sich als Erstes kümmern. Sie zog die Kette heraus, die sie um den Hals trug, und brachte den kleinen goldenen Schlüssel zum Vorschein. Dann beugte sie sich zu der einzigen Schublade im Sideboard hinunter, die ein Schloss hatte, öffnete sie und legte die Mappe hinein, schloss die Schublade wieder ab und ließ den Schlüssel unter ihrer Kleidung verschwinden.

Sie nahm das Telefon von dem kleinen Tisch neben dem Sofa und wählte eine Nummer, die sie auswendig kannte. Während das Freizeichen erklang, legte sie die Hand wie einen Schirm an die Fensterscheibe, um auf die Straße hinaussehen zu können.

Am anderen Ende der Verbindung erklang die warme Stimme ihres Bruders. »*Mantecadas Salazar*«, meldete er sich mit dem Namen seiner Konditorei. »Guten Tag.«

Wäre Engrasi nicht so besorgt gewesen, hätte sie gelächelt. Ihr Bruder, der sich sein ganzes Leben über mit brummiger Stimme am Telefon gemeldet hatte, hatte in letzter Zeit seine Manieren verfeinert, sicher unter dem Einfluss seiner vornehmen Ehefrau.

»Juan, ist Amaia bei dir?«

»Nein, hier ist sie nicht.«

»Sie ist noch nicht nach Hause gekommen, und ich mache mir Sorgen.«

»Sie ist sicher bei irgendeiner Schulfreundin. Jetzt, da es so früh dunkel wird, scheint es schon viel später, aber wir haben gerade mal halb sieben.«

»Juan, ich habe dir doch gesagt, dass die Kleine immer sofort nach Hause kommt, wenn sie nicht bei dir vorbeischaut. Bist du sicher, dass sie nicht bei ihren Schwestern im Hinterhof ist?«

»Nein. Rosario hat es geschafft, die beiden heute früh mit nach Hause zu nehmen, indem sie ihnen versprochen hat, dass sie die Weihnachtsdekoration anbringen dürfen.«

Engrasi beendete das Gespräch, ohne noch etwas zu sagen. Dann zog sie sich den dicken Mantel an, steckte den Schlüssel ein und ging nach draußen.

Juan hatte recht, es schien viel später zu sein, als es war. In diesem Jahr war der Herbst lange sehr mild gewesen, und die erste winterliche Kälte hatte die Talbewohner, die nun verzagt in ihren Häusern blieben, völlig überrascht. In der Ferne sah sie die Lichter einiger Autos, die in Richtung der Calle Santiago über die Brücke fuhren, aber keinen einzigen Fußgänger. Das Licht der Lampen an den Hauswänden fiel auf den nassen Boden und zeichnete ein orangefarbenes Muster, das jedoch nicht bis zur Mauer am Fluss reichte. Sie konnte den Baztán nicht sehen, fühlte ihn aber, als wäre er ein lebendes Wesen, wie er dort unten dahinfloss.

Sie führte die Hand zur Brust, tastete nach dem kleinen Schlüssel und war hin- und hergerissen zwischen der Dringlichkeit, das Kind zu finden, und dem Wunsch, dass es nicht dort war, wo sie es vermutete.

Das Haus ihres Bruders war eines der besten in Elizondo. Juan hatte es einem alten unverheirateten Schmuggler abgekauft, der bei der Gestaltung der Fassade nicht gespart hatte, während das

Haus innen so schmucklos gewesen war, wie es der Tradition der Männer in Baztán entsprach. Der bogenförmige Eingang führte direkt in einen Vorgarten, wo der frühere Besitzer zwei wundervolle Trauerweiden gepflanzt hatte, die den Zugang flankierten. Als die Weiden so groß geworden waren, dass ihre Äste beinahe den Boden berührten, hatte der Vorbesitzer sie herunterschneiden lassen, weil es ihn störte, dass die Bäume inzwischen fast die gesamte prächtige Fassade des Hauses verdeckten. Nach dem dritten Rückschnitt hatte er aufgegeben. Juan war davon überzeugt, dass das einer der Hauptgründe gewesen war, weshalb er das Haus verkauft hatte.

Wenn diese Baumsorte auch nie all ihre Blätter verlor, zeugte das Laub der Weiden doch von der ersten Winterkälte, und ihr Anblick war nicht so prächtig wie sonst. Von draußen konnte Engrasi das goldfarbene Licht sehen, das durchs Wohnzimmerfenster schien und einen Teil des Gartens beleuchtete.

Zunächst sah sie die Kleine nicht, was sie zugleich erleichterte und besorgte. Doch nachdem sich ihre Augen an das Halbdunkel gewöhnt hatten, entdeckte sie etwas am dunklen Baumstamm. Sie konnte nicht erkennen, was es war, während ihr Gehirn ihr sagte, dass es sich um einen Seestern handelte, was natürlich unmöglich war. Als Engrasi näher heranging, wurde ihr klar, dass Amaia den Baum umarmte, der sie zu halten schien wie eine Liebende, und der bleiche Stern, den sie zu sehen geglaubt hatte, war ihre Hand, die aus dem Ärmel ihres roten Pullovers hervorschaute, klein und starr vor Kälte.

Der dicke Stamm der Weide verdeckte die Kleine vollständig. Erst als Engrasi sich vorbeugte, war ihr Gesicht zwischen den dunklen Ästen zu sehen, die wie Tränenspuren herabfielen. Auch Amaia weinte.

Engrasi bückte sich, um unter den Ästen hindurchzugehen, stellte sich auf die andere Seite des Stamms und legte ihre Hand auf die des Kindes. Sie war überraschend warm, als wäre der Baum tatsächlich ein Liebender, der ihr seine Wärme gab.

Von ihrer neuen Position aus konnte Engrasi sehen, was Amaia beobachtete. Rosario hatte die Vorhänge vollständig zur Seite gezogen. Drinnen schienen sämtliche Lichter eingeschaltet zu sein, und von dort, wo sie standen, konnten sie weit ins Wohnzimmer hineinsehen. Direkt vor dem Fenster waren Amaias Mutter und ihre Schwestern vergnügt lächelnd damit beschäftigt, den Weihnachtsbaum zu schmücken.

Engrasi bewegte sich nicht und schaute stumm zu, wie das Kind litt. Was sollte sie sagen, um Amaia davon zu überzeugen, dass das, was sie tat, nicht gut für sie war und sie gehen sollten? Aber es war gar nicht nötig, denn nur wenige Sekunden später zog die Kleine die Hand zurück und den Pulloverärmel über die Finger und wischte sich damit die Tränen ab. Dann trat sie aus ihrem Versteck, hielt ihrer Tante die Hand hin und sagte beinahe bittend: »Gehen wir nach Hause?«

Engrasi sagte nichts, weil sie es nicht konnte. Ihr Herz schlug ihr bis zum Hals, und, überwältigt von dem, was sie sagen wollte, schwieg sie. Sie gab der Kleinen einen Kuss auf die Stirn und fasste nickend nach ihrer Hand, um mit ihr den Heimweg anzutreten.

Bevor sie unter dem schützenden Baum hervorkamen, sah Engrasi noch einmal zum Haus, denn sie meinte, jemand hätte nach ihr gerufen.

Rosario beobachtete sie vom Fenster aus. Die Hälfte ihres Gesichts lag im Dunkeln, doch die blinkenden Lichter des Weihnachtsbaums ließen für einen Moment ihr Zwinkern und ihr Lächeln erkennen.

Engrasi fasste Amaias Hand noch fester und zog sie zur Straße, und die Zärtlichkeit, die sie kurz zuvor noch zu ersticken gedroht hatte, verwandelte sich in Wut – und in Angst, wie sie sich selbst gegenüber eingestehen musste.

14
Nana. Das bunte Haus

New Orleans, Louisiana
Samstagabend, 27. August 2005

Dupree verließ das Geschäft, ging die Ursuline Street hinauf und bog dann mehrere Male ab, was seinen Weg in den Stadtteil Tremé unnötig verlängerte, ihn aber am Friedhof vorbeiführte. Er wusste, dass ihm nicht genug Zeit blieb, um sie mit einem Besuch dort zu vergeuden. Doch obwohl inzwischen so viele Jahre vergangen waren, war ihm klar, dass der Impuls, der ihn leitete, der gleiche war wie der, der ihn als Kind hierher, zum Grab seiner Eltern, geführt hatte.

Zwei Arbeiter, die auf Leitern standen, entfernten ein Plakat von dem dunklen Tor, auf dem Führungen über den Friedhof angeboten wurden.

»Wir schließen gerade«, sagte einer von ihnen, als er Duprees Blick bemerkte.

»Nur eine Minute«, bat Dupree. »Ich möchte mich versichern, dass beim Grabmal meiner Familie alles in Ordnung ist und es den Sturm übersteht.«

Der Arbeiter musterte Duprees Kleidung und fragte argwöhnisch: »Und welche Familie ist das?«

»Die *famille* Dupree-Sabrier«, antwortete Dupree ruhig.

»Aber natürlich, Monsieur«, sagte der Mann und gab ihm den Weg frei.

Dupree wandte sich nach links und ging in den hinteren Bereich des Friedhofs, der ihm im Vergleich zu seinen Kindheitserinnerungen gleichzeitig größer und kleiner erschien. Doch er empfand die gleiche Verzweiflung wie damals, als er zwischen den Reihen der Grabnischen entlanggegangen war, die wegen des sumpfigen Bodens so weit abgesunken waren, dass sie ein Stück unterhalb des Weges lagen. Auf vielen waren die Namen der Toten, die sie beherbergten, kaum noch zu entziffern. Erst als er den Bereich ganz hinten erreicht hatte, blieb Dupree stehen und sah sich nach dem Grab um.

Der Anblick machte ihn traurig. Er erinnerte sich an ein Grabmal, das gut anderthalb Meter hoch war, und an die schlichte Steinplatte, in die die Namen seiner Eltern eingraviert waren. Doch nun waren die Seitenwände des Bauwerks so brüchig, dass das braune Mauerwerk unter der Stuckbeschichtung zum Vorschein kam, und die Grabplatte, vom Regen dunkel verfärbt, war zerbrochen. Der Schmutz, der das ganze Grab bedeckte, wirkte wie ein grauer Mantel, und die aus dem Boden aufsteigende Feuchtigkeit nährte Schimmelpilz und Moos, die dafür sorgten, dass man die Namen seiner Eltern kaum noch entziffern konnte. Obwohl er wusste, dass es nichts brachte, rieb er mit den Fingerspitzen über die eingekerbten Buchstaben und betrachtete sie dann unbeweglich und schweigend.

Schließlich hörte er das metallische Klirren der Ketten, das einer der Arbeiter am Tor sicher absichtlich erklingen ließ. Da Dupree nichts anderes hatte, bückte er sich, hob ein vom Grab abgesplittertes Stück Stein auf, legte es unterhalb der Namen seiner Eltern auf die Grabplatte und eilte dann zurück zu den Arbeitern, bei denen er sich bedankte. Er stellte sich vor, wie der Sturm sein kleines Geschenk von der Grabplatte riss, unter der neben seinen Eltern auch seine düstersten Erinnerungen begraben waren, und fragte sich, wie viele Schrecken Katrina wohl wieder zutage bringen würde.

In der Marais Street hielt ein Patrol Car des NOPD neben ihm, und er wurde aufgefordert, sich auszuweisen. Die Cops fragten ihn, wohin er wollte, und ermahnten ihn, dass auch er die Stadt verlassen müsse. Doch nachdem er sich zu erkennen gegeben hatte, ließen ihn die Polizisten weitergehen. Als sie davonfuhren, war er äußerst dankbar, dass sie den Inhalt der Tasche, die er bei sich trug, nicht überprüft hatten.

Er schritt an den bunten Häusern vorbei, bis er den unteren Teil des Viertels erreichte, das vollkommen verlassen wirkte. In den meisten Häusern war es dunkel, obwohl zu dieser Zeit normalerweise die Lichter angemacht wurden. Von den Veranden waren die Blumentöpfe und die Blumenkästen verschwunden, und die Ketten an den schmiedeeisernen Bögen, an denen normalerweise Töpfe mit Farn oder Kletterpflanzen hingen, waren leer. Die Anwohner, die die Fenster nicht mit Brettern vernagelt hatten, hatten die Fensterläden mit Vorhängeschlössern gesichert. Auf der anderen Straßenseite stiegen mehrere Familien in ihre Autos, die mit den Dingen vollgeladen waren, die sie nicht zurücklassen wollten.

Und dann sah er es. Ihr Haus war sicher eines der schönsten in der ganzen Straße. Wie es oft bei Kindheitserinnerungen war, erschien es ihm nun wesentlich kleiner, doch Nana hatte dafür gesorgt, dass es noch genauso aussah wie früher, mit der gelb gestrichenen Fassade, den weißen Fensterrahmen und den dunkelgrünen Tür- und Fensterläden. Als Kind hatte er das Haus immer wieder gezeichnet, weil es so viel Spaß gemacht hatte, es mit Buntstiften auszumalen.

Es hatte zwei Etagen mit vier hohen Fenstern, die auf die Veranda hinausgingen, die nicht breiter war als ein Balkon. Zum

Ausgleich gab es einen kleinen Vorgarten, der von einem niedrigen weißen Zaun umgeben war. Als er das Gartentor öffnete, sah er, dass zwischen den Pfosten die glänzenden Girlanden vom *Mardi Gras,* dem Faschingsdienstag, hingen. Nana bevorzugte grüne, goldfarbene und violette Perlen, die für Gerechtigkeit, Wohlstand und Glauben standen.

Er ging die Treppe hinauf in den schmalen Gang, aus dem die Möbel und die Blumentöpfe entfernt worden waren. Im Inneren des Hauses war kein Licht zu sehen, und als er versuchte, die Fensterläden zu öffnen, stellte er fest, dass sie von innen zugenagelt waren. Also ging er die Treppe wieder hinunter in den Vorgarten und dann durch die schmale Gasse, die das Haus vom Nachbargebäude trennte, nach hinten.

Ein weicher orangefarbener Lichtschein aus dem Inneren des Hauses erleuchtete die Wand des angrenzenden Gebäudes. Während er sich der Küchentür näherte, spürte er, wie die feuchte Erde unter seinen Füßen nachgab, und als er die Hand nach dem Knauf ausstreckte, nahm er aus dem Haus ein dumpfes Geräusch wahr, gefolgt von einem hohen Quietschen. Er lauschte aufmerksam und hörte, dass Möbel über den Boden geschoben wurden. Vorsichtig stellte er die Tasche mit dem Paket ab, die er von Meire erhalten hatte, und griff nach seiner Dienstwaffe. Er drehte den kupfernen Türknauf, als die Tür plötzlich von innen geöffnet wurde.

»*Mon cher et petit cœur!*«, rief sie und breitete die Arme aus.

»Nana.«

»Al, ich wusste, dass du es bist, mein kleiner Al. Schon als Kind bist du lieber durch die Küchentür hereingekommen als durch den Haupteingang.«

Dupree lächelte. Nur sie nannte ihn Al. Er umarmte sie und spürte die Zerbrechlichkeit ihres Körpers. Sie hatte stark abgenommen. Die Kleidung war ihr zu groß, und trotzdem konnte er ihre kleinen, spitzen Knochen fühlen.

Dupree schloss die Augen, während er sie an sich drückte. Wann war sie so klein geworden? In seiner Erinnerung war sie so groß wie er selbst, und nun berührten ihre weißen Haarsträhnen so gerade sein Kinn. Er beugte sich vor und gab ihr einen langen Kuss auf den Kopf.

»Du bist da, du bist gekommen, mein Kleiner«, murmelte sie schluchzend.

Sie weinen zu sehen brach ihm das Herz. Er drückte sie noch fester an sich und presste die Lippen aufeinander, um seine Gefühle unter Kontrolle zu halten. »Nana, es tut mir leid. Es tut mir so leid.«

»Was denn, *mon cher?*«

»Dass ich nicht früher gekommen bin«, sagte Dupree.

Die alte Frau löste sich so weit von ihm, dass sie ihm ins Gesicht sehen konnte. »Red keinen Unsinn. Du konntest nicht zurückkommen, doch wir beide wussten, dass du es früher oder später dennoch tun würdest. Aber ich weiß nicht, ob es gut oder schlecht ist, dass du jetzt hier bist.«

»Das weiß ich auch nicht.«

»Es wäre besser, wenn du die wieder wegsteckst, bevor noch jemand verletzt wird«, sagte sie und wies auf die Pistole, die er noch in der Hand hielt.

»Daran bist du schuld«, entgegnete er lächelnd, während er die Waffe zurück ins Gürtelholster schob. »Ich dachte, dein Haus wird geplündert. Kannst du mir mal sagen, was du gemacht hast? Du hast dir vor ein paar Monaten die Hüfte gebrochen, da solltest du keine schweren Dinge herumschieben.«

»Glaubst du etwa, dass eine gebrochene Hüfte mir etwas anhaben kann wie bei den alten Mütterchen, die sich ins Bett legen und nie wieder aufstehen? Meine Hüfte ist längst wieder in Ordnung.« Sie sah ihm in die Augen. »Doch ich habe eine Wunde in meiner Brust, die niemals heilen wird, genau wie du.«

Sie zog ihn an der Hand hinter sich her durch die dunkle Küche ins Wohnzimmer. Ihre wackligen Schritte straften das Loblied auf ihre Hüfte Lügen. Er wollte etwas dazu sagen, doch als er das Wohnzimmer betreten hatte, schwieg er lieber. Aus diesem Raum kam der von der Gardine gedämpfte orangefarbene Lichtschein, den er draußen wahrgenommen hatte.

»Ich musste ein paar Möbel wegschieben, weil ich den Platz brauche«, sagte sie seufzend.

Sämtliche Einrichtungsgegenstände standen an den Wänden oder vor den Fenstern. Auf den Tischen und auf umgedrehten Stühlen brannten Dutzende Kerzen zwischen Stoff- und Papierblumen. Durch den sanften Kerzenschein wirkten die Augen in den Gesichtern auf den alten Fotos ihrer Vorfahren wie mit Leben erfüllt. An einer Wand war ein Altar errichtet, auf dem kleine Figuren standen, die Heilige oder Skelette darstellten und um die Münzen verstreut waren, die keiner geltenden Währung angehörten. Die schwachen Kerzenflammen schufen ein diffuses Licht, und für einen Moment befürchtete er, sie könnten die seidenen Girlanden entzünden, mit denen die *loas* – die Geister – geschmückt waren.

»Dass du hier bist, hat sicherlich einen Grund.« Nanas Gesicht verdüsterte sich. »Glaubst du, dass der Sturm so schlimm wird, wie sie sagen?«

»Ja.«

»Schlimm genug, um ihn hervorzulocken?«

Er seufzte tief, sagte aber nichts, sondern nickte betrübt.

Sie trat so dicht an ihn heran, dass sich ihre Körper berührten, hob die rechte Hand und legte zwei Finger auf sein Herz, als wollte sie ihn segnen, und die Wunde unter seinem Hemd brannte auf einmal, als wäre sie frisch. Dann nahm sie seine Hände und legte ein kleines Stoffsäckchen hinein. Durch den Stoff spürte Dupree eine trockene, erdige Konsistenz. Er schloss erleichtert und zugleich erschreckt die Augen, bevor er das Säckchen einsteckte.

Als er die Augen wieder öffnete, sah Nana ihn ruhig an. »Vernichte ihn. Und bring meine Mädchen nach Hause.«

Er nickte. »Ich werde tun, was ich kann, Nana.«

»Schwöre es. Auch wenn sie tot sind, bring meine Mädchen nach Hause.«

Duprees Augen füllten sich mit Tränen. »Ich schwöre es, Nana.« Er trat einen Schritt zurück und versuchte, sich zu fassen. »Aber im Gegenzug musst du mir versprechen, dass du New Orleans verlässt, sobald du hier fertig bist. Sie bringen immer noch Leute aus der Stadt. Ich bezahle dir ein Hotelzimmer in Baton Rouge oder Dallas, wo du willst.«

Sie schüttelte den Kopf. »Darum kannst du mich nicht bitten. Du weißt, dass ich nicht gehen kann. Aber du musst dir um mich keine Sorgen machen. Es sind noch mehr Menschen hier im Viertel, zwei Familien mit kleinen Kindern und ein paar Leute in meinem Alter. Erinnerst du dich an meine Nachbarn, die Familie Davis?«

Dupree nickte. Er hatte Nanas lebenslustige Nachbarin mit den zwei Ehemännern und den fünf Kindern nicht vergessen.

»Sie sind auch nicht gegangen«, fuhr Nana fort. »Seletha ist schon seit einer ganzen Weile Witwe, hatte einen Schlaganfall und ist seit drei Jahren bettlägerig. Ihr Sohn Bobby, der kleine, kümmert sich um sie. Ein guter Junge. Sein Auto ist zwar ziemlich alt, aber er hat versprochen, uns hier wegzubringen, wenn es ernst wird. Angeblich öffnet die Verwaltung den Superdome als Notfallunterkunft.«

»Du willst ins Stadion, Nana?«, fragte Dupree erschrocken.

»Nur, wenn es nötig ist, und dort sind wir sicher. Bobbys verstorbener Vater hat mit daran gebaut, und Bobby sagt, dass es oberhalb des Meeresspiegels liegt und seine Fundamente aus verstärktem Beton bestehen. Er meint, der Bereich unter der Tribüne sei wie ein Bunker.« Nana lächelte und wies auf den Altar. »Und außerdem weißt du ja, dass ich den Heiligen vertraue.«

Dupree versuchte zu lächeln, doch es wurde zu einer unglücklichen Grimasse. Die Sorge stand ihm ins Gesicht geschrieben.

Er kehrte zur Küchentür zurück, die noch immer offen war, und nahm die Tasche, die er dort hatte stehen lassen. Als er sie Nana reichte, sagte er: »Ich hab gedacht, dass du das brauchen könntest.«

Nana schloss die Tür, nahm das Bündel heraus, legte es auf den Tisch und durchschnitt mit einem Messer die Schnur und den Stoff, mit denen Meire es umwickelt hatte. Sie besah sich den Inhalt und berührte einige der Dinge, öffnete die seidigen Umschläge, begutachtete die verworrene Schrift, mit der Meire die kleinen Pakete beschriftet hatte, und überprüfte im Licht der Kerzen den Inhalt der Fläschchen und Döschen.

Schließlich wandte sie sich wieder Dupree zu. »Ich habe nur eine Frage«, meinte Nana. »Was willst du damit machen, *mon cher*? Den Hurrikan vertreiben oder anlocken?«

15
Trauer

New Orleans, Louisiana

Joseph Andrews Junior trug Jeans und ein Sweatshirt, auf dem der Name seiner Universität aufgedruckt war: *Tunale University*. Sein Haar war vorn zu lang, fiel ihm über die blauen Augen und bildete einen auffälligen Kontrast zu seiner weißen Haut. Er wartete, ein Buch vor sich, am Besprechungstisch im Büro des Rektors. Aber er las nicht. Mit hängenden Schultern blickte er zu Boden. Amaia betrachtete ihn vom Flur aus, während sie den leisen Worten lauschte, die der Rektor zu ihr und Johnson sprach.

»Er ist ein toller Junge und ein hervorragender Student. Wir unterstützen ihn hier sehr, und seit wir von der Tragödie wissen, umso mehr. Er verlässt das Universitätsgelände so gut wie nie und wohnt im Studentenwohnheim. Im Juli und im August ist er die ganze Zeit hiergeblieben und hat ergänzende Linguistik- und Literaturkurse besucht. Als die Aufforderung zur Evakuierung kam, haben wir für die, die bleiben wollen, im Hauptgebäude einen Schutzraum eingerichtet. Ich wusste, dass Joseph einer davon sein würde.«

»Ist es nicht unvorsichtig, hierzubleiben?«

»Das Hauptgebäude hat schon andere Hurrikans überstanden.«

Amaia fiel sofort die Veränderung auf, die in Joseph Andrews Junior vor sich ging, als sie das Büro betraten. Er richtete sich auf und spannte seine Schultermuskeln an, die sich trotz seines schlanken Körpers unter dem Stoff des Sweatshirts abzeichneten. Zwischen seinen schwarzen Haarsträhnen hindurch sah er sie und Johnson an und senkte den Blick nur, um auf ihre Ausweise zu schauen, während sich der Special Agent vorstellte. Amaia und er hatten entschieden, dass er sich ansonsten zurückhalten würde, da Johnson davon ausging, dass ein junger Mann wie Joseph Andrews eher mit Amaia sprechen würde als mit ihm.

»Guten Tag, Mr. Andrews«, grüßte sie ihn. »Agent Salazar vom FBI. Wir würden Ihnen gern ein paar Fragen stellen. Darf ich Sie Joseph nennen?«

»Du bist kein FBI-Agent«, sagte er barsch. »Auf deinem Ausweis steht ›vorübergehend‹. Wie alt bist du? Zweiundzwanzig?«

Johnson verschränkte die Arme vor der Brust, trat einen Schritt zurück und überließ die Hauptrolle seiner Kollegin. Er hatte recht gehabt. Trotz seiner unübersehbaren Feindseligkeit sprach er lieber mit ihr.

»Ich bin fünfundzwanzig, und es stimmt, ich bin kein FBI-Agent. Ich bin bei der Polizei und arbeite vorübergehend mit dem FBI zusammen. Aber er«, sie wies auf Johnson, »ist ein echter Special Agent. Wir gehören zu einem Ermittlungsteam und würden gern mit dir über das reden, was mit deiner Familie passiert ist.«

Der Junge lächelte bitter.

»Was mit meiner Familie *passiert* ist? Meiner Familie ist nichts *passiert*. Krankheiten, Unfälle, Katastrophen passieren. Meine Familie wurde ermordet. Das sage ich immer wieder, seit acht Monaten. Warum interessiert sich das FBI plötzlich dafür?«

»Wir möchten nur ein paar Dinge klären«, sagte Johnson vorsichtig, denn er wollte dem Jungen keine vergeblichen Hoffnungen machen, »und dazu würden wir gern wissen, warum du glaubst, dass deine Familie von einem Unbekannten ermordet wurde.«

»Ich habe die Leiche meines Vaters gesehen. Er ist ins Gesicht geschlagen worden, als habe es einen Kampf gegeben.«

Johnson warf Amaia einen Blick zu, und sie verstand sofort. Es war gut möglich, dass die Ehefrau ihn geschlagen hatte, als sie sich verteidigte.

»Und weil ich meinen Vater kannte«, fügte der Junge hinzu. »Er hätte nie jemandem von uns ein Leid angetan.«

Johnson nickte. Diese Erklärung hatte er schon öfter gehört.

Joseph entging die Geste nicht. »Du verstehst es nicht, Mann. Meine Eltern haben uns geliebt, und sie haben einander geliebt wie ein junges Liebespaar. Meine Geschwister und ich haben uns immer darüber lustig gemacht, wenn wir gesehen haben, wie sie sich geküsst und umarmt haben. Mein Vater war ein guter Mensch, und es gab für ihn keinen Grund, zu tun, was man ihm vorwirft.«

»Manchmal können Dinge wie ein unfreiwilliger Umzug eine Familie ziemlich destabilisieren«, meinte Amaia, »und ein Umzug von Kalifornien nach Texas kann eine große Veränderung mit sich bringen.«

»Mein Vater ist in dem Unternehmen, wo er gearbeitet hat, befördert worden, und meine Mutter war es beruflich gewohnt, durchs ganze Land zu reisen. Sie haben sich über die Beförderung und den damit verbundenen Umzug gefreut. Und was die Veränderung betrifft: Sacramento liegt im Landesinneren, unser Haus in Galveston aber ist direkt am Meer, und das war toll. Meine Schwester hatte schon neue Freundinnen gefunden, und meine Mutter war sehr glücklich.«

»Aber nicht alle Mitglieder deiner Familie haben den Umzug so gut weggesteckt«, wandte Amaia ein. »Offenbar hat sich dein kleiner Bruder nicht so gut eingelebt. Mehrere Nachbarn haben sich über ihn beklagt, und einer hat sogar Anzeige wegen Sachbeschädigung erstattet.«

»Er war zwölf, ein Kind«, erklärte Josef. »Ja, für ihn war es nicht leicht, die Schule zu wechseln, seine Freunde zurückzulassen. Er war deswegen sauer und hat das Blumenbeet eines Nachbarn zertrampelt. Der Mann kannte ihn noch nicht richtig und dachte, mein Bruder wäre ein Rowdy, aber meine Eltern haben sich bei ihm entschuldigt und den Schaden bezahlt, woraufhin er die Anzeige zurückgezogen hat. Tatsächlich haben sie sich von da an ausgezeichnet verstanden. Dieser Nachbar war es auch, der nach dem Sturm nach ihnen gesehen hat und der … sie fand …«

Amaia registrierte, dass er den Tod seiner Familie tatsächlich nicht wahrhaben wollte. Er sprach von Mord, vermied aber das Wort »tot«.

»Hast du in Sacramento bei deinen Eltern gewohnt?«

»Ja.«

»Es scheint ein wenig seltsam, dass deine Eltern in eine andere Stadt gezogen sind und dich zurückgelassen haben.«

»Sie haben mich nicht zurückgelassen. Zwei Monate vor dem Umzug ist meine Großmutter hingefallen und hat sich das Schlüsselbein gebrochen. Zum Zeitpunkt des Umzugs hatte sie noch einen Monat Reha vor sich. Wir haben versucht, mit der Versicherung zu verhandeln, aber sie sind bei einem Umzug in eine andere Stadt nicht verpflichtet, die Kosten zu tragen. Die Uni fing erst später an, deshalb haben wir entschieden, dass ich bei Oma in Sacramento bleibe, bis die Reha abgeschlossen war, um dann nach Galveston nachzukommen.«

»Wolltet ihr alle zusammen in dem Haus in Galveston leben?«

»Das war der Plan.«

»Deine Großmutter auch?«, fragte Amaia und warf Johnson einen raschen Blick zu.

»Ja«, entgegnete der Junge, »nach dem Unfall haben wir beschlossen, dass es das Beste sein würde, wenn sie von nun an bei uns leben würde.«

»Wer wusste, dass ihr umziehen würdet?«

Joseph zuckte mit den Schultern. »Nun ja ... Ziemlich viele Leute, denke ich. Bekannte, Freunde, natürlich alle in der Firma meines Vaters und alle, die dem Blog meiner Mutter gefolgt sind. Außerdem die Theatergruppe meiner Mutter, die Direktoren und Lehrer an den Einrichtungen, in denen wir Kinder zur Schule gegangen sind oder studiert haben, die Leute von der Krankenversicherung ... Der Umzug war lange geplant.«

»Detective Nelson hat uns erzählt, dass du seit dem, was passiert ist, nicht mehr dort warst, und der Rektor meinte, dass du den Campus nie verlässt und auch während des Hurrikans hierbleiben wirst.«

Josephs Blick richtete sich wieder auf den Punkt in der Unendlichkeit, zu dem er sich vorher schon geflüchtet hatte.

»Ich weiß nicht, wohin ich gehen soll.« Seiner Stimme war die Tragik dieser Feststellung anzuhören.

»Was ist mit deiner Großmutter?«

Nun schaute er zu Boden, und für einen Moment schien es, als würde er nicht antworten. Als er es dann doch tat, überraschten sie seine Worte. »Hast du schon mal den Ausdruck gehört ›vor Kummer sterben‹?«

Amaia nickte.

»Das ist das, was ihr Arzt gesagt hat. Dass sie vor Kummer gestorben ist. Obwohl sie sich nach der Operation so gut erholt hatte, fiel sie nach den Morden in eine tiefe Depression. Sie ist vor sechs Monaten gestorben, nur zwei Monate nach dem Rest meiner Familie.«

Josephs Blick verlor sich wieder an jenem Punkt in der Unendlichkeit. Amaia betrachtete seinen Gesichtsausdruck. An diesem

Ort fand er eine Art bitteren Frieden, zu dem er sich, da war sie sich sicher, immer öfter flüchten würde. Amaia erkannte, dass sie einen Selbstmordkandidaten vor sich hatte.

»Ich muss deine Gründe wissen«, sagte sie und holte ihn damit aus seiner geistigen Abwesenheit.

»Meine Gründe?«, wiederholte er und sah sie an, als wäre er aus einem Traum erwacht.

»Deine Gründe, warum du denkst, dass deine Familie von einem Fremden, der ins Haus gekommen ist, umgebracht wurde. Etwas, was über das Wissen, dass dein Vater so etwas niemals getan hätte, hinausgeht.« Sie beugte sich ein wenig vor und legte eine gewisse Dringlichkeit in ihre Worte. »Was ist es, was nicht passt? Kein anderer kannte sie so gut wie du, und ich weiß, dass es ein Bauchgefühl für alles gibt, was mit den Menschen zu tun hat, die wir lieben. Erzähl es mir. Erklär mir, was dein Bauchgefühl dir sagt. Da muss etwas gewesen sein, etwas, was Detective Nelson nicht sehen konnte, weil es auch einer Legion an Detectives nicht aufgefallen wäre. Weil sie es nicht sehen *konnten*, du aber schon. Was war das?«

Joseph wirkte auf einmal tief erschüttert, sein Atem hatte sich beschleunigt, und Amaia war sicher, dass er kurz davor war, mit etwas herauszurücken. Aber sie war sich auch bewusst, wie traurig er war, von jener Traurigkeit übermannt, die dafür sorgen kann, dass einem alles egal ist.

Er wandte den Blick ab, kehrte für einen Moment zu jener Leere zurück, doch er kam wieder.

»Die Geige«, sagte er mit fester Stimme. »Eine Geige ohne Bogen, die später verschwunden war.«

16
Der Tanz mit der Bestie

New Orleans, Louisiana

Detective Jason Bull fuhr durch die immer leerer werdenden Straßen und plauderte angeregt mit seinem Partner, während Johnson und Amaia, die auf der Rückbank saßen, schweigend aus den Fenstern blickten. Bull hatte das Gefühl, dass die beiden sich gestritten hatten. Oder zumindest hatten sie eine Meinungsverschiedenheit ausgetragen, denn diese Leute aus Washington waren so gut erzogen, dass sie nicht mal ordentlich streiten konnten.

Johnson sah, dass Bull ihn im Rückspiegel beobachtete, und wandte schlecht gelaunt den Blick ab. Er hatte versucht, Dupree zu erreichen, als er neben Amaia durch die Gänge der Universität geschritten war, kam aber nicht durch, weil Dupree telefonierte.

Er bemühte sich weiß Gott, aber er konnte Salazar nicht verstehen. Sie hatte das Gespräch mit dem Jungen geschickt begonnen. Zunächst hatte er den Eindruck, dass der Junge sich rundheraus verweigern würde, doch dann hatte er zu reden angefangen. Wie er in das Haus in Galveston gegangen war, wie er die Geige gefunden und sofort gewusst hatte, dass sie dem Mörder seiner Familie gehörte, dass aber Detective Nelson ihm nicht geglaubt hatte, sondern offenbar der Meinung gewesen war, der Junge würde nur einen Grund suchen, das für ihn Unfassbare nicht akzeptieren zu müssen.

Johnson hatte sich Amaia mit einem Schritt genähert und ihr von hinten ins Ohr geflüstert: »Ich denke da wie Nelson. Eine Geige?«

Sie hatte sich umgedreht, ihn angestarrt, wütend, angespannt und zugleich wachsam und kontrolliert, bereit, zuzuschlagen.

»Ich habe auf der Farm der Allens auch eine Geige gesehen.«

»Na ja«, hatte Johnson zu einer Antwort angesetzt, »es ist ja nicht so selten, dass …«

Amaia hatte ihn nicht zu Ende reden lassen und war aufgestanden, hatte sich direkt vor Johnson hingestellt, um zu vermeiden, dass der Junge sie hörte. »Und ich bin sicher, dass ich auf den Tatortfotos bei den Masons in Texas in dem Zimmer, in dem die Leichen lagen, auch ein solches Instrument gesehen habe. Auf einem der Bilder waren ein Teil des geschwungenen Körpers und der Kinnhalter zu erkennen, ohne dass zweifelsfrei festzustellen war, ob es sich um eine Geige, eine Bratsche …«

»Im Ernst?«, hatte er sie unterbrochen. »Erst ein Komponist und jetzt eine Geige?«

Das Streitgespräch hatte Josephs Aufmerksamkeit erregt, der den Kopf gehoben und den Special Agent mit einem Funken Hoffnung in den Augen angesehen hatte.

»Der bescheuerte Name kommt nicht von mir«, hatte sie geflüstert und dem Jungen mit einer Geste zu verstehen gegeben, dass sie ihn ernst nahmen.

Johnson hatte vorsichtshalber geschwiegen, als er Josephs Blick bemerkte. Er hatte versucht, sich an die Einzelheiten auf den Tatortfotos des Mordfalls Mason zu erinnern. Doch sosehr er sich auch anstrengte, konnte er sich an keine Geige inmitten des Chaos

in jenem Haus erinnern, aber er konnte auch nicht mit fester Überzeugung behaupten, dass dort keine Geige gewesen war.
»Wenn das so ist …«

»Ich bin mir sicher. Rufen Sie Dupree an, wir müssen sofort ins Hotel zurück. Und wir müssen mit Detective Nelson reden und noch einmal die Tatorte überprüfen.«

Bevor sie das Büro des Rektors verlassen hatten, hatte Johnson sich vorgebeugt, sich auf dem Tisch abgestützt und Joseph direkt angesehen, der noch immer dasaß und sich nicht mehr rührte. »Es fahren Busse, die die Leute aus der Stadt bringen. Wenn du dich beeilst, kannst du noch einen erwischen. Hierzubleiben ist ziemlich riskant.«

»Was soll mir denn noch passieren?«, hatte der Junge bitter entgegnet. »Dass ich sterbe?«

Johnson wusste nicht, was er dazu sagen sollte.

Daraufhin hatte sich Amaia dem jungen Mann zugewandt. »Du darfst nicht sterben. Wir brauchen dich, um den Mörder deiner Familie zu kriegen.«

Joseph holte tief Luft, und es war, als hätte plötzlich eine göttliche Macht der knochenlosen Puppe, die vor ihnen gesessen hatte, Leben eingehaucht.

»Ich werde nicht sterben«, hatte er gesagt. Es war ein Versprechen.

Sie hatte ihn mit einer Art kindlichem Stolz angesehen. Aus irgendeinem Grund identifizierte sie sich mit ihm. »Gib mir eine Nummer, unter der ich dich erreichen kann, und dann verschwinde aus der Stadt.«

Johnson wählte Duprees Nummer, doch der telefonierte immer noch. Dann sah er Amaia an, der ihre Auseinandersetzung im Gegensatz zu ihm offenbar nicht zugesetzt hatte. Ihr Gesicht wirkte entspannt, und um ihre Lippen lag der Anflug eines Lächelns, während vor ihren Augen die Stadt vorbeizog. Dieser Gesichtsausdruck ließ sie jünger erscheinen, fast wie ein Kind.

Er sah, dass sie ein paarmal schnell hintereinander zwinkerte, und wusste, dass sie kurz davor war, einzuschlafen. Zwischen der Reise nach Texas, der Erstellung des Berichts und dem Flug nach New Orleans am nächsten Morgen hatte sie in den letzten Tagen wahrscheinlich nur wenige Stunden geschlafen.

Johnson schüttelte den Kopf. Diese Frau brachte ihn zur Weißglut, und das musste er ablegen. Er hatte kein Problem damit, Befehle entgegenzunehmen, immerhin war er ein erfahrener FBI Special Agent. Aber sie trug eine Selbstsicherheit zur Schau, die an Arroganz grenzte und mit der er nicht zurechtkam. Es lag bestimmt nicht in ihrer Absicht, aber wenn sie meinte, dass irgendetwas geschehen müsste, trug sie das mit einer Entschiedenheit vor, als hätte sie das Kommando.

»Salazar, ich glaube, dass es falsch war, dem Jungen Hoffnung zu machen«, sagte er jetzt zu ihr. »Seine Verzweiflung hat auch mich gerührt, deshalb habe ich ihn angehalten, die Stadt zu verlassen, aber Sie … Sie haben ihn angelogen. Sie können so etwas doch nicht einfach behaupten. Es steht doch noch gar nicht fest, dass es sich bei dem Tod seiner Familie um ein Verbrechen des Komponisten handelt, und Sie haben gesehen, wie er reagiert hat. Er wird sich an alles klammern, um das Offensichtliche nicht akzeptieren zu müssen. Dieser Junge ist hochgradig selbstmordgefährdet.«

Sie wandte sich zu ihm um und zeigte ihm ihre andere Seite. Die sanfte Seite der Raubkatze. Sogar ihre Stimme klang wie ein Schnurren. »Agent Johnson. Der einzige Weg, dem Tod zu entkommen, ist es, den Tag zu überleben, doch das gelingt nicht immer.«

Da war sie wieder, diese fast hochnäsige Würde, mit der sie eine Erklärung abgab und zugleich jeden Einspruch im Vornherein zurückwies. Sie war verdammt noch mal zu jung, um so zu reden.

»Ach ja?«, hielt er dagegen. »Und was passiert morgen, wenn Sie ihm sagen müssen, dass Sie sich geirrt haben? Dass es doch kein Serienmörder war, der seine Familie getötet hat, sondern tatsächlich sein Vater?«

»Dann hat er einen Tag länger gelebt. Einen Tag mehr, an dem Menschen seinen Weg kreuzen, von denen er vielleicht lernen kann, wie man überlebt. Nur wenn man lebt, kann man lernen zu überleben, denn wenn man tot ist, ist es zu spät.«

Johnson verstummte. Sie hatte gesagt »wenn man tot ist«, und er war sicher, dass es nicht der Junge war, von dem sie sprach.

17

Vor dem Sterben

Elizondo

Es wäre ihre Rettung gewesen, wäre sie sofort eingeschlafen. Sie wollte auch schlafen, denn wenn sie schlief, war sie in Sicherheit; wenn sie schlief, würde sie es nicht mitkriegen, es hinterher nicht wissen, und wenn sie es nicht wusste, würde sie nicht leiden. Sie war schon einmal eingeschlafen, ohne dass sie sich hatte darum bemühen müssen, es war einfach geschehen, vielleicht weil sie in der vorangegangenen Nacht kaum geschlafen hatte. Sie war eingeschlafen, und als sie am Morgen aufgewacht war, hatte sie ihr Glück kaum fassen können, dass sie geschlafen und keine Angst gehabt hatte.

Seitdem war ihr das nicht mehr gelungen, aber sie versuchte es, sie versuchte es mit aller Kraft. Sie ging immer als Erste zu Bett; putzte sich die Zähne und ging auf die Toilette, um nicht mitten in der Nacht noch einmal aufstehen zu müssen. Sie bereitete ihre Sachen für die Schule vor, legte sich die Kleidung für den nächsten Tag zurecht, hinterließ alles tadellos, legte sich hin, schloss die Augen und bemühte sich, den Schlaf herbeizurufen, in dem Wunsch, dass er ihr Stille und Vergessen bringe.

Schlaf endlich!

Zur Wand gedreht, schloss sie die Augen und versuchte, nicht auf sie zu achten, auf das Getuschel ihrer Schwestern, die sich von Bett zu Bett Geheimnisse anvertrauten. Durch die geschlossenen Lider nahm sie wie auf einer orangefarben leuchtenden Kinoleinwand die Veränderung des Lichts wahr, als sie die Deckenlampe ausschalteten und Flora ihre Nachttischlampe anknipste, um noch eine Weile zu lesen.

Schlaf endlich ein!

Sie hörte, wie ihr Vater ins Zimmer kam, ihren Schwestern einen Kuss gab und ihnen Gute Nacht wünschte. Dann spürte sie, dass er zu ihr herüberkam und sich zweifelnd über sie beugte. Manchmal strich er ihr sanft übers Haar, doch in den meisten Fällen berührte er sie nicht, um sie nicht zu wecken, sondern zog nur vorsichtig die Decke zurecht.

Schlaf endlich ein!

Das war das größte Opfer. Amaia verzichtete auf den zärtlichen Kuss ihres Vaters, um den sich nähernden Schlaf nicht zu stören. Er musste einfach kommen, jeden Moment.

Schlaf endlich ein, das ist deine letzte Chance!

Im Zimmer war es still, nur das leise Rascheln, wenn Flora eine Seite umblätterte, war zu hören, bis gut zwanzig Minuten später die Stimme ihrer Mutter aus dem Flur erklang, die sie darauf hinwies, dass es Zeit war, das Licht auszumachen.

Jetzt, da sie zu diesem Zeitpunkt noch nicht eingeschlafen war, würde es ihr nicht mehr gelingen.

Du hast es nicht geschafft, und jetzt wird sie kommen.

Von diesem Moment an vergingen die Minuten, die Stunden, während sie wartete.

Niemals auf dem Rücken liegen!

Denn wenn sie auf dem Rücken lag, konnte Amaia neben der Wärme ihres Atems auch die Nähe ihrer Lippen spüren, ihr Haar, das ihr Gesicht berührte, und das konnte sie nicht ertragen.

Niemals auf dem Rücken liegen!

Sie drehte ihr Gesicht auch nie zur Tür, denn wenn sie es tat, konnte sie nicht verhindern, dass sich ihre Augen öffneten, und wenn sie dann ihre Silhouette sah, die sich in der Tür abzeichnete, begann sie, unkontrolliert zu zittern.

Amaia wusste, dass es ihrer Mutter Vergnügen bereitete, sie zu quälen, dass sie die Angst des Mädchens genoss, wenn sie sich über Amaia beugte, um ihr zu sagen: »Schlaf, kleine Göre, die Mama wird dich heute noch nicht fressen.«

Sie hörte dann deutlich, wie ihre Mutter leise schmatzte, als würde ihr das Wasser im Mund zusammenlaufen. Das knöcherne Klicken, mit dem ihre Zähne zusammenschlugen. Amaia spürte die Anspannung der Muskeln in ihrem Nacken und ihrem Gesicht, während ihre Mutter lächelte und Amaia vor Angst starb.

Nein, nicht zur Tür sehen.

Sie hielt das Gesicht zur Wand gedreht, und als sie hörte, wie ihre Mutter durch den Flur schritt und sich näherte, schloss sie die Augen, blieb reglos liegen und betete.

Vater unser im Himmel, Vater unser im Himmel, Vater unser ...

Wenn sie auf dem Rücken oder mit dem Gesicht zur Tür lag, war sie genauso wehrlos, als wenn sie zur Wand gedreht lag, doch dann war an ihrer Haltung offenbar etwas, was ihre Mutter gleichzeitig provozierte und beunruhigte, was ihre Verachtung zur Wut steigerte, sie aber vor allem verwirrte. Sie wusste, welche Macht sie über Amaia hatte, wie viel Angst sie dem Kind machte, doch beim ersten Mal, als Amaia zur Wand gedreht auf sie gewartet hatte, hatte sich etwas verändert. Amaia hatte gehört, wie sie ins Zimmer trat und sich dem Bett näherte. Sie hatte den Blick ihrer Augen gespürt, die sie musterten, während sie so tat, als schliefe sie, mit so fest zusammengekniffenen Lidern, dass es unmöglich war, nicht zu merken, dass sie nur etwas vorspielte. Amaia hatte ihren Atem an ihrem Ohr und auf der Wange gespürt, hatte die Hitze wahrgenommen, die in ihren Lippen brannte.

Rosario hatte dicht über ihr den Mund geöffnet und so tief eingeatmet, dass sie dabei einige der weichen Kinderhaare eingesogen hatte, die zwischen ihren Zähnen hängen geblieben waren. Sie hatte ein paar Laute hervorgestoßen, als wolle sie etwas sagen, es jedoch nicht getan. Plötzlich hatte sie sich mit den Haaren ihrer Tochter im Mund aufgerichtet. Wie in Zeitlupe hatten ihre Schritte sie zur Tür des Kinderschlafzimmers gelenkt, und dort war sie stehen geblieben und hatte das Kind betrachtet, lange Zeit, während Amaia betete, nun mit weit offenen Augen in der Dunkelheit.

Vater unser im Himmel, Vater unser im Himmel, Vater unser …

18

Der Bogen

New Orleans, Louisiana
Samstag, 27. August 2005, in der Abenddämmerung

Amaia öffnete die Augen. War sie eingeschlafen?

»Salazar«, sagte Johnson leise, »Agent Dupree ist am Telefon.«

Duprees Stimme ertönte im Wagen. Ihr war schwindelig. Sie versuchte, sich auf seine Worte zu konzentrieren.

»Eine komplette Familie wurde tot in einem Haus in Tampa, Florida, aufgefunden. Agent Emerson und Agent Tucker sind gerade am Tatort. Wir sind über eine Konferenzschaltung miteinander verbunden. Agent Tucker, wir hören Sie.«

Tuckers Stimme war kaum wiederzuerkennen, so weit schien sie entfernt. Sie zählte die Übereinstimmungen auf. Amaia war noch völlig verschlafen, und durch die Störungen in der Verbindung und Tuckers starken Akzent musste sie sich bemühen, um zu begreifen, was Tucker sagte.

»Der Name der Familie ist Samuels, aber es könnte auch jede andere der vorherigen Familien sein. Es ist, als wären wir wieder in Texas, alles gleich. Vater, Mutter, drei Kinder – zwei Jungen und ein Mädchen – und die Großmutter. Fesselungsmale, Kopfschüsse, Kaliber 22, die Waffe des Familienvaters, die Köpfe weisen nach Norden, gleiches Alter.«

»Wir haben uns geirrt!«, stieß Johnson hervor. »Er ist nicht in New Orleans, sondern hat sich für Florida entschieden!«

»Nein, wir haben uns *nicht* geirrt«, sagte Dupree überzeugt, »denn die Hälfte unseres Teams ist vor Ort.«

Ja, die *Hälfte*, dachte Johnson resigniert.

»Agent Emerson und Agent Tucker werden mit den Ermittlungen fortfahren und feststellen, was uns die Opfer, ihre Leichen, der Tatort und alles andere über den Täter und seine Vorgehensweise verraten. Und sie werden auch bei den Autopsien zugegen sein. Wir aber bleiben hier. Seit den Morden an den Allens sind nur vier Tage vergangen. Er legt eindeutig an Tempo zu. Was ihn auch dazu bewegt, diese Familien umzubringen, es treibt ihn zur Eile an. Ich denke, dass er herkommt. Diesen Hurrikan wird er sich nicht entgehen lassen.«

»Agent Tucker«, sagte Amaia, »hier Salazar. Sind Sie noch am Tatort?«

Tuckers Antwort klang wegen der schlechten Verbindung metallisch. »Ja, wir sind mit dem Gerichtsmediziner hier.«

»Bitte überprüfen Sie, ob sich in der Nähe der Leichen eine Geige befindet. Schauen Sie sich die Familie von oben bis unten an, sie liegt sicher irgendwo zwischen oder über ihnen. Wahrscheinlich sieht es aus, als ob sie sich zufällig dort befindet, genau wie die anderen Dinge, die durch den Sturm durcheinandergewirbelt wurden.«

Nach nur zwei Sekunden Stille bestätigte Tucker: »Ja, da ist eine Geige, sie liegt auf dem Boden mehr oder weniger zwischen dem Kopf der Mutter und dem ältesten Sohn und halb unter einem umgekippten Stuhl. Woher wussten Sie das?«

»Erklären Sie mir das, Salazar«, verlangte auch Dupree.

Amaia schloss die Augen und lehnte den Kopf wieder gegen

das Fenster, wobei sie Johnson ein Zeichen gab, dass er es erläutern möge.

Und weil Johnson ein guter Mensch war, versöhnte ihn das mit der Kollegin. »Agent Dupree, wir sind gleich bei Ihnen. Detective Bull parkt den Wagen gerade im Hof des Hotels. Agent Tucker, es ist wichtig, dass Sie nach dem Geigenbogen suchen. Wenn es sich bei dem Täter um den Komponisten handelt, werden Sie ihn jedoch nicht finden.«

Dupree hörte sich in allen Einzelheiten an, was Joseph Andrews erzählt hatte, während er sich die Tatortfotos ganz genau ansah. Er stimmte darin überein, dass es sich bei dem, was im Wohnzimmer der Masons zu sehen war, um das Kinnstück eines Streichinstruments handelte, möglicherweise einer Geige. In den Fällen von Cape May, Brooksville und Kelleen waren die Orte des Geschehens als Schauplätze einer Naturkatastrophe behandelt worden und nicht als Tatorte eines Verbrechens. Vielleicht war deshalb auf den restlichen Fotos keine Geige zu sehen, weil man nicht alles genau fotografisch dokumentiert hatte.

Johnson sah Amaia an, bevor er das Wort ergriff. »Subinspectora Salazar hat in Texas mit einer Polizistin gesprochen, die gesagt hat, dass vor der Einlagerung eine Liste von sämtlichen Gegenständen im Haus erstellt wird, falls die möglichen Erben danach verlangen.«

»Okay«, entgegnete Dupree und sah auf die Uhr. »Darum kümmern wir uns, wenn wir mit Detective Nelson fertig sind. Sein Captain hat versprochen, dass er uns gleich anrufen wird. Agent Emerson und Agent Tucker werden uns von Tampa aus zugeschaltet.«

Der Captain hielt Wort, sodass sie zur vereinbarten Zeit Brad Nelson am Telefon hatten. Dupree fasste kurz zusammen:

»Der Todesfall der Familie Andrews stimmt in vielen Aspekten mit einer Reihe von Familienmorden überein, in denen wir gerade ermitteln. Daher fällt der Fall Andrews von nun an in den Zuständigkeitsbereich des FBI. Ihr ehemaliger Vorgesetzter in Galveston hat uns das gesamte Material zu diesem Fall geschickt und uns seine Mitarbeit zugesichert, und wir hoffen, dass wir auch auf die Ihre zählen können. Dass der Inhalt dieses Gesprächs vertraulich ist, brauche ich sicher nicht zu erwähnen.«

»Mit wem sollte ich denn darüber reden?«, entgegnete Nelson arrogant. »All right, machen Sie, was Sie wollen, ist ja nicht mehr mein Fall. Schon seit Monaten nicht mehr. Und vergessen Sie nicht, Joseph Andrews mitzuteilen, dass er von jetzt an Ihnen auf den Sack gehen soll.«

»Detective, hier Subinspectora Salazar ...«

Brad Nelson hörte zu, was sie zu sagen hatte, und antwortete anschließend genervt: »Ja, die verdammte Geige. Die haben wir gesehen. Die hat wahrscheinlich zur Dekoration gehört und hatte keine weitere Bedeutung. Eine Geige zählt im Allgemeinen nicht zu den Dingen, die die Ermittler darauf schließen lassen, dass sich noch jemand am Tatort eines Mitnahmesuizids befunden hat. Jedenfalls war da nichts, was auf die Anwesenheit einer weiteren Person hingedeutet hat, keine Haare, keine Fingerabdrücke oder irgendwelche anderen Hinterlassenschaften. Vielleicht hat die Geige zu den Requisiten des Theaterstücks gehört, bei dem die Mutter mitgemacht hat, oder der kleine Bruder hat Geigenunterricht bekommen.«

»Detective Nelson, hier Agent Johnson. Wussten Sie, dass Mrs. Andrews Innenausstatterin war und sich persönlich um die Einrichtung des neuen Hauses gekümmert hat?«

»Sehr erfreut, Agent Johnson. Ja, Joseph hat davon gesprochen, dass seine Mutter niemals zugelassen hätte, dass die Geige das ›ästhetische Klima‹ ihrer Arbeit stört und dass sein kleiner Bruder garantiert keine Geigenstunden genommen hat ... Aber es kann viele Gründe dafür geben, dass dieses Ding im Haus war; jedes Familienmitglied hätte es aus irgendeinem Grund mitbringen können.«

Detective Nelson schnaubte. »Ich weiß genau, worum es hier geht. Mir tut dieser Junge auch leid, und mir ist klar, was er durchmacht, deshalb lasse ich ihn auch immer durchstellen, wenn er anruft. Aber leider habe ich schon viele solcher Fälle erlebt. Er ist der einzige Überlebende der ganzen Familie und fühlt sich einerseits schuldig, weil er nicht dort war, und andererseits will er das Geschehene nicht wahrhaben. Er klammert sich an jeden Strohhalm, und ich weiß, wie das endet: Wenn er das, was passiert ist, nicht verarbeitet, wird er sich irgendwann selbst eine Kugel in den Kopf jagen. Wir haben gleich nach unserer Ankunft den Tatort ordnungsgemäß untersucht, haben Proben von Haaren, Speichel, Blut und Urin genommen, haben überall nach Schießpulverrückständen und nach weiteren Kugeln Ausschau gehalten. Nichts, überhaupt nichts, weist darauf hin, dass sich jemand, der nicht zur Familie gehörte, am Tatort aufgehalten hat. Die Waffe lag direkt neben der Hand des Vaters, und er hatte Schmauchspuren auf der Haut. Die sichergestellten Kugeln sind mit dieser Waffe abgeschossen worden. Eindeutiger geht's nicht.«

»Um was für eine Geige handelte es sich?«, fragte Amaia.

Nelson klang, nachdem er seine Argumente vorgebracht hatte, weniger aufgebracht und verärgert, als er antwortete: »Soweit ich mich erinnere, war es eine ganz normale Geige für Anfänger oder wie jeder sie für sein Kind kaufen würde, wenn es Geigenunterricht nehmen soll, für siebzig Dollar in jedem Musikgeschäft zu haben. Wir haben die Kreditkartenabrechnungen der Familie überprüft, ob ein Einkauf in einem Musikgeschäft darunter ist. Da war zwar nichts, aber siebzig Dollar sind ja nicht so viel Geld, als dass man sie nicht bar bezahlen könnte.«

»War da auch ein Bogen?«, fragte Amaia.

Nelson war seine Verwunderung anzuhören. »Ein Bogen?«

»Das ist so ein leicht gebogener Stab, an dessen Enden ein paar Pferdehaare befestigt sind, mit denen man über die Saiten streicht, um den Ton zu erzeugen.«

»Ich weiß, was ein Geigenbogen ist«, entgegnete Nelson missmutig.

»Und? War einer da?«

Nelson schnaubte erneut. »Ich verstehe nicht, welche Bedeutung das ...«

»Erzählen Sie mir, wie die Geige verschwunden ist«, bat Amaia.

»Sie ist nicht verschwunden, sie wurde gestohlen«, entgegnete der Detective wütend. »Das war, kurz bevor ich das Haus zur Tatortreinigung freigegeben habe. Der Junge ist mir mit der Geige derart auf den Zeiger gegangen, dass ich mich entschloss, sie kriminaltechnisch untersuchen zu lassen, um Joseph zu beruhigen, aber als ich dann noch mal am Tatort war, war das Ding weg. Wenn Sie da aber eine Beziehung herstellen wollen, sind Sie vollkommen auf dem Holzweg. Der Sturm hatte die Fenster zerstört, und deshalb waren sie mit Brettern gesichert, doch wie ich befürchte, nicht besonders gut. Als ich dort war, stellte ich fest, dass eines der Bretter nicht mehr richtig befestigt war, wobei ich sicher bin, dass sich das Brett von allein gelöst hat, weil es nicht mit genug Nägeln angebracht worden war. Obwohl sich im Haus eine Fotoausrüstung und Computer befanden, ist aber nichts davon weggekommen. In der Küche entdeckte ich dafür ein angebrochenes Päckchen Kekse, und wie sich später herausstellte, fehlten ein gläserner Pokal, ein gläsernes Schlüsselbrett und eben die Geige. Wir glauben, dass irgendein Jugendlicher im Viertel, der von der Bluttat erfahren hat, es aufregend fand, in das Haus einzudringen, als er gesehen hat, dass eines der Fenster nicht mehr gesichert war. Er hat nur ein paar unwichtige Dinge mitgenommen, wahrscheinlich als gruselige Souvenirs ...«

»Detective Nelson«, fiel Johnson ihm ins Wort, »der junge Joseph Andrews sagte uns, dass er darauf bestanden hat, sich die Leichen der Familienmitglieder anzusehen, obwohl Sie sicherlich, wie es üblich ist, versucht haben, ihm das auszureden. Laut Joseph hat sein Vater täglich Sport getrieben und hätte sich gegen einen Angreifer zur Wehr setzen können. Er hat uns auch erzählt, dass sein Vater Verletzungen im Gesicht hatte, die auf einen Kampf hingedeutet hätten. Dem Bericht der Gerichtsmedizin, der mir hier vorliegt, ist nicht zu entnehmen, dass die anderen Familienmitglieder defensive oder offensive Verletzungen hatten. Wie erklären Sie sich die bei Mr. Andrews?«

»Vielleicht ist Ihnen bei der gründlichen Lektüre des Berichts entgangen, dass an der Haustür nichts darauf hinwies, dass jemand versucht hat, mit Gewalt ins Haus zu gelangen, und dass keine Kampfspuren gefunden wurden. Der Typ ist einfach durchgedreht. Wir glauben, dass er sich die Verletzungen selbst zugefügt hat. Am Kolben der Waffe wurden Hautreste von ihm entdeckt. Das habe ich schon öfter gesehen: Bevor er sich selbst erschossen hat, überkam ihn eine tiefe Verzweiflung. Solche Leute schlagen sich selbst, um sich zu bestrafen oder um wieder klar im Kopf zu werden.«

»Detective, da steht etwas in dem ballistischen Gutachten, das ich nicht verstehe«, ergriff wieder Amaia das Wort. »Es wurde ein Vergleich angestellt zwischen einer Kugel, die im Labor mit der Tatwaffe abgefeuert wurde, und einer, die einem der Opfer entnommen wurde, genauer gesagt, dem kleinen Jungen.«

»Ja, das stimmt«, bestätigte Nelson.

»Warum wurde nur der Leiche des Jungen die Kugel entnommen?«, fragte Johnson.

Amaia antwortete für den Detective. »Ich sehe hier, dass man es auch bei der Ehefrau und der Tochter tat, dass aber, wie so oft bei Kopfschüssen, die Kugeln gesplittert waren. Bei der des Jungen war das nicht so, weil in dem Alter der Schädel noch nicht so hart ist.«

»Genau«, bestätigte Nelson, »bei den beiden war ein Vergleich nicht möglich, aber es wurde festgestellt, dass die Kugeln vom selben Kaliber waren.«

»Und was ist mit dem Vater?«, drängte Amaia.

»Na ja …«, stammelte Nelson.

»Es wurde also kein Vergleich angestellt«, beantwortete sich Amaia die Frage selbst.

»Sie wissen ja, dass es um Kaliber 22 geht. Dabei ist die Schmauchspur wesentlich kleiner als bei anderen Waffen, aber sie wurde ganz genau untersucht. Es wurden eine Blei-, eine Barium- und eine Antionanalyse durchgeführt, die alle positiv ausfielen. Und die Schmauchspur war an der linken Hand, und der Mann war Linkshänder. Wie hätte ein unbekannter Täter das wissen sollen? Er hat auf jeden Fall selbst geschossen.«

»Und die Kugel?«, hakte Amaia nach.

»Die haben wir nicht.«

»Heißt das, dass sie am Tatort nicht gefunden wurde?«, wollte Dupree wissen.

»Das heißt, dass sie noch in Mr. Andrews' Schädel steckt, oder?«, bohrte Amaia nach.

Ein paar Sekunden lang hörte es sich an, als würde Nelson ersticken, dann brauste er auf: »Herrgott noch mal! Es war nicht nötig, sie aus seinem Schädel zu puhlen! Wir hatten die Schmauchspur, die Kugel aus dem Kopf des Jungen und die Kugeln der Ehefrau und der Tochter. Die Kugel in Mr. Andrews' Schädel ist garantiert auch gesplittert.«

»Ist sie nicht«, entgegnete Amaia. »Wir haben gerade den Bericht des Gerichtsmediziners bekommen, und auf der Röntgenaufnahme kann man sehen, dass die Kugel ganz ist.«

Schweigend warteten sie darauf, dass Nelson etwas dazu sagte. Das dauerte ein paar Sekunden. »Erstens glaube ich nicht, dass das irgendetwas ändert. Er hat geschossen, hat seine Familie getötet, alle Indizien deuten darauf hin. Und zweitens drücken Sie mir allein die Verantwortung für diese Ermittlung auf. Ich bin Detective der Mordkommission, also ein Mitglied einer Einheit. Und wir haben in diesem Fall genauso gut ermittelt wie in jedem anderen.«

»Detective Nelson«, sagte Amaia unbeeindruckt, »könnten Sie mir bitte noch eine letzte Frage beantworten?«

»Die letzte? Wenn es wirklich die letzte ist, dann kann ich das bestimmt!«

Johnson und Dupree grinsten Amaia an und stellten sich vor, wie sich Detective Nelson den Schweiß von der Stirn wischte.

»Es wurde noch eine weitere Kugel am Tatort gefunden ...«

»Ja, im Gips der Wand. Die war nicht gesplittert. Kaliber 22, von derselben Waffe abgeschossen.«

»Das Foto, das ich hier vor mir habe, ist aus direkter Nähe aufgenommen. Daher kann ich nicht sehen, auf welcher Höhe der Wand die Kugel eingeschlagen ist, aber ich wette, dass es dicht am Boden war.«

»Ja. Woher wissen Sie das?«

Johnson und Dupree waren genauso verblüfft wie Nelson.

Amaia drückte auf einen Knopf, sodass Nelson nicht mithören konnte, als sie sagte: »In diesem Fall ist dem Komponisten alles misslungen. Der Sturm hatte nicht genügend Schaden angerichtet, die Familie war nicht vollzählig, und der Vater hat sich gewehrt. Der Mörder hat dennoch weitergemacht. Vielleicht konnte er, nachdem er einmal angefangen hatte, die Sache nicht mehr abbrechen. Wir haben bisher angenommen, dass der Täter zuerst die anderen Familienmitglieder getötet hat und den Vater zuletzt. Aber Andrews hat sich gewehrt, daher musste der Täter ihn zuerst töten, um an dessen Revolver heranzukommen, was heißt, dass der Komponist selbst auch eine Waffe dabeigehabt hat. Agent Tucker hat diese Theorie schon einmal erwähnt. Vielleicht hat er seine eigene Schusswaffe in den anderen Fällen nicht gebraucht, aber er musste auch dort mit der Möglichkeit rechnen, dass die Sache aus dem Ruder lief, wie es in diesem Fall passiert ist. Nachdem er Andrews getötet hatte, hat er mit dem Rest der Familie weitergemacht, wobei er die Ehefrau und die Kinder mit dem Revolver des Vaters erschossen hat.«

»Und die Kugel in der Wand? Glauben Sie, dass es Andrews noch gelungen ist, einen Schuss abzugeben?«

»Die Kugel wurde mit Andrews' Revolver abgefeuert, aber ich glaube, dass er da bereits tot war. Der Mörder hat den Revolver dann Andrews in die Hand gedrückt und einen Schuss abgegeben, damit Schmauchspuren zurückblieben, aber Andrews lag da bereits tot am Boden, deshalb war der Schuss so niedrig.«

Johnson seufzte.

Dupree griff nach seinem Handy. »Ich kümmere mich mal um die Genehmigung, Andrews' Leichnam exhumieren zu lassen. Wenn ich den Richter von der Dringlichkeit überzeugen kann, bekommen wir sie vielleicht heute noch.«

»Das sollte ich Joseph Andrews mitteilen«, meinte Amaia nachdenklich.

»Wenn wir eine richterliche Genehmigung haben, brauchen wir sein Einverständnis nicht«, wandte Dupree ein. »Die Erfahrung zeigt, dass es manchmal besser ist, wenn die Familienangehörigen erst davon erfahren, wenn es so weit ist, dann leiden sie weniger.«

»In diesem Fall schließe ich mich Salazars Meinung an«, sagte Johnson überraschend. »Ja, es mag für Joseph Andrews schmerzhaft sein, aber es ist auch der erste Sieg, den er seit langer Zeit erfährt.«

19

Mary Ward

Cape May, New Jersey

Das Klingeln des Telefons hallte so laut durchs Bestattungsinstitut Ward, dass Mary zusammenzuckte und fluchte, während sie gleichzeitig lächelte. Seit vierzig Jahren übte sie nun schon diesen Beruf aus, und noch immer ließ jedes schrille Geräusch sie aufschrecken.

Sie arbeitete gern in der Stille. So war es auch bei ihrem Vater gewesen, und so hatte sie es gehalten, bis sich ihr Sohn Ben entschieden hatte, der Familientradition zu folgen und ebenfalls diesen Beruf zu ergreifen. In den ersten Monaten hatte sich der ständige Streit um die laute Heavy-Metal-Musik nicht gerade positiv auf das Betriebsklima ausgewirkt, bis sie sich schließlich darauf geeinigt hatten, dass er im Institut Kopfhörer tragen würde. Mary wusste, dass dies vielleicht nicht so gut für sein Gehör war, doch obwohl sie sich für eine gute Mutter hielt, hatte sie entschieden, dass ihr der Familienfrieden wichtiger war, und sie wollte auch eine ständige Migräne vermeiden.

Allerdings hatte es noch einen anderen Nachteil, dass er jetzt den ganzen Tag über diese Kopfhörer aufhatte: Außer der Musik bekam er nichts mehr mit. Aber es machte ihr nichts aus, zu ihm zu gehen und ihm auf die Schulter zu tippen, wenn sie mit ihm reden wollte. Na ja, ihm auf die Schulter zu tippen oder ihm in den Nacken zu pusten. Bei dem Gedanken musste sie erneut lächeln. Ben hatte ihre innere Unruhe geerbt, und sie genoss es, ihm dadurch jedes Mal einen gehörigen Schrecken zu versetzen.

Ärgerlich war es nur, wenn sie deswegen den Anruf eines Kunden verpassten, denn sie war ja nicht immer da. Normalerweise war die Kundschaft in ihrer Branche relativ treu. Die Leute wandten sich meist an dasselbe Bestattungsinstitut wie ihre Eltern und ihre Großeltern. Aber die Konkurrenz schlief nicht.

Ben hatte das Problem gelöst, indem er ein System wie bei der Feuerwehr installiert hatte. Wenn das Telefon klingelte, übertrug ein Lautsprecher das Geräusch in alle Räume, sodass auch er es trotz der Kopfhörer mitkriegte, während sie sich dann jedes Mal zu Tode erschreckte. Aber was den Tod anging, war sie ja gleich an der richtigen Adresse, weshalb sie es mit Humor nahm.

Mary machte ihrem Sohn ein Zeichen, dass er mit der Arbeit fortfahren solle, und ging ans Telefon.

Die Frau mit der jungen Stimme am anderen Ende der Leitung stellte sich als FBI-Agentin vor. Es ging um den Besitz der Familie Miller und dessen Verbleib.

Mary erklärte der jungen Agentin, dass die Verwaltung von Cape May das Haus für baufällig erklärt und dessen Abbruch aus Sicherheitsgründen dann auch gleich in die Wege geleitet hatte. Irgendwelche Dinge waren nicht mehr aus dem Haus geschafft und also auch nicht eingelagert worden. Nach der richterlichen Genehmigung hatte ihr Sohn Ben mit ein paar Mitarbeitern die Leichen von dort abgeholt, das war alles.

Die Agentin erkundigte sich auch nach einer Geige. Als Ben fünf Jahre alt gewesen war, hatte sie ihn zum Geigenunterricht geschickt, doch er hatte es nie wirklich gelernt, sodass sie ihn an seinem zehnten Geburtstag wieder abgemeldet hatte. Wenn in dem Haus eine Geige herumgelegen hatte, war ihm das sicher aufgefallen.

Mary legte das Telefon zur Seite und sah, dass ihr Sohn ihr den Rücken zugewandt hatte, arbeitete und seine Trommelfelle mit dieser furchtbaren Musik malträtierte. Leise näherte sie sich ihm und legte ihm ihre eiskalte Hand in den Nacken.

20

Der Prediger

Bourbon Street, New Orleans
Samstag, 27. August 2005, 22:00 Uhr

Den ganzen Tag über hatten sie nur die wenigen Happen gegessen, die ihnen die Besitzerinnen des Hotels ins Zimmer gebracht hatten, während sie die Berichte durchgingen.

Die Klavierklänge unten aus der Bar mischten sich kurzzeitig immer wieder mit Musik, die von draußen hereinschallte. Das weiche Licht schien die Apricotfarbe des Gebäudes noch zu verstärken, die an manchen Stellen glänzte wie auf einem Ölgemälde. Durch einen schmalen Bogen rechts von der Theke gelangte man in einen Innenhof, den sie nun alle aufsuchten, weil Dupree ihn ihnen unbedingt zeigen wollte. Die Kletterpflanzen hingen von den Balkonen im ersten Stock so weit nach unten, dass sie fast bis zu den Köpfen der Hotelgäste reichten, wobei sie die Wände bedeckten, sodass die Originalfarbe dort nur in Bodennähe zu erkennen war, wo sie von dem Licht der Kerzen in den Laternen beschienen wurde.

»Die Wände hier sind nie gestrichen worden«, erklärte Bull. »Das ist noch die Farbe von 1930, als das Hotel eröffnet wurde. Angeblich war das Gebäude früher das Haus des Bürgermeisters.«

Um die kleinen Tische standen mit schwarzem Samt bespannte Sessel, die die Kellner je nach Anzahl der Gäste umgruppierten. Für die Polizisten schoben sie zwei Tische zusammen. Bill und Bull setzten sich mit Johnson an den einen Tisch, Amaia und Dupree an den anderen, wobei die Subinspectora das Gefühl hatte, dass ihre Kollegen dies mit Absicht so organisiert hatten. Wahrscheinlich waren ihnen Charbous eindringliche Blicke aufgefallen, die er ihr immer zuwarf, wenn er glaubte, dass sie es nicht merkte.

Sie bestellten Austern Bienville und Fettuccine mit Flusskrebsen, die Amaia ganz köstlich fand, auch wenn ihre beiden Kollegen behaupteten, dass dies nicht die beste Jahreszeit dafür sei.

»Sie sollten mal im Frühjahr zur Flusskrebssaison herkommen«, sagte Bull zu ihr. »Dann steht fast in jeder Tür ein Kessel mit *crawfish boil*. Dafür werden die Krebse zusammen mit Mais und Kartoffeln gekocht, dann werden sie auf einen mit Zeitungspapier abgedeckten Tisch gekippt und in zerlassener Butter und scharfer Sauce mit den Händen gegessen.«

Es gab gute Neuigkeiten. Der Richter, mit dem Dupree gesprochen hatte, hatte die Exhumierung genehmigt. Viel mehr konnten sie im Moment nicht tun, bis ihnen das Team in Galveston erste Ergebnisse von der Autopsie der Leiche von Joseph Andrews senior mitteilen würde.

Also unternahmen sie nach dem Essen alle zusammen einen Streifzug durch das French Quarter. Den ganzen Tag über hatte Amaia, wenn sie draußen unterwegs waren, gedacht, dass die Leute sich die Warnung der Behörden zu Herzen genommen und die Stadt verlassen hatten, doch als sie jetzt die Dauphine und die Frenchmen Street durchquerten, stellte sie erschreckt und überrascht fest, wie viele angetrunkene Menschen mit Biergläsern in der Hand die kurz bevorstehende Ankunft des Hurrikans feierten und sich darüber lustig machten, wie viel Kraft ein Wirbelsturm mit dem hübschen Namen Katrina wohl aufbringen konnte.

In der Bourbon Street mischte sich der alte Biergeruch mit dem neuen und dem typischen Straßenmief. Doch der Gestank, der dort in der heißen Mittagsluft geherrscht hatte, ließ nach, als nach Sonnenuntergang die Temperatur ein wenig sank. Dazu kamen der Essensduft aus den wenigen geöffneten Lokalen und das barocke feminine Aroma aus den Nachtclubs. Der kurze Anschein von sonntäglicher Ruhe, den Dupree am Mittag beobachtet hatte, war durch eine Menschenflut ersetzt worden, die sich um diese Tageszeit durch die Straßen wälzte.

Amaia fiel auf, dass viele Leute bunte Hüte, Girlanden um den Hals oder Teile von Kostümen trugen. Der Angestellte eines Clubs, der in den Farben der amerikanischen Flagge gestrichen war, versuchte eine Gruppe Männer hereinzulocken, indem er ihnen echt patriotische Stripperinnen versprach.

»Bereut eure Sünden! Das Ende ist nah. Der Zorn des Herrn wird über euch entbrennen! Heute suhlt ihr euch im Überfluss, und morgen werdet ihr wie kleine Kinder weinen, doch dann wird es zu spät sein!«

Amaia lächelte amüsiert, während sie Dupree einen einverständigen Blick zuwarf. Es war nicht das erste Mal, dass sie einen Straßenprediger sah und seine unheilverkündenden Voraussagen vom Ende der Welt hörte, doch hier in einer Stadt, die einen Hurrikan erwartete und in entsprechender Alarmbereitschaft war, kam dem zweifellos eine andere Bedeutung zu.

Bull trat neben Dupree und flüsterte ihm etwas ins Ohr. Dupree ging zwar weiter, blickte jedoch etwas überrascht zu der Veranda hinüber, auf die Bull ihn hingewiesen und von wo ihn am Morgen die alte Frau gegrüßt hatte.

Unterdessen sprang der Unheilsprophet von seiner kleinen Tribüne; mit zwei Schritten war er bei Dupree und bohrte ihm anklagend den Zeigefinger gegen die Schulter.

Dupree stieß ein ersticktes Stöhnen aus und schob auf der

Suche nach dem *gris-gris*, das Nana ihm gegeben hatte, die Hand in die Tasche. Doch er hatte es in der anderen Jacke vergessen.

Bill Charbou war bereits zur Stelle, drehte dem Mann mit einem schnellen Griff den Arm auf den Rücken und legte ihm seinen anderen Arm um den Hals, sodass sich der Kerl nicht mehr bewegen konnte.

»Behalt deine Hände bei dir, mein Freund«, zischte er ihm ins Ohr. »Du kannst hier rumkrakeelen, so viel du willst, aber fass niemanden von uns an!«

Der selbsternannte Unheilsapostel gab sich sofort geschlagen.

»Die meisten von ihnen sind ungefährlich, aber manchmal übertreiben sie ein bisschen«, erklärte Charbou, »und ich nehme an, dass der Hurrikan sie noch zusätzlich anspornt. Hat er Ihnen wehgetan?«

Dupree winkte ab. »Eine alte Verletzung, die schon den ganzen Tag über zwickt. Muss an der feuchten Luft liegen.«

Amaia senkte den Blick. Es war kein körperlicher Schmerz, der sich in Duprees Gesicht gespiegelt hatte, und sie kannte dieses Gefühl nur allzu gut. Unbewusst führte sie die Hand an den Hinterkopf und strich über die alte Narbe. Gleich danach tadelte sie sich selbst dafür. Manchmal vergaß sie völlig, dass sie da war, doch das Gespräch mit ihrer Tante und der Ausdruck in Duprees Gesicht hatten ihr die alte Verletzung wieder in Erinnerung gerufen, als wäre es eine frische Wunde.

Bill und Bull schlugen vor, in ein kleines Lokal einzukehren und dort noch ein Dessert einzunehmen. Sie führten ein längeres Gespräch mit dem Kellner. Normalerweise machte sich Amaia nichts aus Nachtisch. Der Duft von warmem Zucker, Mehl und zerlassener Butter weckten in ihr nicht die üblichen Gelüste. Sie lehnte den für New Orleans so typischen Pekannusskuchen ab, was der Kellner als Herausforderung nahm, einen Nachtisch zu finden, der ihr zusagte, und bald darauf löffelte sie das hervorragende Feigeneis des Hauses.

»Am Anfang war ich mir nicht sicher, weil sie eine etwas andere Arbeitsweise haben als wir, aber inzwischen glaube ich, dass Bull und Charbou uns wirklich eine große Hilfe sein werden.«

»Bitte?«, fragte Amaia und schreckte aus ihren Gedanken.

»Bill und Bull.« Dupree wies zur Bar hinüber, wo die beiden Detectives angeregt mit Johnson plauderten und den Kellner baten, den Fernseher lauter zu stellen.

Der über dem Golf von Mexiko tobende Hurrikan füllte bald darauf den ganzen Bildschirm. Charbou hob die Hand, und alle stellten die Gespräche ein. Die hypnotisierenden Bilder wurden von einer Stimme aus dem Off begleitet.

»Die Erneuerung des Auges hat die Intensivierung des Sturms kurzzeitig unterbrochen, doch inzwischen hat der Hurrikan seinen Radius verdoppelt und nimmt erneut an Stärke zu.«

Ein mürrisches Geraune ähnlich dem, wenn ein Fußballspieler ein Tor verschießt, war im ganzen Lokal zu hören. Mehr jedoch geschah nicht. Die Musik erklang wieder. Niemand verließ eilig seinen Platz und riss dabei ein paar Stühle um, keiner rannte zur Tür. Bull und Charbou setzten ihr Gespräch mit Johnson und dem Kellner fort.

Amaia betrachtete sie schweigend, bis Dupree sie unvermittelt fragte: »Träumen Sie von Toten, Subinspectora Salazar?«

Sie sah ihn verwirrt an und war sich unsicher, ob er diese Frage tatsächlich gestellt hatte. »Ich verstehe nicht ...«

»Besuchen die Toten Sie in der Nacht und stehen unvermittelt am Fußende Ihres Bettes, Salazar?«

Sie bewegte die Lippen, um darauf zu antworten, brachte aber keinen Ton hervor. Was sollte das? War das ein Scherz?

Als könnte Dupree ihre Gedanken lesen, sagte er: »Ich scherze nicht. Ich träume häufig von Toten. Sie verfolgen mich und wollen mir etwas sagen, was ich nur schwer verstehe. Die Albträume hören erst auf, wenn ich herausfinde, was sie mir sagen wollen.«

Amaia schluckte.

»Also ...«, stammelte sie.

»Ich verstehe Sie vollkommen. Das ist nichts, was man so rumerzählt oder dem Polizeipsychologen sagt, der einem die Dienstfähigkeit bestätigen soll. Sie müssen nicht darauf antworten. Ich weiß auch so, dass es so ist. Ich habe Ihren Bericht über den Fall mit dem Sammler gelesen, den Sie in Spanien erwischt haben. Ihre unerschütterliche Verbundenheit mit den Opfern und diese vage Erklärung, die Sie ... wie nennen?«

»Eingebung«, murmelte sie.

Dupree nickte langsam und fuhr fort.

»Ich habe bereits viele Polizisten, Agents und andere Ermittler kennengelernt, und ich bin in der Lage festzustellen, ob der Mensch mir gegenüber eine Begabung dafür hat. Das ist bei Ihnen der Fall.«

Amaia fühlte sich unbehaglich und presste die Lippen zusammen.

»Wissen Sie, vielen Leuten kommt das seltsam vor, aber ich weiß, dass diese Eingebungen nur bei Menschen zutage treten, die gewisse Umstände erlebt haben, die Art von Umständen, die andere zerstören und die diese besonderen Menschen lehren, eine Fähigkeit zu entwickeln, latente Variablen wahrzunehmen, so wie Scott Sherrington. Erinnern Sie sich, der englische Polizist, über den ich bei meinem Vortrag gesprochen habe? Auch er war in der Lage, Möglichkeiten zu entdecken, die nicht ersichtlich sind, sondern unter einer feinen Schicht pulsieren. Eine Schicht, die sie für viele Menschen unsichtbar macht, aber nicht für Sie.«

»Ich bin mir nicht so sicher, ob das so ist ...«

Dupree winkte ab. »Das ist jetzt nicht der richtige Moment für falsche Bescheidenheit. Es geht nicht darum, ob Sie es anerkennen oder nicht. Das Wichtige ist zu wissen, woher es kommt. Wenn wir von Mördern sprechen, von Serienmördern, liegen die latenten Variablen nicht auf der Hand, sind nicht für jeden sichtbar. In den meisten Fällen sind sie nicht mal logisch zu erklären, jedenfalls nicht für die meisten Menschen, die diese dunkle Seite, die Sie kennen, nicht erkundet haben. Während unseres ersten Gesprächs in meinem Büro, als Tucker, Johnson und Emerson dabei waren, haben Sie den Vorteil erwähnt, latente Variablen zu nutzen. Solche Variablen können einem Modell hinzugefügt werden, um ein tiefer liegendes Bild zu erschaffen, dank dem es einfacher ist, gewisse Dinge zu verstehen. Diese Theorie könnte allen helfen, und ich habe sie schon tausendmal bei irgendwelchen Vorträgen erklärt. Aber nur einige wenige können sie auch anwenden, und die haben alle eines gemeinsam ...« Er sah sie noch eindringlicher an. »Sie haben die Hölle gesehen.«

Amaia schlug für einen Moment den Blick nieder, obwohl sie wusste, dass das ein Fehler war, dass sie damit seine Worte bestätigte. Als sie den Blick wieder hob, meinte sie in Duprees ansonsten so undurchdringlichem Gesichtsausdruck eine gewisse Befriedigung zu erkennen. Sie fragte sich, warum das für ihn so wichtig war.

»Das erlaubt diesen Menschen«, sprach er weiter, »die Variablen wahrzunehmen, die für andere im toten Winkel liegen. Latente Aspekte, die wahrscheinlich oder zumindest plausibel sind. Doch diese Gabe kann sich nur zeigen, wenn man das Handeln eines Dämons erwartet, wenn man seine Natur kennt und daher in der Lage ist, ihn genau zu betrachten, ihn in Augenschein zu nehmen und gleichzeitig den nötigen Sicherheitsabstand zu wahren.«

Dupree verschränkte die Arme auf dem Tisch und lehnte sich nach vorn, näher zu ihr hin.

»Sie sind dazu in der Lage, und das gibt es nicht umsonst. Ich will wissen, woher das kommt. Als Sie die Leiche der alten Frau unter dem Dach gefunden haben, haben Sie von dem Ort gesprochen, aus dem Sie stammen. Erzählen Sie mir davon.«

Diesmal wehrte sich Amaia gegen den Drang, den Blick zu senken, und stellte sich Dupree, ohne zu stammeln, in dem Versuch, überzeugend zu klingen. »Ich weiß nicht, warum ich mich daran erinnert habe. Wahrscheinlich hat mir jemand diese Geschichte erzählt, als ich ein Kind war. Ich glaube, es war einfach eine logische Schlussfolgerung. Oder neuronale Synapsen, die reagiert und es aus meiner Erinnerung geholt haben.«

Er schüttelte ungeduldig den Kopf. »Sie können die Sache nicht einfach wegerklären. Der Ort, an dem wir geboren werden und wo wir unsere Kindheit verbringen, prägt uns auf unauslöschliche Art, hinterlässt in uns Spuren, die aus allem bestehen, was wir gesehen, gelernt, beobachtet oder gehört haben.«

»Agent Dupree, ich habe ebenso viele Jahre in den Vereinigten Staaten gelebt wie in dem Ort, in dem ich geboren wurde. Ich war noch ein Kind, als ich hergezogen bin.«

»Und dennoch sind Sie dorthin zurückgekehrt.«

»Der Ort, an den ich zurückgekehrt bin, ist eine Stadt. Sie hat nichts mit dem Ort zu tun, an dem ich geboren bin. Einem Ort, den ich nie besonders gemocht habe, den ich aber auch nicht auf irgendeine Art hasse. Es ist einfach nur ein Ort.«

»Elizondo«, sagte er.

Sie zuckte vor dem Wort zurück, als hätte er sie geschlagen.

»Ein Ort, dessen Namen Sie niemals aussprechen«, fuhr er fort, »bekannt für seine folkloristischen Traditionen, die Sie dazu befähigt haben zu erklären, warum der Komponist nichts Groteskes daran fand, die Leiche der Großmutter unter dem Dach dieses Farmhauses abzulegen.«

»Ich erinnere mich nur sehr vage an diese Geschichten, ich habe sie immer für dummes Geschwätz gehalten.«

»Sind Sie sich sicher, dass es immer so war?«

»Ganz sicher.«

»Gab es nie eine Zeit, da Sie an diese Geschichten geglaubt haben, wenn auch nur für einen kurzen Moment? Dass sie Ihnen möglich erschienen? Das muss Ihnen nicht unangenehm sein. Die anthropologischen Beweggründe, die verschiedene Menschengruppen in der Welt zu etwas bewegen, nähren sich von den gleichen Bedürfnissen, den gleichen Ängsten, von dem Bewusstsein, wo in der Welt ihr Platz ist. Ihr Wissen und Ihre Fähigkeiten, die sich daraus ergeben, sind ein Privileg, das gleiche, wie auch Scott Sherrington es hatte.«

Sie schüttelte erneut den Kopf.

Dupree gab sich geschlagen und sah auf die Uhr. »Es ist spät. Wir haben morgen einen harten Tag vor uns.«

Er stand auf und wandte sich zur Bar um, um den anderen das Zeichen zum Aufbruch zu geben. Amaia seufzte erleichtert.

Dupree drehte sich wieder um, legte ein großzügiges Trinkgeld auf den Tisch und sagte: »Es gibt stets einen Grund dafür, wenn ein Mensch alle Brücken zu jenem Ort abreißt, an dem er geboren wurde und seine Kindheit verbrachte, und das ist immer eine unbeglichene Schuld. Seien Sie vorsichtig mit offenen Rechnungen, Salazar, denn irgendwann müssen Sie sie bezahlen.«

Nur mit Mühe gelang es Amaia, den Impuls zu verdrängen, sich an den Hinterkopf zu fassen. Die Narbe unter ihrem Haar schien zu glühen.

21

Die Eingebung

Elizondo

Engrasi hatte immer die Theorie vertreten, dass Vorahnungen im Wesentlichen dem Überlebensinstinkt entsprangen und eine Fähigkeit waren, die sich über Jahrhunderte menschlicher Evolution herausgebildet hatte, die aber durch die moderne Komfortgesellschaft weitgehend verdeckt wurde. Vorahnungen waren ihrer Meinung nach die unbewusste Interpretation etwa von entfernten Geräuschen und all der unterschwelligen Veränderungen, die ständig um einen herum stattfanden und die einen nahenden Sturm, eine bevorstehende Geburt, das Vorhandensein von Wasser, das Anschleichen eines Raubtiers, den Ausbruch einer Epidemie und sogar den bevorstehenden Tod signalisieren konnten.

Sie glaubte fest an den ersten Eindruck, wenn die Wahrnehmung noch spontan war, nicht getrübt oder verzerrt durch fremde Informationen, die einen Menschen nur verwirrten.

Dennoch wunderte sie sich, als es um elf Uhr vormittags an der Haustür klingelte. Um diese Zeit konnte Amaia eigentlich noch nicht aus der Schule kommen, und Engrasi erwartete keinen Besuch. Dennoch legte sie das Buch zur Seite, in dem sie gerade gelesen hatte, und ging zur Tür, um zu öffnen. Die Überraschung war noch größer, als ihr Bruder Juan vor ihr stand, der eigentlich bei der Arbeit hätte sein müssen. Sein Aussehen erschreckte sie, denn anstatt seiner weißen Patissier-Kleidung hatte er einen formellen azurblauen Anzug an, in dem sie ihn bisher nur sonntags in der Kirche gesehen hatte, und dazu auch noch eine Krawatte umgebunden!

Aber das, was sie am meisten verwunderte, war, dass er zu ihr kam, ohne sich vorher angekündigt zu haben, zumal er sie in den letzten Jahren nur dann aufgesucht hatte, wenn sie ihn ausdrücklich darum bat. Daher ahnte sie, dass irgendetwas nicht in Ordnung war – eine jener spontanen Vorahnungen von Gefahr.

Später, nachdem er wieder gegangen war, dachte sie erneut an spontane Eindrücke und dass Menschen sie derart geringschätzten und lieber dem vertrauten, was sie zu wissen glaubten. In ihrem Inneren schrillte ein Alarm, und dennoch entschied sie, nicht darauf zu hören, weil der Mann, der da in der Tür stand, ihr Bruder war. Auch in diesem Fall unterdrückte Information den Instinkt.

Sie umarmte und küsste Juan, wie sie es immer tat, wenn sie ihn begrüßte, nahm seine Hand und führte ihn ins Wohnzimmer. Doch er wollte sich nicht setzen. Er stand da in seinem Sonntagsanzug, mit einem Lächeln im Gesicht. Und dann begann er zu erzählen, wie hervorragend es auf der Arbeit lief, von den neu erworbenen Maschinen, von Rosarios großartigem Bemühen, das Geschäft zu vergrößern, dass sie ihr Gebäck sogar nach Frankreich exportierten, wo es in den Hotels von Biarritz und Saint Jean de Luz serviert wurde.

Engrasi fiel ihrem Bruder ins Wort. »Warum bist du hier, Juan?«

Er trat zwei Schritte auf sie zu und blieb direkt vor ihr stehen. Plötzlich wirkte er ernst, aber auch erschöpft.

»Es ist etwas Gutes, Engrasi, etwas sehr Gutes, was dich freuen wird.« Endlich ließ er sich auf einem Stuhl nieder und legte die Hände auf den Tisch.

Sie ging um den Tisch herum und setzte sich ihm gegenüber. Sein konzentrierter Gesichtsausdruck und die Art und Weise, wie er seine Finger knetete, verrieten ihr, dass er seine Gedanken ordnete, dass er im Kopf noch einmal die einstudierten Worte wiederholte.

Es dauerte noch ein paar Sekunden, bis er zu reden begann. »Engrasi, ich war nach unserem Gespräch über Amaia sehr aufgebracht.«

Engrasi nickte.

»Das, was du mir gesagt hast, hat mir sehr wehgetan. Denk nicht, dass ich Amaia nicht liebe, denn ich liebe sie mehr als mein eigenes Leben.«

Engrasi musterte ihn.

»Ich habe mit Rosario gesprochen. Das war nicht leicht für mich, aber ich habe ihr erzählt, was du mir erklärt hast, die furchtbaren Dinge, die diese Frauen zu Amaia sagen, und wie sehr sie leidet. Engrasi, Rosario hat geweint.«

Während er das sagte, schien es, als würde er selbst jeden Moment in Tränen ausbrechen. Er versuchte das leichte Zittern seiner Lippen zu unterdrücken, indem er sie fest zusammenpresste, schloss die Augen und streckte die Hände aus, um die von Engrasi zu berühren. Sie legte ihre auf seine.

»Engrasi, wenn Rosario bisher die Medikamente genommen hat, fühlte sie sich nicht gut. Doktor Hidalgo meinte, das seien Nebenwirkungen, die verschwinden, sobald die Dosierung richtig eingestellt ist. Jedenfalls hat Rosario mir gestanden, dass sie sie deshalb manchmal nicht genommen hat, und einmal, als sie die Medikamente für ein paar Tage weggelassen hat, hat sie diese Sachen gesagt. Aber jetzt ist das Problem gelöst.« Juan zuckte mit den Schultern, als ob er selbst nicht daran glaubte. »Der Arzt scheint die richtige Dosierung gefunden zu haben, und es geht ihr schon eine Weile lang sehr gut. Sie ist glücklich, immer gut gelaunt und sehr liebevoll, eben so wie sie wirklich ist. Wie sie war, als ich sie kennengelernt habe, wie vor Amaias Geburt. Du ahnst nicht, wie sehr sie es bereut. Sie hat mich gebeten, mich bei dir zu entschuldigen, und hat bestätigt, dass du recht hast.«

Engrasi richtete sich auf, entzog ihre Hände denen ihres Bruders und nahm eine ablehnende Haltung ein.

Juan merkte nicht, dass sie ihm zusammen mit ihren Händen auch ihr Vertrauen entzog, und redete weiter. »Die Leute sind schlecht, und dies ist ein kleiner Ort. Rosario ist bewusst, welchen Schaden eine solche Sache einer Familie zufügen kann.«

Engrasi fiel auf, dass er von der Familie sprach und nicht von Amaia.

»Ich freue mich, dass du das einsiehst, dass ihr beide es tut«, entgegnete sie vorsichtig.

»Deswegen meint sie ... meinen wir, dass es das Beste wäre, wenn Amaia zurück nach Hause kommt.«

Da war es. Das Gewitter. Das Raubtier. Das Monstrum. Der Tod. Und sie hatte es gespürt.

»Bitte?«, fragte sie ungläubig.

»Rosario hat unter der Trennung von ihrer Tochter sehr gelitten. Das, was sie gesagt hat, diese furchtbaren Dinge, waren nur eine Art, sich zu schützen. Sie hat sich von den Leuten angegriffen gefühlt, von den böswilligen Fragen, warum die Kleine nicht zu Hause wohnt. Wobei es nicht verwunderlich ist, dass die Leute reden. Denn ein so kleines Mädchen sollte logischerweise bei seinen Eltern und seinen Schwestern aufwachsen.«

Engrasi sah ihren Bruder an, ohne ihm zuzuhören. Ihn auf diese Weise zu betrachten erlaubte ihr in diesem Moment, die sorgsam errichtete Kulisse um sich herum wahrzunehmen. Den perfekten Anzug, den Besuch zur ungewohnten Zeit, die Worte, die nicht zu dem Mann passten, den Engrasi so gut kannte. Schon als Kinder waren sie sehr verschieden gewesen. Die ständig lachende und schwatzende Engrasi, die ihre Nase so gern in ein Buch steckte, um nachher über das Gelesene zu reden. Und er, still, regelrecht wortkarg, während er auf die Schulglocke wartete, die das Ende des Unterrichts verkündete, um so schnell wie möglich zur Backstube zu laufen. Sie hatten sich immer geliebt, und obwohl sie die Jüngere war, hatte sie sich irgendwie immer um ihn gekümmert.

Engrasi wusste, dass ihr Beschützerinstinkt Juan gegenüber zum Teil daher rührte, dass er ein *juanxino* war, ein fleißiger, gutmütiger und ruhiger Mensch, von dem man schon, als er noch klein war, wusste, dass er einmal eine dominierende Ehefrau haben würde.

Seit Jahren redete Engrasi nicht mehr mit Rosario, sie schauten sich nicht einmal an, wenn sie sich auf der Straße begegneten. Aber das war auch gar nicht nötig. Obwohl Engrasis Zeit an der Fakultät für Psychologie eine Ewigkeit her war, konnte sie die Muster der neurotischen Persönlichkeit ihrer Schwägerin deutlich erkennen. Es war alles vorhanden: der Viktimismus, die Dualität, ihre konfusen Botschaften. Rosario war ein Opfer ihrer Krankheit, des Unverständnisses, des Furchtbaren, das sie antrieb, wofür sie natürlich nicht verantwortlich war. Eine Märtyrerin, die mehr als jeder andere litt. Sie war von ihrer Tochter getrennt worden. Dabei strengte sie sich doch so sehr an! Dualistisch und manipulierend. Sie sah ein, dass sie kein Verzeihen verdiente, und bat dennoch um Gnade, nutzte jede Gelegenheit, um zu zeigen, wie sehr sie sich bemühte, alles wiedergutzumachen. Wer würde sich nicht auf die Seite einer kranken Mutter stellen, die zugab, anderen Leid zugefügt zu haben, vor allem aber sich selbst? Ein Münchhausen-Syndrom wie aus dem Lehrbuch.

Die Mutter fügte der Tochter Leid zu und war dennoch letztendlich diejenige, die Mitleid, Sympathie und die Fürsorge der anderen bekam. Und so machte eine einzige neurotische Person die ganze Familie verrückt und galt selbst als Heilige.

Wut stieg in Engrasi auf. Kein einziges Wort über Amaia, über das Kind, das gezwungen war, sein Elternhaus zu verlassen. Nichts über ihren Schmerz, ihre Bitterkeit, die Last, ertragen zu müssen, dass sie auf der Straße beschimpft wurde.

Engrasi merkte, dass ihre Hände zitterten, und sie nahm sie vom Tisch, um sie im Schoß zu verschränken. Sie musste sich beruhigen. Musste nachdenken. Daher beobachtete sie ihren Bruder schweigend, sehr ernst.

»Willst du nicht etwas dazu sagen?«, fragte er nach einer Weile.

»Ich bin noch dabei, es zu verarbeiten«, entgegnete sie mühsam beherrscht.

Er wirkte enttäuscht. »Ehrlich gesagt hatte ich erwartet, dass du dich freust, und ich verstehe nicht, warum es nicht so ist. Bei unserem Gespräch letztens warst du sehr hart, und dafür bin ich dir dankbar. Denn nachdem ich nun mit Rosario geredet habe, sehe ich die Dinge, wie sie sind.«

»Wie sie *sagt*, dass sie sind.«

Er tat, als hätte er sie nicht gehört. »Ich habe geglaubt, dass es das ist, was du willst.«

Engrasi schüttelte verwundert den Kopf. »Das Einzige, was ich will, ist das Wohl des Kindes.«

Juan stand auf und ging um den Tisch herum zu seiner Schwester. Als er neben ihr stand, legte er ihr versöhnlich eine Hand auf die Schulter. »Engrasi, ich kann dir gar nicht genug dafür danken, dass du dich um Amaia gekümmert hast, während Rosario krank war. Aber nun geht es ihr wieder gut«, schloss er mit übertriebener Überzeugung.

Engrasi nahm seine Hand von ihrer Schulter und erhob sich. Sie standen dicht voreinander und sahen sich an.

»Nein, Juan, Rosario geht es nicht gut. Rosario wird es nie wieder gut gehen.«

Das, was dann geschah, war zu erwarten gewesen, dennoch wunderte sie sich. Juan sah aus, als habe er gerade etwas erfahren, was er im Grunde schon vorher gewusst hatte. Deutlich verärgert über die Zeit und die Kraft, die er verschwendet hatte, trat er einen Schritt zurück.

»Das überrascht mich nicht!«, rief er aus.

»Was soll das heißen, Juan? Was überrascht dich nicht?«, fragte sie beleidigt.

»Rosario meinte, dass du genau das sagen würdest.«

Engrasi schüttelte den Kopf. Ihr Bruder war so begriffsstutzig. »Und was genau hat sie gesagt?«

»Nichts …«, ruderte er sofort zurück.

»Nein, nein, sag es«, verlangte sie. »Ich will wissen, was sie denkt.«

Juan hob den Kopf. »Sie glaubt, dass dir die Kleine zu sehr ans Herz gewachsen ist.«

»Zu sehr? Du meinst, mehr als normal wäre? Du willst damit sagen, dass du glaubst, dass man Amaia *zu sehr* lieben kann?«, fragte sie entschieden.

»Du verhältst dich, als wärst du ihre Mutter«, hielt er ihr vor. »Vielleicht weil du keine eigenen Kinder hast.«

Engrasi blieb vor Verblüffung der Mund offen stehen.

»Aber das bist du nicht, und es scheint, als hättest du das vergessen.«

Engrasi sah ihren Bruder an, als wäre er ein Fremder. »Na, sie hat dich ja gut abgerichtet«, sagte sie verächtlich. »Sogar so weit, dass du ihre Worte benutzt.«

»Engrasi, es wäre besser, wenn du dich mit dem Gedanken anfreundest, dass Amaias Mutter und auch ich möchten, dass sie wieder nach Hause kommt.«

Sie sah ihm direkt in die Augen, damit er genau wusste, wie ernst sie es meinte. »Nein.«

Er nickte, als hätte er diese Reaktion erwartet. »Rosario hat auch gesagt, dass du dich weigern wirst. Deshalb hat sie vorsorglich bereits einen Anwalt kontaktiert. Du hast keine Chance. Wenn du uns Amaia nicht zurückgibst, wird dich das nur Zeit und Geld kosten. Sie ist unsere Tochter und soll wieder in ihrem Elternhaus leben.«

»*Das hier* ist ihr Zuhause«, entgegnete Engrasi, »und wie es aussieht, hast du vergessen, warum sie hier ist und unter welchen Umständen du sie hergebracht hast.«

In Juans unverschämtem Blick meinte Engrasi, Rosario zu erkennen. »Jeder Richter wird verstehen, dass sich eine kranke Mutter nicht um ihre Tochter kümmern kann. Wir haben diese schmerzliche Entscheidung zum Wohl des Kindes getroffen. Du hast es gewusst und warst einverstanden, dass Amaia bei dir lebt, bis Rosario wieder gesund ist.«

Engrasi verzog wütend das Gesicht. »Nein, du hast sie nicht zu mir gebracht, weil Rosario krank war, obwohl sie die Kleine schon seit einer ganzen Weile misshandelt, erniedrigt und ihr Angst gemacht hat.«

»Rosario ging es schlecht«, wiederholte Juan wie ein Mantra.

»Und du, Bruderherz, hast die ganze Zeit über nichts unternommen. Du hast nichts dagegen getan, dass sie Amaia gezwungen hat, diese Kleidung anzuziehen. Du hast nichts dagegen getan, dass Rosario nachts aufgestanden ist, um die Kleine in ihrem Bett zu bedrohen. Du hast nichts getan, als sie ihr mit der Schere die Haare abgeschnitten hat.«

Juan explodierte.

»Sie war krank!«, brüllte er.

Engrasi ließ sich nicht einschüchtern. »Du hast nichts getan, weil es einfacher war, die Augen zu verschließen und abzuwarten, abzuwarten, bis es fast zu spät war. Bis dass sie ...«

»Das war ein Unfall!«, fiel ihr Juan ins Wort.

»War es nicht!«, schrie nun auch Engrasi.

Juan kniff die Lippen zusammen. Als er wieder sprach, klang seine Stimme gepresst. »Doch, war es, Engrasi. Ich habe viel darüber nachgedacht, und es *muss* ein Unfall gewesen sein.«

Engrasi erhob drohend den Zeigefinger. »Aber das war es nicht, was du mir in jener Nacht gesagt hast, als du mit Amaia vor meiner Tür gestanden hast. Nein, Juan. Dass es ein Unfall war, hast du den Leuten erzählt, die dich mit dem bewusstlosen Kind voller Mehl aus der Backstube haben kommen sehen. Dass Amaia gestolpert und in den Backtrog gefallen ist und sich dabei den Kopf aufgeschlagen hat. Das ist die Scheißlüge, die du den anderen aufgetischt hast und die du nun selbst zu glauben scheinst.«

Engrasi stieß bei jedem Wort anklagend den Finger gegen seine Brust.

»Aber als du mir das Kind gebracht hast, als du genau dort gesessen hast«, sie wies auf die Treppe, »hast du mir heulend erzählt, was wirklich passiert ist. Es mag sein, dass du es vergessen hast, ich dagegen nicht.«

Juan brach in Tränen aus.

»Ich habe Amaia hier aufgenommen, und ich weiß genau, in welchem Zustand sie war: verletzt, in Todesangst. Es hat Monate gedauert, bis sie allein schlafen konnte, ohne nachts schreiend aufzuwachen. Du kannst diese Lüge jedem erzählen, nur mir nicht!«

Juan wurde bleich.

»Amaia hat es vergessen«, flüsterte er schniefend. »Rosario hat es vergessen. Warum vergisst du es nicht auch?«

Engrasi lächelte bitter. Ihrem Bruder war nicht zu helfen. »Ich kenne dich, Juan. Du bist kein schlechter Mensch, aber du bist ein

Feigling. Das ist kein Verbrechen, solange du dich nicht von den Lügen deiner Frau einwickeln lässt. Solange du dich nicht mit in den Abgrund reißen lässt. Denk gut darüber nach!«

Juan wischte sich mit dem Jackettärmel seines Sonntagsanzugs die Tränen aus dem Gesicht.

»Ich will nicht länger darüber reden«, sagte er und wandte sich zur Tür.

»Warte, ich habe etwas für dich.« Engrasi zog an der dünnen Kette, die sie um den Hals trug. Dann beugte sie sich vor, damit sie den kleinen Schlüssel, der daran hing, ins Schloss der Schublade stecken konnte. Sie nahm den großen Umschlag heraus und aus diesem das Röntgenbild eines menschlichen Schädels.

»Was ist das?«, fragte er.

»Als du Amaia zu mir gebracht hast, hat sie kaum gesprochen. Sie war eindeutig traumatisiert. Ich habe deinem Freund, diesem Dr. Hidalgo, nie getraut. Ich hatte Angst, dass sie eine innere Verletzung hat. Und ich habe sie nicht nur zu einem Neurologen gebracht, wie ich dir gesagt habe, sondern war mit ihr auch bei einem befreundeten Arzt, einem Pathologen, der genau rekonstruiert hat, was mit Amaia geschehen ist. Hier«, sagte sie und wies auf eine kleine weiße Linie auf dem Röntgenbild, »ein Schädeltrauma, verursacht durch einen schweren stumpfen Gegenstand, der sie seitlich traf. Ich habe auch Röntgenaufnahmen von ihren Fingern und ihrer rechten Hand, die sie sich gebrochen hat, als sie versucht hat, sich vor dem ersten Schlag zu schützen. Das Schädeltrauma erlitt sie durch den zweiten Schlag, als sie sich schon nicht mehr verteidigen konnte, als sie am Boden lag, als das Nudelholz ihr den Schädel gebrochen hat.« Engrasi richtete ihren anklagenden Blick auf ihren Bruder. »Mit der Absicht, sie zu töten, wozu es beinahe gekommen wäre.«

Juan starrte auf die Röntgenaufnahme auf dem Tisch, als stünde er kurz vor einem Herzinfarkt.

Engrasi entnahm dem Umschlag weitere Röntgenaufnahmen, Fotos und einen ausführlichen Bericht, legte alles auf den Tisch. »Außerdem hatte Amaia eine tiefe Schürfwunde am Hals, die entstand, als Rosario an der Schnur gerissen hat, an der der Schlüssel hing. Sie hat ein Trauma an den Halswirbeln erlitten, weil sie heftig geschüttelt wurde. Und Hautabschürfungen an den Rückseiten der Beine, am Po und den Ellbogen, weil sie sich über den Boden geschleppt hat, um ihr zu entkommen.«

»Hast du diesen Bericht machen lassen, weil ...«

Sie sah ihn angewidert an. »Ich habe die Kleine zum Arzt gebracht, damit er sich um sie kümmert und sie wieder gesund wird. Aber ja, ich habe alles aufbewahrt. Und jetzt weiß ich, dass ich das Richtige getan habe.«

Das, was ihr Bruder daraufhin sagte, überraschte sie und zeigte ihr, wie sehr er vom Wahnsinn seiner Frau beeinflusst war. »Wenn du das jemandem zeigst, kommst auch du nicht ungeschoren davon!«

»Aber der Unterschied zwischen uns beiden ist, dass ich zu allem bereit bin, um Amaia zu schützen, und wenn ich dafür ins Gefängnis gehen muss.«

Juan starrte die Unterlagen an.

»Du kannst sie mitnehmen; eine Freundin von mir hat eine Kopie von allem.«

Er hob alarmiert den Blick.

»Sag deiner Frau, dass sie das diesem Anwalt zeigen soll. Mal sehen, was er meint, wie der Richter darüber denken wird, weil genauso wie ich jeder andere sehen kann, dass das kein Unfall war, sondern ein Mordversuch!«

Juan ging zur Tür, und Engrasi folgte ihm mit dem Bericht in der Hand.

»Sie hat es geplant, ist ihr in die Backstube gefolgt, als sie davon ausgehen konnte, dass niemand sonst dort sein würde. Sie wusste schon seit Tagen, dass Amaia diesen Schlüssel hatte, und hätte zu Hause mit ihr darüber reden können. Aber sie hat gewartet, bis Amaia allein war. Sie hat dich belogen, als sie gesagt hat, wohin sie will, und ist Amaia gefolgt, um sie umzubringen. Sie hat hasserfüllt auf sie eingeschlagen und nur damit aufgehört, weil sie dachte, sie wäre tot. Danach hat sie das Kind in den Backtrog gesteckt, und erst dann ist sie nach Hause gegangen. Weil sie davon ausging, dass sie endlich geschafft hat, was sie seit Amaias Geburt vorhatte.«

Juan hatte die Haustür bereits geöffnet, wandte sich jedoch mit verdüsterter Miene noch einmal um und entgegnete entsetzt: »Wie kannst du es wagen, das zu erwähnen? Ich hätte es dir nicht erzählen sollen. Sie hatte eine postnatale Depression, was vielen Frauen widerfährt.«

»Verlässt sie nachts immer noch das Haus, ohne dass du weißt, wohin sie geht?«

Juan sah sie entsetzt an. Engrasi wusste, dass sie ins Schwarze getroffen hatte. Auch wenn ihr Bruder erwiderte: »Ich kann es nicht glauben! Willst du alles, was ich dir im Vertrauen erzählt habe, gegen meine Frau anführen?«

Sie sah ihn angewidert an. »Juan, du willst es einfach nicht verstehen. Es geht nicht um Rosario, sondern um Amaia. Du kannst sie so lange verteidigen, wie du willst, aber wenn du glaubst, dass ich Amaia noch einmal der Frau anvertraue, die das Kind seit dem Tag seiner Geburt zu töten versucht, bist du auf dem Holzweg.«

22

Die Charbou-Methode

New Orleans, Louisiana
Sonntag, 28. August 2005

Amaia war früh aufgewacht. Nachdem sie geduscht, sich angezogen und das Bett gemacht hatte, sah sie sich im Fernsehen die Morgennachrichten an.

Seit sechs Uhr nutzten die Behörden sämtliche Medien, um warnend mitzuteilen, dass Katrina an der gesamten Golfküste heftigen Schaden anrichten würde und die Vorhersage für New Orleans nicht sehr hoffnungsvoll war. Da die Stadt zwei Meter unterhalb des Meeresspiegels lag, mit dem Lake Pontchartrain im Norden und dem wasserreichen Mississippi, der sich wie eine Schlange durch die Stadt zog, war die Bedrohung einer durch den Hurrikan verursachten Überschwemmung zu einer unvermeidlichen Realität geworden. Das *National Hurricane Center* sagte Kategorie fünf voraus: einen Sturm mit einer Windgeschwindigkeit von zweihundertachtzig Meilen pro Stunde und einzelnen Windböen von mehr als dreihundertzwanzig Meilen pro Stunde. Dies war das erste Mal in der Geschichte der Stadt, dass ihr ein Wirbelsturm der Kategorie fünf bevorstand. Der stärkste Hurrikan in den bisherigen Aufzeichnungen war der mit dem Namen Betsy gewesen.

Angeblich haben Städte kein Gedächtnis, und auch die Einwohner vergessen schnell, um weiterleben zu können. Die Erwähnung von Betsy jedoch weckte alte, schlummernde Ängste. Am 9. September 1965 war Betsy an der Mündung des Mississippi mit einer Stärke der Kategorie vier aufs Land getroffen und hatte alles zerstört, was ihr im Weg gestanden hatte. Danach hatte sich der Hurrikan weiter stromaufwärts bewegt, was in New Orleans ein Hochwasser von drei Metern verursacht hatte. Betsy hatte neunundachtzig menschliche Leben genommen und einen so großen Schaden verursacht, dass sie als »Billion Dollar Betsy« in die Geschichte eingegangen war.

Durch den Vergleich mit Betsy wurde die Gefahr, die durch Katrina drohte, auf einmal greifbar. In den Fernsehnachrichten wechselten sich die Bilder von Katrinas Wüten über dem Golf von Mexiko mit Schwarz-Weiß-Fotografien von der durch Betsy verursachten Zerstörung ab.

Amaia war so nervös, dass sie den Fernseher ausschaltete und in den Flur des Hotels trat. Dabei erspähte sie Dupree, der die Treppe hinunterging. Eilig folgte sie ihm. Dupree sprach in sein Handy, und seine Stimme hallte laut durchs Treppenhaus.

»Okay, ich komme gerade runter, warten Sie im Auto auf mich.«

Neugierig ging Amaia ein Stück zurück und trat auf einen der Balkone hinaus, beugte sich oberhalb des Hauseingangs über das Geländer und blickte nach unten. Der Wagen des FBI, der ihnen zur Verfügung gestellt worden war, stand direkt zu ihren Füßen. Sie konnte Jason Bull am Steuer erkennen. Dupree setzte sich auf den Beifahrersitz, und Charbou war nicht zu sehen.

Amaia ging wieder hinein. Sie hatte Hunger.

»Hier Radio WWL direkt aus New Orleans. Der Alarmzustand wegen des Hurrikans reicht von Morgan City bis zur Grenze nach Alabama und Florida.«

Die nationale Wettervorhersage tönte aus einem alten Thompson-Transistorradio, das die Besitzerinnen des Hotel Dauphine, den Notfalltipps im Falle eines Hurrikans folgend, von irgendwoher hervorgezaubert hatten. Sie hatten es unterhalb des Fernsehers aufgestellt, auf dem ununterbrochen das allgegenwärtige Bild des Wirbelsturms über dem Golf von Mexiko zu sehen war. Amaia kam es vor, als ob es sich lediglich um eine Wiederholungsschleife handelte.

Während sie durch den Innenhof des Hotels zum Frühstücksraum ging, spürte sie die leichten Windböen, die mit ihrem Haar spielten. Mit einem Gummi, den sie am Handgelenk trug, band sie es zu einem Pferdeschwanz. Dabei entdeckte sie neben der Tür zum Wintergarten, in dem das Frühstück serviert wurde, Bill Charbou, der ihr zulächelte, während er den Dauphine-Schwestern half, einen weiteren Sandsack auf den Wall zu wuchten, den sie bereits errichtet hatten.

»Guten Morgen, Subinspectora.«

»Guten Morgen, Detective. Was machen Sie denn da?«, fragte sie. Dupree war also tatsächlich mit Detective Bull allein. Ob Charbou das wusste?

»Ich hatte die Hoffnung, dass Sie mir beim Frühstück Gesellschaft leisten.«

Nickend stieg sie über die Säcke, ohne auf das Lächeln der Hotelbesitzerin zu achten.

Sie nahm sich einen Kaffee und eine Portion Rührei und blieb absichtlich etwas länger beim Toaster stehen, in der Hoffnung, dass Johnson oder Dupree auftauchen würden. Als sie nicht mehr länger warten konnte, ging sie zu ihrem Tisch.

»Wird Ihr Kollege nicht mit uns frühstücken?«, fragte sie Bill Charbou, der dort inzwischen Platz genommen hatte.

»Doch«, antwortete Bill, »er ist nur gerade im Wagen, um mit seiner Familie zu telefonieren. Er liebt seine Kinder sehr.«

Sie beschloss, dass Charbou tatsächlich glaubte, was er sagte.
»Natürlich.«

»Und seine Frau«, fügte er lächelnd hinzu.

Sie entgegnete nichts darauf.

»Manchmal denke ich, dass das sehr schön sein muss«, sagte der Detective nachdenklich.

Amaia biss von ihrem Toast ab, weil sie nicht darauf eingehen wollte.

»Ich meine, eine Ehefrau zu haben. Sie wissen schon, jemanden, mit dem man sein Leben teilt.«

Sie schüttelte vage den Kopf. Also das war seine Strategie: gleich bei der ersten Begegnung vom Heiraten sprechen. Denn die Erwähnung der Ehe ließ viele Frauen denken, dass die Kerle keine Schürzenjäger wären.

Sie kaute langsam, während sie ihr Gegenüber betrachtete. An diesem Tag hatte er auf die schusssichere Weste verzichtet, die er angeblich nie auszog. Stattdessen trug er ein enges blaues Shirt, unter dem sich seine Muskeln abzeichneten. Sein Blick aus den großen dunklen Augen wirkte aufrichtig. Er sah gut aus, was ihm sicherlich auch bewusst war, allerdings wäre Amaia lieber gewesen, er hätte etwas weniger gelächelt.

Als könnte er ihre Gedanken lesen, wurde er plötzlich ernst, und sie dachte, dass er ihr so tatsächlich besser gefiel und dass nun eine Vertraulichkeit folgen würde.

Er beugte sich leicht nach vorn, um seinen Worten die Aura eines intimen Geständnisses zu verleihen. Nun war sie es, die lächelte, da sie seine Strategie durchschaute, was ihn ein wenig irritierte.

Dennoch fuhr er fort: »Aus Erfahrung weiß ich, wie schwer es ist, jemanden zu finden, der bereit ist, mit unseren Arbeitszeiten zu leben.« Er senkte den Blick, um seinem nächsten Satz eine verhaltene Emotion zu verleihen. »Und auch, wie uns das, was wir tun, prägt.«

Das war also der zweite Teil der Charbou-Methode. Sie war sich sicher, dass er, wenn er eine Beziehung beenden wollte, ebenfalls die Arbeit vorschob in der Art von: »Es liegt nicht an dir, sondern an diesem verdammten Job.«

Amaia lächelte erneut. Tatsächlich amüsierte sie sich köstlich.

Bill Charbou nahm es als ersten Erfolg in seinen Bemühungen. »Subinspectora ... Darf ich Sie Amaia nennen? Mir ist aufgefallen, dass Sie keinen Ehering tragen, aber ich weiß, dass einige Kollegen im Dienst darauf verzichten. Sind Sie verheiratet?«

Ihre Kollegen traten durch die Tür. Amaia winkte sie zu ihrem Tisch.

»Salazar«, sagte sie dann.

Charbou, den die Ankunft der beiden Kollegen etwas aus dem Konzept gebracht hatte, sah sie verwirrt an.

»Sie können mich Subinspectora Salazar nennen.«

Es war kurz vor neun, und im Fernsehen war Bürgermeister Ray Nagin zu sehen, der die Bevölkerung noch einmal dazu aufforderte, New Orleans zu verlassen.

Der Plan, den Dupree und der Polizeichef erdacht hatten, bestand darin, dass in den Stunden nachdem der Hurrikan gewütet hatte, die gesamte Stadt vollkommen abgesperrt werden würde. Dieses Vorgehen wurde »Operation Käfig« genannt und wurde üblicherweise nach einem terroristischen Attentat angewandt. Alle wichtigen Straßen und sämtliche Bahnhöfe und Flughäfen sollten streng kontrolliert werden und ebenso jeder, der mit privaten Flugzeugen die Stadt verlassen wollte, einschließlich der Militärangehörigen. Ganz besonders würden sie auf Sicherheitsleute achten. Denn wenn der Komponist allein oder als Mitglied eines Teams von außerhalb der Stadt hereingekommen war, würde er auf dem gleichen Weg auch wieder hinauswollen.

Sobald sie von einem neuen Verbrechen erfuhren, würden sie einen Informationsstopp verhängen, um zu vermeiden, dass der Komponist etwas von den Standorten und der Ausdehnung der Kontrollen erfuhr und nach anderen Wegen suchte, um sich abzusetzen. So wurde allgemein auch im Krieg vorgegangen; im Militärjargon hieß das »Funkstille«.

Dupree war sicher, dass sich ihr Feind ganz in der Nähe versteckt hielt und darauf wartete, dass der Himmel seinen Zorn herabsandte. Und auch sie würden warten. Als Standort dafür wählten sie, wie von Bill und Bull vorgeschlagen, die Notrufzentrale aus, die im Lake Marina Tower direkt über der Feuerwehrstation lag und sich in der Nähe des FBI-Sitzes und des Sees befand. Der Leiter der Feuerwehr überließ ihnen einen Sitzungsraum, der, wie es aussah, noch nie für eine Sitzung benutzt worden war. Dort schlossen sie ihre Computer an und stellten ein halbes Dutzend Feldbetten auf, falls sie die Nacht dort verbringen würden. Das Gebäude war relativ neu und hatte bereits bei anderen Unwettern bewiesen, dass es auch heftigeren Stürmen standhielt.

Auf dem Stockwerk waren dreißig Arbeitsplätze mit Computern und Telefonen vorhanden, von denen nur ein Drittel besetzt war. In der Mitte befand sich ein beleuchteter Stadtplan, auf dem alles angezeigt wurde, was passierte, wie Verkehrsstaus, Kneipenschlägereien, Stromausfälle oder Brände.

Dupree und sein Team erklärten den Anwesenden genau, worauf sie achten sollten: vier, fünf oder mehr aufeinanderfolgende Schüsse oder eine ganze Familie, die in ihrem Haus erschossen aufgefunden wurde.

Am frühen Nachmittag schlug Dupree vor, eine Kontrollfahrt durch die Stadt zu unternehmen. Amaia und Jason Bull erklärten sich sofort bereit, ihn zu begleiten. Während sie über den Parkplatz zum Wagen gingen, umgab sie eine eigenartige Stille. Die

Vögel waren verstummt, und nur aus der Ferne waren Verkehrsgeräusche zu hören. Zudem begann es auf einmal zu nieseln. Ein leichter Regen, der den Wind zu besänftigen schien, der im Laufe des Morgens immer stärker geworden war.

Schweigend stiegen sie ins Auto. Die Wagen, die am Vorabend auf beiden Seiten der Straße gestanden hatten, waren verschwunden, und als sie zur Poydras Street kamen, sahen sie, dass sich vor dem Superdome die Menschen drängten, darunter viele alte Leute, Menschen mit Krücken oder im Rollstuhl. Einige hatten Babys im Arm, andere trugen Bettzeug für die Nacht, die sie dort verbringen würden. Amaia entdeckte auch ein paar Kameras und Reporter, die jene interviewten, die dem Eingang zustrebten.

Dupree sah beunruhigt auf die Menschenmasse und fragte sich, ob Nana wohl unter ihnen war. Er sagte zwar nichts, aber die beiden anderen spürten, wie beunruhigt er war.

»Die ersten Leute sind schon gestern Abend gekommen«, erklärte Jason Bull. »Die Polizei im Stadion spricht von zehntausend Menschen, und es kommen immer noch mehr.«

Keiner sagte etwas darauf. Bull schaltete das Radio ein, vielleicht um die schwer lastende Stille zu unterbrechen.

Der Verkehr auf der Interstate war nicht mehr so dicht wie am Morgen, und die Polizeikontrollen waren deutlich mehr geworden.

Amaia blickte in den Regen, während im Radio die Ankunft der ersten Ausläufer des Hurrikans gemeldet wurde. In dem Moment klingelte Duprees Handy. Bull stellte das Radio leiser, und Dupree nahm den Anruf auf seinem Mobiltelefon entgegen. Er hörte aufmerksam zu und beendete dann das Gespräch.

»Lasst uns in die Notfallzentrale zurückkehren«, sagte er. »Die Analyse der Kugel aus dem Kopf von Mr. Andrews liegt vor. Es ist eine andere als bei den restlichen Familienmitgliedern, aber das ist nicht das Entscheidende. Den Kriminaltechnikern ist gleich aufgefallen, dass es sich um sehr alte Munition handelt, und als sie die Daten ins System eingegeben haben, schrillten sämtliche Alarmglocken. Sowohl das Kaliber als auch alle anderen Merkmale stimmen mit Kugeln überein, die nach einem Familienmord in Madison, Wisconsin, sichergestellt wurden, nur dass der sich vor achtzehn Jahren ereignet hat. Sie schicken gerade sämtliches Material über den Fall rüber. In zwanzig Minuten haben wir eine Telefonkonferenz mit Tucker und Emerson.«

23
Das Böse

Martin Lenx, seine Ehefrau und zwei Söhne von zehn und zwölf Jahren sowie eine Tochter von fünfzehn Jahren lebten zusammen mit Martins bereits recht betagter Mutter in einem großen Haus in einer kleinen Gemeinde am Stadtrand von Madison in Wisconsin. Martin, der ein Einzelkind war, hatte nach dem Tod seines Vaters das Haus geerbt. Der war ein strenger lutherischer Pastor mit österreichischen Wurzeln gewesen, der zusammen mit seiner Frau im Zweiten Weltkrieg in die USA ausgewandert war.

Martins Mutter hatte ein kleines Vermögen geerbt, und das ermöglichte der Familie ein gutes Leben. Nach dem Tod ihres Mannes war sie in eine extra für sie eingerichtete Wohnung im Obergeschoss des Hauses gezogen.

Etwa einen Monat danach wurden die Leichen gefunden, die sich bereits im Zustand fortgeschrittener Verwesung befanden. Die Nachbarn hatten sich gewundert, dass die Familie nicht von einer Reise zu Verwandten zurückgekehrt war. Im Haus war es eiskalt, dennoch war der Gestank unerträglich, und bräunliche Blutspuren wiesen den Weg ins Musikzimmer. Jemand hatte die Leichen der Familienmitglieder nebeneinander auf den Boden gelegt, sodass ihre Köpfe nach Norden wiesen. Nur Martin, der

Familienvater, fehlte, ein recht farbloser, unauffälliger und sehr religiöser Büroangestellter in einem mittelgroßen Unternehmen.

Auf dem Küchentisch fand die Polizei einen an den Pfarrer der Gemeinde gerichteten Brief, in dem Martin Lenx erklärte, dass seine Familie vom rechten Weg abgekommen sei. Wie es schien, erachtete er die Gewohnheit seiner Frau, sich zurechtzumachen, als unwürdig, und die kurz zuvor erfolgte Ankündigung der jugendlichen Tochter, Sängerin werden zu wollen, sowie der immer »lasterhaftere« Musikgeschmack seiner Söhne seien Martins Meinung nach eine Beleidigung des Herrn. Sie würden sich immer weiter von Martin entfernen, was er jedoch nicht hinnehmen wolle. Als Familienvater fühle er sich verantwortlich und wisse, dass er etwas tun müsse. Nachdem er lange darüber nachgedacht habe, habe er entschieden, dass es das Beste für seine Familie sei, zu sterben; so würde er ihre Seelen retten, bevor es zu spät sei.

In den Wochen nach dem Fund der Leichen erfuhr die Polizei, dass Martin Lenx große finanzielle Probleme hatte. Sein introvertierter Charakter und seine Ungeselligkeit hatten mehrfach seinen beruflichen Aufstieg verhindert. Einige Wochen zuvor hatte er sich große Hoffnungen auf eine Anstellung in einer Bank in der Nähe gemacht, hatte den Job letztlich jedoch nicht bekommen. Er hatte sich gegenüber den Nachbarn nicht anmerken lassen, wie sehr ihn das enttäuscht hatte, aber die Ermittler fanden heraus, dass er am Tag der Absage die Erwerbsberechtigung zum Kauf einer Waffe beantragt hatte. Das Kaliber und alle anderen Merkmale des Revolvers stimmten laut der Unterlagen des Waffengeschäfts mit den Kugeln überein, die in den Köpfen der toten Familienmitglieder gefunden worden waren.

Das große Haus, das Martin geerbt hatte, war mit zwei Hypotheken belastet, die bald fällig gewesen wären, und hinter der vorbildlichen Fassade, die der Mann ständig zur Schau stellte, hatte offenbar ein Höllenfeuer getobt. Martins Auto wurde einen

Monat nach seinem Verschwinden auf dem öffentlichen Parkplatz des Flughafens von Chicago gefunden, wobei nichts darauf hinwies, dass er in irgendein Flugzeug gestiegen war. Der Revolver war nie gefunden worden. Inzwischen war Martin Lenx seit achtzehn Jahren unauffindbar. Die forensischen Pychologen hielten es durchaus für möglich, dass er Selbstmord begangen hatte.

Johnson las den Brief laut vor, den Martin nach den Morden für den Pastor seiner Kirchengemeinde hinterlassen hatte. Amaia konzentrierte sich auf jedes Wort und achtete sowohl darauf, wie er sich ausgedrückt hatte, als auch auf das, was dem Text zugrunde lag, da nur eine Gesamtanalyse ein wenig Licht auf Martin Lenx' wahre Beweggründe werfen konnte. In ihrem Notizbuch notierte sie versteckte Aussagen, Stiländerungen und ganze Sätze. Lenx griff ständig auf apokalyptische Metaphern zurück. *Aber in jenen Tagen, nach jener Bedrängnis, wird die Sonne sich verfinstern und der Mond seinen Schein verlieren …* Mit seinen düsteren, unheilverkündenden Worten wollte er seine Tat scheinbar rechtfertigen, indem er sie als etwas Unvermeidliches darstellte, etwas, wozu er im Grunde verurteilt worden war. Doch unter dem Deckmantel von Selbstlosigkeit und Opferbereitschaft lauerte wie ein lebendes Wesen ein uralter Hass … *und die Sterne werden vom Himmel fallen, und die Kräfte der Himmel werden ins Wanken kommen.*

In Martin hatte sich jahrelanger Groll angestaut, der, zusammen mit seinem Scheitern, eingebildeten Beleidigungen, Frustration und kleinen Ärgernissen, als Rechtfertigung für die Unfähigkeit diente, sein eigenes Leben zu führen. Dennoch fühlte er sich überlegen und als ein viel besserer Mensch als sämtliche andere Mitglieder seiner Familie. Dieses Profil fand stets ein Freudsches Alibi, um sein Scheitern den Frauen in seinem Leben anzulasten.

Er verdammte zunächst seine Mutter, die mit ihm früher so streng gewesen war und nun die Einfälle ihrer Enkelin bejubelte und sie dreist lächelnd mit deren Jugend entschuldigte. Von seiner Frau erhoffte er sich nichts mehr. Sie war zu einem zerbrechlichen und ängstlichen Wesen geworden, das die Kinder verwöhnte und so sehr verzog, dass Martin in ihnen keine Spur der zauberhaften Kleinen mehr finden konnte, die früher einmal Martins Stolz, seine Hoffnung und sein Glück gewesen waren.

Amaia bekam eine Gänsehaut, als sie den Teil des Briefes hörte, der sich auf die Tochter bezog. Sie war sein Augenstern gewesen, seine kleine Prinzessin, die seine Gunst jedoch verspielt hatte. Martin schilderte seine gescheiterten Versuche, sie wieder auf den rechten Weg zu führen, mit Hausarrest und anderen Strafen, Gebeten und Kirchenbesuchen. Doch all dies hatte nichts gebracht, und er hatte zusehen müssen, wie sich seine Kleine vor seinen Augen veränderte.

Sie hatte er stets begünstigt, die größten Hoffnungen in sie gesetzt, sodass sie nun die schlimmste Enttäuschung war.

Die Zeit der Barmherzigkeit war vorbei; er hatte sein Möglichstes getan, Gott war sein Zeuge. Er hatte hart gearbeitet, gebetet, sich geopfert, aber diese Prüfung war zu schwer für einen Mann, sosehr er sich auch bemühte, sein Haus in Ordnung zu halten. Er hatte all seine Kraft gegeben und war nun völlig erschöpft.

Amaia hörte sich jedes einzelne Wort, das Johnson vorlas, ganz genau an, und die Bedrohlichkeit, die Last der Verdammnis, die darin mitschwang, klang in ihrem Inneren wider.

Tuckers Stimme drang wie von weither an ihr Ohr. »Herzlichen Glückwunsch, Salazar. Die ständigen Erwähnungen Gottes und der Heiligen Schrift in dem Schreiben lassen keinen Zweifel daran, dass es sich um einen apostolischen Mörder handelt, der meint, eine Mission im Namen Gottes zu erfüllen. Gleich als wir Zugang zu dem kompletten Text hatten, hat Emerson sich an die Arbeit gemacht, die Zitate zu identifizieren, die, wie wir erwartet haben, aus dem Evangelium stammen, genauer gesagt aus dem

Markusevangelium, Kapitel dreizehn, Vers vierundzwanzig, wo es um das Ende der Welt geht. Ich habe euch die abgeglichenen Texte geschickt. Uns ist vor allem der Teil aufgefallen, in dem von den Kräften des Himmels und der Art und Weise die Rede ist, wie sie heraufbeschworen und in Unruhe versetzt werden. Ich glaube, dass diese Kräfte durchaus mit Hurrikans, Unwettern und Tornados gleichgesetzt werden können. Emerson meint, dass das auch ein Zufall sein könnte, aber mein Gefühl sagt mir, dass diese Worte von vor zwanzig Jahren mit den aktuellen Verbrechen zu tun haben.«

»Emerson?«, forderte Dupree seinen Kollegen auf.

»Ich bin der Meinung, dass wir zu voreilig sind«, sagte dieser ungehalten. »Bevor wir beginnen, anhand dessen, was wir von Martin Lenx wissen, unser Profil zu erstellen, müssten wir zweifelsfrei belegen, dass er und der Komponist dieselbe Person sind.«

»Die Kugel und die Spuren, die die Revolvermündung am Schädel von Joseph Andrews hinterlassen hat, stimmen mit der Waffe überein, mit der Lenx vor achtzehn Jahren seine Familie erschossen hat«, wandte Johnson ein.

»Zählen wir doch mal alles zusammen, was darauf hinweist, dass es sich bei dem Komponisten um Martin Lenx handeln könnte«, schlug Dupree vor.

»Okay«, begann Johnson, »da wäre zunächst das Alter. Martin Lenx war siebenunddreißig Jahre alt, als das Verbrechen vor achtzehn Jahren begangen wurde. Das heißt, wenn er noch lebt, ist er jetzt fünfundfünfzig. In dem Alter ist ein Mann, der sich gut gehalten hat, noch prima in Form. Das liegt zwar außerhalb des Rahmens, der traditionell auf Serienmörder zutrifft, und wir wissen nicht, was er in den letzten achtzehn Jahren gemacht hat, aber das Alter ist sicher auch der Grund dafür, dass er jetzt vorsichtiger und genauer agiert, was durchaus zu der Vorgehensweise des Komponisten passt.«

»Und die Waffe«, fügte Tucker hinzu. »Dass er sie nicht am Tatort des Mordes an seiner Familie zurückgelassen hat, weist darauf hin, dass er sie behalten wollte, vielleicht als Erinnerungsstück, aber auch, um sie gegebenenfalls noch mal zu benutzen. Er hätte sie bei den Leichen zurücklassen können oder im Wagen, in dem der Rest seiner Sachen gefunden wurde. Nachdem er in seinem Brief die Tat gestanden hat, spielt es für ihn im Grunde keine Rolle mehr, ob die Waffe ihn belastet oder nicht.«

Als Emerson daraufhin das Wort ergriff, klang seine Stimme eisig. »Die Profile der anderen Familien stimmen mit dem der Familie Lenx überein, und auch wenn das Alter nicht hundertprozentig zutrifft, passt es doch annähernd«, gab er zu. »Doch was gegen Ihre Theorie spricht, ist die Tatsache, dass der Komponist auch den Familienvater umbringt, und wenn Martin Lenx der Komponist ist, hat er eindeutig nicht Selbstmord begangen. Demnach hätte er bei einer vollkommenen Übereinstimmung die Väter verschonen müssen.«

Dupree ergriff das Wort. »Sicher ist allen aufgefallen, dass Martin Lenx die Leichen durchs Haus geschleift hat, um sie in dem Raum zu deponieren, den die Polizei von Madison das ›Musikzimmer‹ nennt. Ich habe gerade mit Carter, dem derzeitigen Leiter der Mordkommission in Madison, gesprochen, der damals noch ein Kind war, aber es hat sich herausgestellt, dass er der Sohn seines Vorgängers ist, der ihm oft davon erzählt hat, wie die Leichen damals aufgefunden worden sind. Von ihm habe ich erfahren, dass die Familie Lenx in ihrem großen Haus, auch wenn es ziemlich heruntergekommen war, tatsächlich über eine Art Konzertsaal verfügte, in dem sich ein Klavier und verschiedene andere Instrumente befanden, sodass die Bezeichnung ›Musikzimmer‹ durchaus zutreffend ist. Das bringt uns wieder zu den Geigen an den anderen fünf Tatorten: Der Sohn der Bestattungsunternehmerin von Cape May konnte sich genau an eine Geige erinnern, und im Fall der Jones' und der Masons wurde das jeweilige Instrument unter den eingelagerten Gegenständen gefunden. Wenn wir dem noch die Geigen im Haus der Andrews und der Samuels hinzufügen ... Es könnte eine Requisite sein, mit der Martin Lenx seine Kulisse ausstattet. Einverstanden, Salazar?«

Amaia, die Dupree, während er sprach, aufmerksam angesehen hatte, richtete den Blick zur Mitte des Tisches, wo ein blinkendes Licht darauf hinwies, dass das Telefon eingeschaltet war.

»Einverstanden, ja, aber ... als Allererstes müssen wir zweifelsfrei feststellen, ob Lenx der Komponist ist.«

Dupree blickte sie verblüfft an. »Das verstehe ich nicht. Martin Lenx passt doch perfekt in das Profil, das Sie entworfen haben.«

»Noch fehlen mir einige Angaben, um das zu bestätigen«, entgegnete sie.

»Das ist ja wohl nicht wahr ...«, murmelte Johnson, an Dupree gewandt.

Dupree sah Amaia missmutig an.

»Es stimmt, dass einiges dafürspricht«, sagte sie, den Blick auf den Bildschirm mit den Texten gerichtet, die Tucker ihnen geschickt hatte und die sie mit der ihnen vorliegenden Bibel abglich. »Zum Beispiel dieses Bibelzitat: ›Siehst du diese großen Bauten? Kein Stein wird auf dem andern bleiben, alles wird niedergerissen.‹ Ein apostolischer Mörder zeichnet sich unter anderem dadurch aus, dass er von Bibeltexten besessen ist oder eine Schwäche für mystische Botschaften oder Texte hat, die vorzugsweise aus der Heiligen Schrift stammen. In seinem Abschiedsbrief ist unter anderem davon die Rede, wie viel Kraft es ihn gekostet hat, sein Haus zu erhalten, und dass er spürt, wie es dennoch zerstört wird. Der Mord an einer Familie nach einer Naturkatastrophe, die deren Haus zerstört oder zumindest arg in Mitleidenschaft gezogen hat, symbolisiert den Verlust seines eigenen Heims, und er wählt eine Familie aus, die er wie seine eigene für sündhaft hält. Er wählt sie aus, um sie zu retten, genauso wie er seine Familie gerettet hat, indem er sie getötet und direkt in den Himmel geschickt hat.«

Johnson und Dupree nickten zu ihren Worten. Aus dem Telefon erklang Tuckers Stimme: »Also, Subinspectora Salazar, was spricht dann gegen Ihre eigene Hypothese? Worin liegt das Problem?«

»Das Problem liegt darin, dass Martin Lenx seine Familie ermordet hat, die Seinen: seine Frau, seine eigene Mutter, seine eigenen Söhne und seine Tochter«, zählte Amaia auf. »Das macht ihn zum Täter in einem Familiendrama, und er erfüllt in mindestens zwei von vier Punkten das Profil, das diesen Tätern zugeschrieben wird: der Anspruch, moralisch überlegen zu sein, Entfremdung, Enttäuschung, Paranoia. Vier von fünf Mördern dieses Typs begehen nach dem Verbrechen Selbstmord, nur eben nicht jene, die sich moralisch überlegen fühlen, was auf Lenx wohl zutrifft. Aber auch wenn er noch am Leben ist, was sollte ihn achtzehn Jahre später dazu bringen, Familien zu ermorden, die mit der seinen zwar einige Gemeinsamkeiten haben, sich aber in anderen Punkten deutlich unterscheiden, in verschiedenen Teilen des Landes leben und zwischen denen keine Beziehung besteht? Und es stellt sich vor allem die Frage, was Martin Lenx in den letzten achtzehn Jahren gemacht hat. Familienmorde bleiben nicht unbemerkt, selbst wenn der Tatort noch so abgelegen ist. Das heißt, sie müssten irgendwo erwähnt worden sein, in der Presse zum Beispiel. Aber da gibt es nichts. Auch im Archiv des FBI oder in dem der örtlichen Polizeibehörden. Wir haben nach ähnlichen Fällen im ganzen Land gesucht, und der einzige, den wir gefunden haben, war der Mord an Joseph Andrews und seiner Familie vor acht Monaten. Das bedeutet, dass Martin Lenx entweder nach seiner Tat geflohen ist und nichts mit dem Komponisten zu tun hat oder, wenn er der Komponist ist, in all den Jahren seinen Drang kontrolliert hat. Aber eines weiß ich sicher, nämlich, dass ein Geistesgestörter, der davon überzeugt ist, dass ihn Gott, der Teufel oder sonst ein Wesen zum Werkzeug bestimmt hat, niemals mit seinen Taten aufhören kann, bis man ihn aus dem Verkehr zieht. Wie also konnte sich Martin Lenx über so lange Zeit im Zaum halten?«

Tucker zählte die bekannten Möglichkeiten auf: »Die Gründe, warum sich ein Serienmörder eine bestimmte Zeit über ruhig verhält, sind entweder eine lange Krankheit, ein Auslandsaufenthalt oder eine Gefängnisstrafe, die er für ein anderes Verbrechen verbüßt. Wenn wir davon ausgehen, dass Martin Lenx noch am Leben ist, ist es kaum möglich, dass er eine Krankheit überstanden hat, die ihn achtzehn Jahre lang von seinem Tun abgehalten hat, und nun in der Lage ist, sich einer ganzen Familie entgegenzustellen. Und ein Mensch, der so ist, wie Martin Lenx zu sein anstrebt, kommt nicht wegen irgendeines anderen Verbrechens ins Gefängnis. Die Möglichkeit, dass er das Land verlassen hat, scheint auf den ersten Blick das Plausibelste zu sein, aber die übertrieben hohe Meinung, die Martin Lenx von sich selbst hat, lässt eigentlich nicht zu, dass er flieht. Damals sind die Ermittler zu dem Schluss gekommen, dass das Auto am Flughafen nur eine falsche Fährte war. Sie haben die Möglichkeit überprüft, ob er vielleicht das Heimatland seiner Eltern aufgesucht hat, dann aber festgestellt, dass er dort keine Verwandten mehr hat. Ich würde wetten, dass er mit einer neuen Identität ein neues Leben begonnen hat, das dem entspricht, das er immer führen wollte.«

Dupree fiel auf, wie Amaia auf Tuckers Worte reagierte. Sie verzog ablehnend das Gesicht, war also eindeutig nicht der gleichen Meinung, sagte aber nichts.

»Lasst uns noch mal rekapitulieren«, bat Johnson ungeduldig. »Obwohl die Art, wie Martin Lenx seine Familie ermordet hat, das Profil der Familienmitglieder, die Form, wie er die Leichen hinterlassen hat, der Raum, den er dafür ausgewählt hat, die Waffe und die Kugel übereinstimmen, möchten Sie jetzt, Subinspectora Salazar, dass wir ihn als Täter ausschließen, weil Sie nicht wissen, was er in den letzten achtzehn Jahren getrieben hat?«

Amaia senkte den Kopf.

»Antworten Sie, Salazar«, forderte Dupree.

»Solange ich keine überzeugende Erklärung dafür habe, warum er erneut zum Mörder geworden ist«, sagte sie gepresst, »kann ich nicht davon ausgehen, dass Martin Lenx der Komponist ist.«

Eine unbequeme Stille breitete sich im Raum aus, die nur von dem leisen Brummen des Lautsprechers unterbrochen wurde, den sie benutzten, um Tucker und Emerson zu hören.

Schließlich war es Dupree, der das Wort ergriff. »Gut, machen wir uns wieder an die Arbeit, und zwar auf zwei Wegen: Einerseits betrachten wir den Komponisten als unabhängigen Täter, andererseits erarbeiten wir aber auch das Handlungsprofil von Martin Lenx und lassen im ganzen Land nach ihm fahnden. Wir suchen auch nach einer Verbindung zwischen den vom Komponisten ermordeten Familien und der Familie Lenx. Wir müssen alles unter die Lupe nehmen, was es über Martin Lenx gibt, seine sozialen Kontakte außerhalb seiner Familie, ob ihn vielleicht jemand zu seinem Apostolat gemacht hat, frühere Arbeitskollegen, Leute aus der Kirche ...«

Emersons Stimme klang nun laut und triumphierend. »Wir dürfen nicht vergessen, dass er auch ein Doppelleben geführt haben könnte, mit einer Geliebten, einer weiteren Ehefrau, außerehelichen Kindern oder sogar einer homosexuellen Beziehung. Etwas, was dafür sorgt, dass sich jemand, der sich für untadelig hält, schuldig fühlt. Genau das könnte seine zerstörerische Wut erneut ausgelöst haben.«

Dupree, der das Gespräch für beendet erachtete, stand auf. »Salazar, Sie kommen mit mir«, sagte er, bevor er den Raum verließ und zur Treppe ging. Die war der einzige Ort im Gebäude, wo sie unter sich sein konnten. Sie verband die Stockwerke der Notfallzentrale mit der Feuerwehrstation, und der immer stärker werdende Wind, der unten eindrang, sorgte wegen der undichten Fenster für heftigen Durchzug.

»Könnten Sie mir mal erklären, was da drin eben los war?«

Sie zuckte mit den Schultern. »Ich weiß nicht, was Sie meinen.«

»Sie wissen nicht, was ich meine? Was soll dieses Hin und Her schon wieder? In einem Moment stemmen Sie sich gegen uns alle, um Ihre Theorie zu verteidigen, ohne dass es Ihnen etwas ausmacht, dass Sie das ganze Team gegen sich aufbringen, und wenn Sie dann alle überzeugt haben und man Ihnen zustimmt, rudern Sie zurück.«

»Ich habe nur meine Ansichten erklärt, aber ich respektiere auch die meiner Kollegen.«

Er musterte sie. »Es ist wegen Lenx' Familie, stimmt's? Es fällt Ihnen leichter, anzunehmen, dass ein Serienmörder eine Familie nach der anderen tötet, als dass Martin Lenx seine *eigene* Familie umgebracht hat.« Dupree nickte, als wolle er so seine eigene Schlussfolgerung bestätigen. »Ein Mord an der eigenen Familie, an den eigenen Kindern ist am schwierigsten nachzuvollziehen. Diese Dinge, die er über seine Tochter geschrieben hat ...«

Dupree hielt inne, als wäre ihm plötzlich etwas bewusst geworden. Er schwieg für ein paar Sekunden, während sie betete, dass er fortfuhr, ohne in dieser Sache weiter nachzubohren.

Er tat ihr den Gefallen: »Aber das müssen Sie. Sie müssen es nachvollziehen, was nicht bedeutet, dass Sie es verstehen, denn ich glaube, dass Letzteres unmöglich ist oder ...« Er hielt erneut inne.

Sie schloss die Augen und atmete tief durch, um ihre Gefühle unter Kontrolle zu bringen. Natürlich war es wegen Lenx, wegen Martin Lenx und ihrer eigenen Mutter, weil die düsteren Gründe, die einen Vater oder eine Mutter dazu brachten, Mitglieder der eigenen Familie auszulöschen, über die Motive eines Mörders hinausgingen und in den Bereich des Dämonischen fielen. Weil Lenx' Drohungen und die Natur dieser Verbrechen die bereits erforschten Profile überstiegen und zu einem Gebiet zählten, das nur denen bekannt war, die diesen Teil der Hölle bereits kennengelernt hatten.

War es nicht das, was Dupree ihr in diesem Lokal gesagt hatte?

Ja, sie war bereits in diesem Teil der Hölle gewesen, sie kannte die Natur dieses Dämons, der wie der Teufel persönlich seine Macht daraus schöpfte, dass niemand von seiner Existenz wusste. Und an der Art und Weise, wie Dupree sie ansah, erkannte sie, dass er sie früher oder später durchschauen würde, dass er die Beute schon roch, dass ihm zwar noch nicht klar war, was es war, er aber wusste, auf der richtigen Fährte zu sein.

Der Wind pfiff heftig durch die undichten Fenster in ihrem Rücken, und der irritierende Laut lenkte Dupree von seinen Gedanken ab. Deutlich genervt ging er zu dem Schiebefenster und versuchte, es richtig zu schließen. Draußen bogen sich die jungen Bäume, die die Feuerwehrstation umgaben, und das Wasser des Sees wurde vom Wind gekräuselt.

Obwohl Dupree mit aller Kraft am Fenster zog und es sich etwas weiter schloss, ließ das lästige Pfeifen nicht wirklich nach. Also gab er sich geschlagen und wandte sich wieder Amaia zu.

»Joseph Andrews hatte recht. Sein Vater hat sich gewehrt, sodass der Mörder ihn mit der Waffe töten musste, die er bei sich trug. Mit derselben Munition und derselben Waffe, mit der er vor achtzehn Jahren seine Familie getötet hat. Das ist eine Tatsache. Sie haben uns gesagt, dass wir in der Vergangenheit nachforschen müssen, dass er nicht zum ersten Mal tötet. So sind wir auf Lenx gekommen. Und jetzt sagen Sie mir, ob Martin Lenx der Komponist ist!«

»Ich kann nicht erklären, was er in diesen achtzehn Jahren gemacht hat, und auch nicht, was ihn nach dem Mord an seiner eigenen Familie zu einem apostolischen Serienmörder gemacht hat, aber ... Ja, ich glaube, er ist es.«

Dupree nickte zufrieden.

»Ich hab Ihnen angesehen, dass Sie mit Tucker nicht einer Meinung waren, als sie die Mutmaßungen anstellte, wie sein Leben heute aussehen könnte.«

»Ich bin noch nicht in der Lage, mich in Martin Lenx hineinzuversetzen, und ich muss wissen, was in seinem Kopf vorgeht, bevor ich mir Gedanken darüber mache, was für ein Leben er jetzt führt.«

»Aber?«

»Vorher werde ich das nicht tun«, erklärte sie kategorisch.

Duprees Enthusiasmus schwand. Da waren sie wieder, diese Arroganz und der Stolz einer Königin. Oder einer Märtyrerin? Der letzte Gedanke beunruhigte ihn und ließ ihn die Stirn runzeln.

»Sind Sie denn in der Lage, Salazar, sich in dieses kranke Hirn hineinzuversetzen?«

Sie nickte.

»Dann machen Sie sich an die Arbeit! Vergessen Sie den Komponisten und konzentrieren Sie sich auf Lenx!«

Salazar wirkte erleichtert, als sie die schwere Tür aufdrückte, die das Treppenhaus von der Etage trennte.

Obwohl das Pfeifen des Windes noch stärker wurde, blieb Dupree noch eine Weile im Treppenhaus stehen und dachte nach. Dann trat er kurz in den Raum, der ihnen zur Verfügung gestellt worden war, und machte Johnson ein Zeichen, dass er ihm in das zugige Treppenhaus folgen sollte. Als er hörte, wie sich die Tür hinter seinem Kollegen schloss, drehte sich Dupree abrupt um und stand Johnson direkt gegenüber.

»Du hast mir gesagt, dass Salazar, kurz nachdem wir ihr gesagt haben, dass wir sie nach New Orleans mitnehmen, einen Anruf erhalten hat.«

»Ja. Da hattest du mir bereits mitgeteilt, dass sie mit uns kommt und dass alle dringenden Anrufe für sie erst ins Flugzeug und dann auf mein Telefon umgeleitet werden sollen, bis Salazar ein eigenes hat.«

»Weißt du, wer angerufen hat?«

Johnson nickte. »Die Telefonistin hat den Anruf zu mir durchgestellt, und ich musste sie bitten, ihn in eine der Kabinen umzuleiten, bevor sie Salazar Bescheid sagt. Es war ihre Tante aus Spanien. Die Telefonistin hat wohl gedacht, dass sie mir den Grund des Anrufs nennen muss, und hat mir erzählt, dass es Salazars Vater sehr schlecht geht, dass der Arzt ihm höchstens noch achtundvierzig Stunden gibt.«

Dupree sah seinen Kollegen nachdenklich an, und Johnson wusste nicht recht, wie er dessen Schweigen interpretieren sollte.

»Vielleicht hätte ich es dir sagen sollen. Jedenfalls hat es mich überrascht, dass Salazar nicht zurück nach Hause gereist ist. Aber andererseits hat sie nichts dazu gesagt, und da ich eigentlich gar nichts davon wissen wollte, war mir die Angelegenheit etwas unangenehm.«

»Mach dir keine Sorgen, du hast richtig gehandelt«, beruhigte Dupree ihn.

24

Nana. Alte Fotos

New Orleans, Louisiana
Sonntag, 28. August 2005

Nana besah sich den Himmel über dem Superdome. Die Wolken, die sich am Mittag gebildet hatten, führten zu einem Treibhauseffekt und hatten die Temperatur in die Höhe steigen lassen, und der Regen, der vor ein paar Stunden eingesetzt hatte, war lauwarm und sanft, als käme er aus einer Gießkanne. Niemand machte Anstalten, sich etwas überzuziehen, um nicht nass zu werden. Einige Leute blickten in den Himmel, als wäre der Regen für sie eine willkommene Dusche.

An den Stadiontüren nahmen einige Fernsehkameras das Geschehen auf. Es gab ein paar Familien mit sehr kleinen Kindern, doch die meisten waren alte Leute wie sie selbst, mit Krücken oder Gehstöcken, wie Nana seit der Operation einen benutzte, oder im Rollstuhl wie Seletha. Die Jüngeren stützten die Alten oder schoben die Rollstühle, während sie Federbetten und Kissen, die zum Schutz in großen Müllsäcken steckten, mit sich schleppten; einige Leute blieben stehen, um in die Kameras zu grüßen.

Nana dachte, dass das Schwierigste geschafft wäre, nachdem sie den Eingang zum Stadion überwunden hatten, doch nun drängten sich die Menschen in dem Durchgang zu den Zuschauerrängen, und sie verlor fast das Gleichgewicht. Bobby stützte sie am Ellbogen und zog sie zu sich zwischen die Griffe des Rollstuhls, in dem seine Mutter saß.

Über Lautsprecher wurden sie freundlich willkommen geheißen und gebeten, sich einen Platz zu suchen und die Gänge möglichst schnell zu verlassen, damit diejenigen, die noch draußen im Regen standen, nachfolgen konnten.

Nana seufzte, während um sie herum plötzlich applaudiert wurde. Verwirrt hob sie den Kopf und sah Bobby fragend an.

»Es wurde gerade durchgesagt, dass die Stadtverwaltung Lebensmittel hergebracht hat, damit wir heute Abend etwas zu essen haben«, erklärte er lächelnd. »Es wird alles gut werden, Nana.«

Sie versuchte zu lächeln.

Am Mittag hatte Bobby vor ihrer Tür gestanden. »Nana, Bürgermeister Nagin hat zwingende Evakuierung angeordnet, und der nationale Wetterdienst spricht von einem Hurrikan der Kategorie fünf. Im Fernsehen haben sie den ganzen Morgen über alte Bilder von den Verwüstungen gezeigt, die Betsy damals angerichtet hat, und da kann man wirklich Angst bekommen. Ich weiß, dass ich gesagt habe, dass wir zu Hause bleiben, aber jetzt denke ich, dass es doch vernünftig wäre zu gehen.«

Nana hatte bekümmert genickt. Hinter ihr auf dem Fernsehbildschirm tobte Katrina über dem Golf von Mexiko.

»Betsy war Kategorie vier«, flüsterte sie.

»Wir werden die Nacht im Superdome verbringen; viele Leute gehen dorthin. Angeblich gibt es dort einen medizinischen Dienst und Ambulanzen für den Fall, dass die Lage schwierig wird. Ich warte darauf, dass mein Cousin Gabriel kommt und mir hilft, Mama herunterzutragen, und dann machen wir uns auf den Weg. Ich habe Wasser, etwas zu essen und ein paar Decken vorbereitet. Pack deine Medikamente ein und was du sonst noch brauchst.«

Nana hatte die Tür geschlossen und war zur Anrichte in der Küche gegangen, hatte sie geöffnet und ein Album mit dicken blauen Deckeln herausgenommen, es mit einer Hand an die Brust gedrückt und sich mit der anderen Hand auf den Stock gestützt. In den letzten Stunden war die Feuchtigkeit in der Luft angestiegen, was die Folge hatte, dass ihre Hüfte knirschte wie altes Holz.

Sie hatte das Album auf den Tisch gelegt, es seufzend aufgeschlagen und sich hingesetzt. Lange Zeit über hatte sie die gefalteten Zeitungen zwischen der Bettwäsche aufbewahrt, bis sie vor fünf oder sechs Jahren beschlossen hatte, die vergilbten Artikel auszuschneiden und sie unter der schützenden Folie in das Album zu kleben. Das hätte sie schon früher tun sollen. In der langen Zeit zwischen den Bettlaken waren die Fotos verblichen, und das Papier war arg zerknittert.

Fast alle Artikel stammten aus *The Times-Picayune*, einer der ältesten Zeitungen der Stadt.

Nana strich mit dem Finger über die Plastikfolie, die jene Worte schützte, die sie längst auswendig kannte. Dennoch beugte sie sich vor, um sie zu lesen.

BETSY SORGT FÜR UMFANGREICHSTE EVAKUIERUNG
IN DER GESCHICHTE DES LANDES

Beinahe eine halbe Million Menschen fliehen im Süden Louisianas vor dem Unwetter …

BILLION-DOLLAR BETSY, DER TEUERSTE HURRIKAN
IN DER GESCHICHTE DER USA

Betsy wird die zweifelhafte Ehre zuteil, der erste Hurrikan in der Geschichte der USA zu sein, der mehr als eine Milliarde Dollar Schaden verursachte …

Nanas Finger hielt auf einem der Zeitungsausschnitte inne.

ERMITTLUNGEN IM FALL DER SECHS WÄHREND DES
HURRIKANS VERSCHWUNDENEN MÄDCHEN DAUERN AN

Zu den zwei Dutzend Menschen, die seit dem Unwetter vermisst werden, müssen diese sechs Mädchen hinzugerechnet werden, deren Verschwinden die Polizei jedoch nicht mit dem Hurrikan in Verbindung bringt ...

DIE LEICHEN VON DR. DUPREE UND SEINER FRAU
UNTER DEN TRÜMMERN EINES GEBÄUDES GEFUNDEN

Dr. John Dupree und seine Frau Marion, die ihn als Krankenschwester unterstützte, kamen gerade von einem Notfalleinsatz zurück, als sie in ihrem Auto unter den Trümmern eines im Unwetter zerstörten Gebäudes begraben wurden. Aufgrund der hohen Temperaturen, die auf das Wüten des Hurrikans folgten, befanden sich ihre Leichen, als sie gefunden wurden, bereits im Zustand fortgeschrittener Verwesung ...

DAS VERSCHWINDEN DER SECHS MÄDCHEN AUS TREMÉ
WIRD ALS ENTFÜHRUNGSFALL EINGESTUFT

Während des Unwetters holte eine Gruppe angeblicher Notfallhelfer die Mädchen aus dem Haus, von denen seitdem jede Spur fehlt. Die Minderjährigen, die von einem Kindermädchen betreut wurden, waren während des Hurrikans zu Hause geblieben. Bei einem der verschwundenen Mädchen handelt es sich um die Tochter des Kindermädchens, ein anderes ist ihre Nichte. Die Frau und ihr Neffe, der gleichzeitig der Cousin von zwei der sechs Entführungsopfer ist, sind die einzigen Zeugen ...

KEIN WIRBELSTURM WIRD MEHR DEN NAMEN »BETSY« ERHALTEN

Ein Jahr nach dem Verschwinden der »Sechs aus Tremé« stellt die Staatsanwaltschaft die Ermittlungen ein und erklärt die Mädchen zu Opfern des Hurrikans. Damit sind sie den siebenundvierzig nach dem Hurrikan verschwundenen und bereits offiziell für tot erklärten Personen hinzuzurechnen ...

Nana blätterte mehrere der dicken Seiten um bis zu einer Stelle, an der eine alte Fotografie im Album lag. Darauf war ein heranwachsendes Mädchen zu sehen, das in die Kamera lächelte. Ihr lockiges dunkles Haar reichte ihr bis auf den Rücken.

Dieses Foto hatten sie nach ihrem Verschwinden für die Suchplakate verwendet. Die Polizei hatte es Nana ziemlich ramponiert zurückgegeben, und nach all der Zeit war es stark vergilbt, doch all das hatte dem lebhaften Glitzern in den Augen des Mädchens nichts anhaben können.

Genauso wie es ihr all die Jahre über mit den Zeitungen gegangen war, widerstrebte es Nana, das Foto unter die schützende Folie zu kleben. Sie hatte das Bedürfnis, es zu berühren, was ihr auf irgendeine Art das Gefühl gab, dem Mädchen nahe zu sein. Hinter Plastik oder Glas wäre es zu einer Reliquie geworden, was sie für ihre Tochter nicht wollte. Nana hatten sie nicht zu Grabe tragen können, also wurde ihr Foto auch nicht in eine Urne oder hinter Glas verbannt.

Sie hob den Blick und sah sich um. Obwohl Nana sich geschworen hatte, immer an diesem Ort auf sie zu warten, musste sie nun gehen. Auf der Fensterbank in der Küche stand ihre blaue Tasche; darin waren ihre Papiere, etwas Geld und ihre Medikamente. Dann schaute sie wieder auf das Foto, und als wollte sie ein Kind in die Arme nehmen, griff sie mit beiden Händen danach und drückte es an sich.

Sie schloss das Album, das sie nicht wieder wegbrachte, sondern einfach auf dem Tisch liegen ließ. Das Foto schob sie unter ihre Kleidung, sodass es direkt an ihrem Busen lag, nahm ihren Stock und die blaue Tasche, verließ ihr Haus und schloss die Tür sorgfältig ab.

25

Musculus orbicularis

New Orleans, Louisiana

Amaia betrachtete die Fotos, die zu dem Bericht gehörten. Die der beiden Jungen schienen aus dem Jahrbuch der Schule zu stammen. Auch von ihrem Vater gab es ein einzelnes Bild, die Mutter dagegen war nur auf dem Gruppenfoto der Familie zu sehen. Dieses Bild, auf der die ganze Familie Lenx in die Kamera schaute, sah sie sich ganz genau an.

Martin war ein unscheinbarer, blasser Mann. Alles an ihm, von dem strengen Krawattenknoten bis zum gestärkten blütenweißen Hemdkragen, zeugte von peinlicher Genauigkeit und Penibilität. Er bemühte sich um eine möglichst respektable und intelligente äußere Erscheinung, die von der Professorenbrille abgerundet wurde. Das Abbild eines Mannes, der alles unter Kontrolle hatte, doch der übermäßige Eifer, der ihm anzusehen war, sprach dagegen und ließ hinter dem akkurat gekämmten Haar und den gepflegten Fingernägeln die Unsicherheit eines kastrierten Charakters durchscheinen.

Unter dem Einfluss seiner strengen Eltern stehend, war er nicht in der Lage gewesen, seiner Familie ein eigenes Heim zu bieten, die darum im Haus seiner Mutter lebte. Amaia war sich sicher, dass er dies als erniedrigend empfand, sodass er, weil er sich dem mütterlichen Einfluss nicht entziehen konnte, eine Ehefrau gewählt hatte, die mit der von der Schwiegermutter abgeschauten Frisur schüchtern in die Kamera blickte.

Bei den Kindern sah das anders aus. Sie lächelten sorglos und aufrichtig und schienen glücklich. Das Mädchen trug die wilde rothaarige Mähne offen, und ihr Lächeln wirkte warm und zuversichtlich. Amaia fiel auf, dass sie ein wenig Lippenstift aufgetragen hatte, was einen krassen Gegensatz zu ihrem schlichten, langweilig geschnittenen Kleid bildete. Amaia war sicher, dass sie sich nur für das Foto so geschminkt hatte, und sah im Geiste, wie das Mädchen den Lippenstift vor dem Spiegel im Badezimmer anschließend abwischte.

Alle sahen geradeaus in die Kamera, außer Martin, der leicht seitlich stand.

Amaia klickte das Bild auf dem Monitor an, auf dem nur er zu sehen war und das anscheinend vom selben Tag stammte, denn er trug denselben Anzug und hatte dieselbe Krawatte umgebunden, und Amaia fiel auf, dass er auch in der gleichen Haltung posierte wie auf dem Gruppenfoto: genauso steif, die Schultern leicht nach hinten gezogen, das Kinn etwas zu weit angehoben, selbst die Falten in der Kleidung stimmten überein. Nur der Mund war anders. Auf dem Familienfoto waren seine Lippen zu einer dünnen Linie zusammengepresst; auch auf dem Einzelporträt war der Mund geschlossen, die Lippen wirkten jedoch entspannt und zeigten beinahe den Anflug eines Lächelns.

Amaia vergrößerte das Bild, bis sie unten am Rand die Signatur erkennen konnte. *Clayton Gray, Fotograf.*

Die Leitung, über die sie eine knappe Stunde zuvor mit Emerson und Tucker telefoniert hatten, war einer der Notfallnummern zugeordnet. Daher hatte es in den letzten Minuten ununterbrochen geklingelt, bis sie schließlich entschieden hatten, auf den

Anschluss zu verzichten. Daher gab sie die Nummer nun in das Handy ein, das Dupree ihr gegeben hatte.

Clayton Gray arbeitete noch, wie er ihr ungefragt berichtete, allerdings nicht mehr lange, wie er hoffte, weil es ihm, ehrlich gesagt, bereits ziemlich schwerfiel, morgens aus dem Bett zu kommen, daher würden seine Töchter das Geschäft übernehmen. Amaia ahnte, dass er lächelte, als er das sagte.

Natürlich erinnere er sich an die Familie Lenx. Es gebe wohl niemanden in Madison, der sie vergessen hatte. Ja, er hatte das Foto von ihnen gemacht, ein typisches Familienfoto, wie es zu jener Zeit in Mode war. Zwischen den 1960er- und 1980er-Jahren waren derartige Bilder für die Familien der Mittelschicht das, was während der Renaissance die in Öl gemalten Porträts für die Adligen waren. Seit der Erfindung der Digitalkameras jedoch wurden Fotografen wie Gray nur noch selten engagiert, wobei es Gelegenheiten gab – wie zum Beispiel Hochzeiten –, bei denen die Arbeit eines guten Fotografen durchaus noch geschätzt wurde.

Nein, die Polizei habe ihn nie zu den Fotos befragt.

Ob er sich an etwas erinnere, was ihm damals aufgefallen war?

»Meine Frau meint, dass ich anstatt Fotograf besser Psychologe geworden wäre«, sagte er lachend. »An der Art, wie ein Paar für seine Hochzeitsfotos posiert, kann ich ziemlich genau erkennen, ob die beiden zwei Jahre später noch zusammen sein werden. Ich glaube nicht, dass man auf der Universität lernen kann, wie man die Haltung, die jemand für ein Foto einnimmt, interpretiert. Was man an der Haltung der Hände erkennen kann und vor allem am Mund. Der Mund verrät mir noch mehr als die Augen, die ja als Spiegel der Seele gelten.«

Amaia lächelte, bevor sie antwortete. »Na ja, da hat Ihre Frau nicht unrecht. Das nennt man nonverbale Kommunikation, ein sehr gefragtes Spezialgebiet.«

»Ich werde mich daran erinnern, wenn mir im Ruhestand die Bettdecken zu schwer werden. Vielleicht schreibe ich mich dann an der Uni ein.« Er lachte erneut.

»Wissen Sie noch, wann die Fotos aufgenommen wurden?«

»Also denken Sie nicht, dass ich das Gedächtnis eines Elefanten habe, aber in den meisten Fällen kann ich das Datum, wann ein Foto entstanden ist, ziemlich genau sagen. Und um ganz sicher zu sein, reicht ein Blick in den Kalender, die habe ich nämlich alle aufbewahrt. Aber im Fall der Familie Lenx ist das nicht nötig. Die Fotos habe ich zwei Monate vor dem schrecklichen Ereignis gemacht. Martin, der Vater, war dreimal in meinem Geschäft, bevor er sich für mich entschieden hat. Er war sehr pedantisch und anspruchsvoll. Normalerweise zeigt man den potenziellen Kunden ein Album mit ausgesuchten Arbeiten, aber er hat außerdem noch verlangt, das Studio zu sehen, die verschiedenen Bildhintergründe und hat sogar noch die Beleuchtung begutachtet. Als er mit seiner Familie kam, war alles bis ins kleinste Detail entschieden, auch wer sich wo hinsetzen sollte.«

»Man könnte also sagen, dass er gern alles unter Kontrolle hatte«, meinte Amaia.

»Na ja, viel gebracht hat es nicht. Am Anfang lief alles gut. Sie stellten sich auf, und ich hab ein paar Probeaufnahmen gemacht. Aber Martin Lenx war nicht zufrieden. Er hat alle immer wieder umgestellt, insgesamt achtmal. Den Kindern schien das Spiel zu gefallen, aber die Frau war ziemlich genervt. Dann hat Mr. Lenx vorgeschlagen, den jüngsten Sohn nicht mit aufs Foto zu nehmen, aber da hat seine Frau protestiert, und obwohl sie sehr schüchtern und zurückhaltend war, hat ihr Mann dann nicht auf seinem Vorschlag bestanden. Das Foto, das sie genommen haben, das später auch in den Zeitungen abgedruckt wurde und das Sie jetzt haben, ist das erste Bild, das wir gemacht haben. Die anderen Bilder habe ich nicht aufbewahrt; weil ich keine Verwendung dafür hatte, hab ich sie vernichtet. Aber das Foto, das ich gerade vor mir habe, spricht meiner Meinung nach Bände.«

»In Ordnung, Mr. Gray, dann sagen Sie mir, was Sie auf diesem Foto sehen«, bat Amaia.

»Schauen Sie sich mal Martin Lenx' Mund an. Der sieht aus wie die Kerbe einer Axt.«

Amaia nickte, denn sie hatte genau das Gleiche gedacht.

»In meinen vierzig Berufsjahren habe ich oft solche Münder gesehen. Ich nenne es das ›Syndrom der enttäuschten Braut‹.«

»Das ›Syndrom der enttäuschten Braut‹? Warum?«

»Weil es nicht so ist, wie er es sich ausgemalt hat, wie bei einer von der Ehe enttäuschten Braut. Und der Gesichtsausdruck der Ehefrau spricht ebenfalls Bände. Sie ist bestürzt, weil sie weiß, dass es nicht gut läuft; ihr ist bewusst, dass ihr Mann wütend ist, was jedoch nur die Spitze des Eisbergs ist, bei allem, was in ihrer Beziehung schiefläuft. Aber in diesem Moment übersteigt es ihre Kräfte, sich dem zu stellen. Sie tut so, als wäre nichts, und posiert für das Foto, sieht dabei aber aus wie ein Lamm auf der Schlachtbank. So etwas habe ich auch mehr als einmal erlebt.«

»Glauben Sie, dass Lenx damals entschieden hat, was er anschließend tat?«

»Ich weiß es, weil er mir erzählt hat, was nachher auch in den Zeitungen stand, nämlich, dass er davon ausging, in Kürze eine leitende Stellung in einer Bank zu bekommen. Meiner Meinung nach sollte das Familienfoto seine neue gesellschaftliche Stellung repräsentieren. Aber wie ja bekannt ist, hat er wenige Tage später erfahren, dass er die Stelle doch nicht bekommen würde. Doch schon während des Fototermins ist irgendwas in ihm vorgegangen. Die Art und Weise, wie er die Kinder immer wieder neu positioniert hat, erinnerte schon fast an ›Reise nach Jerusalem‹, und dann wollte er eins der Kinder nicht mal mehr auf dem Foto haben, als wollte er es eliminieren.«

Ein heftiger Windstoß ließ das Gebäude erzittern, und irgendwo zerbrach ein Fenster. Dem Lärm folgten ein paar ängstliche Schreie und einige deftige Flüche.

»Um Himmels willen, was war denn das?«, fragte Clayton Gray, der am anderen Ende der Leitung alles mitbekommen hatte.

»Der Hurrikan, Mr. Gray. Ich rufe aus New Orleans an.«

»Dann war das Katrina, ja? So heißt er doch, der Hurrikan, stimmt's? Und was machen Sie da, meine Liebe?«

Amaia atmete tief durch und versuchte ihre Gedanken zu ordnen. »Ich habe hier auch ein Porträt von Martin Lenx ohne die anderen«, nahm sie den Faden wieder auf, ohne Mr. Grays Frage zu beantworten. »Das ist wahrscheinlich am selben Tag entstanden.«

»Wundert mich nicht, dass Sie das denken, weil er dieselbe Kleidung trägt. Aber ich habe dieses Foto erst zwei Tage später gemacht. Martin Lenx kam zu mir und erklärte mir, dass er auch noch ein Porträt nur von sich selbst haben wollte. Das war der kürzeste Fototermin meines Lebens. Er kam rein, stellte sich hin, und ich hab nur einmal den Auslöser betätigt. Er hat nicht zugelassen, dass ich noch weitere Fotos mache. Er meinte, dieses eine sei perfekt.«

Amaia sah in dem achtzehn Jahre alten Kalender nach, den Johnson ihr gegeben hatte. Zwei Tage nach dem Familienfoto. An dem Tag, an dem die Bank Martin Lenx mitgeteilt hatte, dass er die Stelle nicht bekommen würde, und einen Tag bevor er den Waffenschein beantragt hatte. An diesem Tag hatte er das perfekte Foto von sich machen lassen, auf dem nur er zu sehen war.

Sie verabschiedete sich von Mr. Gray, der ihr zum Abschluss dringend riet, so schnell wie möglich aus New Orleans zu verschwinden.

Amaia hatte gerade aufgelegt, da ertönten in der Feuerwehrstation die Alarmsirenen. Sie hob den Kopf und stellte fest, dass sich in den Straßen noch andere Sirenen in den durch den Sturm verursachten Lärm mischten.

Auch Johnson hatte seine Arbeit unterbrochen. Sie sah ihn überrascht an, woraufhin er auf das Zifferblatt seiner Uhr wies und mit den Lippen das Wort »Ausgangssperre« formte. Amaia nickte, senkte den Kopf und konzentrierte ihre Aufmerksamkeit wieder auf das Foto von Martin Lenx.

Sie vergrößerte das Bild erneut. Die Mundwinkel waren leicht nach oben gezogen. Zweifellos ein zurückhaltendes, heimliches Lächeln.

Es gab viele verschiedene Arten zu lächeln, und die meisten davon waren gespielt: das Lächeln, wenn man für ein Foto posierte oder wenn jemand einen deplatzierten Scherz machte; das unbehagliche Lächeln nach einem unglücklichen Kommentar; das verführerische Lächeln, wenn man sich von jemandem sexuell angezogen fühlte; das sarkastische Lächeln, das typisch für Politiker war, wenn ihnen eine unbequeme Frage gestellt wurde. Und dann gab es noch das authentische, das glückliche Lächeln.

Amaia erinnerte sich, wie sie als Kind zu lächeln versucht hatte, wenn sie traurig war, um ihre Tante zu beruhigen, die dann jedes Mal gesagt hatte: »Amaia, du kannst mich nicht täuschen, denn du lächelst nicht mit den Augen.« So hatte Engrasi auf ganz einfache Art das sogenannte Duchenne-Lächeln erklärt, die Physiologie des aufrichtigen Lächelns.

Sie vergrößerte das Foto noch etwas mehr, um die Augen von Martin Lenx ohne seinen Mund zu betrachten. Sogar durch die Brillengläser hindurch konnte Amaia das Signal erkennen, das sie brauchte. Die Anspannung des *Musculus orbicularis* sorgte dafür, dass die Wangen sichtbar nach oben gezogen wurden, wobei sich kleine Fältchen um die Augen bildeten. Psychopathen waren Spezialisten darin, menschliche Gefühle zu imitieren, aber sie hatte noch keinen kennengelernt, der seinen *Musculus orbicularis* kontrollieren konnte.

Auf diese Weise fand sie Zugang zu dem Bewusstsein dieses Mannes, und sie erkannte, warum Mr. Lenx mit diesem Foto sofort zufrieden gewesen war. Denn genau in diesem Moment war er glücklich gewesen, wirklich glücklich.

26

Siegeslächeln

Elizondo

Engrasi überquerte den Baztán an der Calle Mendinueta, bog in die Calle Braulio Iriarte ein und folgte dem Lauf des Flusses. Ihr Haus – das Haus, in dem sie lebte, seit sie aus Paris zurückgekommen war – lag etwa auf halber Höhe der Straße. Die dicken Steinwände schützten es vor der Feuchtigkeit des Flusses, der direkt am Haus vorbeifloss. Die Calle Braulio Iriarte trug ihren Namen zu Ehren eines Ortsbewohners, der nach Lateinamerika ausgewandert war und in Mexiko mit einer Bierbrauerei ein Vermögen gemacht hatte. Jahre später war er zurückgekehrt und in Elizondo zu einem großen Wohltäter geworden. Doch bevor die Straße nach diesem Herrn benannt wurde, hieß sie Calle del Sol, was ein einfacher Name war, aber vollkommen logisch, wenn man bedachte, dass die Straße wegen ihrer südlichen Lage diejenige im Ort mit den meisten Sonnenstunden war. Das war in vergangenen Zeiten, in der die Sonne die einzige Lichtquelle und die Dunkelheit gefährlich war, lebenswichtig gewesen.

Engrasi war in Gedanken, erfreute sich am Glitzern der Sonne auf der unruhigen Oberfläche des Flusses und genoss ihre wärmenden Strahlen, die sie durch die Kleidung hindurch auf der

Haut spüren konnte. Deshalb sah sie Rosario erst, als sie beinahe direkt vor ihr stand.

Die Schwägerin trug ein elegantes beigefarbenes Kostüm, Schuhe mit halbhohem Absatz und eine braune Tasche mit kurzem Henkel, die auf Ellbogenhöhe an ihrem Arm hing. Ihr perfekt frisiertes Haar schimmerte mahagonifarben. Sie stand vor Engrasis Tür, und als Rosario sie kommen sah, lächelte sie. Es war ein strahlendes Lächeln mit beinahe bis zu den Wangenknochen hochgezogenen Mundwinkeln. Als wollte sie ihrer Schwägerin die letzten Zweifel nehmen, zog sie die Sonnenbrille aus, sodass Engrasi die kleinen Fältchen um ihre Augen sehen konnte, die darauf hinwiesen, dass es sich wirklich um ein rein glückliches Lächeln handelte.

Engrasi blieb abrupt stehen. Sie hatte keine Angst vor Rosario, aber dieses gewinnende und diesmal durchaus glaubwürdige Lächeln irritierte sie zutiefst. Seit der Erfahrung, die sie mit ihrem Bruder gemacht hatte, vertraute sie ihrer Intuition noch mehr als zuvor, und als Rosario ihr in den Weg trat, hatte sie das Gefühl, einem Wolf zu begegnen.

»Was machst du denn hier, Rosario?«

»Freust du dich nicht, mich zu sehen, meine liebe Schwägerin?«

»Nein«, antwortete Engrasi schlicht.

Rosario setzte sich die Sonnenbrille wieder auf. »Es gibt keinen Grund, unhöflich zu sein. Es ist schon etwas her, dass wir beide zuletzt miteinander geredet haben. Wie lange? Drei Jahre? Und ich hab mir gedacht, dass es mal wieder an der Zeit dafür ist.«

Engrasi stand unbeweglich vor ihr und sah sie an. »Was willst du, Rosario? Warum bist du hier?«

Rosarios Lächeln wurde noch breiter, soweit das überhaupt möglich war. »Juan hat mir von eurem Gespräch erzählt.«

Engrasi rührte sich nicht.

»Ich muss sagen, ich habe dich unterschätzt, liebe Schwägerin. Nicht dass ich dir Böses unterstelle, versteh mich nicht falsch. Ich kenne mich mit Psychiatern und Psychologen und ihren kleinen Psychospielchen nicht aus. Um ehrlich zu sein, waren sie für mich immer eine Bande dummer Spinner, die sich für den Nabel der Welt halten.« Rosario zuckte mit den Schultern und machte einen Schmollmund, der in einer anderen Situation kokett gewirkt hätte. »Also entschuldige ich mich bei dir, liebe Schwägerin. Du bist wirklich sehr schlau.«

Engrasi schüttelte den Kopf, presste die Lippen zusammen und sah die Frau vor ihr prüfend an. Ihre aufgesetzte Höflichkeit konnte sie nicht täuschen; diese vorgespielte Freundlichkeit war voller Gift.

Rosario trat noch einen Schritt auf sie zu und berührte in einer vertraulichen Geste leicht ihren Arm. »Ich mache dir keine Vorwürfe, Engrasi, denn ich weiß, dass es zum Teil meine Schuld ist. Ich habe es dir leicht gemacht. Trotzdem muss ich zugeben, dass du wirklich clever reagiert hast. Du hast die Gelegenheit am Schopf gepackt.«

»Ich weiß nicht, von welcher Gelegenheit du sprichst, sondern nur, dass ein Mann mit einem halb toten, völlig verängstigten Kind in den Armen an meiner Tür geklingelt hat.«

Rosario zuckte erneut mit den Schultern und hob die Hände, als wollte sie Engrasis Worte als unwichtig abtun. »Wie ich schon gesagt habe, Schwägerin, es gibt keinen Grund, unangenehm zu werden. Ich habe gedacht, dass ein Gespräch mit einer Psychologin sicher nicht so schwer sein wird.« Sie lächelte, als handelte es sich um einen Scherz, wurde aber sofort wieder ernst, als sie sagte: »Was ich meine, Engrasi, ist, dass ich damals nicht logisch gehandelt habe. Aber das hat sich geändert, denn die Behandlung, der ich mich nun unterziehe, tut mir gut.« In vertraulichem Ton fügte sie hinzu: »Denk nicht, dass das immer so war. Am Anfang habe ich mich dagegen gewehrt. Allerdings muss ich zu meiner Verteidigung sagen, dass es mir zunächst sehr schlecht ging, als ich die Tabletten genommen habe; ich war immer müde und habe mich sowohl körperlich als auch geistig wie gelähmt gefühlt. Es war furchtbar, liebe Schwägerin, das musst du verstehen, denn ich hatte eine panische Angst, dass diese Tabletten meine Persönlichkeit verändern, und was ist man letztendlich schon ohne seine Persönlichkeit!«

Engrasi verschränkte die Arme vor der Brust, ohne den Blick von Rosario abzuwenden. Sie hatte allmählich genug von dieser Show, war jedoch auch neugierig, wohin das Ganze führen sollte.

»Aber all das gehört jetzt der Vergangenheit an, denn Dr. Hidalgo hat endlich die richtige Dosis für mich gefunden. Ich fühle mich gut, Engrasi, hervorragend, würde ich sogar sagen. Die Tabletten helfen mir, klar zu denken. Wenn ich sie nehme, bin ich in der Lage zu kontrollieren, was ich tue, ohne dass mir das Denken schwerfällt, und was noch wichtiger ist …« Sie schob sich die Brille auf die Nase, damit Engrasi ihre Augen sehen konnte. »… ohne meine Persönlichkeit zu verändern. Ich bin immer noch dieselbe.«

Da war der Wolf.

Nun war es Engrasi, die einen Schritt näher trat und sich erlaubte, eine Hand auf Rosarios Arm zu legen. »Das freut mich sehr für dich, meine liebe Schwägerin«, äffte sie Rosarios Tonfall höhnisch nach. »Aber es ist mir völlig schnuppe, ob du diese Medikamente nimmst oder sie die Toilette runterspülst, denn es ändert nichts.«

Rosarios Lächeln erlosch, und sie umfasste Engrasis Hand mit der ihren. »Da irrst du dich, es ändert *alles*. Wie ich gesagt habe, war mein Handeln vorher nicht logisch, nicht von gesundem Menschenverstand bestimmt. Versteh meine Worte nicht falsch, ich habe immer gewusst, was ich tun musste, war aber nicht in der Lage einzuschätzen, wann der richtige Moment dafür gekommen war. Jetzt dagegen weiß ich, was ich wann zu tun habe.« Sie drückte Engrasis Hand fest zusammen. »Und wenn ich seit der Geburt dieses Kindes eines weiß, dann, dass uns allen ein Schicksal vorbestimmt ist, Engrasi, und Amaia wird das ihre erfüllen so wie ich das meine.«

Entsetzt von so viel Bösartigkeit, zuckte Engrasi zurück und entriss Rosario ihre Hand.

»Verrücktes Miststück!«, zischte sie, keuchend vor Entsetzen.

»O mein Gott!«, sagte Rosario mit gespielter Enttäuschung. »Das hätte ich von jedem anderen erwartet, aber nicht von dir, Engrasi! Schließlich bist du Psychologin!«

Engrasis Hände zitterten so sehr, dass sie sie hinter ihrem Rücken verschränkte, damit Rosario es nicht sah. »Ich lasse die Kleine nie wieder zu dir. Sie wird bei mir bleiben, und dafür bin ich zu allem bereit. Geht vor Gericht, wenn ihr wollt.«

Rosario lächelte amüsiert und schüttelte den Kopf. »Niemand wird vor Gericht gehen.« Sie blickte sich um. »Ich will gar nicht daran denken, was das für einen Skandal gäbe, jetzt, nachdem ich eure lumpige Keksbäckerei ans Laufen gebracht habe. Nein, das nicht.«

Engrasi war irritiert. »Was dann?«

Rosario ging an ihr vorbei und zur Straße, als wäre ihr Gespräch beendet. Doch dann drehte sie sich mit einem siegessicheren Lächeln noch einmal um. »Ich habe dir ja gesagt, dass ich wieder klar denken kann. Jetzt weiß ich in jedem Moment, was ich zu tun habe.«

Engrasi blieb reglos vor ihrem Haus stehen, bis ihre Schwägerin verschwunden war. Sie war froh, dass auch Rosario sie nicht mehr sehen konnte, denn die Schlüssel fielen ihr zweimal aus der Hand, bevor es ihr gelang, die Haustür aufzuschließen. Hastig trat sie ein und schloss die Tür, um sich von innen mit dem Rücken dagegen zu lehnen, als wolle sie diese verbarrikadieren. In ihrem ganzen Leben hatte sie noch nie solche Angst gehabt.

27

Kratzspuren

New Orleans, Louisiana
Sonntag, 28. August 2005, in der Abenddämmerung

Dupree trat zusammen mit zwei uniformierten Polizisten in den Raum.

»Johnson, Salazar, das sind die Officers Elliott und Case von der Galveston Police«, sagte er, während die Uniformierten den beiden zunickten. »Sie sind mehr als sechs Stunden gefahren, um uns die Originalfotos vom Tatort im Haus der Andrews zu bringen.« Er hob den mittelgroßen Karton in seinen Händen an.

»Um Himmels willen!«, sagte Johnson. »Sie sind trotz der Hurrikan-Warnung hierhergefahren? Seit einer Stunde gilt hier Ausgangssperre!«

Die Officers drehten die Hüte in ihren Händen und sahen sich an, bevor Case antwortete:

»Wir hätten nicht gedacht, dass es so schlimm kommen würde. Und Captain Reed hat gesagt, dass es wichtig ist.«

Johnson lächelte. Der arme Mann meinte auch noch, sich entschuldigen zu müssen, als ob das ein Vorwurf gewesen wäre. »Das stimmt. Aber wir hätten nie damit gerechnet, dass Sie während eines Hurrikans herkommen.«

»Wir sind Ihnen wirklich dankbar«, meinte Dupree, »aber jetzt können wir Sie nicht mehr zurückfahren lassen. Sie werden während des Sturms hierbleiben müssen.«

Die beiden Männer sahen einander erneut an, und nun wirkten sie deutlich zufrieden. »Kein Problem, in den Nachrichten haben sie gesagt, dass dieser Hurrikan der Hammer ist.«

Johnson schaltete das Aufnahmegerät ein.

»Es gibt fünf verschiedene Fachleute, die bei der Untersuchung des Tatorts nicht fehlen dürfen: ein Fotograf, ein Zeichner, der einen Plan des Tatorts erstellt, ein Spurensicherungsspezialist, ein Gerichtsmediziner und ein Experte für kriminalistische Chemie«, zählte Johnson auf, der im Raum auf und ab ging und sich nacheinander die zweihundertzweiundzwanzig zu dem Bericht gehörenden Bilder ansah, während Bill Charbou und Jason Bull zusammen mit Amaia sämtliche Fotos auf dem Konferenztisch ausbreiteten. »Und aus der ausführlichen fotografischen Dokumentation lässt sich schließen, dass in dem Team, das den Tatort des Verbrechens an der Familie Andrews untersucht hat, all diese Experten zugegen waren.«

Sämtliche Deckenleuchten sowie ein paar Tischstrahler, die Dupree eilig in der Feuerwehrstation besorgt hatte, erhellten die makabren Fotos auf dem großen Tisch. Die Aufnahmen verdeutlichten die verschiedenen Phasen des gewaltsamen Todes, und die darauf vorherrschenden Farben waren neben Violett matte, schmierige Grau-, Blau- und Brauntöne, die den Eindruck vermittelten, als wären die Bilder in einem Autopsiesaal entstanden.

Amaia war offenbar nicht die Einzige, die so empfand, denn sie bemerkte, dass Charbou und Bull ungewöhnlich schweigsam waren. Sie war sich sicher, dass sie in ihrem Job schon vieles gesehen hatten, aber während sie ihr halfen, das Material auf dem Tisch zu verteilen, wirkten sie ehrlich erschüttert.

Bei den Fotos handelte es sich in den meisten Fällen um Großaufnahmen von Blutstropfen, Fäden, die aussahen wie Haare, oder Fingerabdrücke. Die nummerierten Asservatentaschen und die angegebenen Maße machten das, was auf den Bildern zu sehen war, zu etwas Technischem, das jeder Menschlichkeit entbehrte, doch die aus größerer Perspektive aufgenommenen Fotos, die nebeneinander aufgereihten Köpfe der Familienmitglieder, die Blutlachen unter ihren Körpern, die Großaufnahmen von ihren Gesichtern, das war etwas anderes.

Bill und Bull mochten harte Kerle sein, die Auseinandersetzungen mit Drogendealern, Faustkämpfe, Bandenkriege und Leichen auf der Straße gewohnt waren. Die Härte und Brutalität der täglichen Gewalt waren ekelhaft und abstoßend, Serienmorde jedoch hatten etwas Krankhaftes, etwas Abartiges, das zugleich erschreckend und verstörend war.

Dupree hatte recht: Für jeden, der selbst eine Familie hatte, bedeutete der Blick in das kranke Hirn eines solchen Mörders, die Hölle zu sehen. Die beiden Detectives taten Amaia leid, weil sie wusste, dass für jemanden, der sich mit einem Serienmord befasste, anschließend nichts mehr so war wie zuvor. Sie würden die Menschen und sich selbst mit anderen Augen sehen, denn zu realisieren, wozu jemand fähig war, konfrontierte einen mit dem Schrecklichsten, was die menschliche Natur – und damit auch die eigene Natur – zu bieten hatte.

Amaia nahm eine Mappe aus dem Karton und trat an den Tisch.

»Detective Bull«, sagte sie und reichte ihm das Dossier.

Bull hob den Kopf, und als sich ihre Blicke trafen, erkannte sie in seinen Augen den düsteren, distanzierten Ausdruck von jemandem, der verarbeiten musste, das abgrundtief Böse gesehen zu haben.

»Glücklicherweise verfügen wir über eine detaillierte Liste von allem, was gemacht wurde«, sprach Johnson ins Aufnahmegerät, das er in die Mitte des Tisches gestellt hatte. »Jeder der Kriminaltechniker hat in chronologischer Reihenfolge all seine Ergebnisse notiert, und auch sämtliche umgebungsrelevanten, klimatischen und orthographischen Merkmale wurden festgehalten. Da es sich um ein Wohnhaus handelte, wurde sowohl die Innen- als auch die Außentemperatur gemessen, unter Berücksichtigung der Tatsache, dass eines der Fenster zerbrochen war. Es gibt Fotografien, die die schriftlichen Berichte dokumentieren, und schriftliche Berichte, in denen erklärt wird, was die Fotografien zeigen und wo es gefunden wurde.«

Er wies auf eine Reihe Fotos, auf denen verschiedene Arten von Blutspuren zu sehen waren, als Flecken, Tropfen oder Spritzer. Sie waren alle durchnummeriert und vermessen worden.

»Die Beweisaufnahme und die Aufbewahrung der Beweisstücke scheinen korrekt durchgeführt worden zu sein. Alles wurde fotografiert und beschriftet in Asservatentaschen oder entsprechenden Boxen gelagert.«

Dann zeigte er auf eine weitere Reihe Fotos, auf denen helle Formen vor dunklem Hintergrund zu sehen waren, und Charbou fragte: »Was ist das denn?«

»Unsere Freunde in Galveston sind sehr sorgfältig vorgegangen«, erklärte Johnson. »Sie haben Luminol und Schwarzlicht benutzt, um Rückstände von Blutflecken zu entdecken, die möglicherweise entfernt wurden. Aber es wurden keine Hinweise darauf gefunden, dass Blut oder andere Flüssigkeiten irgendwo abgewischt wurden.«

Amaia las weiterhin in dem Bericht und begutachtete die Fotos von den Fingerabdrücken. »Zur Aufnahme der Fingerabdrücke wurden verschiedene Reagenzen und farbige Pulver benutzt. Im Haus wurden ausschließlich Fingerabdrücke der Familienmitglieder sichergestellt. Auch alle Fasern, die man fand, wurden in

Umschläge gesteckt und analysiert und konnten ebenfalls der Familie zugeordnet werden.«

Dupree blieb neben Johnson und Amaia stehen. »Das heißt, wir haben es hier mit einem perfekt untersuchten Tatort zu tun.«

»Auch meiner Meinung nach ist die Tatortuntersuchung absolut korrekt abgelaufen«, bestätigte Amaia.

»Also ... Warum?«, fragte Dupree.

Johnson und Amaia sahen sich an.

»Warum was?«, entgegnete Johnson.

»Die Polizei von Galveston hat uns die Berichte und die Bilder per Mail geschickt. Das ist die übliche Vorgehensweise. Warum hat Captain Reed dann zwei Polizeibeamte mit den Originalbildern hergeschickt, und das trotz der Hurrikanwarnung?«

»Ich weiß nicht«, sagte Johnson und wiederholte dann die Frage: »Warum?«

»Keine Ahnung«, gab Dupree zu. »Aber aus irgendeinem Grund hat Brad Nelsons Vorgesetzter es für wichtig und brandeilig gehalten, uns das Material zukommen zu lassen.«

»Vielleicht tut ihm der junge Joseph Andrews leid«, schlug Johnson vor, »und er fühlt sich schuldig, weil wir den Fall jetzt noch mal aufrollen müssen.«

»Oder«, sagte Amaia, »er ist sich, anders als Brad Nelson, nicht ganz so sicher, dass von Anfang an alles korrekt gelaufen ist.«

Johnson zuckte mit den Schultern. »Wie ich gesagt habe«, er wies mit einer umfassenden Geste auf den Tisch, »bis hierhin ist tadellos gearbeitet worden.«

»Und die Geige?«, fragte Dupree.

»Auf ein paar Tatortfotos ist sie sehr gut zu sehen«, sagte Johnson und wies auf die entsprechenden Aufnahmen, »und es sind keine Blut- oder sonstigen Spuren darauf zu erkennen. Wir könnten sie einscannen und vergrößern, aber ich glaube nicht, dass den Tatortspezialisten etwas daran entgangen ist.«

Jason Bull räusperte sich.

»Ja?«, meinte Amaia.

»Also ich bin ja kein Experte, und vielleicht ist es ja Blödsinn, was ich jetzt sage, aber ...«

»Bull, haben Sie etwas entdeckt?«, fragte Dupree.

»Möglicherweise ist es nicht von Bedeutung«, meinte er und zeigte auf eines der Fotos, »aber es sieht so aus, als ob dort etwas geschrieben steht.«

Alle beugten sich über das Foto, auf das der Detective wies. Es war eine Großaufnahme der Geige, auf der unterhalb des Kinnhalters eine geschwungene Linie im Holz zu erkennen war.

»Das könnte ein einfacher Kratzer sein«, meinte Johnson.

Dupree nahm das Bild und betrachtete es aus der Nähe. »Sieht aus, als ob es sich hinter der Biegung im Holz fortsetzt. Gibt es ein Foto, auf dem diese Stelle besser zu sehen ist?«

Amaia betrachtete die Bilder ganz genau und nahm schließlich zwei heraus. »Auf diesen Bildern ist die Seite der Geige genau zu sehen, und die Fotos, die der Captain uns geschickt hat, sind von sehr guter Qualität; ich denke, wenn wir das machen, was Agent Johnson vorgeschlagen hat – die Bilder einscannen und vergrößern –, erhalten wir möglicherweise eine bessere Ansicht.«

»Na, dann los«, befahl Dupree.

28
Für alle sichtbar versteckt

New Orleans, Louisiana

Innerhalb der letzten Stunde war der Regen heftiger geworden. Er schlug in immer stärkeren Böen gegen die Fensterscheiben, was sich anhörte, als würde jemand kleine Steine dagegen werfen. Der Wind blies deutlich stärker. In der Ferne war wie ein monotones Echo der Donner zu hören, und die Blitze erhellten den stark bewölkten Horizont. Das *National Hurricane Center* bestätigte, dass das Auge des Wirbelsturms fünfzig Meilen breit war, sich über den gesamten Golf von Mexiko erstreckte und unerbittlich auf New Orleans zukam.

Amaia blickte, von einem weiteren lauten Prasseln erschrocken, zum Fenster und fragte sich, ob die Sicherung aus Papier und Isolierband, welche die Feuerwehrleute angebracht hatten, ausreichen würde, um sie zu schützen, wenn das Fenster zerbrach.

Das Scannen der Fotos hatte nur wenige Minuten gedauert. Etwas mehr Zeit nahm die Anwendung des Programms in Anspruch, um die Markierung zu verdeutlichen. Das Ergebnis war eine geschwungene Linie, die in etwa so aussah:

Das Programm gab an, dass die festgestellten Parameter in Bezug auf Konstanz, Morphologie, Beständigkeit und Ausmaße darauf hinwiesen, dass es sich um ein Schriftzeichen handelte. Natürlich konnte es auch nur ein Kratzer sein, wie Johnson gesagt hatte, oder eben etwas anderes.

Nachdem Amaia die geschwungene Linie eine Weile betrachtet hatte, meinte sie, Parallelen zu einem I, einem N und vielleicht einem R darin zu sehen; es konnte aber auch ein M gefolgt von einem N sein. Das Ende des letzten Schwungs wirkte unvollendet, als ob noch etwas folgen würde.

Sie schüttelte den Kopf und gab sich geschlagen. Vielleicht war es ja doch nur ein Kratzer.

Um Viertel nach zehn nahmen sie noch einmal Kontakt zu Emerson und Tucker auf.

Dupree erteilte Amaia das Wort.

»Es gibt nur wenige Informationen über Martin Lenx' Verhalten, bevor er seine Familie ermordet hat«, sagte sie. »Er hat keinen Militärdienst geleistet, und während seiner Schulzeit wurden bei Kindern noch keine Persönlichkeitstests durchgeführt. Er wurde nie psychiatrisch oder psychologisch behandelt, und in den Unternehmen, wo er gearbeitet hat, wurden nie irgendwelche medizinischen Nachweise verlangt, die über Routinechecks oder die Bestätigung der Arbeitsfähigkeit hinausgingen. Sämtliche Untersuchungen seiner Persönlichkeit wurden aufgrund des Verbrechens und seines Verschwindens erstellt. Wie Sie wissen, existieren verschiedene Hypothesen, unter anderem auch dahingehend, dass er nach dem Verbrechen Selbstmord begangen hat, aber meiner Meinung nach weist in dem Brief, den er hinterlassen hat, nichts darauf hin, dass er irgendwelche Gewissensbisse wegen seiner Tat hatte. Sein Charakter lässt eher darauf schließen, dass er ein neues Leben begonnen hat. Noch einmal bei null anzufangen passt perfekt zu seiner Persönlichkeit. Ich nehme an, dass Martin Lenx und der Komponist ein und dieselbe Person sind.«

»Ich denke, das ist eine Möglichkeit, die wir nicht außer Acht lassen dürfen«, meinte Tucker.

Dupree sah Amaia auffordernd an, damit sie fortfuhr.

»Allerdings bin ich anderer Meinung als Sie, was sein mögliches Verhalten in der Zwischenzeit betrifft, falls er wirklich der Täter sein sollte«, sagte sie. »Agent Tucker, laut Ihrer Hypothese hat er sein Leben und sein Aussehen radikal verändert. Aber wenn er derselbe Mann ist, der sich, bevor er seine Familie ermordet hat, mit ihr hat fotografieren lassen, wird sich sein grundlegender Charakter nicht verändert haben. Die Weise, wie er sich bei diesem Gruppenfoto verhalten hat, gibt uns Aufschluss über sein Denken. Er hat seine Familie immer wieder anders positioniert und wollte sogar den jüngsten Sohn nicht mehr auf dem Bild haben. Als er dann zwei Tage später wieder zu dem Fotografen kam, um sich noch einmal allein fotografieren zu lassen, hat er weder andere Kleidung angezogen noch sonst wie sein Aussehen verändert. Sogar seine Haltung war die gleiche. Das Soloporträt sieht aus, als hätte er einfach nur alle anderen aus dem Gruppenbild eliminiert. Der einzige Unterschied zwischen den beiden Aufnahmen ist der, dass er auf dem zweiten, auf dem nur er zu sehen ist, zufrieden lächelt.«

»Ich weiß nicht, worauf Sie hinauswollen«, sagte Tucker, und es klang irgendwie ungehalten.

»Martin Lenx hat seine Familie ausgelöscht, weil sie nicht seinem Ideal entsprach, aber er hat sich deswegen nicht für einen schlechten Menschen gehalten, war nicht der Meinung, an sich selbst etwas korrigieren oder verändern zu müssen. Wenn Martin Lenx ein neues Leben begonnen hat, dann so, dass alles dem entspricht, wie er es bei seiner ursprünglichen Familie hat haben wollen, also so, wie er es damals für perfekt gehalten hätte.«

Amaia erwartete, dass Tucker ihr widersprechen würde, aber sie antwortete in einem analytischen, wertschätzenden Tonfall. »Das heißt, dass der Komponist ein Mann von Mitte fünfzig ist – in dem Alter, das Martin Lenx nun haben würde –, verheiratet, traditionsbewusst, konservativ … Glauben Sie, dass er dieselbe Anzahl Kinder hat?«

»Wahrscheinlich«, sagte Amaia. »So konservativ wie Lenx war, wird er versucht haben, sein Ideal zu wiederholen, aber diesmal ohne jeden Makel. Vergessen Sie nicht, dass er sich nicht verantwortlich fühlt.«

Johnson fuhr mit der Ausführung fort. »Seine Ehefrau wird eher unscheinbar sein, genau wie sein Auto. Er wird in einem typischen Haus der Mittelschicht wohnen, einen Job auf der mittleren Hierarchieebene haben, und sicher ist er nach wie vor sehr religiös. Lenx ist mehrmals pro Woche in die Kirche gegangen, hat seine Kinder gezwungen, am Konfirmandenunterricht teilzunehmen, und hatte mehrere Ämter in der Kirchengemeinde inne. Und in dem Brief, den er hinterlassen hat, hat er als Rechtfertigung der Morde angeführt, dass seine Familie im religiösen Sinne vom rechten Weg abgekommen wäre.«

Dupree nickte bestätigend.

Als Agent Tucker wieder sprach, hörte es sich an, als würde sie zufrieden lächeln. »Das, was wir hier zu bieten haben, wird Sie sicher freuen. Emerson und ich sind etwas nachgegangen, das mir heute Nachmittag beim Gespräch mit Nelson aufgefallen ist. Er bestritt hartnäckig jegliche Nachlässigkeit bei der Spuren- und Beweissicherung und den anschließenden Ermittlungen im Fall der Andrews-Morde, aber wenn wir nachgehakt haben, schien er irgendwie ausweichend zu antworten. Hinsichtlich des Materials, das Agent Johnson uns geschickt hat, stimmen wir darin überein, dass die Untersuchung absolut korrekt durchgeführt wurde. Daher habe ich mich gefragt, warum Nelson sich dann so seltsam verhält. Dann ist uns wieder eingefallen, dass er mit einer Gruppe freiwilliger Helfer in Tampa war, als wir ihn angerufen haben, und nur wenige Stunden später haben wir die ermordete Familie dort gefunden. Und er war auch in Galveston, als die Andrews ermordet wurden und …«

»Er ist Detective bei der Mordkommission«, unterbrach Johnson seine Kollegin, »und bevor er nach Florida gezogen ist, hat er in Galveston gewohnt. Ich weiß nicht, wie Sie …«

»Joseph Andrews junior erzählt die ganze Zeit über von dieser Geige«, unterbrach Tucker ihn, »und plötzlich ist das Beweisstück verschwunden! Für mich ist das überaus verdächtig.«

Dupree übernahm das Wort. »Agent Tucker, bei der Durchsicht der Fotos von der Geige haben wir an ihrer Seite eine Art Markierung gefunden; die Subinspectora ist sich beinahe sicher, dass es sich um ein Schriftzeichen handelt. Wir haben Quantico um Hilfe gebeten und Ihnen eine Kopie zukommen lassen.«

Im Hintergrund war das Klappern einer Tastatur zu hören. »Ich hab das Bild auf dem Monitor. Es sieht tatsächlich aus wie ein Schriftzeichen oder eine Markierung. Das ist genau das, was ich gemeint habe, ein Zeichen zur Identifizierung, das nicht auffällt, weil es auch ein Kratzer sein könnte oder ein kleiner Schaden, das aber dabei helfen könnte, die Person zu identifizieren, die die Geige am Tatort hinterlassen hat. Möglicherweise ist das Zeichen demjenigen, der die Geige in das Haus gebracht hat, gar nicht aufgefallen oder genau wie euch erst beim Betrachten der Fotos.«

»Wollen Sie damit andeuten, dass Detective Nelson auf irgendeine Weise in die Sache verwickelt sein könnte?«, fragte Dupree.

»Das lässt sich hier leider nicht herausfinden«, entgegnete Tucker leicht genervt, »weil ich versucht habe, ihn zu kontaktieren, um ihm noch ein paar Fragen zu stellen, und mir erklärt wurde, dass er mit einer Gruppe Freiwilliger nach New Orleans gefahren ist, um zu helfen, wenn Katrina sich die Ehre gibt.«

»Verdammt!«, rief Amaia aus, und Johnson und Dupree war anzusehen, dass sie sich der Bedeutung dieser Information bewusst waren. »Für alle sichtbar versteckt. Agent Tucker, hat Brad Nelson Kinder?«

»Zwei Söhne und eine Tochter, zwölf, sechzehn und achtzehn Jahre alt. Und da ist noch was: Nelson und seine Frau haben unterschiedliche Adressen. Sie leben nicht offiziell in Scheidung, sind aber getrennt, seit sie hier sind. Sie ist zuerst umgezogen, vor acht Monaten, wenige Tage vor dem Mord an den Andrews, und drei Monate später ist er nachgekommen, nachdem sein Antrag auf Familienzusammenführung genehmigt wurde.«

»Dass seine Frau ihn verlassen hat, könnte der Auslöser des Ganzen sein«, meinte Dupree.

»Das denke ich auch«, sagte Tucker. »Dass er ihr hinterhergezogen ist, beweist, dass er ein Familienmensch ist, der eine Trennung nicht zulassen kann, der nicht akzeptieren kann, dass manche Dinge nicht gut ausgehen. Er hat einen Job in der mittleren Polizeihierarchie und sich nie besonders hervorgetan. Sein Auto ist eine typische Familienkutsche, ein Ford Crown Victoria, Baujahr 2001. Und auf dem Foto, das ich vor mir habe, trägt er einen einfachen Anzug mit Krawatte, wie man sie in jedem Kaufhaus bekommt. Das Profil passt.«

»Das beweist nur, dass er genau wie Millionen anderer Amerikaner ein konservativer Mensch ist«, wandte Johnson ein. »Und was den Umzug zu seiner Familie angeht, warum hätte er das nicht tun sollen? Sie haben doch gesagt, dass die Scheidung noch nicht eingereicht wurde.«

»Und außerdem«, sagte Tucker aufgeregt, »ist er keine zwei Wochen nach dem Mord an den Andrews in Galveston zum ersten Mal mit einem Rettungstrupp unterwegs gewesen. Dabei handelt es sich um eine Nichtregierungsorganisation mit dem Namen Rescue Me, die im ganzen Land Feuerwehrleute, Polizisten und sonst wie qualifiziertes Personal rekrutiert, um an Orten, wo eine Naturkatastrophe gewütet hat, zu helfen, und zwar in den gesamten USA. In einer halben Stunde werde ich mit der Leiterin dieser Organisation sprechen, um mich zu informieren, wann und wo Nelson eingesetzt wurde.«

»Was für ein herzensguter Mensch«, meinte Johnson sarkastisch.

»Agent Tucker«, meldete sich Amaia zu Wort, »ich habe hier ein wirklich gutes Foto von Lenx und ein Programm, das selbst nach einer plastischen Operation übereinstimmende Gesichtsmerkmale erkennt. Dafür brauche ich aber ein Bild mit dem Gesicht von Detective Nelson.«

»Ich schicke es Ihnen«, versprach Tucker, »wobei ich nicht weiß, ob es Ihnen weiterhelfen wird.«

»Ehrlich gesagt brauche ich Fotos von der ganzen Familie. Und die Namen.«

»Darum kümmert sich Emerson«, antwortete Tucker.

Dupree ergriff wieder das Wort, und während er sprach, sah er Johnson direkt in die Augen. »Wir müssen so schnell wie möglich überprüfen, ob Nelson an einem der anderen Tatorte gewesen ist. Eine Gruppe Freiwilliger für Hilfseinsätze bei Katastrophen … das wäre für unseren Täter perfekt, um an die entsprechenden Orte zu gelangen. Doch auch das wären nur Indizien und keine Beweise. Wir haben noch viel Arbeit vor uns, aber vielleicht ist das auch der Grund für Captain Reeds Eile, mit der er uns die Fotos hat zukommen lassen. Ich denke, ich sollte mal mit ihm reden. Gute Arbeit, Agent Tucker, Agent Emerson. Ich rufe Sie an, sobald es Neuigkeiten gibt. Melden auch Sie sich, wenn Sie etwas haben.«

Johnson hob die Hand, um Dupree zu stoppen. »Agent Tucker, Sie haben noch nichts darüber gesagt, wie es Nelson mit dem Glauben hält. Martin Lenx war ein tief religiöser Mensch, und wir alle sind uns einig, dass seine Auffassung von Sünde eine wichtige Rolle bei der Rechtfertigung der Ermordung seiner Familie spielt. Geht Brad Nelson regelmäßig in die Kirche?«

Es dauerte ein paar Sekunden, bis Tucker antwortete. »Daran arbeiten wir noch. Bisher konnten wir das noch nicht zweifelsfrei feststellen. Aber alles weist darauf hin, dass er nicht sehr gläubig ist.«

Amaia war sich sicher, dass Agent Johnson unter seinem breiten Schnurrbart lächelte.

Special Agent Stella Tucker unterstrich sämtliche Namen der Orte, die die Leiterin von Rescue Me ihr per Telefon durchgab. Dann verglich sie diese mit der Liste von Nelsons Urlaubsanträgen, die sie von der Personalabteilung erhalten hatte.

»Brooksville, Oklahoma ... ein kleiner Ort in der Nähe von Alvord, Texas ... Tampa in Florida und New Orleans in Louisiana«, wiederholte sie. »Und Sie sind sich vollkommen sicher, dass Detective Nelson an all diesen Orten gewesen ist?«

»Wir erstellen jede Woche einen Dienstplan, dem die Angaben zugrunde liegen, die die freiwilligen Helfer uns zukommen lassen. Und wenn dann irgendwo unsere Hilfe gebraucht wird, melden wir uns bei den Leuten, von denen wir denken, dass sie zur Verfügung stehen. Natürlich zuerst bei jenen, die sich in der Nähe des Notfallorts befinden, aber wir haben unsere Helfer auch schon von einem Teil des Landes in einen anderen gebracht. Da es sich um Polizisten, Feuerwehrleute, Krankenpfleger und Ärzte handelt, entsprechen die Angaben über die Arbeitszeiten nicht immer der Realität. Sie verstehen schon, Doppelschichten, Überstunden, Fälle, die mehr Aufmerksamkeit fordern als gedacht, oder ein Notfall in der Nähe ihres Arbeitsplatzes. Vergessen Sie nicht, dass es sich um Freiwillige handelt, die ihre Reisekosten häufig selbst bezahlen, daher können wir sie nicht zur

Anwesenheit verpflichten wie in der Schule. Wenn wir uns bei ihnen melden, setzen sie sich mit ihrem jeweiligen Gruppenleiter in Verbindung, der uns um andere Helfer bittet, wenn die, die wir kontaktiert haben, nicht kommen können. In diesem Fall ist Michael Meigs der Gruppenleiter. Chief Meigs ist einer unserer langjährigsten Mitarbeiter, ein Feuerwehrmann aus Boston und ein toller Kerl. Im Moment befindet er sich mit seiner Gruppe in New Orleans.«

»Ja, das Revier, in dem Detective Nelson arbeitet, hat mir gesagt, dass er dort ist, aber die Angelegenheit, wegen der wir mit ihm reden möchten, ist nicht besonders dringend«, log Tucker. »Wenn er gerade wegen eines Hurrikans im Einsatz ist, wollen wir ihn nicht stören. Ich wollte mir nur bestätigen lassen, dass Detective Nelson wirklich in New Orleans ist.«

»Das kann leider nur der Gruppenleiter bestätigen. Ich kann Ihnen lediglich sagen, dass Nelson positiv auf unsere Anfrage reagiert hat, aber es könnte etwas dazwischengekommen sein. Ich kann Ihnen Meigs' Telefonnummer geben. Als wir zuletzt von ihm gehört haben, befand er sich mit seiner Gruppe in der Feuerwehrzentrale am Louis Armstrong Airport in Kenner, von wo aus sie zum Charity Hospital weiter wollten.«

Tucker schrieb sich die Nummer auf, bedankte sich bei ihrer Gesprächspartnerin und wählte dann gleich Meigs' Nummer.

»Der von Ihnen gewünschte Teilnehmer ist zurzeit nicht erreichbar.«

»Dieses verdammte Unwetter!«, zischte sie.

Mit dem Stift zeichnete Tucker einen Kreis um Cape May, New Jersey und Kelleen, Texas. Sie hatte keine Bestätigung dafür, dass Nelson in Februar und März an diesen Orten gewesen war. Zu der Zeit war er noch bei der Polizei von Galveston gewesen, und natürlich auch noch im Dezember, als die Andrews-Familie ermordet worden war. Dupree hatte angekündigt, an diesem Tag noch mit dem Polizeichef in Galveston reden zu wollen, und wenn sie jetzt dort in der Zentrale anrief, würde man sich vielleicht wundern, warum das FBI dort gleich zweimal an einem Tag nachfragte, und wenn Dupree das zu Ohren kam, war er womöglich verärgert, weil es seine Taktik zunichtemachte.

Andererseits wusste sie aus leidvoller Erfahrung, dass es ein böser Fehler sein konnte, dem eigenen Urteilsvermögen nicht zu vertrauen. Sie war intelligent, doch in einer Behörde wie dem FBI hatte man es als Frau nicht leicht, schon gar nicht, wenn man auch noch Afroamerikanerin war. Sie konnte ihre Vorgesetzten nur von ihren Qualitäten überzeugen, wenn sie Ergebnisse lieferte.

Tucker wählte noch einmal Meigs' Nummer, legte jedoch sofort wieder auf, als erneut die Automatenstimme erklang. Daraufhin starrte sie für ein paar Sekunden auf den Bildschirm ihres Computers, als handelte es sich um ein ihr unbekanntes Objekt.

Schließlich hob sie den Blick, woraufhin Emerson beschloss, dass er nun mit ihr reden konnte.

»Agent Tucker, ich hab die Fotos von Nelsons Familie, um die die Subinspectora gebeten hat. Die meisten stammen aus Jahrbüchern der Schulen und offiziellen Dokumenten. Sie sind nicht so scharf, wie wir es uns wünschen würden, aber brauchbar.«

Tucker ging zu Emerson, der aufstand und ihr seinen Platz vor dem Computer überließ. Sie griff nach der Maus und klickte ein Bild nach dem anderen an. Emerson hatte sich die Fotos bereits ganz genau angesehen.

Mrs. Nelson war hübsch, vielleicht etwas zu auffällig für Lenx' Geschmack, und die Kinder sahen der Mutter ähnlich. Anders als die anderen Familienmitglieder wirkte das Mädchen etwas mürrisch. Vielleicht hatte es keine Lust gehabt, fotografiert zu werden, oder war einfach nur ein unzufriedener Teenager.

Tucker wandte sich auf dem Drehstuhl um, sodass sie Emerson direkt vor sich hatte.

Neugierig wartete er auf das, was nun kommen würde.

»Ich habe mit der Leiterin der NGO gesprochen und ihre Angaben mit Nelsons Urlaubsanträgen seit seinem Dienstantritt im April verglichen, die die Personalabteilung der Polizei von Miami mir geschickt hat«, erklärte sie. »Die Daten und die Orte stimmen in allen Fällen überein, von Brooksville im April bis Tampa vor ein paar Tagen. Er war in Galveston, als die Andrews umgebracht wurden, und heute befindet er sich, wie es aussieht, in New Orleans. Und immer hat an dem jeweiligen Ort ein Tornado oder Hurrikan gewütet.«

»Dann ist er unser Mann«, sagte Emerson.

»Das glaube ich auch. Ich versuche, den Leiter der Gruppe zu erreichen, zu der Nelson gehört, aber mir fehlt noch die Bestätigung für Cape May, New Jersey, und Kelleen in Texas im Februar und im März.«

Emerson schluckte den Köder. »Da war Nelson doch noch bei der Polizei in Galveston. Ich könnte dort bei der Personalabteilung anrufen und nachfragen. Aber … heute ist Sonntag, mal sehen, ob überhaupt einer da ist.«

Tucker entgegnete nichts darauf. Sollte Emerson den Anruf tätigen, mit dem er Dupree womöglich in die Parade fuhr! Niemand konnte behaupten, sie hätte es Emerson befohlen. Sie setzte sich wieder an ihren Schreibtisch, während er die Nummer wählte.

Als Emerson das Gespräch beendete, lächelte sie.

»Er hat an genau den Tagen um Freistellung vom Dienst gebeten, um die Hilfsgruppe zu begleiten, an denen die Morde geschehen sind.«

Agent Tucker stützte sich mit beiden Fäusten auf der Schreibtischplatte ab und sah Emerson an. »Glauben Sie, dass Mrs. Nelson zu den Leuten gehört, die früh zu Bett gehen?«

Emerson antwortete nicht. Er stand auf und nahm seine Jacke. Dabei blickte er noch einmal auf die Mail mit den Fotos, die darauf wartete, nach New Orleans geschickt zu werden.

Tucker war bereits an der Tür, wandte sich aber noch einmal um und antwortete, als hätte Emerson die Frage laut ausgesprochen: »Alles zu seiner Zeit. Los jetzt.«

Amaia startete ihren Computer und wurde von dem Symbol empfangen, bei dem es sich vielleicht um ein Schriftzeichen handelte und das stark vergrößert auf ihrem Bildschirm zu sehen war:

Sogleich fragte sie sich erneut, ob es sich um ein N, gefolgt von einem E, das in einem L endete, handeln könnte.

»Das sieht aus, wie von einem Kind hingekritzelt«, sagte eine Stimme in ihrem Rücken.

Sie wandte sich um und stellte fest, dass Detektive Bull mit zwei Bechern Kaffee in den Händen direkt hinter ihr stand.

»Ich habe mir eine Pause gegönnt und gedacht, dass Sie vielleicht Lust auf einen Kaffee haben.«

Amaia bedankte sich mit einem Lächeln.

»Sie meinen, dass es aussieht, wie von einem Kind geschrieben«, sagte sie und lud ihn mit einem Kopfnicken ein, auf dem Stuhl neben ihr Platz zu nehmen.

Der Detective setzte sich mit einem zufriedenen Lächeln. Offensichtlich gefiel es ihm, dass er helfen konnte. »Ich habe einen Sohn von sechs und eine Tochter von zehn Jahren, und diese ›Schrift‹ sieht aus wie ihre. Sie schreiben alles in Kleinbuchstaben.«

Amaia betrachtete das Zeichen auf einmal mit anderen Augen. Vielleicht handelte es sich ja wirklich um die Schrift eines Kindes.

»Es könnte sich aber auch um die Schrift eines Erwachsenen handeln, der viel mit der Hand schreibt.«

Amaia konzentrierte sich wieder auf das mögliche Schriftzeichen.

»Wie haben Sie und Agent Dupree sich kennengelernt?«, fragte sie plötzlich und wandte sich ihm zu, um Bulls Reaktion zu beobachten.

Für einen Moment wirkte er irritiert, fing sich aber sofort wieder. »Sie waren doch dabei, als wir gestern früh einander vorgestellt wurden«, sagte er.

Sie lächelte zwar, machte aber deutlich, dass sie ihm nicht glaubte, indem sie mit der Zunge schnalzte und den Kopf schief legte.

Auf ihrem Bildschirm erschien das Zeichen dafür, dass eine Mail eingegangen war. Es waren die von Tucker geschickten Fotos.

Amaia sah Bull an, der sofort aufstand. »Ich lasse Sie arbeiten.«

»Sie haben meine Frage nicht beantwortet«, schimpfte sie mit gespieltem Ärger, während er davonging.

Als das Foto auf dem Bildschirm zu sehen war, konnte sie Tuckers Ansicht, dass es ihr sicher nicht weiterhelfen würde, verstehen. Brad Nelson konnte von Größe und Statur her, dem Alter, der Haarfarbe und der Farbe der Augen durchaus Martin Lenx sein, aber sein Gesicht war voller Narben!

Sie vergrößerte das Bild, um die Male aus der Nähe zu betrachten, obwohl sie bereits wusste, dass sie das Gesichtserkennungsprogramm nicht würde anwenden können. Brandnarben, die von der Stirn bis zum Kinn reichten und an der Nase und dem linken Wangenknochen besonders ausgeprägt waren. Wie es aussah, hatte der Mann mehrere Hauttransplantationen hinter sich. Und sicher hatte sich durch die Nähte sein Haaransatz verschoben. Da die Narben nicht rosa waren, mussten sie schon älter sein, einige Jahre.

Bei dem Bild handelte es sich um ein Gruppenfoto. Brad Nelson trug eine leichte Brille, die in seinem Gesicht kaum zu erkennen war, und lächelte. Der Jochbeinmuskel existierte nur noch zum Teil, sodass an den kleinen Falten um seine Augen nicht zu erkennen war, ob das Lächeln echt war oder nicht. Auch auf der Wange waren die Verletzungen so tief gewesen, dass sie den Muskel in Mitleidenschaft gezogen hatten. Die durch das Narbengewebe verursachte Spannung im Bereich des Mundes sorgte für ein schiefes Lächeln. Aber seine Haltung war zugleich stolz und sorglos, wie von jemandem zu erwarten ist, dem es gefällt, einer Gruppe anzugehören.

Amaia öffnete die anderen Fotodateien, die Tucker und Emerson geschickt hatten. Es war kein Familienfoto der Nelsons dabei, die Bilder der Kinder schienen aus den Jahrbüchern der Schule zu stammen und das der Ehefrau war das Foto aus dem Führerschein. Dennoch war zu erkennen, dass Mrs. Nelson eine hübsche Frau war, mit dunklem Haar und großen Augen. Sie war geschminkt, hatte leicht gewelltes Haar und blickte mit einem Lächeln in die Kamera. Wenn sie so für ein Führerscheinfoto posierte, musste es ihrem üblichen Aussehen entsprechen.

Ihr Name war Sarah, und sie war genau das Gegenteil der Ehefrau von Martin Lenx.

Die beiden Söhne Dylan und Jackson ähnelten der Mutter. Hübsche Jungen mit dunklem Haar und großen Augen. Der ältere lächelte, der andere wirkte ernst. Das Mädchen hingegen – ihr Name war Isabella – sah anders aus. Ihr Haar war kastanienfarben mit einem rötlichen Schimmer und gelockt wie das ihres Vaters. Amaia fragte sich, ob sie wohl seine Gesichtszüge geerbt hatte oder die eines anderen Familienangehörigen.

Sie kopierte das Bild des Mädchens und klickte das Foto der Lenx-Familie auf den Bildschirm, obwohl sie wusste, dass das Programm nicht in der Lage war, Ähnlichkeiten in der zweiten Generation festzustellen. Die Söhne der Familie Lenx hatten kastanienfarbenes Haar wie die Mutter und die Tochter eine rötliche Lockenmähne wie eine irische Prinzessin. Amaia verglich die beiden Mädchen miteinander. Isabellas Mähne war stärker gelockt, und die Farbe war dezenter als das Flamingorot von Martin Lenx' Tochter. Ansonsten waren sie zwei Teenager aus zwei verschiedenen Generationen, die genauso viele Unterschiede wie Gemeinsamkeiten hatten. So kam sie nicht weiter.

Amaia klickte sich wieder das Foto von Brad Nelson auf den Monitor und verglich es mit dem Porträt von Martin Lenx. Dabei fragte sie sich, ob dieser Mann in der Lage gewesen sein könnte, sich selbst derart zu entstellen, um einer Anklage wegen des Mordes an seiner Familie zu entgehen. Ihrer Meinung nach war das durchaus möglich. Lenx strebte nach moralischer Perfektion, und da spielte das Aussehen keine große Rolle.

Es war gegen zehn Uhr abends, als sich eine fröhliche Frauenstimme aus Galveston am Telefon meldete.

»Reed.« Im Hintergrund waren Musik und Stimmengewirr zu hören.

»Guten Abend, Mrs. Reed. Es tut mir leid, Sie um diese Uhrzeit zu stören. Ich bin Agent Dupree vom FBI und würde gern mit Captain Reed sprechen.«

»Ich sag ihm Bescheid«, entgegnete sie etwas unwillig.

Ein paar Sekunden später, in denen nur die Musik und die Unterhaltungen im Hintergrund zu hören waren, meldete sich die Stimme des Captains. »Reed hier.«

»Captain, ich bin Special Agent Dupree vom FBI und habe Ihre Nummer von Ihrem Revier. Ich hoffe, ich störe Sie nicht. Es hört sich an, als wäre ich in eine Party hineingeplatzt, aber es ist für mich sehr wichtig, mit Ihnen zu reden.«

»Meine Frau hat heute Geburtstag, und wir feiern ein wenig, aber machen Sie sich keine Sorgen, ich verstehe den Ernst der

Lage.« Die Geräusche im Hintergrund wurden schlagartig leiser; offenbar hatte Reed die Tür geschlossen. Die Stimme des Captains klang angespannt, als er fortfuhr. »Jemand aus Ihrem Büro hat heute Abend im Revier angerufen, um die Daten zu überprüfen, an denen Nelson sich dienstfrei genommen hat, wobei ich nicht ganz verstehe, warum.«

Dupree sah Johnson fragend an, der leise sagte: »Tucker kennt keine Gnade.«

Dupree schloss für einen Moment entnervt die Augen, bevor er weitersprach.

»Captain, meine Kollegen Salazar und Johnson hören mit. Wir müssen unbedingt mit Ihnen über Brad Nelson und den Fall Andrews reden.«

Ein Seufzer war zu hören, und als der Captain wieder sprach, klang seine Stimme leicht gequält. »Fragen Sie. Was möchten Sie wissen?«

Dupree kam direkt zur Sache. »Wann haben Sie Brad Nelson kennengelernt?«

»Vor zwölf Jahren.«

»Wie beurteilen Sie seine berufliche Leistung?«

»Er ist ein guter Polizist, aber ich kann auch sonst nur das Beste über ihn sagen. Nelson ist ein großartiger, stets mitfühlender Mann, der sich trotz der harten, oft genug brutalen Polizeiarbeit seine Menschlichkeit bewahrt hat.«

»Wissen Sie, was mit seinem Gesicht passiert ist?«

»Ja, das war vor langer Zeit, bevor ich ihn kennengelernt habe, und vielleicht kommt daher seine Sensibilität gegenüber Menschen, die zu Opfern wurden. Der Eigentümer des Wohnblocks in Boston, in dem Nelson lebte, hat das Haus angezündet, um die Versicherungssumme zu kassieren. Zehn Menschen sind in dem Feuer ums Leben gekommen. Nelson spricht nicht gern darüber. Als er aus dem Krankenhaus entlassen wurde und einigermaßen wiederhergestellt war, hat er sich bei der Feuerwehr beworben. Doch wegen der körperlichen Einschränkungen, die er zurückbehalten hat, schaffte er die Aufnahmeprüfung nicht, dafür aber die für den Polizeidienst. Dann hat er seine jetzige Frau kennengelernt, ist Vater von drei Kindern geworden und wurde in mein Revier versetzt. Mehr weiß ich nicht, weil er, wie ich ja gesagt habe, nicht gern darüber spricht.«

»Gibt es irgendeinen Grund, aus dem Sie sagen würden, dass der Fall der Familie Andrews nicht mit der erforderlichen Sorgfalt untersucht wurde?«

»Nein, es wurde alles getan, was möglich war. Aber auch Polizisten sind Menschen, und ein Mensch macht eben nicht immer alles hundertprozentig richtig.«

»Was wollen Sie damit sagen?«

»Es ist oft davon die Rede, wie sehr der Stress, unter dem ein Polizist während der Arbeit steht, sein Privatleben beeinflussen kann. Wir sind auch nur Menschen, und manche Dinge wirken sich in zwei Richtungen aus. Wenn ein Polizist zu Hause Probleme hat, kann das auch die Leistung am Arbeitsplatz beeinträchtigen. Ich sage nicht, dass das der Fall war, aber tatsächlich war es so, dass Nelson während der Untersuchung des Falls eine schwierige Zeit hatte.«

»Beziehen Sie sich damit darauf, dass sich Nelson und seine Frau getrennt haben?«

Die Antwort des Captains war kaum zu hören.

»Captain Reed, wir rufen aus New Orleans an, und ich fürchte, dass der Hurrikan die Telefonverbindung beeinträchtigt. Wir haben Sie nicht verstanden. Könnten Sie das zuletzt Gesagte bitte noch einmal wiederholen?«

»Ich habe gesagt, dass man in diesem Fall meiner Meinung nach nicht einfach nur von Trennung sprechen kann. Was wissen Sie darüber?«

»Dass die Frau mit den Kindern nach Florida gezogen und Nelson ihr drei Monate später gefolgt ist, ohne dass sie in einer gemeinsamen Wohnung leben.«

Reed zögerte, bevor er schließlich sagte: »Sehen Sie, ich schätze Nelson. Nicht dass wir beste Freunde wären, aber wir haben uns immer gut verstanden. Wir haben uns mit unseren Familien zum Essen getroffen, zusammen gegrillt, solche Dinge. Er hat mir nie gesagt, dass er Eheprobleme hat, hat es nicht mal angedeutet. Irgendwann hat meine Frau mir erzählt, dass sich Sarah immer wieder darüber beklagt, wie streng Brad zu den Kindern ist hinsichtlich ihrer Freunde, der Schule und der Ausgehzeiten, Sie verstehen schon. Aber ein solches Verhalten ist bei Polizisten nicht selten. Ich nehme an, das liegt daran, dass wir unsere Kinder vor dem schützen wollen, was wir täglich mitkriegen, doch wie es aussah, hat Nelson das Maß verloren.«

»Hat er seine Kinder geschlagen?«

»Ich weiß es nicht genau …«

»Aber?«

»Ein paar Wochen bevor das mit der Familie Andrews passiert ist, haben Nelsons Nachbarn gemeldet, dass aus seiner Wohnung Schreie und anderer Lärm zu hören waren. Wir haben eine Streife hingeschickt. Die Kinder waren nicht da. Sarah hatte ihnen erlaubt, die Nacht außer Haus zu verbringen. Das hatte zu einem Streit zwischen den beiden geführt, der offenbar ein wenig eskaliert ist. Als die Kollegen dort ankamen, hatte sich Sarah im Schlafzimmer eingeschlossen. Brad hat sie nicht angerührt, aber er hatte den Rest der Wohnung kurz und klein gehauen. Dennoch wollte sie nicht gegen ihn aussagen oder ihn anzeigen. Die Kollegen haben mich angerufen und ihn ins Revier mitgenommen, wo er die Nacht verbracht hat. Am nächsten Tag, als er sich wieder beruhigt hatte, habe ich ihn zurück nach Hause begleitet. Als ich die Wohnung betreten habe, konnte ich es nicht glauben. Es sah aus, als hätte dort ein Wirbelsturm gewütet. Und wie sich herausstellte, ist das nicht zum ersten Mal passiert, wenn es vorher auch nie diese Ausmaße erreicht hat. Sarah war mit den Kindern weggefahren. Nach Florida, wo ihre Familie lebt. Sie fand einen Job in ihrem Beruf – sie ist Immobilienmaklerin – und hat ihm gesagt, dass sie nicht mehr zurückkehren wolle. Noch am selben Tag hat Nelson die Versetzung beantragt. Ich hab versucht, ihn davon abzubringen, aber er meinte, dass er sie liebe und sich ändern könne. Dann kam das Unwetter, und das mit den Andrews ist passiert. Und dieser arme Junge hat immer wieder gesagt, dass die Geige nicht seiner Familie gehört, dass der Fall nicht richtig untersucht worden sei.«

»Glauben Sie, dass Nelson auf irgendeine Weise damit zu tun haben könnte?«

»Was? Was sagen Sie denn da? Natürlich nicht.« Der Captain klang aufrichtig empört. »Nelson war nicht hundertprozentig bei der Sache. Er hat nur noch an die Versetzung nach Florida gedacht. An jedem freien Tag ist er dorthin geflogen. Seit Sarah ihn verlassen hat, hatte er nur noch ein Ziel, und das war, sie zurückzugewinnen. Er hat sich anders verhalten als sonst, andere Dinge getan, ich nehme an, er hat versucht, ein besserer Mensch zu werden, vor allem in Sarahs Augen.«

»Und eines dieser Dinge war, dass er sich dieser freiwilligen Katastrophenhilfe angeschlossen hat?«

»Ja, in der Zeit, in der er noch hier gearbeitet hat, war er ein paarmal deswegen unterwegs.«

»Könnten Sie das etwas genauer sagen? Wie oft war das und an welchen Daten?«

»Na ja, soweit ich weiß, wurden diese Informationen bereits Ihrem Kollegen durchgegeben, der angerufen hat.«

Johnson sah Dupree verärgert an, als wäre ihm plötzlich wieder eingefallen, wie sauer er auf Tucker war.

»Was Sie wissen wollen, habe ich natürlich nicht hier, sondern im Büro«, fuhr der Captain fort. »Ich könnte Ihnen die Daten morgen früh zukommen lassen. Soweit ich mich erinnere, war er zweimal in einem anderen Bundesstaat auf einem dieser Hilfseinsätze, einmal im Februar und ein weiteres Mal Mitte März, nur wenige Tage vor seinem Umzug nach Florida. Da musste er nach Texas, in die Nähe von Killeen; daran erinnere ich mich so genau, weil dort zuvor ein paar Tornados durchgezogen sind.«

»Captain Reed, mein Name ist Salazar«, ergriff Amaia das Wort. »Sie kennen Detective Nelson seit zwölf Jahren. Ist er ein religiöser Mensch?«

Die Antwort auf diese einfache Frage ließ lange auf sich warten. So lange, dass sie schon fürchtete, das Gespräch sei abgebrochen.

»Haben Sie meine Frage gehört, Captain?«

»Ja, hab ich. Es ist nur … na ja, wenn Sie mich das vor einem Jahr gefragt hätten, hätte ich laut gelacht. Nelson ist ein guter Mensch, aufrichtig, großzügig, er hat viele gute Charaktereigenschaften, aber er flucht wie ein Bierkutscher. Ein guter Mensch, aber nicht einer, der in die Kirche geht.«

»Und was hat sich da geändert?«

»Vor ein paar Monaten, nachdem Sarah ihn verlassen hat, hab ich ihn eines Abends in der City gesehen, als er in eine Kirche gegangen ist. Ich bin ziemlich verblüfft weitergefahren.«

»Sind Sie sich sicher? Erinnern Sie sich noch, welche Kirche das war?«

»Ja, sie liegt direkt im Stadtzentrum. Die *Guardian Angel Church*.«

»Haben Sie ihn darauf angesprochen?«

»Nein, hab ich nicht. Es war offensichtlich, dass er nicht gesehen werden wollte. Er hat sich nach allen Seiten umgeblickt, bevor er reingegangen ist, als ob er gefürchtet hat, dass ihn jemand dabei beobachten könnte. Augenscheinlich wollte er diese Glaubensangelegenheit für sich behalten, da stand es mir nicht zu, mich einzumischen, meinen Sie nicht? So ein Mann wie Nelson denkt unter Umständen, dass ihm das als Schwäche ausgelegt werden könnte.«

»Vielen Dank, dass Sie sich die Zeit genommen haben, Captain«, sagte Dupree. »Sie waren uns eine große Hilfe.«

»Glauben Sie, dass er vollkommen aufrichtig war?«, fragte Johnson.

Genau in diesem Moment wurde die Tür geöffnet, und Detective Bull machte Dupree ein Zeichen, dass er zu ihm in den Gang kommen sollte.

Dupree bedeutete ihm, noch einen Moment zu warten, denn er wollte erst Johnsons Frage beantworten. »Ich glaube, dass er ehrlich zu *uns* war, aber ich weiß nicht, ob er sich nicht selbst belügt. Was denken Sie?«

»Er hat gesagt, dass Nelson sehr streng zu seinen Kindern war, genau wie Lenx. Zwei Jungen und ein Mädchen, ebenfalls wie bei Lenx. Und dann ist da noch die Sache mit der Kirche, die er heimlich besucht hat. Seinen Glauben zu verschweigen könnte passen.«

Amaia hatte im Computer recherchiert. »Das habe ich mir auch gedacht«, sagte sie. »Deshalb habe ich den Captain gefragt, ob er sich erinnert, welche Kirche es war. Die *Guardian Angel Church* ist eine katholische Kirche. Wir wissen, dass Lenx einen überdrehten Bezug zur Religion hat, aber es fällt mir schwer zu glauben, dass ein derart strenggläubiger Lutheraner auf einmal seine Konfession wechselt. Und ich kann mir auch nicht vorstellen, dass er seine Kinder in einem anderen Glauben erziehen könnte. Ehrlich gesagt passt das überhaupt nicht.«

»Was halten Sie von der Geschichte mit dem Brand?«, wollte Dupree wissen.

»Ich denke, dass Lenx fähig wäre, ein solches Feuer zu legen«, entgegnete Amaia. »Ein Feuer, das sein Haus und sein Gesicht zerstört, ist der perfekte Neuanfang; ein neuer Auswcis, ein neues Gesicht. Meiner Meinung nach ist Lenx so von sich selbst überzeugt, dass ihm zuzutrauen ist, sein Aussehen auf so radikale Weise geopfert zu haben.«

»Es kann nicht viele Brände gegeben haben, die zu dieser Zeit zehn Menschen in Boston das Leben gekostet haben.« Johnsons Finger bearbeiteten die Tastatur. »Hier ist es: ein Feuer in einem alten Wohngebäude. Zehn Tote, zwei Leichtverletzte und ein Schwerverletzter. Ein Mann, dessen Initialen mit denen von Brad Nelson übereinstimmen, hat es noch nach draußen geschafft, ist aber in der Tür des Gebäudes mit schweren Verbrennungen zusammengebrochen. Die Feuerwehrleute hatten gerade noch genug Zeit, ihn in Sicherheit zu bringen, bevor das Gebäude zusammenbrach. Von einigen der Opfer wurden nur noch verkohlte Überreste gefunden, und nicht alle konnten identifiziert werden. Wie es aussah, wohnten ein paar Illegale in dem Haus.« Er blickte auf. »Ich sage nicht, dass es unbedingt so sein muss, aber sich nach einem Brand die Identität eines anderen anzueignen ist nicht gerade schwer. Vielleicht ist er in das Gebäude eingedrungen, als es bereits in Flammen stand, um sich dann mit den Verbrennungen, die er sich zugezogen hat, retten zu lassen. Das klingt furchtbar, aber wie Salazar bereits sagte, ein Mensch wie Lenx könnte zu so etwas in der Lage sein. Und noch zu viel mehr.«

Detective Bull erschien erneut in der Tür und sah Dupree drängend an. Keiner der beiden sagte etwas. Dupree hob die Hand und bat den Detective, noch zu warten. »Fahren Sie fort, Johnson.«

»Und dann ist da noch, dass er sich vor acht Monaten entschieden hat, sich bei der Katastrophenhilfe zu engagieren. Genau zu dem Zeitpunkt, als die Morde begannen und sein Familienleben vor die Hunde ging. Wie wir eben gehört haben, war er deswegen in Texas und in einem anderen Bundesstaat, der durchaus New Jersey gewesen sein könnte, und wir haben die Bestätigung, dass er in Killeen war, wo die Familie Mason ermordet wurde. Uns fehlen nur die Angaben, die Tucker uns inzwischen geschickt haben müsste, die Liste mit seinen beruflichen Abwesenheiten, seit er umgezogen ist. Aber bisher stimmt alles überein. Als Katastrophenhelfer könnte er einen Aktenkoffer dabeigehabt und ein Abzeichen getragen haben. Dank seiner Polizeiausbildung weiß er, wie er sich an einem solchen Ort verhalten muss, und ein Polizist oder ein anderer, der kommt, um zu helfen, ist immer willkommen, auch wenn er wie Nelson ein völlig vernarbtes Gesicht hat.«

»Dennoch dürfen wir nichts überstürzen«, mahnte Dupree. »Wir wissen noch nicht, ob er wirklich in New Jersey war, und selbst dann könnte es sich um einen Zufall handeln, wenn auch um einen äußerst verdächtigen wie der, dass er sich im Moment in New Orleans aufhält. Wir müssen seine Gruppe ausfindig machen, aber diskret, ohne dass Nelson merkt, dass wir ihm auf den Fersen sind. Wir müssen herausfinden, wie und wann die Gruppe angekommen ist und wo sie sich während des Sturms aufhalten wird. Sicher an einem Ort, der diesem hier sehr ähnlich ist.«

»Agent Dupree«, versuchte es Bull erneut von der Tür aus.

»Entschuldigen Sie mich«, sagte Dupree, stand auf und ging zu Bull.

Amaia beobachtete die beiden Männer. Sie standen dicht beieinander, blickten sich jedoch nicht in die Augen, während sie miteinander sprachen, was für ihre Vertraulichkeit sprach. Bull erklärte Dupree etwas, woraufhin dieser mit ernstem Gesicht nickte. Zwischendurch sah Dupree zu ihr herüber, und ihre Blicke kreuzten sich.

Gleich darauf machte Dupree dem Detective ein Zeichen, und beide verschwanden aus ihrem Blickfeld.

Charbou kam mit einem Tablett voller Sandwiches herein. Falls er seinem Dienstpartner auf dem Gang begegnet war, während dieser mit Dupree sprach, schien ihn dies nicht verwundert zu haben.

Johnson rieb sich die Augen und legte ein Lesezeichen zwischen die Blätter der Mappe, die er gerade durchsah. Auf den Deckel hatte er dick mit Filzstift *Familie Miller* geschrieben. Er nahm sich eines der Sandwiches und tat es Charbou nach, der es sich auf einem der Feldbetten bequem machte.

»Sie sollten auch versuchen, ein wenig zur Ruhe zu kommen«, sagte er zu Amaia. »Es ist fast drei Uhr morgens, und wir haben einen harten Tag vor uns.«

»Ich werde weiterhin versuchen, den Hilfstrupp ausfindig zu machen, dem Nelson angehört«, entgegnete sie, obwohl ihr die Müdigkeit anzusehen war.

»Wahrscheinlich kümmern sich Tucker und Emerson auch darum«, meinte Johnson. »Sie werden uns sicher anrufen, wenn sie etwas wissen.«

»Und Sie? Haben Sie etwas gefunden?« Amaia wies auf die Akten, die mit den Namen der ermordeten Familien beschriftet waren.

Johnson schüttelte den Kopf. »Nichts Auffälliges, ganz normale Familien mit ganz normalen Problemen. Die Millers haben ein Jahr vor dem Mord die Scheidung eingereicht, sind dann aber zu einem Eheberater gegangen, und so lange lag das Verfahren auf Eis. Die Masons hatten finanzielle Probleme und gerade die zweite Hypothek auf die Farm aufgenommen. Wie es scheint, hatten sie Schwierigkeiten, das Studium ihres älteren Sohnes zu bezahlen, und der jüngere hatte ein paar Probleme in der Schule: schlechtes Benehmen, Prügeleien … Über die Andrews wissen wir das, was Joseph uns erzählt hat. Und auch die Allens hatten wenig Grund zur Freude. Vor einem Jahr wurde bei Mrs. Allen Brustkrebs diagnostiziert, und sie musste sich einer Chemotherapie unterziehen. Wie es aussieht, hat sie sich gut erholt, aber das hat offenbar die schulischen Leistungen der Kinder und deren Verhalten beeinflusst. Die beiden Söhne haben sich bei einem Nachbarn einen Traktor ›ausgeliehen‹ und sind damit über die Felder gefahren. Der Traktor ist umgekippt, und das Bein eines der Jungen wurde eingeklemmt. Er musste operiert werden, ist aber wieder vollkommen gesund. Ich hab gerade die Informationen über die Familie in Tampa bekommen, und da sieht es ähnlich aus: eine ganz normale Familie, ein paar Strafzettel wegen Falschparkens, ein Streit mit der Stadtverwaltung wegen der Errichtung eines Bootshauses und drei Kinder im Teenager-Alter. Das Mädchen wurde erwischt, als es in einem Kaufhaus einen Lippenstift geklaut hat, also alles im Rahmen des Normalen. Ach ja, die Großmütter: Wie Joseph Andrews uns erzählt hat, war die Großmutter an dem Tag der Morde nicht in Galveston, was aber für die nächsten Tage geplant war, daher wäre es nicht verwunderlich, wenn sich der Täter, was das betrifft, vertan hat. Und falls Ihnen die Information irgendwie weiterhilft: Bei den Nelsons gibt es keine Großmutter. Die Eltern von Mr. Nelson sind nachgewiesenermaßen verstorben, als er zwanzig Jahre alt war. Er hat keine Geschwister oder andere Verwandte. Was Martin Lenx sehr entgegengekommen wäre, wenn er seine Identität angenommen hat. Die Mutter von Nelsons Frau, Sarah Rosenblant, ist gestorben, als ihre Tochter noch ein Kind war. Sarah ist mit ihren Geschwistern bei ihrem Vater in Florida aufgewachsen. Stephen Rosenblant ist übrigens Senator in Florida und Republikaner.«

Bill Charbou stieß einen langen Pfiff aus und grinste.

Johnson lächelte leicht, fuhr jedoch fort, als hätte er nichts gehört. »Ich versuche gerade, die mutmaßlichen Verbrechen und die Daten, an denen sie begangen wurden, grafisch darzustellen und die Angaben über die Familien zu vergleichen, um herauszufinden, ob es irgendeine Verbindung zwischen den ›Sünden‹ dieser Leute und den Gründen gibt, wieso der Komponist sie zum Tode verurteilt hat.«

Während seines Vortrags hatte Johnson die ganze Zeit über das Sandwich in der Hand gehalten, nun biss er hinein, was Charbou nutzte, um das Wort zu ergreifen.

»Glauben Sie, dass so was wie eine Scheidung, der Streit mit der Verwaltung, der Unfall mit dem Traktor oder der Diebstahl im Kaufhaus Gründe dafür sein könnten, dass der Komponist diese Leute zum Tode verurteilt hat? Ich bin Polizist und sehe jeden Tag, was auf der Straße los ist, was Zuhälter, Drogendealer, Nutten und Junkies so treiben. Ich weiß, was von ihnen zu erwarten ist, und in gewisser Weise, wie sie denken. Von dem Verhalten eines Psychopathen hab ich allerdings keine Ahnung, aber wenn er seine Taten mit solchen Belanglosigkeiten rechtfertigt, müsste er neun von zehn Familien in diesem Land zum Tode verurteilen.«

Amaia sah den Detective nachdenklich an. »Sie haben sicher recht damit, dass diese Vergehen eher gering erscheinen«, sagte sie schließlich. »Doch Täter wie Lenx sind in allen psychologischen Handbüchern beschrieben. Alle Experten sind sich einig darüber, dass die Gründe, die sie antreiben, lediglich als plumpe Entschuldigung für den Drang dienen, Leben auszulöschen, weil sie in ihrem eigenen Leben ihrer Meinung nach gescheitert sind. Das ist es, wie sich Psychopathen letztendlich verhalten.«

»Deshalb glauben wir, dass Lenx sich ein neues Leben geschaffen hat«, meinte Johnson zustimmend. »Eines, das für eine Weile vielleicht seinem Ideal entsprach, aber seit Kurzem Risse bekam.«

Amaia seufzte. »Sicher ist, dass die Gründe für einen Psychopathen, einen Mord zu begehen, nicht logisch oder schwerwiegend sein müssen. Es reicht, wenn er sich einfach gestört fühlt.«

Charbou sah sie bewundernd an. »Sie sind echt sehr clever, Salazar – und das macht Sie verdammt sexy.«

Zunächst irritiert von diesem Kommentar, starrte sie den Detective unwillig an, während sie mit sich rang, ob sie wütend darauf reagieren sollte. Sie hatte die Charbou-Methode längst durchschaut und die Nase voll davon.

Aber Johnson sprang für sie in die Bresche, indem er sagte: »Und was ist mit mir, Detective Charbou? Macht Sie meine Cleverness auch an? Mindestens die Hälfte von Salazars Ausführung ist auf meinem Mist gewachsen.«

Charbou zuckte mit den Schultern und schüttelte grinsend den Kopf. Amaia musste innerlich lächeln, ließ es sich aber äußerlich nicht anmerken.

Draußen wurde der Sturm immer heftiger. Der Wind, der durch die undichten Fenster im Treppenhaus zog, verursachte ein Geräusch, das jedes Mal, wenn die Tür geöffnet wurde, wie das Brüllen eines wütenden wilden Tieres klang. Unbewusst sahen alle zu den Fenstern hinüber, die hinter dem Packpapier merklich klapperten.

»Machen Sie eine Pause, Salazar«, sagte Johnson, nahm sich noch ein Sandwich und hielt Amaia auch eins hin. »Essen Sie was und versuchen Sie zu schlafen.«

»Ich fürchte, dass ich bei diesem Lärm kein Auge zutun kann, selbst wenn ich wollte.«

»Sie werden überrascht sein, unter welchen Bedingungen man schlafen kann, wenn es sein muss«, meinte Johnson lächelnd. »Vorhin sind Sie sogar im Auto eingedöst.«

Charbou nickte. »Stimmt, kann ich bezeugen, und wenn Sie nicht schlafen können, ruhen Sie sich wenigstens ein wenig aus.«

Sie gab sich geschlagen, packte das Sandwich aus der Plastikfolie und setzte sich, mit dem Rücken an die Wand gelehnt, auf ihr Feldbett.

»Möchten Sie, dass ich das Licht ausmache?«, fragte Charbou.

Bevor Amaia reagieren konnte, wurde es plötzlich dunkel und still im Haus. Sogar die Notfalltelefone klingelten nicht mehr. Draußen wütete der Hurrikan, und die Fenster wackelten.

»Ich seh schon, dass in New Orleans keine halben Sachen gemacht werden«, witzelte sie. »Wenn Sie das Licht ausmachen, dann komplett.«

Ein Blitz erhellte kurz Amaias Profil, die ans Fenster getreten war.

»Totaler Stromausfall«, sagte sie mit einem Blick nach draußen. »Überall ist das Licht ausgegangen, oder zumindest so weit, wie ich es von hier sehen kann.«

»Keine Sorge, gleich läuft der Notfallgenerator!«, rief jemand aus dem Gang.

Amaia Salazar mochte die Dunkelheit nicht, und sie hatte keine Ahnung, ob das einmal anders gewesen war. So lange, wie sie sich erinnern konnte, hatte sie immer ein schwaches Licht brennen lassen, wenn sie schlief, damit sie, wenn sie die Augen aufschlug, gleich wusste, wo sie sich befand und dass sie in Sicherheit war, dass sich keiner über sie beugte, um ihre Seele zu fressen.

Was die Leute wohl gesagt hätten, wenn sie gestand, dass sie bei Licht schlief, weil sie Angst hatte, dass ein Gespenst aus ihrer Vergangenheit kam, um sie zu fressen.

Amaia hasste die Dunkelheit und mehr noch Dunkelheit *und* Stille, weil man in der Stille alles hören konnte. Deshalb fragte sie: »Agent Johnson, was ist eigentlich mit Tucker?«

»Ja«, stand ihr Charbou sichtlich belustigt bei, »was ist eigentlich mit Tucker? Vorhin, während des Telefongesprächs, sind Sie ihr mehrfach ins Wort gefallen. Und bei dem Telefonat mit dem Captain in Galveston meine ich gehört zu haben, dass Sie gesagt haben ...«

»›Tucker kennt keine Gnade‹«, beendete Johnson den Satz.
Abgesehen vom schwachen Licht der Notausgang-Hinweise, das aus dem Gang hereinfiel, lag alles im Dunkeln. Amaia konnte Johnson nicht sehen, als er antwortete: »Ich mag sie nicht.«

Seine Aussage klang so aufrichtig, dass Amaia und Charbou lachen mussten.

»Wie meinen Sie das?«, fragte Charbou. »Mögen Sie sie nicht, wie man jemanden wegen seines Parfüms, seiner Stimme oder der Art, wie er seinen Kaffee trinkt, nicht mag, oder hassen Sie sie richtig?«

Johnson dachte ein paar Sekunden darüber nach. »Ich würde gern von mir glauben, dass ich niemanden wirklich hasse. Na gut, abgesehen von Pädophilen, Serienmördern und den Feinden unseres Staates.« Seinen Worten war anzuhören, dass er lächelte, während er das sagte. »Ich mag Agent Tucker nicht, weil sie illoyal ist.«

Amaia überlegte einen Moment. »Illoyal ... Ich hab noch nicht oft in einem Team gearbeitet, aber ...«

»Dennoch haben Sie sich in den letzten Stunden dieser Einheit gegenüber bereits loyaler verhalten als Tucker in ihrem ganzen Leben«, meinte Johnson. »Sie hat zum Beispiel in Galveston angerufen, obwohl Dupree gesagt hat, dass er mit dem Captain dort reden würde.« Er schnaubte. »Tucker kennt keine Gnade ... Glauben Sie mir, wenn die vom *National Hurricane Center* sie kennen würden, hätten sie diesen Wirbelsturm nicht Katrina, sondern Stella genannt. Gnadenlos und zerstörerisch. Diese Art von Illoyalität beeinträchtigt die Ermittlungen. Um der Gruppe zuvorzukommen und allein die Lorbeeren einzusammeln, hat sie das Risiko in Kauf genommen, Captain Reed zu verärgern. Das hätte ihm das Gefühl vermitteln können, dass wir ihn in die Defensive drängen wollen, und dann hätte er vielleicht nichts gesagt. Und so was mag ich einfach nicht. Ist Ihnen nicht aufgefallen, wie sie sich während des Gesprächs verhalten hat? Ihr war deutlich anzumerken, dass Nelsons Verhalten ihr verdächtig vorkam. Warum hat sie das dann nicht in der Gruppe besprochen, damit wir alle damit arbeiten können? Ich denke, dass sie intelligent genug ist, nicht ohne Grund so zu handeln. Tucker ist ehrgeizig und will um jeden Preis aufsteigen. Ich kann Ihnen garantieren, dass sie einen persönlichen Bericht abgeben wird, in dem sie deutlich macht, dass alle Ideen, Fortschritte und Anregungen, die zum Erfolg dieser Ermittlungen geführt haben, von ihr kamen. Sie ist illoyal Dupree gegenüber und gegenüber der Einheit.«

»Und Emerson?«, fragte Amaia.

Johnsons Schnauben war deutlich zu hören, und sie war sicher, dass er gleichzeitig den Kopf schüttelte. »Emerson ist ein Arschkriecher. Er ist nicht gerade brillant, aber er kann im Team arbeiten. Denn er weiß, dass er nicht so intelligent ist wie Tucker und dass er nur weiterkommt, wenn er ihr nicht von der Seite weicht. Deshalb tut er, was sie will. Emerson ist ein Mitläufer, nicht besonders helle, aber ... ja, *er* ist loyal.«

»Sie kennen Dupree«, fragte Amaia vorsichtig. »Warum, glauben Sie, ist sie in seinem Team?«

»Dupree sind nur die laufenden Ermittlungen wichtig, und Agent Tucker ist auf ihrem Gebiet sehr gut. Alles andere ist ihm egal.« Johnson machte eine Pause und fügte dann in traurigem Tonfall hinzu: »Tucker sägt an seinem Stuhl, aber es scheint ihm nichts auszumachen.«

»Warten Sie«, sagte Charbou lachend, »hier sind ja echte Intrigen im Gange.«

Amaia brachte es auf den Punkt. »Sie meinen, dass Tucker gern Duprees Posten hätte?«

Auch Johnson lachte, doch es klang freudlos. »Es ist eine Sache, was sie will, und eine andere, welche Möglichkeiten sie hat. Tucker ist eine hervorragende Ermittlerin, aber Dupree ... alle fünfzehn, zwanzig Jahre gibt es einen Special Agent wie ihn. Er ist einfach eine Klasse für sich.«

»Und was, glauben Sie, macht unser Chef jetzt gerade?«, wagte Amaia zu fragen. »Es hat sicher mit dem Getuschel mit Detective Bull zu tun.«

»Subinspector Salazar, was Dupree angeht, müssen Sie sich eins merken: Er ist immer mit noch etwas anderem beschäftigt, allen immer einen Schritt voraus, manchmal einen ganzen Tag. Das trägt sicher dazu bei, dass er immer so ... beunruhigt wirkt.«

»Mir ist auch schon aufgefallen, dass er fast nie lächelt«, meinte Charbou.

»Na ja, er ist ein ernster Mensch, aber es stimmt, dass er, seit wir hier in New Orleans sind, besonders besorgt wirkt.«

Amaia wandte sich im Dunkeln an Charbou: »Und Sie, Bill? Wissen Sie, womit sich Ihr Partner gerade befasst? Vielleicht täusche ich mich, aber obwohl sie im Revier angeblich einander erst vorgestellt wurden, würde ich sagen, dass sich Dupree und Bull schon vorher kannten.«

»Ah, Subinspectora, da beißen Sie bei mir auf Granit«, entgegnete Charbou lachend. »*Ich* weiß, was es bedeutet, loyal zu sein.«

»Ich dachte, dass Loyalität und Aufrichtigkeit zusammengehören.« Sie ließ nicht locker. »Stört es Sie nicht, dass er etwas vor Ihnen verbirgt?«

»Subinspectora, wir sind Bill und Bull und nicht Batman und Robin. Loyalität bedeutet nicht, alles zu sagen, sondern das zu sagen, was gesagt werden muss.«

Amaia lächelte Charbou auf eine Art und Weise zu, die sie sich im Hellen niemals erlaubt hätte.

29

Nana. *Maudit*

New Orleans, Superdome
29. August 2005, 03:00 Uhr am Montagmorgen

Obwohl Nana keine Schlaftablette genommen hatte und geschworen hätte, ohne Tablette kein Auge zumachen zu können, war sie eingeschlafen. Sie erwachte mit dem Gemurmel und Geflüster von zehntausend Leuten um sich herum und dem Heulen des Windes, der um das Stadion fegte, und hob den Blick. Die Musik, die den ganzen Abend über unablässig aus den Lautsprechern erklungen war, war abgestellt worden, und irgendjemand hatte das Flutlicht gedämmt. Die Kinder, die in den ersten Stunden über die Laufbahn gerannt waren, hatten offensichtlich genug. Sie schliefen tief und fest in den Armen ihrer Eltern oder zusammengekuschelt auf dem Boden.

Nana musste pinkeln. Seit sie im Stadion war, hatte sie sich nicht getraut, ihren Platz zu verlassen, weil sie fürchtete, jemand könne ihn ihr wegnehmen. Sie hatten die beiden Plätze unmittelbar am Gang gewählt. Bobby hatte Selethas Rollstuhl direkt neben seinen Sitz gestellt und sich bemüht, die Leute vorbeizulassen, die sich bis zur Nachtruhe den ganzen Abend über noch ins Stadion geflüchtet hatten. Nun kamen nur hin und wieder noch einzelne

Menschen, Obdachlose und Vagabunden, die sich geweigert hatten, Schutz zu suchen und von der Polizei gebracht wurden.

Um acht waren Sandwiches und Wasserflaschen verteilt worden und um zehn süßes Gebäck und ein Trinkpäckchen mit Fruchtsaft. Bobby hatte von zu Hause einen Rucksack mit Wasser und Sandwiches mitgebracht, sie hatten aber erst mal das gegessen und getrunken, womit die Stadtverwaltung sie versorgte.

»Nana, wir wissen ja nicht, wie lange wir noch hierbleiben müssen und wann wir morgen nach Hause gehen dürfen«, hatte Bobby gesagt, »daher sparen wir uns unseren Proviant lieber für später auf.«

Es war warm, und sie hatte die Wasserflasche schon geleert und den Saft zur Hälfte getrunken. Daher musste sie nun auf Toilette.

Nana stand auf und stützte sich vorsichtig auf ihren Stock. Sie hatte lange Zeit über gesessen und hatte ein Knirschen in der Hüfte erwartet, doch stattdessen knackten ihre Knie. Seletha schlief mit hängendem Kopf. Trotz des anhaltenden Heulens des Windes und des Geraunes der Menschen, die nicht schliefen, hörte Nana ihr mühsames Atmen. Bobby war nach vorn auf die Kante des Sitzes gerutscht, um die Beine ausstrecken zu können. Die Kapuze seiner Sweatjacke verbarg die Hälfte seines Gesichts, und die gekreuzten Arme hatte er auf den Rucksack gelegt, den er vor der Brust trug. Nana versuchte, über seine Beine zu klettern, ohne ihn zu wecken, doch sie verlor leicht das Gleichgewicht, und Bobby öffnete die Augen.

»Wohin gehst du, Nana? Du solltest besser hierbleiben.«

Ein Mann, der in der Reihe hinter ihnen saß, sah zu ihnen herüber. Er hatte drei Kinder dabei, von denen zwei auf Sitzplätzen hockten und das andere in seinem Arm eingeschlafen war. Nana spürte, wie ihr die Hitze in die Wangen stieg. Obwohl ihre Nieren schmerzten, beugte sie sich vornüber, um Bobby ins Ohr zu flüstern: »Ich muss auf Toilette.«

Bobby richtete sich besorgt auf, blickte seine Mutter an und dann zu dem beleuchteten Zugang zu den Korridoren im Gebäude, wo sich die Toiletten befanden.

»Oje, Nana! Was soll ich denn jetzt machen? Ich kann Seletha nicht allein lassen, und wenn ich dich mit ihr zusammen begleite, sind unsere Plätze futsch. Wir können ja nur hier am Gang sitzen, wegen des Rollstuhls, und ich kann sie nicht herausheben.«

»Natürlich nicht. Mach dir keine Sorgen, ich gehe allein.«

»Bist du sicher?«

Nana nickte und beugte sich erneut zu ihm hinunter. »Ich frage mich, wie du das Problem bei Seletha gelöst hast?«

Bobby lächelte. »Ich habe ihr zwei Windeln angezogen«, sagte er mit einem besorgten Blick zu seiner Mutter. »Ich hoffe, das reicht.«

»Hättest du zur Not für mich auch noch eine?«, fragte Nana lächelnd, bevor sie sich auf den Weg machte.

Es war eindeutig nicht ihr Glückstag, denn das Hinweisschild zur Toilette, das am Zugang zu den Zuschauerrängen hing, gab an, dass die nächste Toilette etwa fünfzig Meter entfernt war.

Es waren nicht viele Leute in den Gängen, die meisten hatten die zweifelhafte Bequemlichkeit eines Sitzes in einer der Zuschauerreihen vorgezogen. Im Gegensatz zu der Hitze auf den Zuschauerrängen herrschten im Gang eine feuchte Kälte und heftiger Durchzug, der jedoch nicht ausreichte, um den Gestank von Urin und anderen Dingen vor der Herrentoilette zu beseitigen, wo mehrere Männer Schlange standen. Nana dankte Gott, als sie sah, dass vor der Damentoilette niemand wartete.

Als sie gerade eintreten wollte, stürzte eine Frau heraus, die ihr beinahe in die Arme fiel.

»Gehen Sie da nicht rein!«, sagte sie, während sie in den Gang eilte.

Nana drehte sich um und sah ihr nach. Sie war auf das Übelste gefasst, doch dies hier war ein Notfall, und sie hatte in ihrem Leben schon viele schlimme Dinge gesehen. Also öffnete sie die Tür und trat ein.

Es stank nicht oder zumindest nicht allzu sehr, und nur neben den Waschbecken waren ein paar verdächtige nasse Flecken auf dem Boden. Doch der Raum war leer. Plötzlich hörte sie ein Keuchen, eine erstickte Stimme, vielleicht ein leises Weinen. Sie durchquerte den Bereich mit den Waschbecken und hielt dabei ihren Stock von den nassen Flecken fern. Vorsichtig schaute sie in den Raum, an dessen rechter und linker Seite die Toilettenkabinen lagen. Ganz hinten, vor der letzten Kabine, standen zwei junge Männer vor der offenen Tür, und aus der Tür ragten zwei lange Frauenbeine mit roten Sandalen an den Füßen.

Für einen Moment dachte Nana, die Frau käme nieder, dass das, was sie hörte, das Stöhnen einer Gebärenden wäre. Bis sie den Mann sah, der sich zwischen den Beinen der Frau aufrichtete und sich die Hose hochzog, während der, der darauf wartete, zum Zug zu kommen, sich die Hose öffnete.

Nanas Atem beschleunigte sich, und ihre Augen füllten sich mit Tränen der Wut.

»Was macht ihr da?«, schrie sie, so laut sie konnte.

Die drei Männer sahen überrascht zu ihr herüber und wirkten gleich darauf amüsiert.

»Hau ab, du alte Hure!«, entgegnete einer von ihnen lachend. »Oder willst du auch mal?« Er fasste sich zwischen die Beine.

Nana zitterte am ganzen Leib. Ohne darüber nachzudenken, ging sie auf die Männer zu, fühlte, wie der Stock zwischen ihren zitternden Fingern bebte, ging jedoch schwankend weiter, von einer Wut und einem Hass angetrieben, wie sie sie nur aus einer anderen Hurrikan-Nacht kannte.

Einer der Männer kam ihr dreist entgegen und breitete lachend die Arme aus. Nana ballte die rechte Hand und wollte ihn schlagen, doch er fing die Faust ab, packte sie an den Armen und zwang sie zurückzugehen, ohne dafür viel Kraft aufwenden zu müssen.

Nana weinte. Ihre Tränen der Wut und der Hilflosigkeit brannten wie Gift, während sie sich mit aller Kraft gegen den Mann stemmte, der lachte und sie beinahe vorsichtig abwehrte, als wollte er sie nicht verletzen, was sie noch mehr erniedrigte.

Als sie an der Tür angekommen waren, sagte er: »Hau ab, Alte, ich will dir nicht wehtun, du erinnerst mich an meine Oma.«

Nana war völlig erschöpft, ihre Arme brannten nach dem Versuch, sich diesem Tier zu widersetzen, ihre Knie zitterten vor Angst, und aus dem Toilettenbereich erklang das Klagen der Frau, deren Gesicht sie nicht hatte sehen können, nun doppelt so laut.

Nana konnte nicht mehr. Als der Mann sie endlich losließ, stöhnte sie hilflos auf, während ihre Arme wie tot an ihren Seiten herunterhingen. Sie hasste ihren schwerfälligen, unnützen alten Körper. Verzweifelt hob sie den Blick und sah dem Kerl in die Augen, der sie sorglos, beinahe mitleidig betrachtete. All ihr Hass und ihr Zorn sammelten sich in ihrem Mund, und sie spie sie ihm entgegen wie eine Bestie, die direkt aus der Hölle kam.

»Sei verflucht!«, schrie sie. »Ich verfluche dich und die anderen widerlichen Kerle im Namen deiner Großmutter, im Namen deiner Mutter und im Namen aller Frauen, die in ihren Familiengräbern ruhen!« Sie hob eine Hand, um mit dem Finger auf ihn zu zeigen. »Sei für immer verflucht, sodass du niemals das Licht siehst und nie Frieden findest!«

Während Nana sprach, schwand das Grinsen aus dem Gesicht des Mannes. Er kniff die Lippen zusammen und schüttelte den Kopf.

»Was sagst du da, du alte Hexe?«, brachte er verwirrt hervor. Der Spott und der Hohn, die er eine Minute zuvor noch zur Schau gestellt hatte, waren verschwunden.

»Ich verfluche dich!«, fuhr Nana fort und legte ihre gesamte Verachtung in diese Worte, all ihre Wut und ihren Schmerz. Der Hass ließ sie über sich hinauswachsen, während der Mann fast schon ängstlich wirkte.

»Sei still!«, flehte er beinahe.

Nana holte tief Luft, reckte den Hals und blickte ihm in die Augen.

»*Maudit!*«, entgegnete sie. »Sei verflucht!«

Der Mann wirkte verängstigt, sein Atem hatte sich beschleunigt, er keuchte und riss die Augen auf. Dann ballte er die Rechte und stieß die Faust nach vorn in Richtung von Nanas Gesicht.

Im selben Moment wurde es dunkel.

Nana nahm den Luftzug und das Krachen direkt neben ihrem Ohr wahr, als die Faust auf das Holz der Tür in ihrem Rücken traf. Ihre Beine knickten weg, und sie sank zu Boden. Auf allen vieren tastete sie mit ihren fast gefühllosen Fingern nach der Tür. Sie stieß sie auf und krabbelte hinaus.

An der feuchten Luft erkannte sie, dass sie sich wieder im Gang befand. Dort brannten ein paar schwache Lichter, die mit grünen Pfeilen den Weg zu den Notausgängen wiesen. Sie schleppte sich bis zur Wand, stützte sich ab, und es gelang ihr, sich aufzurichten. An der Wand entlang ging sie voran und fragte sich, wieso sie noch immer das erstickte Weinen der armen Frau hörte, bis ihr bewusst wurde, dass es ihr eigenes Weinen war.

Sie blieb stehen, zwang sich, durchzuatmen, und versuchte, sich zu beruhigen. Die Zugluft im Gang wurde immer stärker, als ob sie sich in einem Windtunnel befände. Sie spürte eine Nässe an den Oberschenkeln, und obwohl es nicht nötig war, fasste sie nach unten und ertastete die beschämende Feuchtigkeit.

In dem Moment gingen die Lichter wieder an, und Nana begann zu schreien.

30

In dieser Nacht noch nicht

New Orleans, Louisiana
29. August 2005, 05:00 Uhr am Montagmorgen

Amaia spitzte die Ohren, um das ruhige Atmen von Johnson und Charbou zu hören. Sie lagen auf ihren Feldbetten und schliefen trotz des heftigen Lärms des Unwetters und des ständigen Telefonklingelns, das gedämpft aus der Notrufzentrale herüberklang.

Amaia drückte auf den Lichtknopf an ihrer Uhr, um nachzusehen, wie spät es war, und stellte fest, dass es auf fünf Uhr morgens zuging. Bald würde es hell werden, obwohl durch die mit Packpapier zugeklebten Fenster nicht viel Licht hereindrang. Johnson hatte darauf bestanden, dass auch sie sich auf ihr Feldbett legte, um sich ein wenig auszuruhen, wobei sie nicht mal ihre Turnschuhe ausgezogen hatte.

Von ihrem Platz aus konnte sie ein paar von den Tatortfotos erahnen, die sie am Abend, von den anderen getrennt, auf den Tisch gelegt hatten. Irgendetwas ging ihr die ganze Zeit durch den Kopf, doch sie bekam es nicht zu packen. Es musste mit dem Tatort zusammenhängen, mit dieser Inszenierung eines Mannes, der seinem mörderischen Verlangen wieder und immer wieder nachgehen musste. War es für ihn eine Art Therapie, in der er seine

Verbitterung auf diese Menschen projizierte? Oder probte er damit das eigentliche Werk, das er noch schaffen wollte? Und wenn Letzteres der Fall war, worauf wartete er dann? Was musste geschehen, damit er ein zweites Mal seine eigene Familie umbrachte? Und wie lange wollte er noch üben?

Wenn sie die Augen schloss, sah sie wieder die Aufnahme von Lenx vor sich, wie er lächelnd allein für den Fotografen posierte, dann Brad Nelson als Teil einer Gruppe von feiernden Polizisten und das rötliche Haar der Tochter von Lenx und der von Nelson. Lenx' Frau mit ihrer duckmäuserischen, ängstlichen Ausstrahlung und Nelsons Frau, die sogar auf dem Foto in ihrem Führerschein selbstbewusst lächelte. Captain Reed hatte erwähnt, dass sie als Immobilienmaklerin arbeitete. Sie waren vollkommen unterschiedlich! Ob das eine Art des Psychopathen war, einen Fehler in seinem alten Leben zu korrigieren? Eine hübsche, unabhängige Ehefrau passte nicht zu Lenx, wobei Reed angedeutet hatte, dass Nelson schon öfter die Hand gegen seine Frau erhoben hatte, vielleicht um sie wieder auf den seiner Meinung nach rechten Weg zu führen.

Sarah Nelson lächelte mit Selbstvertrauen in die Kamera, aber Amaia wusste, dass das nicht unbedingt etwas heißen musste. War Sarah körperlich misshandelt worden? Auf jeden Fall hatte sie häusliche Gewalt ertragen müssen. Gewalt gegenüber irgendwelchen Dingen war nur eine Zwischenstufe, bevor sie sich gegen Menschen richtete. Und dann war da noch Nelsons heimlicher Kirchenbesuch.

Seine Frau war mit den Kindern zwölfhundert Meilen weit weggezogen. Was würde ein Mann wie Lenx in so einem Fall machen? Genauso reagieren wie beim ersten Mal? Ihnen folgen? Aber jetzt war er Polizist, ein Mann des Gesetzes, und konnte nicht einfach so hinter seiner Frau und den Kindern herlaufen und sie töten.

Jemand öffnete die Tür am Ende des Gangs, und der Lärm von Dutzenden Telefonen, die gleichzeitig klingelten, drang herein und verstummte, als sich die Tür wieder schloss. Amaia meinte, dass das unablässige Telefonklingeln in der letzten Stunde noch intensiver geworden war. Obwohl sie gerade erst auf die Uhr gesehen hatte, tat sie es erneut und wandte sich wieder dem Fenster zu.

Sie musste nachdenken und bemühte sich, die Daten und alle anderen Informationen, die sie den Tag über vernommen hatte, in ihrem Kopf zu ordnen, statt zu versuchen, wieder einzuschlafen. Das hatte bei ihr noch nie funktioniert. Zu schlafen war weder eine bewusste Entscheidung, noch war es etwas, dem sie sich freiwillig hingab. Der Schlaf überkam sie überfallartig, wie eine Entführung ihres Bewusstseins, der sie sich nie einfach so kampflos ergab. So war es schon immer gewesen, da der Schlaf bei ihr einer Verurteilung gleichkam und sich jede Nacht der Henker über sie beugte, um ihr zu sagen, dass die Stunde ihres Todes gekommen war.

Und ...

Sie ist sehr müde, aber sie weiß, dass sie nicht schlafen kann, sodass sie sich zwingt, die Augen zu öffnen. Sie schwingt die Füße aus dem Bett und spürt das kühle gewachste Holz an der nackten Haut. Ängstlich blickt sie auf ihre kleinen bleichen Kinderfüße, die über den dunklen Boden huschen, bis sie zwischen den Betten ihrer Schwestern innehalten.

Ros hat die Augen geschlossen und scheint zu schlafen, ihr langes Haar, das genauso dunkel ist wie Floras, zu einem Zopf geflochten, der wie ein treues Haustier auf dem Kissen liegt. Flora liest im Schein ihrer kleinen Bronzelampe, deren Fuß eine Nymphe ziert. Als spüre sie die Anwesenheit ihrer kleinen Schwester, sieht sie genervt von ihrem Buch auf.

»Du schon wieder! Was ist jetzt los?«

Amaia holt tief Luft und seufzt ängstlich, bevor sie antwortet.
»Ich fürchte mich, Flora, darf ich bei dir schlafen?«

»Ich hab dir doch schon gesagt, dass das nicht infrage kommt. Es wäre besser, wenn du in dein Bett zurückgehst, bevor Mama etwas merkt.«

Ros öffnet die Augen, richtet sich auf und stützt sich auf die Ellbogen. Obwohl sie alles gehört hat, fragt auch sie: »Amaia, was ist los? Warum schläfst du nicht?« Doch im Gegensatz zu Flora sieht sie ihre Schwester geduldig an.

»Ros, ich hab furchtbare Angst, darf ich bei dir schlafen?«

Amaia merkt, dass ihre Stimme bricht, sie ist kurz davor, loszuheulen, und kämpft mit letzter Kraft dagegen an. Flora macht sich über sie lustig, wenn sie weint.

»Amaia, es gibt keinen Grund, Angst zu haben.« Ros' Stimme klingt immer, als würde sie mit einem Kleinkind reden, langsam und liebevoll. »Flora schläft direkt an der Tür, und dann kommt mein Bett. Wir beschützen dich vor allen Monstern, Gespenstern und Vampiren.«

»Ich nicht, nachts beschütze ich keinen, dann schlafe ich«, widerspricht Flora bissig. »Und ihr solltet das Gleiche tun, ich mach jetzt das Licht aus.«

»Nein, nicht das Licht ausmachen, bitte, bitte lass das Licht an!«

Amaia ist sehr müde und spürt, dass alles verloren ist. Trotz der Kühle im Zimmer beginnt sie zu schwitzen und schließt erschöpft die Augen. Der Versuch, sie offen zu halten, entlockt ihr die ersten Tränen. Danach strömen sie wie ein Sturzbach über ihr Gesicht.

»Bitte!«, fleht sie schluchzend, was sich vor lauter Erschöpfung wie itte *anhört.*

Von Mitleid erfasst, hebt Ros ihre Decke an und rutscht zur Seite. »Los, komm her.«

Amaia kuschelt sich an ihre Schwester. Aus weiter Ferne hört sie, dass Ros noch etwas sagt. »Aber du musst in dein Bett zurück-

kehren, bevor Mama uns morgen früh wecken kommt, denn wenn sie dich hier findet, wird sie wütend. Hörst du, Amaia?«

Doch Amaia hört sie nicht. Endlich in Sicherheit, schläft sie tief und fest.

Bis die Glocke erklingt.

Als sie die Augen öffnet, hofft sie, nur Stille zu hören, dass das Läuten nur ihrem Traum entspringt, doch sie hört es wieder, laut und deutlich. Sie setzt sich im Bett auf und betrachtet verwundert ihre Schwestern, die von dem Lärm nicht geweckt worden sind. Erneut lauscht sie aufmerksam und stellt fest, dass neben dem Läuten noch ein Brausen zu hören ist wie bei Sturm oder Feuer. Sie schaut zur Tür und erhascht einen Blick auf die perlweiße Seide des Morgenmantels ihrer Mutter, der hinter ihr her weht, als sie in den Flur tritt.

Amaia schwingt die Beine aus dem Bett und spürt an ihren Fußsohlen, dass das Haus seine Wärme verloren hat. Es ist eiskalt. Sie tritt an die Tür des Schlafzimmers und schaut in den Flur, der von dem bernsteinfarbenen Licht aus dem Wohnzimmer erhellt wird.

Ihre Mutter hat ihr den Rücken zugewandt. Der Morgenmantel weht hinter ihr auf wie eine Rauchfahne, während draußen erneut die Glocken läuten. Amaia denkt wieder, dass sie träumt, denn es ist unmöglich, dass diese Glocken nicht das ganze Haus, ganz Elizondo aufwecken.

Das Dröhnen der Glocken ist schaurig. Amaia legt sich die Hände auf die Ohren, um den Lärm zu dämpfen, woraufhin er von einem düsteren, durchdringenden Atemgeräusch abgelöst wird, das wie eine böse Vorahnung dem nächsten Läuten vorausgeht. Sie blickt sich um und sieht, dass aus den verschiedenen Zimmern Blutspuren kommen, die im Flur zusammentreffen und sich zu einer Schleifspur vereinigen, die zum Wohnzimmer führt.

Dem Blut am Boden ausweichend, geht sie, vor Kälte und Angst zitternd, zum Wohnzimmer und sieht dort eine ganze Familie aufgereiht liegen, zuerst die Erwachsenen, dann die Kinder, nach dem

Alter angeordnet, zuerst das älteste, zuletzt das jüngste, das nicht älter ist als sie selbst.

Erneut die Glocken. Betäubend laute Musik schallt von den Wänden des Zimmers, das sich nun als Musikzimmer entpuppt. Amaia zittert vor Kälte und kann den Blick nicht von den Toten abwenden, deren Hände an den Seiten der aufgereihten Körper ruhen. Die Köpfe weisen zum Fluss hin, von dem Amaia weiß, dass er im Norden liegt. Die kleinkalibrige Kugel hat auf die Stirn jedes Toten einen dunklen Kreis gezeichnet. Und während sich die Blutlache am Boden immer weiter zu ihren Füßen hin ausbreitet, verspürt Amaia in ihrer Verzweiflung den verbotenen Drang, diese Wunden mit den Händen zuzuhalten.

Sie öffnet die Augen und sieht Rosario über sich, die geringschätzig auf sie niederblickt.

»Glaubst du etwa, dass es egal ist? Dass eine Nacht wie die andere ist?«, fragt sie verächtlich. »Dass alles gleich ist?« In einer umfassenden Geste, die das Wohnzimmer, die Toten und die Musik von Berlioz einschließt, breitet sie die Arme aus. Sie beugt sich über Amaia, kommt immer näher, bis ihr warmer Atem die Haare auf Amaias Stirn aufwirbelt. »Denkst du vielleicht, dass ich verrückt bin? Nein, die Mama wird dich heute noch nicht fressen. Schlaf, kleine Göre!«

Sie kehrte zurück, als würde sie aus eiskaltem Wasser auftauchen, mit nasser Stirn, die Kälte und den Schlaf noch auf der Haut, zitternd vor Angst. Heftig atmend sieht sie sich um und hofft, dass sie nicht geschrien hat, in dem Wissen, dass sie nicht wirklich eingeschlafen ist, dass nur wenige Sekunden vergangen sind, seit sie die Augen geschlossen hat.

»Besuchen die Toten Sie in der Nacht und stehen unvermittelt am Fußende Ihres Bettes, Salazar?«, erklang Duprees Stimme in ihrem Kopf.

Das ist nur eine somnambule Halluzination, verdammt!, sagte sie sich. Das liegt am Stress, der Müdigkeit, der Sorge! Eine Scheiß-Halluzination an der Grenze zwischen Traum und Wirklichkeit!

»Die Toten sind einfach nur tot«, flüsterte sie, wie um sich selbst zu überzeugen. Dabei fiel ihr auf, dass sie die Worte tatsächlich ausgesprochen hatte, und sie sah sich beunruhigt um, ob ihre Kollegen noch schliefen.

Wie betäubt stand sie auf und ging auf Zehenspitzen zur Tür, zu dem schwachen Licht, das das Treppenhaus erhellte. Verwirrt sagte sie sich, dass sie dorthin gehen sollte, dass jenes bläuliche Licht und der Lärm die Reste ihres Traums betäuben würden.

»Denkst du vielleicht, dass ich verrückt bin?«

Für einen Moment war es, als ob der Wind seine Kraft verdopple, mit einem Stöhnen, das beinahe menschlich klang.

Amaia fasste sich, von einer plötzlichen düsteren Vorahnung ergriffen, an die Brust und folgte ihrem Impuls, auf das bläuliche Licht zuzugehen. Sie wusste ganz sicher, dass eine Nacht nicht wie jede andere war, dass nichts dem Zufall überlassen war, dass, wenn ihre Mutter erneut zu ihrem Bett kam, sie keine Nacht mehr schlafen würde, weil Rosario ihr nicht verzeihen konnte, dass sie am Leben war, und wie Martin Lenx ihr Urteil vollstrecken wollte.

Obwohl zu hören war, dass die Klimaanlage auf Hochtouren lief, war es extrem heiß im Raum. Im bläulichen Licht von etwa einem Dutzend Bildschirmen, die unter der Decke hingen, waren die Liveaufnahmen der Verkehrskameras zu sehen: verlassene Straßen, über die der Sturm Regen peitschte, und andere, über die von der Kraft des Hurrikans mitgerissene Äste, Reklametafeln, Plastikteile, Dachziegel und Bretter, die zum Schutz der Fenster gedacht gewesen waren, flogen. Auf den meisten Bildschirmen jedoch war nur eine Folge von unscharfen grauen Flecken zu erkennen. Ein Monitor zeigte das allgegenwärtige Satellitenbild von Katrina auf ihrem unvermeidlichen Weg nach New Orleans.

In dem fensterlosen Raum sammelte sich die Körperwärme der dreißig Menschen, die vor ihren Computerbildschirmen saßen, und weiterer zehn, die zwischen den Arbeitsplätzen hin und her eilten. An einem zentralen Pult arbeiteten der Notfallkoordinator und seine Assistentin, eine Frau, die Amaia am Nachmittag kennengelernt hatte, als sie ihr erklärt hatte, auf welche Art Anrufe sie achten solle.

Als sie Amaia sah, winkte sie sie zu sich und reichte ihr einen Becher mit kaltem Kaffee, den sie aus einer Thermoskanne eingeschenkt hatte. Ohne sich von ihrem Stuhl zu erheben, zog sie einen weiteren heran, damit Amaia neben ihr Platz nehmen konnte. Sie befreite ihr linkes Ohr von dem Kopfhörer, den sie trug, und sagte:

»Setzen Sie sich. Das hier ist der reinste Wahnsinn.«

Sie wies mit der Hand auf einen der Monitore, der nichts als *graue* Sturmböen in der Dunkelheit zeigte.

»Katrina ist in Louisiana angekommen, im Osten über Buras und im Westen über dem Mississippi-Delta. Diese Bilder sind von einer Verkehrskamera an der Interstate. Das ist alles, was wir haben, wir sind von der Kommunikation abgeschnitten, aber das *National Hurricane Center* spricht von einer Sturmflut von achteinhalb Metern Höhe.«

Amaia sah sie beeindruckt an. »Achteinhalb Meter, das ist ...«

In diesem Moment merkte Amaia, dass die Frau große Angst hatte, und verstummte.

»Wir haben keine Möglichkeit, die Daten, die wir erhalten, zu überprüfen. Die meisten Informationen, die eintreffen, bekommen wir von Leuten, die hier anrufen, um einen Notfall zu melden. Wir haben keinen Kontakt zur Küste, aber angeblich stehen

Gulfport und Biloxi unter Wasser.« Sie atmete tief durch. »Ich habe Freunde dort.«

Amaia meinte Tränen in den Augen der Frau zu sehen.

»Und in der Stadt?«, fragte sie allein schon, um das Thema zu wechseln.

»In einigen Bereichen ist das Licht nach dem Stromausfall um drei Uhr nicht mehr angegangen«, erklärte die Frau und wies auf die Bildschirme, auf denen nur verschiedene Grautöne auszumachen waren. »Zum Glück funktioniert das Festnetz noch. Wir erhalten jede Menge Anrufe von Leuten, die die Stadtverwaltung für den Stromausfall verantwortlich machen. Mitten im Unwetter, ist das zu glauben? Die meisten Leute sind einfach nur wütend, aber was uns Sorgen macht, ist, dass wegen des Stromausfalls einige der Pumpen nicht mehr laufen, die die Straßen vom Wasser befreien sollen. Das *National Hurricane Center* befürchtet, dass die Sturmflut das Wasser des Lake Pontchartrain bis zur Küste drängt. Wir wissen, dass der See über die Ufer getreten ist und das Wasser schon die ersten Häuser erreicht hat. Tatsächlich steht es bereits hier vor der Tür.«

Amaia sah sie ungläubig an.

»Aber der See ist nicht das, was uns am meisten beunruhigt. Durch seine Lage steigt das Wasser nur langsam an. Doch wenn der Wind die Fluten des Mississippi in die entgegengesetzte Richtung treibt, wie es auch während des Hurrikans Betsy der Fall war, kann das im Fluss zu einem Wellengang führen, der das Wasser über die Schutzmauern drängt. Bestimmt wissen Sie, dass die Stadt zwei Meter unterhalb des Meeresspiegels liegt. Wenn die Pumpen nicht arbeiten, füllen sich die Straßen mit Regenwasser. Das Stadtzentrum ist bereits überflutet, derzeit etwa zwei Handbreit hoch. Der Highway 90 ist zu einem Fluss geworden.«

Kaum hatte die Frau ausgesprochen, ging erneut das Licht aus, und auch die unter der Decke hängenden Bildschirme und die

Computermonitore auf den Schreibtischen wurden dunkel. Mutloses Stöhnen erhob sich im Raum.

»Nur Geduld, in einer Minute springt der Generator an!«, rief der Koordinator, um sich im lauter werdenden Gemurre verständlich zu machen. »Bis der Stromausfall wieder behoben ist, arbeiten wir mit halber Kraft weiter.«

Dupree erschien in der Tür und machte Amaia ein drängendes Zeichen, ihm zu folgen. Als Amaia aus dem Raum trat, sah sie Johnson und die beiden Detectives aus New Orleans wartend an der Treppe stehen. Sobald diese sie erblickten, machten sie sich auf den Weg nach unten.

»Agent Tucker hat Nelson und seine Gruppe lokalisiert«, informierte Dupree sie. »Sie befinden sich in der Notfallzentrale des Charity Hospital. Die Telefonverbindung ist überlastet, aber der Feuerwehrchef hat eine direkte Funkverbindung zum Leiter der Notfallstation im Charity. Er hat Meigs ausfindig gemacht, den Verantwortlichen von Nelsons Gruppe. In zwei Minuten können wir mit ihm reden.«

»Und was ist mit der allgemeinen Funkstille?«, fragte Bull in Bezug auf die Vorgabe, nur sichere Verbindungen zu benutzen, um zu verhindern, dass der Mörder Wind davon bekam, dass sie ihm auf der Spur waren.

»Wir werden nicht den offiziellen Kanal benutzen, sondern einen anderen. Wenn er den Funk abhört, kann er das nicht auf allen Kanälen gleichzeitig tun. Eine andere Möglichkeit haben wir nicht.«

Die Feuerwehrstation nahm zwei Etagen des Gebäudes ein. In dem oberen Stockwerk befanden sich die Küche, ein Raum, in dem gegessen wurde, und der Ruheraum, wohin sich die Leute, die Notdienst hatten, in den Pausen zurückziehen konnten. Im Erdgeschoss waren die Garage, die Werkstatt und das Materiallager untergebracht. Von draußen aus führten ein paar Stufen zu einer Glastür, dem Zugang zu einer Art Zwischengeschoss, in dem sich der Empfangsbereich befand. Darin gab es eine kleine Theke, die, wie es aussah, nur zum Abstellen von Kaffeebechern benutzt wurde, drei große Sofas, die um einen ausgeschalteten Fernseher gruppiert waren, und hinter einer Trennwand die Funkstation.

Der Leiter der Feuerwehrstation führte die FBI-Agents, die beiden Detectives und Amaia in die kleine Glaskabine, in der sich die Funkstation befand. Der Mann, der vor dem Gerät saß, begrüßte sie, wies auf ein Tischmikrofon, das mit einem roten Schalter bedient wurde, und erklärte, wie das Gerät funktionierte. »Es ist ganz einfach: beim Sprechen auf die Taste drücken, zum Zuhören loslassen. Vergessen Sie nicht, nach jeder Äußerung ›Over‹ zu sagen, damit der Gesprächspartner weiß, dass er wieder dran ist.«

Er beugte sich über das Mikrofon und drückte die Taste.

Dupree legte sein Telefon neben den Lautsprecher, damit Tucker und Emerson mithören konnten.

»Hören Sie, Charity, hier spricht die Feuerwehrzentrale aus dem Lake Marina Tower. Ich verbinde Sie mit dem FBI-Agent, Over.«

»Hier Chief Meigs aus der Notfallzentrale des Charity Hospital, Over.«

Dupree machte Johnson ein Zeichen, mit dem er ihn aufforderte, den Platz des Feuerwehrmanns vor dem Gerät einzunehmen.

»Chief Meigs, hier Special Agent Ambrose Johnson vom FBI. Wir ermitteln in einem Fall und würden uns gern die Anwesenheit eines Mitglieds Ihrer Gruppe bei den Einsätzen in den letzten Monaten bestätigen lassen. Es handelt sich um Brad Nelson. Over.«

»Ich unterstütze Sie gern. Was möchten Sie wissen? Over.«

»War Nelson in der Gruppe, die letzten Februar nach Cape May und New Jersey ausgerückt ist? Over.«

»Ja, das waren die ersten Male, in denen Nelson bei uns war, wobei für uns nicht viel zu tun war. Die Schäden beschränkten sich auf die Küstenlinie, und es war bereits alles unter Kontrolle, als wir kamen. Over.«

»Und am 15. März in Killeen, Texas? Over.«

»Ja, da war Nelson bei uns. Over.«

»Und was ist mit Brooksville, Oklahoma, am 26. April? Over.«

»Da ist er mit uns hingefahren, aber nicht mit uns zurückgekehrt. Er musste wegen eines Notfalls früher nach Hause. Einer der Kollegen weiß mehr darüber als ich. Ich versuche immer, die Gruppe zusammenzuhalten, aber manchmal müssen wir uns auf Befehl der lokalen Behörden trennen. Auf jeden Fall agieren wir immer zu zweit, und ich war nicht dabei, als Nelson wegmusste. Over.«

»Wer ist dieser Kollege? Ist er jetzt bei Ihnen? Können wir mit ihm reden? Over.«

»Sein Name ist Phil Lorenzo, und er ist mit uns hier, im Moment aber im Einsatz. Das Unwetter hat einen Teil des Dachs des Superdomes zerstört, und es regnet ins Innere des Stadions, sodass die Leute dort nass werden. Dieser Notruf kam vor zwanzig Minuten, und wir sind der Rettungstrupp, der am nächsten dran ist. Phil hatte sich gerade auf den Weg gemacht, als ich erfahren habe, dass Sie mit mir reden wollen. Wenn es sehr eilig ist, werde ich ihn, sobald es möglich ist, hierher zur Funkstation bestellen, aber das wird ein paar Stunden dauern. Der Wetterdienst in Kenner hat uns gerade bestätigt, dass das Auge des Hurrikans hundertfünf Meilen von Biloxi entfernt ist. Die Sturmflut ist an der ganzen Küste heftiger als erwartet. Over.«

»Wir verstehen den Ernst der Lage, und wir würden Sie nicht stören, wenn es nicht außerordentlich wichtig wäre. Wir wären

Ihnen dankbar, wenn Sie den Kontakt zu Phil Lorenzo so bald wie möglich herstellen könnten. Aber auch an Sie habe ich noch ein paar Fragen. War Nelson Anfang dieses Monats auch mit Ihnen in Alvord, Texas? Over.«

»Ja, er war bei uns, aber nicht von Anfang an. Er stand nicht direkt zur Verfügung, als er angefragt wurde, und ist dann einige Stunden später nachgekommen. Over.«

»Wie viel später? Over.«

»Ich meine mich zu erinnern, dass wir am Mittag angekommen sind, und er kam hinzu, als es dunkel wurde. Over.«

»War er vor drei Tagen mit in Tampa, Florida? Over.«

»So ist es. Er ist allein hingefahren, weil er näher dran war. Deshalb ist er mit dem eigenen Auto dorthin, und wir sind dann zu ihm gestoßen. Over.«

»Und jetzt ist er mit Ihnen hierher nach New Orleans gefahren? Over.«

»Nein, Nelson ist nicht hier, er muss arbeiten. Er hat im letzten Moment abgesagt. Over.«

Johnson drehte sich um und sah Dupree und Amaia verwundert an.

»Er hat sich in Miami beurlauben lassen«, flüsterte Dupree.

Johnson wandte sich wieder dem Mikrofon zu und drückte auf die rote Taste. »Chief Meigs, das ist jetzt sehr wichtig: Sind Sie sicher, dass Brad Nelson nicht mit Ihnen nach New Orleans gereist ist? Vielleicht will er sich Ihnen später anschließen. Soweit wir wissen, hat er sich in seinem Revier vom Dienst abgemeldet. Over.«

»Ich bin absolut sicher, und das ist nichts Außergewöhnliches. Vergessen Sie nicht, dass unsere Leute Polizisten, Feuerwehrleute oder Rettungssanitäter sind. Da kann immer ein Notfall dazwischenkommen, der sie zwingt, uns im letzten Moment abzusagen. Over.«

Johnson verabschiedete sich von Meigs und wandte sich an seine Kollegen. »Wo ist Nelson?«

Charbou ergriff das Wort. »Ich kann Ihnen sagen, wo er ist: hier in New Orleans. Sie haben Chief Meigs doch gehört, er war immer mit dabei, er war an sämtlichen Tatorten. Und die Tatsache, dass er in einigen Fällen später dazugestoßen ist oder früher weg musste, ist alles andere als unverdächtig, denn so hatte er genug Zeit, die Morde zu begehen, ohne Gefahr zu laufen, dass jemand aus der Gruppe etwas mitkriegt.«

»Das sehe ich auch so«, bestätigte Tucker via Telefon. »Allein an- oder abzureisen gibt ihm freie Hand. So ist er sowohl beim Revier als auch bei seiner Gruppe entschuldigt. Er ist Polizist. Er kann sich als Mitglied eines Rettungsteams ausweisen, bleibt im Chaos unbemerkt, und wenn ihn jemand erkennt, erklärt er heldenhaft, dass er sich wegen des Ausmaßes der Katastrophe im letzten Moment doch noch seiner Gruppe anschließen wollte.«

Dupree hörte mit zur Seite geneigtem Kopf zu und dachte nach. »Johnson, was meinen Sie?«

»Dass wir zu voreilig sind. Wir sollten uns zunächst erkundigen, ob tatsächlich ein Notfall vorlag, der seine Reise verhindert hat. Es gibt immer noch einige Punkte, die nicht übereinstimmen.«

»Am Anfang hatte auch ich meine Zweifel«, brummte Dupree. »Mit der Gruppe zu reisen gibt ihm zwar die Möglichkeit, sich an den Orten aufzuhalten, die von einer Naturkatastrophe heimgesucht wurden, aber damit unterliegt er auch einer gewissen Kontrolle durch die anderen Gruppenmitglieder. Doch angesichts der neuen Informationen erscheint es mir leichter als gedacht, sich lange genug von der Gruppe zu entfernen, um solche Verbrechen zu begehen. Er kann seine Abwesenheit damit erklären, dass er an anderer Stelle gebraucht wurde. Wenn die Gruppe von den lokalen Behörden die Anweisung erhält, sich aufzuteilen, kann nur sein Partner seine Anwesenheit betätigen, aber wie uns Chief Meigs gerade mitgeteilt hat, konnte er sich unter einem Vorwand sehr leicht absetzen. Spielen wir das Ganze doch mal durch: Wie lange, denken Sie, würde es dauern, sich von der Gruppe zu entfernen, die Verbrechen zu begehen und wieder zurückzukehren?«

Tuckers Stimme am Telefon klang metallisch, war für zwei Sekunden nicht mehr zu hören, dann aber wieder da. »Das Verbrechen an sich kann nicht so lange dauern, zwischen zwanzig Minuten und einer halben Stunde, allerhöchstens eine Stunde. Durch den Zeugen wissen wir, dass es schnell geht. Er gibt vor, irgendwo gebraucht zu werden, zieht die Sache durch und kehrt dann zurück. Das passt zum Profil und dazu, dass er sich als Vollstrecker sieht. Es entspricht nicht seiner Mentalität, seine Taten in die Länge zu ziehen, um sie zu genießen. Er will die Opfer erlösen, und es soll wirken, als wären sie der jeweiligen Naturkatastrophe zum Opfer gefallen. Anders sieht es mit der Zeit aus, die er braucht, um von einem Ort zum anderen zu gelangen. Das ist direkt nach einer Naturkatastrophe nicht so einfach, und wir dürfen nicht vergessen, dass er jedes Mal der Erste sein muss, der bei der jeweiligen Familie auftaucht, vor allen anderen Rettungshelfern. Die Verkehrswege sind unbenutzbar, da kann es leicht zu Komplikationen kommen. Und wir wissen noch nicht, wie er die Familien, die er töten will, auswählt.«

Dupree beobachtete Amaia, während sie den anderen zuhörte. Sie stand ganz hinten und sagte kein Wort. Irgendetwas war in den letzten Stunden geschehen. Es war nicht nur die Müdigkeit, die sie schweigen ließ. Ihr düsterer Gesichtsausdruck verriet, dass sie über etwas nachgrübelte, etwas zu enträtseln versuchte, wovon die anderen nichts wussten. Während ihre Kollegen miteinander sprachen, stand sie regungslos da, den Blick zu Boden gerichtet, als wolle sie ihre Energie für einen Gedankengang aufsparen, der sie viel Kraft kostete.

»Salazar«, forderte Dupree sie auf.

Sie trat näher, und obwohl sie äußerlich eher gequält wirkte, sprach sie deutlich und mit fester Stimme:

»Ich denke, wir sind uns darin einig, dass der Komponist und Martin Lenx ein und dieselbe Person sind.«

Die anderen nickten.

»Aber ich habe große Zweifel, dass Nelson diese beiden Identitäten in sich vereinigt. Ja, ich weiß, dass vieles dafürspricht«, sagte sie, um den Protesten zuvorzukommen, »aber ich weiß auch, dass alles, was wir gegen ihn vorzubringen haben, nur Indizien sind. Was Lenx angeht, kennen wir den Tatort, wir haben die Fotos und den Brief, den er hinterlassen hat. Beim Komponisten haben wir die Tatorte und können daraus schließen, wie er sich während der Ausführung der Morde verhält. Sechs Tatorte, im ganzen Land verteilt, und einer von vor achtzehn Jahren, als Martin Lenx seine Familie ausgelöscht hat. Die Orte, an denen der Komponist agiert, wurden vom Zorn der Natur heimgesucht und verwüstet, doch lassen wir das einmal außer Acht, stellen wir fest, dass alle Tatorte so ordentlich und makellos hinterlassen wurden wie der im Musikzimmer der Lenx-Familie.«

»Darüber sind wir uns einig. Also worauf wollen Sie hinaus?«, fragte Tucker ungeduldig.

»Worauf ich hinauswill, ist, dass Nelson in einem Wutanfall wegen der unterschiedlichen Auffassungen von ihm und seiner Frau darüber, wann die Kinder wieder zu Hause sein müssen, sein Wohnzimmer kurz und klein geschlagen hat. Der Captain in Galveston hat gesagt, dass es aussah, als hätte dort ein Wirbelsturm gewütet.«

»Wie an den anderen Tatorten«, meinte Charbou.

Amaia schüttelte den Kopf. »Nein, das ist das, was nicht passt. Nelson hat wegen einer ganz gewöhnlichen Auseinandersetzung mit seiner Frau sein Wohnzimmer verwüstet, und das wohl nicht zum ersten Mal. Nelson ist ein jähzorniger Mensch, der die Kontrolle über sich verliert, wenn er wütend wird. Das hat er schon so oft unter Beweis gestellt, dass seine Frau die Geduld verloren und ihre Koffer gepackt hat. Martin Lenx dagegen hat jahrelang Enttäuschungen hingenommen, viele Jahre Pech, in denen nichts so lief, wie er es sich gewünscht hat, und dazu kamen der vermeintliche Ungehorsam seiner Kinder, die angebliche Nachlässigkeit seiner Frau und dass er die berufliche Stellung nicht bekommen hat, auf die er so gehofft hat und die er schon sicher glaubte. Außerdem wissen wir, dass er hohe Schulden hatte und das Haus mit mehreren Hypotheken belastet war. Aber vor seiner Tat hat er sich über viele Monate hinweg weder seiner Familie noch seinen Arbeitskollegen oder den anderen Mitgliedern seiner Kirchengemeinde gegenüber anmerken lassen, dass irgendetwas nicht stimmt. In den vielen damals geführten Befragungen von denen, die ihn kannten, wurden immer wieder sein kontrolliertes, umsichtiges Handeln und sein angenehmes Auftreten betont. Martin Lenx hat nie die Ruhe verloren, und das ist etwas, was wir nicht vergessen dürfen. Er hat die Mitglieder seiner Familie im Abstand von mehreren Stunden getötet, zuerst seine Mutter und zuletzt seinen ältesten Sohn, als dieser aus der Schule kam. Und die ganze Zeit über hat er in Gegenwart der Leichen seiner Familie ruhig zu Hause gesessen und hatte jede Menge Gelegenheit nachzudenken, zu explodieren oder verrückt zu werden, was jedoch nicht passiert ist. Schließlich ist er in die Küche gegangen, wo er Stift und Papier bereitgelegt hatte, um dem Leiter seiner Kirchengemeinde einen dreiseitigen Brief zu schreiben. Ohne Rechtschreibfehler und in geraden Linien. Die Grafologen bestätigen, dass er während des Schreibens absolut ruhig war. Den Brief hat er dann auf dem Tisch in der Küche zurückgelassen. Das heißt, alles, was Martin Lenx getan hat, war gut überlegt und nicht von Zorn oder Wut gesteuert. Er hat weder impulsiv noch voreilig gehandelt.

Und in allen sechs Mordfällen in den letzten acht Monaten hat sich das Muster millimetergenau wiederholt.«

»*Denkst du vielleicht, dass ich verrückt bin?*«, sagte eine Stimme in ihrem Kopf.

Amaia schloss für eine Sekunde die Augen und versuchte, den Schatten ihrer Mutter, die sich über sie beugte, aus ihrem Bewusstsein zu verbannen.

»Nein, eine Nacht ist nicht wie die andere«, sagte sie laut und bereute es sofort. Doch es war bereits zu spät, Dupree sah sie an. Ihm war klar, dass sie mit sich selbst gesprochen hatte.

»Was meinen Sie damit, Salazar? Lenx hat seine Familie doch am Morgen umgebracht.«

»Ich will damit sagen, dass die Wahl des Tages, des Moments, nicht egal ist. Die Ordnung, der Augenblick ist das, was zählt. Jeder einzelne dieser sechs Mordfälle, die alle mit dem Vorbild von vor achtzehn Jahren übereinstimmen, existiert nicht für sich allein. Sie sind nur Proben. Jedes Mal, wenn er eine Familie ermordet, bekräftigt er damit das, was sein eigentliches Ziel ist, das Todesurteil für seine Familie.«

»Warum hat er es dann noch nicht getan?«, fragte Dupree gelassen, als ob er die Antwort schon kenne.

Amaia spürte erneut die Gegenwart ihrer Mutter, die sich über sie beugte, Nacht für Nacht in ihrer Kindheit.

»Weil eine Nacht nicht wie die andere ist. Er hat auf ein Zeichen gewartet, das gehörte zum Ritual.«

»*Hat* gewartet? *Gehörte?*« Tuckers Stimme aus dem Telefon klang irritiert.

»Ich meine ›wartet‹ und ›gehört‹«, korrigierte sich Amaia und tadelte sich in Gedanken selbst, während sie für ein paar Sekunden frustriert die Augen schloss. »Dieses Damoklesschwert, das über seinen Opfern hängt, lässt ihn seine Macht spüren, und die Willenskraft, mit der er auf den richtigen Moment wartet, sagt uns einiges über seinen mentalen Zustand. Er ist kein Mensch, der sich quält und verrückt vor Wut ist oder die Nerven verliert. Es gibt nicht ein Indiz, das auf einen Zornausbruch hinweist, wie Brad Nelson ihn an dem Abend erlitt, als er sein Wohnzimmer in Trümmer zerlegt hat, oder jedes Mal, wenn er sich mit seiner Frau gestritten hat und nicht in der Lage war, seine Wut zu kontrollieren.«

»Wollen Sie damit sagen, dass die Zerstörungen an den Tatorten nichts mit einem Zornausbruch zu tun haben? Ich dachte, dass Sie genau das aus dem biblischen Vergleich in Lenx' Brief geschlossen haben«, wandte Tucker durchs Telefon ein.

»Die Zerstörungen überlässt er Gott«, entgegnete Amaia, »der Natur. Es ist ein Urteil, das nicht er fällt, dem er sich aber unterwirft. Und damit kommen wir zu dem zweiten Punkt, der nicht passt. Johnson und ich denken, dass ein Mensch mit den religiösen Überzeugungen von Lenx in seinem neuen Leben nur schwer auf diese moralischen Prinzipien verzichten könnte.«

»Vergessen Sie nicht, dass sein Captain in Galveston gesehen hat, wie er heimlich in die Kirche gegangen ist«, erinnerte Dupree. »Es könnte doch sein, dass er in dieser Phase seines Lebens beschlossen hat, seinen Glauben nur im Privaten zu leben.«

Amaia schüttelte den Kopf. »Auch das lässt mich zweifeln. Ich halte es kaum für möglich, dass ein überzeugter Lutheraner einfach so zum Katholizismus übertritt. Die Verteidigung des Glaubens als oberstes Prinzip ist in seinem Brief die Rechtfertigung seiner Tat. Und das ist eindeutig lutherisch und steht im Gegensatz zur katholischen Lehre, nach der ein gutes Werk sogar die Sünde eines falschen Glaubens aufheben kann. Martin war nicht bereit, Sünden zu verzeihen; die Mitglieder seiner Familie haben seiner Meinung nach vor Gott gesündigt, und er hat die Strafe ausgeführt.«

Amaia nickte Johnson zu, der daraufhin das Wort übernahm. »Und dann ist da noch das mit der Großmutter. Wir wissen, dass es in allen Mordfällen eine Großmutter gab, die er einmal durch eine andere Person ersetzt hat. Also ist ihm dieses Thema wichtig. Nelsons Eltern sind vor vielen Jahren verstorben und die Mutter seiner Frau, als diese noch ein Kind war. Eine Person, die die Großmutter ersetzt, gibt es nicht. Die Kinder sind schon ziemlich groß, und es gibt keine Haushaltshilfe, kein Kindermädchen oder sonst jemanden, der bei der Familie lebt.«

Zum ersten Mal meldete sich Emerson zu Wort. »Aber wäre es nicht möglich, dass er nicht das komplette Muster seines früheren Lebens wiederholen will? Wenn er diesmal, wie Salazar sagt, eine korrigierte Version davon durchführen will, könnte er einige Aspekte verändert haben. Er könnte auch bewusst die Entscheidung getroffen haben, seinen Glauben zu wechseln, um nicht zufällig auf jemanden aus seiner alten Kirchengemeinde zu treffen.«

»Ja, ich bin der Überzeugung, dass er das, was er in seinem alten Leben als ›Fehler‹ ansieht, nicht wiederholen will«, entgegnete Amaia. »Aber sein Glaube ist sein höchster Wert, und die Person der Großmutter ist ihm so wichtig, dass er bei jedem Mordfall darauf geachtet hat, dass es eine gibt. Dabei ist er sogar so weit gegangen, dass er im Fall der Familie Allen eine Stellvertreterin an ihrer Stelle getötet hat, die er draußen über die Wiese gejagt hat, um sie unter dem Dach zurückzulassen. Ich glaube, dass er versucht, die Fehler aus der Vergangenheit zu vermeiden, aber ich bin auch sicher, dass er dazu verdammt ist, sie erneut zu begehen, aus dem einfachen Grund, dass er ein Ideal verfolgt, das unmöglich zu erreichen ist. Die tägliche Realität weist in allen Familien viel mehr Gemeinsamkeiten auf, als es scheint, und in gewissen Entwicklungsphasen der Kinder treten die gleichen Konflikte auf.«

»Da brauchen Sie nur mal einen Familientherapeuten oder einen Kinderpsychologen zu fragen«, fügte Johnson hinzu. »Wenn die Kinder noch klein sind, lassen sie sich noch einigermaßen kontrollieren, aber wenn sie heranwachsen, kämpfen sie um ihre Unabhängigkeit. Und das führt zu Konflikten. Und wenn wir dazu noch die Möglichkeit in Erwägung ziehen, dass seine derzeitige Frau allzu strenge Regeln nicht gutheißt, dann ist die Aussicht, dass sich das Verhaltensmuster wiederholt, extrem hoch. Dann kann man fest davon ausgehen, dass ihn sein Werk nicht länger befriedigt, dass es ihm nicht mehr gefällt und er wie beim letzten Mal entscheidet, alles hinzuschmeißen und vielleicht von vorn anzufangen.«

Tuckers Stimme brach mehrmals ab, bis sie ganz verstummte.

Dupree nahm das Telefon und gab erneut die Nummer ein. »Es tut mir leid, Agent Tucker«, sagte er, nachdem sie sich gemeldet hatte, »ich fürchte, dass die Telefonverbindung bald komplett zusammenbricht. Aber das Internet funktioniert noch. Wenn es nicht mehr möglich ist zu telefonieren, müssen wir per E-Mail kommunizieren. Bitte fahren Sie fort.«

»Ja. Subinspectora Salazar, ich bin mit Ihrer Hypothese nicht einverstanden. Ich denke, dass Nelson der Täter ist; jedes Ihrer Gegenargumente scheint das meiner Meinung nach eher zu bekräftigen. Und Emerson sieht das genauso. Johnson, was meinen Sie?«

»Ich bin bei Salazar. Da ist zu viel, was nicht passt, wenn es auch genügend Übereinstimmungen gibt, um Nelson weiterhin zu den Verdächtigen zu zählen.«

Das Display des Handys wurde dunkel, die Verbindung war wieder zusammengebrochen. Dupree wählte noch einmal Tuckers Nummer, doch es war unmöglich, sie noch einmal zu erreichen.

31
Nana. Ewiger Schlaf.

Superdome, New Orleans
Montag, 29. August 2005, 08:45 Uhr

Nana schluckte eine Beruhigungstablette ohne einen Schluck Wasser, während die Angst, die ihre Brust zusammenschnürte, ihr die Tränen in die Augen trieb. Sie hatte einen metallischen Geschmack im Mund wie von Blut. Vorsichtig lehnte sie sich an die Wand und versuchte ihre rechte Hüfte zu entlasten. Ein stechender Schmerz zog ihr von der Ferse bis in die Taille und sorgte für heftige Krämpfe, die sie beinahe zusammenbrechen ließen. Sie schloss die Augen und konzentrierte sich auf die Wirkung des Beruhigungsmittels.

Seit beinahe drei Stunden befanden sie sich im Gang des Superdome, wohin sie sich hatten zurückziehen müssen, nachdem eine heftige Sturmbö das Dach über ihren Köpfen weggerissen hatte, sodass sie schutzlos dem Regen ausgeliefert waren. Klatschnass und verängstigt hatten sie sich zuerst in dem Zugang zu den Zuschauerrängen in Sicherheit gebracht, waren aber nach und nach von der nachrückenden Menge in den Gang geschoben worden.

Bobby stellte den Rollstuhl seiner Mutter an die Wand und half Nana, sich neben ihm auf den Boden zu setzen. Sie war völlig erledigt, verharrte, den Kopf auf das Rad von Selethas Rollstuhl gestützt, reglos und beobachtete die Leute, die auf der Suche nach einem freien Platz an der Wand, wo sie ihre Sachen abstellen konnten, hin und her gingen. Es war warm, und ihr Haar war nass vom Regen, der Urin auf ihrem Rock jedoch war getrocknet und hatte nur einen weißlichen Flecken zurückgelassen. Nana rieb angewidert drüber, bis ihr auffiel, dass Bobby sie besorgt ansah.

»Keine Sorge, Nana, das ist nicht schlimm, und es fällt kaum noch auf.«

Anstatt eine Antwort zu geben, schloss sie die Augen. Als sie in dem Gang geschrien hatte, nachdem sie aus der Toilette entkommen war, wo die Frau vergewaltigt wurde, hatte sich ihr eine Gruppe junger Leute genähert, wie sie in lauten Gruppen überall an den Treppen saßen. Doch nachdem sie ihnen erklärt hatte, was los war, hatten sie nur gequält zur Toilettentür geschaut. Zwei von ihnen hatten angeboten, die Polizei zu holen. Aber es hatte eine Ewigkeit gedauert, bis sie zurückkamen, und in der Zwischenzeit hatte Nana die drei Männer herauskommen sehen, die schnell zwischen den Menschen im Gang verschwunden waren. Kurz darauf hatte auch die Frau die Toilette verlassen. Sie hatte sich ängstlich umgesehen und sich mit der einen Hand die Kleidung und mit der anderen ihr Haar glatt gestrichen. Als die jungen Leute mit zwei Polizisten zurückkamen, hatte Nana die Frau bereits aus den Augen verloren.

»In der Toilette ist eine junge Frau vergewaltigt worden; es waren drei Männer, aber jetzt ist keiner mehr da.«

Die Polizisten waren in die Toilette gegangen und nach knapp zwei Minuten schon wieder herausgekommen.

»Da ist keiner mehr«, sagte der eine, der seinen Schlagstock in der Hand hielt.

»Wie ich gesagt habe, inzwischen sind alle weg«, hatte Nana wiederholt. »Sie waren zu dritt, ich konnte nichts machen.«

Einem der Polizisten war der Fleck auf ihrem Rock aufgefallen. »Sind Sie in Begleitung hier? Es wäre besser, wenn Sie zu Ihrem Platz zurückkehren, und bitte gehen Sie nicht allein in die Toilette, das ist nicht sicher.«

Zwei der jungen Mädchen hatten sie zu ihrem Sitz begleitet und waren dann gleich wieder verschwunden. Bobby hatte gesagt, dass es ihm leidtue, und Seletha hatte noch immer geschlafen. Und das war's. Keiner hatte irgendetwas unternommen. Es gab nichts, was man tun konnte.

Sie war ruhig auf ihrem Platz sitzen geblieben und hatte über diesen ganzen Mist nachgedacht, bis eine Sturmbö das Dach des Superdome heruntergerissen hatte, sodass der Regen auf sie niederging und sie zwang, im Gang Schutz zu suchen.

Traurig blickte sie auf die bräunliche Pfütze zu ihren Füßen, die sich immer weiter ausbreitete. Die Sturmflut und das ansteigende Wasser draußen hatten dazu geführt, dass der Inhalt der Abwasserrohre an die Oberfläche schwappte. In der letzten halben Stunde war die eklige Flüssigkeit aus den Toiletten und den Waschbecken herausgesprudelt, als wären es Springbrunnen. Doch Nana war so erschöpft, dass sie nicht mal merkte, wie ihr Kissen beschmutzt wurde.

Bobby half ihr hoch und entschuldigte sich, als ob er dafür verantwortlich wäre, dass die Scheiße aus den Toilettenschüsseln gespült wurde. Er hob Nanas Kissen vom Boden auf, zog den Bezug ab und hielt ihr die Kissenfüllung hin, die an einer Ecke einen kleinen gelblichen Flecken hatte.

Dann strich er seiner Mutter über die feuchte Stirn. »Ich glaube, sie hat Fieber.«

»Es ist furchtbar heiß hier«, entgegnete Nana, die sicher war, dass Bobby sich nicht irrte, aber das Ganze herunterspielen wollte, um diese Tortur zu überstehen.

»Mama, wach auf! Mama, Mama ...« Bobby beugte sich hinunter und hielt sein Ohr vor Selethas Mund, um ihren Atem zu hören. Dann zog er ihre Augenlider hoch, um zu sehen, ob ihre Pupillen auf das Licht reagierten. Er nahm ihre Hand und versuchte weiter, sie durch lautes Rufen zu wecken.

»Mama, wach auf, Mama, bitte, wach auf!« Inzwischen war ihm seine Angst anzuhören.

Er zog an einem von Selethas Fingern und drückte ihn fest. Doch Seletha zeigte nicht die geringste Reaktion.

»Nana, ich glaube, meine Mutter ist ins Koma gefallen!«

32

Anchovis und Oliven

Miami, Florida

Durch die getönten Scheiben des Kleintransporters sah Agent Tucker ein paar wogende Wolken, die über den blauen Himmel Miamis zogen. Ihr Blick auf die Tür zu Brad Nelsons Mietwohnung wurde teilweise durch das Nachbarhaus versperrt. Es handelte sich um ein recht neues Reihenhaus, das gar nicht schlecht aussah, wobei der Unterschied zum Nebengebäude mit seinen Blumentöpfen dennoch auffällig war. Nelson hatte nicht mal Gardinen an den Fenstern.

Sie waren inzwischen seit beinahe einer Stunde hier, und die neunundzwanzig Grad Außentemperatur hatten den Wagen, dessen Motor ausgeschaltet war, weshalb auch die Klimaanlage nicht lief, so weit aufgeheizt, dass man kaum noch atmen konnte. Tucker hatte versucht, sich auf den Bericht zu konzentrieren, den Amaia geschickt hatte. Ein Schweißtropfen lief ihr über die Stirn, was sich anfühlte, als ob ein Insekt über ihre Haut krabbelte. Seufzend sah sie sich in dem Kleintransporter um. Die Hitze, die die Körper ihrer drei Begleiter ausstrahlten, und der Schweißgeruch waren inzwischen unerträglich.

Tucker seufzte erleichtert, als sie das näher kommende Mofa

des falschen Pizzaboten sah. Der Agent, der es fuhr, trug eine rote Jacke und eine bunte Cap. Tucker rollte die Seiten des Berichts zusammen und gab den Technikern ein Zeichen, damit sie ein letztes Mal kontrollierten, ob der Agent draußen sie hören konnte.

Der junge Mann stellte das Mofa auf dem Gehweg ab und ging über den Kies im Vorgarten zur Haustür.

»Los!«, befahl Tucker über Funk.

Der Agent klingelte einmal. Nichts. Ein zweites Mal. Nichts.

»Klingeln Sie noch mal!«, ordnete Tucker an.

Nichts.

Sie ließ ein paar Sekunden verstreichen, in denen sie aus dem Inneren des Wagens heraus den Eingang beobachtete.

»Klingeln Sie zur Sicherheit noch mal, und dann schieben wir die Kamera unter der Tür durch.«

Der Agent klingelte noch ein paarmal.

Daraufhin wurde die Haustür nebenan geöffnet. Ein Mann von etwa sechzig Jahren im Pyjama lehnte sich über das Treppengeländer und sah zu dem vermeintlichen Pizzaboten hinunter.

»Hör mal, Junge, ich bezweifle sehr, dass mein Nachbar diese Pizza bestellt hat«, sagte er böse.

»Spielen Sie mit!«, befahl Tucker. »Wie ich aus Erfahrung weiß, sind Nachbarn üblicherweise eine lohnenswerte Informationsquelle.«

»Also, Mister ...« Der falsche Pizzabote tat so, als würde er etwas lesen, was auf einem kleinen Block stand. »Ich habe hier die Bestellung einer Familienpizza mit der doppelten Portion Anchovis, Oliven und Kapern für Mr. Brad Nelson in der Avenida Tiboly Nummer 556 B. Das ist doch hier, oder?«

Das sorgte im Auto für leises Gelächter und angewiderte Gesichter.

Der Mann im Pyjama strich sich übers Kinn, als ob er feststellen wollte, ob er sich gut rasiert hatte. »Das ist hier, ja, Brad

Nelson ist mein Nachbar. Aber ich fürchte, dass sich da jemand einen Scherz erlaubt hat. Ich hab gesehen, wie er Gepäck in sein Auto geladen hat, und er hat mir gesagt, dass er verreist.«

Der falsche Pizzabote schnaubte resigniert. »Ja, so wird es wohl sein. Das sind ein paar Kids, die so was schon öfter gemacht haben. Es hätte uns auffallen müssen, denn wer isst schon Anchovis zum Frühstück.« Der Agent mit der Pizza wandte sich um, als wollte er zurück zur Straße gehen, hielt jedoch noch einmal inne. »Sie wissen nicht zufällig, wann Mr. Nelson zurück sein wird? Er ist ein guter Kunde, und da die Pizza nun schon mal hier ist, könnte ich sie vor der Tür lassen, falls er bald wieder nach Hause kommt.«

»Das können Sie vergessen. Er hat mir gesagt, dass er zwei oder drei Tage weg sein wird, vielleicht sogar länger.«

Der vermeintliche Pizzabote machte ein enttäuschtes Gesicht, bedankte sich bei dem Nachbarn und ging in Richtung Straße.

»Hör mal, Junge, du könntest die Pizza doch auch mir geben, da sie, wie du gesagt hast, nun schon mal hier ist. Und du hast sicher auch recht damit, dass es nicht viele Leute gibt, die Anchovis zum Frühstück essen.«

Die Agents in dem Kleintransporter brachen in Gelächter aus, sodass Tucker ziemlich deutlich werden musste, um für Ruhe zu sorgen, damit sie auf der anderen Straßenseite nicht gehört wurden.

Tucker stieg aus dem Transporter und ging zu ihrem Auto hinüber, während sie an ihrem dünnen Pullover zog, der an ihrem schwitzenden Körper klebte. Verdammt, hatten diese Typen noch nie etwas von Deo gehört? Sie brauchte jetzt dringend eine Dusche, um sich diesen Gestank abzuwaschen, aber vorher musste sie noch etwas Wichtiges erledigen. Sie öffnete die Autotür und setzte sich auf den Beifahrersitz, um Emerson das Fahren zu überlassen.

»So«, sagte Emerson, »damit wäre bewiesen, dass Nelson nicht in der Stadt, sondern höchstwahrscheinlich in Richtung New Orleans unterwegs oder bereits dort ist. Werden Sie jetzt Dupree anrufen?«

»Die Stadt ist seit heute Morgen von jeglicher Kommunikation abgeschnitten, und das Büro des FBI in New Orleans wurde evakuiert. Mit unserer Einheit in Verbindung zu treten dürfte schwierig sein, und wenn die Kollegen die Notrufzentrale verlassen, dann geht gar nichts mehr.«

Emerson schwieg ein paar Sekunden. Da Tucker davon ausging, dass er über das Gesagte nachdachte, war sie überrascht, als er sagte: »Subinspectora Salazar irrt sich.«

»Ach ja? Und worin irrt sie sich genau?«

»In ihrer Analyse.« Er wies auf die Papiere, die Tucker in der Hand hielt. »Sie glaubt, dass Martin Lenx der Komponist ist, bezweifelt aber, dass er Nelsons Identität angenommen hat.«

»Und das ist Ihrer Meinung nach ein Irrtum?«

Emerson blickte Tucker an und entschloss sich, ihr zu zeigen, dass er auf ihrer Seite war.

»Nun, ich denke einfach, dass wir recht haben und sie unrecht hat.«

»Ich finde ihre Analyse brillant, geradezu von weiser Voraussicht«, entgegnete Tucker zu seinem Erstaunen, »und ich denke, dass wir großes Glück haben, sie zu unserem Team zählen zu können. Sie sollten versuchen, von ihr zu lernen, Agent Emerson. Wenn Sie es beim FBI zu etwas bringen wollen, sollten Sie das, was eine Frau sagt, nicht in Zweifel ziehen, nur weil sie eine Frau ist. Denken Sie beim nächsten Mal lieber noch einmal drüber nach.«

Emerson schnaubte beleidigt. »Das verstehe ich nicht. Sie sind doch auch anderer Meinung als sie.«

»Aber der Unterschied ist, dass ich sie respektiere. Sie können mir in den Arsch kriechen, so tief Sie wollen, aber wenn Sie glauben, dass ich mich deshalb Ihnen anschließe, wenn Sie eine Frau kritisieren, sind Sie auf dem Holzweg.«

Emerson schwieg daraufhin, weil er nicht wusste, was er sagen sollte.

Tucker lächelte. Dann holte sie ihr Handy hervor, suchte eine bestimmte Nummer und drückte den Anrufknopf. »Nicht traurig sein, Agent Emerson. Es mag sein, dass Nelson in New Orleans ist, wo Dupree ihn erwartet, und sogar, dass Salazar recht hat«, sagte sie und wedelte dabei mit dem Bericht vor seinen Augen herum. »Aber glauben Sie mir, wir beide werden im richtigen Moment am richtigen Ort sein.«

33

Enttäuschtes Vertrauen

Washington, D.C.
Montag, 29. August 2005

FBI-Direktor Wilson blickte durchs Fenster auf den für einen Montag im August typischen spärlichen Verkehr auf der Pennsylvania Avenue. Mit den Händen in den Hosentaschen, während die Sonne sein von Natur aus gerötetes Gesicht erhellte, wirkte er entspannt und gleichgültig, was dem strengen Zug um seinen Mund und den über seiner schmalen Brille zusammengezogenen Augenbrauen widersprach.

»Bin ich der Einzige, der das für eine Riesenschweinerei hält?«, fragte Michael Verdon, der an seinem Schreibtisch saß.

Wilson wandte sich resignierend zu ihm um. Er seufzte, bevor er etwas darauf erwiderte. »Was Schweine und Schweinereien angeht ...«

»Es steht ja wohl fest, dass Agent Stella Tucker ein Schwein ist.«

»Ja«, stimmte Wilson zu, »aber ein Schwein, das recht hat. Und ich weiß, dass es manchmal besser ist, ein Schwein wie Tucker zu loben, als zuzulassen, dass ein Freund über die Klinge springt.«

Verdon schüttelte angewidert den Kopf, griff aber gleichzeitig zum Telefonhörer, um das Gespräch zu führen, um das er gebeten hatte. Er aktivierte die Lautsprecherfunktion, damit Wilson mithören konnte, und wartete ein paar Sekunden, wobei er sich Duprees Überraschung vorstellte, wenn er über den Festanschluss des Feuerwehrleiters einen Anruf aus dem Büro des Direktors der FBI-Abteilung *Criminal Investigations* erhielt.

»Michael?« Duprees Stimme war so deutlich zu vernehmen, dass Verdon, der ihn gut kannte, einen Anflug von Misstrauen heraushörte.

»Aloisius, Jim Wilson ist hier bei mir. Guten Tag aus Washington, wobei ich annehme, dass der Tag in New Orleans nicht wirklich gut ist. Die Bilder in den Nachrichten sind erschreckend. Es ist von großer Zerstörung die Rede und von Tausenden Toten und Vermissten. Wir glauben, dass sich die Dinge in den nächsten Stunden sehr komplizieren und unsere ›Operation Käfig‹ deutlich erschweren könnten.«

Dupree hatte aufmerksam zugehört und antwortete vorsichtig, denn nichts von dem, was Verdon gesagt hatte, schien ihm so bedeutend, dass Jim Wilson deswegen seinen Urlaub unterbrechen musste.

»Michael, Jim, was ist los?«

Verdon sah Wilson an und seufzte, wobei er mit den Händen eine Geste absoluter Hilflosigkeit machte. Dupree war nicht dumm, er wusste nur allzu gut, dass sie ihn nicht anriefen, um mit ihm übers Wetter zu reden.

»Dupree, die besonderen meteorologischen Bedingungen, die Tatsache, dass deine Einheit derzeit auf zwei verschiedene Orte aufgeteilt ist, und das Ausmaß der Katastrophe, die New Orleans verwüstet, hat uns dazu veranlasst, einige Entscheidungen zu treffen.«

Dupree schwieg. Nur das unablässige Knistern in der Leitung machte deutlich, dass die Verbindung nicht abgebrochen war.

»Wir halten es für nötig, dir ein paar Erklärungen zu geben«, fügte Verdon rücksichtsvoll hinzu. »Wir haben die Fortschritte eurer Ermittlungen mit Interesse verfolgt. Tucker hat uns darüber informiert …«

»Hab ich richtig gehört?«, fiel Dupree ihm ins Wort. »Agent Tucker hat euch informiert?«

»Aloisius, bitte, hör uns erst mal zu«, mischte sich Wilson mit lauter Stimme ein. »Wir sind deine Freunde.«

»Also«, fuhr Verdon geduldig fort, »Tucker hat uns darüber informiert, dass ein Polizist aus Miami, Brad Nelson, an den Tatorten sämtlicher Familienmorde war. Außerdem soll Subinspectora Salazar festgestellt haben, dass es auffällige Übereinstimmungen zwischen den Taten des Komponisten und einem Familienmord von vor achtzehn Jahren gibt.«

»Agent Tucker hat offenbar vergessen zu erwähnen, dass Nelson zwar tatsächlich an einigen der Tatorte war, aus Brooksville jedoch vorzeitig zurückgereist ist und sich nicht offiziell in New Orleans befindet. Und natürlich hat sie ebenso vergessen zu erwähnen, dass Salazar, auch wenn sie der Meinung ist, dass der Komponist und Martin Lenx, der vor achtzehn Jahren seine Familie ermordet hat, ein und dieselbe Person sein könnten, nicht glaubt, dass Nelson in das Profil passt.«

»Ich hab das so verstanden, dass er euer Verdächtiger ist?«

»Gilt diese Frage mir oder Agent Tucker?«

»Aloisius, verdammt!«, schimpfte Wilson.

»Nelson ist unser Verdächtiger, aber es gibt nur Indizien und keine Beweise. Wir warten auf die Bestätigung, um die ich Tucker heute Morgen gegen sechs Uhr gebeten habe. Den Bericht dazu habe ich noch nicht erhalten, ihr, wie mir scheint, hingegen schon.«

»Tucker hat versucht, dich zu erreichen, und schwört, dass das unmöglich war.«

»Was noch?« Duprees Ton klang hart und ungeduldig.

Wilson nickte Verdon zu. Offensichtlich hatte Dupree den Braten gerochen. Daher machte es keinen Sinn, noch länger um den heißen Brei herumzureden.

»Agent Tucker hat mit Nelsons Frau gesprochen«, sagte Verdon unwillig.

»Bitte?«

»Angesichts der Informationen, die sie erhalten hat, schien es ihr angebracht.«

»Warum hat sie mich nicht vorher gefragt?«

»Hör zu, Dupree, ich verstehe, dass du darüber verärgert bist, aber die Kommunikation mit euch ist fast unmöglich. In New Orleans funktionieren keine Handys mehr. Wir haben fast eine Stunde gebraucht, um dich über einen Festanschluss zu erreichen, und wir verfügen nun wirklich über alle Mittel.«

»Seit wann weiß sie, dass Nelson nicht in Miami ist?«, fragte Dupree, ohne auf Verdons Erklärung zu reagieren.

»Seit kurz nach sieben heute Morgen.«

»Warum hat sie uns das dann nicht mitgeteilt? Es ist fast elf. Seit dem Stromausfall können wir nicht mehr telefonieren, aber ich habe die klare Anweisung gegeben, uns per Mail über sämtliche Fortschritte zu informieren.«

»Da gab es nicht viel, was ihr nicht eh schon wusstet. Sie war der Meinung, dass ein Gespräch mit der Ehefrau die Ermittlungen voranbringen könnte.«

»Um wie viel Uhr?«

»Dupree ...«

»Wann hat sie mit Nelsons Frau gesprochen? Zwischen Miami und Tampa liegt eine Autofahrt von vier Stunden.«

»Darüber haben wir keine Informationen«, log Wilson, wobei er wusste, dass Dupree ihn durchschaute.

Verdon griff ein, um die Wogen zu glätten. »Du hast selbst zugegeben, dass es bei euch nach dem Unwetter und dem Stromausfall Kommunikationsprobleme gibt.«

»Ich befinde mich in der Notrufzentrale. Hier gibt es einen Generator, und dreißig Leute nehmen die Anrufe entgegen. Daher fällt es mir schwer zu glauben, dass es ihr nicht gelungen sein soll, mich zu erreichen. Ihr habt ja auch einen Weg gefunden.«

»Aloisius ...«, bat Verdon versöhnlich.

»Aloisius«, fuhr Wilson fort, »Tatsache ist, dass Nelsons Frau einige Aspekte seines Handelns bestätigt hat, die ziemlich auffällig sind. Nelson war vorgestern bei ihr und, anders als in letzter Zeit sonst immer, ungewöhnlich ruhig. Er hat sich seltsam verhalten und mysteriöse Dinge gesagt. Seine genauen Worte waren: ›Alles, was geschehen ist, ist meine Schuld. Ich weiß, dass ich alles falsch gemacht habe, aber ich werde es wiedergutmachen. Und jetzt muss ich gehen, weil ich etwas zu tun habe, was sich nicht aufschieben lässt, aber wenn ich zurückkomme, werde ich bereit sein, alle Fehler zu korrigieren.‹«

»Hat er ›alle Fehler‹ gesagt oder ›alle meine Fehler‹?«, fragte Dupree.

»Ich habe ›alle Fehler‹ notiert.«

»Es könnte sich einfach nur um das Versprechen eines Mannes handeln, der versucht, seine Fehler wiedergutzumachen, aber auch um die Ankündigung, dass der Moment, auf den er wartet, kurz bevorsteht«, erklärte Dupree. »›Alle Fehler‹ beinhaltet, dass er sich von der Verantwortung, sie begangen zu haben, ausschließt, sich aber dafür verantwortlich fühlt, sie wiedergutzumachen. Salazar glaubt, dass unser Mann den Mord an einer bestimmten Familie bis zu einem konkreten Moment aufschiebt, bis zu einem bestimmten Signal, das wir noch nicht kennen, aber wir arbeiten dran.«

Dupree machte eine Pause, um nachzudenken, und als er weitersprach, klang seine Stimme erneut verärgert.

»Ist euch bewusst, wie wichtig das ist, was ihr mir gerade erzählt habt? Das ist eine essenzielle Information, und Agent Tucker hat sie vorsätzlich zurückgehalten. Sie hat voreilig gehandelt, was die gesamten Ermittlungen in Gefahr bringen könnte. Wenn sich herausstellt, dass Nelson unser Mann ist und er mit seiner Frau spricht, erzählt sie ihm möglicherweise von Tuckers Besuch, und dann ist er gewarnt.«

»Deshalb rufen wir an, Dupree«, erklärte Verdon. »Ich habe für die Familie Nelson Personenschutz angeordnet und Tucker mit der Leitung eines Teams in Miami betraut.«

Dupree schwieg.

»Aloisius«, sagte Wilson in versöhnlichem Tonfall, »du musst das verstehen.«

»Seid ihr wirklich so blind und merkt nicht, was Tucker gerade tut?«

Michael Verdons Seufzen war durch die Leitung deutlich zu hören. »Aloisius, ich schätze dich sehr, aber du kannst uns nicht allein die Verantwortung dafür geben. Du bist wieder in deiner Stadt, und nach dem, was beim letzten Mal passiert ist, haben wir nun mal unsere Zweifel. Ich will dich nicht mit der Frage beleidigen, ob du wieder hinter Samedi her bist, weil ich aufrichtig hoffe, dass es nicht so ist.«

»Und ich würde auf diese Frage nicht antworten, weil ich sie für absolut deplatziert halte«, erklärte Dupree entschieden.

»Nun, ein Agent mit deiner Erfahrung hätte erkennen müssen, dass es da eine Besonderheit in euren Ermittlungen gibt, die wir hätten erfahren müssen.«

»Ich weiß nicht, wovon du sprichst.«

»Da gibt es etwas, was du vergessen hast, mir gegenüber zu erwähnen. Etwas, was in dem Bericht steht, den Salazar an Tucker geschickt hat: Sarah Nelsons Mädchenname ist Sarah Rosenblant, und sie ist die Tochter von Senator Rosenblant.«

»Das kann ich nicht glauben!«, rief Dupree aus. »Willst du mir damit ernsthaft sagen, dass ihr diesen ganzen Zirkus veranstaltet, weil Nelsons Schwiegervater ein Senator ist?«

»Verdammt, Dupree!«, brüllte Wilson verärgert. »Du weißt ganz genau, wie solche Dinge laufen!«

Verdon ergriff wieder das Wort, um die Gemüter zu besänftigen, aber seine Stimme klang entschieden. »Ich denke, du bist dir des Ernstes der Lage bewusst. Die Naval Air Station am Lakefront Airport hat uns bestätigt, dass das FBI-Büro in New Orleans komplett verwüstet wurde. Das gesamte Personal ist evakuiert worden. Die Nationalgarde tut ihr Möglichstes, um die Agents und ihre Familien in Sicherheit zu bringen. Wenn das Unwetter vorbei ist und ihr raus auf die Straße müsst, werdet ihr mutterseelenallein sein. Und stellt sich heraus, dass die Tochter und die Enkel des Senators in Gefahr waren, weil das Sicherheitsprotokoll nicht eingehalten wurde, rollen Köpfe, und es ist wohl nicht nötig, dir zu sagen, dass das nicht unsere sein werden.«

Bevor sie das Gespräch beendeten, hatte Verdon noch etwas zu sagen. »Eins noch: Ich habe gewisse Informationen über Salazar, aber ich überlasse es dir, was du damit anstellst. Wenn du entscheidest, sie zurückzuhalten, stärken wir dir so lange den Rücken wie möglich. Wir denken nicht, dass das ein großes Problem sein wird.«

34

Schlaflos

Notrufzentrale New Orleans
Montag, 29. August 2005, zwischen 10:00 und 12:00 Uhr

Amaia stand am Fenster und beugte sich vor, um durch die Öffnung zu schauen, die jemand in das schützende Packpapier gerissen hatte. Doch das Einzige, was sie sah, war ihr eigenes Spiegelbild. Darum legte sie die Hände wie einen Schirm an die Scheibe, um nach draußen zu gucken.

Die Stadt hatte die Farbe von Blei. Obwohl bereits vor Stunden die Sonne aufgegangen war, war der Himmel noch immer so düster wie ein dunkler See. In der Ferne meinte sie den hellen Schein eines Feuers zu erblicken, möglicherweise die Folge einer Gasexplosion, und in den überschwemmten Straßen sah sie die Dächer mehrerer Autos, die wie die Panzer toter Schildkröten aus dem Wasser ragten.

Nach dem Gespräch mit dem Leiter des Hilfstrupps hatte sie sich noch einmal mit den Zeugenaussagen beschäftigt, vor allem mit denen von Joseph Andrews und Captain Reed sowie mit der Tatortanalyse, die ihr vorlag, und mit Nelsons Bericht. Johnson und sie hatten die gesamte Kriminalgeschichte der USA in den letzten achtzehn Jahren durchforstet, und seit dem Mord an der

Familie Lenx hatte es bis zu dem Fall in Galveston keinen weiteren gegeben, der die nötigen Besonderheiten aufwies. Alles sprach dafür, dass das Morden des Serienkillers an der texanischen Küste mit der Familie Andrews angefangen hatte.

Ja, aber was war das Signal, auf das der Täter wartete, um sein persönliches Armageddon zu beginnen?

Johnson und die beiden Detectives erschienen in der Tür, machten ihr ein Zeichen, und sie folgte ihnen in die Zentrale.

Die Telefone liefen heiß. Sobald ein Gespräch beendet war, ging der nächste Anruf ein. Amaia ging zu der Frau hinüber, mit der sie vorher schon gesprochen hatte, grüßte sie aber nur mit einem Nicken, da diese gerade telefonierte. Der Tonfall ihrer Stimme hatte sich nicht verändert; noch gelang es ihr, Ruhe zu bewahren, aber ihrem Gesicht war die Anspannung anzusehen.

»Wie sieht es draußen aus?«, fragte Johnson den Notfallkoordinator.

Der Mann sah ihn verärgert an und wies mit der Hand auf die Bildschirme, die unter der Decke hingen. Alle blickten hinauf, außer Johnson, der das angespannte Gesicht des Notfallkoordinators nicht aus den Augen ließ. »In einem Wort: Chaos«, sagte dieser. »Die Stadt liegt im Dunkeln. Wir haben die Meldung erhalten, dass mehrere Strommasten umgerissen wurden, und es gibt keine Handyverbindung mehr. Es regnet in den Superdome hinein, die Leute drängen sich in den Gängen, und das Abwasser sprudelt aus den Toiletten und überschwemmt alles. Es hat Streit, Vergewaltigungen und Prügeleien gegeben, sowohl im Superdome als auch im Kongresscenter, und es ist von mehreren Toten durch Stichwaffen die Rede. Einige Häuser stehen in Flammen, wie wir glauben, durch beschädigte Gasleitungen, weil die Häuser aus den Fundamenten gerissen wurden. Uns wurden Wasserhosen und kleine Tornados gemeldet, als ob das, was hier gerade passiert, noch nicht ausreichen würde. In den Straßen treiben

Leichen. Die Fluten haben komplette Häuser weggeschwemmt. Aber wenn Sie nach Ihren ›aufeinanderfolgenden Schüssen‹ fragen«, fügte er mürrisch, fast überheblich hinzu, »das können wir Ihnen noch nicht bieten.«

Johnson warf einen Blick auf das Namensschild des Mannes. Darauf stand: Bernard Antée.

»Hören Sie mir genau zu, Mr. Ante …«

»Antée«, korrigierte ihn der Mann automatisch, ohne aufzuschauen.

»Sehen Sie mich an, Antée«, verlangte Johnson.

Der Notfallkoordinator tat es, und die aggressive Weise, wie er das Kinn vorstreckte, unterstrich seine üble Laune. »Was wollen Sie?«

Johnson beugte sich vor. »Wir sind hier, um zu helfen. Wir suchen nach einem Mörder. Nach einem Monster, das in das Haus einer Familie eindringen wird, die diese Katastrophe mit viel Glück überlebt hat. Und ja, Sie haben es richtig verstanden: Es wird ›aufeinanderfolgende Schüsse‹ geben, weil dieses Monster den Mitgliedern dieser Familie nacheinander die Köpfe wegblasen wird, auch den Kindern, und er zwingt die anderen, dabei zuzusehen. Ich weiß, dass Sie keinen guten Tag haben, aber uns geht es nicht anders. Es sind nicht *meine* Schüsse, aber wenn diese Schüsse fallen, heißt das, dass eine Familie brutal hingerichtet wird, deren einziges Verbrechen es war, diese Katastrophe zu überleben.«

Antées Gesichtsausdruck hatte sich mit jedem Wort, das Johnson sprach, verändert. Er nickte und sagte nichts mehr.

35
Sorgfalt

New Orleans, Louisiana

Martin hatte dieses Hotel ausgewählt, weil es fensterlose Badezimmer hatte. Dorthin hatte er sich während des Sturms zurückgezogen.

Es war beinahe zwölf Uhr mittags, als er die Tür zu seinem Schlupfloch öffnete. Die Glastür zum Balkon, der auf die Straße hinausging, war verschwunden und mit ihr sämtliche Einrichtungsgegenstände im Zimmer, einschließlich des Bettes. Nur das an der Wand befestigte Kopfteil und eine der Leselampen waren noch vorhanden. Die Gipsdecke war erheblich in Mitleidenschaft gezogen worden, und einige gelbe Stromkabel hingen heraus. Es stürmte noch immer, aber der Hurrikan war weitergezogen.

Martin bahnte sich einen Weg durch die Trümmer, die den Boden bedeckten, und ging zu dem Loch in der Wand, wo das Fenster gewesen war. Das Balkongitter war noch da, aber die heftigen Windböen hatten es an einigen Stellen verbogen. Er beschloss, kein Risiko einzugehen, und besah sich die Stadt lieber vom Fenster aus. Der Himmel war im Osten noch immer dunkel, begann aber aufzulockern, und es regnete nicht mehr so stark. Über das

Funkgerät, das er dabeihatte, erfuhr er, dass die Helikopterpiloten in Kürze zum Start bereit sein würden. Er musste sich beeilen, also ging er wieder ins Bad, machte seine Taschenlampe an und richtete sie auf den Spiegel, um sein Aussehen zu überprüfen. Nachdem er das Baumwollshirt ausgezogen hatte, drehte er automatisch den Wasserhahn auf, aus dem aber nur ein ersticktes Gurgeln kam, gefolgt von einem hohen Pfeifen. Schon am frühen Morgen war nur noch eine bräunliche Brühe aus Wasser und Schlamm herausgekommen und seit einigen Stunden nicht mal mehr das.

Also benutzte er, um sich zu waschen, eine der Wasserflaschen, die er im Koffer mitgebracht hatte. Er putzte sich die Zähne, wusch sich das Gesicht und feuchtete sein Haar an, das im Nacken so kurz war wie das eines Marinesoldaten. Dann nahm er ein sauberes, sorgfältig gebügeltes Hemd aus dem Koffer, zog es an und steckte es in die Hose, bevor er den Gürtel schloss. Als er daraufhin noch einmal sein Aussehen überprüfte, strich er sich über die Kleidung, bis er zufrieden war, dann befestigte er das Abzeichen an seinem Hemd, sodass es gut sichtbar auf der linken Brustseite prangte.

Er lächelte, als er mit seinem Koffer in der Hand an der Rezeption vorbeiging. Das Wasser reichte ihm bis zu den Knien. Hier war nichts mehr, als hätte ein riesiger Staubsauger alles verschluckt. Keine Türen, keine Fenster, keine Lampen. An der Decke fehlten sämtliche Gipsplatten, und silberfarbenes Isolierband hing herunter wie Lametta.

Er verließ das Hotel und ging vorsichtig bis in die Mitte der menschenleeren Straße. Es hatte inzwischen ganz zu regnen aufgehört. Mühsam kämpfte er sich auf der überfluteten Esplanade Avenue voran. Mehrere große Bäume in der Nähe der Cabrini High School hatten dem Unwetter nicht standgehalten und waren entweder entwurzelt oder umgeknickt.

Dicht über dem Wasser sammelten sich kleine Mückenschwärme, und Martin wusste, dass, wenn die Sonne herauskam, der sumpfige Gestank unerträglich werden würde. Er nahm den Stadtplan aus der Tasche, in dem er den Weg eingezeichnet hatte.

In der Ferne sah er Menschen, die sich aus den Fenstern beugten oder in die Türöffnungen traten und sich umsahen wie Astronauten, die gerade auf einem fremden, menschenfeindlichen Planeten gelandet waren. Sie bewegten sich langsam und besahen sich die Zerstörung, als wollten sie sich davon überzeugen, dass all das wirklich geschehen war.

Unterwegs wich Martin Trümmern, Matratzen, Möbeln, zerstörten Mauern und entwurzelten Bäumen aus. Hin und wieder musste er einen größeren Umweg nehmen, um umgerissene Strommasten zu umgehen, denn obwohl über Funk mitgeteilt worden war, dass es in den meisten Stadtteilen keinen Strom mehr gab, war von einigen Masten elektrisches Brummen und von den heruntergerissenen Kabeln ein Zischen zu hören. So brauchte er mehr als eine Stunde, um sein Ziel zu erreichen.

Das Haus stand auf einem soliden Betonfundament, was vielleicht der Grund war, warum die Bewohner entschieden hatten, es während des Unwetters nicht zu verlassen. Über eine seitliche Treppe gelangte man zu einer schmalen Galerie, an der die Türen zu den Wohnungen lagen.

Martin setzte sich auf die achte Stufe, um das Wasser aus seinen Stiefeln zu kippen, und betrachtete angewidert seine fast vollständig nasse, schmutzige Hose. Dann stellte er mit einem Blick zum Ende der Straße überrascht fest, wie unruhig das Wasser war. Das machte keinen Sinn. Das Wasser stieg noch an, obwohl es längst hätte sinken müssen. Er nahm ein Taschentuch heraus und versuchte vergeblich, den klebrigen schwarzen Schmodder abzuwischen, der durch den Stoff der Hose bis an seine Haut drang.

Doch das Einzige, was er erreichte, war, das weiße Tuch zu beschmutzen. Er faltete es sorgsam wieder zusammen und steckte es in die hintere Hosentasche.

Der Schmutz widerte ihn an. Er war ein äußerst sorgsamer Mensch; vielleicht hatte das, was er tat, mit Zerstörung zu tun, aber Martin wusste, dass im Moment von Chaos und großem Verlust, wenn rundherum alles ekelhaft schmutzig war, sein tadelloses Erscheinungsbild seine höfliche Aufmerksamkeit den Opfern gegenüber unterstrich. Professionelle Ratschläge und persönliches Mitgefühl beschwichtigten ihre anfängliche Aufregung, sodass sie ihm vollstes Vertrauen entgegenbrachten.

Er klingelte nur, um sich zu vergewissern, dass es wirklich keinen Strom gab. Nichts. Wie ein Schauspieler, bevor er die Bühne betrat, atmete er noch einmal tief durch und klopfte an die Tür. Von drinnen waren Gemurmel und dumpfe Stimmen zu hören. Jemand mahnte die anderen zischend zur Ruhe.

Vorsichtig wurde die Tür geöffnet, die sich nur schwer bewegen ließ, und in der Öffnung wurde der Lauf eines Revolvers sichtbar. Martin trat einen Schritt zurück und blickte dem Mann entgegen, dem sein Misstrauen anzusehen war. Er lächelte, ohne es zu übertreiben, und legte den Finger auf das Abzeichen an seinem makellosen Hemd, um die Aufmerksamkeit des Mannes darauf zu lenken, während er fragte: »Familie Sabine?«

Er wartete die üblichen drei Sekunden, bis der erleichterte Ausruf kam:

»O mein Gott! Dem Herrn sei Dank, dass Sie so schnell gekommen sind!«

Martin rührte sich nicht von der Stelle, während der Mann mit der klemmenden Tür kämpfte, um sie so weit zu öffnen, dass der vermeintliche Retter eintreten konnte. Ein Teil der Rückwand des Hauses und das Dach waren weggeflogen, sodass es hereingeregnet hatte und sich der nasse Holzboden zu wellen begann.

»Geht es Ihnen allen gut?«, fragte Martin scheinbar aufrichtig interessiert.

»Ja, wir haben nur ein paar blaue Flecken, aber keine ernsthaften Verletzungen davongetragen. Das heißt ... ich glaube, dass Jana sich das Handgelenk gebrochen hat.« Der Mann wies auf die jugendliche Tochter, die in eine Decke gewickelt auf dem Boden saß. »Aber die Wohnung ist komplett zerstört«, erklärte ihr Vater, während er mit der Schuhspitze heruntergefallene Gegenstände zur Seite schob, von draußen hereingewehte Blätter und Äste sowie gesplittertes Holz und Glasscherben, die von der Wohnungseinrichtung übrig geblieben waren. Dann sah er wieder Martin an, der noch immer reglos vor der Tür stand und auf seinen fragenden Blick hin den Revolver anschaute, den der Familienvater nach wie vor in der Hand hielt.

»Oh, natürlich! Entschuldigen Sie!«, sagte der Mann und sah sich nach einem Ort um, wo er die Waffe ablegen konnte. Schließlich fand er einen unter den Trümmern fast ganz verschwundenen Tisch, fegte den Schutt hinunter und legte den Revolver darauf ab.

Martin trat ein. Selbstgefällig betrachtete er die Familienmitglieder, die sich, wie gerufen, alle in einem Raum versammelt hatten. Mit der Stiefelspitze schob er den Schutt beiseite, um Platz für seinen Koffer zu schaffen. Dann bückte er sich, um ihn auf den Boden zu stellen, und griff gleichzeitig nach dem Revolver, der auf dem Tisch lag.

»Das ist der Smith & Wesson, den Sie im Jahr 2000 gekauft haben, nicht wahr? Gibt es noch andere Waffen im Haus?«

»Nein«, antwortete der Mann, und möglicherweise war seiner Stimme eine leichte Beunruhigung anzuhören.

Martin lächelte.

36
Abhängigkeit

Notrufzentrale, Lake Marina Tower, New Orleans

Dupree lief, zwei Stufen auf einmal nehmend, die Treppe hinauf, die vom Büro des Leiters der Feuerwehr zur Notrufzentrale führte. In seinem Kopf hallten noch Michael Verdons Worte wider, der so getan hatte, als wäre es ein besonderes Privileg, dass er, Dupree, entscheiden durfte, ob er eine wichtige persönliche Information vor einem Mitglied seines Teams zurückhalten wollte. Ganz abgesehen davon, dass seine Vorgesetzten in Washington Tuckers Verrat an ihm offenbar für eine akzeptable Vorgehensweise hielten.

Amaia saß neben dem Koordinator und seiner Assistentin, trug ein Headset und verfolgte auf einem Computerbildschirm die Zuordnung der eingehenden Anrufe. Dupree musste bis zu ihrem Platz gehen und auf den Monitor klopfen, um sich bemerkbar zu machen.

»Salazar, bitte kommen Sie mit mir«, sagte er und eilte schon wieder auf die Schwingtür zu.

Im Sitzungsraum, der ihnen für ihre Zwecke zur Verfügung gestellt worden war und wo sich gerade sonst niemand aufhielt, riss Dupree das Packpapier vom Fenster. Amaia trat ein, schloss die Tür hinter sich und sah einige Sekunden lang dabei zu, wie Dupree die Fenster von dem Papier befreite.

Als er sich zu ihr umwandte, sah er sie ernst an und wirkte beinahe verärgert. »Salazar, ich denke, Sie sollten sich setzen.«

Sie blieb reglos stehen und blickte ihn an. Daraufhin ging er zum Tisch, rückte zwei Stühle zurecht, nahm Platz und deutete auf den anderen Stuhl. Kurz darauf saßen sie sich gegenüber.

»Es ist wohl nicht nötig, Ihnen zu sagen, dass der Hurrikan wesentlich schlimmer gewütet hat, als vorhergesagt wurde«, begann er. »Der größte Teil der Stadt ist ohne Strom und fließendes Wasser, und auch wenn das Zentrum des Wirbelsturms in Richtung Osten weitergezogen ist, steht das Wasser in den Küstenbereichen bis zu sechs Metern hoch. Die ersten Hubschrauber der Küstenwache sind unterwegs, und der Anblick von oben zeigt verheerende Verwüstungen. Das French Quarter wurde weitestgehend verschont, doch andere Stadtteile wurden geradezu dem Erdboden gleichgemacht. Das West End ist überflutet, und in den ersten Informationen ist von herunterhängenden Stromkabeln die Rede und von Menschen, die sich oben auf die Brücken gerettet haben. Die ›Operation Käfig‹, wie wir sie geplant haben, wird sich wesentlich schwieriger gestalten als gedacht. Es ist wichtig, dass jeder des Teams alles gibt.«

Er machte eine Pause und sah kurz zu Boden. »Salazar, ich habe aus Washington erfahren, dass Ihre Tante aus Spanien angerufen hat. Es tut mir leid, Ihnen diese traurige Nachricht mitteilen zu müssen, aber Ihr Vater ist heute Morgen gestorben.«

Amaia schnappte nach Luft, während Dupree aufstand. Er ging wieder zum Fenster, und es gelang ihm, es zu öffnen. Ein feuchter, salziger Wind drang herein, als ob sie am Meer wären, und riss die Fotos vom Tisch, die mit dem Bild nach unten zu Boden fielen. Amaia starrte sie an, als ob sie trotzdem noch in der Lage wäre, das Grauen darauf zu sehen.

Dupree beobachtete sie einige Sekunden lang und ging dann zur Tür. »Ich werde mit dem Rest des Teams in der Notrufzentrale warten«, erklärte er. »Wenn alles so läuft wie geplant, kann der Anruf jeden Moment eingehen. Sollten Sie sich entschließen, nicht mitzukommen, werde ich versuchen, ein Transportmittel aufzutreiben, das Sie zur Militärbasis Lakefront bringt. Laut der letzten Nachrichten, die ich erhalten habe, fliegen sie von dort gerade das Personal des FBI aus, das in der Stadt geblieben ist. Sobald Sie einen sicheren Flughafen erreicht haben, werden Sie dort ein Ticket vorfinden, um nach Hause zu fliegen.«

Kurz darauf hörte Amaia, wie sich die Tür hinter ihm schloss. Sie beugte sich vor und hob eines der Fotos auf, das dicht neben ihren Füßen lag, faltete es zusammen und steckte es ein.

37

Vaterunser

Elizondo

Amaia atmete den schweren Duft von zerlassener Butter ein. Sie mochte ihn lieber als den von gebranntem Zucker, der, wenn man nicht aufpasste, bitter wurde, verbrannt roch und an der Kleidung und im Haar haften blieb, ohne dass man etwas dagegen tun konnte. Oder den strengen, primitiven Geruch des Mehls, das so verräterisch weich war, aber erstickend wie die Erde in einem Grab.

Sie sah ihrem Vater zu, wie er die schweren Blätterteigplatten knetete, und spürte, wie ihr Herz schneller schlug. Im Radio, das er während der Arbeit stets eingeschaltet hatte, wurde ein Walzer von Strauß gespielt. Er wandte den Kopf und lächelte, als er sie sah, und auch sie wollte lächeln, konnte es aber nicht. Sie blickte ihn nur mit ihren großen, traurigen Augen an, während sie darüber nachdachte, wie sie es ihm sagen sollte. Wie erzählte man jemandem, den man liebte, etwas, was ihm wehtun würde?

Während sie nach den passenden Worten suchte, betrachtete sie, nachdem er sich wieder seiner Arbeit zugewandt hatte, seinen Rücken, das im Nacken kurz geschnittene Haar, die beim Kneten angespannten Arme. Und als schaute sie auf sie beide herunter, sah sie auch ein Mädchen von neun Jahren, das hinter ihm stand und nach Worten rang, die es noch gar nicht kennen sollte. Sie liebte ihn so sehr. Amaia lauschte der Musik, der heftigen Beschleunigung des eleganten kaiserlichen Walzers, der nicht dazu passte, von ihrer Angst zu sprechen. Sie kniff die Lippen zusammen, um das zurückzuhalten, was in ihrem Inneren brodelte, denn sprach sie es aus, würde er aufhören zu lächeln, das Radio ausschalten, und der Walzer würde verstummen und durch das Knistern des Ofens und das Tropfen des Wasserhahns ersetzt, der nicht richtig schloss.

Dieser Entschluss kostete sie einiges, ein tiefer Schmerz nahm ihr den Atem und zwang sie, die Augen zu schließen, um ihn nicht mehr zu sehen. Eine stille Träne lief ihr übers Gesicht, genau in dem Moment, da ihr Vater sich lächelnd zu ihr umdrehte.

»Gewährt Ihr mir diesen Tanz, Prinzessin?«

Das Lächeln erstarb, und er ging vor ihr auf die Knie und berührte ungläubig die glitzernde Spur, die die Träne auf der Wange seiner Tochter hinterlassen hatte. »Was ist los, Liebes?«

Amaia presste noch immer die Lippen zusammen, während sie ihn ansah und gequält gegen das verhängnisvolle Schicksal ankämpfte. Sie schlang ihm die Arme um den Hals und schmiegte sich an ihn, um ihn nicht ansehen zu müssen.

Juan drückte sie betrübt an sich.

»Amaia?«, sagte er bestürzt, hob sie hoch und setzte sie auf einen hohen Edelstahltisch, damit sie auf seiner Höhe war. Er löste sich aus ihrer Umarmung, um das Radio auszuschalten, nahm dann ihre Hände, küsste Amaia und sagte: »Was ist los, mein Schatz?«

Der Walzer war verklungen. Sie hörte das Zischen aus den Öfen, das anhaltende Tropfen des Wasserhahns. Die Wahrnehmung war so intensiv, dass die Gewissheit des Unvermeidlichen ihr beinahe Schwindel verursachte.

Ihre Lippen öffneten sich, um die furchtbaren Worte zu sagen.

»*Aita*«, brachte sie hervor, während das Weinen ihre Stimme zittern ließ. »Sie macht mir ... schreckliche Angst. Nachts, wenn du schläfst, kommt sie zu meinem Bett. Sie will mich fressen, *aita!* Sie will mich fressen, und wenn du nichts dagegen tust, wird sie mich eines Nachts verschlingen.«

Juan wandte den Blick von den flehenden Augen seiner Tochter ab und schaute ins Leere ...

Er hört das Rascheln der Bettwäsche, das leichte Knarren des Holzbodens unter dem Gewicht seiner Frau, die im Dunkeln durchs Zimmer geht. Er stützt sich auf den Ellbogen und wendet sich der Tür zu, öffnet die Augen in der Dunkelheit, als könnte er so besser hören.

Das Schlafzimmer der Mädchen liegt dem ihren gegenüber. Rosario muss keine zwei Meter zurücklegen, um von Tür zu Tür zu gelangen. Er nimmt ihre Bewegungen wahr, sogar ihre gemurmelten Worte, die er nicht versteht oder verstehen will. Sie ist nie länger als eine Minute fort, eine Minute, die er beunruhigt abwartet, während er betet, dass nicht mehr Zeit vergeht.

Dann merkt er, dass sie zurückkommt, legt sich leise wieder hin und stellt sich schlafend. Sie streckt sich neben ihm aus, und ohne sie zu berühren, spürt er in ihr die Kälte des Hauses und ihr rasendes Herz.

Es ist vorbei, in dieser Nacht wird sie nicht mehr aufstehen. Doch er nickt erst wieder ein, als er sicher ist, dass sie schläft ...

Juan ließ die Hände seiner Tochter kurz los, um das Radio wieder anzumachen. Melancholische Klaviermusik hatte den Walzer abgelöst.

»Viele Kinder haben Albträume, das ist in deinem Alter völlig normal. Du hast sehr viel Fantasie und liest viel. Deshalb hast du solche Träume.« Er setzte sie auf dem Boden ab.

Die Kleine weinte auf einmal hemmungslos, schluchzte heftig, jedoch mit geschlossenen Augen. Juan war sicher, dass sie die Augen geschlossen hatte, um ihn nicht ansehen zu müssen.

Erneut wandte er den Blick von ihr ab, diesmal jedoch vor Scham. Reumütig, aber immer noch ohne sie anzuschauen, beugte er sich zu ihr hinunter und küsste sie auf den Kopf.

»Aber wenn du mal einen Albtraum hast, der dir besonders große Angst macht, dann ruf mich.« Er wandte sich wieder seiner Arbeit zu.

Amaia weinte noch eine ganze Weile, ohne die Augen zu öffnen. Als sie es schließlich tat, war ihr Vater bereits wieder beschäftigt, und die Klänge eines neuen Walzers vermischten sich in der Luft mit dem Duft von frischem Gebäck. Er knetete erneut den Blätterteig, wobei sie meinte, dass er es nur noch mit halber Kraft tat, dass er den Schwung verloren hatte.

Amaia nahm ihre Schultasche und ging mit schleppenden Schritten zur Tür, wobei sie ihm absichtlich Zeit gab, sie aufzuhalten, sie zurückzurufen. Doch darauf wartete sie vergebens. Sie wandte sich noch einmal zu ihm um wie eine zum Tode Verurteilte, die auf die Vollstreckung des Urteils wartete.

In diesem Moment waren die Backstube und der Sitzungsraum im Lake Marina Tower auf der anderen Seite der Erde ein und derselbe Ort. Das Mädchen, das die Tränen nicht zurückhalten konnte, und die Frau, die nicht weinen konnte, wandten sich gleichzeitig ihrem Vater zu.

»*Agur, aita*«, sagte sie.

»*Agur, maitia*«, entgegnete er hinten aus der Backstube.

New Orleans

Amaia betrat die Notrufzentrale, als Charbou gerade die Hand hob und um Aufmerksamkeit bat.

»Mehrere aufeinanderfolgende Schüsse in der Maine Street in Jefferson, in der Wohnung einer Familie. Die Frau, die angerufen hat, spricht von fünf oder sechs Schüssen kurz hintereinander.«

»In diesem Bezirk wohnen mehrere Familien, die dem Profil entsprechen«, sagte Johnson, breitete den Stadtplan aus und zeigte auf die betreffende Stelle.

»Da gibt es ein Problem«, wandte Bull ein. »Im Moment weiß keiner, warum, aber seit einer halben Stunde gehen ständig Anrufe ein, laut denen das Wasser wieder steigt, sogar in Gegenden, die gar nicht überschwemmt waren oder wo das Wasser vorher schon wieder gesunken war. Und es steigt schnell. Einige meinen, der Damm am 17th Street Canal sei gebrochen. Das ist zwar noch nicht bestätigt, aber gerade hat jemand gemeldet, dass das Wasser in der Poydras Street hüfthoch steht.«

»Gut«, sagte Amaia, »Jefferson Parish war eh schon überschwemmt. Sie haben doch nicht gedacht, dass Sie trockenen Fußes zurückkommen können, oder? Worauf warten wir noch?«

Dupree sah sie an, als wollte er einschätzen, über wie viel Kraft und innere Stärke sie im Moment verfügte. Dann gab er Befehl, die Ausrüstung zu überprüfen, und ging noch einmal den Plan durch.

Als Amaia an ihm vorbeikam, nickte er leicht, eine Geste, in der mehr Respekt lag, als er es mit Worten hätte ausdrücken können. »Möchten Sie, dass wir eine Nachricht nach Navarra schicken?«

»Nein. Meine Tante weiß es schon. Aber …«

»Ja?«

»Könnten Sie Kommissarin Gertha Schneider informieren? Das ist eine deutsche Polizistin, die zu der Europol-Gruppe gehört. Sagen Sie ihr, dass der Bergkauz durchhält. Sie wird es verstehen.«

ZWEITER TEIL

Was für die Raupe das Ende der Welt,
ist für den Rest der Welt ein Schmetterling.

LAO TSE

Am Nachmittag des 29. August 2005 zog Hurrikan Katrina weiter ins Zentrum der Vereinigten Staaten und verlor an Kraft. Er verwüstete die Küste, wandte sich dann aber nach Osten, sodass New Orleans nicht komplett zerstört wurde.

Dies ist die Geschichte von dem, was danach geschah.

38
Nach dem Sturm

New Orleans, Louisiana
Montag, 29. August 2005

Sie verließen die Feuerwache in ihrem großen Geländewagen mit Bootsanhänger, auf dem ein Zodiac-Schlauchboot mit festem, flachem Boden festgemacht war, und hatten das Gefühl, sich in einem Kriegsgebiet zu befinden. Auf einmal waren die panischen Anrufe in der Notfallzentrale, die unscharfen Bilder der Verkehrskameras, die unheilvollen Vorhersagen der Meteorologen, die erschütternden Berichte der Polizisten, die draußen unterwegs waren, und die verzweifelten Notrufe der Betroffenen wie ausgelöscht, denn nichts davon hatte sie auf das vorbereiten können, was sich ihren Augen nun bot.

Dupree besah sich die Gesichter der anderen. Als sie losfuhren, dachte er, seine Besorgnis müsse sich ganz auf Amaia konzentrieren. Er war sich des Risikos bewusst, das er einging, indem er sie in ihrem derzeitigen seelischen Zustand mitnahm. Wilson und Verdon hatten ihm die Verantwortung aufgebürdet, mit der Information vom Tod ihres Vaters so umzugehen, dass es die Ermittlungen nicht beeinträchtigte. Bestimmt waren sie davon ausgegangen, dass er Amaia freistellen und nicht mit einer Polizistin, die um ihren Vater trauerte, in heiklem, gefährlichem Terrain auf Mörderjagd gehen würde.

Aber irgendetwas sagte ihm, dass es so besser für Amaia war. Sie war eine Fährtensucherin, eine Jägerin, einer jener Menschen mit der natürlichen Gabe, das Böse aufspüren zu können. Ein zweifelhaftes Privileg, das sie erhalten hatte, als sie in der Hölle gewesen war.

Im Moment jedoch beunruhigten ihn die beiden Detectives aus New Orleans bedeutend mehr.

Amaia und Johnson wechselten die ganze Fahrt über höchstens vier leise gesprochene Worte. Sie waren zweifellos entsetzt, hielten sich aber mit Rücksicht auf die Gefühle von Bull und Charbou zurück, da ihnen klar war, dass das, was sie selbst empfanden, nichts zu dem war, was die beiden beim Anblick ihrer völlig zerstörten Stadt durchmachten. Sie waren bereits in den ersten Minuten völlig verstummt.

Auf der Interstate 10 ließen sie den Geländewagen stehen und stiegen in das motorisierte Schlauchboot um. Das Ausmaß der Zerstörung war derart immens, dass Bill und Bull in einen Zustand verfielen, der alle Symptome eines traumatischen Schocks aufwies.

Das Haus Maine Street Nummer 428 war das einzige zweistöckige Gebäude in der Gegend. Es war heruntergekommen und hatte wahrscheinlich schon vor dem Sturm nicht viel besser ausgesehen. Zum Glück befanden sich die Wohnungen in der oberen Etage. Vielleicht hatte der Eigentümer vorgehabt, das Stockwerk auf Straßenhöhe als Geschäftsräume zu vermieten, es sich aber dann anders überlegt und die Zugänge zumauern lassen. Die Wohnungen erreichte man über eine Galerie im ersten Stock, die über der Straße verlief. Die Abfolge der Wohnungstüren war von unten sichtbar.

An der Kreuzung Main Street und Highway 90 stellten sie den Motor aus, damit das Geräusch sie nicht verriet. Sie hofften, dass das Boot noch genug Schub hatte, um sie zu ihrem Ziel zu bringen, doch es wurde gleich von der Strömung erfasst und trieb nach Norden ab. Während sie zu den Rudern griffen, sahen sie sich erstaunt an.

Das Wasser stand bei den meisten Häusern bis zum Dach, die niedrigeren Gebäude waren komplett verschwunden. Die Strömung kam von der River Road, wo das schlammige Wasser des Flusses die Straße, die ihm ihren Namen verdankte, erobert hatte.

Sie hatten eine Liste der Anwohner und fragten sich, was wohl aus denen geworden war, die die Stadt nicht verlassen hatten. Der braune Schlamm aus dem Fluss hatte seinen mineralischen Geruch noch nicht verloren, würde aber mit steigenden Temperaturen schon bald zu stinken beginnen.

Sie stoppten das Boot am Treppengeländer, das schräg aus dem Wasser ragte, und vertäuten es daran wie bei einer Anlegestelle. Amaia schätzte, dass mindestens zehn Stufen überschwemmt waren. In schusssicheren Westen folgten sie Bill und Bull, die die Treppe hinaufeilten und auf der Galerie nach links zeigten, wo Teile des Geländers fehlten und wo die Wohnung lag, zu der sie wollten.

Sie kamen an zwei Türen vorbei, die jemand mit dem gleichen orangen Farbspray gekennzeichnet hatte, wie sie es in ihren Rucksäcken hatten. Das große X an der Tür besagte, dass die Federal Emergency Management Agency, die Bundesagentur für Katastrophenschutz, die Wohnung schon gecheckt und darin nach Überlebenden gesucht hatte.

Bill und Bull erreichten die gesuchte Wohnungstür und positionierten sich auf beiden Seiten. Dann sahen sie Dupree fragend an. Auch auf dieser Tür prangte ein orangefarbenes X. Demnach war diese Wohnung bereits durchsucht worden. Zwischen den Balken des X gab es mehrere Vermerke: oben der Tag, an dem die

Durchsuchung erfolgt war, und die Uhrzeit, wann man sie wieder verlassen hatte, auf der rechten Seite eine Information über den Zustand der Wohnung, unten die Anzahl der lebenden und toten Menschen, die man aufgefunden hatte, und links das Zeichen der Gruppe, die die Durchsuchung durchgeführt hatte.

»Die Wohnung war leer und ist dermaßen verwüstet, dass empfohlen wird, nicht einzutreten«, flüsterte Bull.

Charbou wies mit seiner Pistole auf den Tag und die Uhrzeit im oberen Bereich des Symbols – *8/29 – 12-30 PM* – und anschließend auf seine Armbanduhr. Dupree sah nach, wie spät es war, und verstand sofort, was Charbou meinte.

Es war beinahe unmöglich, dass sie dem Rettungstrupp nicht begegnet waren. Er musste sich noch ganz in der Nähe befinden.

Dupree ging ein Stück zurück und betrachtete die Zeichen auf den Türen, an denen sie vorbeigekommen waren. Die Informationen waren nicht vollständig, aber Johnson erkannte es sofort: »3-505 PIR ist die zweiundsechzigste Fallschirmjäger-Division. Die wird möglicherweise irgendwann hier erscheinen, aber sie kann unmöglich schon da gewesen sein.«

Er kehrte an seinen Platz neben Bull zurück und wies Charbou an, sich die nächste Tür auf dem Gang anzusehen. Der wandte sich gleich wieder um und winkte ab.

Dupree nickte. Der Komponist hatte seinen Fluchtweg gesichert, damit ihm keiner in die Quere kam, hatte sich jedoch nicht die Mühe gemacht, auch die Türen in der anderen Richtung zu markieren.

Dupree machte den beiden Detectives ein Zeichen, dass sich der Mörder möglicherweise noch in der Wohnung aufhielt.

Charbou hämmerte gegen die Tür. »Polizei New Orleans, machen Sie auf!«, rief er, ohne seinen Platz an der Wand zu verlassen.

Sie lauschten aufmerksam. Nichts.

Als Nächstes rief Bull: »Polizei New Orleans, halten Sie sich von der Tür fern, wir kommen jetzt rein!«

Charbou schoss auf das Schloss und trat wieder zurück. Das Echo des Schusses verhallte über dem Wasser. Die Tür ließ sich gerade mal eine Handbreit öffnen und klemmte dann.

Bull rief erneut: »Hier ist die Polizei! Halten Sie sich fern von der Tür! Wir schießen!«

Doch stattdessen rammte Bull mit der Schulter gegen die dünne Tür, die ein Stück weiter aufging und dann wieder klemmte. Er bückte sich, zielte mit der Waffe in die Wohnung, um seinem Kollegen gegebenenfalls Feuerschutz zu geben, woraufhin dieser, die Pistole im Anschlag, mit einem Sprung in die Wohnung eindrang.

Der stechende Geruch von Schießpulver wurde sofort von einem anderen abgelöst: dem metallischen Gestank von frischem Blut.

Die beiden Detectives aus New Orleans brauchten nur ein paar Sekunden, um festzustellen, dass sich außer ihnen kein lebender Mensch mehr in der kleinen Wohnung befand. Daraufhin traten die anderen ein.

Die Rückwand des Wohnzimmers war zum größten Teil nicht mehr vorhanden.

Die Wohnzimmermöbel waren alle in einer Ecke aufgestapelt. Dupree schätzte, dass das der Komponist gewesen war. Die Wohnung war ziemlich klein, und der Mörder brauchte Platz für seine Inszenierung, um seine Opfer nebeneinander auf dem Boden zu platzieren.

Die Toten lagen parallel zur Tür, die Köpfe zeigten in Richtung des Lake Pontchartrain und die Füße zum Mississippi, wobei der See und der Fluss in diesem Moment überall waren.

Amaia brachte kein Wort hervor. Für eine Sekunde war sie wieder das kleine Mädchen, und in ihrem Kopf konnte sie deutlich das Unheil verkündende Läuten der Glocken hören.

Die Wohnung war so klein, dass sie mit zwei Schritten bei dem Toten war, der der Tür am nächsten lag, einem kleinen, mageren Jungen, der wahrscheinlich elf oder zwölf Jahre alt war, weil der Komponist ihn ausgewählt hatte, den sie aber höchstens auf zehn geschätzt hätte. Er trug ein Shirt der New Orleans Saints, das in den Farben des Footballteams Gold und Schwarz bedruckt war. Offensichtlich hatte er viel geweint, denn sein Gesicht war noch angeschwollen und tränenverschmiert, und die Lider waren stark gerötet.

Ein Kind, das nicht viel älter ist als ich, dachte sie und schloss dann für einen Moment die Augen, um diesen absurden Gedanken aus ihrem Kopf zu verbannen.

Als sie die Augen wieder öffnete, fiel ihr Blick erneut auf die Leiche des Kindes, und sie sah, dass durch das Einschussloch am Kopf noch immer Blut sickerte und zu ihren Füßen eine Lache bildete. Sie bückte sich zu der Leiche hinunter und betrachtete sie ein paar Sekunden lang aus der Nähe, um sich davon zu überzeugen, dass das Opfer wirklich nicht mehr lebte.

Auch Johnson überprüfte als Erstes, ob nicht doch noch jemand am Leben war. Dann trat er zurück und schüttelte bedauernd den Kopf. »Wir müssten ihm eigentlich begegnet sein, denn die Körper sind noch warm.«

Während sich Bill und Bull im Haus umsahen, forderte Dupree Johnson auf, eine erste Serie Fotos zu machen, bevor sie die Dinge wegräumten, die auf den Toten lagen, wobei es sich hauptsächlich um den Inhalt eines Geschirrschranks handelte. Sie sicherten Blutspuren, von denen sie wussten, dass sie erst analysiert werden konnten, wenn alles vorbei war. Dennoch beschrifteten und verpackten sie die Proben vorschriftsmäßig.

Johnson wies auf die Geige, die über den Köpfen der Opfer am Boden lag. Der Komponist hatte sich bemüht, dass sie in dem Durcheinander nicht auffiel, doch das Instrument glänzte wie das polierte Holz eines Sargs, was Dupree äußerst unheilvoll erschien und in ihm eine unerklärliche Wut entfachte.

Von draußen drangen die Stimmen von Bull und Charbou herein, die gegen Wohnungstüren hämmerten und laut nach den Hausbewohnern riefen.

Dies war zweifellos das bescheidenste Haus, das der Komponist bisher heimgesucht hatte. Dupree dachte an Bills und Bulls Worte am Morgen des Vortags im Revier vom achten Distrikt, als sie darüber spekuliert hatten, welche Art von Familien bei dem Unwetter ihre Häuser nicht verlassen würden.

Von der Wohnungstür aus gelangte man direkt in das kleine Wohnzimmer, das die ganze Breite der Wohnung einnahm. Von dort aus führten zwei Türen in das elterliche Schlafzimmer und die Küche. Alles lag im Dunkeln, weil die Fenster von innen mit Brettern vernagelt waren.

Durch eine weitere Tür gelangte man in einen schmalen Flur, von dem ein winziges Badezimmer und zwei kleine Schlafzimmer abgingen, von denen eines das der beiden Jungen und das andere das der Tochter und der Großmutter gewesen waren. In dem Zimmer der Jungen hingen Poster von Popgruppen an den Wänden, in dem anderen nur ein Regal mit Gebetbüchern und ein Kreuz.

Amaia ging durch die kleinen Zimmer, die durch die Möbel, die sie beinahe vollständig füllten, noch winziger erschienen, und ließ das Licht ihrer Taschenlampe über die Oberflächen wandern. Unter den gegebenen Umständen waren die Zimmer ziemlich aufgeräumt.

In der Küche stand ein Tisch mit zwei Stühlen an der Wand, während sich die anderen Stühle auf oder unter dem Tisch befanden. Amaia ging davon aus, dass der Tisch zum Essen in die Mitte des Raums geschoben worden war. Die Spüle war leer bis auf ein paar Schlammspritzer, die wohl aus der Leitung gekommen waren. Sie überprüfte den Kühlschrank. Er war mit gut verpackten und perfekt geordneten Lebensmitteln gefüllt.

Die Badezimmertür war vom Sturm herausgerissen und der Türrahmen beschädigt worden. Die Badewanne war vollständig mit relativ sauberem Wasser gefüllt, wahrscheinlich in weiser Voraussicht der Familie, die zusätzlich einen Kindereimer dort hingestellt hatte. Auf einer Ecke des Badewannenrands standen eine Tube Duschgel und eine Shampooflasche, jeweils eine für die ganze Familie. Das darüberliegende Fenster hatte das Unwetter jedoch nicht heil überstanden, sodass Holzsplitter und Dreck in der Wanne schwammen.

Amaia hob den Toilettendeckel an, woraufhin intensiver Uringestank zu ihr aufstieg. Sie machte den Deckel wieder zu, und der Strahl der Taschenlampe erhellte etwas, was auf den ersten Blick ein Stück Glas zu sein schien und hinter der Toilette lag. Sie bückte sich, um es aufzuheben, und stellte fest, dass es sich um die leere Plastikverpackung eines Mullverbands handelte.

Als sie das Bad verlassen wollte, blieb sie auf Wadenhöhe mit ihrer Hose an etwas hängen. Aus dem kaputten Türrahmen ragte ein etwa fünf Zentimeter langer Nagel. Sie bückte sich, um nach einer möglichen Verletzung zu sehen, und stellte überrascht fest, dass sie lediglich einen Riss in der Hose hatte. Noch einmal richtete sie den Lichtstrahl auf den Nagel und wusste, warum sie erwartet hatte, sich verletzt zu haben: An dem Nagel klebte Blut. Und nicht nur an dem Nagel, denn als sie den dunklen Holzboden genauer in Augenschein nahm, meinte sie, darauf ein paar matte Flecken wahrzunehmen.

Amaia ging ins Wohnzimmer zurück, wo Johnson und Dupree noch immer vornübergebeugt bei den Leichen standen. »Hat eines der Familienmitglieder eine Verletzung?«, fragte sie. »Am ehesten am Bein, oberhalb des Knöchels oder an der Wade. Es müsste eine recht tiefe Wunde sein, die stark geblutet hat und verbunden werden musste.«

Sie räumten ein paar Dinge zur Seite und schoben die Hosenbeine nach oben. Bei den Frauen war das nicht nötig, da sie Sommerkleider trugen.

Amaias Kollegen sahen sie kopfschüttelnd an, und sie erklärte: »Der Sturm hat das Badezimmerfenster rausgerissen und dann auch die Tür. Der Türrahmen ist kaputt, und ein Nagel steht heraus. Daran hat sich jemand verletzt, der einen Verband benutzt und die Blutflecken auf dem Boden weggewischt hat.«

Während sie sprach, führte sie die Männer in den Flur, über den man zu den Schlafzimmern und zum Bad gelangte.

Johnson nahm eine Probe von dem Blut an dem Nagel, dann sah er Amaia ernst an. »Ist Ihnen klar, wie wichtig das ist?«

Amaia dachte darüber nach. Sie war sich nicht so sicher wie Johnson. »Ich weiß nicht ...«

»Aber was sagen Sie denn da? Das ist die DNA des Mörders.«

»Ja«, gab sie zu, »vielleicht, aber ... er tut auf einmal seltsame Dinge, und das gibt mir zu denken.«

»Seltsame Dinge? Welche?«, wollte Johnson wissen.

»Es scheint, als wäre es ihm wichtiger, die Leichen entsprechend zu inszenieren, als seine Spuren zu verwischen. Das war vorher anders. Die Möbel im Wohnzimmer waren aufgestapelt, um Platz für die Leichen zu schaffen. Dann diese angebliche Kennzeichnung der FEMA auf den Türen, das haben wir zum ersten Mal, dabei waren die anderen Orte auch Schauplätze von Katastrophen.«

»Allerdings war es nie so heftig wie diesmal«, meinte Dupree. »Außerdem liegt dieser Tatort in der Stadt und ist der erste, bei dem die Nachbarn so dicht dran wohnen, tatsächlich der erste in einem Wohnhaus dieser Art; alle anderen Tatorte waren Einfamilienhäuser. Er wollte sicher sein, nicht gestört zu werden.«

»Ja, Bull und Charbou hatten recht, was das Viertel angeht, das er wählen würde, und das könnte dazu geführt haben, dass er einige Dinge ändern musste«, fügte Johnson hinzu.

Amaia nickte, während sie mit der Taschenlampe ins Bad leuchtete. »Ich glaube, dass er nach der Tat hierhergegangen ist. Ich habe Urin in der Toilette entdeckt. Der Spülkasten ist leer, doch die Familie hat die Badewanne mit Wasser gefüllt und einen kleinen Eimer dazugestellt. Daher denke ich nicht, dass dieser Urin von einem Familienmitglied stammt. Dies ist eine bescheidene Wohnung, aber sogar inmitten dieses Chaos kann man sehen, dass sie sauber und aufgeräumt war. Wahrscheinlich hat der Täter sich verletzt, als er das Badezimmer verlassen hat. Er hat das Blut zwar aufgewischt, war aber sicher in Eile, vielleicht war er deswegen nicht so gründlich, oder weil es ihm einfach nicht so wichtig war.«

»Sie wollen uns damit aber nicht weismachen, dass er erwischt werden will?«, sagte Johnson. »Wenn doch, lassen Sie es besser sein, weil ich's nicht glaube. Er will nicht, dass wir ihn fassen, und er ist uns nur um ein Haar entkommen.«

»Nein, er will nicht, dass wir ihn fassen, aber dieser Hurrikan, diese Stadt ...« Sie stockte, fasste sich dann. »Ich meinte, als ich gesagt habe, dass es ihm vielleicht nicht so wichtig ist, dass ich glaube, dass sein Werk kurz vor der Vollendung steht. ›Kein Stein wird hier auf dem andern bleiben.‹ Nachdem er in den letzten Tagen immer schneller agiert hat, wird er jetzt nicht mehr innehalten. New Orleans ist für ihn eine Offenbarung. Ich glaube, dass es ihm womöglich völlig egal ist, was danach passiert.«

Johnson deutete auf die Flecken auf dem Boden. »Selbst wenn er den größten Teil davon weggewischt hat, ist das sehr viel Blut. Mit einer solchen Verletzung würde ein normaler Mensch zu einem Arzt gehen. Denken Sie, wir sollten die Krankenhäuser benachrichtigen?«

»Er hat sich einen Verband angelegt. Wenn er keine Arterie verletzt hat, reicht ein Druckverband. Außerdem haben Sie doch gesehen, was draußen los ist. Verletzungen und Schnitte an Beinen und Füßen werden in den nächsten Stunden haufenweise behandelt werden.«

»Er wird in der Stadt bleiben«, meinte Johnson. »Ich bin davon überzeugt, dass er das Gefühl hat, dass noch jede Menge Arbeit vor ihm liegt.«

»Das denke ich auch«, sagte Dupree. »Die ›Operation Käfig‹ können wir vergessen. Ich habe gerade über Funk mit dem Polizeichef gesprochen: Die Polizei ist restlos überfordert, sämtliche Kontrollen der Straßen, die aus der Stadt führen, wurden abgeblasen; dafür steht überhaupt kein Personal mehr zur Verfügung. Die Notrufzentrale kann sich vor Anrufen kaum retten, von Leuten, die unter dem Dach ihres Hauses gefangen sind und in fensterlosen Dachböden vor Hitze ersticken. Das Mobilfunknetz ist zusammengebrochen, es gibt weder fließendes Wasser noch Strom, die Temperatur liegt bei dreißig Grad, das Kanalisationssystem der Stadt ist zerstört, sodass man, wenn man durchs Wasser geht, durch Fäkalien watet. Es gibt keine geöffneten Lebensmittelgeschäfte. Nur noch wenige Telefone funktionieren, und das Wasser steigt weiter. Außerdem ist immer mehr davon die Rede, dass die Dämme nicht mehr dicht sind. Und das ist die größte Sorge, denn wenn die Dämme brechen, versinkt ganz New Orleans in den Fluten. Sämtliche Behörden der Stadt haben Washington und die Nachbarstaaten um Hilfe gebeten.« Dupree lächelte bitter. »Ich habe mich über Funk an das Polizeirevier im achten Distrikt gewandt, um mal vorsichtig anzufragen, ob es möglich wäre, die Leichen hier wegzubringen, aber nachdem ich all das gehört hatte, hab ich mich nicht getraut. Wir müssen die Tür versiegeln und den Bereich absperren, mehr können wir nicht tun. Wir haben auf dem Weg hierher nur einen Teil der Zerstörungen gesehen, aber genau wie Sie denke auch ich, dass der Komponist in der Stadt bleiben wird.«

Amaia hörte das Geräusch eines sich nähernden Motors und ging zum Eingang, wo Bill und Bull gerade von der Inspektion des Gebäudes zurückkamen.

»Es ist gerade ein Boot mit einem Hilfstrupp eingetroffen, einem echten von der Polizei«, eröffnete ihr Bill. »Wir haben mit den Officers geredet. Die alte Dame, die nebenan wohnt, hat die Schüsse gemeldet. Sie hat einen alten Festnetzanschluss; das sind die einzigen Verbindungen, die noch funktionieren. Sonst ist niemand mehr im Gebäude. Es war gar nicht so leicht, sie dazu zu bringen, die Tür zu öffnen, und als es uns schließlich gelungen ist, hat sie uns gestanden, dass sie sich unter dem Bett versteckt hatte, und das mit Krücken. Sie hat nicht viel mehr erzählt als am Telefon: dass sie fünf oder sechs aufeinanderfolgende Schüsse gehört hat, in etwa im Abstand von vier oder fünf Sekunden, und was noch viel schlimmer ist: Sie hat auch die Schreie gehört. Sie sagt, dass der Täter an ihrer Tür gerüttelt hat und eine Weile dort stehen geblieben ist, wahrscheinlich als er das FEMA-Zeichen angebracht hat. Aber sie hat nichts gesehen. Sie hat sich nicht getraut, ihre Wohnung zu verlassen, und das hat ihr wohl das Leben gerettet. Sie wird jetzt weggebracht, falls Sie vorher noch mit ihr reden möchten.«

Dupree ging zu der alten Dame, die gerade von zwei Polizisten auf einer Trage weggebracht werden sollte. Sie war bleich und sehr aufgeregt. Dupree beugte sich zu ihr hinunter und stellte noch einmal die gleichen Fragen wie Bull und Charbou zuvor. Dupree hätte sie lieber in Ruhe gelassen.

Die Frau streckte den Arm aus und nahm seine Hand. »Gott schütze Sie. Sie sind die Guten. Ich habe große Angst gehabt. Der Teufel war hier, aber Sie sind die guten Samariter. Die guten Samariter!«, wiederholte sie, während die beiden Polizisten sie davontrugen.

Dupree blieb noch eine Weile stehen und sah dem Boot nach, das zum nächsten Gebäude fuhr, wo sie wieder laut nach Überlebenden rufen würden.

Schließlich riss ihn Bull, der das Funkgerät in der Hand hochhielt, aus seinen Gedanken. »Mehrere aufeinanderfolgende Schüsse im neunten Distrikt. Wir haben keine genaue Adresse, irgendwo in der Nähe der North Galvez Street.«

39

Oceanetta

New Orleans, Louisiana

Der Himmel war immer noch bedeckt, doch der Wind hatte nachgelassen. Die dunklen Wolken zogen langsam ab, in der Ferne wurde es heller, und die Temperatur stieg immer weiter an.

Der neunte Distrikt lag östlich. Auf der einen Seite wurde das Viertel durch den Mississippi begrenzt und auf der anderen Seite durch den See. Im Nordosten lag Sankt Bernard Parish, und am anderen Ende befand sich der Kanal. Es war das größte der siebzehn Stadtviertel, und schon aus der Ferne bot sich ihnen ein furchtbarer Anblick.

In der North Galvez Street stand das Wasser bis auf Brusthöhe. Autodächer lugten daraus hervor, und sie mussten immer wieder herunterhängenden Kabeln und entwurzelten Bäumen ausweichen. Da sie keine genaue Adresse hatten, orientierten sie sich an den Schüssen. Sie schienen mit einem Gewehr abgegeben zu werden, und zwar im Freien, in einem Abstand von wenigen Minuten.

Den ganzen Weg über waren sie an Leuten vorbeigefahren, die ihnen, als sie das Boot entdeckten, verzweifelt zugewinkt oder, auf den Dächern der Häuser oder auf Balkonen stehend, aus Kleidung improvisierte Fahnen geschwenkt hatten. Dupree sah die Wut über ihre eigene Hilflosigkeit in den Gesichtern der beiden Detectives. Über Funk war immer wieder von Leuten in Not zu hören. Charbou hatte ein paarmal zum Megafon gegriffen, um den Menschen zuzurufen, dass Hilfe unterwegs war, doch schließlich hatte er es unterlassen, weil er seine Zweifel hatte, dass es den Tatsachen entsprach.

Als sie nach Ninth Ward kamen, lenkte Bull das Boot in eine Seitenstraße, und sie gelangten erneut zur North Galvez Street. Charbou stand auf, wobei er sich auf Bulls Schulter abstützte und versuchte, in der Ferne etwas auszumachen. Plötzlich begann er zu lachen und wies auf eines der Dächer, auf dem eine schwarzhäutige Frau geduldig unter einem gelb-weiß gestreiften Sonnenschirm saß.

»Oceanetta«, rief Charbou, »*where are you?*«

Sie winkte.

»*Awrite*«, antwortete sie und hob ein Budweiser, das sie in der Hand hielt.

»Oceanetta Charbou ist Bills Tante«, erklärte Bull. »Ich glaube, wir haben sie schon mal erwähnt. Es ist uns nicht gelungen, sie davon zu überzeugen, die Stadt zu verlassen.«

Amaia sah ihn verwirrt an. »Wo bist du? Warum ruft er das?«

»Das kann man nicht erklären, das ist ein typischer Gruß hier in New Orleans«, meinte er lächelnd. »Ich weiß, dass es keinen Sinn ergibt.«

Oceanetta Charbou hatte nie geheiratet und wohnte noch immer in dem Haus, in dem sie und ihre vier Geschwister geboren waren. Sie war die kleine Schwester von Bills Vater und um die fünfundfünfzig Jahre alt, vielleicht etwas mehr. Sie hatte einen sehnigen Körper, wirkte entschieden und zu allem entschlossen und war genauso attraktiv wie ihr Neffe.

Oceanetta warf zwei Tüten mit Wasserflaschen und Schoko- und Müsliriegeln vom Dach, dann rutschte sie auf ihrem Hintern nach vorn und den beiden Detectives in die Arme. Als sie im Boot saß, lächelte sie sämtliche Anwesende an. Sie wirkte so ruhig, dass man ihr durchaus zutrauen konnte, noch einen weiteren Hurrikan durchzustehen.

Charbou blickte zum nun verlassenen Sonnenschirm auf dem Dach. »Ich wusste nicht, dass du ein Fenster im Dachboden hast.«

»Das hatte ich bis jetzt auch nicht. Hast du schon mal von Vic Schiros Empfehlung gehört?«

»Sicher, ich bin aus Nola«, meinte Charbou.

»Ich nicht«, sagte Amaia.

»Er war 1965 Bürgermeister von New Orleans, als uns Betsy heimgesucht hat«, erklärte Dupree. »Viele Leute sind damals ertrunken, weil sie unterm Dach eingesperrt waren. Deswegen hat Vic Schiro jedem Einwohner der Stadt empfohlen, auf dem Dachboden eine Axt zu deponieren.« Er bückte sich und nahm Oceanettas Hände in die seinen. Die Blasen auf ihrer Haut stammten vom Schaft der Axt.

»Sie haben ein Loch ins Dach gehackt?«, wunderte sich Johnson.

Oceanetta antwortete nicht. Ihre gesamte Aufmerksamkeit galt Dupree. »Sie sind aus New Orleans und haben Betsy miterlebt, stimmt's? Sie müssen damals noch ein Kind gewesen sein.« Sie sah ihn auf die Art und Weise an, wie es manche Frauen taten, wenn sie das Alter von jemandem schätzten und überlegten, aus welcher Familie er stammen könnte. »Wie ist Ihr Name?«

Amaia betrachtete die resolute Dame amüsiert. Direkt, wie sie war, erinnerte Oceanetta sie ein wenig an ihre Tante Engrasi.

Charbou stellte sie einander vor.

»Dupree«, wiederholte Oceanetta nachdenklich. »Sie haben eine ziemlich helle Haut für einen Haitianer. Es gibt viele Schwarze aus Haiti in dieser Gegend, daher kenne ich die Namen.«

Dupree lächelte. »Meine Familie hat kreolische Wurzeln. Der Name ist französisch.«

»Vielleicht, vielleicht auch nicht«, meinte Oceanetta. »Viele Sklaven haben ihre Namen geändert, als sie die Freiheit erlangten. Dupree ist dem haitianischen Dipré sehr ähnlich. Jedenfalls kommt mir Ihr Name bekannt vor, mir fällt bestimmt noch ein, woher. Denn ich habe ein hervorragendes Gedächtnis.«

Das, was viele als Scherz verstanden hätten, löste bei Dupree eine andere Reaktion aus. Amaia fiel auf, dass er den Blick abwandte.

Daraufhin sagte Oceanetta gespielt vorwurfsvoll zu ihrem Neffen: »Du bist doch bestimmt nicht extra wegen mir hergekommen. Was machst du hier?«

»Ach, weißt du, einer deiner Nachbarn ballert mit einem Gewehr herum, und wir wollen verhindern, dass es Tote gibt.«

»Oje, Jim Leger, dieser verrückte Alte! Ich habe die Schüsse gehört. Das ist ein halbautomatisches Gewehr. Andere Waffen hat er nicht, und diese steht normalerweise im Waffenschrank. Das Unwetter muss ihn beunruhigt haben.«

Amaia sah Oceanetta überrascht an. »Ist er ein Freund von Ihnen?«

»Na ja, er ist mein Kunde. Ich kenne alle seine Geheimnisse. Ich leite hier in der Stadt die Filiale einer großen Versicherung.«

»Wissen Sie, wo er wohnt?«

»Ja, weiter geradeaus und an der nächsten Kreuzung rechts.«

Die Wegbeschreibung wäre nicht nötig gewesen, denn ein weiterer Schuss führte sie zu ihrem Ziel. Als sie die Straße erreichten, stellten sie wieder in sicherer Entfernung den Motor des Boots ab.

Jim Leger stand vor einem kleinen runden Fenster im oberen Stockwerk des Hauses, in dem er wohnte. Bevor sie entscheiden konnten, wie sie vorgehen würden, legte Oceanetta die Hände wie einen Trichter vor den Mund und rief:

»He, Jim, ich bin's, Oceanetta Charbou! Was, zum Teufel, tust du da?«

»Hallo, Oceanetta!«, antwortete er höflich. »Ich freue mich, dass es dir gut geht. Ich verteidige mein Haus und werde nicht zulassen, dass diese Mistkerle mir wegnehmen, wofür ich mein ganzes Leben lang geschuftet hab!«

Oceanetta verdrehte die Augen. »Aber was sollen sie dir denn wegnehmen, Jim? Hast du dich mal umgesehen? Wir haben alles verloren! Das Einzige, was du erreichst, ist, dass du den Leuten Angst machst. Schau her, die Polizei ist wegen dir hier, und ich kann dir versichern, dass sie gerade jede Menge andere Dinge zu tun hätten! Hör mit diesem Blödsinn auf und geh da weg, bevor noch jemand verletzt wird!«

Weißes Haar umrahmte Jims faltiges Gesicht, doch aufgrund seines ärmellosen Shirts waren seine ausgeprägten Muskeln deutlich zu sehen. Amaia schätzte ihn auf Mitte sechzig. Es schien ihm zu schmeicheln, dass seine Aktion die Polizei auf den Plan gerufen hatte.

Jason Bull wandte sich deutlich weniger freundlich an den Mann. »Mr. Leger, wir wurden benachrichtigt, dass hier Schüsse fallen, und die wenigen Anwohner, die geblieben sind, haben Angst. Haben Sie geschossen?«

»Also …«, stotterte der Mann, »ja, aber ich hab nur in die Luft geschossen, damit keiner herkommt und sie wissen, dass ich hier bin.«

»Gut, Mr. Leger, aber jetzt ist Schluss. Bisher ist noch niemand verletzt worden, was aber jederzeit passieren könnte. Also hören Sie auf damit, haben Sie verstanden?«

Der Mann nickte und sah Oceanetta an.

»Sie haben Glück, dass Miss Charbou Sie kennt und für Sie bürgt«, rief ihm Bull zu. »Wir werden daher von einer Anzeige absehen. Aber wenn mir zu Ohren kommt, dass Sie auch nur einen weiteren Schuss abgegeben haben, komme ich wieder, nehme Sie fest, und Sie verbringen den Rest des Tages hinter Gittern!«

»Danke, Oceanetta«, murmelte der Mann eingeschüchtert und nickte.

Die sah ihren Neffen bittend an. »Wir können ihn nicht einfach hierlassen, auch wenn mir klar ist, dass ihr andere Dinge zu tun habt, denn ich glaube nicht, dass das FBI extra herkommt, weil ein verrückter Alter von seinem Dach aus Schüsse abgibt. Könntet ihr uns einfach nur an einem trockenen Ort absetzen, von wo aus wir uns in Sicherheit bringen können?«

Charbou blickte Dupree an, der nickte.

Daraufhin wandte sich Charbou an den Mann im Fenster: »Hören Sie, packen Sie eine Tasche mit Ihren Papieren, Medikamenten und was Sie sonst noch unbedingt brauchen. Wir bringen Sie zusammen mit Miss Charbou an einen trockenen Ort.«

Leger machte ein trauriges Gesicht und sprach zu Oceanetta, als ob er nur ihr eine Erklärung schulde. »Ich bleibe hier, Oceanetta. Ich kann mein Haus nicht einfach so zurücklassen.«

Sie sagte erst mal nichts darauf, sondern machte nur mit einer Geste deutlich, dass er ein hoffnungsloser Fall war. Dann fragte sie: »Wirst du zurechtkommen?«

»Das Wasser wird bald wieder sinken. Das ist nicht mein erster Hurrikan. Ich habe Wasser und Essen hier, und mein Haus ist auf stabilen Fundamenten gebaut, aber das weißt du ja.«

Oceanetta wandte sich wieder an ihren Neffen. »Ich kenne diesen Mann gut. Nicht mal eine ganze Armee könnte ihn dazu bringen, sein Haus zu verlassen.«

Sie konnte es nicht wissen, aber es würde tatsächlich die Armee sein, die Jim Leger zwei Wochen später aus seinem Haus holte, der sich desorientiert, dehydriert und ausgehungert noch immer an sein Gewehr klammerte.

Am frühen Morgen hatte der stark bewölkte Himmel noch so ausgesehen, als ob der Hurrikan jeden Moment zurückkommen könnte. Doch nun ließ die Sonne die Welt wirklicher erscheinen. Sie brachte die Gewissheit mit sich, dass der Sturm fortgezogen war. Doch das, was er angerichtet hatte, brachte das Tageslicht nun in grausamer Deutlichkeit zum Vorschein.

Ein Schluchzen ließ Amaia den Kopf wenden, und sie blickte im Boot hinter sich. Oceanetta Charbou weinte. Beide Hände auf die Brust gelegt, blickte sie sich um.

»Du hättest auf uns hören und die Stadt verlassen sollen«, schimpfte ihr Neffe kraftlos. »Du bist ein Dickkopf.«

»Ich wollte bleiben, um den Leuten zu helfen. Wer konnte ahnen, dass es so schlimm werden würde?«

»Falls dich das tröstet, kann ich dir garantieren, dass es in den nächsten Wochen viele Leute geben wird, denen du helfen kannst.«

Oceanetta nickte betroffen. »Die meisten hier sind nicht versichert. Wenn sie es irgendwann mal waren, haben sie schon seit einer ganzen Weile keine Beiträge mehr bezahlt, denn die Menschen hier sind arm, viele arbeitslos, und die Alten bekommen nur eine magere Rente. Wovon sollen sie ihre Häuser jemals wieder aufbauen?«

»Dennoch nehme ich an, dass die Versicherung, für die du arbeitest, ganz schön in Not gerät«, befürchtete Bill Charbou.

»In welcher Welt lebst du?«, entgegnete Oceanetta mit neuem Elan, während sie sich die Tränen aus dem Gesicht wischte. »Versicherungen geraten niemals in finanzielle Schwierigkeiten. Die lassen sich Zeit, bis sie mit dem Geld herausrücken. Vorher muss jeder Schaden bestätigt werden, und dann warten sie erst mal ab, bis die betroffene Gegend zum Katastrophengebiet erklärt wird und wie viel Geld die Regierung zur Verfügung stellt. Außerdem sind die meisten Mitglied der American Insurance Association, in deren Reservedepots ein gewisser Prozentsatz von jeder abgeschlossenen Police eingezahlt wird, um in solchen Fällen liquide zu sein.«

Amaia sah Oceanetta interessiert an.

»Sagen Sie, Sie wussten, dass Jim Leger eine Waffe im Haus hat, und auch, dass es ein halbautomatisches Gewehr ist und dass er es im Waffenschrank aufbewahrt.«

Sie nickte. »Ich bin seine Versicherungsmaklerin, und er hat bei mir mehrere Policen abgeschlossen: eine Lebensversicherung, eine Hausrats- und Haftpflichtversicherung und eine Sterbegeldversicherung, um seine Beerdigung zu bezahlen. Bei der Hausratsversicherung richtet sich der Versicherungsbeitrag nach der Art und Weise, wie ein Haus geschützt ist – Feueralarm, Diebstahlsicherung, Gitter vor den Fenstern, Sicherheitstüren, die Anzahl der Eingänge –, denn all das minimiert das Risiko, dass etwas passiert. Und wenn man eine Schusswaffe im Haus hat, sollte die vorschriftsgemäß in einem Waffenschrank eingeschlossen sein. Meine Versicherung verweigert die Police sogar, wenn das nicht der Fall ist.«

Amaia warf Dupree einen schnellen Blick zu, bevor sie sich wieder an Oceanetta wandte.

»Und Versicherungsmakler sind verpflichtet, danach zu fragen?«

»Nicht nur danach zu fragen, sondern auch die entsprechende Erklärung des Eigentümers zu bestätigen und mit Fotos zu belegen.«

»Das heißt, Sie wissen über alles Bescheid, was sich in einem Haus befindet?«

»Wenn es bei mir versichert ist, dann ja.«

»Wissen Sie auch, wie viele Leute in einer Wohnung leben und wie alt sie sind?«

»Natürlich. Wenn sie eine Versicherung bei mir abschließen, muss ich das wissen.«

»Und wie ist es bei Haftpflichtversicherungen? Müssen Sie da nicht auch wissen, ob die Versicherten schon mal mit dem Gesetz in Konflikt geraten sind oder die Kinder in der Schule, bei einem Nachbarn oder auf sonst einem privaten Grund einen Schaden angerichtet haben?«

»Sicher, auch so etwas wird vorab geklärt.«

Amaia sah Dupree hoffnungsvoll an, der jedoch leicht verdrossen den Kopf schüttelte. »Wir haben die Versicherungen schon überprüft, aber keine Übereinstimmung gefunden. Wir haben sogar die Möglichkeit berücksichtigt, dass ein Versicherungsmakler den Arbeitgeber gewechselt hat oder für mehr als eine Versicherung arbeitet, doch es ist nichts dabei herausgekommen. Die Versicherungsmakler der entsprechenden Familien kannten sich nicht untereinander, und die meisten Versicherungen hatten eine Vertretung vor Ort. Das Einzige, was all diese Familien gemein hatten, war, dass sie gegen Sturmschäden und andere Naturkatastrophen versichert waren, was aber nicht verwunderlich ist, da sie alle in Risikogebieten lebten und zum Teil schon in der Vergangenheit Unwetter- oder Tornadoschäden hatten, wie zum Beispiel die Jones'.«

»Wenn diese Leute, von denen Sie sprechen, schon einmal durch einen Tornado geschädigt waren, dürfte dies bei der American Insurance Association bekannt sein«, sagte Oceanetta.

»Moment mal!«, hakte Amaia nach. »Wollen Sie damit sagen, dass die American Insurance Association Zugang zu den gleichen Informationen hat wie die Versicherungen?«

»Nun ja, auch die AIA ist eine Versicherung, wenn sie auch vor allem Versicherungen versichert. Da muss sie solche Informationen für ihre Risikoanalyse haben.«

Amaia atmete tief durch. »Also, damit ich das nicht falsch verstehe: Das heißt, wenn hier in New Orleans irgendeine Versicherung abgeschlossen wird, gehen all diese Daten, Berichte und Fotos nicht nur an die Zentrale der jeweiligen Versicherung …«

»… sondern auch an die American Insurance Association«, bestätigte Oceanetta.

»Von allen Versicherungen im ganzen Land?«

»Sofern sie Mitglied der AIA sind.« Trotz der Zerstörung, die sie umgab, war in Amaias Gesicht und vor allem in ihren Augen auf einmal der Anflug eines Lächelns zu erkennen.

40
Die weiße Katze

New Orleans, Louisiana
Montag, 29. August 2005, 19:00 Uhr

Um sieben Uhr am Abend war die Hitze, die sich den ganzen Tag über aufgestaut hatte, beinahe unerträglich. Die zuverlässigsten Nachrichten waren die, die die Küstenwache über Funk durchgab. Vor etwas weniger als einer Stunde hatte sie den Bruch des Dammes auf Höhe der 17th Street gemeldet, an der London und der Industrial Avenue. Die Gerüchte, dass der Damm am frühen Morgen überflutet worden war und die Fundamente unterspült wurden, hatte die Feuerwehr zuvor noch dementiert. Der erste Dammbruch hatte sich allerdings im unteren Abschnitt und äußersten Westen der Stadt ereignet, und eine Flutwelle hatte sich über den Old Hammond Highway in die Stadt ergossen. Mehrere Rettungsteams bestätigten, dass die Mauer auf einer Länge von über hundert Metern einfach weggespült worden war.

Am Industrial Canal war die Lage sogar noch schlimmer. Die Leute in den Hubschraubern sprachen von bis zu fünf Häuserreihen, die das Wasser mitgerissen hatte. Und auch der Damm an der London Avenue war an zwei Stellen gebrochen, auf der oberen Seite direkt hinter dem Robert E. Lee Boulevard und unten in der Nähe der Brücke an der Mirabeau Avenue.

In der Nacht und in den frühen Morgenstunden waren Dammbrüche an mindestens fünfzehn Stellen gemeldet worden, und den ganzen Tag über hielt der Alarm an, und die Gerüchte überschlugen sich. Mehrere Straßen, die am Mittag noch befahrbar gewesen waren, waren mittlerweile überflutet, und das Wasser stieg immer weiter an.

Um halb sieben war es ihnen gelungen, Oceanetta an ein Polizeiboot zu übergeben, das mit mehreren Verletzten auf dem Weg zum Charity Hospital war. Sobald sie umgestiegen war, begann sie die Schokoriegel und das Wasser zu verteilen, die sie mitgebracht hatte. Ihr Neffe sah ihr kopfschüttelnd dabei zu, zugleich stolz auf sie und besorgt, weil er wusste, dass, wenn sie im Krankenhaus ankam, nichts mehr davon übrig sein würde.

Als die Boote in verschiedenen Richtungen davonfuhren, wandte sie sich noch einmal um, winkte, und in diesem Moment fiel ihr ein, wo sie den Namen Dupree schon einmal gehört hatte. Entsetzt erhob sie noch einmal die Stimme und rief ihrem Neffen etwas zu. Sie hoffte, dass ihre Nachricht trotz des Motorenlärms bei Bill ankam, dass er sie möglicherweise von ihren Lippen ablas, und obwohl das Boot mit hoher Geschwindigkeit davonfuhr, meinte sie, einen alarmierten Blick im geliebten Gesicht ihres Neffen zu sehen.

Sie betete, dass es so war.

Sie achteten weiterhin auf alle Meldungen von Schüssen. Es waren viele, wobei allerdings in den meisten Fällen auf dem Dach Ausharrende nur die Aufmerksamkeit der Helfenden auf sich lenken wollten.

Amaias Frustration wuchs immer mehr. Alle paar Minuten überprüfte sie ihr Handy, doch sie hatte nach wie vor keinen

Empfang. Die Funkgeräte funktionierten weiterhin, und sie hatten genug Batterien für mehrere Tage dabei, aber das 2-m-Frequenzband, auf dem Polizei und Rettungskräfte sendeten, hatte nur eine begrenzte Reichweite, und die Verbindung zwischen den Häusern war nicht sehr stabil.

Johnson hatte ebenfalls ein Handy dabei und einen Ersatz-Akku. Als Amaia einsah, dass es unmöglich war, über Telefon oder Funk die American Insurance Association zu kontaktieren, fragte sie Johnson, ob es möglich war, Mails zu verschicken.

»Theoretisch müsste das klappen, da das Internet über Satellit läuft; es sei denn, die Repeater auf der Erde haben den Geist aufgegeben, dann gehen die Mails nicht raus. Das Internet ist derzeit sehr langsam, aber in einigen Gegenden scheint es zu funktionieren. Schreiben Sie die Nachricht und schicken Sie sie ab, dann geht sie in dem Moment raus, wenn wir irgendwo Verbindung zum Netz haben. Was ich allerdings nicht garantieren kann, ist, dass Sie auch eine Antwort erhalten.«

Amaia schrieb eine Nachricht an den Personalchef der AIA und zeigte sie Dupree, bevor sie diese abschickte. Darin bat sie um Information über Versicherungssachverständige, die sich an Schauplätzen von Naturkatastrophen aufgehalten hatten, zwischen fünfzig und sechzig Jahre alt waren und drei Kinder hatten. Sie überprüfte noch einmal, ob ein Netz vorhanden war, und sah sich enttäuscht um.

Irgendwann bargen sie den Kadaver einer weißen Katze, der neben dem Boot trieb. Jemand hatte dem Tier ein blaues Halsband umgebunden. Und nach allem, was Charbou an diesem Tag gesehen hatte, all das Elend und die Zerstörung sowie die Leichen der Familie Sabine in ihrem Wohnzimmer mit den Füßen in Richtung des Mississippi, war es diese weiße Katze mit dem blauen Halsband, die das Fass zum Überlaufen brachte.

Er schnaubte und wandte sich an seine Kollegen, ohne jemand

Bestimmten anzusehen. »Den kriegen wir niemals! Wir haben Stunden gebraucht, um von Jefferson hierherzukommen, was eine Entfernung ist, die wir normalerweise in fünfzehn Minuten zurücklegen. Der Komponist könnte schon längst in Lakeview oder in Kenner sein, und dorthin wären wir eine Ewigkeit unterwegs. Die Hälfte der Straßen, die noch befahrbar waren, als wir uns heute Morgen auf den Weg gemacht haben, stehen jetzt unter Wasser, von den umgefallenen Bäumen, den Stromkabeln, den herumschwimmenden Autos und dem Schutt im Wasser gar nicht zu reden!«

Dupree sprach, ohne die Stimme zu erheben, wobei er sich leicht nach vorn beugte, damit ihn die anderen trotz des lauten Bootsmotors verstanden. »Ich denke, dass der Komponist die gleichen Probleme hat wie wir. Er müsste ein Boot haben, und das halte ich für unwahrscheinlich. Als er in Jefferson ankam, konnte man noch durchs Wasser waten, und ich gehe davon aus, dass er das auch gemacht hat. Nun haben sich die Bedingungen für alle geändert. Ich glaube, dass er seine Opfer jetzt nach seinen Möglichkeiten zur Flucht auswählt, denn er kann es sich nicht leisten, von einem Hilfstrupp erwischt zu werden.« Er sah Johnson an, der in der Mitte des Boots einen Stadtplan ausgebreitet hatte. »Wie sehen Sie das?«

»Sie haben recht, wenn er einen Plan hatte, muss er ihn nun ändern, und das bringt ihn in arge Schwierigkeiten, denn die unglückliche Familie, die er auswählt, muss in sein Muster passen. Und egal, wie viele passende Familien es vielleicht in Kenner gibt, er wird sich nicht dorthin begeben, weil er von dort nicht wegkommt. So groß der Drang des Täters auch ist, das nächste Blutbad anzurichten, er ist genau wie wir den derzeitigen Umständen unterworfen, und wir dürfen nicht vergessen, dass er verletzt ist.« Johnson wies mit dem Finger auf einige Gegenden. »Ich glaube, dass er in diesen Bereichen bleiben wird: dem French Quarter, der Frenchmen Street, in der Nähe des äußeren Teils von Tremé, im Umfeld der Canal Street, der Magazine Street oder des Jackson Square. Er wird sich einen Unterschlupf suchen, den er als Ausgangspunkt benutzt.«

»Ich weiß nicht«, sagte Charbou. »Hier herrscht doch das absolute Chaos, es gibt weder Trinkwasser noch Strom, und schon bald wird es kein Öl oder Benzin mehr geben. Wenn es dunkel ist, sind wir wieder in der Steinzeit. Ich finde, wir sollten Menschenleben retten und nicht so lange herumfahren, bis wir die nächste Meldung erhalten, dass irgendwo Schüsse gefallen sind.«

Dupree waren schon zuvor die Blicke des Detectives aufgefallen, als sie an den Häusern vorbeigefahren waren und die Habe der Leute im schmutzigen Wasser an ihnen vorbeischwamm. Dann war da eine Gruppe Frauen mit Babys in den Armen gewesen, die von den Brücken der Interstate aus um Hilfe riefen, und er hatte gemerkt, wie es in Charbou brodelte, wie angespannt er war, und das schon, seit Oceanetta in das Polizeiboot umgestiegen war.

»Du wusstest, worin unsere Aufgabe besteht«, sagte Bull zu seinem Partner. »Das, was wir hier tun, ist wichtig. Andere Leute kümmern sich um die Menschen in Not, sie werden schon bald Hilfe bekommen.«

Charbou wurde laut. »Ach ja? Und wo ist diese Hilfe? Es ist keine Hilfe in Sicht, während wir hier durch die Gegend gondeln. Dafür bin ich nicht Polizist geworden!«

Amaia setzte sich Charbou gegenüber und beugte sich vor. »Diese Menschen haben nicht all das durchgemacht und den Sturm überlebt, nur damit ein Mörder ihnen ihr mühsam erkämpftes Recht, zu leben, wegnimmt. Wenn der Hurrikan sie nicht getötet hat, dann darf es dieser Psychopath erst recht nicht. Dieser Katastrophenort darf nicht zum persönlichen Freizeitpark eines perversen Killers werden.«

Dupree nickte anerkennend, denn es war Charbou anzusehen, dass es Salazar gelungen war, ihn mit diesen wenigen Worten zu überzeugen und zu besänftigen.

Der Sonnenuntergang an diesem Tag war für 19 Uhr 24 angekündigt, doch in der letzten halben Stunde hatte sich das Licht schnell Richtung Westen zurückgezogen und den Himmel in rosafarbene und violette Töne gefärbt, was ein derart schöner Anblick war, dass sie ihn nie vergessen würden. Doch Charbous Vorhersage wurde wahr: Die Stadt der Musik fiel zurück in die Steinzeit, als am Horizont die Sonne versank.

Sie mussten dringend einen Ort finden, an dem sie die Nacht verbringen konnten. Die meisten Straßenschilder waren verschwunden, und obwohl sie ursprünglich zur Florida Avenue wollten, entschieden sie sich schließlich für eine Straße, die die Dorgenois oder die Rocheblave Street sein konnte.

Sie näherten sich einem zweistöckigen Haus, das bis zum ersten Stock im Wasser stand. Es war ein stabiles Gebäude, und sie konnten leicht durch ein Fenster im zweiten Stock hineingelangen. Zur Sicherheit fuhren sie zur Seite des Gebäudes, während sie es auf der Suche nach einem Lebenszeichen mit ihren Taschenlampen ableuchteten.

Bull wendete gerade das Boot, als Johnson sagte: »Ich habe etwas gesehen. Ich glaube, da ist jemand.«

Bull lenkte das Boot zu der Stelle, auf die Johnson wies, während alle mit ihren Taschenlampen dorthin leuchteten.

Die Hintertür des Gebäudes war leicht geöffnet, und eine Hand war zu sehen, die sich ans Holz klammerte.

»Ich seh's!«, rief Bull. »Da ist jemand eingeklemmt!«

Sie näherten sich der Tür, die Johnson und Charbou zu öffnen versuchten, was ihnen jedoch nicht gelang. Dupree kam ihnen zu Hilfe, und sie zogen mit aller Kraft, bis sich das, was die Tür blockierte, löste. Während das Boot ein Stück zurückfuhr, verschwand die Hand, die sich ans Holz geklammert hatte, und die dazugehörende Leiche trieb zwischen dem Haus und dem Boot im Wasser.

Es war ein älterer Mann, was Amaia an seinem weißen Haar und dem weißen Bart erkannte, denn an der vom Wasser verschrumpelten bleichen Haut ließ sich kein Alter mehr erkennen. Wahrscheinlich war er in der vergangenen Nacht, während der Hurrikan getobt hatte, gestorben.

Die Bakterien im Wasser und die Hitze des Tages hatten dem Körper schwer zugesetzt. Er trieb, die bleichen Füße voran, auf die Straße hinter dem Haus zu. Er trug keine Schuhe, aber eine Jeans und ein helles Shirt, das ein Stück hochgerutscht war, sodass man den weißen Bauch sah, der wegen der einsetzenden Verwesung an einigen Stellen bläulich schimmerte. Auf seinem Shirt stand die Aufschrift *Der beste Vater der Welt*.

Amaia legte sich beide Hände auf den Mund, während sie versuchte, ihren Schmerz und all die Finsternis in ihr zurückzuhalten. Und dann – bevor jemand etwas tun konnte – sprang sie ins Wasser und schwamm, während ihre Kollegen nach ihr riefen und sie aufforderten zurückzukommen, der Leiche hinterher.

Charbou schickte sich an, ins Wasser zu springen, doch Dupree hielt ihn zurück. »Warten Sie.«

»Aber ...«, entgegnete er ungläubig.

»Warten Sie.«

Amaia hatte den im Wasser treibenden Körper erreicht und hielt ihn an der Hand fest, mit der er sich bis über seinen Tod hinaus an die Tür geklammert hatte. Er war ein großer, kräftiger Mann gewesen und ließ sich nur schwer bewegen.

»Amaia, du kannst nichts mehr für ihn tun, er ist tot!«, rief Charbou vom Schlauchboot her.

Doch sie hörte ihn nicht, sondern las noch einmal die Aufschrift auf dem Shirt des Toten. Ob dieser Mann wirklich der beste Vater der Welt gewesen war?, fragte sie sich. Und die Stimme der zwölfjährigen Amaia antwortete aus der Ferne: Es reicht, dass es jemanden gibt, für den er es gewesen ist.

Sie löste seinen Gürtel und zog den Körper mühsam zum nächsten Straßenschild, an dem sie ihn mit dem Gürtel festband. Wenn dieser Mann ein guter Vater gewesen war, dann gab es auch einen Sohn oder eine Tochter, der oder die um ihn weinen würde.

Amaia blieb noch eine Weile neben der Leiche und versuchte zu beten: Vater unser im Himmel, Vater unser im Himmel, Vater unser …

»Was, zum Teufel, macht sie da?«, fragte Charbou.

Dupree wollte etwas sagen, doch Johnson kam ihm zuvor: »Sie bestattet ihren Vater.«

Bull und Charbou sahen ihn fragend an.

»Heute Morgen ist ihr Vater gestorben. Als wir nach New Orleans aufgebrochen sind, hat sie erfahren, dass es ihm sehr schlecht geht, und heute Morgen kam die Nachricht seines Todes.«

»Ich kann es nicht glauben!«, rief Bill und starrte Dupree wütend an. »Wieso haben Sie sie nicht nach Hause reisen lassen?«

»Sie hat sich entschieden zu bleiben. Wir alle treffen Entscheidungen, die sich im Nachhinein vielleicht als falsch erweisen. Meiner Meinung nach hat sie das Richtige getan, aber das verhindert nicht, dass irgendwann ein bestimmter Spruch auf einem T-Shirt steht oder eine tote Katze im Wasser treibt und man alles hinschmeißen will.«

Charbou schluckte die Kritik und nickte, ohne den Blick von Amaia abzuwenden. »Und Sie meinen nicht, dass ich sie zurückholen sollte?«

»Doch«, sagte Dupree, »aber geben Sie ihr eine Minute.«

Sie wählten ein recht großes Haus, das zwei Straßen weiter westlich lag. Nachdem sie laut gerufen hatten, um sich zu vergewissern, dass es leer war, öffneten sie gewaltsam eines der Fenster im ersten Stock und kletterten hinein.

Das Erdgeschoss stand komplett unter Wasser, aber die Etage darüber war noch bewohnbar, auch wenn im Badezimmer das Abwasser, das aus der Toilette gesprudelt war, eine stinkende Lache bildete. Es war warm, und die Luft im Haus war feucht und roch nach Schlamm, aber sie waren froh, sich die schusssicheren Westen ausziehen und ausruhen zu können. Allerdings legte sich niemand in eines der Betten im Schlafzimmer. Es war okay, im Haus von fremden Leuten Zuflucht zu suchen, aber man benutzte nicht ihre Betten. Sie nahmen sich Decken und Kissen und machten es sich alle zusammen in dem Raum bequem, in den sie hereingekommen waren.

Es war vollkommen dunkel. Der sternenlose Himmel war pechschwarz. Nun, da keine Hubschrauber mehr flogen, war nur noch das Knacken des Holzes zu hören und der Atem der fünf Leute in dem Zimmer.

Seit dem Frühstück in der Feuerwehrstation hatten sie außer ein paar Schokoriegeln nichts mehr gegessen. Sie teilten die Vorräte, die sie für die Nacht mitgenommen hatten, unter sich auf, und während des Essens stieg ihre Laune, und sie lächelten.

Johnson wandte sich an Amaia. »Ich hab den ganzen Tag überlegt, warum mir der Name Ihres Heimatortes so bekannt vorkommt. Zu Beginn meiner beruflichen Laufbahn war ich mal einer Einheit zugeteilt, die sich mit Sekten beschäftigt hat, und wir haben uns mehrfach mit dieser Region in den Pyrenäen an der Grenze zwischen Spanien und Frankreich beschäftigt, wenn es um Hexerei ging. Zugarramurdi und andere Orte, an denen Hexensabbat gefeiert wurde, müssen ganz in der Nähe Ihres Heimatortes liegen. Elizondo, oder?«

Amaia nickte widerwillig. »Ja, so heißt mein Heimatort.«

»War das nicht sogar in Elizondo, wo ein Inquisitor der katholischen Kirche nachgeforscht hat, ob diese Region vom Teufel beherrscht wird?«, fragte Johnson mit steigendem Interesse.

Amaia gab keine Antwort.

Johnson sah sie neugierig an. »Doch, das war Elizondo. Und dieser Inquisitor hieß genau wie Sie: Salazar. Salazar y Frías«, fügte er hinzu, was auch das Interesse der anderen weckte.

»Die Heilige Inquisition war so was wie die Hexenprozesse von Salem, oder?«, fragte Charbou. »Sind Sie mit diesem Salazar verwandt? War das einer Ihrer Vorfahren?«

»Wohl kaum«, antwortete Amaia ernst. »Mein Nachname kommt von dem Namen eines Tals und eines Flusses in der Nähe des Orts, in dem ich geboren bin.«

»Haben Sie nie versucht, das herauszufinden?«, hakte Johnson nach und strich sich über den Schnurrbart. »Ich kenne einen Ahnenforscher, der bringt es fertig, einen Familiennamen mehrere Jahrhunderte zurückzuverfolgen.«

Dupree, der Amaia nicht aus den Augen gelassen hatte, griff ein: »Johnson, Salazar scheint das Thema nicht sonderlich zu begeistern.«

Johnson aber gab nicht auf. »Wenn Ihre Familie schon immer in dieser Region gelebt hat, liegt es doch nahe, dass sie irgendwann mal mit einem der Hexenprozesse dort zu tun hatte, als Zeugen zum Beispiel oder Angeklagte.«

»Wie viele Einwohner hat Ihr Heimatort denn heute?«, fragte Charbou.

»Etwa dreitausend«, antwortete Amaia.

»Na also!«, rief Johnson aus. »Dann muss damals doch jeder Einwohner betroffen gewesen sein.«

»Ja«, antwortete sie widerwillig.

Nun wandte sich Dupree an sie:

»Sie scheinen nicht gern darüber zu reden. Darf ich fragen, warum?«

Amaia antwortete nicht. Dafür meinte Johnson: »Subinspectora, das ist doch mehrere Jahrhunderte her. Wenn das in den USA passiert wäre, gäbe es dort jetzt sechs angeblich verhexte Hotels, drei Routen in die Welt der Hexen und ein Dutzend Souvenirläden. Denken Sie an die Besitzerin des Hotel Dauphine.«

Amaia seufzte. »Ich glaube, dass die Welt gut auf diese Scharlatanerie verzichten kann. Diese Dinge können ganz lustig sein, wenn man sie nicht ernst nimmt. Ansonsten aber führt dieses abergläubische, veraltete Denken zu Leid, gesellschaftlicher Stigmatisierung und dazu, dass Leute aus der Gesellschaft ausgeschlossen werden.«

Bull sah sie überrascht an. »Soll das heißen, dass man in der Gegend, aus der Sie stammen, heute noch an Hexen glaubt?«

Darauf antwortete Johnson: »Die Frage ist, ob es dort heute noch Hexen gibt!«

Nach dem Essen spürten sie, wie erschöpft sie waren. Bull bot an, die erste Wachschicht am Funkgerät zu übernehmen, während die anderen sich mit Kissen und Decken eine Ecke zum Schlafen suchten.

Amaia blieb allein in dem Zimmer zurück, in dem sie zusammengesessen hatten. Sie brauchte die frische Luft, die durchs Fenster hereinkam, richtete ihren Blick jedoch ängstlich in den dunklen Raum. Dann kam ihr eine Idee, und sie befestigte ihre Taschenlampe am Fenstergriff, sodass sie auf den Boden schien und der Lichtschein ausreichte, um ihnen zu entfliehen – den *gaueko*.

Amaia wurde bewusst, dass sie lange nicht mehr an sie gedacht hatte, an die *gaueko*, die Geister der Nacht. Die Dunklen, die heimatlos herumzogen und in den Seelen der Menschen nach einem düsteren Zufluchtsort suchten.

Amaia dachte an den Komponisten und war sicher, dass auch er in diesem Moment von irgendeinem Ort in der Stadt aus in die Dunkelheit schaute. Mit dem Unterschied, dass er sich mit der Nacht verbrüdert hatte. Die Dunkelheit war in ihm, er trug die *gaueko* in sich, weil er einer von ihnen war.

Die Stimme Duprees, der noch einmal in den Raum gekommen war, brachte sie in die Wirklichkeit zurück.

»Geht es Ihnen besser?«

Sie seufzte beschämt, denn sie wusste, worauf er anspielte. »Es tut mir leid, das war unvorsichtig. Ich habe nicht darüber nachgedacht.«

»Keine Sorge. Das Problem ist nur, dass das Wasser voller Bakterien ist. Wenn Sie eine Wunde haben, müssen Sie die gut reinigen, damit sie sich nicht entzündet.« Er ließ sich neben ihr nieder.

»Meine Eltern sind während des Hurrikans Betsy gestorben«, erklärte er. »Mein Vater war Arzt, und meine Mutter hat ihm assistiert. Sie hatten bei einer Entbindung geholfen, in Grand Isle, einer Ortschaft auf der gleichnamigen Insel im Golf von Mexiko, die noch zu Louisiana gehört. Eine Woche später wurden sie in ihrem Auto gefunden.«

»Das tut mir leid«, sagte Amaia. »Dann hat dieser Hurrikan sicher schlimme Erinnerungen in Ihnen geweckt.«

»Ich … war damals noch sehr klein«, antwortete er ausweichend. »Danach bin ich bei Nana aufgewachsen, der Cousine meines Vaters.«

»Haben Sie Geschwister?«

»Ich … habe eine Schwester«, sagte er stockend. »Und Sie?«, fragte er eilig, was Amaia nicht verborgen blieb. Sie hatte den Eindruck, dass er lieber nicht weiter über seine Familie reden wollte.

»Ich habe zwei ältere Schwestern. Aber wir hängen nicht sehr aneinander. Ich bin ebenfalls bei einer Tante aufgewachsen.«

»Ich habe gesehen, dass Sie für den Mann gebetet haben. Das war gut.«

»Als ich ein Kind war, habe ich immer das Vaterunser gebetet, jeden Abend, immer wieder, vor allem die erste Strophe: ›Vater unser im Himmel …‹ Aber ich hab nicht zu Gott gebetet, sondern meinen Vater angefleht, während er im Zimmer nebenan schlief und mich nie gehört hat.«

Sie machte eine Pause und lächelte.

»Das war mir all die Jahre über nicht bewusst«, fuhr sie dann fort, »es ist mir heute klar geworden, als ich versucht habe, für die Seele dieses Mannes zu beten.«

Dupree hörte gespannt zu. Ihr Vater im Zimmer nebenan? Wovor hatte sie Angst gehabt?

Er ließ sie einfach reden und konzentrierte sich auf ihre Worte.

»Ich habe meinen Vater um Hilfe angefleht. Ich war wie diese Stadt, die von den Dächern um Hilfe ruft. Man glaubt, man gehört zu einer Familie, und betet, weil man denkt, dass der Vater einem zuhört, aber ich musste erst sterben, bevor er das tat. Er hat gewartet und gewartet, bis er mich aus meinem Grab hat retten müssen.«

Sie hob den Blick, und Dupree hoffte, dass sie weitersprechen würde, dass ihr, wenn sie ihn sah, nicht bewusst würde, was sie da offenbarte.

»Jahrelang dachte ich, dass er mich aus Liebe gerettet hat, doch es war ein anderer Grund, der ihn dazu antrieb, der ihn immer angetrieben hat: die Scham. Aus Scham hat er mir keine Aufmerksamkeit geschenkt, aus Scham hat er mich dort herausgeholt, damit nicht die ganze Welt es erfährt. Ich bin wie diese Stadt, und als er mich gerettet hat, hat er nur sich selbst vor der Scham bewahrt.«

Dupree betrachtete Amaia. Der Übergang in den Schlaf hatte sich unmerklich vollzogen. Den einen Moment hatte sie noch geredet, und eine Sekunde später war sie, gegen die Wand mit dem Fenster gelehnt, eingeschlafen. Er fragte sich, ob sie wirklich noch wach gewesen war, als sie gesprochen hatte, oder ob sie sich in einer Art durch den Stress und die Erschöpfung ausgelösten Halbschlaf befunden hatte.

Der Lichtstrahl der Taschenlampe, der auf den Boden schien, projizierte düstere Schatten auf ihr Gesicht. Sie war ein Mensch, der alles mit wissenschaftlicher Logik durchdachte und gleichzeitig über eine extreme Sensibilität dem Unsichtbaren gegenüber verfügte. Sie analysierte die Welt von zwei Seiten aus, die in ihrem Inneren ständig gegeneinander kämpften.

Dupree betrachtete die schlafende junge Frau und wünschte den Moment herbei, vor dem er sich gleichzeitig fürchtete, den Moment, in dem er sie an ihre Grenzen führen würde. Wenn Baron Samedi zurückkehrte, um die Stadt zu seinem Reich der Anarchie und des Todes zu erklären.

41

Das Herz des Rehs

Elizondo

Ignacio Aldecoa mochte Elizondo nicht. Joxepi, seine Frau, sagte immer, dass all die Zeit, die Ignacio in den Bergen verbrachte, ihn genauso scheu wie seine Hunde und die Schafe hatte werden lassen. Ihren Freundinnen erzählte sie, dass für ihn ein Spaziergang durchs Dorf wie eine Fahrt im Riesenrad war, da er, wenn er danach nach Hause kam, jedes Mal völlig desorientiert und verwirrt sei.

Ignacio war das egal, denn er wusste, dass seine Frau ihn so liebte, wie er war, dass sie akzeptierte, dass er die Stille und seinen Raum brauchte und dass es sie glücklich machte, mit ihm die Kinder großzuziehen in jenem abgelegenen Haus, von dem ihre Schwestern sagten, dass eine Frau dort unmöglich leben könne. Dafür musste er Joxepi mindestens einmal die Woche ins Dorf begleiten, um dort gemeinsam mit ihr einen Kaffee zu trinken, in einer Konditorei etwas zu essen und um ein paar Besorgungen zu machen.

Nun standen sie schon eine ganze Weile in der Calle Santiago gegenüber der Kirche, und seine Frau redete mit Engrasi, einer Freundin aus ihrer Kindheit. Ignacio nickte hin und wieder, ohne dem Gespräch der beiden Frauen zuzuhören, und sah Engrasis Nichte beim Spielen zu.

Die Kleine war groß und schlank und zehn bis zwölf Jahre alt. Sie hüpfte über den vom nachmittäglichen Regen noch nassen Gehsteig wie bei einem unsichtbaren Himmel-und-Hölle-Spiel. Hin und wieder hob sie den Kopf, sah zu ihrer Tante hinüber und setzte dann ihr einsames Spiel fort.

Ignacio mochte Amaia. Im Allgemeinen hatte er es nicht so mit Kindern, außer mit seinen eigenen. Er fand sie laut, wild und fordernd. Aber dieses Mädchen war anders. Darüber hatte er auch schon mit Joxepi gesprochen.

»Die Arme hat viel gelitten«, hatte sie ihm erzählt. »Ihre Mutter ist nicht ganz richtig im Kopf, und anders als ihre anderen beiden Töchter hat sie Amaia von ihrer Geburt an abgelehnt.«

Ignacio wusste, wovon die Rede war, denn er war auf einem Bauernhof aufgewachsen. Auch in der Tierwelt kam es vor, dass ein Muttertier ohne ersichtlichen Grund ein Junges verstieß und es vor Hunger, Kälte oder aus mangelnder Liebe sterben ließ. Und oft tat die Mutter dies, während sie sich liebevoll um die anderen Jungen kümmerte, was noch grausamer war. Ignacio wusste auch, dass es sehr mühselig war, eine von diesen verstoßenen Kreaturen durchzubringen. Manchmal gelang es, aber in den meisten Fällen starb das Kleine, das irgendwie akzeptiert zu haben schien, dass der Tod sein Schicksal war.

Noch immer sprang Amaia in ihrem unsichtbaren Himmel-und-Hölle-Spiel herum. Kleine Atemwolken kamen aus ihrem Mund und begleiteten das stumme Mitzählen der Hüpfer. Auf dem nassen Asphalt der Straße spiegelte sich das gelbliche Licht eines Autos, das sehr langsam vorbeifuhr.

Ignacio richtete den Blick in den Himmel. Es war dunkel geworden, was ihm noch gar nicht aufgefallen war, weil schon vor einer Weile die Straßenlaternen angegangen waren. Er schaute auf die Uhr und stellte fest, wie sehr das künstlich erleuchtete Elizondo seine Zeitwahrnehmung störte.

Ignacio blickte wieder zu Amaia hinüber, die nun im orangefarbenen Licht der Scheinwerfer vor der Kirche herumhüpfte, und er war plötzlich alarmiert. Zunächst wusste er nicht, warum, doch da er täglich mit der Schafherde in die Berge zog, die für die Raubtiere hübsche Appetithäppchen waren, hatte er einen gewissen Instinkt entwickelt, dem er stets vertraute.

Ohne den Frauen etwas zu sagen, trat er einen Schritt zurück, um das Mädchen besser sehen zu können.

In den nächsten fünf Minuten geschah nichts Außergewöhnliches. Doch dann hielt ein Auto neben dem Gehsteig an. Die Regentropfen wirkten wie unzählige Brandblasen auf der Karosserie, die im orangefarbenen Licht der Straßenlaternen glänzte wie Bernstein. Gleich auf den ersten Blick hatte Ignacio das Auto mit dem französischen Kennzeichen wiedererkannt, das vor wenigen Minuten bereits auffallend langsam die Straße entlanggefahren war.

Amaia hielt in ihrem Spiel inne, während sich Ignacio auf das Auto konzentrierte. Die Nähe zur französischen Grenze wirkte sich auf unterschiedliche Arten aus. Im Allgemeinen war die Beziehung zu den Nachbarn jenseits der Grenze ausgezeichnet. Für Leute wie ihn, die nur ein paar Meter von der Grenze entfernt geboren waren, war es nur eine abstrakte Vorstellung, dass sich dort eine Trennlinie befinden sollte. Jahrhundertelang hatten die Frauen und Männer auf beiden Seiten friedlich miteinander gelebt, Freundschaften geschlossen, die Sprache der anderen gelernt, sich ineinander verliebt, Schmuggel betrieben und mit Schafen und Pferden gehandelt, ohne irgendwelche Zollvorschriften zu beachten.

Allerdings gab es einen Unterschied zwischen Franzosen und französischen Touristen. Wegen der Preisunterschiede lohnte es sich für die Nachbarn, nach Spanien zu kommen, um zu tanken oder um Zigaretten, Alkohol und Lebensmittel zu kaufen oder einfach, um sich einen schönen Tag zu machen. Daher waren immer mehr Touristen im Ort zu sehen, die manchmal so betrunken waren, dass sie den Weg nach Hause nicht mehr fanden.

Das hier waren sicherlich Franzosen, die sich verfahren hatten und nach der Grenze suchten, sagte die Logik Ignacio. Doch der Instinkt warnte. Die Logik sagte, dass der Fahrer das Fenster herunterlassen würde, um nach dem Weg zu fragen. Doch stattdessen öffnete sich eine der hinteren Türen.

Ignacio tat einen Schritt Richtung Straße und stand damit direkt hinter seiner Frau. Eine bleiche weibliche Hand schaute aus einem Ärmel aus filigranem Stoff hervor und machte dem Mädchen ein Zeichen, näher zu kommen. Etwas Verführerisches, Verzauberndes lag in dieser Geste; die zarte weiße Hand wand sich in der Luft wie eine Schlange.

Amaia ging zu dem Auto hinüber, und fast gleichzeitig lief Ignacio los. Überrascht von der seltsamen Reaktion des Mannes, der an ihnen vorbeistürzte, unterbrachen Engrasi und Joxepi ihr Gespräch. Als Ignacio später darüber nachdachte, schien es ihm, als wäre alles sehr schnell und zugleich sehr langsam geschehen, wie in einem Traum. Wie im Traum rief er nach der Kleinen, und wie im Traum brachte er nichts als ein heiseres Krächzen zustande.

Aber das Mädchen mit dem Herzen eines Rehs hatte gelernt, stets aufmerksam zu sein. Amaia wandte den Kopf und sah den alarmierten Blick in Ignacios Augen. Sie hielt inne, wie erstarrt angesichts der Bedrohung und der Beschwörung, die immer noch aus dem Auto kam.

Ignacio rannte über den Bürgersteig. Zwischen ihm und dem Kind lag die gleiche Entfernung wie zwischen Amaia und dem Auto. Die Kleine verharrte noch immer regungslos, wie hypnotisiert von der bleichen Zauberhand, die sie lockte. Hinter ihr waren die alarmierten Schreie von Engrasi und Joxepi zu hören, die nun ebenfalls die Gefahr erkannt hatten.

Ignacio war fast da. Er streckte die Hand aus und berührte das Haar, das aus Amaias Kapuze hervorschaute. Beinahe gleichzeitig tauchte ein Bein in einer schwarzen Hose und einem schwarzen hochhackigen Stiefel aus dem Auto auf und trat auf den Gehsteig. Die Frau mit der bleichen Hand hatte die Kapuze ihres Mantels hochgezogen, aus der dunkles, mattes Haar wallte. Dieses Haar würde Ignacio nie vergessen, und obwohl er es nicht berührte, war es für ihn wie das Fell eines Raubtiers.

Die weiße Hand wand sich noch einmal in der Luft, bevor sie Amaias Arm umschloss und mit einem heftigen Ruck an ihr zog. Ohne nachzudenken, schlang Ignacio beide Arme um die Taille des Kindes und riss es mit aller Kraft zurück.

Amaia schwebte auf einmal über dem Gehsteig. Die weiße Hand an ihrem Arm rutschte ab und griff dann nach Amaias Hand, wo die Fingernägel rote Striemen hinterließen, als Ignacio das Mädchen mit einem zweiten Ruck endgültig aus den gefährlichen Klauen befreite.

Danach ging alles sehr schnell. Die Frau stieg wieder ins Auto, schloss die Tür, der Fahrer gab Gas, und das Auto verlor sich in der Ferne. Engrasi und Joxepi erreichten Amaia und Ignacio, der, das Kind noch immer in den Armen, das rasende Herz des Rehs spüren konnte.

Er stellte Amaia auf den Boden, hielt sie jedoch weiterhin fest und trat erst einen Schritt zurück, als Engrasi und Joxepi gleichzeitig nach ihr griffen. Die beiden Frauen dankten Gott, strichen der Kleinen übers Haar und über die Kleidung und ...

Engrasi schrie auf. Das Kind blutete.

Ignacio griff vorsichtig nach der kleinen Hand. Dort, wo die klauenartigen Fingernägel sich ins Fleisch gebohrt hatten, hatten sie blutende Wunden gerissen.

»Das ist nicht schlimm«, flüsterte Amaia und blickte ihm in die Augen. »Es tut fast gar nicht weh.«

Aber Ignacio konnte sie nichts vormachen. Ihrer Stimme war die Panik anzuhören, die sie zu unterdrücken versuchte, um die Erwachsenen zu beruhigen. Er spürte, wie sich sein Herz zusammenzog. Seine Frau und die Tante des Mädchens wiederholten immer wieder, dass er Amaia das Leben gerettet hatte, und vielleicht hätte er das auch gedacht, wenn er dieser Frau nicht in die Augen gesehen hätte. Denn nicht Hass, Wut oder Wahnsinn hatten darin gestanden. Als er sie, fest entschlossen, das Kind nicht loszulassen, angesehen hatte, hatte sie fröhlich gelächelt und ihre kleinen, spitzen, rattenartigen Zähne gezeigt. Er hatte sie nicht aus den Augen gelassen, bis sich die Autotür hinter ihr schloss, und das, was sich für immer in sein Bewusstsein eingeprägt hatte, war, dass ihr nicht der geringste Anflug von Ärger über die Niederlage anzusehen war.

Dieser Wolf würde zurückkehren.

42

Bazagrá

New Orleans, Louisiana
Dienstag, 30. August 2005, 05:00 Uhr

Johnson berührte sie leicht an der Schulter. »Salazar, wachen Sie auf. Gerade wurden uns Schüsse gemeldet, hier ganz in der Nähe.«

Amaia zog sich die schusssichere Weste an und schaute sich kurz um, ob sie nichts vergessen hatte. »Wie spät ist es? Es ist ja immer noch dunkel«, fragte sie noch schlaftrunken, während sie in dem Versuch, sich zu orientieren, nach draußen sah.

»Kurz nach fünf.«

»Mehrere aufeinanderfolgende Schüsse?«

»Die Meldung war nicht sehr genau«, sagte Bull. »Schüsse in einem Wohnhaus in der Bienville Street, in der Nähe eines der Saint-Louis-Friedhöfe.«

»Das hilft uns nicht wirklich weiter!«, beschwerte sich Charbou. »Die Bienville Street führt an zwei Friedhöfen entlang, die beide Saint Louis heißen.«

»Es war auch von Geiseln die Rede«, erklärte Johnson.

Sie sprangen ins Boot, und Amaia setzte sich nach hinten neben Bull, der den Motor startete.

»Heißt das, dass der Schütze noch dort ist?«, fragte Amaia, während sie den Bereich vor dem Haus verließen.

»Das wissen wir nicht«, gestand Bull. »Die Meldung kam nicht aus der Zentrale, sondern von einem Boot des Roten Kreuzes, das in der Gegend unterwegs war. Viele der freiwilligen Helfer sind nicht aus der Stadt, und es gibt keine Straßenschilder mehr. Wahrscheinlich war die Ortsangabe deswegen so vage.«

Sie entschieden sich für den Saint Louis Cemetery No. 1.

Als sie die Bienville Street erreichten, reduzierte Bull die Geschwindigkeit und damit den Lärm des Motors, woraufhin furchtbare Schreie sie zu einem einstöckigen Haus leiteten.

Das Wasser stand etwa auf halber Höhe des Erdgeschosses, und aus dem offenen Fenster im Dachgiebel drang nicht nur Geschrei, sondern auch ein flackernder gelblicher Lichtschein, der möglicherweise von Kerzen herrührte.

Sie sicherten das Boot und kletterten aufs Dach. Auf Bulls Befehl hin sprangen die beiden Detectives in das kleine Zimmer und gaben kurz darauf den anderen Bescheid, dass sie ihnen folgen konnten.

Der Dachboden war trotz des Fensters nicht ausgebaut. Gleich neben dem Fenster lag ein alter Mann auf dem Boden, presste sich eine Hand auf die Brust und keuchte vor Schmerzen. Amaia nahm an, dass auf ihn geschossen worden war, nicht zuletzt wegen der alten Frau, die ein Gewehr nach unten auf die Treppe gerichtet hielt, während sie jemanden, der sich offenbar nach unten ins Dunkle geflüchtet hatte, mit heftigen Flüchen beschimpfte. Ein kleines, etwa vier- oder fünfjähriges Kind hatte sich laut weinend nahe am Dachgiebel zusammengerollt, als wollte es sich zwischen der Glaswolle dort verkriechen.

Amaia registrierte, dass sich eine Schweißschicht auf ihrer Haut bildete. In dem Raum war es bestimmt fünfundvierzig Grad warm. Das einzige Licht kam von einer Kerze in einem alten

Leuchter. Der stand zu den Füßen der alten Frau, um die Treppe zu erhellen.

Charbou trat hinter die Frau und entwaffnete sie mit routinierten Handgriffen, was sie nicht davon abhielt, denjenigen, der sich am Fuß der Treppe befinden musste, weiterhin zu verfluchen.

Die Polizisten ließen die Strahlen ihrer Taschenlampen auf der Suche nach versteckten Angreifern durch den Raum schweifen. Amaia keuchte mit offenem Mund, versuchte, einen klaren Kopf zu bewahren und den Lärm der schreienden Opfer sowie die Stimmen von Bull und Charbou auszublenden, die laut um Ruhe baten.

Johnson beugte sich zu dem alten Mann hinunter. Seine Kleidung war völlig verschwitzt, als hätte jemand einen Eimer Wasser über ihm ausgeleert. Ohne lange darüber nachzudenken, riss Johnson mit einem Ruck das Hemd des Mannes auf, um nach der Wunde zu sehen. Allerdings war nirgendwo Blut zu entdecken, sondern nur ein paar rote Stellen auf seiner Brust, als hätte er dort Prellungen erlitten.

»Ich glaube, er hat einen Infarkt«, sagte Johnson unsicher.

Die alte Frau hatte sich unterdessen hinter Charbou gestellt und klammerte sich an seine Taille, offenbar unentschlossen, ob sie ihn die Treppe hinunterstoßen oder ihn zurückhalten sollte. Bull, der danebenstand, versuchte sie davon zu überzeugen, seinen Partner loszulassen, und fragte sie, was passiert war, doch die Frau schrie nur weiterhin unzusammenhängende Satzfragmente, während sie zum Fuß der Treppe zeigte.

Dupree trat ans Fenster, richtete seine Pistole nach draußen und schoss. Der Schuss klang in dem kleinen Raum ohrenbetäubend laut, und alle wandten sich zu ihm um und waren still. Das war es, was Dupree beabsichtigt hatte.

Er stieg über den Mann am Boden hinweg und bewegte sich langsam auf das Kind zu, ging vor dem Jungen in die Hocke und sagte ruhig: »Wir sind die Polizei und hier, um euch zu helfen. Hör auf zu weinen und hör mir zu. Ist sonst noch jemand hier?«

Der Junge, der keinen Laut mehr von sich gab, wies auf die Treppe.

»Ich habe verstanden, dass jemand unten ist, aber ist noch jemand hier oben und hat sich versteckt?«

Der Kleine schüttelte den Kopf und zeigte wieder auf die Treppe.

»Hat er dir etwas getan?«, fragte Dupree.

»Nur meinem Grandpa.«

»Ist gut. Bleib, wo du bist.« Dupree stand wieder auf, steckte seine Pistole ins Gürtelholster und ging zu der alten Frau hinüber. Wortlos fasste er sie an den Schultern, zog sie von Charbou zurück und drehte sie um die eigene Achse, damit sie ihm ins Gesicht sah.

»Wie viele sind es?«, fragte er.

»Sie haben die Mädchen mitgenommen«, erwiderte sie unter Tränen.

»Wer hat die Mädchen mitgenommen?«, fragte Dupree leise.

»Samedi! Samedi hat sie mitgenommen!«

»Samedi?«, fragte Charbou verwirrt.

»Baron Samedi, *le criminel*, Samedi!«, schrie die Frau. »Samedi hat meine Mädchen mitgenommen!«

Dupree und Bull sahen sich vielsagend an.

Amaia hatte allmählich die Nase voll. Seit zwei Tagen machten sie dieses Spiel schon mit, dieses verschwörerische Getue. Es war offensichtlich, dass dies kein Tatort war, an dem der Komponist zugeschlagen hatte, und es war klar, dass sowohl Bull als auch Dupree in den letzten Tagen auf genau das hier gewartet hatten.

»Sind sie noch dort unten?«, fragte Dupree die alte Frau.

»Nein. Sie haben die Mädchen mitgenommen, aber mein Mann«, sie wies auf den Alten am Boden, »hat auf einen der Dämonen geschossen. Den haben sie zurückgelassen, und er hat sich dort unten versteckt. Ich weiß, dass er da ist, ich kann ihn hören. Man kann sie nicht töten, aber mein Mann hat ihm das Bein zerschossen. Deswegen haben sie meinen Mann fast getötet.«

»Wie alt sind die Mädchen?«

»Acht und zwölf, Ania und Bella. Sie sind meine Enkelinnen, Jacobs Schwestern.« Sie zeigte in der Dunkelheit auf die Stelle, wohin sich der Junge verkrochen hatte. »Samedi nimmt nur Mädchen mit. Er will Jungfrauenblut. Er will ihre Herzen essen.«

Bull nickte Dupree zu. Charbou konnte nicht fassen, dass der und sein Partner der Alten Glauben schenkten. »Dürfte ich vielleicht wissen, was, verdammt ...«

»Ruhe!«, befahl Dupree, zog seine Waffe und schaltete seine Taschenlampe ein, dann richtete er beides auf die Treppe.

Das Wasser reichte bis zum Treppenabsatz in der Mitte, von wo aus die Stufen in die andere Richtung weiterführten und sich in der Dunkelheit verloren. Eine Blutspur bestätigte die Geschichte der Frau, und auch Dupree konnte den Eindringling hören. Es plätscherte, als würde jemand durch niedriges Wasser laufen. Die Bewegungen verursachten kleine Wellen, die das schmutzige Wasser auf die folgende Stufe schwappen ließen.

Dupree wandte sich der Frau zu, wies dabei auf das Ende des Dachbodens und flüsterte: »Ich will, dass Sie und Ihr Mann sich mit dem Jungen verstecken und leise sind. Verstanden?«

Die Frau nickte gehorsam, ohne noch ein Wort zu sagen, und bückte sich zu dem alten Mann hinunter, der mühsam atmete.

Dupree machte Amaia und Johnson ein Zeichen, die sich neben Charbou stellten, dem sein Unbehagen anzusehen war, während er seinen Partner vorwurfsvoll ansah.

Dupree und Bull machten sich vorsichtig an den Abstieg, wobei sie der Blutspur auf den Stufen auswichen. Bevor sie den Absatz erreichten, von wo aus die Treppe in die andere Richtung führte, drückten sie sich an die Wand.

»Polizei!«, rief Dupree. Ein heftiges Plätschern war zu hören, das das Wasser so stark in Bewegung setzte, dass es wieder auf die nächste Stufe schwappte. »Wir wissen, wo Sie sind! Werfen Sie Ihre Waffen ins Wasser und heben Sie die Hände über den Kopf, damit wir sie sehen können!«

Erneutes Plätschern.

»Wir sind bewaffnet, und wir wissen, dass Sie verletzt sind!«, rief Bull. »Tun Sie, was wir sagen, sonst haben wir keine andere Wahl, als zu schießen!« Sein Tonfall ließ keinen Zweifel daran, dass er es ernst meinte.

Er beugte sich über das Treppengeländer, um nach unten zu sehen, zuckte aber sofort wieder zurück.

»Er ist gleich da unten«, sagte er leise. »Das Wasser reicht ihm bis zu den Knien. Eine Waffe hab ich nicht gesehen.«

Dupree wandte sich um, um den anderen ein Zeichen zu machen. Dabei sah er, dass Amaia ihm auf die Treppe gefolgt war.

Während Dupree ihm Deckung gab, trat Bull auf den Treppenabsatz und ging, die Waffe auf den Verdächtigen gerichtet, seitlich die Stufen hinunter. Als der Strahl der Taschenlampe die Gestalt auf dem nächsten Treppenabsatz traf, begann diese wie ein Tiger im Käfig im Wasser hin- und herzugehen. Sie hielt den Kopf gesenkt, und ein schmutziger Haarschopf bedeckte ihr Gesicht. Sie wankte heftig, als ob sie jeden Moment zusammenbrechen könnte.

Bull richtete den Lichtstrahl auf die Beine der Gestalt unter ihm. Um sie herum war das Wasser rot gefärbt, und jedes Mal, wenn sie die Füße hob, war ein Stück eines hellen Gegenstands zu sehen, der aus dem blutigen Wasser hervorschaute. Bull schätzte, dass der Gegenstand etwa zwanzig Zentimeter lang war. Es konnte der Griff eines Messers oder einer kleinen Machete sein.

Bull ließ den Strahl seiner Taschenlampe nach oben wandern, um das Gesicht der Gestalt zu sehen, das wegen des hängenden Kopfes und der Haare, die in schmutzigen Strähnen herabhingen, jedoch nicht zu erkennen war. In diesem Moment fiel Bull auf, dass die Gestalt unter ihm keinen Laut von sich gab, obwohl sie furchtbare Schmerzen haben musste.

Bull richtete den Strahl wieder nach unten, und als die Gestalt beim nächsten Schritt das Bein hob, konnte er es deutlich sehen. Der Detective taumelte, verlor das Gleichgewicht und setzte sich auf die Treppe.

Dupree eilte heran und half Bull beim Aufstehen, wobei er die Dienstwaffe unablässig auf den Verdächtigen gerichtet hielt. Anschließend gingen beide die Treppe hinunter.

Zwei Stufen oberhalb der Gestalt blieben sie stehen. Amaia hielt hinter den beiden ihre Taschenlampe so gerichtet, dass die schmale Gestalt besser zu sehen war. Sie trug ein Kleidungsstück, das ihr bis zu den Knien reichte, und die schmalen Schultern und die gewölbte Brust nahmen Amaia die letzten Zweifel.

»Das ist eine Frau«, sagte sie.

Das verletzte Wesen, das sie weder zu sehen noch zu hören schien, drehte sich um sich selbst, wobei es sich, um das Gleichgewicht zu halten, mit seinen knöchernen Händen am Treppengeländer festhielt, sodass seine langen, harten Fingernägel über das gebeizte Holz kratzten.

Bei der nächsten Runde, die die Gestalt drehte, konnte Amaia schließlich das sehen, was Bull so erschreckt hatte. Als die Frau das Bein in dem blutigen Wasser anhob, offenbarte sich, dass es sich bei dem hellen Gegenstand, den Bull zunächst für den Griff eines Messer gehalten hatte, um einen gebrochenen und gesplitterten Knochen handelte, der aus dem offenen Fleisch hervorschaute.

»O mein Gott!«, rief Amaia entsetzt, während sie sich fragte, wie sich das Wesen, ohne vor Schmerzen zu schreien, aufrecht halten konnte.

»Verdammt! Schnappt sie euch endlich!«, schimpfte Charbou von oben.

Dupree ging die letzten zwei Stufen hinab. Während Bull und Amaia ihre Waffen auf die Frau richteten, leuchtete Dupree sie von oben mit der Taschenlampe an. Trotz seines Widerwillens streckte er seine durch den Handschuh geschützte Hand in die Richtung ihres Gesichts, woraufhin sie instinktiv zurückzuckte.

»Ich werde dir nichts tun, ich will nur dein Gesicht sehen«, sagte er. Und Amaia nahm in seiner Stimme eine neue Emotion wahr, wie sie sie von ihm nicht kannte.

Die Frau gab murmelnde Laute von sich.

»Sie hat etwas gesagt, sie spricht«, erklärte Amaia.

Alle verharrten in absoluter Stille, um der leisen Stimme zu lauschen.

Erneut flüsterte die Frau etwas Unverständliches und hauchte dann: »Ich ... bin tot.«

Dupree griff nach den Haarsträhnen, die hart waren wie Espartogras, und schob sie zurück.

Das Gesicht, das zum Vorschein kam, sah aus wie das eines Totenschädels und war grau, wie mit Asche bestäubt. Die Haut war so straff über die Knochen gespannt, dass sie aussah wie Pergamentpapier kurz vor dem Zerreißen. Unter ihren fleischlosen Wangen zeichneten sich die Backenzähne ab. Die Lippen waren trocken und rissig und wie mit einer Herpeskruste überzogen, und die Augen unter den wimpernlosen Lidern wirkten riesig. Aber das Schlimmste war ihr Blick, der hoffnungslos war, leer wie bei einem toten Fisch.

Dupree ging vor der Frau in die Hocke und sah ihr in die Augen.

»Ich bin tot«, wiederholte sie.

Dupree richtete den Lichtstrahl auf ihre Augen. Sie zwinkerten nicht, die Pupillen reagierten nicht.

Laut und deutlich fragte er: »Wie heißen Sie? Sagen Sie mir Ihren Namen.«

Daraufhin zuckte die Frau zusammen, als wäre sie gerade aufgewacht oder als sei ihr plötzlich die Realität bewusst geworden. Sie hob abrupt den Kopf, und zwischen ihren trockenen, geschwollenen Lippen war ihre schleimige weiße Zunge zu sehen. Die Zähne, die in ihrem entzündeten Zahnfleisch steckten, waren braun.

Ihrer Kehle entstieg ein rauer, schleifender Laut. »Médora.«

Dupree roch den Verwesungsgestank, der ihrem Mund entströmte, und wich entsetzt zurück.

»Das ist unmöglich, das kann nicht sein!«, keuchte Bull, während er die Haarsträhnen im Nacken des seltsamen Wesens zur Seite strich. Obwohl die trockene Haut aussah wie von einem dunklen Geschwür bedeckt, war die Tätowierung noch zu erkennen. In geschwungenen Rokoko-Buchstaben stand dort ihr Name.

»Das ist Médora Lirette. Gütiger Gott!«, stammelte Bull.

Die Frau hob die rechte Hand und legte ihre fünf langen Finger auf Duprees Brust, der sie ungläubig anstarrte.

»Médora«, wiederholte er. »Médora Lirette …«

Ihre Stimme hörte sich an, als käme sie aus einem Grab, als sie sagte: »*Bazagrá* … Ich bin tot … und du auch.«

Dupree wurde bleich und rang nach Luft. Er steckte seine Waffe ein und griff mit der rechten Hand nach der knochigen Klaue der Frau, die immer noch auf seiner Brust lag.

Dann brach er zusammen!

43

Die Rückkehr

Florida

Brad Nelson rieb sich mit einer Hand die müden Augen. Er war seit Stunden mit dem Auto unterwegs, ohne anzuhalten und ohne auf das Signal des Einschlafwarners zu achten, der ihm mindestens dreimal empfohlen hatte, anzuhalten und sich auszuruhen.

Es war ein langer Weg gewesen bis hierher, und das bezog sich nicht nur auf die Strecke, die er an diesem Tag gefahren war, sondern auch auf den Leidensweg, der hinter ihm lag.

Galveston war ein Fehler gewesen. Sein Leben dort, sein Job, der Einfluss dieses Ortes auf seine Kinder, auf seine Ehe ... Vor acht Monaten war wegen eines Fehlers, den er selbst verschuldet hatte, alles kaputtgegangen, und seitdem bezahlte er für die daraus entstandenen Folgen. Es war ein steiniger Weg gewesen, eine Rückkehr zu den Anfängen, bis er seine Fehler akzeptiert hatte und ihm klar geworden war, dass er alles Schlechte korrigieren musste. Er hatte nicht aufgepasst, war nachlässig gewesen und hatte die Pflicht vernachlässigt, sein Leben in die Hand zu nehmen. Und nun musste er den Preis dafür bezahlen.

Erneut erklang das Signal, das ihm empfahl, endlich eine Ruhepause einzulegen. Brad Nelson sah auf die Uhr. In etwas weniger als einer Stunde würde er beim Haus seiner Frau ankommen, während sie und die Kinder vielleicht noch schliefen oder gerade aufstanden, um zur Schule und zur Arbeit zu gehen. Er musste sein Ziel unbedingt erreichen, bevor sie das Haus verließen, denn bis zu ihrer Rückkehr hatte er es sich vielleicht schon wieder anders überlegt. Er musste die Energie und die Entschlossenheit nutzen, die er gerade in sich spürte.

Also stellte er das Signal ab und trat entschieden aufs Gaspedal. Er konnte jetzt nicht anhalten. Es waren zwei Paar Schuhe, ob man etwas fünfhundert Meilen von zu Hause entfernt probte oder es endgültig durchführte.

Ein schräges Lächeln zeigte sich auf seinem narbigen Gesicht. Das, was er vor sich hatte, würde nicht leicht sein, aber er wusste auch, dass er sich dabei gut fühlen würde. Und er hatte sich in den letzten acht Monaten gut darauf vorbereitet.

44
Chaos

Charity Hospital New Orleans
Dienstag, 30. August, 06:37 am Morgen

Die Notfallambulanz im Charity Hospital stand unter Wasser, daher hatte das Personal des Krankenhauses in einer großen Halle im ersten Stock alle Fenster herausgebrochen und nahm dort die Patienten entgegen.

Das Krankenhaus war bereits über Funk informiert worden, und die Chefärztin checkte Dupree sofort durch und stellte eine erste Diagnose:

»Männlich, vierundvierzig, Tachykardie, Schmerzen und Druck in der Brust, Schwierigkeiten beim Atmen, kalter Schweiß, Schwindel, hat das Bewusstsein verloren und ist dann wieder zu sich gekommen. Scheint ein Infarkt zu sein. Er ist Polizist und war bei der Befreiung von Geiseln im Einsatz. Raum eins.«

Ein Dutzend Hände stützten Duprees kraftlosen Körper, der leichenblass war und mit zusammengebissenen Zähnen gegen den Schmerz ankämpfte, während er auf eine Liege gehoben wurde. Der Rest des Notfallteams nahm den alten Mann in Empfang, der offenbar auch einen Infarkt erlitten hatte:

»Männlich, achtzig Jahre, die gleichen Symptome, allerdings

ohne Bewusstlosigkeit. Raum drei.« Die Chefärztin warf einen Blick in ihre Notizen.

»Über Funk hieß es, dass auch eine verletzte Frau dabei ist.«

Bull wies auf ein Bündel hinten im Boot, und zwei Krankenpfleger gingen an Bord, um zu helfen. »Warum haben Sie sie zugedeckt?«, schnauzte einer. »Bei dieser Hitze könnte sie ersticken.«

Das Krankenhauspersonal im Charity Hospital hatte in den letzten beiden Tagen beinahe alles gesehen: ertrunkene und dehydrierte Menschen und solche, die in der Hitze erstickt waren oder Schussverletzungen, tiefe Schnittwunden oder Quetschungen und Brüche an Armen und Beinen hatten. Dennoch waren sie nicht auf den Anblick vorbereitet, der sich ihnen bot, als der Krankenpfleger die Decke zurückzog, die sie über die junge Frau gebreitet hatten.

»Scheiße!«, rief der Mann aus und zuckte zurück.

»Das ist eine verdammte Leiche!«, sagte der andere Krankenpfleger erschüttert.

»Nein, sie lebt noch«, erklärte Bull, ohne hinzusehen. »Oder so ähnlich.«

»Oder so ähnlich«, wiederholte Charbou gereizt.

Die Chefärztin übernahm wieder das Kommando. »Schafft sie her!« Und nach einer kurzen Untersuchung: »Weiblich, Alter unbekannt, offener Schienbein- und Wadenbeinbruch, dehydriert und extrem erschöpft.« Sie wandte sich an das Pflegepersonal. »Vergesst nicht, dass es eine Geiselbefreiung war. Los, wir haben schon schlimmere Dinge gesehen.«

»Schlimmer als das nicht«, flüsterte eine der Krankenschwestern.

Amaia blickte in den Gang. Johnson stand noch immer vor der geschlossenen Tür des Raums, in dem Dupree behandelt wurde. Charbou kümmerte sich um das Boot, und Bull war, seit sie beim

Krankenhaus angekommen waren, verschwunden, dabei wollte sie, verdammt noch mal, dringend mit ihm reden!

Sie sah sich um. Sämtliche Räume waren zu Krankenzimmern umfunktioniert worden, und überall drängten sich Betten, Liegen und Rollstühle. Die Klimaanlage funktionierte nicht, und obwohl alle Fenster geöffnet waren und bei denen, die sich nicht öffnen ließen, das Glas herausgeschlagen worden war, waren die Hitze und der Gestank kaum erträglich.

Neben dem Empfang der Krankenstation saß der kleine Junge, den sie mitgebracht hatten. Er hockte dort allein auf dem Boden und hielt zwei Pokémon-Figuren in den Händen, ohne mit ihnen zu spielen, sondern hatte den leeren Blick auf einen Punkt an der Wand gerichtet.

Amaia, die zwei Flaschen Wasser aufgetrieben hatte, setzte sich neben den Kleinen und bot ihm eine davon an. »Du heißt Jacob, stimmt's?«

Der Junge nickte.

Amaia überlegte, was sie noch sagen konnte, um ihn zum Sprechen zu bewegen, als er sie plötzlich fragte:

»Und du?«

»Ich heiße Amaia.«

»Was für ein komischer Name.«

Sie lächelte. »Das liegt daran, dass es ein ausländischer Name ist, von einem anderen Ort.«

»Und was bedeutet er?«

»Was er bedeutet?«, wiederholte sie verwirrt.

»Jacob ist ein Name aus der Bibel. Bella bedeutet hübsch, und Ania war die Königin des Mondes.«

Für ein so kleines Kind, dachte Amaia, machte es wohl keinen Unterschied, ob es sich um eine Göttin oder eine Königin handelte. »Bella und Ania sind deine Schwestern, die Mädchen, die sie mitgenommen haben.«

Er nickte.

»Wo sind deine Eltern?«

»Die arbeiten in Baton Rouge. Aber sie kommen bald, hat Oma gesagt«, fügte er wenig überzeugt hinzu.

»Er bedeutet ›das Ende‹.«

Jacob sah sie irritiert an.

»Amaia bedeutet ›das Ende‹. Andere meinen, dass es von der ersten Mutter kommt. Der Mutter von allem. Der Anfang oder das Ende.«

»Das ist sehr seltsam.«

»Ja, das ist es wohl.«

Der Junge zeigte ihr die beiden Spielfiguren. Es waren zwei undefinierbare Wesen. Eines war fast komplett gelb und ähnelte einem dicken Kaninchen, das andere sah aus wie ein kleiner orangefarbener Drache mit einer Flamme an der Schwanzspitze.

»Welches nimmst du?«

»Den Drachen«, sagte sie, ohne darüber nachzudenken.

»Das ist Glutexo, ein Pokémon mit dem Typ Feuer, und er kann fliegen. Pikachu ist besser.«

Amaia verstand, dass die andere Figur Pikachu hieß, und sah Jacob seine Erleichterung darüber an, dass sie den Drachen gewählt hatte.

Jacob gab ihn ihr. »Für dich.«

Überrascht begriff Amaia, dass der Junge ihr die Figur schenkte. Sie war davon ausgegangen, dass er mit ihr spielen wollte.

»Vielen Dank, Jacob, aber das kann ich nicht annehmen«, sagte sie mit dem kleinen Drachen in der Hand. Sie drehte die Figur um und stellte fest, dass Jacob etwas darauf geschrieben hatte. Sie zeigte es ihm. »Ist das dein Name?«

»Ja.«

»Schreibst du auf alle deine Spielsachen deinen Namen?«

»Ja.«

»Warum machst du das?«

»Weil Ania auch Pokémons sammelt und immer behauptet, dass meine ihre sind.«

Amaia sah Jacob nachdenklich an, während sie ihre schusssichere Weste lockerte und in ihrer Kleidung nach etwas suchte. Schließlich zog sie es hervor, entfaltete es vorsichtig und zeigte es dem Jungen.

Es war das Foto, das sie am Vortag vom Boden aufgehoben hatte und das stark vergrößert die Seite der Geige mit dem rätselhaften Kratzer zeigte. »Was, würdest du sagen, könnte das bedeuten?«

Jacob nahm das Foto und betrachtete es, wobei er es leicht schräg hielt. »Dass diese Geige einem Kind gehört, das Mic heißt.«

»Mic? Du glaubst, dass da ›Mic‹ steht?«

Jacob nickte. »Ja, genau. Mic. Die gehört Mic«, bekräftigte er ohne den Anflug eines Zweifels.

Amaia betrachtete das Foto und wunderte sich, wie deutlich ihr die Aufschrift auf einmal erschien. Wie wenn man von jemandem gezeigt bekommt, wohin das Puzzleteil gehört, das nirgendwo passen wollte.

Sie sah wieder den Jungen an. »Was glaubst du, wie alt Mic wohl ist?«

Jacob dachte nach. »In der vierten oder fünften Klasse.«

»Wieso meinst du das?«, fragte sie, gespannt auf seine Erklärung.

»Weil die Buchstaben aneinandergeschrieben sind. Die Kleinen schreiben jeden Buchstaben einzeln.«

»Klar, und du schreibst schon wie ein Großer«, sagte sie lächelnd.

»Jacob, du hast mir sehr geholfen. Ich wollte deinen Glutexo zuerst nicht annehmen, aber ich werde es doch tun, denn ich bin davon überzeugt, dass er mir Glück bringen wird.« Sie faltete das

Foto wieder zusammen und steckte es ein. Dabei ließ sie Jacob nicht aus den Augen, der sie aufmerksam beobachtete. »Das Dumme ist nur, dass ich nichts habe, was ich dir dafür geben kann.«

Der Junge senkte den Blick, und Amaia fiel auf, dass er auf die Waffe schaute, die Amaia im Gürtelholster trug.

»Willst du meine Pistole?«, fragte sie überrascht.

Jacob nickte.

»Du weißt, dass das eine echte ist?«, fragte sie ernst.

»Ja.«

»Dann weißt du auch, dass ich sie dir nicht geben kann, weil ein Kind keine Waffe haben darf.«

Der Junge nickte enttäuscht.

»Warum möchtest du sie haben?«

»Weil ich Angst habe«, entgegnete er, wobei er den Blick zur Seite auf die Wand richtete.

Amaia folgte seinem Blick und konnte nichts Ungewöhnliches entdecken.

Sie wusste nicht recht, was sie tun sollte, und legte dem Jungen schließlich kameradschaftlich den Arm um die Schultern. »Hör mal, als ich so alt war wie du, hatte ich auch Angst. Aber du musst erst noch erwachsen und Polizist werden, um eine Waffe zu tragen.«

»Du bist Polizistin, weil du als Kind Angst hattest?«

»Ja, ich glaube schon. Nein, ich bin mir sicher«, sagte sie, wobei ihr bewusst wurde, dass es auf eine gewisse Art tatsächlich so war.

»Und jetzt hast du keine Angst mehr?«

»Ich habe Angst, aber ich habe auch das.« Sie zeigte ihre Polizeimarke. »Das gibt mir die Macht, die Menschen, die anderen Angst machen, daran zu hindern.«

Jacob wirkte nicht wirklich überzeugt. »Und wenn sie nicht auf dich hören wollen? Erschießt du sie dann?«

Amaia wusste nicht, was sie darauf antworten sollte, doch bevor sie etwas sagen konnte, ergriff der Junge wieder das Wort und meinte:

»Manche kann man nicht töten, so wie den Zombie, der unten im Haus war. Mein Opa hat auf ihn geschossen, und es hat ihm nicht mal wehgetan. Er ist einfach weitergelaufen, wie ein Roboter, der ein bisschen kaputt ist. Was machst du, wenn die Bösen schon tot oder Gespenster sind?« Seiner Stimme war echte Angst anzuhören.

»Hast du die Leute gesehen, die in euer Haus gekommen sind?«

»Da waren zwei Männer mit verdeckten Gesichtern, mit Kapuzen, dann noch einer wie sie und ein Gespenst, das der Chef war.«

»Der Chef war ein Gespenst? Warum glaubst du, dass er ein Gespenst war?«

»Weil er nicht gesprochen hat. Er hat ihnen mit seinen Gedanken gesagt, was sie tun sollen. Und dann sein Gesicht …«

»Wie war das?«

Jacob senkte den Kopf und schwieg ein paar Sekunden, wie um all seinen Mut zusammenzunehmen. Dann stand er auf, nahm Amaias Hand und führte sie nur ein paar Schritte zum Empfangstresen der Krankenstation hinüber, und plötzlich verstand sie die Seitenblicke des Kindes und seine Angst.

Der Junge hob die Hand und zeigte, ohne hinzusehen, auf ein Plakat, auf dem die Anatomie des menschlichen Körpers ohne Haut zu sehen war. »Er hat so ausgesehen.«

45

Schutzengel

Elizondo

Ignacio Aldecoa hatte keinen Wecker, weil er nie einen gebraucht hatte. Er machte die Nachttischlampe an und griff nach der Uhr, die daneben lag und die er von seinem Vater geerbt hatte. Es war fünf Uhr früh, und er war sicher, dass im Kamin des Esszimmers noch die Asche glomm. Er hatte die ganze Nacht über nicht geschlafen, denn es war ihm nicht gelungen, den unheilvollen Blick dieses schrecklichen Weibs aus seinem Kopf zu verbannen. Immer wieder liefen vor seinen Augen wie in Zeitlupe dieselben Bilder ab: die weiße Hand, die sich in der Luft wand, das matte schwarze Haar, das an das Fell eines Wolfs erinnerte, und dieses siegesgewisse boshafte Lächeln.

Obwohl Ignacio keinen Appetit hatte, nahm er wie jeden Morgen ein reichliches Frühstück zu sich. Als er dann das Haus verlassen wollte, stellte er leicht überrascht fest, dass seine Frau zum ersten Mal seit Jahren die Tür abgeschlossen hatte.

Er hielt ein paar Sekunden inne und blickte auf den Schlüssel, während er sich fragte, wie viel Joxepi wohl von dem furchtbaren Weib im Auto gesehen hatte. Offensichtlich genug, um die Tür abzuschließen, die sonst immer offen blieb.

Er trat nach draußen, schloss hinter sich die Tür wieder ab und ging zu den Ställen hinüber, wobei er einen Pfiff ausstieß, um seine Hunde Argi und Ipar zu rufen, die beiden Border Collies, die ihn bei der Arbeit stets begleiteten.

Am Vortag waren er und Joxepi zum Revier der Guardia Civil gegangen, um Anzeige zu erstatten. Ignacio hatte sich das Kennzeichen des Autos gemerkt, in das die Hexe die kleine Amaia hatte locken wollen, und es sich später auch notiert, doch ihm war die belustigte Geste nicht entgangen, die der Sargento seinem Kollegen gegenüber gemacht hatte, als er sich unbeobachtet fühlte. Eine versuchte Kindesentführung erschien den beiden Beamten offenbar so wahrscheinlich wie ein Angriff von Außerirdischen.

Aber das war Ignacio egal, denn er hatte bereits eine Entscheidung gefällt.

Durchs Fenster des Klassenzimmers sah Amaia, dass Ignacio auf dem Schulhof wartete. Eigentlich holte Tante Engrasi sie immer ab, aber sie freute sich, ihn zu sehen. Ernst und reglos stand er dort im leichten Nieselregen, vor dem alle anderen Schutz gesucht hatten. Er trug einen himmelblauen Regenmantel, und seine schwarze Mütze war voller Regentropfen, die ihr einen silbrigen Glanz verliehen. Neben ihm saß Ipar mit aufmerksamem Blick.

Als die Glocke erklang, wartete Amaia wie gewohnt, um der Horde lärmender Kinder den Vortritt zu lassen. Einige ihrer Schulkameraden näherten sich Ignacio und machten sogar Anstalten, Ipar zu streicheln.

»Der beißt«, warnte Ignacio mit tiefer Stimme die Mutigeren unter ihnen.

Amaia lächelte, als sie sah, wie schnell die Hände zurückgezogen wurden, als ob der Hund wirklich danach schnappen würde.

Als Amaia zu Ignacio trat, beugte er sich zu ihr herunter, um mit ihr zu reden.

»Wie geht es deiner Hand?«, fragte er, als er den Verband sah.

»Ach«, sagte sie entschuldigend, »Tante Engrasi hat darauf bestanden.«

Ignacio machte dem Hund ein Zeichen, der sich erst auf die Hinterbeine stellte und dann das Mädchen schnüffelnd umrundete. Anschließend setzte er sich wieder neben sein Herrchen.

Das Mädchen streckte die Hand nach ihm aus und ließ ihn an dem Verband schnüffeln.

»Amaia, das ist Ipar. Er ist ein Border Collie, die beste Rasse Hirtenhund, die es gibt. Sie sind schon seit vier Generationen in meiner Familie, was bedeutet, dass Ipar der Ururenkel des ersten Ipar ist. Sein Geruchssinn und sein Gehör sind phänomenal, er passt immer auf, ihm entgeht nichts, und er ist sehr mutig. Von jetzt an wird Ipar auf dich aufpassen. Er ist jetzt dein Hund.«

Amaia strahlte, doch kurz darauf kamen ihr Zweifel. »Die Tante ...?«

»Deine Tante ist einverstanden. In den nächsten Tagen wird er euch auf dem Schulweg begleiten. Du kannst mit ihm spielen, lass aber nicht zu, dass ihm andere Kinder zu nahe kommen. Diese Hunde haben nur einen Chef, und der bist du. Ipar wird von jetzt an immer bei dir sein, dann kann dir nichts passieren. Er kann es sogar mit einem Wolf aufnehmen, und er würde es tun, wäre es nötig, um dich zu beschützen.«

Amaia blickte auf Ipar, schätzte seine Stärke und schaute dann wieder Ignacio an. Der wusste sofort, was sie dachte. Sie hatte noch nie einen Wolf gesehen, die gab es für sie nur in Tierdokumentationen im Fernsehen, so wie einen Bengalischen Tiger oder einen Löwen, also erklärte Ignacio ihr: »Wenn die Hexe wiederkommt, wird er sie töten.«

»Wirklich?«

»Er wird sie töten, ich gebe dir mein Wort.«

Amaia verstand, dass dies etwas Ernstes war.

Sie legte dem Hund ihre verletzte Hand auf den Kopf und sagte: »Komm, Ipar.«

46

Ohne Haut

Charity Hospital, New Orleans
Dienstag, 30. August 2005, am Morgen

Johnson machte Amaia von der Tür des Behandlungsraums her ein Zeichen, während er sich gerade von einem Mann verabschiedete, mit dem er geredet hatte.

Ohne Jacobs Hand loszulassen, ging sie zu ihm hinüber. »Weiß man schon etwas?«

Johnson wandte sich ungeduldig zur Tür um. »Noch nicht. Ständig gehen irgendwelche Leute rein und raus, und keiner sagt was. Aber ich muss Ihnen ein paar Dinge erzählen.«

Amaia fiel auf, dass Johnson trotz der Hitze im Gebäude leichenblass war. Er machte sich natürlich Sorgen um Dupree, denn es war klar, dass sie sich gegenseitig schätzten. Und obwohl auch er die Geheimnistuerei zwischen Dupree und Bull nicht gutheißen konnte, bewunderte er seinen Kollegen.

»Sie haben doch sicher den Mann gesehen, mit dem ich gerade gesprochen habe, oder?«, fragte er sie. »Das war Lorenzo.«

Sie sah ihn verwirrt an.

»Phil Lorenzo von Rescue Me. Sie erinnern sich? Aus der Gruppe von Brad Nelson.«

Jetzt fiel es ihr wieder ein. »Stimmt, der Hilfstrupp agiert von diesem Krankenhaus aus. Was sagt er?«

»Na ja, er war ziemlich hin- und hergerissen. Einerseits hat er bestätigt, dass Nelson mindestens einmal für eine Weile weg war, und ein andermal ist er später zur Gruppe gestoßen. Tatsächlich hat er ihm sogar einmal den Rücken gedeckt und gegenüber Meigs behauptet, Nelson wäre woanders im Einsatz, dabei war er in Wirklichkeit schon auf dem Weg nach Hause.«

Amaia sah Johnson fragend an.

»Phil Lorenzo weiß, dass Nelson Eheprobleme hat.«

»Okay, der Typ hat Nelson ein Alibi verpasst, weil er ihm leidtut. Das hilft uns aber nicht wirklich weiter.«

»Eine Neuigkeit habe ich noch. Es gibt immer noch keinen Handyempfang, aber eine Krankenschwester hat mir erzählt, dass man über das Computersystem des Krankenhauses Internetzugang hat. Sie hat mir das WLAN-Passwort gegeben, und ich habe die Mails gecheckt, die ich erhalten habe. Es ist auch eine an Sie dabei.« Er zeigte Amaia das Display seines Handys. »Von Virgil Landis, dem Direktor der American Insurance Association. Die haben dort tatsächlich Zugriff auf sämtliche Angaben in den Policen aller Versicherten, und ihre Inspektoren reisen an alle Orte, an denen sich eine Naturkatastrophe ereignet hat, um dann die Zahlungen zu autorisieren, die in diesen Fällen aus dem gemeinsamen Gelddepot überwiesen werden. Der Mann ist wirklich sehr kooperativ, ohne irgendwelche Fragen zu stellen, was ja leider selten vorkommt. Nur gibt er keine Auskunft darüber, welche von seinen Inspektoren drei Kinder haben. Er schreibt, dass er diese Angaben nicht per Mail weitergeben kann, weil dann jeder darauf zugreifen könnte.«

»Ich gebe zu, dass ich mit Letzterem gerechnet habe«, gestand Amaia.

»Dennoch denke ich, dass wir von Landis noch mehr erfahren

können«, erklärte Johnson. »Er hat seine private Telefonnummer angegeben.«

»Okay, aber unsere Handys funktionieren hier nicht.«

Johnson beugte sich vor und sprach leise: »Die nette, junge, hübsche Krankenschwester hat mir auch erklärt, dass der Festanschluss des Krankenhauses noch funktioniert. Die Verbindung zur Zentrale ist überlastet, und wenn man einen Telefonhörer abnimmt, ertönt kein Freizeichen. Aber es gibt einen Code, über den man nach draußen telefonieren kann: eins, eins, null und dann das Rautenzeichen. Im vierten Stock liegen die Büros der Verwaltung, allerdings sind die abgeschlossen. Können Sie mit einem Dietrich umgehen?« Er drückte ihr einen Gegenstand aus Metall in die Hand.

Amaia übergab ihm dafür die Hand des kleinen Jacob. »Diese Krankenschwester ist entweder eine Plaudertasche, oder Sie gefallen ihr.«

»Manchmal klappt's noch«, sagte Johnson mit einem breiten Grinsen.

Amaia dachte erst an die Uhrzeit, als sie die Nummer bereits eingegeben hatte. Ein Blick aus dem Fenster verriet ihr, dass während ihres Gesprächs mit Jacob die Sonne aufgegangen war. Mehr konnte sie nicht sehen, da die Fenster mit einer Schutzfolie beklebt waren, die das Glas milchig erscheinen ließ. Sie sah auf die Uhr: zwanzig vor acht. Okay, angesichts der Zeitverschiebung zwischen New Orleans und Washington war es durchaus möglich, dass Mr. Landis schon wach war. Wenn nicht, war das eben so, und wenn jemand seine Privatnummer rausrückte, musste er auch damit rechnen, daheim angerufen zu werden.

Landis war bereits auf und saß gerade beim Frühstück. Unter anderen Umständen hätte Amaia angeboten, später noch einmal anzurufen, aber in diesem Fall musste sie die Gelegenheit nutzen, dass ihr überhaupt eine telefonische Verbindung zur Verfügung stand. Und Landis schien sich nicht gestört zu fühlen.

»Ich hoffe, ich konnte Ihnen behilflich sein«, sagte er. »Nur wenige Leute wissen, wie eine Versicherung überhaupt arbeitet.«

»Mr. Landis, vielen Dank, dass Sie mir Ihre Nummer gegeben haben«, legte sie los, »und ich verstehe Ihr Zögern, was die Informationen über Ihre Mitarbeiter angeht, aber letztendlich handelt es sich nur um Dinge, die jeder Personalabteilung zugänglich sind, und Sie würden uns damit sehr weiterhelfen, denn wir ermitteln in einem äußerst wichtigen Fall, über den …«, sie stockte kurz, »… ich leider nicht reden darf, aber wir vermuten, dass einer Ihrer Angestellten in eine ernste Sache verwickelt sein könnte, und …«

Johnson hatte recht, Landis brannte darauf zu helfen. »Ich bin jederzeit bereit, die Polizei zu unterstützen. Sie können sich sicher vorstellen, wie überrascht ich war, als ich diese Nachricht vom FBI erhalten habe. Ich freue mich sehr, wenn ich Ihnen behilflich sein kann.«

»Das ist sehr nett, Mr. Landis. Natürlich setze ich auf Ihre Diskretion, da ich Ihnen sicher einige vertrauliche Aspekte des Falls enthüllen muss, und da es sich um eine heikle Sache handelt …«

»Natürlich.«

»Ist es wirklich so, dass Ihre Inspektoren zu den Orten reisen, an denen sich eine Naturkatastrophe ereignet hat?«

»Das habe ich ja schon in meiner Mail mitgeteilt. Das ist unabdingbar, bevor eine Zahlung aus dem Fonds autorisiert wird, der für solche Fälle angelegt worden ist.«

»Ihre Leute reisen also im ganzen Land umher?«

»Na ja, es gibt vier geografische Bereiche, die jeweils ein Viertel unseres Staates abdecken. Normalerweise reisen meine Leute innerhalb ihres Gebiets, aber in schweren Fällen kann es auch sein, dass sie an einem anderen Ort gebraucht werden. Wie Sie wissen, ist in diesen Situationen schnelle Hilfe erforderlich, sodass manchmal sogar mehrere Inspektoren losgeschickt werden.«

»In Ihrer Mail haben Sie auch geschrieben, dass sich Ihre Inspektoren immer erst auf den Weg machen, wenn sich die Naturkatastrophe bereits ereignet hat, auch wenn sie vorher angekündigt wurde, wie es bei Katrina der Fall war.«

»Ich bringe natürlich auf keinen Fall das Leben meiner Angestellten in Gefahr«, betonte Landis. »Das wäre unverantwortlich, und dann«, fügte er amüsiert hinzu, »müsste man sie teuer versichern.« Sofort wurde er wieder ernst. »Aber es ist auch nicht ungefährlich, direkt nach einem solchen Ereignis an den Ort des Geschehens zu reisen. Ich kann Ihnen versichern, dass die Arbeit eines Versicherungsinspektors durchaus ihre Risiken birgt.«

»Ihre Inspektoren haben doch sicher auch Zugang zu den persönlichen Informationen, die die Versicherungspolicen enthalten, oder?«

»Ja, denn es muss überprüft werden, dass die Angaben auch der Wahrheit entsprechen«, erklärte Landis. »Darüber werden die Versicherungsnehmer bei Abschluss der Versicherung auch informiert.«

»Und brauchen Ihre Inspektoren irgendeinen speziellen Grund oder eine Autorisierung, um an derartige Informationen zu gelangen?«

»Nein, sie sind jederzeit berechtigt, sämtliche Policen, die unsere Makler abschließen, einzusehen. Sagen Sie, geht es Ihnen um einen unserer Inspektoren?«

»Nun ja, wir suchen einen Mann zwischen fünfzig und sechzig Jahren«, antwortete Amaia ausweichend.

»Das macht die Sache nicht leicht, denn die meisten unserer Inspektoren sind in diesem Alter. Bei uns wird nicht nur der Einsatz, sondern auch die Erfahrung sehr geschätzt. Tatsächlich ist

Letzteres bei der Arbeit eines Versicherungsinspektors das Allerwichtigste.«

»Sagen Sie, ist Washington der einzige Sitz der American Insurance Association?«

»Nein, in Washington befindet sich nur die Verwaltung. Zudem gibt es eine Personalabteilung in New York und eine in Austin, Texas.«

Amaia begann zu kalkulieren. New York lag näher an Cape May in New Jersey, während Galveston, Killeen und Alvord in Texas lagen. Brooksville befand sich in Oklahoma und grenzte direkt an Texas. Und von Texas aus war es auch nicht weit nach Florida oder New Orleans.

Nicht besonders hoffnungsvoll richtete Amaia eine letzte Bitte an ihren Gesprächspartner: »Mr. Landis, ich werde Ihnen eine Liste mit Orten schicken, an denen sich in den letzten Monaten heftige Naturkatastrophen ereignet haben, einschließlich New Orleans, wo gerade Furchtbares passiert ist. Ich weiß nicht, wann ich wieder die Möglichkeit habe, Sie anzurufen, aber ich werde es auf alle Fälle versuchen. Es könnte für uns von großem Interesse sein, welcher Inspektor oder welche Inspektoren wann an diesen Orten waren. Und auch, ob einer von ihnen an diesen Tagen Urlaub genommen hat oder sich gerade im Urlaub befindet.«

»Okay«, antwortete Landis, der offenbar mitschrieb.

In diesem Moment hatte Amaia einen Geistesblitz. »Könnten Sie die Geburtsorte Ihrer Inspektoren mit dieser Liste abgleichen?«

»Ja.«

»Und wie lange wird es Ihrer Meinung nach dauern, mir diese Informationen zur Verfügung zu stellen?«

Landis schwieg ein paar Sekunden, während Amaia betete, dass es schnell gehen würde. »Die meisten muss ich aus unseren Personalbüros anfordern. Sagen wir, morgen Mittag.«

Florida, 30. August 2005, 07:40 Uhr
In der Nähe des Hauses der Familie Nelson

Special Agent Stella Tucker merkte, dass ihr linkes Bein eingeschlafen war. Sie streckte sich, soweit es in dem Transporter, in dem sie saß, möglich war.

In diesem Moment erklang in ihrem Headset die Stimme des Anführers des SWAT-Teams:

»Er hat sich bewegt. Seine Hände liegen immer noch auf dem Lenkrad, aber er hat den Kopf gehoben.«

»Warten Sie noch«, entgegnete sie. »Wie gesagt, wenn er nichts Verdächtiges tut, warten wir, bis er im Haus ist. Wenn wir ihn jetzt schon festnehmen, kriegen wir, auch wenn er bewaffnet ist, Probleme mit dem Staatsanwalt, schließlich ist der Mann Polizist. Warten Sie, bis er ins Haus geht.«

Sie hatte es ihnen schon mehrfach gesagt, aber sie verstand, dass die Kollegen der Polizeispezialeinheit *Special Weapons And Tactics* allmählich ungeduldig wurden. Auch sie selbst war nervös und fühlte sich gereizt. Ihre Beine taten weh, weil sie die ganze Zeit über in der Hocke aus dem hinteren Fenster geblickt hatte.

Brad Nelson saß nun seit einer Stunde und sieben Minuten vor dem Haus seiner Frau im Auto. Als er angekommen war, hatte er vor dem Eingang gehalten und den Motor abgestellt. In diesem Moment war sie sich sicher gewesen, dass er sofort aussteigen und zur Tür gehen würde. Doch stattdessen hatte er im Auto das Innenlicht eingeschaltet und war darin sitzen geblieben.

In der letzten halben Stunde war Brad Nelson immer mal wieder nach vorn gesunken und auf seinen auf dem Lenkrad gekreuzten Armen eingeschlafen. Vor zehn Minuten hatte er kurz den Kopf gehoben, als ob etwas seine Aufmerksamkeit erregt hätte, war dann aber wieder eingenickt.

»Unser Mann auf dem Dach hat gesagt, dass es aussieht, als ob er betet«, hatte der Leiter des SWAT-Teams durchgegeben.

Das hatte sie nicht gewundert. Dass der Komponist betete, bevor er mordete, passte ins Profil.

»Jetzt sind die Hände nicht mehr gekreuzt, und er hat den Kopf nach hinten gelegt.«

Tucker sah durchs Fenster. Sie hatte eine ausgezeichnete Sicht auf die im spanischen Stil gehaltene Fassade des Hauses mit der großen Dachterrasse. Eine Palme versperrte ihr jedoch den Blick auf den Hintereingang. Und leider konnte sie von ihrer Position aus nur den hinteren Teil von Nelsons Wagen von der Seite sehen, sodass sich sein Kopf außerhalb ihres Sichtfelds befand.

»Passen Sie gut auf. Wenn er aufgehört hat zu beten, heißt das, dass er sich bereit fühlt.«

Es war, als hätte sie seine Gedanken gelesen.

»Achtung, er bewegt sich«, warnte der SWAT-Einsatzleiter. »Er hat sich gerade aufgerichtet und sieht zum Haus hinüber. Jetzt hat er sich vorgebeugt, offenbar um ins Handschuhfach zu greifen. Vorsicht, er hat eine Waffe. Ich wiederhole, er hat eine Schusswaffe!«

»Warten Sie, bis er ins Haus geht!«, forderte Tucker erneut.

Sie sah, dass die Autotür schwungvoll geöffnet wurde. Nelson hielt die Waffe – eine Pistole, eine Glock 22, meinte Tucker zu erkennen – in beiden Händen und kümmerte sich nicht darum, dass die Autotür noch offen stand. Gebückt ging er zur Seite des Hauses.

Erneut erklang die Stimme des SWAT-Leiters:

»Achtung, er ist bewaffnet und auf dem Weg zur Hintertür!«

Tucker öffnete vorsichtig die hintere Tür des Transporters einen Spaltbreit.

In der Straße, in der es am frühen Morgen totenstill war, war das Krachen bereits zu hören, bevor sich die Stimme des SWAT-Leiters meldete:

»Er versucht, die Hintertür gewaltsam zu öffnen. Er tritt dagegen.«

»Warten Sie, bis er drin ist«, wiederholte sie erneut.

Als Nächstes waren mehrere Schüsse zu hören!

In diesem Moment hätte sie geschworen, dass es vier waren, doch tatsächlich waren es fünf: vier, die Nelson abgab, und einer eines SWAT-Mitglieds, das sich im Wohnzimmer befand und dem nichts anderes übrig blieb, als seine Waffe zu benutzen.

Charity Hospital, New Orleans

Als Amaia in die Notaufnahme zurückkam, sah sie, dass Bull mit Johnson vor der Tür des Behandlungsraums stand und der kleine Jacob nicht mehr da war. Charbou näherte sich durch den Gang, und man konnte ihm ansehen, wie wütend er war.

»Wo ist der Junge?«, fragte sie.

»Keine Sorge, er ist bei seiner Großmutter«, antwortete Johnson. »Der Großvater ist stabil. Er liegt jetzt auf der Station im dritten Stock.«

»Gibt's was Neues?«, erkundigte sie sich und wies mit einem Kopfnicken auf die Tür.

»Wissen wir nicht!«, entgegnete Charbou wütend. »Wir wissen 'n Scheiß, und warum? Kann ich Ihnen sagen: weil Ihr Chef und mein Partner uns verarscht haben, während wir davon überzeugt waren, hinter einem Serienmörder her zu sein!«

»Das stimmt nicht«, erklärte Jason Bull mit geduldiger Stimme. »Natürlich sind wir auf der Jagd nach dem Komponisten.«

»Salazar hat es gleich gesehen«, hielt ihm Bill entgegen, »das Getuschel, die Blicke, die ihr euch zugeworfen habt, die ganze beschissene Heimlichtuerei! Sehr witzig, Partner. Ich hab nichts gemerkt, und das, was ich gemerkt hab, wollte ich nicht wahrhaben, obwohl sie's mir gesagt hat. Weil ich mir im Leben nicht vorstellen konnte, dass du so was tun könntest!«

Bull ließ die Strafpredigt mit gesenktem Kopf über sich ergehen. Dann sagte er kaum hörbar: »Du würdest es nicht verstehen.«

Charbou sah ihn verärgert an. »Was würde ich nicht verstehen? Willst du damit andeuten, dass ich zu dämlich dafür bin? Wenn ich etwas nicht verstehe, dann, warum du mit mir nicht darüber geredet hast. Wie wär's also, wenn du jetzt damit anfängst und mal erklärst, was, verdammt, wir da in unserem Boot mitgenommen haben, zugedeckt wie 'ne Leiche!«

»Was denkst du denn, was es war?«, fragte Bull mit beruhigender Stimme, während er Charbou in die Augen sah.

Der andere ließ sich nicht einschüchtern; er trat einen Schritt vor, bis er seinem Partner direkt gegenüberstand, und entgegnete: »Das, was ich denke, will ich nicht aussprechen.«

Bull nickte.

»Willst du damit sagen, das ist ein Scheiß-Zombie?«

»Ich sage nur, dass manche Dinge tatsächlich das sind, was sie zu sein scheinen«, antwortete Bull.

Amaia konnte daraufhin nur den Kopf schütteln, dann aber wollte sie wissen: »Was ist Samedi?«

Bull presste die Lippen zusammen, bevor er entgegnete: »Das ist Teil einer Ermittlung, die ich zusammen mit Dupree durchführe. Ohne seine Erlaubnis kann ich nicht darüber sprechen.«

Nun ergriff Johnson das Wort. »Seine Erlaubnis? Agent Dupree hat einen Infarkt erlitten, haben Sie das nicht mitgekriegt? Er liegt da drin und kämpft um sein Leben. Ich bin der Agent mit dem nächsthöheren Rang, also habe ich jetzt das Sagen, und ich befehle Ihnen, uns sofort alles zu erklären!«

»Sie können mir keine Befehle erteilen, ich bin nicht vom FBI. Die Art meiner Zusammenarbeit mit Agent Dupree ist …«

Charbou packte ihn am Hemdaufschlag. »Ich war auf deiner Hochzeit, ich bin der Pate deines jüngsten Kindes, und jetzt kommst du mir so?«

Johnson und Amaia hielten Charbou zurück, wenn auch nicht wirklich überzeugt.

»In Ordnung«, ergab sich Bull und schloss die Augen.

Charbou ließ ihn los und trat zwei Schritte zurück.

»Sie heißt Médora, Médora Lirette. Und sie wurde vor zehn Jahren während des Hurrikans Casilda entführt, als sie gerade sechzehn Jahre alt geworden war.«

Johnson nickte grimmig. »Weiter.«

»Damals war ich in einer Einheit, die sich mit Menschenhandel befasst hat. Médora war die kleine Schwester von Jerome Jay Lirette, einem bekannten Drogenhändler in den Sümpfen von Terrebonne, etwa eine Stunde von hier. Jerome war noch recht jung, als er mit dem Dealen angefangen hat, aber sehr schlau. Er wurde nie erwischt und hat gut verdient, und schließlich haben jede Menge Leute für ihn gearbeitet. In wenigen Jahren hatte er es zu einigem Ansehen gebracht, zumindest in der Unterwelt dieser Region. Er hat seine Mutter und seine Großmutter versorgt und ganz besonders auf seine kleine Schwester aufgepasst. Doch in der Nacht, in der Casilda über den Sümpfen tobte, sind ein paar Leute, die genauso aussahen wie die, die Jacob beschrieben hat, in sein Haus eingedrungen und haben Médora, die sehr hübsch war, und zwei gleichaltrige Freundinnen, die bei ihr übernachtet haben, mitgenommen, alle drei minderjährig.«

»Médora wurde vor zehn Jahren gekidnappt?«, fragte Amaia erstaunt. »Sind Sie sich sicher?«

»Sie hat eine Tätowierung mit ihrem Namen im Nacken, ein ... na ja, ein Geburtstagsgeschenk ihres Bruders. Das ist das Einzige, woran man sie noch erkennen kann. Und es war Menschenraub, kein Kidnapping. Die, die sie mitgenommen haben, wollten kein

Lösegeld erpressen, und sie hatten auch nie vor, sie jemals wieder laufen zu lassen. Obwohl Drogenhändler solche Dinge meistens selbst regeln, hat sich Lirette an die Polizei gewandt, jedoch nicht in Terrebonne, wo er wohnte, sondern hier, in New Orleans. Als Erstes haben sie ihn zu mir geschickt. Er war am Boden zerstört, hatte offensichtlich länger nicht geschlafen, und er bot an, uns einige wichtige Namen aus der Drogenszene preiszugeben, wenn die Polizei von New Orleans und das FBI mit ihm zusammenarbeiten würden, um das Verschwinden seiner Schwester aufzuklären. Jerome erzählte uns, dass er im letzten Monat erste Geschäftsgespräche mit einer Organisation geführt habe, von der er nur wusste, dass sie ihren Sitz in Baton Rouge hatte. Aber die Fragen, die die Typen stellten, ließen ihn vermuten, dass sie mehr an seinen Kontakten interessiert waren als daran, Geschäfte mit ihm zu machen, daher brach er die Verhandlungen mit diesen Leuten ab. Zwei Tage später, in der Nacht, in der der Hurrikan wütete, drang eine Gruppe Männer in sein Haus ein, erschreckte seine Mutter und seine Großmutter zu Tode, erschoss die beiden Leibwächter, die sich im Haus befanden, und nahm seine sechzehnjährige Schwester und die zwei Freundinnen mit. Jerome meinte, ihr Anführer sei Samedi gewesen.«

»Genau das Gleiche hat Jacobs Großmutter gesagt«, erinnerte sich Amaia. »Der Junge hat zwei bewaffnete Männer mit Kapuzen gesehen und noch ein Wesen, das offenbar ähnlich aussah wie Médora. Um mir zu zeigen, wie der Chef der Bande ausgesehen hat, hat er auf ein Poster gewiesen, auf dem die Anatomie des menschlichen Körpers dargestellt ist, ohne Haut, aber mit sämtlichen Muskeln.«

»Großer Gott!«, entfuhr es Charbou entnervt. »Der Junge hat sich von dem Gerede seiner Großmutter beeinflussen lassen, und … na ja, der Anblick der guten Médora ist ja auch wirklich zum Fürchten. Aber er ist nun mal erst vier.«

»Fünf«, widersprach Amaia, »und er ist ein sehr kluges Kind.«
»Na toll, wenn wir jetzt auf das hören müssen, was ein vierjähriges Kind sagt, sitzen wir ganz schön in der Tinte.«
»Fünf, fünf Jahre«, wiederholte Amaia, »und ich verstehe nicht, warum Jacob weniger glaubwürdig sein sollte als ein Drogendealer wie Jerome Lirette.«
»Jeder in Louisiana weiß, wer Samedi ist«, erklärte Charbou. »Baron Samedi, einer der *loas*, der Geister des Voodoo, der *loa* des Todes. Ein böser Zauberer, dem die schlimmsten Gräueltaten zugeschrieben werden, ein Skelett mit dunklen Augenhöhlen, einem Zylinder auf dem Kopf und einer Zigarre im Mund; manchmal trägt er auch einen Smoking oder Frack. Ich bin sicher, dass jedes Kind weiß, wie er aussieht, denn im Karneval oder zu Halloween laufen Hunderte als Baron Samedi verkleidet herum, zumindest hier in Louisiana.«
»Er ist eine mystische Gestalt unserer Kultur«, fügte Bull hinzu, »so wie es in Irland die Kobolde gibt.«
»Und dann ist da noch die Legende von der Geheimorganisation Samedi«, fuhr Charbou fort, »der Casa Negra oder der Schwarzen Kirche, wie sie auch genannt wird. All die Dinge, die nicht zu erklären sind, schreibt man in Louisiana Samedi zu.«
»Es gibt Fälle von plötzlich verschwundenen Menschen, die nie aufgeklärt werden konnten«, ergriff Bull erneut das Wort.
»Ja«, bestätigte Charbou mit freudlosem Grinsen, »und das hat zu dem Verdacht geführt, es könne ein Pädophilen-Netzwerk hier in Louisiana geben, eine Organisation, die Prostitution oder Menschenhandel mit minderjährigen Mädchen betreibt. Aber«, erklärte er entschieden, »ich glaube weder an Baron Samedi noch an die Casa Negra. Diese angebliche sehr mächtige kriminelle Geheimorganisation ist nichts weiter als ein Ammenmärchen, das man sich unter Polizisten erzählt und der man jedes Verbrechen zuschieben kann, das sich nicht aufklären lässt. Ein

Phantom. Es gibt nicht ein einziges Indiz für die Existenz dieser Organisation.«

Bull jedoch schüttelte vehement den Kopf. »Lange Zeit war Samedi auch für mich nur eine fiktive Organisation, eine Legende unter Polizisten. Bis Jerome Lirette kam und uns von der Entführung der Mädchen erzählte. Und die Aussage von Jeromes Mutter, die wir daraufhin befragten, war noch seltsamer, da sie die Begleiter des Mannes, der als Baron Samedi auftrat, als zwei Männer mit Kapuzen und drei lebende Tote beschrieb. Wir leiteten eine Ermittlung wegen der Entführung von Médora Lirette und der zwei anderen Mädchen ein, wobei Letztere wahrscheinlich nur mitgenommen worden waren, weil sich die Gelegenheit geboten hatte. Wir sind davon ausgegangen, es mit einem kriminellen Netzwerk zu tun zu haben, das sich der Kanäle mittlerer und größerer Drogenhändler bediente, indem sie diese durch die Entführung ihrer nächsten Verwandten erpressten. Unter den Drogenkartellen in Mexiko, Brasilien und Kolumbien ist das bekannterweise eine gängige Praxis. Doch das entpuppte sich als Sackgasse. Bis ein FBI-Agent uns dazu brachte, den Fall aus einer anderen Perspektive zu betrachten, nämlich dass es gar nicht um Jerome selbst ging, sondern einzig um Médora.«

»Und dieser Agent des FBI, der Sie auf diese Idee brachte«, begriff Amaia, »das war Dupree, nicht wahr?«

Bull nickte.

»Ja, Dupree und Carlino waren die beiden FBI-Agents, die uns bei der Lösung des Falls um Médora Lirette unterstützen sollten.«

Johnson schüttelte den Kopf. »Ich kenne keinen Agent Carlino.«

»Das liegt daran, dass er genau wie Jerome Lirette vor zehn Jahren gestorben ist, im Lauf der Ermittlungen, die auch Dupree beinahe das Leben gekostet hätten.«

47
Petit bon ange. Kleiner guter Engel

Charity Hospital, New Orleans

Die Tür wurde geöffnet, und zwei Ärzte traten aus dem Behandlungszimmer. »Ich nehme an, Sie gehören zu der Freakshow«, sagte einer der beiden.

Amaia fand den Spruch überhaupt nicht witzig und bedachte den Kerl mit einem mörderischen Blick.

»Bitte nehmen Sie das dem Kollegen nicht übel«, bat der andere, ältere Arzt sofort. »Aber Sie haben uns drei Patienten gebracht, die jede Menge ... *Merkwürdigkeiten* aufweisen.«

»Wie geht es Agent Dupree?«, fragte Johnson, bevor Amaia etwas entgegnen konnte.

»Ihr Freund schien einen akuten Myokardinfarkt erlitten zu haben«, antwortete der Arzt. »Er zeigt sämtliche Symptome und hat die entsprechenden Schmerzen, aber – und das ist die gute Nachricht – es handelt sich nicht um einen Infarkt. Er leidet unter dem, was man eine Takotsubo-Kardiomyopathie nennt, auch Stress-Kardiomyopathie oder Gebrochenes-Herz-Syndrom genannt. Die Symptome – Schmerzen in der Brust und Atemprobleme – ähneln denen eines Herzinfarkts. Man geht davon aus, dass sie durch einen Überschuss an Stresshormonen verursacht werden, und die führen zu einer Funktionsstörung des Herzmuskels, wodurch sich die linke Herzkammer ballonartig erweitert. Daher der Name: Ein *takotsubo* ist ein bauchiges Gefäß aus Ton, das in Japan als Tintenfisch-Falle benutzt wird. Das Herz Ihres Freundes ist also sozusagen in der Mitte zusammengequetscht.«

»Als wir den Bereich untersucht haben«, ergriff der andere Arzt wieder das Wort, »ist uns aufgefallen, dass er dort Narben von einer alten Verletzung hat, als wäre fünfmal auf ihn eingestochen worden, wobei auf dem Röntgenbild nichts zu erkennen ist. Vielleicht wissen Sie, was ihm zugestoßen ist.«

Amaia sah Johnson an, der den Kopf schüttelte. »Nein, das weiß ich nicht, aber in den letzten Tagen hat er über Schmerzen an einer alten Narbe geklagt.«

»Das stimmt«, bestätigte Amaia, denn ihr war der Vorfall mit dem Prediger vor dem Striptease-Lokal in der Bourbon Street wieder eingefallen. Sie beobachtete Bull, der leicht den Kopf senkte.

»Was uns aufgefallen ist«, fuhr der ältere Arzt fort, »ist die Übereinstimmung der Narben Ihres Freundes mit den Verletzungen des alten Mannes, den Sie uns ebenfalls gebracht haben. Fünf Druckpunkte wie von den Enden der Arme eines Seesterns. Wurde ein Taser auf ihn abgefeuert oder etwas Ähnliches?«

Sie schüttelten die Köpfe.

»Haben Sie versucht, den alten Herrn auf irgendeine Art wiederzubeleben?«

»Nein, am Anfang haben wir gedacht, dass auf ihn geschossen worden ist«, erklärte Johnson, »aber als wir die Stellen auf seiner Brust gesehen haben, hielten wir das für eine Art Prellung.«

Der ältere Arzt sah seinen Kollegen verblüfft an. »Ich habe erwartet, dass Sie ihn reanimiert haben, was seine Geschichte erklären würde«, sagte er dann. »Der Patient sagte, dass man ihm das Herz hat herausreißen wollen. Bei einem solchen Anfall kommt es zu einem immensen Druckgefühl im Brustkorb, und es könnte sein, dass er darunter litt, während Sie ihm helfen wollten. Derartige Prellungen kenne ich nur, wenn auf jemanden geschossen wurde, der eine schusssichere Weste trug. Jedenfalls glauben wir nicht, dass es in irgendeinem Zusammenhang mit dem steht, was Mr. Dupree heute erlitten hat.«

»Muss er operiert werden?«, fragte Johnson.

»Nein, eine medikamentöse Behandlung reicht aus, damit das Herz wieder seine normale Form annimmt. Aber das kann Tage oder Wochen dauern, vielleicht ein bisschen mehr. Er ist an einen Überwachungsmonitor angeschlossen, und wir haben ihm Aspirin und ein Diuretikum verabreicht, aber er braucht Betablocker und ACE-Hemmer, die wir hier derzeit nicht haben. Unter normalen Umständen würden wir die Medikamente aus einem anderen Krankenhaus der Stadt holen, doch mal abgesehen vom Zustand der Verkehrswege fürchten wir, dass es in den anderen Krankenhäusern auch nicht anders aussieht als hier.«

»Was also werden Sie tun?«, fragte Amaia.

»Das Wenige, das wir tun können, ist, ihm Schmerzmittel zu verabreichen. Sein Herz ist derzeit sehr stark belastet, und das ist der Punkt, über den wir mit Ihnen reden müssen.« Der ältere Arzt machte eine Pause und sah Johnson und Amaia an. »Ihr Freund hat die Absicht geäußert, das Krankenhaus auf eigene Gefahr zu verlassen.«

»Könnte das für ihn gefährlich sein?«, fragte Johnson.

»Absolut. Wenn er sich zu sehr anstrengt, könnte sich sein Zustand komplizieren und es zu einem ventrikulären Bruch kommen, was den sofortigen Tod zur Folge hätte.«

»Also dürfen wir nicht zulassen, dass er das Krankenhaus verlässt«, sagte Bull.

Der Arzt zuckte mit den Schultern. »An einem anderen Tag würden wir versuchen, ihn davon zu überzeugen, hierzubleiben, aber Sie sehen ja, was hier los ist. Wir brauchen jedes Bett, jede Liege und sind bereits jenseits des Limits. Also werde ich niemanden hierbehalten, der auf eigene Gefahr gehen will. Aber Sie müssen ihn davon überzeugen, dass er sich schonen muss.«

»Können wir zu ihm?«, fragte Johnson.

»Er wird gerade mit Medikamenten versorgt, aber gleich können Sie ihn sehen. Allerdings bräuchten wir erst noch Ihre Hilfe in einer anderen Sache. Die Neurologen und Psychiater, die die Frau behandeln, die Sie mitgebracht haben, möchten Ihnen ein paar Fragen stellen. Ein faszinierender Fall. Das ist das, was mein junger Kollege mit ›Freakshow‹ meinte.«

»Ich bleibe hier«, sagte Johnson und wies mit einer Geste auf die Tür in seinem Rücken, »für den Fall, dass ...«

»Ich gehe schon«, erklärte Bull.

»Ich auch«, schloss sich ihm Amaia an, und sie sagte es mit aller Entschiedenheit, die keinen Widerspruch zuließ.

»Und ich ebenso«, fügte Charbou mit einem vielsagenden Blick auf die Subinspectora hinzu.

»Wo haben Sie die Frau gefunden?«, fragte einer der Ärzte gleich, nachdem sie eingetroffen waren.

Keiner sagte ein Wort, sodass sich der Arzt zunächst einmal vorstellte.

»Mein Name ist Stone, ich bin der Chefarzt der Neurologie«, sagte er, während er den Besuchern die Hand reichte, dann wies er auf seinen Kollegen. »Und dies ist Doktor Matteu, der Chefarzt der Psychiatrie.«

»Wie geht es der Patientin?«, fragte Bull.

Die Ärzte wechselten einen Blick, bevor Stone antwortete:

»Den Umständen entsprechend gut. Sie hatte eine üble offene Fraktur. Wir haben hier gerade mit einigen Schwierigkeiten zu kämpfen, weil sich die Operationssäle im Erdgeschoss befinden, das, wie Sie ja wissen, überflutet ist. Als das Wasser anzusteigen begann, haben wir alles, was möglich war, in höher gelegene Stockwerke gebracht, dennoch wird nur operiert, wenn es um Leben oder Tod geht.«

»Die Kollegen von der Notaufnahme haben etwas von einer Entführung gesagt«, ergriff Dr. Matteu das Wort. »Wie ich annehme, war sie das Opfer, richtig?«

Als die Polizisten keine Antwort gaben, fuhr Matteu fort: »Ihnen ist sicher aufgefallen, dass sie trotz der schlimmen Fraktur keinen Klagelaut von sich gegeben hat. Zunächst dachten wir, dass sie unter Schock steht, doch inzwischen haben wir festgestellt, dass sie unter vollkommener Analgesie leidet. Es gibt weder physische noch neuronale Anzeichen dafür, dass sie irgendeinen Schmerz verspürt. Wir glauben, dass es sich um eine angeborene Analgesie handelt, die manchmal erblich ist. Diese Krankheit ist sehr selten, nur einer von einer Million Menschen weist sie auf, und sie äußert sich so, dass der Patient selbst bei schweren Verletzungen keinen Schmerz empfindet.«

»Die gebrochenen Knochen wurden wieder in die richtige Position gebracht und geschient«, erklärte Stone. »Wir haben ihr Antibiotika verabreicht und die Wunde verbunden. Mehr können wir ohne einen funktionsfähigen Operationssaal leider nicht tun. Aber das ist, was die Patientin betrifft, noch nicht der interessanteste Teil.«

Mit diesen Worten wies er auf eine Glasscheibe, die den Raum, in dem sie sich befanden, von einem Zimmer mit gepolsterten Wänden trennte. In der Mitte des Zimmers stand ein Krankenbett, doch Médora stand mit gebeugtem Kopf in einer Ecke, wobei ihr wirres Haar die Hälfte ihres Gesichts verdeckte. Ihre sackartige Tunika war durch ein hellblaues Nachthemd mit kleinen weißen Blumen ersetzt worden, das an ihr noch skurriler wirkte.

»Wir haben mit allen Mitteln versucht, sie dazu zu bringen, liegen zu bleiben. Während wir ihr Bein behandelt haben, mussten wir sie sogar fixieren, aber danach haben wir uns dagegen entschieden. Und wir wollen sie auch nicht allzu sehr unter Drogen setzen, um die Kommunikation mit ihr nicht zu beeinträchtigen. Seit wir die Fixierung gelöst haben, steht sie still in dieser Ecke. Sie befindet sich in einem semihypnotischen Zustand, ähnlich einem Somnambulismus, aber sie beantwortet einfache Fragen.«

»Ich hoffe, dass Sie uns helfen können«, meinte Dr. Matteu. »Sagen Sie uns alles, was Sie über sie wissen, wo sie war und unter welchen Umständen Sie sie gefunden haben.

Sie hat gesagt, dass sie Médora heißt, aber ihren Nachnamen nicht kennt. Dies ist ein außergewöhnlicher Fall. Ich arbeite seit zwanzig Jahren in der Psychiatrie, und auch wenn ich über das Thema des Cotard-Syndroms promoviert habe, habe ich von solchen Fällen bisher nur gelesen.«

»Sie meinen, das ist eine Krankheit?«, fragte Charbou erstaunt.

»Was haben Sie denn gedacht?«, entgegnete der Arzt lächelnd. »Jetzt sagen Sie nicht, Sie haben sie für einen Zombie gehalten.«

»Sie sagte ...«, versuchte er zu erklären.

»Ja, ich weiß, was sie sagt: dass sie tot ist, und das klingt natürlich verstörend. Selbst hier in Louisiana. Aber genau das bezeichnen wir als Cotard-Syndrom, auch nihilistischer Wahn oder *Walking Corpse Syndrom* genannt. Die Menschen, die darunter leiden, halten sich für tot. Der erste dokumentierte Fall dieser Krankheit wurde im Jahr 1880 von einem französischen Neurologen namens Cotard diagnostiziert, daher der Name. Seine ebenfalls weibliche Patientin versicherte, tot zu sein, sie glaubte, dass ihr Herz stehen geblieben wäre und ihre Organe sich zersetzten. In anderen Fällen denken die Betroffenen, dass sie einfach nicht existieren, sondern herumspukende Geister sind. Im schlimmsten Fall haben sie olfaktorische Halluzinationen, riechen, wie der eigene Körper verwest, und sehen Würmer, die ihr Fleisch verschlingen, und häufig genug führt die Überzeugung, tot zu sein, dazu, dass sie keine Nahrung mehr zu sich nehmen und verhungern.«

»Also ist das eine psychische Erkrankung«, meinte Amaia.

»Oder eine neurologische. Es gibt beide Ansichten.«

»Was kann diese Krankheit auslösen?«, erkundigte sich Amaia.

»Sie ist extrem selten, und hinsichtlich der Ursache hoffen wir, dass Sie uns weiterhelfen können. Zu wissen, wo sie war, oder etwas über ihre familiäre Herkunft zu erfahren, würde uns ermöglichen, festzustellen, ob es noch weitere psychische Erkrankungen in ihrer Familie gibt, die vererbt oder auf andere Art herbeigeführt wurden.«

»Was meinen Sie mit ›auf andere Art herbeigeführt‹?«, hakte Amaia nach.

»Nun, zum Beispiel waren in einigen der dokumentierten Fälle toxische Substanzen die Ursache des Wahns.«

»Selbst zugeführte oder von einem anderen verabreichte toxische Substanzen?«, fragte Bull.

»Sie meinen Zombifizierung?«

»Auch ich komme aus Louisiana«, entgegnete Bull.

»Wir haben ihr bisher kein Blut abgenommen, weil sie durch ihre Verletzung so viel verloren hat, und wir haben auch keine Blutkonserven mehr für eine Transfusion«, erklärte Dr. Stone. »In unserem Labor sind derzeit nicht mal die simpelsten Analysen möglich. Aber wahrscheinlich wurde sie tatsächlich unter Drogen gesetzt, denn sie hat Einstichmale auf der Haut, auch Abszessnarben, und offensichtlich ist sie lange Zeit über gefesselt gewesen. Zudem weist die Hornhaut ihrer Augen starke Abrasionsmerkmale auf, und es gibt Spuren, die auf chemische Verbrennung hinweisen.«

»Unter normalen Umständen würde ich Ihnen das nicht zeigen«, sagte der Psychiater, »aber Sie sind Polizisten, und diese Frau ist offensichtlich das Opfer eines Verbrechens. Ich denke, Sie sollten das sehen.«

Er richtete eine Lampe auf die Patientin. Die weißen Blumen auf dem Nachthemd erstrahlten hell, die Frau jedoch reagierte nicht. Daraufhin trat Dr. Matteu an die Gegensprechanlage in der Scheibe und schaltete sie ein.

»Médora.«

Die Gestalt in der Ecke des Raums schien nichts gehört zu haben. Sie blieb reglos stehen.

»Médora.«

Nichts. Der Arzt schaltete die Gegensprechanlage wieder aus und erklärte: »Das ist ein häufiges Symptom bei diesem Wahnzustand: die Negierung der Identität.« Er schaltete die Gegensprechanlage wieder ein. »Wie geht es dir?«

Das Erste, was sie hörten, war ein leises Keuchen, danach erklang erneut jenes raue Gurgeln, das Amaia schon von ihr kannte. Sie merkte, wie sich ihr die Haare im Nacken aufrichteten.

Médoras leicht geöffnete Lippen, die voller Pusteln waren, waren zwischen den Haarsträhnen kaum zu sehen. Der Mund regte sich nicht, während die Luft aus ihm entwich.

»Ich ... bin tot.« Der Stimme war nicht anzuhören, ob sie weiblich oder männlich war, doch sie klang, als wäre sie die eines sehr alten Menschen.

»Weißt du, wo du bist?«

»Ich bin tot«, flüsterte sie.

»Weißt du, was mit dir geschehen ist?«

»Tot.« Die Stimme, die zwischen den scheinbar unbeweglichen Lippen hervorströmte, klang krank und unheimlich.

»Wo warst du vorher?«

Der Körper schwankte leicht, als sie das Gewicht von einem

Bein auf das andere verlagerte. Für einen Moment machte es den Eindruck, als würde sie umfallen, doch sie hielt sich aufrecht.

»Im Grab.«

»Fragen Sie sie, wo sie war, bevor sie gestorben ist«, bat Bull.

»Wo warst du, bevor du im Grab warst?«, fragte der Psychiater.

Schweigen. Und plötzlich ein leichtes Jammern, als würde sie weinen. »Ich ... bin gestorben.«

»Und was ist danach geschehen?«

»Das Grab.«

»Und danach?«

»Sa-me-di.« Es klang keuchend, als drohte sie zu ersticken.

»Was? Haben Sie das verstanden?«, fragte Dr. Matteu.

Bull trat neben ihn. »Erlauben Sie?«

Der Psychiater zögerte. Bull warf dem Neurologen einen Blick zu, und der nickte.

Bulls tiefe Stimme hallte auf beiden Seiten der Scheibe wider.

»Médora Lirette«, sagte er.

Amaia meinte, dass sie beinahe unmerklich den Kopf neigte, als sei ihre Aufmerksamkeit geweckt worden.

»Médora Lirette. Was hat Samedi mit dir gemacht?«

»Samedi ... hat mich getötet ... und hat mich aus dem Grab geholt.«

Bull seufzte. »Wer ist Samedi?«

Plötzlich sprang die Frau aus der Ecke, in die sie sich zurückgezogen hatte, und rannte durch den Raum, bis sie laut gegen die Scheibe prallte. Die trockene Haut ihres Gesichts haftete an der Scheibe, und ihre mit Herpeskrusten überzogenen Lippen hinterließen dort, wo sie aufplatzten, dunkle Flecken.

Alle traten instinktiv einen Schritt zurück. Amaia dachte an die vorher erwähnten olfaktorischen Halluzinationen, denn sie hatte gerade das Gefühl, gepflügte Erde einzuatmen.

»Sie kann uns nicht sehen«, beruhigte der Neurologe sie.

Wie um den Arzt Lügen zu strafen, wanderte der Blick aus den toten Augen durch den ganzen Raum und heftete sich nacheinander auf jeden der Anwesenden. Dann schloss Médora die Augen und verharrte reglos. Ohne dass sie die Lippen bewegte, brodelte ein Knurren irgendwo aus ihrem Inneren hervor.

»Er hat *mon petit bon ange*«, erklang plötzlich eine helle, kindliche Stimme.

»Wer ist Samedi?«, wiederholte Bull.

Médora öffnete wieder die Augen, und ihr Blick schien sich durch die Glaswand zu brennen, die sie von Bull trennte. Ohne dass ihrem Gesicht auch nur die kleinste Regung anzusehen war, entfuhr ihrem Körper ein Laut, der wie ein Schrei klang, dann war wieder die Kinderstimme zu hören. Amaia hätte geschworen, dass irgendwo im Inneren dieses Wesens eine andere Frau steckte.

»Le Grand …«

48

Nana. Versprechen

New Orleans, Superdome

Nachdem sie festgestellt hatten, dass Seletha ins Koma gefallen war, hatten sie sich in den Gängen auf die verzweifelte Suche nach der Erste-Hilfe-Station des Roten Kreuzes gemacht. Die Masse an Menschen, die vor dem durchs zerstörte Stadiondach strömenden Regen von den Zuschauerrängen ins Innere des Stadions floh, die Schwierigkeiten, mit Selethas Rollstuhl durch das Gedränge zu gelangen, und Nanas unsicherer Gang machten ihr Vorhaben zu einem beinahe unmöglichen Unterfangen. Bobby blieb alle paar Schritte stehen, um den Kopf seiner Mutter wieder aufzurichten, der gleich darauf unter gurgelnden Atemgeräuschen erneut nach vorn fiel.

Schließlich stießen sie auf eine Gruppe Sanitäter, die bestätigten, dass sich Seletha im komatösen Zustand befand. Sie hatten vor Ort nicht viel mehr zur Verfügung als ein fiebersenkendes Mittel und Kochsalzlösung, aber immerhin betteten sie die alte Frau auf eine Liege, was ihr das Atmen erleichterte. Sobald das Unwetter vorbei wäre, würden sie Seletha ins Charity Hospital bringen, was das am nächsten gelegene Krankenhaus war. Bis dahin konnten sie nur abwarten.

Entsetzt sah Bobby zuerst seine Mutter an, dann Nana und die Sanitäter. »Aber irgendetwas muss man doch tun können.«

Einer der Sanitäter zuckte mit den Schultern und blickte hoch zur Decke. Von draußen war das Krachen des Unwetters zu hören, das weiterhin am zerstörten Dach des Superdome riss.

Auf dem Boden sitzend und an Selethas Liege gelehnt, verbrachten sie die Nacht und den folgenden Morgen in dem kleinen Zimmer, das bis zum Vortag als Lagerraum gedient hatte.

Um ein Uhr mittags kam dann einer der Sanitäter zu ihnen. »Wir werden jetzt Ihre Mutter verlegen. Sie wird mit einem Schlauchboot ins Charity Hospital gebracht.«

Bobby hielt Nana eine Hand hin, um ihr beim Aufstehen zu helfen.

»Jeder Kranke darf nur von einer Person begleitet werden«, erklärte der Mann.

»Aber das geht nicht, wie Sie sehen«, sagte Bobby mit einem Blick auf Nana. »Sie wurde vor Kurzem an der Hüfte operiert und kann kaum gehen. Ich kann sie nicht allein hierlassen.«

Der Sanitäter war unerbittlich. »Wir müssen mehr als hundert Leute mitnehmen, und das Boot hat nur fünfundzwanzig Sitzplätze. Sie haben Vorrang, weil es Ihrer Mutter sehr schlecht geht, aber es gibt noch andere Schwerkranke.«

Bobby protestierte.

»Es tut mir leid«, beendete der Mann das Thema, »entweder kommen Sie jetzt mit Ihrer Mutter mit, oder Sie müssen warten, bis ein größeres Boot zur Verfügung steht, und das kann dauern.«

Bobby antwortete nicht. Er schnaubte wütend und hilflos.

Nana ergriff seine Hand. »Bobby, mein Lieber, du musst deine Mutter begleiten, ich komme schon zurecht.«

»Also?«, fragte der Sanitäter drängend.

Bobby nahm den Rucksack ab und half Nana, ihn anzuziehen. »Nimm ihn nach vorn, sonst bestehlen sie dich. Und gib nichts von dem Wasser weg, das reicht gerade so für dich, und aus den Wasserhähnen kommt nur stinkende Brühe.« Er sah sich verzweifelt um. »Nana, ich möchte, dass du in der Nähe dieses Raums bleibst. Hast du gehört? Sobald meine Mutter im Krankenhaus ist, komme ich zurück, aber du musst hierbleiben, sonst kann ich dich nicht finden.«

Nana nickte bestürzt.

»Du musst es mir versprechen«, bat Bobby, während die Sanitäter die Liege mit seiner Mutter aus dem Raum schoben. »Versprich es mir, Nana! Sag mir, dass du dich hier nicht wegrührst.«

»Ich verspreche es«, entgegnete sie, während sie sich verzweifelt umsah.

49

Die Freakshow

Charity Hospital, New Orleans

Im Zimmer standen fünf Krankenhausliegen, die alle belegt waren. Dupree lag ganz hinten im Raum, neben einem Fenster mit zerbrochener Scheibe. Er hatte sich halb aufgerichtet und versuchte erfolglos, sich anzuziehen.

»Was haben Sie denn vor?«, fragte Johnson streng und nahm ihm das Hemd aus den Händen.

Völlig erschöpft ließ sich Dupree wieder auf das Kissen sinken. Unweigerlich blickten alle auf die Narben auf seiner Brust.

»Ich muss hier raus ...« Seine Stimme war kaum zu hören.

Amaia hockte sich neben die Liege. Trotz seines elenden Aussehens machte Dupree einen entschiedenen Eindruck.

»Darüber reden wir später«, sagte sie. »Ich denke, Sie sind uns erst mal eine Erklärung schuldig.«

Dupree schloss für ein paar Sekunden die Augen. »Das ... ist nicht leicht.«

»Mit der Wahrheit rauszurücken ist nie leicht, wenn man vorher gelogen hat«, hielt sie ihm vor. »Ich weiß nicht, was die anderen denken, aber was mich angeht, hätten Sie mir sagen müssen, dass wir wegen Samedi hier sind. Meine Einsatzbereitschaft wäre die gleiche gewesen, aber dann hätte ich meine Zeit nicht mit der Suche nach dem Komponisten vergeudet.«

»Ich habe Sie nicht belogen«, entgegnete er. »Die Suche nach dem Komponisten geht vor.«

»Nein, die Suche nach dem Komponisten ist der offizielle Teil dessen, was wir hier treiben«, stellte Amaia richtig, »die Ausrede, dass wir überhaupt hier sind. Ich hasse es, manipuliert zu werden. Sie hätten es sagen müssen.«

»Ich habe es Ihnen erzählt«, erklärte Bull dem Special Agent. »Sie wissen, worum es geht.«

Dupree sah ihn scharf an, dann richtete er den Blick seiner müden Augen wieder auf Amaia. »Die Ermittlungen wurden vor zehn Jahren eingestellt, nach dem Tod von Agent Carlino und Jerome Lirette, aber der Fall wurde nie abgeschlossen. Wir waren uns sicher, dass es irgendwann wieder passieren würde, dass er mit dem nächsten Hurrikan wieder auftaucht, genauso wie damals, als er Médora Lirette mitgenommen hat.«

Charbou schnalzte ungehalten mit der Zunge. »Ich verstehe, dass es hart ist. Ich kenne Polizisten, die nie verwunden haben, dass ihr Partner im Dienst ums Leben gekommen ist. Aber ich halte es für äußerst fragwürdig, wegen eines persönlichen Rachefeldzugs unsere Ermittlungen aufs Spiel zu setzen.«

Dupree sah ihn ernst an. »Wir sind dicht davor, den Komponisten zu schnappen.«

»Ich sehe das genauso wie Charbou«, sagte Amaia vorwurfsvoll. »Ich habe die ganze Zeit gedacht, dass ich hier bin, um den Komponisten zu fassen, doch – bei allem Respekt – Sie waren abgelenkt. Wie konnte es sonst dazu kommen, dass Tucker in Florida das Kommando übernommen hat. Sie kommt voran, wir nicht.«

Dupree wirkte unendlich erschöpft. »Tucker hat überhaupt keine Ahnung, und der Grund, dass ich Sie mitgenommen habe,

Salazar, ist, dass Sie meiner Meinung nach in der Lage sind, den Komponisten aufzuspüren, aber auch, dass Sie Samedi verstehen.«

»Die Sache mit dieser Médora Lirette ...« Amaia zögerte einen Moment, weil sie nicht wusste, wie sie das, was sie dachte, formulieren sollte. »Ich habe sie gesehen, sie wirkt ...«

»Gestört«, sagte Dupree mit schwacher Stimme.

»Meinen Sie mit ›gestört‹ missbraucht und von ihren Peinigern dominiert?«

Dupree nickte. »Genau das machen sie mit ihnen.«

»Mit wem?«, wollte sie wissen.

»Mit denen, die sie mitnehmen.«

»Ich habe mit den Ärzten gesprochen«, erklärte Amaia. »Sie sagen, dass diese Frau unter einer psychischen Krankheit leidet.«

»Das tut sie«, bestätigte Dupree. »Doch dieser Zustand wurde bewusst und absichtlich herbeigeführt.«

»Wie können Sie sich da so sicher sein?«, fragte Amaia, ohne darauf Rücksicht zu nehmen, dass er immer erschöpfter wirkte.

»Weil es nicht das erste Mal ist, dass wir sie sehen«, erklärte er und sah dabei Bull an.

»Die Ärzte haben, was die Ursache der Krankheit angeht, zwei Möglichkeiten genannt«, erklärte Amaia, »psychisch oder neuronal bedingt.«

»Sie war einem Gift ausgesetzt«, meinte er.

»Ja, das haben die Ärzte auch gesagt, aber meinen wir damit dasselbe?«

»Ich weiß es nicht«, entgegnete er schwach. »Wovon reden Sie?«

»Ich rede von Unterwerfung des Willens, von der Überzeugung, tot zu sein, von der Manipulation des Bewusstseins ...«

»Was Sie da beschreiben, nennt man Zombifizierung«, fiel Charbou ihr ins Wort.

»So könnte man es nennen«, bestätigte Dupree.

Amaia trat näher an die Liege heran und beugte sich über ihn. Dabei sah sie, dass er ein graues Bündel in der Hand hielt, das aussah, als ob es aus Ziegenhaut wäre. Dupree steckte es unter das Laken.

»Man muss nicht unbedingt am Mississippi geboren sein, um schon mal von Willensunterwerfung gehört zu haben«, sagte sie, »und ich rede nicht über irgendein seltsames Virus, das sich durch die Luft verbreitet und Tote wiedererweckt, wie es in billigen Horrorfilmen passiert, sondern von Willensunterwerfung durch Drogen: Liquid Extasy, Scopolamin, Flakka oder meinetwegen sogar Gemeinen Stechapfel. In den letzten Jahren ist die europäische Polizei vermehrt gegen den organisierten Frauenhandel vorgegangen, bei dem die Opfer ständig in einem halbbewussten Zustand gehalten werden und darum absolut willenlos sind. Vor ein paar Monaten habe ich einen Sammler festgenommen, der den Frauen, die er gefangen hielt, ein Medikament namens Rohypnol verabreicht hat. Das hat zu einer vollkommenen Unterwerfung geführt, und der Täter konnte sich einreden, dass die Frauen freiwillig bei ihm waren. Scopolin ist als Vergewaltigungsdroge bekannt, aber es wird auch dafür benutzt, Leute dazu zu bringen, ihr gesamtes Geld vom Konto abzuheben oder Passwörter oder Geheimzahlen herauszugeben.«

»Das alles ist durchaus richtig«, sagte Jason Bull, »aber man muss wohl tatsächlich am Ufer des Mississippi geboren sein, um auf den Gedanken zu kommen, dass Médora Lirette wahrscheinlich mit *Poudre de Mort* einem fremden Willen unterworfen wurde. Oder mit Tetrodotoxin, wenn Sie den wissenschaftlichen Namen bevorzugen. Die Opfer dieser Frauenhändler, von denen Sie reden, erlangen nach der Befreiung ihr Bewusstsein und ihren Willen wieder, wenn ihnen die Droge nicht mehr verabreicht wird. Bei Médora Lirette ist das jedoch nicht der Fall, weil sie weiß, was ihr fehlt: *le petit bon ange*. Der kleine gute Engel in ihr. Ihre Seele.«

»Nun gut«, brummte Charbou, immer noch verstimmt, »aber nur weil Médora während eines Unwetters verschwunden ist, bedeutet das doch nicht, dass sich die Sache jetzt, zehn Jahre später, wiederholen wird.«

Dupree setzte sich auf der Liege wieder auf, was ihm große Schmerzen zu verursachen schien, und hob, um etwas Zeit bittend, die Hand, während er versuchte, wieder zu Atem zu kommen.

Bull trat zu ihm und seufzte.

»Bitte erzähl es ihnen«, sagte er zu Dupree.

Der nickte und begann zu sprechen:

»Im Jahr 1964 wurde Louisiana vom Hurrikan Betsy heimgesucht. Die Dämme brachen, die Stadt wurde überflutet, und die Menschen ertranken auf den Dachböden ihrer Häuser. Ich war damals vier Jahre alt, und in der Nacht, in der es passierte, hat Nana, die Cousine meines Vaters, auf insgesamt sieben Kinder aufgepasst: auf vier Mädchen aus der Nachbarschaft, auf ihre eigene Tochter, meine Schwester und auf mich. Mein Vater und meine Mutter waren in Grand Isle, als das Unwetter begann, wo sie in dieser Nacht auch ums Leben kamen, wie ich Ihnen ja bereits erzählt habe, Salazar. Die Eltern der Mädchen haben genau wie meine in Baton Rouge oder an der Küste gearbeitet, und Nana hat sich als Kinderfrau um uns alle gekümmert. Wir haben die ganze Nacht auf Nanas Dachboden verbracht, und in den frühen Morgenstunden ist eine Gruppe Unbekannter ins Haus eingedrungen, hat Nana und mich überwältigt und die Mädchen mitgenommen. Über Monate wurde in der Presse darüber berichtet. ›Die sechs aus Tremé‹ wurden sie genannt. Zunächst wurde der Fall als Entführung behandelt, aber es gab keine Lösegeldforderung, und nach zwei Jahren wurden die Mädchen schließlich der

Liste der während des Hurrikans Betsy verschwundenen Personen zugerechnet. Aber ich war dort. Ich war noch sehr klein, aber ich weiß, dass es nicht der Hurrikan war. Ich habe gesehen, wer es getan hat …«

»Samedi«, sagte Johnson.

»Wie alt waren die Leute, die ins Haus eingedrungen sind, was schätzt du?«

»Es ist klar, worauf Sie hinauswollen«, meinte Bull. »Seitdem sind vierzig Jahre vergangen. Dreißig zwischen dem Fall um die Familie Dupree und dem von Médora Lirette. Wie gesagt, die Ermittlungen wurden offiziell eingestellt, aber wir haben Augen und Ohren offen gehalten. Und wir gehen davon aus, dass es noch weitere Nächte gab, in denen Samedi zugeschlagen hat. Am 20. September 1996, ein Jahr nach dem Verbrechen an Médora Lirette, verschwand ein fünfzehnjähriges Mädchen namens Andrea López in der Nähe von Gretna aus einem Wohnwagenpark. Ihre Mutter, eine Cracksüchtige, hat ausgesagt, dass der Tod sie mitgenommen hat. Am 11. Januar 1999 wurde im Arcadia Parish ein Mann festgenommen, dem vorgeworfen wurde, mit dem Verschwinden seiner beiden vierzehn- und sechzehnjährigen Töchter zu tun zu haben. Ein furchtbarer Typ, der die Mädchen, wie es aussah, gegen Geld seinen Bekannten angeboten hat. Allerdings bestand er darauf, dass ein von zwei bewaffneten Männern begleiteter Dämon während eines Unwetters mitten in der Nacht in sein Haus eingedrungen sei und seine Töchter mitgenommen habe. Die Mutter einer gewissen Samantha Oliver hat in Estherwood das Verschwinden ihrer Tochter angezeigt, das sich ebenfalls während eines Hurrikans ereignete; der Fall wurde als freiwilliges Verschwinden eingestuft, obwohl die Nachbarin von gegenüber aussagte, dass das Mädchen von mehreren Toten verschleppt worden sei, die Baron Samedi höchstselbst angeführt hat.«

»Wenn es tatsächlich jemanden gibt, der Mädchen verschleppt, warum sollte er sich dabei verkleiden?«, fragte Charbou.

»Es ist ein Ablenkungsmanöver«, meinte Johnson. »Ich habe zwei Jahre lang in der Abteilung für Sekten und rituelle Verbrechen gearbeitet. So wie ich das jetzt sehe, hat mir das ein paar Pluspunkte eingebracht, die Agent Dupree veranlasst haben, mich für seine Einheit auszuwählen. Und in dieser Zeit habe ich gelernt, dass in achtzig Prozent der Verbrechen, in denen etwas Mystisches, Magisches oder Satanisches vorkommt, dies nur dazu dient, Verwirrung zu stiften. Was fast immer funktioniert, weil die Presse solche Dinge immer aufgreift, und darum will die Polizei diese Fälle möglichst schnell abschließen, und die Zeugen wirken dadurch nicht glaubwürdig. Nur bei zwei von zehn Fällen handelt es sich tatsächlich um rituelle Verbrechen.«

Bull nickte. »Wir glauben nicht, dass Samedi ein Einzeltäter ist, eher eine Organisation in der Art einer Sekte mit einem Anführer an der Spitze, einem *bokor*, so etwas wie einem Voodoo-Priester, der diese Identität annimmt, um die Menschen zu erschrecken und zu beeinflussen. Das wäre nicht das erste Mal. Es ist bekannt, dass der ehemalige Präsident Haitis, François Duvalier, sich hin und wieder als Baron Samedi verkleidet hat und in dieser Gestalt auf den Balkon des Palastes hinaustrat oder sich in der Nähe seiner Residenz sehen ließ, um der Bevölkerung weiszumachen, er selbst wäre Samedi oder stünde unter seinem Schutz. Jedenfalls büßt ein Zeuge, der aussagt, er habe ein paar Wesen mit Kapuzen, lebende Tote und Baron Samedi gesehen, erheblich an Glaubwürdigkeit ein. Dann erscheint das Ganze so absurd und irrational, dass die Polizei die Hinweise gar nicht ernst nimmt. Wenn wir nicht speziell auf die Fälle geachtet hätten, in denen junge Mädchen während eines Unwetters verschwanden, wären sie uns möglicherweise auch nicht aufgefallen.«

»Das viktimologische Profil von Scott Sherrington«, sagte Amaia, und Dupree nickte bestätigend. »Das bringt die Möglichkeit mit sich, dass es einen Prädator oder einen Facilitator gibt, was dem Ganzen einen besonders düsteren Anstrich verleiht.«

»Einen Facilitator?«, fragte Charbou.

»Ein Individuum oder eine Organisation«, erklärte Amaia mit nachdenklichem Blick auf Dupree, »der oder die für Psychopathen, Pädophile oder Sammler nach Opfern sucht und für die diese Täter ein Vermögen bezahlen. Sie wählen Opfer aus, die als gefährdet gelten, etwa sehr junge Mädchen, die von zu Hause weggelaufen sein könnten. Und jetzt ist Médora Lirette wieder aufgetaucht und hat uns gerade gesagt, wo sich Samedi befindet.«

»Und deswegen müssen Sie mich hier rausbringen«, keuchte Dupree.

»Die Ärzte haben dir doch erklärt, dass du schwer krank bist und wie gefährlich es für dich wäre, aufzustehen und herumzulaufen«, entgegnete Johnson protestierend.

»Sie haben mir aber auch gesagt, dass sie mich nicht behandeln können. Also schafft mich hier raus.«

Johnson sah Dupree verzweifelt an. »Und wo willst du hin, um Gottes willen? Die Lage hat sich seit gestern noch weiter verschlechtert, und das Wasser ist die ganze Nacht über angestiegen. Sämtliche Nationalgardisten aus allen angrenzenden Bundesstaaten sind hierher unterwegs, doch das wird nicht ausreichen. Die Leute überfallen Supermärkte, um trockene Kleidung, Wasser und Nahrung für ihre Kinder zu beschaffen, während irgendwelche Spinner wild um sich schießen, weil sie glauben, nur so verteidigen zu können, was ihnen von ihrem Hab und Gut geblieben ist. Da draußen herrscht Anarchie, das reinste Chaos, und du bittest mich, dich hier rauszubringen?«

»Wenn ich bleibe, werde ich sterben. Ich brauche einen *traiteur*. Du musst mich in die Sümpfe bringen.«

Johnson sah seinen Kollegen ratlos an. Dann wandte er sich an die anderen: »Was ist das, ein *traiteur*?«

»Ein cajunischer Heiler«, erklärte Bull, »ein Medizinmann, ein Hexer.«

Johnson drehte sich deutlich überfordert wieder zu Dupree um. »Ach du liebe Güte ...«

Dupree nickte. »Und wir nehmen Médora mit.« Bevor Johnson protestieren konnte, fügte er hinzu: »Ihr Leiden können sie hier auch nicht heilen.«

Amaia starrte Dupree fassungslos an. »Wir nehmen Médora mit, weil Sie glauben, dass sie weiß, wo die Mädchen sind, richtig?«

Dupree holte mühsam Luft. »Vor zehn Jahren hat uns eine Art Eingebung zuerst zu einer Siedlung in den Sümpfen geführt, wo wir eine Spur entdeckt haben, eine Haarspange, die Médoras Mutter zweifelsfrei identifiziert hat. Und diese Spur hat uns zu einem riesigen Anwesen geführt, einer Plantage, die mehrere Jahre über leer gestanden hatte, gesichert mit einem Elektrozaun und jeder Menge Kameras. Am selben Tag ist Jerome Lirette verschwunden, und Agent Carlino ...« Dupree wandte den Blick ab, ohne den Satz zu beenden.

Bull sprang für ihn ein. »Wir haben herausgefunden, dass das Anwesen einer Körperschaft gehörte, die ihren Sitz in Holland hat. Laut der Eintragung im Grundbuch wurde es in Janssen Huis umbenannt, aber der ursprüngliche Name war Le Grand Bayou Plantation, wobei die Cajuns die Plantage einfach nur ›Le Grand‹ genannt haben.«

»Was Médora gesagt hat, als du sie nach Samedi gefragt hast«, gab Charbou widerwillig zu.

»Glauben Sie, dass die Möglichkeit besteht, dass sich die Mädchen nach zehn Jahre noch dort befinden?«, fragte Amaia.

»Wir könnten ja mal nachsehen.«

Charbou sah seinen Dienstpartner scharf an. »Das fällt nicht in unsere Zuständigkeit. Das ist ein Fall der Bundespolizei, und meine Aufgabe ist nur, sie hier herumzuführen.«

»Und nichts anderes tun wir«, erklärte Bull beschwichtigend. »Wir bringen Dupree zu einem *traiteur*, suchen diese Plantage ...«

»Und wenn wir da nichts finden«, fiel ihm Charbou ins Wort, »kehren wir nach New Orleans zurück und vergessen die Sache.«

Jason Bull grinste ihn an. »Ich hätte nicht gedacht, dass wir dich rumkriegen.«

»Und was ist mit dem Komponisten?«, fragte Amaia. »Wir sind in dieser Sache schon so weit gekommen. Und die Theorie, dass der Täter ein Versicherungsinspektor ist, scheint sich bestätigt zu haben. Ich habe mit dem Direktor der American Insurance Association gesprochen, und er wird mir eine wahrscheinlich ziemlich genaue Personalliste zukommen lassen, mit der wir arbeiten können.«

»Wann?«

»Morgen Mittag wahrscheinlich. Das hängt davon ab, wann ich wieder Kontakt zu ihm herstellen kann.«

»Könnten Sie mir diese Zeit zugestehen?«, fragte Dupree.

»Bitte?«

»Ich habe Sie mitgenommen, um den Komponisten zu finden«, erklärte er mit schwacher Stimme. »Das mit Samedi hat sich nebenbei ergeben, aber da wir von diesem Verbrechen wissen, müssen wir der Sache nachgehen. Ich werde Sie zu nichts zwingen, aber ich bitte Sie, dass Sie mir die paar Stunden bis morgen Mittag zugestehen.«

»Da gibt es noch viele offene Fragen«, meinte Amaia.

»Ich werde sie alle beantworten«, versicherte Dupree.

»Ich will diesmal die Wahrheit hören, die ganze Wahrheit«, erklärte sie entschieden. »Wenn ich den Verdacht habe, dass Sie wieder etwas vor mir verheimlichen, können Sie nicht länger auf mich zählen.«

»In Ordnung.«

»Und so bald wie möglich kehren wir zurück, kümmern uns um den Komponisten und ...«

Johnson unterbrach sie und zeigte ihnen das Display seines Handys, das eine gerade eingetroffene Mail zeigte. »Tucker hat Nelson in Tampa erwischt, sozusagen auf frischer Tat. Sie haben beim Haus seiner Frau auf ihn gewartet. Er ist von einer Reise zurückgekommen und hat eine Stunde vor dem Haus im Auto gesessen, um den nötigen Mut zu fassen. Dann ist er wie ein Irrer mit einer Pistole in der Hand zum Haus gelaufen, hat die Hintertür eingetreten und ist schießend eingedrungen. Ein SWAT-Beamter, der im Wohnzimmer postiert war, hat zurückgeschossen, und jetzt liegt Nelson im Krankenhaus im künstlichen Koma. Es ist sehr ernst.«

50

Marie-France

Elizondo

Marie-France Renaud, Capitaine bei der französischen Police Nationale, sah ihren Kollegen an und seufzte, während sie sich zusammenreißen musste, um ihn nicht aus dem Auto zu zerren.

Ludovic war ein netter Kerl, jung, gut aussehend und zudem ein Genie am PC. Marie-France, die auf die sechzig zuging, war von seinen Computerkünsten durchaus beeindruckt, obwohl er sie mit seiner Besserwisserei manchmal auch nervte. Was sie jedoch noch weniger ertragen konnte, war seine Art, Auto zu fahren, aber obwohl sie sich jedes Mal vornahm, ihn nicht mehr ans Steuer zu lassen, beschwatzte er sie immer wieder.

Nun versuchte er seit fünf Minuten, in Elizondo auf einem am Fluss gelegenen Platz einzuparken, und obwohl Marie-France mit aller Kraft versuchte, sich auf die Schönheit des Ortes zu konzentrieren, in dem der morgendliche Nebel gerade der Frühjahrssonne wich, schnaubte sie ungeduldig, als sie zum zweiten Mal hinten anstießen.

»Das reicht jetzt!«, sagte sie und stieg aus, während er den Wagen wieder vorsetzte.

Sie überprüfte die in ihrem Kalender notierte Adresse und sah sich nach den Hausnummern um. Als sie das Haus entdeckte, musste sie zugeben, dass es sehr hübsch war. Hinter dem bogenförmigen Eingang lag ein gepflegter, überdachter Vorgarten, in dem zwei Bänke standen, aus den gleichen Steinen errichtet wie die Mauern des Hauses. Die Fensterbänke im ersten Stock waren mit Blumenkästen dekoriert, in denen üppige rosafarbene Petunien wuchsen. Die zweiflügelige Eingangstür war aus dunklem Holz, und an den Seiten hingen zwei alte Metallringe, an denen man früher die Pferde angebunden hatte.

»Ich werde reden«, sagte Marie-France, als Ludovic endlich neben ihr stand. Natürlich war es unmöglich, diesen eingebildeten Schnösel ruhig zu halten, aber sie machte sich einen Spaß daraus, ihn zu ärgern, indem sie ihn wie ein kleines Kind bevormundete.

»Wie Sie wollen, Chefin«, entgegnete er, »aber Sie wissen ja, dass ich Spanisch, Italienisch und Portugiesisch in Wort und Schrift perfekt beherrsche.«

»Dafür kannst du nicht Auto fahren«, murmelte sie und drückte den Klingelknopf neben der Tür. »Außerdem spricht die Frau Französisch.«

Eine elegante schlanke Dame mittleren Alters öffnete die Tür. Sie trug Jeans und Rollkragenpullover und hatte das Haar aufgesteckt. Marie-France lächelte; genau so hatte sie sich ihre Gesprächspartnerin bei ihrem Telefonat am Vortag vorgestellt, das sie sich noch einmal in Erinnerung rief...

»Engrasi Salazar?«

»Ja, das bin ich.«

»Ich bin Marie-France Renaud, Capitaine bei der französischen Police Nationale. Wir würden gern im Fall einer versuchten Entführung, in die ein Fahrzeug mit einem französischen Kennzeichen verwickelt war, mit Ihnen reden.«

»Aber natürlich. Haben Sie das Fahrzeug gefunden?«

Marie-France ging nicht auf die Frage ein, sondern fuhr fort: »In dem Bericht zu der Anzeige steht, dass außer Ihnen noch andere Zeugen zugegen waren.«

»Ja, ein befreundetes Ehepaar.«

»Meinen Sie, es wäre möglich, dass wir auch mit den beiden reden könnten? Morgen früh gegen elf vielleicht? Wir könnten uns alle bei Ihnen zu Hause treffen; zu der Zeit ist das Kind ja sicher noch in der Schule, oder?«

Damit stand die Verabredung.

Engrasi Salazar trat zur Seite, um sie einzulassen, als ihnen plötzlich ein zähnefletschender Border Collie entgegenkam.

»Keine Sorge«, sagte Engrasi, »Ipar beruhigt sich gleich wieder.«

Und tatsächlich zog sich der Hund ein paar Sekunden später wieder zurück.

Im Inneren des Hauses war es angenehm warm, und es roch nach Holz. Marie-France betrachtete sehnsüchtig die gemütlichen Ohrensessel, die vor dem Kamin standen, in dem ein behagliches Feuer knisterte.

Ein Mann und eine Frau standen wartend neben dem Tisch. Marie-France schätzte, dass sie in etwa so alt waren wie Engrasi. Die Frau, Joxepi, war klein, hatte kurzes Haar und wirkte energisch. Der Mann, Ignacio, war groß und kräftig und sah sie mit ernstem Gesicht an.

»Haben Sie das Auto gefunden?«, fragte Joxepi ungeduldig. »Sind Sie deswegen hier?«

Marie-France zuckte nur ausweichend mit den Schultern. »Vorab möchten mein Kollege Lieutenant Bélanger und ich gern Ihre Version der Ereignisse hören.« Sie richtete den Blick auf Ignacio. »Wie es scheint, waren Sie derjenige, der dem Geschehen am nächsten war.«

»Ja, das ist richtig«, bestätigte er, »und ich bin das, was passiert ist, im Kopf immer wieder durchgegangen und habe versucht, mir alles ganz genau in Erinnerung zu rufen. Inzwischen bin ich mir sicher, dass das Auto zweimal die Calle Santiago entlanggefahren ist, bevor es angehalten hat. Ich dachte erst, es wäre ein französischer Tourist, der nach dem Weg zur Grenze fragen will.«

»Was ist passiert, als das Auto angehalten hat?«

Ignacio erzählte alles bis ins kleinste Detail und endete mit den Worten: »Ich musste diesem Weib die Kleine regelrecht entreißen. Die Stellen, wo sie das Kind mit ihren langen Fingernägeln an der Hand verletzt hat, sind immer noch zu sehen. Danach ist sie wieder in dem Auto verschwunden, das mit quietschenden Reifen losgefahren ist.«

»Konnten Sie die Frau gut sehen?«, fragte Marie-France.

»Ja, doch ich wünschte, es wäre nicht so«, antwortete Ignacio, während er erneut dieses Wolfslächeln vor Augen hatte, das sich in sein Gedächtnis regelrecht eingebrannt hatte. »Das habe ich auch dem Polizisten von der Guardia Civil gesagt, als wir wegen der Anzeige auf dem Revier waren.«

»Ja, das steht auch in unseren Unterlagen, und genau das hat unsere Aufmerksamkeit erregt und …« Ludovic Bélanger war froh, dass auch er endlich mal etwas sagen konnte, als ihm Ignacios Frau ins Wort fiel.

»Aber Sie haben das Auto doch gefunden, oder nicht?«

»Das Kennzeichen, das uns genannt wurde, gehört zu einem Auto, das zwei Tage zuvor in Bordeaux gestohlen worden ist«, antwortete Marie-France. »Wobei es uns nicht überrascht hat, dass das Auto gestohlen war; was unsere besondere Aufmerksamkeit erregt, ist die Art und Weise, wie dieser Entführungsversuch abgelaufen ist.«

Engrasi legte erschüttert die Hände vor den Mund. »Das heißt, dass es tatsächlich ein Entführungsversuch war?«

Marie-France nickte. »Wir sind uns so sicher, weil Monsieur Aldecoas Aussage mit denen der Zeugen in vier anderen Fällen übereinstimmt, die sich in den letzten fünf Jahren ereignet haben. Dabei wurde jedes Mal ein Mädchen im präpubertären Alter entführt.«

»Wie ist das möglich?«, wunderte sich Ignacio. »Vier Mädchen, und wir haben nichts davon gehört?«

Ludovic Bélanger legte vier Fotos von vier Mädchen mit langen blonden Haaren auf den Tisch, die Amaia durchaus ähnlich sahen. Sie war also nicht zufällig ausgewählt worden. »Drei der Mädchen sind in verschiedenen Regionen Frankreichs verschwunden und das vierte in Belgien.«

»Und was ist mit ihnen passiert? Bitte sagen Sie mir, dass sie gefunden wurden«, bat Engrasi ängstlich.

Marie-France presste kurz die Lippen aufeinander, bevor sie antwortete. »Unglücklicherweise nicht.«

»Aber wer entführt diese Kinder?«, fragte Engrasi zutiefst erschüttert. »Wer ist diese Frau?«

»Natürlich agiert sie nicht allein, denn es muss ja eine Person geben, die den Wagen fährt. Allerdings glauben wir sogar, dass es sich um eine ganze Gruppe handelt.«

Joxepi sah die Polizistin entsetzt an. »Und was machen sie mit den Mädchen? Ich meine, ich habe an eine Frau mit einem unerfüllten Kinderwunsch gedacht. Eine Frau, die psychisch krank ist, Sie wissen schon …«

Ludovic sah den Moment gekommen, auch mal wieder etwas zu sagen. »Wir glauben, dass es sich um organisiertes Verbrechen handelt, Mädchenhandel also, oder dass es um eine Sekte geht.«

»Eine Sekte?«, fragte Ignacio überrascht.

»An verschiedenen Orten in Frankreich haben sich gewisse religiöse Gruppen niedergelassen. Sie geben sich den Anschein, nichts Gesetzwidriges zu tun, aber sie wurden in einigen Fällen mit Praktiken wie Hexerei oder Tieropfer in Verbindung gebracht.«

»Satanisten?«, hakte Ignacio fast ungläubig nach.

»Eher im Sinne von alten Hexenzirkeln«, antwortete Ludovic. »Sie wissen schon, Riten, mit denen angeblich obskure Urkräfte heraufbeschworen werden.«

»Und glauben Sie, dass so ein Hexenzirkel oder eine Sekte auch in unserer Gegend agiert?«, fragte Engrasi.

»Wir wissen noch nicht, ob es wirklich eine Sekte ist«, stellte Marie-France richtig.

»Aber es könnte durchaus sein«, fuhr ihr junger Kollege unbeeindruckt fort. »Schon immer wurde diese Region auf beiden Seiten der Pyrenäen mit Magie in Zusammenhang gebracht. Denken Sie nur an den berühmten Hexenprozess von Logroño im siebzehnten Jahrhundert oder die Hexenhöhlen von Zugarramurdi.«

»Und was werden Sie jetzt machen?«, fragte Engrasi. »Die Guardia Civil hat uns kein bisschen ernst genommen.«

»Natürlich werden wir die Kollegen informieren und sie darum bitten, ein besonderes Auge auf das Mädchen zu haben. Auch wenn wir nicht davon ausgehen, dass die Täter noch einmal versuchen werden, ausgerechnet sie zu entführen.«

Ignacio war da anderer Ansicht. Diese beiden Polizisten hatten das Wolfsgesicht unter der Kapuze nicht gesehen.

Engrasi blickte Capitaine Renaud beunruhigt an. »Und warum denken Sie, dass sie es nicht noch einmal bei Amaia versuchen? War das bei vorherigen gescheiterten Versuchen auch so?«

»Es gab vorher keine gescheiterten Versuche«, sagte Marie-France. »Keines der Mädchen konnte entkommen.«

51
Krewe. Mardi-Gras-Crew

In der Umgebung von New Orleans
Dienstag, 30. August 2005, um die Mittagszeit

Die Sonne brannte vom Himmel und brachte die Oberfläche des trüben Wassers zum Glitzern, das die Straßen überflutet hatte. Dupree hatte seinen Platz im Heck des Bootes bekommen, weil es dort ruhiger im Wasser lag, gleich neben Bull, der am Steuer saß. Schon der Einstieg hatte Dupree allerdings so angestrengt, dass er bleich und zitternd am Bootsrand lehnte und nun erschöpft die Augen schloss. Médora hatten sie am Bug untergebracht und unter einer Decke versteckt. Ihre Gegenwart wirkte auf sie alle beunruhigend, nicht zuletzt, weil der zugedeckte Körper ihnen den Eindruck vermittelte, eine Leiche zu transportieren.

»Vielleicht sollten wir bei der Hitze die Decke ein wenig zurückziehen«, schlug Johnson vor.

»Kommt nicht infrage«, widersprach Charbou. »So ist es viel besser.«

»Besser für wen?«, fragte Bull spöttisch.

»Besser für mich«, erklärte sein Partner verbissen. »Besser für alle!«

Niemand widersprach ihm.

Amaia überlegte, was die Nachricht hinsichtlich Nelson für ihre Ermittlungen bedeutete und ob es in dieser Situation richtig war, erst einmal in die Sümpfe zu fahren. Bull war auf Duprees Seite, und Johnson hatte aus Loyalität zugestimmt; er würde Dupree sogar in die Hölle folgen. Allerdings hatte es sie überrascht, dass Charbou schließlich klein beigegeben hatte.

Während sie durch die überfluteten Straßen und durch Gestank und Hitze fuhren, kamen ihnen in anderen Booten Menschen entgegen, die ins Zentrum der zerstörten Stadt flohen, und sie hörten das Weinen der Kinder.

Als sie den Mississippi hinter sich ließen und sich im ruhigeren Wasser des Kanals befanden, öffnete Dupree wieder die Augen, betrachtete seine postapokalyptische Crew und lächelte.

»Eine tolle *krewe*, die ich da hab«, meinte er.

»Das kann man wohl sagen, Captain«, entgegnete Bill Charbou.

Bull, der davon ausging, dass Amaia den Witz nicht verstanden hatte, erklärte ihr:

»Eine *krewe* ist die Besatzung eines Karnevalswagens, und der Captain ist der Verrückte, der den Befehl hat.«

Amaia sah Dupree an, der ihren Blick erwiderte und pflichtschuldig fragte: »Was möchten Sie wissen?«

Johnson griff jedoch sofort ein. »Ich denke, du solltest dich lieber ausruhen.«

Dupree winkte ab. »Es geht mir gut«, behauptete er, wobei seine Blässe und der Schweiß, der ihm übers Gesicht lief, das nicht gerade bestätigten.

»Da ist vieles, was ich gern wissen möchte«, antwortete Amaia. »Was zum Beispiel bedeutet *Bazagrá*? Médora hat das gesagt, bevor Sie ... na ja, bevor Sie uns umgekippt sind.«

»Es ist ein Fluch«, erklärte Dupree. »Das magische Herbeirufen eines Dämons. *Bazagrá, Bazagré, Bazagreá* ... Das kommt von Beelzebub oder Baal. Ursprünglich hieß es Baal Zebul; ein Gott der Kanaaniter und Phönizier, der jedoch in der jüdischen und später auch christlichen Religion zum Dämon gemacht wurde.«

»Und was sind das für Male auf Ihrer Brust, die wir auch bei Jacobs Großvater gesehen haben?«

»Die hat mir der Mann verpasst, der während des Hurrikans Betsy meine Schwester und meine Cousine mitgenommen hat, als ich das verhindern wollte. Nana hat diese Male auch.«

»Okay«, meinte Amaia verwirrt und ließ das Thema fallen, »aber Sie müssen mir noch etwas erklären. Ich kann nachvollziehen, dass die Ermittlungen im Fall eines getöteten Drogenhändlers eingestellt werden, dem wahrscheinlich kaum jemand eine Träne nachweint. Was mir aber nicht in den Kopf will, ist, dass das FBI einen Fall ungelöst zu den Akten legt, in dem es um den Tod eines seiner Agents geht.«

Dupree richtete sich ein Stück auf und stützte sich auf den rechten Unterarm, wobei er schmerzhaft das Gesicht verzog. »Das liegt an den Umständen, unter denen er zu Tode kam.«

»Heißt das, dass er in etwas Illegales verwickelt war und das FBI seinen Fall zu den Akten gelegt hat, um das zu vertuschen?«

Bull konnte sich nicht länger zurückhalten. »Genau das Gegenteil ist der Fall. Agent Carlino starb in Erfüllung seiner Pflicht, und man könnte sagen, dass Jerome Lirette sein Leben verlor, als er seiner Pflicht als Bruder nachkam.«

Dupree hob die linke Hand, um Bull zu besänftigen. »Als ich den Fall übernommen habe«, erklärte er, wieder an Amaia gewandt, »hat mich das, was Lirette und seine Mutter erzählten, sofort an jene schreckliche Nacht erinnert, als meine Schwester und die drei anderen Mädchen verschleppt wurden. Jerome verzweifelte daran, dass die Polizei davon überzeugt war, dass seine Schwester von anderen Drogenhändlern entführt worden wäre.

Ich aber wusste es besser. Nur half uns das erst mal nicht weiter. Bis wir in den Sümpfen Médulas Haarspange fanden.«

Dupree machte eine Pause und versuchte ruhig zu atmen. Bull übernahm für ihn.

»Der Spruch ›Die Sümpfe haben Augen‹ bezieht sich nicht nur auf die Tiere, die darin leben. Viele Cajuns wohnen dort auf Hausbooten oder anderen Kähnen. Aber keiner hatte etwas gesehen, was äußerst verwunderlich war. Die Sumpfbewohner haben nämlich eine Art siebten Sinn und melden es für gewöhnlich dem Sheriff, wenn sie Fremde sehen, denn allzu oft handelt es sich bei denen um flüchtige Kriminelle. Wie Sie wissen, habe ich, bevor ich ins Morddezernat gekommen bin, im Büro des Sheriffs von Terrebonne gearbeitet. Das Leben in den Sümpfen vermittelt einem eine andere Weltsicht, und immer wieder meldet sich auch jemand beim Sheriff, der behauptet, einen *rougarou* oder einen *lutin* gesehen zu haben. Deshalb haben wir uns gewundert, dass diesmal absolut niemand etwas gesehen haben wollte.«

»Einen *rougarou* oder einen *lutin*?«

»Der *rougarou* oder *loup-garou* ist ein Monster in den Sümpfen, das man mit einem Werwolf vergleichen kann. Die *lutins* sind etwas schwieriger zu erklären. Man könnte sie am ehesten als Geister oder Kobolde bezeichnen. Und dann gibt es noch die *fifolets,* die Sumpflichter, böse Geister, die Gespenster der Toten, die von den Strömungen in die *bayous*, in die fließenden Gewässer der Sümpfe, getrieben wurden.«

»Und wie reagiert die Polizei in Terrebonne auf solche Meldungen?«, fragte Johnson verwundert. »Ich bin bei meinen Ermittlungen im Sektenmilieu immer wieder auf große Skepsis bei den Behörden gestoßen.«

»Ich versichere Ihnen, wenn Sie eine Weile hier leben würden, käme Ihnen das alles gar nicht mehr so verwunderlich vor. Wenn Sie als Polizist in einer Gegend Ihren Dienst versehen, in der es gewisse ethnische Gruppen gibt, etwa Roma, die amerikanischen Ureinwohner oder die Cajuns, müssen Sie ihre Gebräuche akzeptieren, oder Sie sind verloren. Außerdem ist es wohl kein Geheimnis, dass im Süden Louisianas Voodoo praktiziert wird.«

»Voodoo im Sinne von Hexerei?«, fragte Amaia.

Bull sah sie verärgert an und entgegnete sehr ernst: »Voodoo als Religion. Eine Religion, der der Großteil der Bevölkerung in Ländern wie Togo oder Benin anhängt. Oder die karibische Ausprägung als Staatsreligion von Haiti, deren Ursprünge die Sklaven aus Afrika mitgebracht haben und die sich dann mit dem Christentum und seinen Varianten wie der *santería*, der *candomblé* oder der *umbanda* vermischten. Und ja«, sagte er mit einem Blick auf Johnson, »alle Anrufe und Mitteilungen, in denen es um verdächtige Aktivitäten geht, werden ernst genommen, denn wenn ein Glauben fester Bestandteil einer Kultur ist, dann werden auch Dinge praktiziert, die damit zu tun haben. Zeremonien mit Tieropfern, nächtliche Versammlungen, gestohlene Knochen aus aufgebrochenen Gräbern ...«

»Okay«, sagte Johnson nickend, der erneut ein wenig überfordert wirkte.

»Jerome hat Mist gebaut«, ergriff jetzt wieder Dupree das Wort. »Seine Schwester war bereits seit über einer Woche verschwunden, und keiner in den Sümpfen hatte etwas gesehen oder wollte etwas gesehen haben. Also hat Jerome, ohne uns zu informieren, eine Belohnung von zwanzigtausend Dollar für jeden Hinweis über Samedi ausgesetzt, was hier in den Sümpfen anders funktioniert als im Rest der Welt. Man muss dafür keine Anzeige in der Zeitung aufgeben oder die Meldung übers Radio verbreiten lassen; zwanzigtausend Dollar sind ein beachtliches Vermögen, das spricht sich sofort herum. Auf einmal verschwand Lirette spurlos, und nach drei Tagen wollten wir schon eine Suchaktion in den Sümpfen starten, als sich plötzlich ein anonymer Anrufer bei uns meldete, der uns verriet, wo wir seine Leiche finden würden. Beinahe gleichzeitig rief uns Jeromes Mutter an, die völlig hysterisch etwas von einer Nachricht ihres Sohnes an uns erzählte. Also teilten wir uns auf. Ich habe zusammen mit Bull, dem Sheriff und ein paar seiner Männer den Ort aufgesucht, wo sich laut dem Anruf Jeromes Leiche befinden sollte, während Carlino zu Jeromes Mutter gefahren ist.«

»Es war eine Falle«, vermutete Charbou.

»Nein, war es nicht. Jeromes Mutter hatte tatsächlich eine Nachricht an uns, und wir fanden seine Leiche am angegebenen Ort. Sie hatten ihn geköpft und seinen Körper an den Stamm eines Baums genagelt.«

»Und Carlino?«, fragte Johnson.

Dupree atmete tief durch. »Als ich später bei Lirettes Haus ankam, lag Carlino blutüberströmt und mit einem Loch im Körper auf der Schwelle der Eingangstür, doch er lebte noch. Keine zwei Meter von ihm entfernt befand sich, sorgsam auf der obersten Treppenstufe platziert, Jeromes Kopf. Ich beugte mich über meinen Kollegen, der verzweifelt versuchte, mir etwas zu sagen. Ich hielt mein Ohr dicht vor seinen Mund, dann konnte ich ihn verstehen: ›Lirette lebt.‹ Er sprach von Jerome, dessen Kopf doch direkt vor uns auf der Treppe abgestellt worden war. Ich dachte, dass mein Kollege einen Schock erlitten hätte, doch er wies auf den Kopf, dessen Halsstumpf aussah, als wäre der Kopf nicht abgeschnitten, sondern abgerissen worden. Die Gesichtshaut war von bläulichem Weiß, aus dem Mund schaute die bleiche, geschwollene Zunge hervor, seine Augen waren geschlossen. Doch dann ... öffnete er die Augen und sah mich an, zog die Zunge zurück und bewegte die Lippen, als ob er mir etwas sagen wollte.«

Dupree machte eine Pause und wartete auf Amaias Reaktion. Sie nickte und ermunterte ihn damit, fortzufahren.

»Ich starrte auf den Kopf, völlig fertig von den Schreien der

Mutter, die aus dem Haus drangen, und dem Anblick vor mir. Als ich die Hand meines Kollegen auf der meinen spürte, beugte ich mich erneut über ihn, um seine Worte zu verstehen. ›Er hat mir das Herz herausgerissen‹, sagte er. ›Samedi hat es mitgenommen.‹ Dann starb er. Doch bei der Obduktion seines Leichnams stellten die Pathologen entsetzt fest, dass Agent Carlino kein Herz mehr hatte. Im medizinischen Bericht ist von einer manuellen Entfernung durch eine Öffnung unterhalb der Rippen die Rede.«

»Aber das ist unmöglich!«, protestierte Charbou.

»Es gibt anthropologische Studien über die Opferrituale in der klassischen Maya-Ära in Zentralamerika«, meinte Bull, »in denen wird von einer Zeremonie berichtet, bei der einem lebenden Wesen durch ein Loch unterhalb der Rippen mit den Händen das Herz herausgerissen wurde.«

»Ich denke nicht, dass Charbou damit sagen will, dass es eine solche Zeremonie nicht gibt«, erklärte Johnson, »sondern dass es unmöglich ist, dass das Opfer danach noch so lange lebt.«

»Lirettes Mutter musste nach dem, was sie erlebt hatte, in eine psychiatrische Klinik eingewiesen werden«, sagte Dupree mit leiser Stimme, die seine Erschöpfung verriet. »Ich habe sie vor ein paar Tagen auf dem Balkon eines Hauses in der Bourbon Street wiedergesehen, wobei ich sie zuerst nicht erkannt habe. Sie sagte etwas zu mir, was nicht darauf schließen lässt, dass es ihr inzwischen besser geht.«

»Vier Stunden nachdem ich meinen Bericht abgegeben hatte«, erklärte Bull, »wurde ich in das Büro meines Vorgesetzten bestellt, der darauf bestand, dass ich einen neuen Bericht verfasste, einen, der keinen Aspekt enthält, der nicht mit kriminalistischer Logik zu erklären ist. Und das habe ich getan.«

Amaia richtete ihren Blick auf einen Punkt am Horizont. Auch sie wusste einiges über Aussagen, in denen alles, was nicht logisch zu erklären war, ausgelassen wurde.

»Der Fall wurde uns damals entzogen«, fuhr Bull fort. »Unsere Vorgesetzten weigerten sich, einen Durchsuchungsbeschluss für diese Plantage überhaupt zu beantragen. Wir hätten uns um den Fall nicht mehr zu kümmern, machte man uns klar.«

»Einen Durchsuchungsbeschluss haben wir jetzt aber auch nicht«, meinte Amaia.

Dupree wies auf die Decke, unter der sie Médora verborgen hatten. »Aus diesem Grund nehmen wir sie mit. Wir werden sehen, wohin sie uns führt, und finden wir eine Spur der anderen Mädchen, reicht das, um sich an Ort und Stelle umzuschauen.«

52
Traiteur. Heiler

Die Sümpfe

Die Sümpfe verschlangen das Licht, sobald sie dort eindrangen. Amaia war noch nie in einem Sumpfgebiet gewesen, doch das erdrückende Gefühl, das sich bei ihr einstellte, wenn das Blätterdach der Bäume alle Helligkeit abfing, hatte sie schon viele Male im Wald von Baztán erlebt. Zudem hatte Duprees Erzählung ihr eine weit zurückliegende Nacht im Wald in Erinnerung gerufen, die sie vergessen zu haben geglaubt hatte, und als sie an die düstere Schönheit und ihre Angst von damals dachte, lief ihr ein eiskalter Schauer über den Rücken.

Sie hatten den Geländewagen am Rand einer Siedlung in der Nähe von Houma zurückgelassen und waren wieder mit dem Boot unterwegs. Médora hockte, noch immer in eine Decke gehüllt, wie die Galionsfigur eines Piratenschiffs unbeweglich vorn am Bug.

Dupree hatte wieder Fieber. Trotz der intensiven Hitze, die den ganzen Tag über geherrscht hatte, war die Wärme seiner Haut zu spüren, als sie ihn wieder ins Boot setzten. Er nickte immer wieder ein und hob nur hin und wieder den Kopf, um mit Bull den Weg abzustimmen. Sie sahen ein paar verlassene Hausboote, die zum Teil untergegangen waren oder auf der Seite lagen, während das Wasser durch die Löcher hineinlief, die das Unwetter verursacht hatte. Obwohl mehrere Einheimische, denen sie begegneten und die mit vollgeladenen Kähnen unterwegs waren, ihnen bestätigten, auf dem richtigen Weg zu sein, verursachten die zwischen Johnson und Charbou gewechselten Blicke bei Amaia ein Frösteln, sodass sie sich fragte, ob sie vielleicht auch Fieber hatte.

Bill Charbou wollte schon umkehren, als die Siedlung, nach der sie suchten, plötzlich vor ihnen auftauchte.

Es war ein seltsamer Ort. Die Siedlung bestand aus drei recht großen Häusern auf schwimmenden Stegen, die am Ufer oder an den aus dem Wasser ragenden Bäumen festgebunden waren. Die Dächer stießen, nachdem das Unwetter das Wasser hatte steigen lassen, beinahe an die Kronen der Bäume, die sie bei normalem Wasserstand schützten. Mindestens ein Dutzend Fischerboote waren an dem improvisierten Steg befestigt, und die Lichterketten, die vom Bug bis zum Heck der Boote verliefen, sorgten für ersehnte Helligkeit.

Das Brummen eines Generators mischte sich in das Murmeln der Leute, die sie begrüßten, darunter auch Kinder. Das Gefühl, freundlich empfangen zu werden, erleichterte Amaia wie damals, als sie ein kleines, durch den Wald irrendes Mädchen gewesen und auf das erleuchtete Haus gestoßen war.

»*How's ya mamma 'n' 'eem?*«, riefen ihnen die Leute von den schwimmenden Häusern aus zu.

Bill und Bull hoben die Daumen und lächelten.

»*How's ya mamma 'n' 'eem?*«, wiederholten sie, was für ein fröhliches Durcheinander an Willkommensrufen sorgte.

»Wie geht es deiner Mama und ihnen?«, fragte Amaia erstaunt.

»Ja, Subinspectora, Louisiana ist ein matriarchalischer Staat«, antwortete Bull. »Man fragt bei der Begrüßung zuerst höflich nach dem Befinden der Mutter und dann nach dem der anderen.«

Sie befestigten das Boot am Verandageländer eines der Häuser, und ein Dutzend Hände streckten sich ihnen entgegen, um ihnen beim Aussteigen zu helfen.

Amaia überlegte, wie sie sich den *traiteur* vorgestellt hatte: als eine Art farbenprächtigen, schreienden Schamanen, wie den Chef eines der traditionellen Karnevalsumzüge in den amerikanischen Südstaaten. Mit Federn geschmückt, bunt angezogen, mit einem Gehrock, der mit Muscheln, Pailletten und Korallen geschmückt war, und mit einer karibisch-afrikanischen Maske vor dem Gesicht, wenn er den Geistern begegnete.

Doch in Wahrheit war der *traiteur* ein Mann mit bronzefarbener Haut und einem dünnen, leicht gebeugten Körper. Er trug ein altes verwaschenes Shirt der *New Orleans Pelicans*, eine weite Hose, die bis über seine kräftigen Fußknöchel aufgekrempelt war, und Plastiksandalen an den großen Füßen. Sein Haar war recht lang und grau meliert.

Bevor er zuließ, dass die Patienten aus dem Boot geholt wurden, sah er sie sich an. Er zog die Decke zurück, die Médora verbarg, und betrachtete sie ohne ein Anzeichen von Entsetzen oder Ekel. Wenn ihm etwas anzusehen war, dann höchstens Mitleid. Bei Dupree reichte ihm ein kurzer Blick, woraufhin er den Männern ein Zeichen gab, ihn aus dem Boot zu heben.

Ein halbes Dutzend Fischer brachte Dupree ins Innere des Hauses, während Johnson dem *traiteur* folgte und ihm mitzuteilen versuchte, dass Dupree darauf bestanden hatte, ihn aufzusuchen, und was die Ärzte gesagt hatten.

In dem Raum, in den Dupree gebracht wurde und der das gesamte Erdgeschoss des Hauses umfasste, befanden sich mindestens fünfundzwanzig Leute: Männer und Frauen, Fischer und sonstige Sumpfbewohner, doch ihre Anwesenheit schien den *traiteur* nicht zu stören; er verhielt sich, als wäre er mit seinem Patienten allein.

Die Stimme des *traiteurs* klang gleichzeitig weich und männlich. Er beugte sich vor und nahm das Säckchen aus Ziegenleder aus Duprees Fingern, das Amaia bereits im Krankenhaus gesehen hatte, betrachtete es und legte es vorsichtig neben das Kissen.

»Wissen Sie, was das ist?«, fragte Amaia flüsternd die Frau, die neben ihr stand.

»Das ist ein *gris-gris*«, antwortete die Frau.

Amaia sah sie überrascht an, weil sie gar nicht mit einer Antwort gerechnet hatte.

»Ein Talisman im Voodoo-Glauben«, erläuterte die Frau. »Jemand, der ihn sehr liebt, hat ihn für ihn gemacht, weil er oder sie wusste, dass er in Gefahr ist. Ohne das *gris-gris* wäre er jetzt tot.«

Amaia spürte einen leichten Schwindel und hatte einen heißen Kopf. Zunächst dachte sie, es läge an den vielen Stunden in der Sonne und an der übernatürlichen Atmosphäre dieses Ortes, doch plötzlich verspürte sie einen stechenden Schmerz im Unterleib, den sie sich nicht erklären konnte. Mit dem nächsten Stich breitete sich der Schmerz bereits bis zur Innenseite ihrer Oberschenkel aus. Doch sie verdrängte Schmerz und Schwindel, um sich auf den Heiler zu konzentrieren.

Der *traiteur* sank neben der Pritsche, auf der Dupree lag, auf die Knie und legte beide Hände auf Duprees Brust. Gleichzeitig neigte er den Kopf und murmelte irgendetwas, vielleicht ein Gebet, eine magische Formel oder einen Zauberspruch; Amaia wusste es nicht, aber ihr war klar, dass dieser Mann auf eine äußerst bescheidene Art über große Macht verfügte.

Die Hände des *traiteurs* bewegten sich zu Duprees Seiten, glitten darüber hinab bis zu den Füßen, dann zurück zu seinem Kopf. Während er die rituellen Bewegungen vollzog, betete er unentwegt, und seine Worte schienen voller Kraft und Vertrauen. Es war, als würde er Duprees Körper in eine unsichtbare Decke wickeln, um ihn vor Schmerzen zu schützen.

Schließlich beendete er das Ritual, stand auf und blickte die Anwesenden an. Dupree lag mit geschlossenen Augen ruhig da. Er schwitzte nicht mehr und schien friedlich zu schlafen. »Alles Weitere müssen wir ihm überlassen. Ich habe das Meine getan, jetzt muss er sich selbst heilen.«

»Schläft er?«, erkundigte sich Bull, was sich mehr wie eine Feststellung als eine Frage anhörte.

»Nein«, antwortete der *traiteur*. Und ohne weitere Erklärungen sah er die Fischer an und forderte sie mit einer Geste auf, Médora zu ihm zu bringen.

Als die Decke, die Médora verhüllte, weggezogen wurde, breitete sich ein unangenehmer Grabgestank im ganzen Raum aus, sodass sich die meisten der Anwesenden Mund und Nase bedeckten.

Aufrecht in der Mitte des Raums stehend, schien Médora nichts anderes wahrzunehmen als die plötzliche Helligkeit. Dem Schutz der Decke beraubt, senkte sie den Kopf, um sich vor dem flackernden Licht zu schützen, das etwa ein halbes Dutzend Glühbirnen an der Decke verbreiteten. Ihre Haarsträhnen fielen ihr übers Gesicht und bedeckten die trockene Haut.

»Wer hat dir das angetan?«, fragte der *traiteur* sanft.

Médora antwortete nicht.

Der *traiteur* hob die Hände und legte sie auf Médoras dürre Schultern, deren Knochen unter dem in dieser Umgebung deplatziert wirkenden Nachthemd mit den kleinen Blumen spitz hervortraten.

Médora zuckte zusammen, als sie die Berührung spürte, und wich zurück. Der *traiteur* folgte ihr und stellte sich erneut vor sie, diesmal, ohne sie zu berühren. Er betete, wobei er nur die Lippen bewegte.

Médora begann, vor- und zurückzuschwanken, als durchliefe

eine sanfte Welle ihren Körper, wobei sie ein leises Zischeln ausstieß.

Amaia sah gebannt zu. Niemals hätte sie gedacht, dass sich dieser misshandelte Körper noch auf diese Art bewegen könnte.

In dem Zischeln, das Médora von sich gab, lag etwas Hypnotisierendes. Weiterhin bewegte sie sich langsam vor und zurück.

»Das ist die Schlange«, sagte die Frau, die vorher schon mit Amaia gesprochen hatte.

Ja, Médora zischte und bewegte sich tatsächlich wie eine Schlange.

Der *traiteur* machte wieder einen Schritt auf sie zu, und während er weiterhin betete, umfing er sie plötzlich wie ein kleines Kind mit den Armen, sodass ihr Kopf an seiner Brust lag. Médoras Arme hingen an den Körperseiten schlaff herunter, ihre Knie knickten ein, und die Füße verloren den Halt, während ihr Kopf nach hinten fiel und allen Anwesenden den grausamen Anblick des Todes in ihrem Gesicht gewährte.

Der *traiteur* stützte sie, damit sie nicht umkippte, und legte sie vorsichtig auf dem Boden ab, wobei er die Anweisung gab, sie wieder zuzudecken.

Johnson, Amaia und die beiden Detectives aus New Orleans traten an den Mann heran.

»Ihrem Freund wird es bald wieder gut gehen«, sagte dieser mit einer Geste in Richtung Dupree, der immer noch reglos dalag; dann richtete er den Blick auf Médora. »Sie kann ich nicht heilen.«

Amaia sah ihn verblüfft an. Was war es dann, was sie gerade gesehen hatte?

Als hätte sie die Frage laut ausgesprochen, wandte sich der *traiteur* an sie und erklärte: »Die Takotsubo-Kardiomyopathie wird auch ›Gebrochenes-Herz-Syndrom‹ genannt, und genau das ist mit Ihrem Freund geschehen. Jemand hat dafür gesorgt, dass sich sein Herz vor Angst und Unsicherheit zusammenschnürte. Dagegen konnte ich etwas tun. Diese Frau jedoch kann ich nicht heilen, denn der Ort, an dem ihr Leiden seine Wurzeln hat, ist nicht in ihr.«

Bull und Johnson nickten, als wäre das, was der *traiteur* gesagt hatte, völlig verständlich, doch Charbou stieß hervor: »Das verstehe ich nicht!«

»Er kann nicht heilen, was sie nicht hat«, sagte Amaia. »Ihren *petit bon ange*, ihre Seele. Samedi hat sie ihr weggenommen.«

»Aber … ist das denn möglich?«, fragte Charbou den *traiteur*. Amaia merkte, dass selbst er dessen Autorität auf eine gewisse Weise anerkannte, und das, obwohl Charbou bisher allem, was sie in letzter Zeit erlebt hatten, mit Skepsis gegenübergetreten war.

»Sie glaubt, dass es so ist, und das reicht aus«, erklärte der *traiteur*. »Er hält ihre Seele gefangen. Und solange er sie hat, ist sie seine Sklavin.«

»Aber Sie haben gerade etwas mit ihr gemacht.« Charbou blickte auf die am Boden liegende Frau. »Und ich würde sagen, dass sie jetzt deutlich besser aussieht«, fügte er hinzu.

»Das ist eine vorübergehende Erleichterung«, antwortete der Heiler. »Aber der Wolf wird zurückkehren.«

Amaia war von seiner Wortwahl verwirrt. Zugleich merkte sie, dass sein Blick auf ihr ruhte.

»Die Ärzte sagen, dass sie unter dem Cotard-Syndrom leidet«, erklärte sie.

»Das ist richtig.«

»Das heißt, auch Sie glauben, dass sie eine psychische Krankheit hat, die ihr Verhalten auslöst?«, fragte Charbou.

»Natürlich, aber die Krankheit geht nicht von ihr aus, sie wurde ihr zugefügt, so als hätte man sie absichtlich angesteckt.«

»Ich habe immer …« Charbou suchte nach den richtigen Worten. »Nun ja, Sie müssen mich verstehen, ich komme aus New

Orleans und habe schon oft von Zombies, Flüchen und natürlich auch von Voodoo-Puppen gehört, mit denen man jemandem Schmerzen oder Krankheiten zufügen kann. Aber ich dachte stets, dass es das nur in Filmen gibt. Ich habe nie daran geglaubt.«

»Genau darum geht es«, erklärte der Heiler, »daran zu glauben oder nicht. Der *bokor*, der das hier getan hat, ist ein dunkler Priester, jemand, der Geister beschwört, um Böses zu tun, um andere Menschen zu beherrschen. Der ganze Aberglaube, der sich um den Voodoo-Kult rankt, hat einen wahren Kern, und zwar die Religion der Geister. Das Wort ›voodoo‹ selbst bedeutet ›sprechender Geist‹. Und wenn man mit den Geistern spricht, kann man sich an die guten oder die bösen Geister wenden. Médora leidet unter einer Krankheit, die sie sich fühlen lässt, als wäre sie tot. Ich kann mir kein schlimmeres Leiden vorstellen. Wenn ihre Seele nicht heilt, kann auch ihr Gehirn nicht gesund werden. Médora ist krank, weil sie eine Gläubige ist. Die Zeremonie der Zombifizierung ist dann erfolgreich, wenn es einem *bokor* gelingt, sein Opfer davon zu überzeugen, dass es tot ist, dass er ihm die Seele entrissen hat. Und nur er kann es wieder zum Leben erwecken, und bis dahin gehört es ihm.«

»Dupree hat gesagt, dass Sie Médora helfen würden«, meinte Amaia.

»Ich kann *Ihnen* helfen, wenn Sie wollen«, entgegnete der Mann und wies auf ihren Unterleib, »und zwar, indem Ihnen Annabel ein Antibiotikum gibt.« Er wies auf die Frau, mit der Amaia gesprochen hatte. »Das Wasser hier ist voller Bakterien, und die Frauen in den Sümpfen leiden oft unter Blasenentzündungen.«

Die schmerzhaften Stiche in Amaias Unterleib waren noch heftiger geworden, und sie hatte das dringende Bedürfnis, zu urinieren, was tatsächlich auf einen Blaseninfekt hinwies. Sie presste die Lippen zusammen und kämpfte erneut gegen ihre Schwäche an. »Aber sie muss uns helfen«, brachte sie hervor. »Wir müssen irgendwie mit ihr kommunizieren. Das Leben von zwei kleinen Mädchen könnte davon abhängen.«

»Ich fürchte, dass wir nicht mehr aus ihr herausbekommen werden, als sie bereits gesagt hat.«

»Aber sie hat doch noch gar nichts gesagt«, wandte Charbou ein.

Der *traiteur* lächelte. »Vielleicht nicht in Ihrer Sprache, aber ich versichere Ihnen, dass derjenige in ihr gesprochen hat.«

53
Stella Tucker

Florida

Agent Tucker betrachtete sich im Spiegel, während sie sich die Hände wusch. Die Kurzhaarfrisur war eine richtige Entscheidung gewesen, denn sie saß immer perfekt. Ihre Haut war nicht zu trocken, allerdings hatten der Stress und die Anspannung in den letzten Stunden ihre Spuren hinterlassen, denn unter ihren Augen zeichneten sich dunkle Schatten ab.

Auch der Anzug saß perfekt, wobei sie gern eine frische Bluse angezogen hätte. Doch sie konnte jetzt nicht ins Hotel zurück und sich umziehen, denn sie wollte den Senator nicht warten lassen. Wilsons Anruf aus Quantico hatte sie wertvolle Zeit gekostet, aber sie hatte seinen Glückwunsch und die Anerkennung ihrer Leistung genossen, obwohl ihr bewusst war, dass Wilson und Verdon sie für ein Miststück hielten. Doch das war ihr egal. Da Dupree in New Orleans offenbar von der Bildfläche verschwunden war und ihr Team in der alten Zusammensetzung nicht mehr existierte, arbeitete sie nicht mehr unter seinem Befehl. Zudem hatte sie unter Beweis gestellt, dass sie in der Lage war, eine Einheit erfolgreich zu leiten.

Ein durchdringendes Piepen kündigte den Eingang von Emersons SMS an, auf die sie wartete. Der Senator aus Washington war angekommen und hatte gerade das Gebäude betreten. Sein Sekretär hatte vor einer Stunde angerufen. Der Senator war wegen des Notfalls nach Florida zurückgekehrt und wünschte, sie im VIP-Bereich des Krankenhauses, in dem Brad Nelson lag, zu treffen.

Auch in Hinblick auf Nelson konnte es nicht besser laufen. Vor zwanzig Minuten hatten die Ärzte ihr mitgeteilt, dass er wieder bei Bewusstsein war, auch wenn er noch unter Schock stand und intubiert war, sodass sie nicht mit ihm reden konnten. Aber die Ärzte waren optimistisch, dass er bald wieder genesen würde. Auf wundersame Weise hatten die Schüsse des Kollegen vom SWAT-Team keine lebenswichtigen Organe verletzt. Der Arzt hatte von einem kaputten Wirbel gesprochen, daher konnte es sein, dass Nelson nie wieder würde laufen können oder nur mit großen Schwierigkeiten, aber Tucker wusste, dass, wäre er tot, dies einen Schatten auf ihre großartige Aktion geworfen hätte. Einen Serienmörder vor Gericht zu bringen war jedoch eine hervorragende Publicity.

Sie streckte ihrem Spiegelbild die rechte Hand entgegen und neigte zur Probe leicht den Kopf, respektvoll, aber nicht unterwürfig. Professionell. Weder zu kühl noch überwältigt. Agent Tucker hatte den Einsatz geleitet, bei dem die Familie eines US-Senators gerettet worden war, aber das war eben auch ihre Pflicht, ihr Job. Sie musste den richtigen Tonfall treffen, zwischen spröder Professionalität und der Bescheidenheit des Helden, die sie nicht davon abhielt, den verdienten Dank entgegenzunehmen, den sie von dem Senator erwartete.

54

Die grausame Wahrheit

Elizondo

Es war eine beruhigende Geste, die Juan so sehr verinnerlicht hatte, dass er sie beinahe unbewusst ausführte, im Halbschlaf, um sich zu vergewissern, dass alles in Ordnung war. Doch nun ertastete er die Leere, fühlte das kühle Laken. Er öffnete die Augen. Rosario war nicht da.

Sie war nicht im Haus, er wusste es in dem Moment, als er erwachte. Dennoch sah er in allen Räumen nach, ging barfuß über die kühlen Fliesen. Zurück im Schlafzimmer, setzte er sich auf den Rand des Bettes und betrachtete die Leere dort, wo sich seine Frau hätte befinden sollen. Dann beugte er sich zum Nachttisch vor, öffnete die Schublade und schob die Socken zur Seite, die paarweise geordnet darin lagen. Darunter hatte er den großen gelben Umschlag versteckt.

Er zog ihn hervor und legte ihn neben sich aufs Bett. Mit zitternden Fingern strich er über den Namen seiner Tochter, den jemand mit blauer Tinte daraufgeschrieben hatte. Er seufzte bekümmert.

Seit Amaia bei Engrasi wohnte, stand Rosario nicht mehr auf, um ins Zimmer der Mädchen zu gehen. Und seit fast zwölf Jahren hatte sie nachts das Haus nicht mehr verlassen. Zuletzt während ihrer dritten Schwangerschaft.

Jahre, in denen er nicht richtig geschlafen hatte, um sie im Bett neben sich zu überwachen. Er dachte an das erste Mal, als sie nicht da gewesen war. Den ersten Schrecken, als er gemerkt hatte, dass sie zu lange fortblieb, um im Bad zu sein, als er fürchtete, sie könnte ohnmächtig geworden sein oder eine Fehlgeburt erlitten haben. Die verzweifelten Sorgen, nachdem er panisch im ganzen Haus nach ihr gesucht hatte und dann mit einem Mantel über dem Pyjama zur Backstube gelaufen war, nur um festzustellen, dass sie auch dort nicht war. Danach hatte er im Wohnzimmer ängstlich, aber auch mit einer vagen Ahnung auf sie gewartet, sich noch eine Viertelstunde gegeben, bevor er die Polizei benachrichtigen würde. Und als er dann den Schlüssel im Schloss hörte, hatte er dem Drang nachgegeben, eilig wieder zu Bett zu gehen und sich schlafend zu stellen, als sie sich, die Kälte von draußen noch im Körper, neben ihn legte.

»Wo warst du? Alles in Ordnung?«, hatte er mit zitternder Stimme zu fragen gewagt.

Woraufhin sie ruhig geantwortet hatte: »Keine Sorge, mir geht es gut. Ich konnte nicht schlafen und bin aufgestanden, um ein Glas Milch zu trinken.«

Danach war Juan nicht mehr eingeschlafen.

Rosario war weiterhin in regelmäßigen Abständen nachts aufgestanden und hatte das Haus verlassen. War im Morgengrauen eiskalt, aber ganz heimlich zurückgekommen, um sich wieder ins Bett zu legen und so zu tun, als wäre sie die ganze Zeit dort gewesen.

Unzählige Male hatte er daran gedacht, mit ihr zu reden, überlegt, wie er es ansprechen sollte. Jede Nacht, in der er im Dunkeln im Wohnzimmer gesessen hatte, hatte er sich ihr Gespräch vorgestellt, das er mit ihr führen wollte, wenn er sie dabei überraschte, wie sie in den frühen Morgenstunden heimlich zurückkehrte. Dann hätte sie keine andere Wahl gehabt, als ihm zu erklären, woher sie kam, bei wem sie gewesen war, warum sie in der Nacht schwanger das Haus verließ.

Doch jedes Mal, wenn er den Schlüssel im Schloss hörte, hatte er sich vorgestellt, wie sie den Schlüsselbund umfasste, damit das Klimpern im stillen Haus nicht zu hören war; wie sie die Klinke umklammert hielt, um die Tür lautlos zu schließen; wie sie den Türabdichter wieder vorschob. Er hatte sich vorgestellt, wie sie die Treppe hinaufschlich, wobei sie die beiden knarrenden Stufen ausließ. Und diese Vorstellung, wie sie sich darum bemühte, nicht entdeckt zu werden, hatte ihn stets veranlasst, einen Moment bevor sie ins Haus kam, wieder ins Bett zu schlüpfen.

Er versuchte sich selbst davon zu überzeugen, dass sie aus Rücksicht so leise war und ihre Heimlichkeit darin begründet war, dass sie es bereute und sich schämte. In jener ersten Nacht, als sie wieder neben ihm gelegen hatte, ihr Atem ruhiger wurde und sie schließlich wieder einschlief, hatte er sich aufgestützt und sie betrachtet, und alles, was er gefühlt hatte, war Dankbarkeit gewesen. Dankbarkeit darüber, dass er sie hatte und dass sie zurückgekehrt war.

Denn jedes Mal, wenn er sie so neben sich schlafen sah, fragte er sich, was eine Frau wie sie mit einem Schwächling wie ihm wollte. Er konnte immer noch nicht glauben, dass sie ihn erwählt hatte und mit ihm zusammenlebte. Engrasi behauptete, er sei wie ein Vogel Strauß, der den Kopf in den Sand steckte, um die Probleme nicht sehen zu müssen. Dabei fühlte er sich eher wie eine Ente, ein Erpel, der sich in einen Schwan verliebt hatte und begriff, dass ihm das Schicksal das unfassbare Glück gewährte, das für andere unerreichbar war, das Privileg, eine solche Frau an seiner Seite zu haben.

Zusammen mit ihr fühlte er sich unbesiegbar, aber er vergaß nie, dass er nur eine kleine tollpatschige Ente neben einem majestätischen Schwan war, ein einfacher Mensch neben einer Königin. Wie konnte er es sich erlauben, sie zu kritisieren oder zu etwas zu zwingen.

Beim zweiten Mal, als sie nachts fortging, war er so besorgt, dass er in den folgenden Tagen an nichts anderes denken konnte. Wohin wollte seine Frau mit dem Mantel über dem Nachthemd und den Schuhen in der Hand? Wohin konnte eine schwangere Frau mitten in der Nacht in einem Ort gehen, in dem ab neun Uhr abends alles geschlossen war? Diese Fragen machten ihn verrückt. Schlaflos in der Nacht und tagsüber reizbar, beschloss Juan nach der dritten Nacht, in der Rosario verschwand, sich an den Arzt zu wenden.

Als Flora und Rosaura zur Welt gekommen waren, hatte es keine Probleme gegeben. Deshalb war Juan erschrocken, als Dr. Hidalgo ihm erklärte: »Wegen der Besonderheiten bei dieser Schwangerschaft könnte es zu Komplikationen kommen.«

»Warum? Ist Rosario krank?«

»Physisch ist sie vollkommen in Ordnung«, beruhigte ihn der Arzt. »Sie ernährt sich vernünftig, geht viel spazieren und hat nicht zu sehr zugenommen. Nur ist eine Schwangerschaft für die Mutter nicht nur eine körperliche Herausforderung, sondern auch eine psychische. Aber keine Sorge, Rosario ist eine gute Mutter und wird mit der Sache klarkommen.«

Eines Nachts, nachdem sie zurück ins Bett gekommen war und ihr Körper allmählich wieder warm wurde, wagte er in der Dunkelheit zu flüstern: »Ich bin dein Ehemann, und ich liebe dich. Wohin du auch gehst, ich würde dich dorthin begleiten.«

Rosario hatte nicht gleich reagiert. Erst als er schon dachte, sie wäre wieder eingeschlafen oder dass sie sich schämte und nicht die Kraft aufbrachte, etwas darauf zu sagen, entgegnete sie:

»Niemals.«

Danach hatte er den Rest der Nacht wach gelegen, an die Decke gestarrt und über dieses Wort nachgegrübelt, über seine Bedeutung und die Drohung, die darin mitschwang.

Rosario hatte in den letzten drei Schwangerschaftsmonaten beinahe jede Woche nachts das Haus verlassen. Juan hatte nie wieder gefragt. Und nach der Entbindung war alles den Bach runtergegangen, denn in der Nacht, in der Amaia das Licht der Welt erblickte, zusammen mit einer Zwillingsschwester, hatte Rosario diese in den ewigen Schlaf verbannt.

Juan wollte glauben, dass der Tod des Mädchens ein Unfall war, auch wenn Dr. Hidalgo von einer postnatalen Depression gesprochen hatte, die jedoch vorbeigehen würde wie ein schlechter Traum. Aber Juan hatte Rosario in den ersten Monaten nach Amaias Geburt nachts immer wieder neben der Wiege der Kleinen sitzen sehen, was ihn über die Maßen beunruhigt hatte. Zunächst hatte er sich einzureden versucht, dass dies einem Beschützerinstinkt entsprang wie bei vielen Eltern, die nachts aufstehen, um nachzusehen, ob ihr Baby noch atmet. Doch Rosarios Gesicht und ihr Blick hatten etwas anderes gesagt, sie hatte das Kind geradezu mit Entsetzen angestarrt, und obwohl er im Grunde wusste, dass es nichts bringen würde, hatte er ihr zugeflüstert, dass es der Kleinen gut gehe, dass dem Kind nichts passieren würde. Er hatte Rosario den Arm um die Schultern gelegt und sie davon überzeugt, zurück ins Bett zu gehen, doch in der nächsten Nacht war sie wieder aufgestanden.

Er hatte sich eingeredet, dass sie mehr niemals tun würde, hatte aber in jeder Nacht, aufrecht im Bett sitzend, auf sie gewartet, wenn sie in Amaias Zimmer war und dem Kind böse Worte zuflüsterte. Er hatte sich eingeredet, dass das Mädchen schlief und von all dem nichts mitbekam.

Doch in der absoluten Finsternis jener Nacht, als er seine Tochter für immer aus seinem Haus verbannte, hatte er die Wahrheit akzeptieren müssen.

Juan war ein Mensch, der sich seiner Grenzen voll bewusst war. Ein einfacher Mensch, der sich nicht allzu viele Gedanken machte und sich auf seine Arbeit, seine Familie und die Erfüllung seiner Pflichten konzentrierte. So war er schon als Kind gewesen.

Aber es gab Situationen, denen er nicht gewachsen war. Worte überforderten ihn, es fiel ihm schwer, die Dinge beim Namen zu nennen. Und er gehörte zu den Leuten, die etwas erst akzeptierten, *wenn* man es beim Namen nannte; dass es nichts Schlimmes in seinem Leben und in seinem Haus gab, solange es nicht zur Sprache kam.

Darum hatte er Engrasi heftige Vorwürfe gemacht, als sie sagte, seit Amaias Geburt sei es Rosarios Ziel, die Kleine zu töten. Innerlich schüttelte er bei diesem Gedanken den Kopf, weil er zu schrecklich war. Jetzt seufzte er tief und voller Angst, griff nach dem gelben Umschlag, der neben ihm auf dem Bett lag, und öffnete ihn, sodass der dunkle Rand der Röntgenaufnahme zu sehen war. Er nahm das Bild heraus und hielt es sich vor die Augen.

Der kleine Schädel seiner Tochter wies an zwei Stellen Verletzungen auf, die sich als weiße Stellen auf dem Knochen zeigten, umgeben von grauen Schatten, die innere Blutungen waren. Er schloss die Augen, begann zu weinen, warf das Röntgenbild aufs Bett und stand entschieden auf.

Genau wie zwölf Jahre zuvor betete er, dass Rosario in der Nähe war, dass sie nur noch nicht ins Bett zurückgekehrt war, weil sie auf der Treppe gestolpert oder ihr irgendwo im Haus schlecht geworden war. Er schämte sich dafür, dass er sich wünschte, dass sie gefallen war und sich etwas gebrochen hatte, dass sie verletzt oder aus einem anderen Grund bewegungsunfähig auf dem Boden lag.

Wenn sie nur nicht wieder das Haus verlassen hatte! Einmal mehr suchte er in allen Zimmern nach ihr, obwohl er wusste, dass er sie nicht finden würde.

Schließlich griff er nach dem Schlüssel zur Backstube und zog sich den Mantel über den Pyjama. Er trat hinaus in das im nächtlichen Nebel ruhende Elizondo, in dem nur das Plätschern des Flusses zu hören war, ging zur Backstube und sah bereits von außen, dass drinnen alles dunkel war. Dennoch öffnete er die Tür und sah sich um.

Hier war sie nicht. Für einen Moment lehnte er verzweifelt den Kopf gegen die Tür, in dem Wissen, dass er mehr nicht tun konnte.

»Rosario«, flüsterte er zitternd. »Rosario wird unsere Tochter töten.«

Erschrocken von der Brutalität der Worte, legte er sich die Hände vor den Mund, als ob er die entsetzliche Wahrheit so darin verschließen könnte. Doch schließlich fügte er sich in das Unvermeidliche.

Er begriff, dass er es immer gewusst hatte, dass er die entsetzliche Wahrheit in seinem Inneren zurückgehalten hatte, um sie nicht in Worte fassen zu müssen. Und nun, nachdem er sie ausgesprochen hatte, nahm das grauenvolle Unheil Gestalt an.

Er verließ die Backstube, ohne hinter sich die Tür zu schließen, und lief über das vom Nebel feuchte Pflaster zum Haus seiner Schwester.

55

Engrasi

Elizondo

Ipar richtete die Ohren auf und sah Engrasi mit einem Ausdruck an, den sie als schuldbewusst interpretierte. Er war wieder ins Bett geklettert, obwohl sie direkt daneben auf dem Boden einen Schlafplatz für ihn vorbereitet hatte. Amaia hatte einen Arm um den Hund gelegt, wobei die Finger ihrer Hand im dichten Fell an seinem Hals vollkommen versanken.

Engrasi wusste, dass ihre Nichte Ipar ermunterte, sich neben sie zu legen, sobald die Tante das Zimmer verlassen hatte. Mit einem großzügigen Lächeln legte sie den Zeigefinger an ihre Lippen, um ihm deutlich zu machen, dass er ruhig bleiben sollte. Ipar legte den Kopf wieder nieder, als hätte er sie verstanden.

Engrasi lehnte sich an den Türrahmen und betrachtete entzückt das schlafende Kind. Amaia lag dort im sanften Licht einer Nachtlampe, die nicht ausgeschaltet werden durfte, damit sie schlafen konnte, oder besser, damit sie, wenn sie in der Nacht aufschreckte und das Gefühl hatte, dass jemand neben ihrem Bett stand, sofort wusste, wo sie sich befand, und sich wieder beruhigte. Das goldblonde Haar der Kleinen lag in Wellen auf dem Kissen und reflektierte das Licht. Sie hatte wunderbares langes Haar, das ihr bis über die Schultern reichte. Das kräftige Haar, das bei ihnen in der Familie lag. Wie ihr eigenes, dachte Engrasi und fasste sich an den Kopf. Wie das ihrer Mutter Juanita, Amaias Großmutter.

Das Haar, das Amaia von ihren Schwestern unterschied und das Rosario zum Zopf geflochten hatte, um es dann lieblos mit der Schere abzuschneiden.

Schon damals hätten ihre Alarmglocken schrillen müssen. Engrasi dachte oft daran, an die Tage vor der Nacht, in der Amaia beinahe von ihrer eigenen Mutter getötet worden wäre. An die Art und Weise, wie die Gewalt sich nach und nach angekündigt hatte. Durch die Kleidung, die Amaias Mutter ihr aufgezwungen hatte, das Essen, von dem sie sich hatte ernähren müssen, und die Verstümmelung ihrer Haarpracht. Engrasi schüttelte den Kopf, während sie daran dachte, wie oft einen das Schweigen zum Komplizen machte, obwohl man die Anzeichen des Bösen wahrnahm und trotzdem keinen Finger rührte.

»*Gabon*, Ipar«, sagte sie, »gute Nacht«, bevor sie die Tür in dem Wissen schloss, dass Amaia sich sicher fühlte.

Engrasi war den ganzen Tag unruhig gewesen. Nach dem Besuch der französischen Polizisten hatte Joxepi warnend zu ihr gesagt: »Engrasi, du darfst die Kleine keinen Moment allein lassen. Begleite sie überallhin und lass nicht zu, dass sie ohne Ipar die Tür öffnet. Falls diese Leute wirklich so gefährlich sind, wie die französische Polizistin gesagt hat …«

Ignacio hatte dem zugestimmt. »Ipar würde für sie sterben, aber die Gier dieser Leute ist so groß, dass sie sich von einem Hund bestimmt nicht abschrecken lassen.«

Engrasi hatte düster genickt. »Schon seit einer Weile denke ich über die Möglichkeit nach, Amaia woanders in die Schule zu schicken. Aber darauf ist sie selbst auch schon gekommen. Sie ist sehr klug und ihren Schulkameraden weit voraus. Vor ein paar Monaten hat ein Lehrer ihr von einem Internat in Pamplona erzählt. Das ist eine sehr gute Schule, der Unterricht wird auf Englisch erteilt, und sie wäre die ganze Woche über dort. Da gibt es sogar Kinder, die nur in den Ferien nach Hause fahren; ich könnte sie an den Wochenenden besuchen.«

»Wenn sie meine Tochter wäre, würde ich nicht länger darüber nachdenken«, hatte Ignacio gebrummt. »Nicht nach dem, was wir heute erfahren haben.«

In den letzten Tagen war Engrasi die Sache nicht mehr aus dem Kopf gegangen, und das nicht nur wegen des französischen Autos, sondern wegen dem, was Rosario bei ihrer letzten Begegnung zu ihr gesagt hatte:

»Und wenn ich seit der Geburt dieses Kindes eines weiß, dann, dass uns allen ein Schicksal vorbestimmt ist, Engrasi, und Amaia wird das ihre erfüllen, so wie ich das meine.«

Engrasi ging die Treppe hinunter und ins Wohnzimmer. Dort legte sie im Kamin ein paar Holzscheite nach, nahm dann ein mit schwarzer Seide umwickeltes Päckchen aus der Schublade der Kommode und brachte es zum Tisch. Sie setzte sich und löste einen nach dem anderen die Knoten der Schnur, die die Karten zusammenhielt. Sie sah ihr Tarot de Marseille hoffnungsvoll an, wie eine unvermeidliche bittere Medizin, die ihr die Last der Frage, die sie nun stellen würde, abnehmen sollte.

Sie mischte die Karten langsam und in aller Ruhe, während sie darüber nachdachte, wie sie die Frage formulieren sollte. Sie hob einen Teil ab und mischte erneut, dann legte sie die Karten in der Form des Keltischen Kreuzes auf den Tisch und kehrte zur ersten Karte zurück, die für Amaia stand.

Es war die Karte »Der Stern«. Darauf war eine schöne nackte Frau zu sehen, die unter einem klaren Sternenhimmel aus zwei Krügen Wasser in einen Fluss schüttete, der sich am Horizont verlor. Engrasi lächelte, als sie die Karte sah. Das war ihre Kleine, die Karte, die für Jugend, Schönheit und den Glanz der Seele stand. Die Klarheit eines ausgeglichenen Geistes, der erlaubt, die Wahrheit zu sehen, die anderen verwehrt bleibt. Diese Karte sprach von der wunderbaren Zukunft, die vor ihr lag, von Glück und Lächeln, von einem Himmel, der gnädig mit ihr war.

Engrasi nahm die nächste Karte und drehte sie um, obwohl sie wusste, welche es war, noch bevor sie die leeren Augenhöhlen des Todes sah, der auf einem Schlachtfeld Köpfe abschlug. Als sie die Karte auf ihren Platz auf dem Stern legen wollte, zögerte sie. Sie hielt sie fest, ohne dass die beiden Karten sich berührten. Der Tod, die gefürchtetste Karte im Stapel, bedeutete nicht immer, dass jemand starb. Wie jetzt stand sie oft für die Unausweichlichkeit, die Eile des Schicksals. Für eine große Gefahr und die Möglichkeit, dieser zu entgehen.

Engrasi betrachtete die leeren Augenhöhlen des Skeletts, als könnte sie darin eine Antwort finden, als jemand laut an die Haustür klopfte. Erschreckt zuckte sie zusammen und ließ die Karte fallen, die nun quer über der anderen lag und den Sternenhimmel sowie den Großteil des langen Haars der schönen Frau verdeckte.

Es klopfte erneut. Dringlich. Engrasi stand auf, ließ den Kartenstapel auf dem Tisch liegen, entfernte aber die Karte, die den Tod darstellte, von dem Mädchen mit den Sternen. Beunruhigt blieb sie vor der Haustür stehen. »Wer ist da?«

»Engrasi, ich bin's, Juan. Bitte mach auf.«

Engrasi öffnete die Tür und sah sich dem verzerrten, tränennassen Gesicht ihres Bruders gegenüber.

»Engrasi, wo ist Amaia?«, fragte er ängstlich.

»Amaia ist oben und schläft«, entgegnete sie. »Weißt du, wie spät es ist?«

»Ich muss sie sehen! Sie wird sie töten!« Noch während er dies ausstieß, trat er durch die Tür und schob seine Schwester zur Seite.

Engrasi lief ihm hinterher die Treppe hinauf und versuchte, ihn zu warnen. »Juan, nein! Mach die Tür nicht auf!«

Sie erreichte ihn genau in dem Moment, als er die Klinke herunterdrückte. Ipars spitze Schnauze schob sich durch den Spalt, und er schnappte nach Juans Hand.

Juan wandte sich bleich und erschreckt zu seiner Schwester um und stammelte:

»W-was …?«

»Das ist Ipar«, erklärte Engrasi ernst. »Er ist jetzt ihr Wachhund. Es ist besser, wenn wir nach unten gehen. Wir müssen reden.«

Juan blieb ein paar Sekunden lang reglos stehen und starrte auf die Tür, hinter der seine Tochter schlief, im Gedanken an den Hund, der dahinter wachte. Dann drehte er sich um und sagte leise, aber entschieden: »Ich werde die Papiere unterschreiben, damit Amaia auf diese Schule gehen kann. Sie muss raus aus diesem Ort.«

Engrasi hatte noch nie eine solche Entschlossenheit im Gesicht ihres Bruders gesehen. »Was ist passiert?«

»Was passiert ist? Rosario geht nachts wieder nach draußen, wie vor Amaias Geburt. Es hat wieder angefangen, Engrasi. Und wenn wir nichts tun, wird sie Amaia töten!« Er brach in Tränen aus. »Rosario wird mein Mädchen töten!«

56

Der Infekt

Die Sümpfe
Dienstag, 30. August 2005, bei Sonnenuntergang

Das Fieber war nicht besonders hoch, doch Amaia fröstelte am ganzen Körper, und der stechende Schmerz in ihrem Unterleib wurde immer schlimmer. Schwach und verschwitzt wie sie war, hatte sie den Rat des *traiteurs* befolgt, und zum Glück verfügte Annabel über genügend Antibiotikum, um die Blaseninfektion zu behandeln.

»In vierundzwanzig Stunden geht es Ihnen wieder gut«, hatte sie Amaia versichert, während sie den Inhalt eines kleinen Tütchens in einem Glas Wasser verrührte. »Ich weiß das aus eigener Erfahrung. Dieses Wasser und seine Bakterien!« Dann hatte sie das Glas Amaia gegeben, die es geleert hatte, und ihr geraten, etwas zu essen.

Die Fischer hatten mit Brettern auf Holzböcken, Kühlschränken, Tiefkühltruhen und anderen Möbeln mehrere Tische improvisiert und ein Dutzend Klappstühle darum gruppiert. Und obwohl Amaia überzeugt gewesen war, bei dem Fieber und den Schmerzen keinen Bissen runterzukriegen, weckte der leckere Duft von angebratenen Zwiebeln und Knoblauch in einem Topf, der auf einer Kochplatte stand, sofort ihren Appetit.

»Was riecht hier so gut?«

Annabel lächelte. Sie war eine große, kräftige Frau und hatte das schulterlange Haar zu einem hohen Pferdeschwanz gebunden. Eine kindliche Frisur für eine gestandene Frau, die wie selbstverständlich ein blaues Minikleid über engen Leggins trug. »Mein Mann und die Kinder kochen *jambalaya* mit Schinken, ein Reisgericht, das typisch für die Cajun-Küche ist.«

»Oh, das habe ich noch nie probiert«, gab Amaia zu, »aber es riecht wunderbar.«

Sie ging zu dem Topf, in dem ein Gemüsegericht kochte, das eine leicht rötliche Farbe hatte. Johnson fragte den Mann, der mit einem Holzlöffel darin rührte, nach dem Rezept.

Annabel bot jedem der Anwesenden eine Dose Bier an, doch obwohl Amaia zu gern zugegriffen hätte, lehnte sie wegen des Antibiotikums ab. Zudem fühlte sie sich immer noch sehr schwach.

»Als ich noch ein Kind war, hat meine Mutter an den Feiertagen immer *jambalaya* gekocht«, erklärte Annabel. »Es mag etwas unpassend erscheinen, heute zu feiern, aber es gibt einiges, worüber wir froh sein können. Auch wenn die meisten von uns im Sturm ihre Häuser verloren haben, konnten wir die Boote retten, und die brauchen wir, um unseren Lebensunterhalt zu verdienen.«

»Wissen Sie von allen Familien hier in der Nähe, ob sie den Hurrikan unbeschadet überstanden haben?«, fragte Johnson.

Annabel nickte. »Die meisten von uns sind Fischer, und die Boote sind mit Funk ausgestattet, der eine beachtliche Reichweite hat. Das ist unser übliches Kommunikationsmittel, weil es für Handys in den Sümpfen kein Netz gibt. Heute habe ich sogar mit einem Cousin von mir gesprochen, der in Maine lebt und sehr besorgt war.«

Amaia sah sie interessiert an. »Wie ist das möglich? Eine solche Reichweite kann ein Funkgerät auf einem Boot doch nicht haben.«

»Das stimmt. Wir funken damit jemanden an, der sich in einem Bereich befindet, wo es eine Handyverbindung gibt, meine Cousine Paula in Cocodrie zum Beispiel. Ich gebe ihr die Telefonnummer desjenigen durch, mit dem ich sprechen möchte, sie ruft mit ihrem Handy dort an und hält es dann mit eingeschalteter Lautsprecherfunktion an das Funkgerät. Glauben Sie mir, dieser Trick ist in dieser Gegend sehr verbreitet. Er hat nur einen Nachteil, nämlich dass die Gespräche über alle eingeschalteten Funkgeräte mitgehört werden können.«

Johnson und Amaia sahen sich an.

Dann wandte Johnson sich an Annabels Ehemann Clive. »Könnten Sie mir zeigen, wie das geht? Sie ahnen nicht, wie wichtig es für uns gerade ist, kommunizieren zu können.«

»Ich habe mit der Cousine meiner Frau ein Gespräch um elf Uhr heute Abend vereinbart. Dann versuchen wir's«, sagte Clive. »So, das Essen ist fertig, und die ganze Truppe scheint einen Bärenhunger zu haben.«

Johnson drehte sich um und sah, dass Kinder und Erwachsene bereits mit Tellern und Löffeln Schlange standen.

Nach dem Essen löste Amaia Bull an Duprees Pritsche ab, während Johnson und Charbou Clive und Annabel zu ihrem Boot begleiteten.

»Er ist noch nicht aufgewacht«, sagte Bull, »aber er hat kein Fieber mehr und sieht viel besser aus.«

Amaia setzte sich neben die Pritsche auf den Boden und sah durchs Fenster nach draußen in die Nacht.

»Was ist ein *gaueko*?«

Duprees Stimme ließ sie zusammenzucken. »Haben Sie mich erschreckt. Geht es Ihnen besser?«

»Ja, viel besser«, entgegnete er. »Was ist ein *gaueko*?«, wiederholte er. »Sie haben dieses Wort gestern Nacht gesagt, während sie in die Dunkelheit geblickt haben.«

Sie seufzte ergeben. »Die *gaueko* sind die Geister der Nacht, die in den Bergen und auf den Straßen umherwandern und nach einer Öffnung suchen, um in einen menschlichen Körper zu schlüpfen. Sie können sich bis zum Morgengrauen frei bewegen, müssen aber bei Tageslicht in Grotten oder unter Steine flüchten. In der Gegend, aus der ich komme, hängen viele Leute eine *eguzki-lore*, eine Silberdistel, an ihre Haustür. Es heißt, die Göttin Mari habe den Menschen diese Blume geschenkt, damit sie ihre Häuser vor den *gaueko* schützen können, denn da sie aussieht wie die Sonne, halten sich die Nachtgeister von diesen Häusern fern. Meine Tante hat immer eine Silberdistel an der Tür, für alle Fälle.«

Dupree nickte verstehend. »Im Voodoo-Kult gibt es einen Dämon namens Kalfou, der sich auf die Brust seines Opfers setzt, während es schläft. Der Mensch ist sich dann zwar bewusst, dass er einen Albtraum hat, kann sich davon aber nicht befreien. Als ich noch ein Kind war, hat Nana nachts, wenn ich schlief, immer die Fenster geschlossen, auch wenn es im Zimmer vierzig Grad waren. Sie hat darauf bestanden, dass ich christlich erzogen werde, hat mich sogar sonntags in die Kirche begleitet. Aber sie selbst ist bis heute dem Voodoo-Glauben verhaftet. Das finden Sie sicher seltsam.«

»Nein, überhaupt nicht. Meine Tante Engrasi legt Tarot-Karten, obwohl sie an der Sorbonne in Paris Psychologie studiert hat.«

»Und Sie?«

»Ich glaube nicht an diese Dinge. Aber ich respektiere den Glauben anderer.«

»Ich schätze, das war nicht immer so, oder?«, vermutete Dupree.

»Wie Sie gesagt haben, hat der Ort, an dem wir geboren sind, einen unleugbaren Einfluss auf uns, und wenn man aus Baztán stammt, erscheinen einem die folkloristischen Legenden über Geisterspuk und übernatürliche Wesen ganz normal, so wie hier in den Sümpfen auch. Gestern, in der Dunkelheit, habe ich mich an diese Legende erinnert und gedacht, dass sich, obwohl der Morgen schon graute, die Wesen der Nacht auf eine gewisse Art der Stadt bemächtigt haben. Und das, was danach geschah, hat dies nur bestätigt.«

»Das Reizvolle bei diesen Legenden ist«, meinte Dupree, »dass sie neben der Gefahr, die sie aufzeigen, auch immer darüber Auskunft geben, wie man sich schützen oder das Böse sogar bekämpfen kann. Es gibt immer eine Silberdistel, um die *gaueko* zu besiegen.«

Amaia sagte nichts darauf. Denn es gab Übel auf der Welt, die keine *eguzki-lore* abhalten konnte.

»Ich glaube an spontane Eingebungen«, fuhr Dupree fort, weil sie nichts dazu erwiderte. »Ich denke, dass unser Gehirn ganz instinktiv bestimmte Verbindungen herstellt, die vielleicht nicht immer logisch sind, aber unser Überleben gewährleisten. Ich glaube an diese Art der Ermittlung, die mehr mit dem Bauchgefühl als mit realen Tatsachen zu tun hat. Sie nennen dies ›latente Variablen‹. Die Variablen, die nicht sofort ersichtlich sind, die aber aus anderen, sichtbaren Variablen geschlossen werden können. So wie Ihre latenten Variablen Ihnen sagen, dass der Komponist schon länger sein Unwesen treibt, dass er noch probt und uns zu Martin Lenx führen wird. So wie sie Scott Sherrington darauf hingewiesen haben, dass es einen Täter gibt, während alle anderen noch glaubten, dass die jungen Frauen diese traurige Gegend freiwillig verlassen hätten. Die Dinge, die hier geschehen, sorgen dafür, dass Ihr Gehirn latente Variablen erkennt, mit denen es sich dann unterbewusst beschäftigt und versucht, sie miteinander zu verknüpfen.«

Amaia seufzte.

»Versuchen Sie jetzt zu schlafen«, riet er ihr. »In den frühen Morgenstunden machen wir uns auf den Weg zu Le Grand oder zu dem, was davon noch übrig ist. Und dann brauchen wir jemanden, der in der Lage ist, versteckte Variablen zu sehen.«

Auf einmal trat Charbou mit eingeschalteter Taschenlampe in der Hand zu ihnen. »Salazar, Johnson bittet Sie zu kommen, es ist wichtig.«

Amaia folgte Bill über die Stege, die an den Häusern entlangführten, zum Boot von Clive und Annabel. Das helle Licht am Steuerstand blendete sie.

»Salazar«, empfing Johnson sie aufgeregt, »Annabels Cousine ist es gelungen, die Notrufzentrale in New Orleans zu kontaktieren. Ich habe gerade Bernard Antée, den Koordinator, am Funk beziehungsweise Telefon. Erinnern Sie sich?«

Amaia nickte.

Johnson drückte die Sprechtaste am Funkgerät.

»Bernard, Salazar ist jetzt bei mir. Könnten Sie noch einmal wiederholen, was Sie mir eben mitgeteilt haben?«

Eine metallische Stimme, die wegen der Entfernung leicht undeutlich klang, drang aus dem Lautsprecher. »Hallo, Subinspectora, es freut mich zu hören, dass es Ihnen allen gut geht. Vor knapp zwei Stunden hat eine Gruppe Nationalgardisten aus Texas angerufen. Die haben in einem Haus in der Nähe des Jackson Square eine sechsköpfige Familie gefunden, die erschossen wurde. Ich hab sofort an Sie gedacht.«

Amaias Herz raste, und nervös befeuchtete sie sich die Lippen, während sie die Gedanken und die Fragen, die sich in ihrem Kopf überschlugen, zu ordnen versuchte. »Chief Antée, es wäre extrem wichtig, mit den Leuten zu sprechen, die die Leichen entdeckt haben.«

»Ich fürchte, das wird schwierig. Aber ich werde mein Möglichstes tun, um den Kontakt zu ihnen herzustellen, wenn sie sich noch mal melden. Sie gehen gerade von Haus zu Haus, um die

Leute zu bergen. Mehrere Militäreinheiten sind heute hier angekommen, und laut Plan sollen morgen früh die letzten Menschen aus der Stadt evakuiert werden. Busse und Lastwagen werden eingesetzt, um die Menschen in die angrenzenden Staaten zu bringen, und wenn alle Häuser geräumt sind, sollen auch alle Hilfskräfte evakuiert werden. Aber wie gesagt, als ich die Übereinstimmungen mit Ihren Angaben bemerkt habe, hab ich sofort versucht, so viele Informationen wie möglich zu erhalten. Ich hoffe, ich kann Ihnen helfen.«

Amaia drückte die Sprechtaste und fragte: »Was haben Sie für mich?«

»Drei weibliche und drei männliche Opfer, drei von ihnen Jugendliche. Eine der Frauen war bereits recht alt. Allen wurde in den Kopf geschossen. Und die Körper lagen nebeneinander mit den Köpfen in eine Richtung, allerdings weiß ich nicht, ob nach Norden. Neben der Hand des Familienvaters lag ein Revolver.«

»Haben die Gardisten etwas dazu gesagt, ob das Haus vorher bereits durchsucht worden war?«

»Tatsächlich hatte jemand dort das Zeichen ihrer Gruppe angebracht, obwohl unmöglich schon einer von ihnen dort gewesen sein konnte.«

»Genau wie in Jefferson«, flüsterte Johnson.

Amaia biss sich auf die Unterlippe, bevor sie fragte: »Chief, erinnern Sie sich, ob von einer Geige die Rede war?«

»Nein, von einer Geige haben sie nichts gesagt.«

»Haben sie erwähnt, wie lange die Opfer bereits tot waren?«

»Ja, es war auch ein Sanitäter dabei. Als sie anriefen, waren sie höchstens seit zwei oder drei Stunden tot.«

Amaia sah Johnson und Charbou überrascht an. Dann drückte sie erneut auf die Sprechtaste. »Chief Antée, wissen Sie, wie und ob man den Tatort untersucht und gesichert hat?«

»Die Wohnung wurde als Tatort eines Verbrechens behandelt. Unter den gegebenen Umständen hat es natürlich noch keine kriminaltechnische Untersuchung gegeben, und die Leichen wurden auch noch nicht weggeschafft, aber die Wohnung ist versiegelt; das war alles, was zu diesem Zeitpunkt möglich war.«

»Danke, Chief, Sie haben uns sehr geholfen.«

Als Amaia das Gespräch beendet hatte, bedankte sie sich bei Annabels Cousine in Cocodrie, und als sie vom Steuerstand zurücktrat, erblickte sie Dupree, der zugehört hatte.

»Wir müssen nach New Orleans zurückkehren und uns diese Familie ansehen«, sagte sie zu ihm.

Er überlegte, dann schüttelte er den Kopf. »Noch gibt es eine Chance, Jacobs Schwestern zu retten, doch je mehr Zeit vergeht, desto unwahrscheinlicher wird es, dass wir sie in Le Grand finden. Ich kann jetzt nicht zurück nach New Orleans mit dem Gedanken, dass die Mädchen so enden wie Médora Lirette. Wir werden nach ihnen suchen und anschließend sofort nach New Orleans zurückkehren.«

Sie wollte protestieren, denn die neuen Ereignisse bewiesen, dass sich der Komponist noch in New Orleans aufhielt, und sie fühlte sich wie ein Jagdhund, der Witterung aufgenommen hatte und nicht mehr von der Spur weichen konnte.

Doch bevor sie ihren Einwand aussprechen konnte, erklärte Dupree: »Der Komponist wird New Orleans nicht verlassen, bevor wir dort sind. Er ist schlau und wird sich unter die Leute mischen, die ab morgen von den Soldaten evakuiert werden. Doch sie werden mit Kranken und Verletzten anfangen, was heißt, der Komponist ist erst in ein paar Tagen an der Reihe. Salazar, ich brauche Sie hier«, fügte er mit Nachdruck hinzu, bevor er sich umdrehte und das Boot verließ.

57
Ockhams Messer

Florida

Tucker wartete schon eine ganze Weile. Allmählich wurde sie nervös, und sie war sich nicht sicher, ob sie weiterhin auf dem harten Kunstledersofa sitzen bleiben oder sich neben die Tür stellen sollte. Daher ging sie zu dem Tisch, wo jemand Wasser, Kaffee und eine Auswahl an süßem und salzigem Gebäck hingestellt hatte. Dann beschloss sie, zu ihrem Platz zurückzukehren, damit Emerson ihre Unsicherheit nicht bemerkte, der, seit sie gekommen waren, so tat, als läse er in einer Zeitschrift, während er sie in Wahrheit nicht aus den Augen ließ, was sie unglaublich irritierte.

Sie hatte sich gerade wieder hingesetzt, als ein Mann, bei dem es sich wohl um den Sekretär des Senators handelte, die Tür öffnete und gleich wieder zwei Schritte zurücktrat, um Rosenblant den Vortritt zu lassen.

Der republikanische Senator von Florida, Stephen Rosenblant, war eine beeindruckende Erscheinung. Groß und leicht übergewichtig, hatte er die wettergegerbte, dunkle Gesichtshaut eines Menschen, der viel Zeit an der frischen Luft verbrachte und dabei zu viel Sonne abbekam. Er war elegant in einen maßgeschneiderten hellbraunen Anzug gekleidet, der seine übertriebene Gesichtsbräune noch mehr zur Geltung brachte. Das dichte Haar trug er kurz und mit einer glänzenden Pomade nach hinten gekämmt, wie Tucker es seit Jahren nicht mehr bei einem Mann gesehen hatte.

»Es tut mir leid, dass ich Sie habe warten lassen«, sagte er, nachdem er so schwungvoll eingetreten war, dass er einen Schwall Luft von draußen mitbrachte. »Die Ärzte haben mich zu meinem Schwiegersohn gelassen, wo ich mich wohl etwas länger als geplant aufgehalten habe.«

Tucker lächelte, roch den öligen Geruch der Brillantine, und während sie dem Senator die Hand reichte, nahm sie sich vor, Emerson einen Rüffel dafür zu erteilen, dass er das zugelassen hatte. Ganz klar hätten sie nach Beendigung des Intubierens als Erste mit dem Festgenommenen reden müssen. Wobei sie andererseits auch den Polizisten, der die Tür bewachte, verstehen konnte, dass er sich dem Wunsch des Senators nicht widersetzt hatte.

Erst später, als sie noch einmal über das Gespräch nachdachte, fiel ihr auf, dass Rosenblant »zu meinem Schwiegersohn« gesagt hatte.

Der Senator setzte sich auf das Sofa, ohne sie dazu einzuladen, es ihm nachzutun. Dann ließ er sich von dem Mann, der ihn begleitete, eine braune Mappe geben. »Sie sind also Agent Stella Tucker vom FBI, die den Einsatz geleitet hat, der meiner Tochter und meinen Enkeln das Leben gerettet und meinen Schwiegersohn ins Krankenhaus gebracht hat.«

Sie nickte entschieden und dachte daran, wie sehr Emerson sich darüber ärgern würde, einfach ignoriert zu werden.

»Und sagen Sie, Agent Stella Tucker, halten Sie mich für einen Idioten?«

Tucker sah den Senator konsterniert an, und das eingeübte Lächeln auf ihren Lippen gefror, während Agent Emerson aufmerksam zuhörte und kein bisschen irritiert schien.

»Aber ... natürlich nicht, Sir«, versicherte sie.

»Ich frage nur, weil Sie offensichtlich nicht auf den Gedanken gekommen sind, dass ich Brad Nelson habe überprüfen lassen, als meine Tochter sich in ihn verliebt hat. Einen Mann ohne Gesicht und ohne Identität, der ganz knapp eine Feuerkatastrophe überlebt hat, und die Tochter eines Senators. Natürlich habe ich ihn überprüft, und wissen Sie was? Ich habe nicht nur festgestellt, dass er bis dato ein untadeliges Leben geführt hatte, sondern auch, dass er ein guter Mensch ist, der sich bereits einigen Herausforderungen hat stellen müssen, an denen viele andere zerbrochen wären. Seitdem haben wir ein ausgezeichnetes Verhältnis. Glauben Sie nicht, dass mir sein aufbrausender Charakter entgangen wäre, aber genauso bin ich auch, und ich respektiere solche Menschen, solange sie in der Lage sind, sich zu kontrollieren, und ihre Kraft dafür einsetzen, Gutes zu tun. Und das hat er viele Jahre lang getan, unter anderem, indem er sich einem freiwilligen Hilfstrupp angeschlossen hat, der an Orten zum Einsatz kommt, an denen sich eine Naturkatastrophe ereignet hat. Ich weiß nicht, was jetzt auf einmal passiert ist. Vielleicht hängt es mit seinem Job zusammen, oder er hat die Kontrolle über seine wahre Natur verloren. Ja, mein Schwiegersohn hat das mit meiner Tochter vergeigt, und meine Tochter ist genauso ein starker Charakter wie ich. Daher hat er teuer dafür bezahlt, und das finde ich gut. Aber ich schätze Nelson genauso, wie er mich schätzt. Und als er erkannt hat, dass sein Leben den Bach runterging, ist er zu mir gekommen und hat mich wie einen Vater um Hilfe gebeten. Ich weiß, dass er seitdem versucht, seinen Fehler wiedergutzumachen. Er lebt seit acht Monaten von seiner Familie getrennt und besucht Kurse, um zu lernen, seine Wut unter Kontrolle zu bringen. Das weiß ich, weil ich diese Kurse bezahle, und deswegen bin ich auch genau darüber informiert, welche Fortschritte Brad in dieser Zeit gemacht hat.«

Tucker hatte mit offenem Mund zugehört, den sie nun, da ihr das bewusst wurde, eilig schloss, während sie fieberhaft nachdachte. »Senator, Sie sind sehr großzügig, und das weiß ich zu schätzen. Aber Sie dürfen nicht vergessen, dass Brad Nelson bewaffnet in das Haus Ihrer Tochter und Ihrer Enkel eingedrungen ist. Er hat die Tür eingetreten, Sir. Ich bin an der Waffe ausgebildet worden, ich weiß, was es bedeutet, wenn jemand eine entsicherte Pistole mit beiden Händen im Anschlag hält.« Tucker legte die Hände zusammen, um es nachzustellen. »Ich versichere Ihnen, dass Ihr Schwiegersohn genauso auf seine Familie geschossen hätte wie auf den Polizisten, der sich im Haus befand. Niemand dringt mit guten Absichten so in ein Haus ein.«

Rosenblants Reaktion in diesem Moment war wohl das, was Tucker am heftigsten traf. Der Senator warf seinem Sekretär einen ungläubigen Blick zu, als wäre ihm eine solche Unfähigkeit noch nie untergekommen. Dann wandte er sich wieder an sie, warf die Mappe auf den Tisch und redete mit ihr in einem Ton, als wollte er einem kleinen Mädchen einen Witz erklären.

»Er hat einen Ihrer schwarz gekleideten Scharfschützen auf der Terrasse gesehen, und er hat ihn für einen Dieb oder Mörder gehalten, der seiner Familie etwas antun will. Schließlich ist es ja kein Geheimnis, dass die Gegner der Freiheit die Senatoren in diesem Land hassen, und dass meine Familie hier lebt, ist auch kein Geheimnis. Brad Nelson ist ein hervorragender Polizist, der mit einer Waffe umzugehen weiß und autorisiert ist, eine mit sich zu führen. Er ist bewaffnet in *sein* Haus eingedrungen, um *seine* Familie zu *verteidigen!*«

Mit diesen Worten stand der Senator auf und verließ den Raum.

Agent Tucker war am Boden zerstört. Plötzlich drehte sich alles um sie, und sie machte einen Schritt zurück, um sich auf das Sofa fallen zu lassen.

Doch bevor ihr endgültig schwarz vor Augen wurde, bekam sie noch mit, dass der Sekretär des Senators sich über sie beugte und zu ihr sagte: »Bereiten Sie sich auf eine Anklage vor.«

Dann verließ er den Raum, dicht gefolgt von Emerson, der ihm versicherte, dass er von Anfang an gegen diesen Einsatz gewesen sei.

58

In Wartestellung

Charity Hospital, New Orleans

Martin leckte sich über die trockenen Lippen und stellte dabei fest, dass sich am Mundwinkel eine Blase gebildet hatte.

Doch endlich konnte er wieder klar denken. Er fragte sich, wie lange er schon Fieber gehabt hatte, bevor er sich dessen bewusst geworden war. Die Hitze und die Feuchtigkeit, die derzeit in New Orleans herrschten, reichten schon, um sich fiebrig zu fühlen, und die Schwäche und den Schwindel hatte er der Anstrengung zugeschrieben, die es ihm abverlangte, die ganze Zeit über durchs Wasser zu waten.

Außerdem erfasste ihn nach der kurzzeitigen Erleichterung, eine weitere Familie erlöst zu haben, jedes Mal ein gewisses Unwohlsein, das von dem Gefühl herrührte, seine Pflicht noch nicht erfüllt zu haben, weil er seine wahre Familie noch nicht gerettet hatte. Wahrscheinlich ging es ihm deswegen so schlecht, weil die Zeit dem Ende zuging, weil er im Grunde wusste, dass die Erlösung jeder Familie eine Art Generalprobe darstellte, da es nun mal nicht seine Familie war, die unterdessen zugrunde ging.

Das Fieber hatte er als solches erst erkannt, als ihm plötzlich kalt geworden war. Er war gerade dabei gewesen, sein Werk bei der Familie in der Chartres Street zu vollenden, als er von einem extrem heftigen Schüttelfrost erfasst worden war. Er hatte sein Hosenbein hochgezogen und den vom Eiter klebrigen Verband gesehen, und als er den abgenommen hatte, war die Haut um die Wunde herum straff und heiß gewesen und so entzündet, dass er den schmutzigen Verband nur schwer hatte lösen können.

Wie er ins Krankenhaus gekommen war, wusste er nicht mehr. Er erinnerte sich noch daran, durch die Menschenmenge am trockenen Teil des Jackson Square getaumelt zu sein, dann an ein Boot des Roten Kreuzes und an das Gefühl, zu träumen, als er durch ein Fenster ins Krankenhaus eingeliefert worden war.

Nun hockte er schon seit Stunden an die Wand gelehnt in einem Flur. Zunächst hatte er sich dankbar auf den Stuhl im Gang gesetzt, den ihm ein junger Mann angeboten hatte, der mit seiner sterbenden Mutter gekommen war, doch nach ein paar Minuten waren seine Benommenheit und sein Schwindel so heftig geworden, dass er sich lieber auf den Boden gesetzt hatte, neben die Liege der alten Frau, mit der er sich den Infusionsständer für die Kochsalzlösung teilte.

Martin öffnete die Augen und hob den Kopf, um einen Blick auf seinen Infusionsbeutel zu werfen, und sah, dass der inzwischen halb leer war. Sie hatten ihm eine Spritze gegen Tetanus gegeben, ihm ein Antibiotikum verabreicht, und dies war die zweite Dosis Kochsalzlösung. Er hob die freie Hand zur Stirn. Wie es schien, war das Fieber überstanden. Es ging ihm wesentlich besser, allerdings fühlte er sich nach wie vor sehr schwach und würde noch eine Weile ausruhen müssen, um wieder zu Kräften zu kommen.

Er sah sich um. Der junge Mann, der ihm seinen Platz angeboten hatte, hatte die Hände vors Gesicht gelegt und weinte. Seine Mutter war gerade gestorben. Der Arzt erklärte ihm, dass sie die Tote wegbringen mussten, weil sie die Liege für Patienten brauchten. Sie hängten Martins Infusionsbeutel an die Rückenlehne des Stuhls und verschwanden mit der Liege. Der junge Mann ging hinterher.

Martin dachte, dass der Mann ein guter Sohn war, und fragte sich, ob die Frau wohl eine gute Mutter gewesen war. Daraufhin musste er an seine eigene Mutter denken und daran, wie er sie in den Himmel geschickt hatte.

Er sprach ein kurzes Gebet für ihre Seele.

59
Nana. Von den Heiligen im Stich gelassen

New Orleans, Superdome

Nana erwachte erneut. Sie wusste nicht, ob nur ein paar Minuten oder Stunden vergangen waren, und sie fühlte sich zu schwach, um ihre Tasche aus dem Rucksack zu nehmen und darin nach der kleinen goldenen Uhr zu kramen, die sie auf Bobbys Drängen hin gut weggepackt hatte. Wie jedes Mal, wenn sie erwachte, war ihre Haut von einer Schweißschicht bedeckt, doch es war ihr egal, dass ihr die Kleider am Körper klebten und unter dem Kunststoffrucksack der Schweiß von ihrer Brust auf ihren Bauch lief. Sie verfluchte den Harndrang, der sie seit Stunden quälte, und war sicher, dass sie ihn nicht mehr lange würde unterdrücken können.

Nana sah sich um und meinte, dass es, auch wenn es unmöglich schien, noch voller geworden war, holte tief Luft und atmete die nach Urin und Schweiß stinkende Luft ein. Dann überlegte sie, ob sie den halben Schoko-Müsliriegel essen sollte, den sie noch hatte, denn die Übelkeit in ihrem Bauch verstärkte den Drang, zur Toilette zu müssen. Sie hatte Bobby versprochen, hier auf ihn zu warten, aber inzwischen waren ein ganzer Tag und eine Nacht vergangen. Und wenn sie nicht bald hier wegkam, würde sie sich wieder einnässen, was ein schrecklicher Gedanke war.

Trotz des allgemeinen Gestanks nahm sie noch immer den Ammoniakgeruch des Urins wahr, der auf ihrem Rock getrocknet und nun wieder nass von Schweiß war.

Sie griff nach ihrem Stock und legte dem Mann, der am nächsten saß, ihre Hand auf die Schulter. »Könnten Sie mir bitte beim Aufstehen helfen?«

Ihr blieb nichts anderes übrig, als die nächstgelegene Toilette aufzusuchen, egal, in welchem Zustand sie war. Selbst wenn sie auf den Boden würde pinkeln müssen, das würde sie ertragen, wenn sie sich nur irgendwie vor den Blicken der anderen verbergen konnte.

Sie dachte daran, wie schnell es ging, dass die Umstände einen zwangen, Dinge zu akzeptieren, die man vierundzwanzig Stunden vorher noch für unerträglich gehalten hätte. Nana war eine Frau der alten Schule, die sogar errötete, wenn sie sich beim Arzt entblößen musste. Der Gedanke, sich vor aller Augen hinzuhocken und ihr Geschäft zu erledigen, war für sie zuvor noch unvorstellbar gewesen.

Sie brauchte länger als eine halbe Stunde, um die Toiletten zu erreichen, und schon von Weitem sah sie die stinkende Pfütze auf dem Boden, durch die Tausende Füße gewatet waren. Mehrmals rutschte der Gummi am unteren Ende ihres Stocks auf dem nassen Boden weg, und sie wurde von der Menschenmenge mitgezogen, die Richtung Ausgang strebte. An der Tür mischten sich die Gruppen von Leuten, die hereinkamen, mit denen, die nach draußen wollten, sodass sich die Menge gefährlich staute.

Nana spürte Wind im Gesicht. Er war feuchtwarm und stank, dennoch zog sie ihn dem Mief im Stadion vor. Als sie beinahe die Tür erreicht hatte, wurde sie von jemandem angerempelt. Der Gummi ihres Stocks rutschte erneut weg, und diesmal fiel Nana auf die Knie und musste sich mit den Händen abfangen. Der Schmerz beim Aufprall zog von ihren Knien bis in die Hüfte, während Nana von Panik erfasst wurde. Sie dachte, ihr letztes Stündlein hätte geschlagen, und spürte Tritte auf ihren Waden.

Doch eine Frau, die vorbeikam, griff sie unter den Achseln und zog sie hoch, um dann gleich darauf wieder in der Menge zu verschwinden. Das hatte zwar wehgetan, war aber immer noch besser, als totgetrampelt zu werden.

Nana wurde taumelnd mitgerissen. Sie hatte ihren Stock verloren. Der Schmerz in ihren Beinen war unerträglich und das Stechen in der Hüfte ein Martyrium, doch die Menschenmenge schob und stieß sie weiter mit, bis sie sich plötzlich auf dem Platz vor dem Stadion wiederfand, wo sich weniger Menschen drängten, als sie gedacht hatte.

Sie war draußen.

Die Sonne stand hoch am Himmel. Nana schwankte dermaßen hin und her, dass sie bei jedem Schritt wieder hinzufallen drohte. Sie gelangte bis zum Geländer, das den Eingang des Stadions umgab, und blickte auf ihre Stadt. Und dann spürte sie, wie ihr das Herz brach.

Seit Stunden hatte sie die Geschichten der Leute gehört, die von draußen ins Stadion kamen, aber selbst in ihren schlimmsten Albträumen hätte sie sich ein solches Inferno nicht vorstellen können.

Alte Menschen wie sie standen mit verlorenem Blick in Gruppen am Geländer. Frauen zogen ihre weinenden Kinder ins Stadion, halb nackte, schmutzige Menschen lagen am Boden. Das Stadion war von Wasser umgeben, der Gestank war fürchterlich.

Nana wusste, dass sie in ihrer eigenen Stadt verloren wäre, und ohne ihren Stock kam sie kaum voran. Doch ins Stadion zurückzukehren war unmöglich. Das war ihr klar, genauso wie sie wusste, dass Bobby sie hier nicht finden würde. Sie war allein.

Als sie sich umsah, stellte sie fest, dass die Wiese, die das Stadion umgab, zu einer einzigen großen Latrine geworden war. Die

Leute hockten dort wie Tiere nebeneinander, um ihr Geschäft zu verrichten. Entsetzt, verrückt vor Schmerzen und in dem Bewusstsein, dass sie nicht mehr lange durchhalten würde, betrat sie den mit Kot und Urin vermengten Boden, in dem ihre Schuhe versanken. Weinend hob sie den Rock, beugte sich leicht nach vorn und urinierte, während das Militär mit seinen Lastwagen am Stadion vorfuhr und Soldaten von den Ladeflächen stiegen.

60

Der schwarze Mangrovenwald

Die Sümpfe
Mittwoch, 31. August 2005

Sie hatten die Siedlung vor dem Morgengrauen verlassen und fuhren seit mehr als einer Stunde durch die Sümpfe. Nach der Hitze des Vortags, an dem es am Abend noch siebenundzwanzig Grad warm gewesen war, war es in der Nacht deutlich abgekühlt. Die Feuchtigkeit in der Luft klebte auf der Haut wie eine Schicht aus kaltem Schweiß.

Während die Sonne den Boden erwärmte, hob sich langsam der Nebel, der das Wasser bedeckte. Nur noch Duprees bleiches Gesicht verriet, dass er gerade ein schlimmes Leiden überstanden hatte, ansonsten war ihm nichts mehr anzumerken. Er raunte Bull seine Anweisungen zu, der, von zwei Fischern unterstützt – einer von ihnen war Clive, Annabels Mann –, das Boot lenkte. Amaia, Johnson und Charbou hatten im Heck Platz genommen, vorne saßen Médora und der *traiteur*, der darauf bestanden hatte, sie zu begleiten.

Sie fuhren an den nach dem Unwetter überschwemmten Ufern vorbei, die nach und nach wieder zum Vorschein kamen. Sämtliche Hütten, die dort gestanden hatten, waren zerstört. Entwurzelte Bäume schwammen im Wasser, und andere, die nur halb ausgerissen waren, versperrten den Weg.

Als die Sonne aufging, wurde es schnell wärmer, und beinahe gleichzeitig wurde der Nebel durch Moskitoschwärme ersetzt, die über dem Wasser schwebten. Sie drangen in einen *bayou* vor, der sogar im strahlenden Morgenlicht dunkel war. Die Kronen der Bäume, die an den Seiten wuchsen, hatten eine Art Tunnel aus Pflanzen gebildet.

Die Fischer machten sie auf die aus dem Wasser ragenden Augen der Kaimane aufmerksam, die sie beobachteten. Dann wies Clive mit seinem Gewehr auf die dichten Baumkronen über ihnen. »Vorsicht, die Schlangen flüchten sich in die Bäume, wenn das Wasser steigt, und lassen sich oft von dort auf ihre Beute runterfallen.«

Aufmerksam blickten sie nach oben in dem Bewusstsein, dass ihre mangelnde Erfahrung es ihnen sehr schwer machte, ein solches Reptil von einem Ast oder einer der herunterhängenden Lianen zu unterscheiden.

Die Strömung in dem *bayou* wurde immer geringer. Bull machte den Motor aus und zog den Propeller aus dem Wasser. Vor ihnen lag ein dichter Wald aus niedrigen Bäumen, der durch die geringe Höhe noch dunkler wirkte. Die aus dem Wasser ragenden Wurzeln bildeten ein knotiges Geflecht, das aussah, als bestünde es aus Knochen. Es erinnerte an einen Mangrovenwald, war aber komplett schwarz.

Amaia nahm zwischen den Schatten eine Bewegung wahr und richtete ihre Waffe darauf. Ein Wildschwein und ein halbes Dutzend Frischlinge näherten sich neugierig dem Ufer. Einer der Fischer hob sein Gewehr, doch Dupree sah ihn kopfschüttelnd an. »Nicht! Das Letzte, was wir wollen, ist, auf uns aufmerksam zu machen.«

Der Mann schnalzte verärgert mit der Zunge.

Dupree wies Bull an, das Boot ans Ufer zu fahren, wo sie ausstiegen und es festmachten. Der FBI-Agent konnte sich offenbar noch genau daran erinnern, wo die alte Plantage lag, und wollte die Führung übernehmen, als sich Médora auf einmal mit ihrem geschienten Bein in Bewegung setzte und einen Weg durch das dichte Pflanzengestrüpp nahm. Dupree, Amaia und die beiden Detectives sahen sich erstaunt an, während der *traiteur* bereits Médora folgte und ihnen zuwinkte, es ihm gleichzutun.

Es roch intensiv nach nassem Holz, Pilzen und abgestandenem Wasser. Amaia bemühte sich, nicht an die Schlangen zu denken oder an die Kaimane, die sich in dem dunklen Mangrovenwald versteckten. Sie trug Handschuhe, trotzdem achtete sie darauf, nicht die Rinde der Bäume zu berühren, wo sich Feuerameisen und giftige Raupen tummelten. Für jemanden, der nicht in den Sümpfen geboren war, ging es ihr durch den Kopf, musste es beinahe unmöglich sein, an diesem Ort zu überleben.

Sie war ganz darauf konzentriert, keinen falschen Schritt zu machen und Médora im Blick zu behalten, und so verlor sie allmählich die Orientierung und jegliches Gefühl für die Zeit, die sie schon unterwegs waren.

Plötzlich lag im strahlenden Sonnenlicht eine Art Wiese vor ihnen.

Alle blieben stehen, um sich ein wenig auszuruhen, ließen Médora jedoch nicht aus den Augen. Als die schließlich die Wiese betrat, die in Wirklichkeit eine mindestens zwei Meilen umfassende Sumpflandschaft war, sank sie bis zu den Knien ein.

Zwischen den smaragdgrünen Grasflecken, die die Ebene bedeckten, wuchsen duftende rote Blumen, die Amaia zunächst für eine seltene Orchideenform hielt, bis ihr wieder einfiel, dass es sich um Lilien handelte, französische Lilien, wie sie auch auf der Flagge der Stadt New Orleans zu sehen waren.

Sie kamen nur langsam voran, was auch für Médora galt, die

das verletzte Bein wegen der Schiene nicht richtig bewegen konnte. Dupree ging neben dem *traiteur* und unterhielt sich mit ihm so leise, dass Amaia nicht verstehen konnte, worüber sie sprachen. Das Wasser war lauwarm, eine seröse, organische Flüssigkeit, die sich unangenehm auf der Haut anfühlte. Und dann hörten sie den ersten Donner, der laut und volltönend ganz in ihrer Nähe erklang.

Das wird gleich hier sein, dachte Amaia.

Sie hob den Blick. Der Himmel war vom aufsteigenden Nebel bedeckt. Unten am Boden war die Sicht vollkommen klar, doch darüber wallte eine niedrige Wolkenschicht. Der schwere, süßliche Geruch der Blumen stieg in einer Duftwolke um Amaia herum auf und schien durch das vom sich nähernden Gewitter freigesetzte Ozon noch intensiver zu werden.

Je weiter sie vorankamen, desto steiler wurde das Gelände, sodass das Wasser, durch das sie waten mussten, mehr und mehr an Höhe verlor. Dafür schränkte der dichte Nebel ihre Sicht stark ein, und die Spiegelung der Sonne in dem Dunst blendete sie. Ein neuer, mehrere Sekunden andauernder Donner ertönte.

Sie kommt.

Amaia wandte sich um, als sie hinter sich aufgeregte Stimmen hörte. Dupree, der neben Médora ging, trat der jungen Frau in den Weg, damit sie stehen blieb. Sie stieß gegen ihn, und dass ihr Weg auf einmal blockiert war, schien sie zu verstören. Sie schlang die Arme um ihren Körper und wiegte sich vor und zurück.

Bull schien mit den Fischern zu diskutieren, die aus irgendeinem Grund stehen geblieben waren. Amaia sah zu Dupree hinüber, der ihr mit einer Geste zu verstehen gab, dass sie nachsehen sollte, worum es ging.

Auch Johnson trat hinzu und fragte: »Was ist denn los?«

»Es ist wegen des Donners«, erklärte Clive, und er wirkte auf einmal eingeschüchtert, geradezu furchtsam.

»Wegen des Donners?« Johnson sah die beiden ungläubig an. »Habt ihr Angst vor Gewitter?«

»Sie verstehen nicht, was das für ein Donnern ist«, erklärte der ältere Fischer. »Dieses Donnern ist nicht normal.« Er blickte in den Himmel.

»Wo, bitte, sind die Gewitterwolken? Wo sind die dunklen, regenschweren Wolken?«

»Das Gewitter ist noch weit entfernt«, meinte Bull.

»Nein, es ist direkt über uns«, widersprach der Fischer. »Beim letzten Donnern hat sogar die Erde gezittert.«

»In Ordnung, dann ist es also über uns«, gestand Bull ihm zu. »Und?«

»Es heißt, dass man, wenn man in den Sümpfen Donner hört und der Himmel nicht nach Gewitter aussieht, umkehren soll. Die Geister der Sümpfe haben sich versammelt; wenn man sie wütend macht, indem man in ihr Reich eindringt, versetzen sie einen in einen mindestens hundertjährigen Schlaf.«

»Das ist aus ›Rip Van Winkle‹.« Alle wandten sich zu Dupree um, der nun ebenfalls hinzugekommen war, während der *traiteur* auf Médora aufpasste. »Eine Erzählung von Washington Irving, der auch ›Sleepy Hollow‹ geschrieben hat, vor fast zweihundert Jahren.«

»Seht ihr«, meinte Johnson, »eine Geschichte.«

»Wobei sich Irving allerdings von alten Legenden hat inspirieren lassen«, fügte Dupree hinzu.

Amaia hörte dem Disput kaum noch zu, sondern starrte wie abwesend in die Ferne. Sie erinnerte sich an ein anderes Donnern.

So bekam sie nur halb mit, wie Dupree die Fischer überzeugte, weiter mitzukommen, obwohl diese am liebsten kehrtgemacht hätten. Er rief ihnen das Schicksal der beiden Mädchen in Erinnerung, die es zu finden und zu retten galt, und das schien vor allem für Clive ausschlaggebend zu sein.

Jedenfalls setzte sich die Gruppe schließlich wieder in Bewegung.

Die Ebene endete abrupt an einer natürlichen Grenze aus hohen, dichten Büschen. Erneuter Donner erklang über ihren Köpfen, als sie das Hindernis erreichten. Den Fischern war augenscheinlich nicht wohl in ihrer Haut, und sie sahen sich unschlüssig an. Dann aber drang Médora in das Gebüsch ein, dessen Dornen ihr die Haut zerkratzten, und die anderen folgten ihr. Gleich dahinter befand sich jenseits eines Zauns ein riesiges Anwesen.

»Die ehemalige Plantage Le Grand Bayou«, sagte Dupree.

Sie schlichen um das Anwesen herum. Bull wies Dupree auf die Stellen hin, wo sich noch immer die Kameras befanden, wobei ihnen bei näherem Hinsehen auffiel, dass die meisten von ihnen vom Unwetter zerstört worden waren. Zudem waren einige zugewachsen und andere so ausgerichtet, dass sie zur Überwachung vollkommen ungeeignet waren. Der Zaun war an ein paar Stellen zerstört und das zweiflügelige Tor zum Teil aus den Angeln gerissen, das jedoch von einer dicken Kette mit einem neuen Schloss zusammengehalten wurde. Es war deutlich zu sehen, dass dieser Ort vor Kurzem noch unter Wasser gestanden hatte.

Durch eine kaputte Stelle gelangten sie auf die andere Seite des Zauns. Auf dem Gelände der Plantage stand das Wasser noch kniehoch. Seine Oberfläche war dunkel und glatt wie die eines schwarzen Spiegels. In der Ferne waren fünf Gebäude zu sehen, die das Haupthaus umgaben, das sich auf einem Hügel erhob.

Das erste Gebäude, das sie sich ansahen, war rechteckig und schien einmal ein Stall gewesen zu sein. Es war von oben bis unten mit Kanistern aus Plastik und Metall in verschiedenen Größen und Farben gefüllt. Kein Mensch war zu sehen.

Überhaupt schien das Anwesen schon seit geraumer Zeit nicht mehr bewohnt zu sein. Dennoch inspizierten sie vorsichtshalber auch die anderen Gebäude und suchten dabei Schutz im Gebüsch, sodass man sie vom Haupthaus aus nicht sehen konnte.

Sie kamen nur schwer voran, weil ihre Schuhe in dem sumpfigen Boden unter dem Wasser einsanken. Amaia verbot sich den Gedanken an das Gefühl, von jemandem oder etwas in die Tiefe gezogen zu werden. Sie versuchte ruhig zu bleiben, während der nächste Donner wie bei einer Explosion die Luft um sie herum erzittern ließ.

Sie kommt, wiederholte der gesichtslose Chor in ihrem Kopf.

Ein weiterer Donner ließ die Luft vibrieren, und plötzlich fielen dicke Regentropfen vom Himmel, der noch immer nicht dunkler geworden war. Das lauwarme Regenwasser durchnässte sie in wenigen Sekunden.

Sie kommt. Sie ist hier.

61

Verhängnis

Elizondo

Als Amaia Salazar zwölf Jahre alt war, hatte sie sich im Wald verlaufen und war sechzehn Stunden lang unauffindbar gewesen. Der Morgen dämmerte bereits, als sie dreißig Kilometer nördlich der Stelle, wo sie vom Weg abgekommen war, entdeckt wurde.

Amaia beharrte immer darauf, dass sie sich an all das kaum noch erinnere. Dabei hätte sie ganz genau von jedem Gefühl, jeder Empfindung und sämtlichen Ängsten, die sie im Wald begleitet hatten, erzählen können. Von der anfänglichen Panik, als ihr bewusst wurde, dass sie vom richtigen Weg abgekommen war. Von dem Appell der Vernunft, die ihr sagte, dass sie in der Lage sein würde, ihn wiederzufinden. Bis sie schließlich hatte zugeben müssen, dass sie sich genau wie die Protagonistin in einem düsteren Märchen der Gebrüder Grimm verirrt hatte.

Sie erinnerte sich noch genau an den Donner, an das Aufreißen des grauen, von Nebel bedeckten Himmels, an dem keine einzige Regenwolke zu erkennen gewesen war. Sie erinnerte sich an den Baum, das Gewitter, jene unsichtbare Gegenwart, das Haus und den Mann.

Es war ein kühler Morgen am Ende des Winters gewesen, und

es hätte ein Morgen wie jeder andere sein können. War es aber nicht. Der dichte Nebel an den Flanken der Berge sah aus wie ausgeschüttetes Seifenwasser.

In der Nähe des Schießplatzes parkten jede Menge Autos. Die Wanderer, denen die Wagen gehörten, freuten sich über das Wiedersehen, dabei war seit der letzten Wanderung der Gruppe erst eine Woche vergangen. Javier Atienza, der ehemalige Bergsteiger, der die Wandergruppe führen würde, war ein guter Freund von Tante Engrasi, und er nahm Amaia häufiger mit, wenn er mit der Gruppe unterwegs war.

Vom letzten Regen waren Pfützen zurückgeblieben, und einige Abschnitte des Weges waren mit goldgelben Blättern bedeckt, die wie Konfetti von den Bäumen auf sie herabfielen.

Auf den Berg zu gehen hatte etwas Überirdisches, es war jedes Mal gleich und immer wieder anders, und es erlaubte Amaia, wie automatisch auszuschreiten und dabei zu träumen und zur Ruhe zu kommen wie an keinem anderen Ort.

Der kühle, feuchte Morgen schlug sich in glänzenden Tropfen, die aussahen wie Juwelen, an ihrer Kleidung nieder. In der ersten Stunde wechselten die Wanderer kaum ein Wort. Sie konzentrierten sich darauf, den Schritt vorzugeben, den Rhythmus zu finden, während sie die kalte Luft Baztáns durch die Nasen einatmeten, die, wenn sie diese durch die Schals vor ihren Mündern ausatmeten, zu Dampffahnen wurde.

Amaia ging voraus, hörte die Schritte der Gruppe hinter sich, und der Wald lullte sie ein, wiegte sie an seiner Brust und nahm ihr die Angst, erlöste sie von dem ständigen Auf-der-Hut-Sein, von der Scham und vor allem von den Gedanken, die Tag und Nacht in ihrem Kopf brodelten und ihr keine Ruhe gönnten. Hier befand sie sich in ihrem dunklen Königreich, in dem sie frei war, die stolze Herrin und bescheidene Dienerin der Schönheit des Waldes.

Es hätte ein Morgen wie jeder andere sein können, doch es war der letzte. Denn sie würde fortgehen, und das Einzige, was sie vermissen würde, waren Ipar und der Wald. Tante Engrasi würde sie regelmäßig besuchen, aber sie würde lange nicht mehr in ihren Wald zurückkehren, und Ipar konnte sie nicht mitnehmen. Jedes Mal, wenn sie daran dachte, füllten sich ihre Augen mit Tränen.

Sie blieb stehen, ging auf die Knie nieder, umarmte den Hund und vergrub ihr Gesicht in dem üppigen Fell. Und Ipar ließ sich umarmen wie ein guter Freund, als spürte er, dass sie sich bald trennen mussten, und leckte ihr die Tränen vom Gesicht.

Amaia ließ die Wandergruppe an sich vorüberziehen und wartete, bis sie sich entfernt hatte, um das Gefühl zu haben, ganz mit Ipar allein zu sein. Als sie dann der Gruppe folgen wollte, weckte etwas Weißes im Gras ihre Aufmerksamkeit. Eine Primel, die so zart war, dass man Angst haben musste, sie könnte erfrieren, vielleicht die erste in diesem Jahr, dachte Amaia und fühlte sich privilegiert, als ob der Wald ihr zum Abschied ein besonderes Geschenk machen wollte.

Ipar, von ihrer Neugier angesteckt, beschnüffelte die Blume, und Amaia lachte, bis sie sah, dass er sie versehentlich abgeknickt hatte.

»Du bist vielleicht ein Untier!« Amaia kniete sich hin, schob Ipar zur Seite und versuchte die Blume wieder aufzurichten. Was ihr jedoch nicht gelang, denn der Stiel der zarten Pflanze trug sie nicht mehr. Sie hielt sie mit den Fingern aufrecht, während sie Ipar gespielt vorwurfsvoll ansah. Und in diesem Moment entdeckte sie den Baum. Üppig belaubt, glänzte sein Stamm in der morgendlichen Feuchtigkeit wie ein Seidenkleid auf den Hüften einer majestätischen Dame.

Amaia hob den Blick, um sich davon zu überzeugen, dass die Gruppe noch zu sehen war. Sie verließ den Weg und stieg über das hohe Farnkraut, das den eleganten Baum zu bewachen schien.

Er war auf eine einfache, natürliche, altertümliche Art wunderbar. Fasziniert von seiner Größe und den wie Jade glänzenden Blättern, die wie der Stamm von Raureif überzogen waren, betrachtete Amaia ihn.

Sie bestaunte die Art und Weise, wie sich unter seinen Ästen ein schattiger Ort der Ruhe entfaltete, in dessen Schutz die sanfte Luft nach Erde roch. Seine Wurzeln schauten aus der Erde hervor, massig und mit Rundungen, die an den Körper einer Frau erinnerten. Unter den Füßen des Mädchens verlängerten sie sich in einem harmonischen, festen Geflecht und breiteten sich unter dem Baum aus wie ein kunstvolles Mandala.

Kurz entschlossen bückte sich Amaia und legte die Blume, die sie immer noch in der Hand hielt, in eine Vertiefung zwischen den Wurzeln. Dort, unter dem schützenden Dach des mütterlichen Baums, blieb sie stehen, bis …

Niemals würde sie erfahren, wie lange sie dort geblieben war, um den Baum versonnen zu betrachten. Aber sie erinnerte sich daran, dass es ein Donnern war, das sie schließlich darauf aufmerksam machte, dass etwas Seltsames geschah.

Helle Lichtstrahlen fielen durch das Laub des Baums, und wie aus weiter Ferne hörte sie das wütende Knurren des Hundes. Als Amaia den Blick von der majestätischen Dame abwandte, spürte sie, dass ihr schwindelig wurde. Sie setzte sich auf den Boden, zog die Knie an und schaute zwischen ihren Füßen auf den Boden, bis der Schwindel nachließ. Dann hob sie langsam den Kopf und sah Ipar, der wie hysterisch das Dickicht anbellte. Er machte ein paar Schritte nach vorn und wich dann ein Stück bis zu ihr zurück, um gleich wieder vorzuschnellen, wobei er einen Halbkreis beschrieb, als ob das, was sie im Wald belauerte, sie umzingelt hätte.

Amaia trat ein paar Schritte zurück aus dem Bereich des Baums und richtete den Blick in den Himmel. Tante Engrasi und sie nannten das, was sie dort erblickte, »geschlagenen Nebel«, weil es aussah wie Schlagsahne, ein mit niedrigen Wolken bedeckter Himmel, während die Luft nach Regen roch.

Sie schloss die Augen, und es donnerte erneut. Verwundert sah sie sich um, als ihr plötzlich bewusst wurde, wie weit sie vom Weg abgekommen war. Obwohl sie geschworen hätte, dass sie höchstens zehn oder zwölf Meter in den Wald hineingegangen war, konnte sie den Weg nicht mehr sehen.

Sie rief Ipar zu sich und ging dort entlang, woher sie gekommen war, konnte den Weg aber nicht finden. Also kehrte sie zum Baum zurück und versuchte rückwärtsgehend, sich an das Bild zu erinnern, das sie zu diesem Ort gezogen hatte. Doch selbst, als sie den Baum kaum noch sehen konnte, fand sie den Weg nicht.

Ängstlich eilte sie zum Baum zurück.

»Wohin sollen wir uns wenden, Ipar?«, fragte sie den Hund, der jedoch nach wie vor seine Aufmerksamkeit auf das konzentrierte, was sich dort im Dickicht näherte. Hin und wieder warf er Amaia kurze Blicke zu, um sich zu vergewissern, wo sie sich gerade befand, und ging unter wütendem Gebell immer wieder ein paar Schritte vor und zurück.

Ein weiterer Donner ertönte und ließ den Boden unter Amaias Füßen erzittern. Sie schaute nach oben, wo der Himmel noch immer von der hohen Nebelschicht bedeckt war.

Als sich die Wandergruppe um zehn Uhr zu einem Imbiss versammelte, fiel auf, dass Amaia nicht mehr da war. Javier Atienza, der die Gruppe anführte, brauchte beinahe zehn Minuten, um alle von den etwa fünfzig Mitgliedern – zum größten Teil Eltern mit ihren Kindern – nach Amaia zu fragen. Die meisten kamen aus der in der Nähe liegenden Stadt Pamplona und trafen sich am Wochenende in Elizondo, um von dort eine geführte Wanderung in die Berge zu unternehmen. Javier Atienza war in seiner Jugend Bergsteiger gewesen und hatte regelmäßig drei- oder viertausend

Höhenmeter zurückgelegt, und nun versuchte er als Rentner in den jungen Leuten ebenfalls die Liebe zu den Bergen zu erwecken.

Er fuhr sich mit der trockenen Hand über das faltige Gesicht und fluchte vor sich hin, dass er nicht besser aufgepasst hatte, immerhin war Amaia das einzige Kind in der Gruppe, das nicht von einem Erwachsenen begleitet wurde.

Amaia war den anderen Mitgliedern der Gruppe gegenüber stets zurückhaltend gewesen. Während der ersten Ausflüge hatten die anderen Mädchen versucht, mit ihr ins Gespräch zu kommen, und die Eltern hatten sie eingeladen, sich während den Pausen zu ihnen zu setzen. Doch Amaia suchte sich lieber einen abgelegenen Baum, an den sie sich lehnte, nahm das Brot aus dem Rucksack, das Tante Engrasi ihr mitgegeben hatte, und aß es, den Blick auf die Krone des Baums gerichtet.

Um neun Uhr war Amaia zuletzt gesehen worden. Die Wanderer waren sich nicht sicher, weil sie oft zurückblieb, um irgendetwas zu fotografieren, was am Rande des Weges ihre Aufmerksamkeit erregt hatte, um sich dann wieder der Gruppe anzuschließen.

Am späten Vormittag machte sich ein von Amaias Vater angeführter Hilfstrupp auf die Suche nach ihr. Sie riefen ihren Namen auf den Lichtungen und im Wald und sahen sich bei Wasserläufen, Höhlen, Hütten und in Schluchten nach ihr um. Doch die einzige Antwort, die sie erhielten, war das Donnern, das in dem seltsamen weißen Himmel widerhallte.

Als es dunkel wurde, kochte Juan Salazar vor Wut, weil sich die Helfer einer nach dem anderen verabschiedeten. Große Sorgen machte sich niemand von ihnen um Amaia. Sie war »das seltsame Mädchen der Salazars«, das mit niemandem sprach und keine Freunde hatte. Außerdem verhieß Donner am hellen Himmel nichts Gutes.

Juan setzte die Suche mit einem halben Dutzend Leute fort, zu denen Jäger, Hirten, die Polizei von Elizondo und Javier Atienza zählten, der äußerst schuldbewusst und kreidebleich geschworen hatte, erst wieder etwas zu essen und zu trinken, wenn sie das Mädchen gefunden hatten.

Um acht Uhr abends war es vollständig dunkel, und dann brach das Gewitter los.

Ipar hatte schon einige Gewitter miterlebt. Er hatte keine Angst vor dem Donner oder den hell aufzuckenden Blitzen, aber ihn beunruhigte das, was sich im Dickicht versteckt hielt.

Eiskalter Regen ging auf Amaia nieder. Sie fror, und die Kapuze ihres Mantels war vollkommen durchnässt.

Außer in den Momenten, wenn die Blitze über den Himmel zuckten und die Nacht erhellten, konnte sie nicht die Hand vor den Augen sehen. Doch irgendwann fasste sie Mut und ging erneut den Trampelpfad entlang, über den sie zu dem Baum gelangt war.

Ipar merkte, dass Amaia sehr müde war. Immer wieder setzte sie sich auf den Boden, um sich auszuruhen. Dann ging er zu ihr, um sie zu wärmen.

Amaia umarmte ihn mit geschlossenen Augen, schmiegte sich an seinen Hals und nickte ein, um nach ein paar Sekunden erschreckt wieder aufzuwachen.

Ipar wusste, dass es nicht gut war, wenn sie im Regen und in der Kälte einschlief, aber wenn sie sich bewegte, dann in die falsche Richtung, obwohl er ihr immer wieder den Weg gezeigt hatte. Dennoch zog es Amaia jedes Mal nach Norden, als ob sie einem dunklen Boten folgte, der sich im Laub versteckte und ihr Zeichen machte, die nur sie wahrnahm. Ipar konnte nichts anderes machen, als bei ihr zu bleiben, genau auf die Bewegungen im Dickicht zu achten und hin und wieder zu bellen, um demjenigen, der sie belauerte, deutlich zu machen, dass er besser nicht näher kam.

62

Le Grand Bayou

Die Sümpfe
Mittwoch, 31. August 2005

Bei einem der Häuser stand die Tür offen, und jemand hatte einen Ast so in den Rahmen geklemmt, dass sie nicht zufallen konnte. Das erregte ihre Aufmerksamkeit, und sie schlichen hinein.

Drinnen hingen unzählige Jagdtrophäen an den Wänden, ausgestopfte Köpfe von Pumas, Wildschweinen, Kaimanen und Krokodilen, und zwei große Tische standen im Raum, von Bänken umgeben, von denen einige umgekippt waren. Die Tischplatten ragten aus dem Wasser und waren stark verschmutzt, und auch die Fenster waren mit Schlamm verkrustet, sodass der Raum trotz des hellen Lichts draußen im Halbdunkel lag.

Eine Treppe führte in die Mansarde hinauf, und die Tür oberhalb der Treppe stand offen. Plötzlich war von dort ein Pfeifen zu hören, eine Melodie, die das Geräusch übertönte, das der aufs Dach prasselnde Regen verursachte. Fast gleichzeitig erschien ein Mann oben in der Türöffnung.

Mit nacktem Oberkörper ging er rückwärts die Treppe hinab, wobei er ein Bündel hinter sich herzog. Alle richteten die Waffe auf ihn und warteten auf ein Signal von Dupree.

In diesem Moment begann Médora zu kreischen, schrie wie ein Tier, das in der Falle saß. Der Mann oben auf der Treppe hörte auf zu pfeifen und ließ das Bündel los, wobei zu erkennen war, dass es sich um die Leiche eines Mädchens mit langem schwarzem Haar handelte.

Der Mann versuchte zuerst, wieder nach oben zu gelangen, doch die Leiche auf der Treppe versperrte ihm den Weg. Jason Bull und einer der Fischer gaben je einen Warnschuss ab.

Daraufhin zog der Mann mit verblüffender Schnelligkeit eine Pistole aus dem Gürtel, schoss, traf zwei, drei der Tierköpfe, woraufhin ein Regen aus Sägespänen auf Médora niederging. Dann lief er eilig die Treppe hinab, doch bevor er unten ankam, stürzte sich Charbou auf ihn. Das Geländer zerbrach, und beide fielen ins etwa ein Meter hohe Wasser.

Sie kämpften miteinander, und schließlich waren mehrere Schüsse zu hören. Auf einmal trieb der Mann bewegungslos vor Charbou, der ihn von sich schob.

Médora schrie nicht mehr, sondern wankte wieder zischend vor und zurück.

»Oh Gott!«, rief der *traiteur* plötzlich aus.

Er bekam sie in dem Moment zu fassen, als ihre Beine sie nicht mehr tragen konnten. Im Wasser kniend, fasste er sie unter den Achseln und hielt ihren Kopf aus der schmutzigen Brühe. Die andere Hand presste er auf die blutende Wunde, die das absurde Blümchennachthemd nach und nach rot färbte.

Médora bewegte die Lippen, als ob sie etwas sagen wollte. Der *traiteur* näherte sein Ohr ihrem Mund, um sie trotz des laut aufs Dach prasselnden Regens zu verstehen, doch dann erschlaffte ihr Körper.

Dupree half, sie auf einen der Tische zu legen, wobei er die Treppe nicht aus den Augen ließ, auf der die Leiche des Mädchens lag.

»Wenn noch jemand dort oben wäre, wäre er sicher schon aufgetaucht«, flüsterte Bull.

»Aber nur, wenn er bewaffnet ist«, meinte Charbou.

Die beiden verständigten sich mit einem Nicken, gingen zur Treppe, stiegen über die Leiche des Mädchens und nacheinander die Stufen hinauf. Am oberen Absatz angekommen, richteten sie erst ihre Waffen in den Raum, blickten hinein und traten dann über die Schwelle.

Wenige Sekunden später war Bull wieder oben auf der Treppe. »Keine Gefahr. Ein toter junger Mann und ... Dupree, hier sind noch mehr Mädchen!«

Es waren fünf Opfer, Mädchen zwischen zwölf und sechzehn Jahren, wie Amaia schätzte. Am Eingang und in der Mitte war der Raum hoch genug, dass ein Mann in der Größe von Bull und Charbou dort aufrecht stehen konnte. Alles andere lag unter den Dachschrägen, sodass sie sich bücken und dann sogar in die Hocke gehen mussten.

Etwa ein Dutzend mit Louisianamoos gefüllte Säcke lagen auf dem Boden, das aus den geplatzten Nähten herausquoll. Außerdem gab es einen auf der Seite liegenden Tisch, dem ein Bein fehlte, und eine brennende Petroleumlampe, die an einem Nagel an der Tür hing. Ansonsten waren weder Fenster noch andere Lichtquellen vorhanden, darum hatten sie ihre Taschenlampen auf die Leichen gerichtet.

Jason Bull lehnte sich an eine der Wände und stützte sich ab.

»Alles in Ordnung?«, fragte Amaia leise.

Bull senkte den Blick. »Wie könnte alles in Ordnung sein bei fünf toten Mädchen?«

Dupree sah ihn an. »Sechs mit der auf der Treppe; er wollte sie irgendwohin bringen, wahrscheinlich haben sie gerade aufgeräumt.« Er wies auf den toten Mann an der Tür. Er war mit dem

Rücken an der Wand nach unten gerutscht und saß am Boden. Dem Zustand der Leiche nach war er noch nicht lange tot. »Wahrscheinlich haben sie sich wegen irgendetwas gestritten, vielleicht wegen der Mädchen.«

Charbou sah sich nacheinander die Leichen an. »Gibt es eine Möglichkeit herauszufinden, ob Jacobs Schwestern darunter sind? Können wir sie irgendwie identifizieren?«

»Sie sind seit über achtundvierzig Stunden tot«, schätzte Johnson. »Möglicherweise sind sie hier in der Hitze erstickt. Sie haben ihnen weder etwas zu essen noch etwas zu trinken hiergelassen.« Er blickte sich um. »In den letzten zwei Tagen war es extrem heiß, was den Verwesungsprozess beschleunigt hat und uns erschwert, die genaue Todeszeit festzustellen.«

Dupree beugte sich über einen der Körper am Boden und sagte zu Johnson. »Gehen Sie bitte ein Stück zurück.«

Johnson gehorchte, und Dupree drehte die Leiche auf den Rücken. Das Mädchen musste etwa dreizehn Jahre alt gewesen sein. Dunkle Haut, die schwarzen Locken reichten ihr bis auf die Schultern. Sie trug ein rosafarbenes Shirt mit roten Streifen, und ihre Brüste hatten sich gerade zu runden begonnen. Es war kein Leben mehr in ihren Augen, stattdessen hatte sich ein weißlicher Film darauf gebildet. Extrem vorsichtig legte Dupree seine Hände übereinander und drückte auf die Brust des Mädchens, als ob er sie wiederbeleben wollte.

Der Mund der Leiche öffnete sich leicht, und es entwich ein Geräusch, das wie ein Seufzen klang, während zwischen ihren Lippen ein hellrosafarbener Schaum austrat. Bull und Charbou bedeckten sich Nase und Mund wegen des Gestanks.

»Sie sind hier ertrunken«, sagte Dupree.

»Jacob hat mir erzählt, dass Ania zu Hause Ärger mit ihren Eltern hatte, weil sie sich ohne deren Erlaubnis bei einer Freundin die Haare gefärbt hat«, erklärte Johnson. »Sie hat rote Strähnchen.

Und diese Mädchen, einschließlich dem auf der Treppe, haben schwarzes Haar. Nur wissen wir nicht, wie viele Mädchen der pfeifende Mann schon weggebracht hat.«

Amaia streckte die Hand aus, um die Markierung zu berühren, die das Wasser an der Wand zurückgelassen hatte. »Sie sind auf den Tisch geklettert«, sagte sie und hob ihn an der Ecke, an der das Bein fehlte, an, sodass er seine ursprüngliche Position einnahm. »Als das Wasser zu steigen begann, müssen sie im Dunkeln große Angst gehabt haben. Die Lampe hat sicher einer der Männer mitgebracht, sonst würde sie nicht mehr brennen. Sie hockten hier auf dem Tisch, haben gehört, wie draußen der Sturm tobte, im vollkommenen Dunkeln, während das Wasser immer weiter stieg, zuerst bis zu ihren Fußknöcheln, dann bis zu ihren Hüften, dann bis zu ihrer Brust. In Todesangst. Vor dem Sturm und vor denen, die sie hier gefangen gehalten haben.«

Sie kommt.

»Für ein kleines Mädchen ist es schwer zu erkennen, welche Menschen böse sind und wer es retten will«, fügte sie hinzu.

63

Der Herr des Waldes

Elizondo

Ipar lief neben Amaia her und merkte, dass sie müde war und am ganzen Körper zitterte.

Beim letzten Mal, als sie sich ausgeruht hatten, war Ipar ganz nah an sie herangerückt, um sie zu wärmen, weil sie nicht mal mehr die Kraft hatte, ihn zu umarmen. So war sie lange sitzen geblieben und hin und wieder eingenickt, bis der nächste Donner sie aufgeschreckt hatte, woraufhin sie gleich wieder in jene gefährliche Lethargie verfiel. Er hatte gebellt, um sie zu wecken, und sie mit der Schnauze angestoßen, bis sie wieder aufgestanden war.

Blitze erhellten den Himmel, und in ihrem Licht sah Amaia einen Weg, der einen Abhang hinunterführte.

»Komm, Ipar«, flüsterte Amaia kaum hörbar.

Sie gingen den Weg hinab, der zwischen dem niedrigen Gestrüpp des Waldes entlangführte. Ipar nahm erneut die verborgene Gegenwart wahr, die sie schon die ganze Zeit über begleitete.

Plötzlich hörte er ein leises Pfeifen im Dickicht. Er richtete die Ohren auf, und es erklang erneut, rief nach ihm. Amaia wollte weiter den Weg entlanggehen, aber sie war vollkommen erschöpft, und Ipar stieß sie vorsichtig an, um sie in Richtung des Dickichts zu leiten.

Schon zuvor war Amaia die Umgebung düster und bedrückend erschienen, nun aber zeigte ihr der Wald, was wirkliche Dunkelheit war. Mit jedem Schritt wurde sie dichter, aber gleichzeitig bot der Wald auch Schutz, da die Bäume so eng nebeneinanderstanden, dass sie den Regen und den Wind abhielten. Ipar fand eine beinahe trockene, weiche Stelle unter einem Baum mit einem mächtigen, dicken Stamm. Er führte Amaia dorthin, und sie ließ sich in das Waldbett fallen, als wäre sie endlich zu Hause angekommen.

Ipar ließ sich in der Dunkelheit neben ihr nieder, und nun spürte er das unsichtbare Wesen, das sie verfolgte, ganz genau. Es roch nach Wald, nach Pilzen, nach Beeren, nach Erde und Laub; sämtliche Düfte des Waldes vereinigten sich in perfekter Harmonie.

Basajaun. Ipar spürte ihn wie eine ferne Erinnerung, eine mächtige Gestalt aus alten Zeiten. Der Hirtenhund, der seine ersten sieben Lebensjahre in den Bergen verbracht hatte, fühlte, dass dieses Wesen ihm nicht fremd war, auch wenn er nicht wusste, ob er selbst ihm schon einmal nahe gewesen oder ob ihm dies wie so vieles andere von seinen Vorfahren mitgegeben worden war.

Basajaun war bei ihnen im Wald. Er bewegte sich langsam, majestätisch, was zum Teil an seiner Größe lag, aber vor allem in seiner Natur begründet war. Er atmete ruhig und tief, besonnen, wie es seinem Geist entsprach. Ipar wusste es instinktiv. Er war sicher, dieses Pfeifen schon einmal gehört zu haben, die Botschaft, die ihm sagte, dass er beruhigt sein konnte, weil der Herr des Waldes über sie wachte.

Zum ersten Mal, seit sie den sicheren Weg verlassen hatten, entspannte sich Ipar, weil er den Atem des Herrn des Waldes spürte, hier, wo er zu Hause war. Aber er konnte sich ihm nicht restlos anvertrauen. Dem Mädchen ging es schlecht. Amaia war auf einem Bett aus trockenen Blättern dicht am Stamm der riesigen Buche eingeschlafen. Ipar schmiegte sich an sie und versuchte sie zu wärmen, wollte ihr aber auch vermitteln, dass sie nicht allein war, denn er fühlte, dass sie im Schlaf Angst erfasst hatte.

Sie weinte, während sie schlief.

Ipar schnupperte an ihrer heißen Stirn. Er spürte die ungesunde Hitze, die ihr Körper ausstrahlte, während sie im Schlaf kämpfte, in ihrem Albtraum etwas von ihrem Gesicht entfernen wollte.

»Ich bin doch nur ein Kind!«, flüsterte sie im Schlaf.

Amaia wusste unterbewusst, dass sie träumte, aber das tröstete sie nicht. Denn wenn sie aufwachte, war sie verloren und würde sterben, und das wollte sie nicht.

Sie wollte nicht sterben, aber das Gewitter machte ihr solche Angst!

Sie ist hier, sang der Chor in ihrem Kopf.

Ich habe Angst, entgegnete sie.

Sie kommt, beharrte der grausame Chor.

Sie macht mir furchtbare Angst, flehte sie.

64
Die Bestätigung der Identität

Die Sümpfe
Mittwoch, 31. August 2005

Dreizehn Jahre später in einem dunklen Jagdhaus verschmolzen die Gedanken des Mädchens und die Stimme der Frau miteinander.

»Für ein kleines Mädchen ist es schwer zu erkennen, welche Menschen böse sind und wer es retten will, wenn sich scheinbar die ganze Welt verschworen hat, um das Mädchen zu töten.«

Bull sah sie fragend an, und Johnson wollte etwas sagen, aber Dupree hielt ihn zurück.

»Sie standen auf dem Tisch und haben versucht, die Köpfe aus dem Wasser zu halten, bis das Tischbein abbrach«, fuhr Amaia fort. »Sie fielen ins Wasser und hatten Todesangst. Solange sie konnten, kämpften sie um ihr Leben, doch schließlich sind sie ertrunken.«

»Ich nehme an, dass das ein Unfall war, denn niemand entführt so viele Mädchen, um sie dann einfach so ertrinken zu lassen«, erklärte Bull. »Sie haben sie vorläufig hier untergebracht, genauso wie sie es wahrscheinlich mit Médora und den anderen getan haben, um sie dann irgendwann von hier fortzubringen.«

»Wenn man überlegt, was mit Médora geschehen ist, könnte man fast meinen, dass diese Mädchen noch Glück hatten«, äußerte Charbou.

Amaia sah die Mädchen traurig an. »Letztendlich wollte der Sturm sie nur vor etwas viel Schlimmerem bewahren.«

Johnson hob, um Ruhe bittend, eine Hand und senkte leicht den Kopf, um sich auf das Geräusch zu konzentrieren, das er wahrgenommen hatte. Durch die Wand war der Motor eines näher kommenden Bootes zu hören. »Mist! Da kommt jemand.«

Es war klar, dass der Mann, der die Leichen die Treppe hatte hinunterbringen wollen, nicht allein gehandelt hatte, und einen Mittäter hatten sie hier oben tot gefunden. Doch es musste mindestens noch einen weiteren Komplizen geben, der mit einem Transportmittel kam, um die Mädchen damit wegzuschaffen.

Sie eilten die Treppe hinunter und hofften, dass die Fischer nicht die Helden spielten und auf eigene Faust handelten. Clive war noch da, zusammen mit dem *traiteur*, der nach wie vor bei Médora wachte, doch der andere Fischer war nirgendwo zu sehen.

»Wo ist dein Freund?«, fragte Bull.

»Draußen. Er hat sich mit dem Gewehr im Gebüsch versteckt, falls noch jemand kommt.«

Sie sahen sich alarmiert an. Während Bull und Charbou zum Eingang gingen, liefen Dupree, Amaia und Johnson durchs hüfthohe Wasser zu einem der seitlichen Fenster.

Plötzlich war draußen im Regen ein Gewehrschuss zu hören. Johnson, der das Fenster geöffnet hatte, sah, wie einer der beiden Männer, die in einem Schlauchboot heranfuhren, getroffen ins Wasser fiel. Sie waren eindeutig überrascht worden.

»Verdammt!«, rief Johnson.

Der andere Mann in dem Boot ließ das Steuer los, griff nach einem Gewehr und gab einen Schuss in Richtung des Eingangs ab. Offenbar wusste er nicht, woher der Schuss, der seinen Begleiter niedergestreckt hatte, gekommen war. Oder er hatte Bull und Charbou entdeckt.

Als der Mann erneut das Gewehr anlegte, traf der Fischer ihn in den Unterleib. Er ließ seine Waffe fallen, die im Wasser landete, presste sich die Hände auf den Bauch und sank zusammen. Das Boot fuhr langsam weiter, bis es gegen die Wand des Jagdhauses stieß.

Johnson und Amaia stürzten zur einen Seite des Boots, Bull und Charbou zur anderen, sprangen hinein und forderten den Mann auf, die Hände zu heben. Dies tat er nicht, was aber verständlich war, denn er schrie vor Schmerzen, und die Schusswunde sah übel aus.

»Bringt ihn rein!«, befahl Dupree.

Sie legten den Verletzten auf den anderen Tisch im Raum. Charbou improvisierte mit ein paar Lappen, die er im Boot gefunden hatte, einen Druckverband, und es gelang ihm, die Blutung zu stillen, doch inzwischen hatte der etwa vierzigjährige Mann das Bewusstsein verloren.

Der *traiteur* warf einen Blick auf den Verletzten und schüttelte den Kopf. »Er verblutet. In einer Stunde wird er tot sein, und es wird ein qualvolles Sterben.«

Dupree fasste ihn am Arm. »Dieser Mann ist vielleicht der Einzige, der uns sagen kann, wo die Mädchen sind. Mädchen, die von zu Hause verschleppt wurden, so wie Médora. Mädchen, die wie sie enden werden, wenn es mir nicht gelingt, diese Monster zu stoppen. Ich jage diese Leute schon seit Jahren; als Médora verschleppt wurde, war ich ganz dicht an ihnen dran, so dicht, dass sie, um uns Einhalt zu gebieten, Médoras Bruder und meinem Kollegen unglaubliches Leid zugefügt und sie getötet haben. Seitdem sind Dutzende Mädchen spurlos verschwunden, ohne dass sich jemand darum gekümmert hat.«

»Aber … das kann doch nicht möglich sein!«, meinte der *traiteur* zweifelnd.

Dupree sah ihn hilflos an.

Dafür reagierte Amaia. Sie wies zu dem toten Mädchen auf der Treppe. »Dort oben liegen noch fünf weitere, für die es bereits zu spät ist, und wir wissen nicht, wie viele an anderen Orten festgehalten werden. Wir sind auf der Suche nach einem Dämon, und seine größte List ist, uns denken zu lassen, dass das, was vor unseren Augen geschieht, nicht real ist. Dieses Monster treibt schon über Jahre sein Unwesen, hinterlässt keine Spuren und entführt seine Opfer so, dass es wie freiwilliges Untertauchen, ein Unfall oder Selbstmord aussieht. Am liebsten wählt er Menschen aus, die am Rand der Gesellschaft stehen, deren Abwesenheit daher nicht oder kaum auffällt. Mädchen, deren Familie sich nicht um sie kümmert, bei denen man davon ausgeht, dass sie von zu Hause weggelaufen sind. Mädchen, die während eines Hurrikans verschwinden oder während eines Gewitters im Wald. Der Täter seinerseits spielt sein ganzes Leben lang die Rolle des braven Bürgers; er will nicht berühmt werden, hat seinen Platz in der Welt bereits gefunden. Er ist ein Dämon auf der Jagd nach Seelen. Auf diese Art hat er sein düsteres Reich erschaffen.«

Der *traiteur* war, während er Amaia zuhörte, zu dem toten Mädchen gegangen und hatte auf die Leiche hinabgestarrt. Nun trat er zu Amaia, und auf einmal ergriff er ihre Hand. Sie trat einen Schritt zurück, gab beinahe dem Impuls nach, ihm die Hand zu entziehen, denn sie konnte spüren, dass er durch den Kontakt Zugang zu ihren intimsten Empfindungen erhielt.

Der Mann ließ ihre Hand nicht los, und die Wahrheit brodelte in ihr.

»Ich bin mal von einem Gewitter gerettet worden.«

65

Ipar. Norden

Elizondo

Amaia hatte hohes Fieber und lag, im Traum delirierend, unter der Buche. Ipar, der sie bedingungslos liebte, war an ihrer Seite und leckte ihr die Tränen vom Gesicht.

Amaia roch den Duft des Mehls. Das feine Pulver gelangte in ihre Atemwege, verstopfte ihr die Nasenlöcher, und als sie den Mund öffnete, um Luft zu holen, drang das Mehl, in dem sie begraben war, ihr in die Kehle, mischte sich mit ihrem Speichel, und sie drohte an der klebrigen Masse zur ersticken.

Ich will nicht sterben, ich bin doch nur ein Kind, wollte sie sagen, doch das führte nur dazu, dass die pulvrige Masse weiter in sie eindrang.

Sie hörte ein Donnern und die Musik von Berlioz mit ihren düsteren Glockenschlägen. Doch als sie sich ihres Todes fast schon sicher war, spürte sie plötzlich zwei warme Hände, die das Mehl von ihrem Gesicht wischten. Sie öffnete ihre Augen ... Rosario lächelte sie an.

Der Tag ist gekommen, kleine Göre. Die Mama wird dich heute Nacht fressen.

Amaias panisches Schreien riss sie aus ihrem Traum. Eine

ganze Weile über dachte sie, tot zu sein, weil sie nichts sah und nichts anderes hörte als ihre eigenen Schreie mit einer Stimme, die ihr in der Kälte und im Fieber fremd war.

Ipars Bellen holte sie schließlich in die Realität zurück. Sie hatte sich verlaufen, war im Wald, würde sterben.

Sie stützte sich am Stamm der Buche ab und stand mühsam auf, vergrub wie eine Blinde ihre Hand in Ipars Fell, bevor sie den ersten Schritt wagte.

»Komm, Ipar«, befahl sie ihm mit der unbekannten Stimme.

Doch der Hund blieb reglos stehen.

Amaia fiel neben ihm auf die Knie, umarmte ihn und flehte: »Komm, Ipar, bitte komm!«

Erneut klammerte sie sich an das lange Fell an seinem Hals und tat einen Schritt nach vorn. Diesmal gehorchte der Hund. Er lief neben seinem Frauchen her, blickte aber immer wieder zurück, um dem Herrn des Waldes deutlich zu machen, dass er nicht anders konnte.

Amaia sah nichts, es war zu dunkel. Irgendwann schloss sie die Augen ganz fest, um zu testen, ob sie, nachdem sie sie wieder öffnete, etwas erkennen konnte. Ipar führte sie, um zu verhindern, dass sie gegen die Bäume stieß, allerdings stolperte sie ständig über Wurzeln, Steine oder Unebenheiten am Boden.

Erneut fiel sie auf die Knie und weinte vor Schmerz und vor Angst. Sie brauchte eine Weile, um sich wieder aufzurappeln, und als es ihr gelang, quälte sie jeder Schritt, als befänden sich Steine in ihrem Kniegelenk.

Mehrfach meinte sie, den Fluss zu hören, aber der Regen, der nach wie vor auf das Laub der Bäume prasselte, verunsicherte sie. Ihr blieb nichts, als weiterzugehen.

Sie spürte, wie schutzlos sie war und dass es wieder kälter wurde, und sie vermisste die Gegenwart der Bäume, als hätte sie den einzigen Mantel abgegeben, über den sie hier verfügte. Aber erst als der Regen ihr Gesicht nässte, wurde ihr klar, dass sie den Wald verlassen hatte. Sie meinte ein Pfeifen zu hören, das einige Sekunden anhielt. Ipar blieb stehen, als gehorchte er einem Herrn. Doch nachdem einige Sekunden vergangen waren, entschied Amaia, dass es der Wind gewesen war, der durch die Bäume pfiff.

Ein Blitz zuckte über den Himmel und erhellte die Nacht, und sie sah den Weg vor sich, der den Berg hinabführte. Und noch etwas.

Amaia schrie. Da war jemand.

Ipar begann hysterisch zu bellen und entwischte ihren Fingern. Sie blieb allein zurück, mit dem Bild der dunklen Gestalt vor Augen, die sie in dem Moment, da der Blitz die Nacht erhellte, gesehen hatte. Dort war jemand, und er war böse, dessen war sie sich sicher; dies zu erspüren hatte sie in all den Jahren gelernt, in denen ihr Leben in Gefahr war.

Sie zitterte im Fieber und vor Angst, rief laut nach Ipar. Der Hund, der ein Stück weiter vorn auf dem Weg stand, bellte noch immer. Doch plötzlich hörte er damit auf, und gleich darauf spürte sie ihn an ihrer Seite. Sie bückte sich und umarmte ihn. Die Gestalt war verschwunden.

»Lass mich nicht im Stich, Ipar. Lass mich nicht allein!«, sagte sie, vor Erleichterung weinend, während sie die Hand in seinem Fell verkrallte.

Bevor sie weiterging, lauschte sie in die Dunkelheit, ob noch jemand da war. Aber der Regen machte es ihr unmöglich, etwas anderes zu hören als ihren eigenen schnellen Herzschlag. Ipar knurrte noch ein paarmal, aber Ignacio hatte Amaia beigebracht, das alarmierte Knurren von dem stolzen Knurren zu unterscheiden, das der Hund von sich gab, wenn er sicher war, die Gefahr vertrieben zu haben.

Der Weg wurde immer schmaler und steiler, bis es unmöglich war, aufrecht zu gehen, ohne nach vorn zu fallen. Amaia war froh, dass sie ihre Bergstiefel anhatte, denn mit anderen Schuhen wäre es ihr unmöglich gewesen weiterzugehen. Ohne Ipars Fell loszulassen, bückte sie sich, um sich mit der anderen Hand an jeden erreichbaren Vorsprung, Busch oder Stein zu klammern, denn sie war sich sicher, dass sie, wenn sie fiel, unaufhaltsam den Berg hinabrollen würde.

Ihre Knie schmerzten, und die blutigen Krusten sprangen jedes Mal auf, wenn sie die Beine beugte. So hangelte sie sich ein ganzes Stück den Berg hinunter, und als sie schließlich erschöpft stehen blieb und den Kopf hob, sah sie das Licht.

Es war ein Haus. Ein Haus mitten im Wald. Ein Haus, in dem Licht brannte. Das bedeutete im fiebrigen Bewusstsein des Kindes, dass dort Menschen waren, ein Telefon, mit dem sie ihre Tante anrufen konnte, vielleicht ein Kamin mit einem prasselnden, warmen Feuer.

Sie versuchte, nicht zu blinzeln, um das Haus nicht aus den Augen zu verlieren. Auch Ipar wurde lebendiger, als er die menschliche Gegenwart spürte. Je näher Amaia dem Haus kam, desto mehr Lichter erkannte sie. Sie waren überall auf dem Grundstück verteilt, um das Haus herum und im Garten, erhellten die Fassade, den Eingang und den Zuweg, auf dem mehrere Autos parkten.

Dieser Anblick im strömenden Regen hatte etwas Irreales nach all der Dunkelheit, der Kälte, den Wunden, dem Fieber und all dem Leid; Amaia fühlte eine Art Euphorie in sich aufsteigen, die sofort durch eine gewisse Verlegenheit abgelöst wurde. Wie dumm war sie gewesen, sich zu verlaufen, und vor wenigen Minuten hatte sie gedacht zu sterben, dabei war sie höchstens einen Kilometer von dem Haus entfernt gewesen.

Amaia erreichte den rauen Betonweg und hatte das Gefühl, an einen rettenden Strand zu gelangen, nachdem die Strömung sie vom Ufer fortgetrieben hatte. Sie machte ein paar ungeschickte Schritte auf dem festen Boden und hätte fast angefangen zu weinen.

In diesem Moment hörte es auf zu regnen. Als ob jemand oben im Himmel den Wasserhahn zugedreht hätte, durch den sich die Ozeane auf die Erde ergossen. Es war wie ein Vorzeichen.

Ipar hielt inne, und auch Amaia blieb stehen. So verharrten sie einige Sekunden und lauschten auf das Tropfen in den Bäumen, das leise Geräusch der Rinnsale und Bäche, die sich in Baztán bildeten, wenn es regnete. Amaia seufzte, und es hörte sich seltsam an, als ob sie die Zeit, in der es geregnet hatte, über taub gewesen wäre.

Plötzlich war ein langes, durchdringendes Pfeifen zu hören, das sie zusammenschrecken ließ. Sie wandte sich um, weil sie davon überzeugt war, dass derjenige, der gepfiffen hatte, direkt hinter ihr stünde. Doch da war niemand.

»Was ist das, Ipar?«, fragte sie den Hund.

Der jedoch wirkte nicht beunruhigt. Er hatte die Haltung eingenommen, die sie so mochte: aufmerksam, mit wachem Blick und gespitzten Ohren. Was es auch war, was gepfiffen hatte, Ipar fürchtete es nicht.

Amaia wischte sich die Regentropfen aus den Augen und ging auf das Haus zu.

Es waren wesentlich mehr Autos, als sie aus der Ferne geschätzt hatte. Sicher gehörten sie nicht alle den Hausbewohnern. Es waren große Autos, auf deren Karosserien Tausende Regentropfen glänzten. Vor einem blieb Amaia stehen und versuchte sich zu erinnern, warum sie das so beunruhigte.

Plötzlich wurde ihr schwindelig, und sie musste sich an dem Wagen abstützen, um nicht hinzufallen. Sie berührte die Wassertropfen, die sofort zu einem kleinen Rinnsal wurden, das nach unten rann und auf den Boden tropfte.

Ein weiteres lautes Pfeifen ließ sie zusammenzucken. Sie wandte sich so schnell um, dass ihr erneut schwindelig wurde, doch erneut war da niemand. Am ganzen Körper zitternd, hielt sie sich an ihrem Hund fest und ging auf den Hauseingang zu.

Die Tür war aus grobem Holz ohne jegliche Verzierung, direkt über ihr war eine leuchtende Lampe angebracht, und an beiden Seiten standen Töpfe, in denen elegante Pflanzen mit roten Blättern wuchsen. Das Gras zwischen den Steinplatten, die zum Eingang führten, war sorgfältig gekürzt worden.

Als Amaia vor der Tür stand, ließ sie Ipar los, um zu klingeln. Sie fühlte sich unsicher, weil sie nicht wusste, was sie sagen sollte. Wie erklärte man, dass man sich im Wald verlaufen hatte?

Als die Tür geöffnet wurde, trat Amaia drei oder vier Schritte zurück, und ein Schwall goldenes Licht zeichnete ein perfektes Dreieck auf den Boden.

Ein junger Mann stand auf der Schwelle und sah sie an. Er trug eine dunkle Hose und ein weißes Hemd, dessen Ärmel bis zur Mitte der Unterarme aufgekrempelt waren. Das Licht im Eingangsbereich fiel auf sein kastanienfarbenes Haar, und er strich sich den zu langen Pony zur Seite. Er wirkte nicht verwundert, sie zu sehen, als wäre sie der Überraschungsgast auf diesem Fest, mit dem er gerechnet hatte. Mit einem warmen Lächeln ermunterte er sie zu sprechen.

»Ich habe mich verlaufen«, brachte sie sehr leise hervor, während ihre Nervosität stieg. »Ich muss meine Tante anrufen.«

Das Lächeln des Mannes wurde noch eine Spur wärmer. »Wie heißt du?«

»Amaia Salazar Iturzuzeta«, sagte sie und kam sich lächerlich vor, als sie spürte, dass sie errötete. Sie schloss die Augen, versuchte sich zu beruhigen.

»Amaia«, wiederholte er.

Plötzlich wusste sie, dass etwas nicht stimmte. Warum wunderte er sich nicht über ihr Erscheinen? Er verhielt sich, als wäre es das Normalste der Welt, dass mitten in der Nacht ein kleines

Mädchen, das Fieber, blutige Wunden und Prellungen hatte, an seiner Tür klingelte. Und was er dann sagte, überzeugte sie endgültig davon, dass er sie irgendwie erwartet hatte.

»Ich habe mir dich anders vorgestellt«, sagte er angenehm überrascht.

Amaia begriff gar nichts mehr. Ob er sie kannte? Er hatte sie sich *vorgestellt*? Das Fieber verlangsamte ihre Gedanken. Da fiel ihr auf, dass Ipar laut zu knurren begonnen hatte.

In der Ferne erhellte ein Blitz das Profil des Berges.

»Möchtest du reinkommen?«, fragte der Mann, immer noch lächelnd.

Ipars Knurren wurde lauter. Amaia wandte kurz den Blick von dem Mann ab, um den Hund anzuschauen. Er hatte den langen, buschigen Schwanz erhoben, und das Fell auf seinem Rücken hatte sich aufgestellt.

»Amaia«, sagte der Mann erneut ihren Namen.

Sie hob den Blick. Dort stand er mit seinem bezaubernden Lächeln. In dem Moment fiel ihr ein, dass er sicher nicht allein war, doch sie konnte hinter ihm niemand anderen ausmachen, weil er ihr den Blick ins Haus verstellte.

Natürlich sind noch mehr Leute hier, bei all den Autos. Vielleicht feiern sie eine Party.

Sie wollte einen Schritt nach vorn gehen, doch Ipar stellte sich ihr in den Weg und knurrte noch lauter.

Ein weiterer dieser durchdringenden Pfiffe ertönte. Ganz in der Nähe leuchtete ein Blitz auf, und der darauffolgende Donner war so laut, dass der Boden vibrierte.

Amaia trat zwei Schritte zurück, und es begann erneut zu regnen.

»Amaia!«, rief der Mann in der Tür ihr zu. Er lächelte immer noch, aber etwas in seiner Stimme hatte sich verändert. Wurde er ungeduldig? »Amaia, möchtest du reinkommen?«

Erneutes Donnern.

Sie kommt, dachte sie.

In diesem Moment trat der Mann zur Seite, und eine der Gestalten, die er bisher vor ihren Blicken versteckt hatte, trat vor.

Nein!, dachte Amaia aus tiefster Seele. *Nein, nein!*

Sie starrte entsetzt die Gestalt an, die nun in der Tür stand und sie ebenfalls anlächelte.

»Nein!«, schrie Amaia, während sie Schritt um Schritt zurückging.

Sie ist da!

Die Gestalten, die bisher im Eingangsbereich des Hauses verborgen gewesen waren, traten hinaus in den Regen und gingen auf Amaia zu.

Sie konnte nicht mehr schreien. Heiser und in Todesangst wich sie weiter zurück, stolperte über eine der Steinplatten am Boden und wäre beinahe hingefallen.

Im selben Moment wurde der Weg von einem blendenden Licht erhellt, sodass niemand mehr etwas sehen konnte, begleitet von einem mächtigen Krachen. Amaia schloss die Augen und spürte den heftigen Stoß der sich ausbreitenden elektromagnetischen Welle des Blitzes, als diese sie erreichte.

66

Marmelade im Speiseschrank

Die Sümpfe
Mittwoch, 31. August 2005

Der *traiteur* sah Dupree an, bevor er seine Hände auf den Körper des bewusstlosen Mannes legte. »Ich lüge nicht, ich kann es nicht tun«, sagte er. »Das ist ein Pakt, den ich mit Gott geschlossen habe. Das heißt, wenn ihn jemand belügen soll, müssen Sie das tun.«

»Womit ich kein Problem habe«, meinte Dupree, der auf einmal zu neuen Kräften gekommen zu sein schien.

Daraufhin schloss der *traiteur* die Augen und ließ seine Hände zuerst über den Kopf und dann über den Bauch des Mannes gleiten. Er lockerte den improvisierten Verband, den Charbou dem Verletzten angelegt hatte, schob seine rechte Hand darunter und bewegte sie vorsichtig hin und her, wobei er ein Gebet murmelte. Als er die Augen wieder öffnete, sah er Dupree an und nickte.

Der FBI-Agent beugte sich über den bewusstlosen Mann. »Wach auf!«

Der Mann schlug die Augen auf und sah Dupree verwirrt an, dann hob er die Hände, offenbar um sie auf seinen Bauch zu legen.

»Halt still!«, befahl Dupree und hielt die Hände fest. »Dieser Mann ist ein *traiteur* aus den Sümpfen, er wird dir helfen. Wie heißt du?«

»Dominic«, murmelte der Verwundete.

»Wie weiter?«

»Dominic Darrel.«

Johnson zog seine Jacke aus, faltete sie zusammen und legte sie dem Verletzten unter den Kopf.

»Es ... tut nicht weh«, sagte dieser verwundert.

»Aber es wird wieder wehtun, wenn die Magie des *traiteurs* nachlässt.«

»Nein«, flehte der Mann, »bitte ...«

»Gut, Dominic, ist sonst noch jemand hier auf dem Anwesen? Oder erwartest du jemanden?«

»Nein.«

»Sehr gut. Wo sind die Mädchen?«

»Tot. Aber wir haben sie nicht umgebracht«, sagte der Mann keuchend, »sie sind ertrunken, als das Wasser während des Sturms so hoch gestiegen ist.«

»Aber es fehlen noch welche, die, die in der Nacht nach dem Hurrikan aus New Orleans verschleppt wurden«, beharrte Dupree.

Der Mann schloss die Augen. Als er sie wieder öffnete, liefen ihm Tränen übers Gesicht. »Ich hätte mich da raushalten sollen. Aber Len hat mich überredet mitzumachen, und es ging um viel Geld. Dann haben sie von den toten Mädchen erfahren und uns gezwungen, hier aufzuräumen. Und ... diese Leute sind gefährlich.«

»Du meinst Samedi?«

Der Mann nickte.

»Hast du ihn schon mal gesehen? Weißt du, wer er ist?«, fragte Dupree hoffnungsvoll.

Der Mann schüttelte den Kopf. »Ich bin noch nicht lange dabei und hab nur zu den Handlangern ganz unten gehört.«

»Warst du an den Entführungen der Mädchen beteiligt?«

»Nein, wir sollten hier nur auf sie aufpassen.«

»Die Mädchen aus New Orleans ... wo sind sie?«

Dominic schloss erneut die Augen. »Das kann ich nicht sagen.«

»Du hast schon genug Probleme am Hals«, knurrte Dupree. »Tu dir einen Gefallen und hilf uns, dann helfen wir dir.«

»Sie verstehen nicht. Sie werden mich töten.«

»Du bist derjenige, der nicht versteht.« Dupree wies auf den Bauch des Mannes. »Du hast eine üble Verletzung im Unterleib, und wir sind meilenweit vom nächsten Krankenhaus entfernt. In ein paar Stunden wirst du tot sein, wenn wir dir nicht helfen, und ich werde dich nicht von hier wegbringen, solange ich noch glaube, dass die Mädchen irgendwo hier auf dem Anwesen sind. Ich werde nacheinander jedes Gebäude durchsuchen und jeden Stein umdrehen, und erst wenn ich sie gefunden habe, tot oder lebendig, werden wir diesen Ort verlassen.«

Dominic presste die Lippen zusammen.

Dupree nickte dem *traiteur* zu, der eine leichte Bewegung mit seiner Hand machte. Dominic schrie vor Schmerzen.

»Hilf uns, dann bringen wir dich von hier fort.«

»Das, was sie denjenigen antun, die sie verraten, ist tausendmal schlimmer, als zu sterben!«, keuchte Dominic.

Dupree legte instinktiv eine Hand auf seine Brust und wurde bleich, weil die alte Wunde unter seiner Kleidung plötzlich zu brennen schien. Sein Herz schlug schneller. Er versuchte sich zu beruhigen.

»Wir werden dich beschützen«, log er.

»Beschützen? Wie wollen Sie das denn machen? Len hat gesagt, dass sie sogar in der Polizei ihre Leute haben.«

Bull und Dupree sahen sich kurz an. Sie hatten es immer geahnt, seit damals vor zehn Jahren, als sie ihnen den Fall Médora Lirette entzogen und sich standhaft geweigert hatten, diese Plantage zu überprüfen. Sie hatten sie damals von der Sache abgezogen und den Fall zu den Akten gelegt, obwohl ein FBI-Agent ums Leben gekommen war.

Dupree holte seine Marke hervor und hielt sie Dominic vor die Nase. »Wir sind nicht die Polizei, sondern das FBI. Wir nehmen dich in das Zeugenschutzprogramm auf. Ein neues Leben, eine neue Identität weit weg von hier. Weit weg von jeglicher Gefahr.«

Dominic sah nachdenklich auf die Marke.

»Die beiden Mädchen, die wir suchen, können erst seit gestern, allerhöchstens vorgestern hier sein«, sagte Dupree. »Wo sind sie?«

»Sie bringen mich von hier weg und geben mir eine neue Identität?«

»Du hast mein Wort.«

Dominic schloss erneut die Augen. »Sie sind im Herrenhaus.«

»Da waren wir schon«, sagte Johnson zu Dupree. »Da ist niemand.«

»Im Speiseschrank in der Küche ist eine doppelte Rückwand«, flüsterte Dominic.

Johnson und Charbou wateten, gefolgt von den beiden Fischern, sofort nach draußen.

»Nehmt das Boot!«, rief Bull ihnen hinterher.

Dupree richtete sich wieder an Dominic Darrel, der immer schwächer wurde. »War Samedi hier?«

»Nein, er kommt nie hierher.«

»Wer ist der tote Mann oben?«

»Das war Pitt. Er sollte in der Sturmnacht auf die Mädchen aufpassen, aber er hat wohl Schiss gehabt vor dem Hurrikan und ist erst anschließend hergefahren. Len war furchtbar sauer und … und hat ihn erschossen.«

»Und der?«, fragte Dupree und wies auf den Körper, der mit dem Gesicht nach unten im Wasser trieb.

»Das ist … war Vince«, sagte Dominic.

»Und der war so cool, dass er ein Liedchen gepfiffen hat, nachdem dort oben sein Kumpel erschossen wurde?«

»Die beiden haben sich nicht gerade gut verstanden«, erklärte Dominic. »Pitt war ein echtes Arschloch.«

»Dann müsste der, der draußen vom Boot gekippt ist, Len sein.«

Darell nickte mühsam. Dupree sah, dass sich auf der Tischplatte eine Blutlache gebildet hatte.

»Len und Vince haben die Mädchen hergebracht«, erzählte Dominic weiter. »Wir wollten warten, bis wir sie sicher von hier wegbringen konnten. Im Moment sind aber zu viele Polizisten auf den Straßen, sogar Militär.«

»Wer entscheidet, wie der Transport abläuft?«, fragte Bull.

»Da bekam Len immer Bescheid.«

»Wie haben sie ihn kontaktiert?«

»Len hatte ein separates Handy dafür, das er immer bei sich hatte. Er konnte sie nicht anrufen, sie haben sich bei ihm gemeldet.«

Amaia watete hinaus. Lens Leiche schwamm draußen ein Stück vom Eingang entfernt im Wasser. Sie suchte in seiner Kleidung nach dem Handy und fand es in seiner Westentasche. Während sie zurück ins Haus ging, versuchte sie vergeblich, es einzuschalten.

»Das ist kaputt«, sagte sie seufzend, als sie wieder drinnen war.

»War das die einzige Möglichkeit, zu kommunizieren?«, fragte Bull.

»Das weiß ich nicht«, antwortete Dominic vollkommen entkräftet.

»Du hast gesagt, dass Samedi nie hier war, aber er wusste, was mit den Mädchen passiert ist?«, hakte Dupree nach.

»Ja, Len hat ihm gesagt, dass wir die Beute verloren haben und dass er Pitt getötet hat, weil es seine Schuld war.«

Der *traiteur*, der bisher schweigend zugehört hatte, wiederholte traurig Dominics Worte. »Die Beute.«

Sie hörten den Motor des zurückkehrenden Schlauchboots, und Amaia blickte durchs Fenster.

»Sie bringen die Mädchen«, sagte sie glücklich.

Dupree hatte sich neben Dominics Füßen auf die Tischplatte gesetzt und sah aus, als wäre er kurz davor, das Bewusstsein zu verlieren.

»Gerade noch rechtzeitig«, sagte der *traiteur* bekümmert und zog die mit Blut bedeckten Hände unter dem Verband hervor. »Mr. Darell ist tot.«

Ein ernster Blick des *traiteurs* reichte aus, um die Proteste der Fischer im Keim zu ersticken, als Dupree verkündete, dass sie Médoras Leiche mitnehmen würden.

Jacobs Schwestern hatten noch kein Wort gesagt, nachdem sie aus dem Loch hinter dem Speiseschrank befreit worden waren. Sie hatten Johnsons und Duprees Fragen danach, ob sie noch andere Mädchen gesehen hatten oder ob sie sich an etwas erinnerten, was ihre Peiniger gesagt hatten, nicht beantwortet. Sie hielten sich an den Händen und beschränkten sich darauf, zu nicken oder den Kopf zu schütteln. Die jüngere der beiden mochte acht oder neun Jahre alt sein, die ältere vielleicht zwölf, und sie waren noch immer völlig verängstigt.

Als sie bereits im Schlauchboot saßen, fiel Amaia auf, dass die Mädchen unaufhörlich auf die Decke starrten, die sie irgendwo gefunden und in die sie Médoras Leiche gewickelt hatten. Daraufhin setzte sich Amaia um, sodass sie ihnen den Blick auf Médora verdeckte.

»Ania ist die Königin des Mondes, und Bella bedeutet hübsch

auf Italienisch«, sagte sie zu den Mädchen, um sie aus ihrer Lethargie zu holen. Sie griff unter die schusssichere Weste und holte den kleinen orangefarbenen Drachen hervor. »Das hat Jacob mir für euch mitgegeben.«

Ania nahm ihn entgegen und drehte ihn um, um den Namen ihres Bruders zu lesen. Dann lachten und weinten die beiden Mädchen gleichzeitig.

»Wo ist Jacob? Wie geht es unseren Großeltern?«, fragte die Jüngere.

»Es geht allen gut.«

»Aber Großvater ...«

»Wir haben ihn ins Krankenhaus gebracht, und er wird wieder gesund«, versprach Amaia. »Sie sind alle drei noch dort, und wir werden euch so bald wie möglich zu ihnen bringen. Jacob hat erzählt, dass eure Eltern in Baton Rouge arbeiten?«

Die Mädchen nickten.

»Wir wissen ihre dienstliche Telefonnummer«, sagte Bella, die Ältere.

»Im Moment ist es kaum möglich zu telefonieren, aber wir werden eine Lösung finden.«

Dupree sah Amaia auffordernd an, woraufhin sie die Frage stellte, die sie stellen musste. »Ich muss wissen, ob diese Männer euch etwas getan haben, ob sie euch ein Medikament gegeben haben oder etwas anderes.«

»Sie haben uns Angst gemacht«, entgegnete Ania.

»Ich denke, dass ihr sehr tapfer wart, weil diese Leute jedem sehr viel Angst gemacht hätten«, erklärte Amaia. »Ich habe einen gesehen, der ziemlich dick war und schon recht alt, einen Blonden, einen mit Glatze und einen sehr Großen. Waren noch mehr da?«

»Nein.«

»Habt ihr noch mehr Mädchen gesehen?«

Jacobs Schwestern sahen sich an, dann sagte Bella: »Nein, sonst niemanden.«

Als Johnson und Charbou mit den beiden gekommen waren, war Amaia gleich aufgefallen, dass ihre langen Haare wie frisch gewaschen und zu Zöpfen geflochten waren, und nun fragte sie:

»Habt ihr euch gegenseitig gekämmt?«

»Nein«, sagte Bella sehr leise und beugte sich leicht vor, offenbar um zu vermeiden, dass einer von den anderen mithörte. Amaia tat es ihr gleich, und Bella flüsterte ihr zu:

»Das waren die *lutins*. Sie haben uns gekämmt, während wir geschlafen haben.«

»Die *lutins* flechten gern Zöpfe«, versicherte Ania überzeugt.

Amaia atmete tief durch. »Die *lutins* waren bei euch? Habt ihr sie gesehen?«

Die Mädchen schüttelten die Köpfe. »Wir sind zu groß, nur kleine Kinder können sie sehen«, sagte Bella. »Aber wir haben sie lachen gehört, und sie haben uns gekämmt«, versicherte Ania und fasste sich ins Haar.

»Haben sie mit euch gesprochen?«, fragte Amaia vorsichtig.

»Nein, sie sprechen nicht, sie lachen nur und wollen spielen. Weißt du nicht, was *lutins* sind?«, fragte Ania verwundert.

»Doch, ich weiß, was *lutins* sind. Dort, wo ich geboren bin, nennt man sie *mairu*. Es sind die Geister von Kindern, die ungetauft gestorben sind.«

»Hast du mal einen gesehen, als du noch klein warst?«, wollte Bella wissen.

Charbou, der auf der anderen Seite des Bootes saß, lauschte genau auf das, was gesprochen wurde.

»Mhm, ich weiß es nicht genau«, antwortete Amaia nachdenklich. »Als ich noch sehr klein war, war ich am liebsten bei meiner Großmutter, die in einem großen Haus gewohnt hat. Ich erinnere mich, dass dort immer noch ein anderes kleines Mädchen war, das damals so aussah wie ich. Es hat immer oben an der Treppe auf mich gewartet, und wir sind in die Mansarde hinaufgegangen und haben dort zusammen gespielt. Später hab ich das Mädchen vergessen, und erst als ich größer war, habe ich mich wieder an die Kleine erinnert. Ich habe meiner Tante von ihr erzählt, davon, dass ich in Großmutters Haus mit ihr gespielt habe. Und meine Tante meinte, dass außer mir und meinen Schwestern kein anderes Kind dort gewesen sei.«

»Und hat das Kind mit dir gesprochen?«

»Ich kann mich nicht erinnern, dass es gesprochen hat, aber wohl an sein Lachen. Es wollte nur spielen.«

»Dann war es ein *lutin*«, war Bella überzeugt.

Amaia lächelte Charbou zu, der sie nicht aus den Augen ließ. Dann streckte er eine Hand aus und entfernte ein Blatt aus ihrem Haar. Es war nur eine kurze Berührung, eine Sekunde, aber angesichts ihrer Reaktion kicherten die Mädchen.

»Du hattest da was«, rechtfertigte sich Charbou verunsichert.

Die beiden Mädchen rückten wieder an Amaia heran, und Ania flüsterte ihr ins Ohr: »Ist er dein Freund?«

»Nein«, antwortete sie, davon überzeugt, dass er es auch gehört hatte.

»Na ja, aber er wäre es gern«, versicherte Bella mit einem Blick auf Charbou.

Johnson sah zu Dupree, der sich offenbar ein Grinsen verkneifen musste. Johnson hatte seine Zweifel an der Subinspectora gehabt, aber er musste zugeben, dass sie über ein seltenes Einfühlungsvermögen Verbrechensopfern gegenüber verfügte.

67

Glurak

Die Sümpfe

Amaia wollte aus dem Boot klettern, sobald sie die Siedlung erreicht hatten, doch Ania hielt sie zurück und drückte ihr den orangefarbenen Drachen in die Hand. »Jacob wollte, dass du ihn hast. Damit er dir Glück bringt.«

Amaia widersprach nicht. Sie nahm Glurak entgegen und umarmte die beiden Mädchen.

Es war Viertel nach eins am Mittag, als sie anlegten, und die Männer, die sie am Steg erwarteten, machten das Boot fest. Sie überließen die Mädchen dem *traiteur*, der die ganze Rückfahrt über geschwiegen und über das reglose Bündel mit Médoras Leiche gewacht hatte.

Amaia ging sofort zu Annabel und hoffte, dass Virgil Landis, der Direktor der American Insurance Association, nicht das Interesse an ihr verloren hatte.

»Ich dachte, dass Sie noch am Vormittag mit ihm sprechen wollten«, entgegnete Annabel auf ihre diesbezügliche Frage, womit sie Amaia noch nervöser machte, und ging mit ihr zum Steuerstand ihres Bootes. »Paula wartet schon seit zwei Stunden.«

Amaia nahm das Mikrofon, das Annabel ihr hinhielt. »Los, Paula, over.«

Landis ging gleich nach dem ersten Klingeln ran, genau in dem Moment, als Johnson, der Dupree stützte, am Steuerstand des Bootes erschien. Dupree war nicht mehr ganz so bleich, allerdings sah er immer noch krank aus, und er wirkte sehr erschöpft.

»Agent Salazar, ich habe jetzt die Informationen, um die Sie mich gebeten haben«, schallte Landis' Stimme aus dem Lautsprecher.

»Ich weiß nicht, wie ich Ihnen für Ihre Hilfe danken soll, Mr. Landis.«

»Oh, nichts zu danken, schließlich hat man nicht jeden Tag die Gelegenheit, zusammen mit dem FBI zu ermitteln. Ich finde das Ganze sehr spannend, Agent Salazar.«

Amaia hielt ihr Notizbuch bereit, ohne das Missverständnis, was ihren Rang anging, aufzuklären. Schließlich war sie vorübergehend ja tatsächlich FBI Special Agent, jedenfalls auf gewisse Weise.

»Wie ich gestern bereits gesagt habe, reisen alle unsere Inspektoren zu den Orten, an denen sich Naturkatastrophen ereignet haben, wobei es keinen gibt, der an allen Orten war, die auf Ihrer Liste stehen«, fuhr Landis fort. »Der eine oder andere war an zweien, mehr allerdings nicht. Aber das ist normal. Die Inspektoren aus Texas kümmern sich um die Tornadoschäden und die aus New York um die Schäden an der Ostküste, denn sie kennen sich mit den jeweiligen Vorkommnissen vor Ort aus.«

»Was ist mit den Kindern?«, fragte Amaia.

»Unter den Inspektoren gibt es neun, die drei oder mehr Kinder haben. Zwei von ihnen haben einen Sohn namens Michael, davon ist der eine Sohn bereits fünfundzwanzig Jahre alt und der andere als Kleinkind von zwei Jahren bei einem Verkehrsunfall gestorben. Schrecklich, ein völlig absurder Unfall.«

»Und was die Urlaube betrifft?«, erkundigte sich Amaia ungeduldig.

»Drei unserer Inspektoren befinden sich derzeit im Urlaub, zwei Frauen und ein Mann. Was die Termine angeht, die Sie mir gegeben haben, gibt es keinen Inspektor, der an mehr als zweien davon Urlaub hatte.«

»Was ist mit dem Inspektor, der derzeit in Urlaub ist?«

»Den würde ich eher ausschließen«, meinte Landis, dem das Ganze tatsächlich großen Spaß zu machen schien. »Er ist der jüngste unserer Inspektoren, zweiunddreißig, und verbringt seinen Urlaub auf Hawaii.«

Amaia musste zugeben, dass Landis recht hatte.

»Ich habe auch die Geburtsorte abgeglichen«, fuhr dieser fort, »und es hat sich herausgestellt, dass keiner unserer Inspektoren aus einem der Orte stammt, die Sie genannt haben.«

Amaia seufzte, während sie die unnützen Angaben notierte.

Was dann? Sie war sich so sicher gewesen, auf dem richtigen Weg zu sein.

»Wobei einer unserer Inspektoren einen zweiten Wohnsitz in Galveston hat«, fügte Virgil Landis hinzu.

Amaia warf Dupree einen vielsagenden Blick zu. »Erzählen Sie mir von diesem Mann.«

»Er heißt Robert Davis, ein prima Kerl, und er nimmt die Sache sehr ernst. Er ist schon seit vielen Jahren bei uns. Es ist nicht so, dass wir eng befreundet wären, aber wir unterhalten uns öfter mal. In diesem Fall passt das Alter, aber das ist auch das Einzige. Ich bin darauf gekommen, weil sein Haus in Galveston beschädigt wurde und es natürlich bei uns versichert ist.«

»Inwiefern beschädigt?«

»Vandalismus. Aber aus der Meldung ist kein Versicherungsfall geworden, weil die Anzeige zurückgezogen wurde.«

»Aber dieser Robert Davis ist nicht gerade in Urlaub, oder?«

»Nein, wie gesagt, da gibt es keine passenden Übereinstimmungen. Robert – übrigens einer unserer besten Inspektoren – arbeitet in unserer Zentrale in Austin, Texas. Dort lebt er, und er nimmt eigentlich nie Urlaub. Höchstens mal ein paar Tage frei, um persönliche Angelegenheiten zu regeln. In der letzten Zeit öfter, weil er sich um seine Frau kümmern musste, weshalb er auch an keinem der Katastrophenorte auf Ihrer Liste war.«

»Ist seine Frau krank?«

»Nein, sie muss sich nur schonen. Eine Risikoschwangerschaft wegen ihres Alters.«

»Hat Davis noch mehr Kinder?«

»Ja, aber das passt auch nicht. Er hat zwei Kinder, einen Jungen und ein Mädchen.« Landis machte eine Pause, offensichtlich weil er nach den entsprechenden Angaben suchte. »Thomas, zwölf Jahre, und Michelle, neun Jahre.«

»Haben Sie Michelle gesagt?«

Amaia schrieb »MIC« unter die herzförmige Zeichnung, die sie gerade malte. Sie hob ihr Notizbuch an, damit Johnson und Dupree es lesen konnten.

»Oh, das ist mir gar nicht aufgefallen«, murmelte Landis verwirrt. »Wie dumm, ich habe nur nach Jungen geschaut.«

»Sie wissen nicht zufällig, ob die Tochter Geige spielt?«

»Beide Kinder spielen Geige. Die Kinder einiger Angestellten haben in der Weihnachtszeit ein kleines Konzert gegeben, das alle Angestellten über Facebook verfolgen konnten.«

Amaia atmete tief durch. »Wissen Sie, im wievielten Monat die Frau ist?«

»Mhm, es müsste bald so weit sein. Und mir fällt gerade auf, dass er sich die freien Tage genommen hat, die den männlichen Angestellten bei der Geburt eines Kindes zustehen. Es ... es tut mir leid, dass ich das jetzt erst gesehen habe, aber solche Abwesenheiten werden bei uns nicht zu den Urlaubstagen gezählt.«

Amaia sagte nichts darauf. Sie konnte nicht. Die Gedanken in ihrem Kopf überschlugen sich, während sie immer wieder die Angaben verglich. Wenn die Geburt kurz bevorstand, musste die Frau etwa in der vierzigsten Schwangerschaftswoche sein. Da es eine Risikoschwangerschaft war, war es möglich, dass die Entbindung früher eingeleitet wurde. Demnach musste es etwa acht Monate her sein, dass die Eltern von der Schwangerschaft erfahren hatten, genau zu dem Zeitpunkt, als die Verbrechensserie begonnen hatte, genau an dem Ort, wo Davis seinen zweiten Wohnsitz hatte.

Aufgeregt wandte sich Amaia zu Johnson und Dupree um.

Johnson hatte jeweils vier Finger seiner beiden Hände erhoben und sagte: »Acht Mo-na-te.«

Amaia legte sich eine Hand auf den Bauch. Plötzlich spürte sie darin eine Leere, die sich mit keinem Nahrungsmittel füllen ließ.

Sie kannte dieses Gefühl, und wie jedes Mal zuvor überkam es sie völlig unerwartet. Ein Glückstreffer, eine Anhäufung von Zufällen. Du wirst alle Antworten erhalten, wenn du nur alle Fragen stellst, hatte ihre Tante immer gesagt.

Die Nachricht von der neuen Schwangerschaft hatte den Kreis geschlossen: wieder drei Kinder, die gleichen Fehler, die gleichen Sünden.

»Mr. Landis, Sie haben gesagt, dass Davis schon lange bei Ihnen arbeitet. Wie lange?«

»Einen Moment«, bat Landis, während er nachschaute. »Siebzehneinhalb Jahre.«

Amaia lächelte, während ihre Kollegen ihr zunickten. Sie hatte mit ihrer Vorhersage, wie Lenx' neues Leben aussehen würde, voll ins Schwarze getroffen.

Vor achtzehn Jahren hatte Martin Lenx in einem Haus am Stadtrand von Madison seine Familie ermordet. Knapp sechs Monate später hatte er seinen Dienst in der texanischen Zentrale der American Insurance Association angetreten: ein neuer Job, eine neue Stadt, eine neue Familie.

»Kennen Sie Mrs. Davis persönlich?«

»Ich hab sie mal auf der Weihnachtsfeier für unsere Angestellten und deren Familien gesehen.«

»Würden Sie sagen, dass Mrs. Davis eine attraktive Frau ist?«

»Mhm«, machte Landis. In ihren beiden vorherigen Gesprächen war Amaia schon aufgefallen, dass er seine Sätze auf diese Art einleitete, wenn er etwas eher Unangenehmes mitteilen musste. »Ich würde sagen, dass sie auf ihre Weise attraktiv ist. Sie ist sehr schlank, hat sich für ihr Alter gut gehalten …«

»Ich muss wissen, ob sie hübsch ist oder es mal war.«

»Verstehen Sie mich nicht falsch, ich wollte nicht sagen, dass sie hässlich ist, sie ist einfach nur nicht besonders attraktiv, was meiner Meinung nach hauptsächlich daran liegt, dass sie so schüchtern ist.«

Lenx, dieser Mistkerl!, dachte Amaia. Er hat das Muster Schritt für Schritt wiederholt!

Ihr Atem ging schnell. »Mr. Landis. Können Sie nachsehen, welche Schäden Davis' Haus in Galveston davongetragen hat?«

»Einen Moment«, sagte er, und es war zu hören, wie er die Tastatur seines Computers bearbeitete. »Jetzt hab ich es vor mir.«

»Waren es Schäden im Garten?«

»Woher wissen Sie das? Hier steht: absichtliche Zerstörung eines Beets mit tropischen Pflanzen.«

Wie hatte Landis vorher gesagt: *Ein prima Kerl, und er nimmt die Sache sehr ernst.* Ein strenger, aber verständnisvoller Nachbar, der die Anzeige gegen ein Kind aus der Nachbarschaft zurückzieht, nachdem er erfährt, dass der Junge Schwierigkeiten hat, sich an die neue Umgebung zu gewöhnen. Ein guter Nachbar, der dem ältesten Sohn nach dem Verbrechen an seiner Familie selbstlos Hilfe anbietet. Verdammt, der hatte sogar darauf bestanden, Joseph in das Haus seiner Eltern zu begleiten.

»Mr. Landis, das ist jetzt sehr wichtig. Gibt es irgendeine Übereinstimmung zwischen den Daten, an denen sich Davis aus persönlichen Gründen freigenommen hat, und denen, die ich Ihnen genannt habe?«

Es dauerte fünf Sekunden, bis Landis die Angaben abgeglichen hatte. »Oh mein Gott! Sie stimmen alle überein!«

Amaia verließ den Steuerstand des Boots und lehnte sich an die Reling, während sie versuchte sich zu beruhigen. Inzwischen war es mindestens dreißig Grad warm, trotzdem fröstelte sie. Ihre Hände zitterten leicht, doch die Leere in ihrem Magen begann sich mit Gewissheiten zu füllen, während sie im Kopf noch einmal sämtliche Daten und Fakten abglich, die sie kannte.

Johnson folgte ihr, Dupree jedoch blieb noch einen Moment am Steuerstand, während er sich das Blatt ansah, auf dem Amaia ihre Notizen gemacht hatte. Neben die Angaben hatte sie ein Herz gemalt, das recht seltsam aussah: Normalerweise hatte ein Herz zwei Bögen, die sich in der Mitte, in der Herzspitze, trafen. Sie jedoch hatte das Organ mit zwei unregelmäßigen Kammern und dem runden Apex gemalt. Dupree faltete das Blatt zusammen und behielt es in der Hand.

Johnson hatte sich neben Amaia gestellt, und Dupree trat zu ihnen. Die Mittagssonne ließ die gekräuselte Oberfläche des *bayou* glitzern, die von der Strömung und dem langsam in den Golfstrom zurückfließenden Hochwasser in Bewegung versetzt wurde. Amaia fragte sich, wie viele Leichen das Wasser wohl in den Golf von Mexiko mitnehmen würde. Und wie viele Menschen auf der offiziellen Liste der während des Hurrikans verschwundenen und für tot erklärten Menschen stehen würden. Dutzende? Hunderte? Wie viele von ihnen hatten während des

Unwetters wohl ein schlimmes Schicksal erlitten? Wie viele waren unter dem Deckmantel der Naturkatastrophe ermordet worden? Und wie viele würden Opfer eines noch viel schlimmeren Schicksals werden?

»Wir müssen zurück«, sagte Amaia, an niemand Bestimmten gerichtet.

»Agent Johnson, bitte sehen Sie nach, wo die Detectives Bull und Charbou stecken«, bat Dupree. »Ich möchte, dass alle hier sind.«

Während Johnson von Boot zu Boot ging, sah Dupree Amaia an. Nach dem Gespräch mit Landis hatte sie noch einen weiteren Anruf getätigt, unter einer Nummer, die dieser ihr durchgegeben hatte. Die des Gynäkologen, der Mrs. Davis behandelte und die von ihrer Krankenversicherung hinterlegt worden war.

Dr. Steve Owen war zwar hart geblieben und hatte sich an die ärztliche Schweigepflicht geklammert, als hinge sein Leben davon ab. Aber auch seinen ablehnenden Antworten war die eine oder andere Information zu entnehmen gewesen.

»Es ist nicht so, dass ich mich grundsätzlich verweigere, wie ich schon in anderen Fällen bewiesen habe«, hatte er geheuchelt, »aber ich kann mir absolut nicht vorstellen, dass der Gesundheitszustand einer Patientin bei einer Ihrer Ermittlungen eine Rolle spielt. Wenn Sie mir sagen könnten, um welche Art Verbrechen es sich handelt …«

Amaia hatte gequält das Gesicht verzogen, während sie dachte: Klar, Doktor, ich habe den dringenden Verdacht, dass der Ehemann Ihrer Patientin ein gefährlicher Serienmörder ist, der vor achtzehn Jahren seine ganze Familie umgebracht hat, weil sie ihn enttäuscht hat und er sie in den Himmel schicken wollte. Der, weil er weiß, dass seine Frau ein Kind erwartet, die Ermordung seiner neuen Familie geübt hat, indem er im ganzen Land zahlreiche Familien getötet hat, und ich glaube, dass er seiner neuen Familie die Köpfe wegpusten wird, wenn das Kind, das seine Frau erwartet, ein Junge ist.

»In Ordnung, versuchen wir es anders«, hatte sie stattdessen vorgeschlagen. »Wenn ich fünfundvierzig Jahre alt wäre, also das Alter von Mrs. Davis hätte, und Sie mein Gynäkologe wären, nehme ich an, dass Sie alle möglichen Tests durchführen würden, um meine Gesundheit und die des Kindes zu garantieren, oder?«

»Das ist die übliche Vorgehensweise.«

»Eine Fruchtwasseruntersuchung wird normalerweise etwa in der sechzehnten Schwangerschaftswoche durchgeführt, und ich gehe davon aus, dass Mrs. Davis sich einer solchen unterzogen hat.«

»Ja, davon können Sie ausgehen.«

»Und ich gehe auch davon aus, dass das Ergebnis unverdächtig war, da die Schwangerschaft nicht abgebrochen wurde.«

»Das kann man so nicht sagen, denn manche Elternpaare entscheiden, das Kind zu bekommen, obwohl das Ergebnis der Fruchtwasseruntersuchung darauf schließen lässt, dass der Fötus nicht gesund ist. Aus religiösen Gründen zum Beispiel.«

»Doktor Owen, ich denke, dass ein so integrer Arzt, wie Sie es sind, der sich so viele Gedanken um seine Patienten macht, Mrs. Davis nicht zu einer Untersuchung geraten hätte, bei der es zu einer Fehlgeburt kommen kann, wenn Sie gewusst hätten, dass sie in keinem Fall eine Abtreibung vornehmen lassen würde.«

Allmählich ließ sich Dr. Owen ein wenig erweichen, und er antwortete: »Es ist meine Aufgabe, für die Sicherheit der Mutter und des Kindes zu sorgen, daher habe ich mich in diesem Fall genauso verhalten wie bei all meinen Patienten.«

»Wollten die Eltern das Geschlecht des Kindes wissen?«, fragte Amaia geradeheraus.

Auf diese Frage war der Arzt wohl nicht vorbereitet, denn er antwortete: »Nein, Mrs. Davis wollte das Geschlecht des Kindes nicht vorab wissen. Sie zählt zu den Müttern, die sich diese Überraschung für den Moment der Geburt aufbewahren.« Zu seiner eigenen Entlastung fügte er noch hinzu: »Ich denke, dass ich damit nicht wirklich etwas verraten habe.«

Hatte er aber doch. Denn er hatte nicht gesagt »*zählte zu den Müttern*«, sondern »*zählt zu den Müttern*«, woraus sie schloss, dass die Geburt noch bevorstand.

Amaia ließ sich nichts anmerken, als sie fortfuhr: »Aber das Geschlecht des Kindes kann man aus den Ergebnissen der Fruchtwasseruntersuchung ablesen, oder?«

»So ist es«, bestätigte der Arzt.

»Wollte *Mister* Davis es wissen?«

»Diese Frage kann ich nicht beantworten.«

»In Ordnung, machen wir Folgendes: Sie sagen es mir nicht, aber ich fahre mit meinen Annahmen fort. Ich nehme mal an, dass Mr. Davis von Anfang an sehr besorgt um den Fortschritt der Schwangerschaft war. Richtig?«

»Darauf kann ich antworten, weil es nichts Außergewöhnliches ist. Seine Frau ist nicht mehr jung ... Sie verstehen schon, um Mutter zu werden. Daher ist es normal, dass der Ehemann eine mögliche Fehlgeburt befürchtet.«

Oder sie sich wünscht, dachte Amaia. Nach dem Motto: Lieber Gott, lass diesen Kelch an mir vorübergehen. Stattdessen sagte sie: »Ich denke, dass Mr. Davis seiner Frau zugestimmt hat, als sie sagte, dass sie das Geschlecht des Kindes nicht wissen wolle, aber ich denke auch, dass er Sie später danach gefragt hat und dass Sie ihm diese Information gegeben haben.«

»Vater und Mutter haben vor dem Gesetz die gleichen Pflichten, aber auch Rechte ihrem Kind gegenüber«, sagte der Arzt sehr vorsichtig.

»Ich gehe davon aus, dass das Geschlecht des Kindes für einen Vater, der bereits einen Sohn und eine Tochter hat, im Allgemeinen nicht so wichtig ist, was bei Mr. Davis jedoch anders war. Und ich nehme an, dass Mr. Davis nicht besonders glücklich war, als Sie ihm mitgeteilt haben, dass es ein Junge wird. Ich bin mir sicher, dass Ihnen das seltsam vorgekommen ist, weil er ja bereits einen Sohn und eine Tochter hat, sodass es ihm eigentlich egal sein könnte. Diese Reaktion hat Sie vor allem deswegen verwundert, weil Mr. Davis so besorgt um die voranschreitende Schwangerschaft gewesen war.«

Dr. Owens seufzte. »Wenn Ihnen das weiterhilft, kann ich Ihnen sagen, dass Sie sehr intuitiv sind und gut darin, die richtigen Schlüsse zu ziehen. Mit Ihnen möchte ich nicht verheiratet sein.«

Als das Telefongespräch beendet war und Amaia das Mikrofon Annabel zurückgeben wollte, meldete sich eine weibliche Stimme übers Funkgerät. »Subinspectora Salazar, hier Paula Thibodaux. Over.«

Amaia sah Annabel überrascht an, die sie zur Antwort ermunterte. »Ich höre, Paula. Over.«

»Als ich diesen Arzt gehört habe, ist mir eingefallen, dass uns die Frau meines Cousins Tim nach der Geburt des Kindes das Geschlecht nicht verraten wollte. Wir fanden es damals peinlich, vielleicht mit einem unpassenden Geschenk anzukommen, weil wir das Geschlecht des Kindes nicht wussten. Daraufhin haben wir im Blumengeschäft des Krankenhauses angerufen, das eine Liste mit allen Jungen und Mädchen hat, die jeden Tag geboren werden, zusammen mit den entsprechenden Zimmernummern. Wir mussten nur den Namen der Mutter angeben, und daraufhin haben wir alle Geschenke in Rosa gekauft. Meine Schwägerin fragt sich heute noch, wie wir das rausgekriegt haben.« Paula lachte. »Wenn Sie möchten, kann ich es probieren.«

»Sicher, Paula«, sagte Amaia erfreut und lachte. »Es ist das Seton Family Hospital. Over.«

Sie wartete kurz, bis sie den Rufton des Telefons und die Stimme hörte, die den Anruf entgegennahm.

»Guten Tag, ich würde gern einer Mutter, die heute entbunden hat, zwei Dutzend Rosen schicken, aber ich weiß weder, in welchem Zimmer sie liegt, noch, ob es ein Junge oder ein Mädchen ist.«

»Wie ist der Name der Patientin?«

»Mrs. Davis. Natalie Davis, sie war in Ihrem Krankenhaus zur Entbindung angemeldet.«

»Da sind Sie ein wenig zu früh dran, meine Liebe; Ihre Freundin ist für übermorgen vorgemerkt. Aber wenn Sie möchten, können Sie die Blumen schon bezahlen, und wir bringen sie der Mutter, wenn das Kind geboren ist.«

»Danke, aber das ist nicht nötig«, entgegnete Paula. »Wenn es erst übermorgen ist, komme ich ins Krankenhaus und übergebe die Blumen selbst. Dann kann ich auch noch ein paar Luftballons und eine Karte dazutun.«

»Wie Sie möchten, wir sind für Sie da«, verabschiedete sich die Floristin, und Paula beendete das Gespräch.

»Was meinen Sie, Subinspectora? Over.«

»Sie sind ein Genie, Paula. Over.«

68

Ist es dunkel in Baztán?

Die Sümpfe

Dupree betrachtete Amaia, die sich noch immer an die Reling des Boots klammerte und aufs Wasser sah, als brodelte dort die Quelle ihrer Gedanken. Er entfaltete das Blatt Papier, auf das sie das Herz gemalt hatte, und hielt es ihr hin. »Schöne Zeichnung.«

»Ich war zwölf, als ein Arzt mir beigebracht hat, dass ein Herz so aussieht.«

»Meins ist in der Mitte zusammengequetscht wie bei diesen Tintenfischfallen in Japan.«

»Takotsubo«, sagte sie.

Dupree nickte. »Das Broken-Heart-Syndrom wird von den Medizinern deswegen auch Takotsubo-Syndrom genannt.« Er sah sie auf die Art und Weise an, die Amaia anfangs immer beunruhigt hatte. Diesmal war das jedoch nicht der Fall. »Wenn Sie jene Zeit damals mit einem einzigen Wort, einer einzigen Nuance bezeichnen sollten, was würden Sie sagen?«

Amaia antwortete, ohne nachzudenken: »Dunkelheit.« Sie machte eine Pause, in der sie – wie Dupree annahm – ihre Antwort erst einmal selbst verarbeiten musste. »Am Tag war es erträglich, aber wenn es Nacht wurde in Baztán ...« Sie verstummte.

»Und jetzt, Salazar?«, hakte er nach. »Ist es jetzt dunkel in Baztán?«

»Dort ist es immer dunkel.«

Dupree lächelte traurig, aber einfühlsam. »Sie haben Angst, Salazar.«

Sie öffnete den Mund, wollte antworten, wusste aber nicht, was sie sagen sollte.

»Deshalb schlafen Sie bei Licht«, sagte er.

Sie entgegnete nichts darauf.

»Sie haben Angst, aber Sie haben entschieden, dass Sie den Feind kommen sehen wollen. Sie haben vor ihm Angst, aber Sie erwarten ihn, und das macht Sie zu einem extrem mutigen Menschen.«

Sie senkte den Blick.

Dupree fasste sie sanft unters Kinn und zwang sie, ihn anzusehen. »Das weiß ich, seit ich Sie zum ersten Mal gesehen habe. Damals waren Sie eine junge Studentin, bei dem Vortrag im Loyola Boston College. Und ich habe Sie sofort wiedererkannt, als ich Sie in Quantico entdeckt habe. Sie sind eine geborene Ermittlerin. Sie müssen nur Ihren Hochmut ein wenig dämpfen, aber nicht zu sehr, denn wenn Sie sich nicht von Ihrem Instinkt leiten lassen, sind Sie nur eine unter vielen. Und hören Sie auf Ihr Herz. Dann werden Sie eine der besten Ermittlerinnen, die ich das Glück hatte kennenzulernen.« Er wedelte ein wenig mit der Zeichnung herum. »Hören Sie auf Ihr Herz, denn das haben wir gemeinsam, Scott Sherrington, Sie und ich. Uns allen dreien ist das Herz schon einmal stehen geblieben, und wir sind alle drei aus irgendeinem Grund zurückgekehrt. Wir mussten alle drei sterben, um zu lernen, dass man aus der Hölle zurückkehren kann. Der Vorteil liegt darin, dass wir jetzt nicht nur den Ausgang kennen, sondern auch diejenigen erkennen können, die diesen Weg gehen.«

»Tolles Privileg«, murmelte Amaia.

»Ich muss Sie um einen Gefallen bitten. Da gibt es jemanden in New Orleans, Nana … Sie ist für mich wie eine Mutter. Sie wohnt in Tremé, und ich weiß, dass dieses Viertel hart getroffen wurde, aber sie hat mir versprochen, in den Superdome zu gehen.«

»Ich weiß nicht, ob es da eine Liste gibt«, entgegnete sie. »Ich werde nachfragen.«

Er nickte in dem Bewusstsein, dass er sie um etwas Unmögliches gebeten hatte, aber er hatte es tun müssen. »Ich werde Ihnen jetzt etwas erzählen. Jetzt, bevor Sie nach New Orleans zurückkehren. Die anderen werden später mit einer anderen Version vorliebnehmen müssen. Daran werden Sie sich gewöhnen, denn im Laufe Ihres Berufslebens werden Sie oft so handeln müssen. Sie werden sich daran gewöhnen müssen, wenn es nötig ist, die Wahrheit zu verschweigen, weil man gegen Dummheit oder Intoleranz nichts ausrichten kann, und nicht alle sehen das, was Sie sehen. Lügen Sie, wenn es keinen anderen Ausweg gibt, lügen Sie, um Menschenleben zu retten, um die Gerechtigkeit und die Wahrheit zu schützen, aber versprechen Sie mir, dass Sie sich dieser Lügen stets bewusst sind, dass Sie sich niemals selbst belügen und auch mich nicht. Ich werde Ihnen etwas erzählen. Etwas, wovon ich weiß, dass Sie es verstehen werden und …«

»Beantworten Sie mir erst eine Frage«, unterbrach sie ihn. »Sind wir … Freunde?«

Er drückte ihr ein kleines graues Bündel in die Hand. »Ich gebe mein Leben in Ihre Hände.«

Amaia lächelte.

69
Hexenbräuche

Elizondo

Als Amaia Salazar zwölf Jahre alt war, hatte sie sich im Wald verlaufen und war sechzehn Stunden lang unauffindbar gewesen. Ein Schafhirte namens Julián Andía hatte sie auf einer Wiese entdeckt, und er erzählte jahrelang jedem, der es hören wollte, dass er gerade über diese Wiese ging, als das Mädchen nach einem Blitz plötzlich vor ihm lag.

Es war früh am Morgen, als Amaia dreißig Kilometer nördlich der Stelle, wo sie vom Weg abgekommen war, wieder auftauchte. Bewusstlos lag sie im heftigen Regen. Ihre Kleider waren schwarz versengt und verschmutzt. Ihre Haut jedoch war auffallend blass, makellos und bitterkalt, als wäre sie gerade aus Eis erstanden. Sie hatte einen ihrer Bergstiefel verloren, ein Teil ihrer Kleidung war weg, und obwohl es stundenlang geregnet hatte, war sie vollkommen trocken. Das Kind war wie die Göttin Mari auf einem Blitz geritten.

Zuerst hatte Julián geschrien, nicht um die anderen zu rufen, sondern vor Schreck. Er hatte nicht gewagt, sie zu berühren, weil er mal gehört hatte, dass man einen tödlichen Stromschlag bekam, wenn man jemanden anfasste, der vom Blitz getroffen worden war. Dass es am besten war, den Verletzten mithilfe eines Stocks oder etwas anderem aus Holz zu entladen und ihn erst danach zu berühren.

Doch der Polizist, der auf Juliáns Schreie hin später dazukam, meinte, dass das Quatsch sei, dass die Elektrizität über die Füße des Mädchens entwichen sei, dass deswegen einer ihrer Stiefel fehle und der andere durchlöchert sei.

Er ging neben der Kleinen in die Hocke und tastete vergeblich nach ihrem Puls. Der Blitzschlag hatte ihren Herzschlag gestoppt. Der Polizist und der Hirte hatten sich, nachdem Amaias Herz wieder schlug, dabei abgewechselt, sie am Leben zu erhalten und ihren Vater zu beruhigen, der sich in dem Moment, als er sie sah, auf sie stürzte und irgendein sinnloses Zeug von sich gab in der Art von: »Es waren nicht nur Träume ... Du hattest recht, es waren keine Albträume.«

Daraus schloss der Hirte, dass das Mädchen davon geträumt hatte, vom Blitz getroffen zu werden, und der Vater dies nicht hatte glauben wollen, was man ihm ja nicht vorwerfen konnte. Dennoch war es mysteriös, dass sich die Träume des Kindes erfüllt hatten, ganz davon abgesehen, dass der Blitz sie an diesen Ort gebracht hatte. Schließlich hatte er das mit eigenen Augen gesehen. Und als sie die Reste der Kleidung entfernt hatten, entdeckten sie auf ihrer Brust eine seltsame Zeichnung, einen roten Blitz, als hätte eine Gewitterhexe sie ihr eingebrannt.

Außerdem war da noch die Frage, wieso die Kleine so kalt war, obwohl sie vom Blitz getroffen worden war, oder warum sie, nachdem es tagelang geregnet hatte, völlig trocken war. Und dann war da noch der Hund, der erst Stunden später gefunden wurde.

Julián hatte, was all das anging, seine eigene Theorie, die er nicht jedem mitteilte. Aber den Leuten, denen er vertraute, hatte er gesagt, dass die Hexen früher Opfergaben zu Maris Höhle gebracht und sie um das gebeten hatten, was Gott ihnen nicht gewähren konnte, weil es widernatürlich war. Und dass allgemein bekannt war, dass es in der Höhle immer trocken war. Wobei er sich selbst – bei Gott! – niemals an eine Hexe gewandt hätte. Und die kleine Tochter der Salazars war ihm schon immer recht seltsam vorgekommen, was er überhaupt nicht böse meine, denn er habe nichts gegen das Mädchen, weil man sich mit solchen Wesen besser nicht anlege.

Denn wie seine verstorbene Großmutter immer gesagt habe, die viel von diesen Dingen verstand: Man soll nicht an Hexen glauben, aber auch nicht laut sagen, dass es sie nicht gibt.

Amaia lag auf einer Krankenhausliege. Ihr Körper war nur von einem leichten Bettlaken bedeckt, und die Haut ihrer Gliedmaßen war bis auf die Knie und die zerkratzten Hände so bleich, als wäre sie tot und hätte all ihr Blut verloren. Eine Krankenschwester überwachte den Monitor neben ihr, und eine andere überprüfte alle paar Minuten ihre Pupillen.

Engrasi und Juan Salazar hielten sich an den Händen und hörten zu, was der Arzt ihnen sagte, während sie Amaia betrachteten, die hinter einer Glasscheibe der Intensivstation lag.

»Wir werden sie noch genauer untersuchen, wenn sie wieder bei Bewusstsein ist, aber alles weist darauf hin, dass sie keine ernsthaften Verletzungen davongetragen hat.«

»Warum ist sie noch nicht wieder aufgewacht?«, fragte Engrasi.

»Weil das für ihren Organismus eine enorme Kraftanstrengung bedeutet, und man darf nicht vergessen, dass sie allein und verloren über viele Stunden lang eiskaltem Regen ausgesetzt war, lange Zeit über zudem noch im Dunkeln. Es ist normal, dass sie erschöpft ist. Und das wird noch mehrere Tage so bleiben. Wenn der Mensch extremer Gefahr ausgesetzt ist, konzentriert sich das Gehirn aufs Überleben. Daher ist sie völlig entkräftet.«

»Hatte sie wirklich einen Herzstillstand?«, fragte Engrasi.

»Ja, aber wir können nicht sagen, wie lange. Der elektromagnetische Puls eines Blitzes ist massiv und führt bei zehn Prozent der Menschen, die vom Blitz getroffen werden, zu einem kardiorespiratorischen Stillstand. Glücklicherweise konnten die Männer, die sie gefunden haben, sie wiederbeleben.«

Engrasi schlug sich die Hände vor den Mund. Das Wort »wiederbeleben« hatte ihr einen Schrecken versetzt, wie sie ihn nie zuvor erlebt hatte. Denn wenn Amaia hatte wiederbelebt werden müssen, musste sie vorher tot gewesen sein. Ihre Kleine war tot gewesen, und es war Engrasi egal, ob es Minuten oder Sekunden gewesen waren. Ihre Kleine war tot gewesen, und sie, die gewusst hatte, dass sie in Gefahr war, war nicht in der Lage gewesen, sie zu beschützen.

Ignacio und Joxepi hatten recht, sie musste sie von diesem Ort fortbringen, irgendwohin, wo dieses Tal ihr nichts anhaben konnte.

Der Arzt sprach weiter, und sie wandte ihm wieder ihre Aufmerksamkeit zu.

»Sie ist jung und stark, und wir hoffen, dass keine dauerhaften Schäden zurückbleiben, aber manchmal leiden vom Blitz Getroffene unter Krämpfen, kurzzeitiger Bewusstlosigkeit oder unter Amnesie. Die meisten können sich nicht mehr daran erinnern, was vor dem Unfall gewesen ist.«

»Und diese seltsame Zeichnung auf ihrer Brust?«, fragte Juan.

»Das ist eine Verbrennung, und Ihre Tochter hat großes Glück gehabt, dass dies die einzige ist. Ein Blitz erhitzt die ihn umgebende Luft so stark, dass Wasser verdampft, was auch erklärt, warum ein Teil ihrer Kleidung verschwunden ist und sie selbst vollkommen trocken war, als sie gefunden wurde. Eine solche Verbrennung entsteht, wenn die Hochspannungsentladung des Blitzes rote Blutkörperchen aus den Kapillaren nach oben in die Epidermis befördert. Die Narbe wird mit der Zeit verblassen.«

»Dürfen wir zu ihr?«, fragte Engrasi.
»Ja, aber nur einzeln.«
»Geh du«, sagte sie zu ihrem Bruder.

Als sie wieder zu sich kam, saß ihr Vater neben dem Krankenhausbett, in dem sie lag. Sein Gesicht war bleich, das nasse Haar klebte ihm an der Stirn, und die Augen waren vom Weinen gerötet. Beschützend beugte er sich zu ihr herunter, mit besorgter Miene, in der sich aber allmählich Erleichterung zeigte. Ihr kamen fast die Tränen vor Rührung. Sie liebte ihren Vater über alles.

»Da war ein Baum, *aita*, ein ganz besonderer«, sagte sie. »Und danach hab ich den Weg nicht mehr gefunden.«

»Nicht sprechen, *maitia*, ruh dich aus.«

In Amaias klaren blauen Augen glitzerten die mühsam zurückgehaltenen Tränen. »Da war jemand im Wald, doch Ipar hat nicht zugelassen, dass er näher kam.«

Ein eiskalter Schauer lief Juan über den Rücken, während er sich vorstellte, welchen Gefahren seine Tochter ausgesetzt gewesen war. »Es ist vorbei, mein Herz. Du bist in Sicherheit, und schon bald wird es dir wieder gut gehen.«

»Mir war sehr kalt, aber dann habe ich das Haus gesehen.«

»Du warst bei einem Haus?«, wunderte sich Juan.

»Da war ein Mann, ein schöner Mann, und noch mehr Leute.«

Juans Rücken versteifte sich, während die düstere Ahnung, die ihn den ganzen Tag über begleitet hatte, sein Herz gefangen hielt. Das gefiel ihm nicht.

»Sie waren … böse. Ich wollte hineingehen, weil mir so kalt war, aber Ipar hat mich nicht gelassen.« Amaia riss erschreckt die Augen auf. »Wo ist Ipar, *aita*?«

Juan schüttelte den Kopf. Verdammt, das hätte er seiner Tochter gern erspart. »*Maitia*, Ipar hat dich sehr geliebt, er war ein guter Hund und hat bis zuletzt auf dich aufgepasst.«

Nun ließen sich die Tränen nicht mehr länger zurückhalten. Amaia stieß ein ersticktes »Nein« aus und begann so bitterlich zu weinen, wie Juan es noch nie bei ihr gesehen hatte. Seine Tochter, die sonst nur stille Tränen weinte, brach in lautes Schluchzen aus, woraufhin zwei besorgte Krankenschwestern ins Zimmer kamen.

»Was haben Sie mit ihr gemacht?«, fragte die eine mit ernstem Gesicht, während sie Juan zum Fußende des Bettes schob.

»Nichts, um Gottes willen«, antwortete er beleidigt. »Es ist … ihr Hund ist tot«, versuchte er zu erklären.

»Und da konnten Sie keinen günstigeren Zeitpunkt wählen, um ihr das zu sagen? Sie muss jetzt geschont werden, guter Mann!«

Sie sagte »guter Mann«, als wäre es ein Schimpfwort. Aber das, was ihm wirklich wehtat, war, dass diese Frau ihn, den Vater, daran erinnern musste, dass Amaia geschützt werden musste.

»Sie sollten jetzt gehen«, sagte die andere Krankenschwester etwas freundlicher.

»Darf ich mich wenigstens noch verabschieden?«, fragte er.

Die Frau nickte, und Juan trat erneut zu Amaia.

Sie weinte noch immer, doch jetzt war es wieder ein stiller Tränenfluss, der aus ihren geschlossenen Augen lief, die sie mit der Hand bedeckte, in der keine Infusionsnadel steckte.

»*Maitia*, ich muss gehen«, flüsterte er.

Amaia öffnete die Augen. Es lag kein Vorwurf in ihrem Blick. Sie hob ihren freien Arm in der stillen Bitte, dass er sie umarmte. Sie liebte ihn, wie sie ihn immer geliebt hatte.

Sie würde es ihm sagen …

Juan beugte sich traurig und voller Liebe über seine Tochter und hörte ihre Stimme.

»*Aita*, die Mama war dort bei diesem Mann. Sie haben auf mich gewartet, um …«

Juan richtete sich mit schreckgeweiteten Augen auf. Düstere Vorahnungen von tiefer Trauer beschleunigten seinen Herzschlag.

Dann beugte er sich wieder zu ihr herunter. »Amaia, erzähl niemandem davon. Tu es für mich. Erzähl es nicht.«

Die Worte, mit denen sie ihm hatte sagen wollen, wie sehr sie ihn liebte, erstarben in ihr. Unfähig, auch nur einen Laut herauszubringen, nickte sie. Sie versprach zu schweigen, dieses letzte Geheimnis für sich zu behalten.

Es war der Grund dafür, dass sie aufhörte, ihn zu lieben.

Juan spürte an seiner Wange das Nicken seiner Tochter. Als er sich endgültig aufrichtete, hatte Amaia aufgehört zu weinen.

Sie sah ihm in die Augen, und Juan wusste, dass dieses ernste, die Gewissheit widerspiegelnde Gesicht seiner Tochter genau das ihre sein würde, wenn sie einmal erwachsen war. Beschämt wandte er sich ab und ging zur Tür.

»*Agur, maitia.*«

Amaias Antwort ließ mehrere Sekunden auf sich warten. Und als sie schließlich kam, wusste Juan, dass es ein Abschied für immer war.

»*Agur, aita.*«

Engrasi wartete auf der anderen Seite der Glasscheibe, und obwohl sie kein Wort hatte hören können, war ihr keine Geste ihres Bruders und ihrer Nichte entgangen. Mit hängendem Kopf trat Juan zu ihr. Er weinte.

Ohne ihn anzusehen, fragte Engrasi: »Hat sie wegen Ipar geweint?«

»Ja.«

»Aber du hast ihr nicht gesagt, dass …?«

»Nein, natürlich nicht«, entgegnete er verärgert. »Und du sagst es ihr bitte auch nicht. Niemals.«

Engrasi sah ihn wütend an. »Was für ein Mensch würde diesem Kind erzählen, dass jemand seinen Hund ausgeweidet und ihn am Waldrand an einen Baum genagelt hat!«

Juan antwortete nicht. Er weinte noch immer.

Engrasi wandte sich angewidert ab. »Ich werde Amaia von Elizondo fortbringen.«

»Ja«, entgegnete er.

»Du hast mich nicht verstanden. Wenn Amaia aus dem Krankenhaus entlassen wird, wird sie nicht mehr nach Elizondo zurückkehren.«

Juan nickte. »Bring sie weit weg. Ich glaube nicht, dass Pamplona weit genug ist. Bring sie weg, ich gebe dir das Geld, aber sag mir niemals, wo sie ist, denn so stark bin ich nicht, Engrasi. Wenn ich es wüsste ...«

70
Mics Geige

Die Sümpfe
Mittwoch, 31. August 2005

Als Johnson mit Bull und Charbou zurückkam, setzte Dupree sie über den Stand der Dinge in Kenntnis.

»Wir haben ihn. Martin Lenx ist der Komponist und nennt sich nun Robert Davis. Er arbeitet als Versicherungsinspektor für die American Insurance Association. Diesen Job hat er sechs Monate nach dem Mord an seiner ersten Familie in Madison angenommen. Über die Versicherungspolicen hatte er Zugang zu sämtlichen Informationen über die Familien, die Anzahl der Familienmitglieder, wie viele Leute im Haus wohnten und deren Alter, ob es Waffen im Haus gab, Unfälle, Krankheiten und ob sie für kleine Vergehen oder Fehlverhalten belangt worden sind. Er hat über das Verhalten der Familien gerichtet und sie dann zum Tode verurteilt. Mit seiner neuen Familie lebt er in Texas, aber er war gerade in seinem zweiten Wohnsitz in Galveston, neben der Familie Andrews, als seine Frau ihm vor acht Monaten mitgeteilt hat, dass sie schwanger ist. Mit dem dritten Kind.«

»Der verdammte gute Samariter«, meinte Charbou mit Blick auf Amaia.

Dupree fuhr fort:

»Er hat einen Sohn und eine Tochter, die Michelle heißt und Geige spielt. Er hat das Instrument wohl dazu benutzt, um das Wohnzimmer der Andrews zu einem Musikzimmer zu machen. Salazar hatte recht. Die Tat in Galveston war das erste Verbrechen, und da ist er impulsiv, unreflektiert und riskant vorgegangen. Denn durch die bevorstehende Geburt eines weiteren Sohnes ist für ihn die Welt zusammengebrochen, beziehungsweise wiederholt sich für ihn Schritt für Schritt die alte Geschichte. Er hat sein Urteil über die Andrews mit dem schlechten Benehmen des widerspenstigen Sohnes gerechtfertigt, der seine Eltern damit geärgert hat, dass er den Garten des Nachbarn zerstörte.«

»Dieses Arschloch!«, knurrte Charbou, der sich nicht mehr zurückhalten konnte.

»Er hat Joseph Andrews ins Haus seiner toten Familie begleitet. Es fällt nicht schwer, sich vorzustellen, was ihm durch den Kopf ging, als Joseph die Geige aufgefallen ist und er gesagt hat, er wolle die Polizei darauf aufmerksam machen. Und dann hat seine Tochter ihm auch noch gesagt, dass sie auf ihre Geige, die plötzlich verschwunden war, ihren Namen geschrieben hat …«

»Da ist er schnell noch mal rüber zu dem Haus gegangen und hat die Geige geholt«, sagte Johnson.

»Warum hat er das nicht früher gemacht?«, wunderte sich Bull. »Es war doch total riskant, die Geige seiner Tochter zu benutzen.«

»Genau das war sein Fehler, der sicher der Eile und dem Schock geschuldet war, den die Nachricht bei ihm ausgelöst hat, dass das dritte Kind unterwegs ist, sodass sich seine Geschichte wiederholen wird. Er hat seine Nachbarn ermordet, Menschen, die er kannte. Typischer Anfängerfehler, der manchen Serienmördern unterläuft, ein unwiderstehlicher Drang, der schon oft dazu beigetragen hat, dass der Täter gefasst wurde. David Canters ›Kreis-Hypothese‹ über den geografischen Handlungsradius von

Serienmördern ... Erinnert ihr euch noch, dass Emerson davon gesprochen hat?

Der vorausberechnete Termin der Geburt seines zweiten Sohnes ist in zwei Tagen, in Texas. Salazar und ich glauben, dass Lenx noch in New Orleans ist, aber vor der Geburt nach Texas zurückkehren wird, um seine Familie zu ermorden.«

»Wir müssen sofort aufbrechen«, sagte Johnson, »hier sind wir ja fertig!«

Dupree dachte kurz nach, bevor er sagte: »Charbou, Salazar und Sie, Johnson, fahren nach New Orleans, suchen nach Lenx und folgen ihm bis zu seinem Haus nach Texas, wenn das nötig ist, und nehmen ihn fest. Bull und ich haben hier noch etwas zu erledigen. Wir bleiben.«

Amaia hatte bemerkt, dass Bull die ganze Zeit über den Blick zu Boden gerichtet hatte. Er und Dupree hatten sich abgesprochen.

Johnson sah zu Amaia und Charbou hinüber, bevor er sich dazu äußerte. »Bei allem Respekt, Agent Dupree, Salazar arbeitet nur vorübergehend fürs FBI und Charbou gar nicht. Womit ich Sie nicht beleidigen möchte«, erklärte er, an Bill gewandt.

»Warum sollte die Wahrheit mich beleidigen?«

»Einen besseren Agent als Salazar können Sie beim FBI nicht finden, und Charbou«, Dupree zwinkerte dem Polizisten zu, »er ist aus New Orleans und wird Ihnen in dieser Stadt, die keiner so gut kennt wie er, den Arsch retten.«

Johnson wollte widersprechen, doch Dupree fuhr fort: »Ich wäre Ihnen eh keine große Hilfe. Gestern war ich noch so gut wie tot, und der anstrengende Ausflug nach Le Grand hat mich erneut geschwächt. Ich fürchte, dass der *traiteur* mit mir noch einiges zu tun haben wird. Bull wird hierbleiben, um mir im Fall Samedi zu helfen, schließlich geht es um Menschenraub, und es hat Tote gegeben. In Le Grand liegen die Leichen von sechs Mädchen, und dann sind da noch die von den drei Bandenmitgliedern. Wir werden mit Jacobs Schwestern zurück in die Stadt fahren, wenn es sicher ist, und es wäre bestimmt nicht hilfreich, sie jetzt schon nach New Orleans mitzunehmen. Außerdem will der *traiteur* eine Bestattungszeremonie für Médora abhalten, damit sie in Frieden ruhen kann und ihre Seele den richtigen Weg findet. Bull und ich denken, dass wir dabei sein sollten, immerhin kannten wir ihre Familie und sind mit dafür verantwortlich, was ihr zugestoßen ist, weil wir sie damals nicht befreien konnten.«

»Das, was mit ihr passiert ist, ist furchtbar«, sagte Charbou. »Aber ihr habt euch nichts vorzuwerfen, und jetzt kann man nichts mehr für sie tun.«

»Sterben ist nicht so einfach«, sagte Dupree und sah Charbou dabei direkt in die Augen. »Und schon gar nicht für jemanden wie Médora, die beinahe ihr ganzes Leben über davon überzeugt war, dass sie tot wäre. Und denken Sie an Frank Carlino und Jerome Lirette.«

»Wollen Sie damit sagen, dass es Leute gibt, die nicht tot bleiben, nachdem sie gestorben sind?«, fragte Charbou ungläubig, und hinter seiner Fassungslosigkeit war eine Angst zu spüren, die er damit zu verbergen suchte.

»Was ich damit sagen will«, erklärte Dupree, »ist, dass es manchem schwerfällt zu gehen, vor allem, wenn man ihn davon überzeugt hat, dass es eine Möglichkeit gibt, zurückzukehren oder zu bleiben. Zu sterben ist genauso schwer, wie geboren zu werden. Man kann es allein machen, aber es ist besser, wenn auf beiden Seiten des Weges jemand ist, der einem hilft.« Dupree warf den anderen einen Blick zu, der keine Zweifel daran ließ, dass er meinte, was er sagte. »Bull und ich bleiben. Sie werden sofort aufbrechen. Noch Fragen?«

71
Recht und Wahrheit

Die Sümpfe

Bull und Dupree sahen ihnen nach, als die anderen mit dem Schlauchboot davonfuhren. Vor dem Aufbruch hatten sie noch ein paar Telefongespräche geführt, um sicherzustellen, dass jemand sie mit einem geeigneten Fahrzeug in der Nähe von Houma erwartete. Es war genauso schwierig, nach New Orleans hineinzukommen wie hinaus.

Als das Boot nicht mehr zu sehen war, nahm Bull ein Mobiltelefon aus seiner Tasche und zeigte es Dupree. »Ich habe die SIM-Karte in mein Handy gesteckt, und es funktioniert.«

Er schaltete es ein, und auf dem Display leuchteten jede Menge blinkende Symbole.

»Gut«, entgegnete Dupree wortkarg.

»Ja, gut, und jetzt? Wir befinden uns vielleicht am richtigen Ort, wenn sie anrufen, aber Samedi – ob nun eine Einzelperson oder Organisation – kennt Len und erwartet, seine Stimme zu hören. Beim geringsten Verdacht, dass etwas nicht stimmt, werden sie das Gespräch beenden, und wir können von hier aus keine Anrufe zurückverfolgen.«

»Ich habe nicht vor, den Anruf zurückzuverfolgen.«

Bull wartete geduldig.

»Wenn sie anrufen, wird Dominic Darrel ihnen erzählen, was passiert ist.«

»Aber …«

»Samedi kannte Dominic nicht, so wie Dominic Samedi nicht kannte. Die Kommunikation lief immer über Len. Len war sauer, weil Pitt die Mädchen hat ertrinken lassen, und hat ihn abgeknallt. Er selbst hat Samedi mitgeteilt, dass sie die Beute verloren haben und dass er Pitt deswegen getötet hat. Ich nehme mal an, dass er die Erlaubnis hatte, sich einen neuen Helfer zu suchen. Einen, den sie noch nie gesehen haben. Und zufälligerweise sind die, die ihn gekannt haben, alle tot.«

»Dominic.«

»Vince wollte Pitts Tod nicht so einfach hinnehmen und hat sich mit Len angelegt. Wobei sie sich gegenseitig erschossen haben. Und jetzt bin ich – also Dominic – der einzige Überlebende und gehe an Lens Telefon, weil ich weiß, dass sie anrufen. Ich bin sehr vertrauenswürdig und effizient. Ich hab ganz allein aufgeräumt, und dank mir ist in Le Grand wieder alles in Ordnung. Und jetzt warte ich nur noch darauf, dass sie mir sagen, was ich weiterhin tun soll.«

»Sie werden dir nicht einfach so glauben.«

»Nein, deswegen werden wir morgen noch einmal nach Le Grand aufbrechen. Wir werden Fotos machen, die ich ihnen senden werde. Wir werden dort aufräumen, auch für den Fall, dass sie persönlich dort auftauchen oder jemanden zur Kontrolle schicken.«

»Okay«, meinte Bull, nicht wirklich überzeugt, »aber wo soll das Ganze hinführen? Die werden wohl kaum dem Erstbesten, der ans Telefon geht, irgendwelche Einzelheiten über ihre Organisation erzählen.«

»Natürlich nicht. Ich habe in all den Jahren viel über Samedi nachgedacht und weiß, dass wir nur weiterkommen, wenn es uns gelingt, bis in den Kern der Organisation vorzustoßen. Und das geht nur, wenn sie glauben, dass wir dazugehören. Dominic hat bestätigt, dass Samedi seine Leute bei der Polizei hat. Was erklärt, wie sie all die Jahre über im Dunkeln agieren konnten. Wobei sie die Legende mit dem Übernatürlichen und dem Voodoo immer schön weitergesponnen haben.«

»Sie werden sich nicht einfach so mit dir treffen«, meinte Bull.

»Wir dürfen die Mädchen nicht vergessen«, erinnerte Dupree. »Samedi weiß, dass die beiden Mädchen aus New Orleans noch am Leben sind, Len hat es ihm gesagt. Sie werden Darell bitten, sie an den vereinbarten Ort zu bringen.«

»Und wenn sie stattdessen jemanden schicken, der sie abholen soll?«

»Das Risiko müssen wir eingehen.«

»Okay, nehmen wir an, Samedi ist einverstanden, und man nennt uns den Übergabeort«, meinte Bull. »Aber hier geht es ja nicht nur darum, denjenigen festzunehmen, der dort aufkreuzt. Du hast davon gesprochen, dich in die Organisation einzuschleusen, doch was sollte die Kerle davon abhalten, dich zu töten, wenn du die Mädchen nicht dabeihast? Warum sollten sie jemandem vertrauen, der mit leeren Händen kommt?«

Dupree sah Bull ein paar Sekunden lang schweigend an, bevor er antwortete:

»Das stimmt, deswegen werde ich ihnen die Mädchen übergeben.«

72

Der vierte Tag

New Orleans, Louisiana
Donnerstag, 1. September 2005

Es war dann doch leichter, nach New Orleans hineinzukommen, als sie gedacht hatten, dafür umso schwerer, zu ihrem Ziel innerhalb der Stadt zu gelangen.

Von Westbank aus überquerten sie den Mississippi Richtung Bywater, von dort aus mussten sie weiter bis zum Jackson Square, und der Weg stand teilweise noch bis auf Brusthöhe unter Wasser. Sie fühlten sich, als wären sie, nachdem sie aus einem Albtraum aufgewacht waren, wieder eingeschlafen, um noch Schlimmeres zu träumen.

Der große Unterschied zwischen der Stadt, die Amaia verlassen hatte, und der, die sie nun wiedersah, war die vollkommene Hoffnungslosigkeit.

Am ersten Tag nach dem Hurrikan hatten die Menschen unter Schock gestanden: Ungläubigkeit in den Blicken, erschrockene Ausrufe angesichts der Zerstörung und Verblüffung über die brutale Kraft der Natur. In der folgenden Nacht war das Wasser weiter angestiegen, sodass die Katastrophe am nächsten Tag noch größer war und damit auch die Fassungslosigkeit.

Am dritten Tag geschah dann nichts Neues mehr. Das Wasser hatte das höchste Niveau erreicht, und sollte noch ein Damm brechen, würde selbst das die Lage nicht mehr deutlich verändern. Es war bereits alles passiert, was passieren konnte. Achtzig Prozent der fast fünfhundert Quadratmeilen, aus denen New Orleans bestand, standen unter Wasser. Es gab weder Strom noch Trinkwasser, keine offenen Geschäfte oder funktionierende Klimaanlagen in der Stadt, in der tagsüber dreiunddreißig Grad herrschten und es nachts nicht unter achtundzwanzig Grad abkühlte. Es gab Stadtviertel, in denen das Wasser ein ganzes Stockwerk hoch stand, und in den Vierteln, wo es am niedrigsten war, erreichte es immerhin noch Kniehöhe.

Dieser dritte Tag war der Tag der Verzweiflung. Alte Leute und Kinder, die sich auf die Brücken gerettet hatten, verloren nach drei Tagen ohne etwas zu essen oder zu trinken in der Sonne das Bewusstsein. Die Hilfe ließ auf sich warten, obwohl sich von Mund zu Mund die Nachricht verbreitete, im Radio hätte es geheißen, Rettung sei unterwegs. Doch die Stadt, in die Amaia, Johnson und Charbou nach ihrem Tag in den Sümpfen zurückkehrten, war eine andere. Die Leute drehten durch.

Amaia, Johnson und Charbou gingen über die Brücke, über die die Interstate führte. Es war fünf Uhr nachmittags, aber die Sonne brannte noch genauso stark vom Himmel wie am Mittag, und die Stadt stank nach Fäkalien, Schlamm und Tod.

In der Ferne waren die Rauchsäulen der zahllosen Brände zu sehen, von denen es hieß, dass sie absichtlich gelegt worden waren, deren Ursache möglicherweise aber auch gebrochene Gasleitungen in den zerstörten Häusern waren. Das Säuseln des warmen Windes über dem Wasser wurde hin und wieder von einem oder mehreren Schüssen unterbrochen. Angeblich gab es Leute, die das, was von ihrem Besitz geblieben war, mit Gewehren vor Plünderung schützten. Andere sprachen von organisierten Banden, die als selbst ernannte Ordnungshüter auch auf Unschuldige schossen. All das waren Gerüchte, und es gab keine Möglichkeit, festzustellen, ob die Geschichten, die die Runde machten, der Wirklichkeit entsprachen.

An diesem vierten Tag hatte sich die Stimmung der Masse, die nach dem Schrecken des ersten und zweiten Tages zusammengehalten hatte, in zwei Lager geteilt: in diejenigen, die die Hoffnung verloren hatten, und solche, die nicht nur hoffnungslos, sondern auch wütend waren.

Schweigende Menschengruppen hatten sich auf den Brücken gebildet und verharrten dort, um Kraft zu sparen. Sie hoben kaum die Köpfe, als Amaia, Johnson und Charbou an ihnen vorbeigingen. Die Fragen der ersten Stunden nach Wasser, trockener Kleidung und Medikamenten waren verstummt. Es gab niemanden, der noch etwas hatte.

Ein Mann, der sich ein Radio ans Ohr hielt, verkündete: »Morgen kommt der Präsident, haben sie gerade gesagt.«

»Das Gleiche haben sie gestern und vorgestern auch schon erzählt«, entgegnete eine Frau neben ihm.

»Sie wiederholen dauernd, dass Hilfe unterwegs ist«, fuhr der Mann fort.

»Dann haben sie wohl den falschen Weg genommen und die Hilfe nach Kanada geschickt, denn hier ist noch nichts angekommen.«

Die zweite Gruppe, an der Amaia, Johnson und Charbou vorbeigingen, wurde laut und machte ihrem Ärger Luft.

»Sie haben uns im Stich gelassen, damit wir hier verrecken!«, rief eine Frau, die von den Menschen um sie herum angefeuert wurde. »Aber so leicht machen wir es ihnen nicht, wir sind noch am Leben!«

»Bruder«, wandten sie sich an Charbou, »wohin gehst du? Bleib hier. Sieh dich doch um! Siehst du hier irgendwelche Weißen?«

»Sie werden keine Hilfe schicken, unser geliebtes Vaterland hat eine Möglichkeit gefunden, uns loszuwerden!«, schimpfte jemand.

Charbou sah Amaia und Johnson an und meinte: »Sie haben recht. Wenn ein paar Terroristen das World Trade Center zerstören, leidet das ganze Land mit, aber wenn eine Stadt voller Schwarzer im Wasser versinkt, interessiert das keinen. Stellt euch mal vor, vier Tage nach dem Anschlag vom 11. September wäre noch keine Hilfe in New York City eingetroffen.«

Amaia nickte nur. Ja, das wäre vollkommen unvorstellbar gewesen.

Sie wateten durch hüfthohes Wasser, bis sie einen Fußweg fanden, der wieder hinauf auf die Interstate führte. Dort machten sie eine kurze Pause, um das schlammige Wasser aus ihren Stiefeln zu kippen und ihre Waffen zu trocknen, bevor sie sich wieder aufmachten.

Johnson und Charbou gingen vorneweg. Plötzlich wies Charbou in Richtung Süden, und Johnson drehte sich um, taumelte und fiel.

Amaia blieb verwirrt stehen, denn sie wusste nicht, was passiert war. Es verging eine halbe Sekunde, bis sie den Schuss hörte. Sie wurde zu Boden gerissen, bevor ein weiterer Schuss erklang.

»Sie schießen auf uns!«, rief Charbou, der an ihr vorbeikroch, um zu Johnson zu gelangen.

Dort angekommen, packte er den FBI-Mann unter den Achseln, um ihn zur Seitenmauer der Brücke zu ziehen, wohin sich Amaia bereits in Sicherheit gebracht hatte.

Sie kniete sich hin, hielt ihre Waffe über die Mauer und feuerte ein ganzes Magazin in Richtung des Gebäudes ab, von dem sie glaubte, dass von dort die Schüsse gekommen waren, ohne ein konkretes Ziel zu haben. Schließlich ließ sich Charbou mit Johnson neben ihr zu Boden fallen. Der Agent war schweißüberströmt und presste vor Schmerzen die Lippen zusammen.

Amaia untersuchte die Schusswunde. Johnson war knapp über der schusssicheren Weste an der linken Schulter getroffen worden. Sein Arm war unnatürlich verdreht, was sie befürchten ließ, dass der Knochen und die Sehnen verletzt waren. Sie öffnete ihren Rucksack, leerte den Inhalt auf dem Boden aus und wählte ein Baumwollshirt, um damit die Blutung zu stillen. Dann suchte sie Johnsons Rücken vergeblich nach der Austrittswunde der Kugel ab.

»Die Kugel steckt noch drin, ich kann sie fühlen«, keuchte sie.

»Ich glaub, der Knochen ist gebrochen, aber es blutet nicht so stark. Das werden Sie überstehen.«

Charbou richtete sich etwas auf, schielte über die Mauer und sagte:

»Sie haben aufgehört. Wahrscheinlich haben sie nicht damit gerechnet, dass wir zurückschießen.« Er griff nach dem Funkgerät. »Achtung, Code drei. Hier Detective Bill Charbou, wir haben einen verletzten Kollegen. Ich wiederhole: Code drei. Wir sind auf der Brücke der Interstate oberhalb der Kreuzung Elysian Fields, Tonti Street.«

Sofort meldete sich jemand. »Hier Zentrale.«

Ein weiterer Funkspruch unterbrach den ersten. »Detective Charbou?« Die Stimme zögerte. »Ist Detective Bull verletzt?«

»Nein, aber ein FBI-Agent, sein Name ist Johnson. Es hat ihn an der Schulter erwischt.«

Die Antwort kam schon nach wenigen Sekunden. »Wir schicken sofort Hilfe.«

Sie brauchten nicht mal zehn Minuten zu warten. Ein Boot der Polizei von New Orleans hielt an der Stelle an der Brücke, an der sie hinaufgelangt waren. Johnson hatte sich, an die Seitenmauer gestützt, aufgerichtet. Auch wenn ihm anzusehen war, dass er

Schmerzen litt, hatte er wieder ein wenig Farbe bekommen. Nach der ersten medizinischen Versorgung winkte er Amaia und Charbou zu sich.

»Ihr müsst ohne mich weitermachen«, sagte er. »Sie haben den Befehl erhalten, mich zur Militärbasis am See zu bringen. Sobald ich stabil bin, werden sie mich zusammen mit anderen verletzten Polizisten und den wenigen Familien, die noch hier sind, evakuieren.«

Amaia nickte. Natürlich würden sie nicht aufgeben.

Die Sanitäter kümmerten sich um Johnson, verbanden seine Wunde und legten seinen unnatürlich verdrehten Arm in eine Schlinge. Sobald er stabilisiert war, machte er Amaia ein Zeichen, sie möge noch einmal zu ihm kommen.

Er versuchte zu lächeln und sagte: »Sie haben ihn aufgespürt, er gehört Ihnen, also schnappen Sie ihn sich! Aber Sie müssen es allein schaffen. Wenn Sie jetzt offiziell Meldung machen, gibt es zwei Möglichkeiten: Entweder man hört Ihnen zu und verlangt dann so viele Einzelheiten, Beweise und Erklärungen, dass sie erst in Texas ankommen, wenn Lenx längst über alle Berge ist, oder sie hören Ihnen so lange nicht zu, bis es zu spät und Lenx entkommen ist. In jedem Fall wäre Lenx der Gewinner.«

Amaia nickte.

»Dupree«, sagte sie dann. »Er wird nicht zurückkommen, oder?«

»Nein«, bestätigte Johnson. »Aber er weiß, was er tut.«

Als die Sanitäter die Trage anhoben, um sie zum Boot zu bringen, mahnte Johnson noch einmal: »Melden Sie die Sache erst, wenn alles erledigt ist.«

Charbou sorgte dafür, dass das Boot sie im French Quarter absetzte, bevor es weiterfuhr. Von dort aus war es ein Leichtes, zum Jackson Square und zur Chartres Street zu gelangen. Sie gingen zu dem Haus, in dem der Komponist seine letzten Opfer hingerichtet hatte.

Wie der Notrufkoordinator gesagt hatte, war nicht viel mehr passiert, als dass der Tatort mit Polizeiband abgesperrt und die Tür versiegelt worden war.

Charbou entfernte die Versiegelung mit einem Messer, wobei er aufpasste, sie möglichst nicht zu zerstören. Dann trat er ein paar Schritte zurück, sah Amaia an, die ihm zunickte, holte tief Luft, bedeckte sich Nase und Mund und stieß die Tür auf.

Das Licht der untergehenden Sonne, die den Himmel in violette und rosa Farben tauchte, erhellte die Wohnung nicht, denn Fenster und Tür waren mit Brettern vernagelt. Amaia beleuchtete die Leichen mit ihrer Taschenlampe, während sie gegen den Drang ankämpfte, die Fliegen von ihren Armen zu verscheuchen. In dem Wunsch, diesen Ort des Grauens sofort wieder zu verlassen, blickte sie sich zur Wohnungstür um und hätte dem Impuls, wegzulaufen, beinahe nachgegeben. Doch stattdessen senkte sie den Kopf und sprach ein Gebet für die Seelen der Toten.

Anschließend atmete sie durch den Stoff ihres Shirts, mit dem sie Mund und Nase bedeckte. Um sich konzentrieren zu können, musste sie die Fliegen von ihrem Gesicht fernhalten.

Die Köpfe der Leichen zeigten zweifellos nach Norden. Sie waren in der üblichen Reihenfolge arrangiert, und der Mörder hatte ihnen wie immer die Fesseln abgenommen. Allerdings war er deutlich weniger sorgsam vorgegangen. Oder einige Mitglieder der Familie hatten versucht, sich von den Stricken zu befreien, da zumindest bei zweien von ihnen deutliche Fesselmale an den Handgelenken und den Füßen zu erkennen waren.

Die Pistole lag neben der rechten Hand des Vaters auf dem Boden. Es folgten die Großmutter, die Ehefrau, zwei Jugendliche und ein Kind. Und etwa auf der Höhe des Kopfes der Mutter lehnte eine Geige an der Wand.

Amaia zog ihr Handy hervor, das noch immer kein Netz hatte. Sie hatte es in der Fischersiedlung aufgeladen und machte mehrere Fotos, während sie Charbou anwies, wie er die Szenerie beleuchten sollte.

Auf dem Jackson Square befanden sich jede Menge Leute. Als Amaia und Charbou an der Kathedrale vorbeigingen, sahen sie, dass deren Pforten offen standen. Die brennenden Kerzen am Altar waren das einzige Licht in der Kirche.

»Willst du reingehen?«, fragte Charbou, als sie hineinsah. Sie waren nun so vertraut miteinander, dass er es wagte, sie zu duzen.

»Nein, nein, warum sollte ich?«

»Ich weiß nicht«, meinte er. »Ich hab dich in der Wohnung von dieser Familie beten sehen.«

»Travis«, sagte sie.

»Bitte?«

»Das war der Name der Familie. Und … ich weiß nicht, warum ich das gemacht habe, aber ich glaube, es ist meine Art, meinen Frieden mit den Opfern zu machen und dafür zu sorgen, dass sie nicht mehr einfach nur Leichen sind.«

»Ich wollte mich nicht über dich lustig machen, ich finde es gut, dass du für sie betest«, erklärte Charbou. »Vielleicht sollte ich in die Kirche gehen und Gott danken. Denn die Kugel, die Johnson sich eingefangen hat, war für mich bestimmt.«

Amaia blieb stehen und sah ihn überrascht an. »Sagst du das, weil er sich gerade umgedreht hat, als die Kugel ihn traf?«

»Ich sage das, weil ich mir sicher bin, dass die, die geschossen haben, Polizisten waren.«

Verwundert packte sie Charbou am Arm und führte ihn zu den Treppenstufen vor der Kirche, wo sie sich niederließen. »Glaubst du, dass sie auf dich geschossen haben, weil du schwarz bist?«

»Nein, ich …« Er zögerte, bevor er erklärte:

»Da war etwas Seltsames, als ich über Funk Hilfe angefordert habe. Bevor die Zentrale geantwortet hat, war jemand anderes dran, der Bull und mich so gut kennt, dass er fragte, ob es Bull erwischt hätte.«

»Willst du damit sagen, dass sie gezielt hinter euch her sind?«

»Ich weiß es nicht. Bull hat mir gesagt, dass Dominic Darrel von Polizisten gesprochen hat, die zu Samedi gehören.«

Amaia seufzte und blickte in den Himmel. Es war kurz nach sieben Uhr abends, und das Licht ging immer wieder kurzzeitig aus. »Wir sind ganz in der Nähe des French Quarter, und dort hat es kaum Schäden gegeben. Denkst du, dass das älteste Bordell der Stadt noch geöffnet ist?«

Der Himmel war dunkelblau, als sie um zwanzig nach sieben die Dauphine Street erreichten. Die Fensterläden des gleichnamigen Hotels waren geschlossen, und die Fahnen, die die Fassade geschmückt hatten, waren verschwunden.

Amaia ging zur Haustür, die plötzlich geöffnet wurde, und sie stand einer der Schwestern gegenüber, denen das Hotel gehörte und die sich auf sie stürzte, um sie fest an sich zu drücken.

»Oh Gott sei Dank!«, rief sie. »Ich freue mich, dass Sie wohlauf sind. Wo sind die anderen? Ich habe mir große Sorgen gemacht, als Sie nicht zurückgekehrt sind.«

»Den anderen geht es den Umständen entsprechend gut«, brachte Amaia hervor, während die Frau auch Charbou an sich drückte.

»Kommen Sie doch rein«, sagte sie, nachdem sie ihn losgelassen hatte. »Ich muss wieder zumachen. Es gibt Leute, die so verzweifelt sind, dass sie töten würden, um hier reinzukommen.«

Während sie die beiden Polizisten durch die Tür ins Haus zog und diese wieder schloss, fragte Amaia:

»Sind noch mehr Leute im Hotel?«

»Ja. Die meisten wissen nicht, wohin sie sonst gehen sollten, weil ihre Häuser unter Wasser stehen. Andere haben Angst, rauszugehen; man hört furchtbare Dinge über das, was in der Stadt vor sich geht. Außerdem sind Freunde und Bekannte hergekommen, die im Moment nirgendwohin können. Die Zimmer von Ihren Kollegen habe ich anderweitig vergeben, aber Ihres nicht«, sagte die Frau lächelnd, »denn ich wusste, dass Sie zurückkommen würden.«

»Können wir heute hierbleiben?«

»Sie sind noch immer mein Gast. Natürlich.«

»Es ist nur für eine Nacht.«

»Sie können so lange bleiben, wie Sie wollen. Es gibt kaum noch etwas zu essen, aber meine Schwester und ich werden bis zum Ende durchhalten. Heute haben sie im Radio gesagt, dass der Wasserstand des Lake Ponchartrain gefährlich hoch ist. Daher besteht die Gefahr, dass auch das Stadtzentrum überschwemmt wird. Es soll Monate dauern, bis das Wasser weg ist und die Dämme repariert sind. Es ist von einem Regierungsbefehl die Rede, die Stadt zu evakuieren. Die Soldaten sollen die Leute nach und nach aus den Häusern holen.«

»Ja, das haben wir auch gehört.«

»Eins kann ich Ihnen sagen: Ich werde hier auf die Soldaten warten, und ich werde die Tür gut abschließen, wenn ich gehe, aber vorher werde ich mein Hotel nicht verlassen. Denn dieses Hotel ist unser Job und unser Zuhause, und ich werde nicht zulassen, dass ein paar seelenlose Wilde hier Feuer legen und das Einzige zerstören, was wir haben.«

Amaia und Charbou sahen sich schweigend an.

Die Frau lächelte wieder. »Ich bin aber auch dumm. Ich rede und rede, dabei sind Sie sicher erschöpft. Kommen Sie!« Sie nahm eine brennende Kerze vom Rezeptionstresen. »Allerdings müssen Sie sich das Zimmer teilen, weil kein anderes mehr frei ist.«

Die Frau führte sie die Treppe hinauf und schloss die Zimmertür auf. Die Kerze hochhaltend, damit sie etwas sehen konnten, trat sie als Erste ins Zimmer.

Nach all den zerstörten Häusern, die sie gesehen hatte, erschien Amaia dieses Hotelzimmer wie das Paradies auf Erden: das große Bett, die cremefarbenen Möbel, die Spiegel und die sauberen Laken. Sie wunderte sich, wie schnell sie sich an das Elend gewöhnt hatte.

»Ich habe ja schon gesagt, dass wir nichts mehr zu essen haben«, erklärte die Frau. »Das heißt, es gibt kein Frühstück. Und ich kann Ihnen nur eine Kerze und eine Schachtel Streichhölzer hierlassen, aber eines wird Ihnen gefallen.« Sie ging mit der brennenden Kerze ins Bad. »Meine Schwester Grace hat daran gedacht, vor dem Hurrikan alle Badewannen bis obenhin mit Wasser zu füllen. Teilen Sie es sich gut ein, mehr gibt es nicht. Das Wasser ist kalt, aber es gibt frische Handtücher.«

Die Kleidung auszuziehen, die sie seit dem Hurrikan trug, war, wie eine zweite Haut abzustreifen. Amaia legte das zusammengefaltete Foto, das sie immer noch bei sich hatte, auf die Ablage und lächelte dem kleinen orangefarbenen Drachen zu, den Jacob ihr geschenkt hatte. Dann betrachtete sie im Spiegel ihren nackten Körper mit der von der Sonne gebräunten Haut an den Armen und am Hals. Anschließend legte sie eine Hand auf ihren Unterleib und dachte dankbar an Annabels Antibiotikum.

Amaia schöpfte einen halben Eimer Wasser aus der Badewanne und füllte damit das Waschbecken, griff nach der Seife, die nach Veilchen roch, hielt sie sich an die Nase und genoss den Duft, der ihr unter normalen Umständen wahrscheinlich gar nicht aufgefallen wäre. Dann wusch sie sich sorgfältig, wobei sie einige Prellungen und Abschürfungen entdeckte, die sie noch gar nicht bemerkt hatte.

Nach dem Haarewaschen benutzte sie einen weiteren halben Eimer Wasser, um die Seife auszuspülen. Ohne sich richtig abzutrocknen, zog sie sich frische Unterwäsche und ein Shirt an. Sie hatte sich schon lange nicht mehr so gut gefühlt.

»Du bist dran«, sagte sie und überließ Charbou das Badezimmer.

Er ließ die Tür ein kleines Stück offen, damit ein wenig Licht hereinfiel.

Bei weit geöffnetem Fenster auf dem Bett liegend, hörte Amaia, wie Charbou Wasser ins Waschbecken goss. Sie stellte sich vor, wie auch er den Duft der Seife genoss. Von draußen zog eine leichte warme Brise herein, und in der Ferne war der Klang eines Saxophons zu hören. Sie stand auf, ging ans Fenster und hörte zu, wobei sie dachte: Es gibt zwei Arten von Wesen, die New Orleans niemals verlassen, die Musiker und die Geister.

Als sie sich umdrehte, sah sie Charbous Abbild im Spiegel. Seinen mit Wassertropfen benetzten nackten Körper. Er war stark und schön wie eine Statue. Auch er betrachtete sie im Spiegel. Unbeweglich, ruhig, sehr ernst.

Amaia griff nach ihrem Shirt und zog es sich über den Kopf. Dann ging sie nackt zu ihm hinüber.

Sie hatte schon eine ganze Weile nicht mehr von ihr geträumt. Doch nun spürte sie ihre Gegenwart neben dem Bett. Wie sie sie betrachtete. Gleichzeitig angezogen, abgestoßen und fasziniert von der Stärke des kleinen Mädchens, das der Tür provozierend den Rücken zuwandte, als ob es ihr sagen wollte: »Ich habe keine Angst vor dir.« Obwohl sie beide wussten, dass es nicht stimmte.

Die Präsenz, die sie spürte, beugte sich über sie und öffnete den Mund, sodass Amaia ihren Atem auf der Haut fühlte. »Warum ich dich nicht irgendwann gefressen habe? Denkst du vielleicht, dass ich verrückt bin?«

Amaia schreckte in der Dunkelheit auf. Ihr war, als hätte sie eine Bewegung wahrgenommen. Sie starrte in die Schwärze der Nacht und fluchte leise, weil sie ihre Taschenlampe nicht angelassen hatte, tastete auf dem Nachttisch danach, schaltete sie ein und hielt sie dicht über der Matratze, um Charbou nicht zu wecken.

Er schlief tief und fest. Sie betrachtete ihn ein paar Sekunden lang, bis sie am Fenster erneut die Bewegung wahrnahm, die sie geweckt hatte.

Amaia schaltete die Taschenlampe aus und verließ das Bett. Die dicken Vorhänge am Fenster der Nachbarwohnung waren zur Seite geschoben, die beiden Fensterflügel, die vom Boden bis zur Decke reichten, weit geöffnet, und das goldene Licht im Zimmer erhellte einen üppig dekorierten Raum.

Ein alter Mann in einem Morgenrock las im Licht eines achtarmigen Leuchters. Hinter ihm glänzten im Licht der Kerzen die goldfarbenen Buchrücken einer Bibliothek. Amaia betrachtete ihn, fasziniert von dem Gefühl der Irrealität und der Schönheit, das der Anblick hervorrief.

»Salazar«, rief Charbou aus der Dunkelheit, »komm zurück in mein Bett.«

»In *dein* Bett?« Sie lachte.

»Ich liege drin und du nicht. Also ist es *mein* Bett. Komm her.«

»Nur, wenn du aufhörst, mich Salazar zu nennen, denn das hört sich an, als würde ich mit einem Polizisten reden.«

»Und was bin ich?«

»Ein Liebhaber«, antwortete sie, »oder nicht?«

»Komm her, dann finden wir's raus.«

73
Gris-gris. Talisman

New Orleans, Louisiana
Freitag, 2. September 2005

Es war kurz nach halb sieben, als es hell wurde, und die Temperatur lag bereits bei neunundzwanzig Grad. Amaia zog sich an, und Charbou, der ihr dabei zusah, fiel auf, dass sie das Säckchen aus Ziegenleder, das er bei Dupree gesehen hatte, um den Hals trug.

»Du musst ihm viel bedeuten, wenn er dir den Talisman gegeben hat, dem er sein Leben verdankt.«

Amaia drückte den kleinen Beutel zwischen ihren Fingern zusammen und fühlte den knisternden Inhalt. »Was, glaubst du, ist da drin?«

»Samen, Kaffeebohnen, Asche, Graberde, gemahlene menschliche Knochen«, zählte er lächelnd auf. »Du weißt schon, die typischen Dinge, die man hier in Louisiana den Leuten gibt. Was zählt, ist die Absicht dahinter.«

»Die Absicht?«

»Ob es schützen oder schaden soll. Aber ich glaube, du brauchst dir keine Gedanken zu machen, es hat seine Macht als Beschützer des Herzens bereits bewiesen.«

»Wenn es Duprees Herz beschützen soll, was passiert dann jetzt, da er es nicht trägt?«

»Das ist die Frage«, entgegnete Charbou schulterzuckend.

Amaia betrachtete den Beutel, runzelte die Stirn und steckte ihn dann unter ihr Shirt. »Ich glaube nicht an Talismane.«

»Warum trägst du ihn dann bei dir?«

»Aus dem gleichen Grund, warum ich auch Jacobs Drachen bei mir habe. Weil ich auf die Kraft des Glaubens vertraue, auch wenn es der von anderen ist. Der Glaube hat schon Weltreiche zerstört. Und auf gewisse Weise ist der Mann, hinter dem wir her sind, ein Mensch mit einem festen Glauben. Ein psychopathischer Glaube, aber felsenfest.«

Charbou sah sie nachdenklich an. »Du bist clever, Salazar.«

»Jetzt bin ich wieder die Subinspectora Salazar? Ich dachte, die Komplimente hinsichtlich meiner Intelligenz gehören zur ›Charbou-Methode‹?«

Er legte eine Hand aufs Herz und tat beleidigt.

»Die Charbou-Methode? Das denkst du von mir? Dass das nur eine Taktik ist?«

»Die Hotelbesitzerin hat dich gleich am ersten Tag durchschaut. Sie hat dich einen ›Mann, der alle Frauen liebt‹ genannt.«

»In dem Moment war das vielleicht so, aber jetzt halte ich eher das für zutreffend, was Jacobs Schwestern gesagt haben. Das habe ich nämlich gehört.« Er legte ihr die Arme um die Taille und betrachtete den Effekt ihrer unterschiedlichen Hautfarben. »Findest du nicht, dass wir ein gutes Paar sind?«

Sie antwortete nicht.

»Ich meine das ehrlich. Es ist das, was ich denke. Aber das weißt du sicher schon, denn du scheinst über die rätselhafte Macht zu verfügen, das zu wissen, was andere denken und tun.«

»Das ist keine Macht.« Sie lächelte, als sie an Duprees Worte über das, was sie von anderen unterschied, dachte.

»Woher weißt du dann, dass unser Mann noch hier in New Orleans ist? Wieso weißt du, dass er nicht schon weg ist?«

Amaia setzte sich aufs Bett und dachte darüber nach. »Weil für ihn die Zeit genauso wichtig ist wie seine Taten«, antwortete sie schließlich. »Er hat acht Monate gewartet, seit er erfahren hat, dass seine Frau noch einmal schwanger ist. Eine Zeit lang hatte er noch die Hoffnung, dass sich sein Schicksal nicht erfüllen würde, dass es zu einer Fehlgeburt kommen könnte, was für ihn ein Glücksfall gewesen wäre, ein Zeichen, dass Gott ihn verschont. Er hat sein Verbrechen an Familien erprobt, von denen er geglaubt hat, dass sie es verdienten, gerettet zu werden, genau wie seine eigene Familie. Aber er wird nichts überstürzen, denn auf irgendeine Art ist es wichtig für ihn, jedes Gebot zu erfüllen, auf jedes Zeichen zu achten. Alles andere würde für ihn bedeuten, ein Verbrechen, einen Mord zu begehen.«

»Du meinst, dass das, was er tut, keine Morde sind?«

»Er ist ein Psychopath, wie er im Buche steht, aber einer, der an etwas glaubt, und das macht ihn zu einem Fanatiker. Für ihn ist seine Familie ein missglücktes Experiment. Deswegen ›entsorgt‹ er sie und fängt noch mal von vorn an. Es ist sehr wahrscheinlich, dass er noch hier in New Orleans ist, denn diese Stadt ist mit all den zerstörten Häusern ein Paradies für einen Mörder. Und es ist leicht, hier eine Familie zu finden, deren Profil seinen Wünschen entspricht, um zu üben. Aber ihm läuft auch die Zeit davon, und der Moment der Wahrheit steht kurz bevor. Ich nehme an, dass seine Familie ihn jetzt nervös macht. Er wird bis zum letzten Moment hierbleiben, weil er nicht dabei sein will, wenn sein Kind geboren wird. Doch dann wird er seine Familie aufsuchen und es vollenden. Er wird dem Ritual folgen, nur dass er für sein eigenes Haus keinen Tornado oder Hurrikan braucht; er selbst wird dafür sorgen, dass bei diesem Tempel kein Stein auf dem anderen bleibt.«

Amaia stand auf, knöpfte sich die Hose zu, und der Ton ihrer Stimme veränderte sich.

»Und danach verschwindet er wieder, genau wie vor achtzehn Jahren.«

»Sie werden dich hassen.«

Sie lächelte. »Warum sagst du das?«

»Weil ich glaube, dass du ein sehr guter Cop wirst, eines von diesen Genies, die Verbrecher jagen. Das Volk wird dich lieben, aber deine Kollegen werden dich hassen. Eine Scheiß-Starermittlerin.«

»So werde ich nie werden«, sagte sie und warf ein Kissen nach ihm.

»Als ob du das vermeiden könntest«, entgegnete er.

Sie verließen das Hotel, nachdem sie sich von den beiden Besitzerinnen verabschiedet hatten, und wandten sich Richtung Osten. Sie wollten den Superdome erreichen, bevor es richtig heiß wurde. Über offizielle Kanäle hatten sie gehört, dass im Laufe der Nacht das Rote Kreuz, die FEMA, das Ministerium für Gesundheitswesen und Soziale Dienste und das Militär begonnen hatten, dreiundzwanzigtausend Bürger von New Orleans vom Superdome in den NRG Astrodome in Texas zu verfrachten. Die Busse fuhren auch am Morgen noch, und an diesem Tag wollte der Präsident in die Stadt kommen, zusammen mit dem ersten außerstaatlichen Hilfstransport mit Trinkwasser, Lebensmitteln und Medizin.

74

Nana. Das Ende

Am Superdome in New Orleans

Nana hörte das Murmeln von Tausenden Stimmen um sich herum. Es klang wie das Summen eines Wespennests, das immer wieder anschwoll und dann wie eine sich entfernende Welle leiser wurde. Nur das metallische Kreischen der Megafone unterbrach den Rhythmus dieses beängstigenden Seelengeflüsters.

Sie öffnete im strahlenden Sonnenlicht die Augen, die daraufhin zu tränen begannen. Die Nacht hatte sie schlaflos auf dem Betonboden sitzend und an das Metallgeländer gelehnt verbracht. Sie hatte heftige Schmerzen in den Knien, den Hüften, den Fußknöcheln und im Rücken, die sie bei der kleinsten Bewegung minutenlang spürte. Daher konzentrierte sie sich darauf, ruhig zu atmen und möglichst stillzuhalten.

Die ganze Nacht über hatte sie zugesehen, wie die Menschen auf Anweisung der Soldaten lange Schlangen gebildet hatten, um in die Busse zu steigen, die vom Vorplatz des Stadions aus abfuhren. Männer und Frauen jeden Alters, die ihre Habseligkeiten in farbigen Müllsäcken hinter sich herzogen, auf denen erschöpfte Kinder schliefen, oder in durchsichtigen Plastiktüten mit sich trugen, durch die man den kläglichen Inhalt sehen konnte.

Wie Hirtenhunde dirigierten die Soldaten die Leute und zwangen sie, ihre Sachen auf die eine oder andere Seite zu tragen. Proteste wurden schon im Ansatz unterbunden, und wie die Schafe fügten sich die Menschen in ihr Schicksal und gehorchten.

Nana jedoch wollte die Stadt nicht verlassen, sondern nach Hause zurückkehren. Sie konnte die Unbequemlichkeit ein paar Tage ertragen, bis sie wieder Strom hatte, und würde das Haus von Wasser und Schlamm säubern. In den letzten Tagen hatte sie alle möglichen Geschichten darüber gehört, wie der Hurrikan die Stadt zugerichtet hatte. Aber Tremé war ein solides Viertel mit stabilen Häusern, die schon andere Unwetter überstanden hatten. Nein, sie würde nicht gehen, sondern darauf warten, dass jemand, der die Befugnis dazu hatte, ihr sagte, dass sie wieder nach Hause zurückkehren konnte.

Völlig erschöpft und unfähig aufzustehen, steckte sie sich die beiden letzten Beruhigungstabletten in den Mund, die sie noch hatte. Die bitteren Pillen klebten ihr am Gaumen und zersetzten sich langsam. Mit ihrem entzündeten Mund und der trockenen Zunge war sie nicht in der Lage, sie zu schlucken.

Ein junger Mann vom Roten Kreuz trat an sie heran. »Sind Sie allein?«

Als sie zu antworten versuchte, brachte sie kein Wort zustande und brach in Tränen aus. Sie weinte wie ein dummes Mädchen. Das hatte sie schon die ganze Nacht über immer wieder getan. Und jetzt ging es ihr nicht besser. Obwohl ihr Überlebenswille trotz ihrer Lage noch genauso stark war wie immer, war sie so erschöpft, dass sie zu keiner Reaktion mehr fähig war.

Zum x-ten Mal riss sie sich zusammen und sagte sich, dass sie wie eine senile, kraftlose Alte wirken musste. Der junge Mann hielt ihr eine kleine Plastikflasche Wasser hin, und da Nana sie nicht nahm, schraubte er sie auf und stellte sie vor sie hin, bevor er sich anderen Leuten zuwandte.

Als Nana es schließlich schaffte, nicht mehr zu weinen, nahm sie die Flasche und trank Schluck für Schluck. Sofort fühlte sie sich besser. Verdammt, sie war vollkommen dehydriert und hatte es nicht mal gemerkt!

Sie leerte die ganze Flasche, stellte sie dann neben sich auf den Boden, umfasste das Geländer und kam nach und nach auf die Füße.

Die Schmerzen waren unerträglich, und sie spürte, wie ihr schwindelig wurde. Um nicht umzufallen, klammerte sie sich mit aller Kraft ans Geländer.

So blieb sie länger als eine Stunde stehen, bis sie sich entschloss, über den Platz dorthin zu gehen, wo sich die Menschenschlangen gebildet hatten.

Schritt für Schritt wankte sie voran, mit zusammengekniffenen Augen, um sie vor der intensiven Sonne zu schützen, wobei sie zu Gott betete, dass niemand sie zu Boden rempeln würde. Sie hatte furchtbare Schmerzen, biss jedoch die Zähne zusammen und ging weiter, obwohl sich alles um sie drehte.

»Nana!«, rief eine Stimme nach ihr.

Nana blieb nicht stehen; sie konnte nicht.

»Nana, ich bin's!«

Nun hielt sie doch inne und öffnete ihre von der Sonne und dem Weinen brennenden Augen.

Bobby umarmte sie und stützte sie, da sie nun endgültig das Gleichgewicht verlor.

»Oh, Nana, es tut mir so leid, aber ich konnte nicht früher kommen. Nana, meine Mutter … Seletha ist gestern gestorben, und ich weiß nicht mal, wohin sie sie bringen und wann ich sie beerdigen kann. Ich hab drinnen im Stadion nach dir gesucht und gedacht, dass du vielleicht mit den ersten Bussen evakuiert worden bist.« Seine Stimme klang rau und war kaum wiederzuerkennen.

»Lass uns nach Hause gehen, Bobby.«

Bobby sah sie tieftraurig an. »Nana, es gibt kein Zuhause mehr. In Tremé steht das Wasser bis in den ersten Stock. Das Viertel ist vollkommen zerstört.«

»Aber ... das Wasser wird wieder sinken«, wandte sie ein. »Es ist bisher nach jedem Unwetter wieder gesunken.«

»Nana, die Dämme sind gebrochen. Das Wasser wird bleiben. Und ohne Boot kann man gar nicht erst hin.«

Nana sah ihn verzweifelt an, gab sich aber noch nicht geschlagen; sie konnte sich ihr Haus einfach nicht unter Wasser stehend vorstellen, ihre Küche, das Album mit den Zeitungsausschnitten, das sie auf dem Tisch liegen gelassen hatte.

»Nana, es ist vorbei, wir müssen gehen.«

Sie brach wieder in Tränen aus und barg ihr Gesicht an der Brust des jungen Mannes. Er umarmte sie zärtlich, und während er sie tröstete, lenkte er ihre Schritte langsam dorthin, wo Tausende Menschen Schlange standen, um in die Busse zu steigen, die sie weit weg von zu Hause bringen würden. Einige für immer.

Der Platz, der den Superdome umgab, war ein Bild des Jammers. Amaia blickte sich um, und ihr Entsetzen spiegelte sich in den Gesichtern der anderen.

Die erstickende Hitze verstärkte den Gestank der Menschen und der Bündel, die sie bei sich hatten. Das angenehme Gefühl von sauberer Haut und trockener Kleidung verflüchtigte sich beim Anblick der Urinpfützen überall auf dem Boden, denen man auf dem Weg zum Stadion kaum ausweichen konnte.

Die Leute warteten seit Stunden in der Hitze, und im Laufe des Vormittags waren nur sechs Busse in Richtung Baton Rouge abgefahren. Tausende Menschen hofften, in welche Richtung auch immer aus der Stadt gebracht zu werden.

Der Präsident sprach auf dem Jackson Square, und der Bürgermeister beschloss, nach der Hälfte der Reden zu gehen, und warf ihm vor, Sprüche zu klopfen, während die Menschen an Hunger und Durst starben.

Bis sechs Uhr abends kamen zehn Busse, und die Leute wurden immer unruhiger. Sie standen auf und drängten nach vorn, sodass die Menschen am Anfang der Schlange gegen die von den Soldaten aufgestellten Gitter gedrückt wurden. Es gab Streit um die Plätze in der Schlange. Die Soldaten, die die Busse beaufsichtigten, sahen zu, ohne sich einzumischen, während andere hart durchgriffen.

Amaia verlor allmählich die Geduld. »Das kann noch Tage dauern, bis wir hier wegkommen«, meinte sie angesichts der vielen wartenden Menschen, der wenigen Busse, des verständlichen Ärgers derjenigen, die zurückbleiben mussten, und der Durchsuchung derer, die einsteigen durften.

Charbou blickte in die Ferne, als hätte er dort jemanden entdeckt. Ein uniformierter Polizist sprach mit ein paar Soldaten.

»Da ist ein Kollege, den ich kenne. Ich red mal mit ihm. Warte hier.« Er eilte davon, ohne ihr die Gelegenheit zu geben, etwas zu erwidern.

Gleich darauf kam Charbou zurück, nahm ihre Hand und zog sie mit sich. »Diese Autobusse fahren nach Houston«, erklärte er. »Die Menschen werden vom Superdome zum Astrodome gebracht. Mein Freund hat gesagt, wir sollen von hinten kommen. Grundsätzlich haben Kranke, alte Leute und Familien mit Kindern Vorrang, aber wenn der Bus fast voll ist, bekommst du einen Platz. Vielleicht gibt es Proteste, wenn die Leute sehen, dass du nicht in der Schlange warst. Sag einfach nichts, senk den Kopf und steig ein, ohne dich von jemandem aufhalten zu lassen.«

»Und du?«, fragte Amaia, obwohl sie die Antwort schon kannte. Sie hatte es am Morgen schon gewusst, als sie versucht hatten, zum Superdome zu gelangen.

Charbou betrachtete das Chaos um sie herum. »Ich kann hier nicht weg, Amaia.«

»Aber ...«

»Es wird schon nicht leicht sein, dich in diesen Bus zu schmuggeln, aber wir können unmöglich zu zweit einsteigen.«

»Das ist nicht der Grund«, sagte sie.

»Nein«, gab er zu, »es ist nicht nur deswegen. Ich habe geschworen, diese Stadt zu beschützen, und jetzt laufen hier selbst ernannte Rächer rum, die auf andere schießen, und Hunderte Menschen sind noch in ihren Häusern eingeschlossen. Im Stadion prügeln sich Menschen gegenseitig tot, und auf der Danziger Bridge und von der Brücke über den Industrial Canal wurde auf Leute geschossen. New Orleans geht zugrunde. Würde ich jetzt in diesen Bus steigen, würde ich mich fühlen wie eine Ratte, die das sinkende Schiff verlässt.«

Sie legte ihm eine Hand auf den Mund.

Er küsste ihre Finger, bevor er ihre Hand in die seine nahm. »Ich muss hierbleiben, hier gehöre ich hin. Ich bin Polizist in New Orleans, und ich kann mein Zuhause nicht in den Händen einiger Typen zurücklassen, die auf meine Leute schießen, als wären es Verbrecher. Und du darfst keine Zeit mehr verlieren. Die einzige Möglichkeit, ihn zu kriegen, ist, ihm zuvorzukommen.«

Sie nickte.

»Geh und schnapp dir deine Beute.«

»Wie ein Jagdhund?«, scherzte sie.

»Meine Starermittlerin.«

Sie gelangten an die Rückseite des Busses, wo ein Polizist auf sie wartete und ihnen ein Zeichen machte, näher zu kommen.

Zwei bewaffnete Soldaten bewachten die vordere Tür des Fahrzeugs, während zwei weitere in der Warteschlange die Menschen auswählten, die mitfahren durften. Einer von ihnen trat zu Bobby und Nana. Als er sah, dass der junge Mann die alte Frau stützte, fragte er ihn: »Ist das Ihre Mutter?«

Bobby nickte.

»Steigen Sie ein.«

Allgemeiner Protest wurde laut, den der Soldat jedoch überhörte und weitere Passagiere auswählte.

Bobby half Nana zum Bus. Als sie dort ankamen, wies ein weiterer Soldat auf einen Haufen, wo die Leute ihre Bündel und Taschen zurücklassen mussten, die sie seit Tagen durch die ganze Stadt geschleppt hatten. »Jeder darf nur eine kleine Tasche mitnehmen«, wiederholte der Soldat immer wieder. »Ihre Papiere, Medikamente, nur das Unentbehrliche. Wenn Sie in Houston ankommen, erhalten Sie dort alles, was Sie brauchen.«

Bobby reichte ihm den kleinen Rucksack, den er bisher auf dem Rücken getragen hatte, und der Soldat durchsuchte ihn kurz, bevor er sein Okay gab.

Amaia wandte sich noch einmal zu Charbou um. »Die Waffe. Ich darf mich nicht zu erkennen geben; Lenx könnte unter den wartenden Menschen sein oder sogar unter denen, die im Bus sind. Und auch wenn er nicht hier ist, als Mitarbeiterin des FBI wird man mich fragen, warum ich nicht um Hilfe gebeten oder die Mittel der Armee genutzt habe, um mit Quantico in Kontakt zu treten. Aber ich muss die Waffe behalten, wenn ich …«

»Man wird sie dir nicht wegnehmen«, erklärte Charbou ernst.

»Wie kannst du dir da so sicher sein? Sie durchsuchen jeden.«

»Du bist eine hübsche Weiße, die Klasse hat, und steigst in einen Bus voller Schwarzer.«

»*Was* sagst du da?«

»Behalte die Waffe bei dir«, sagte er ernst. »Niemand wird dich durchsuchen. Und wenn doch, und sie finden die Waffe, werden sie verstehen, dass du dich als Weiße gegen Schwarze wie mich schützen musst.«

Es war elf Uhr abends, als einer der Soldaten dem Polizisten ein Zeichen machte, dass Amaia nun einsteigen könne.

Charbou umfasste sie an der Taille und küsste sie auf den Mund. »Schnapp dir die Beute, meine Starermittlerin.«

Sie erwiderte den Kuss und schmiegte sich an ihn. Dann löste sie sich, ohne ihn noch einmal anzusehen, aus seiner Umarmung.

Im Bus setzte sie sich auf den einzigen freien Platz, den es noch gab. Sie versuchte, Charbou in der Menschenmenge draußen auszumachen, und entdeckte ihn, als der Bus anfuhr. Er winkte ihr zu.

Die Frau, die vor ihr saß, zog ein Foto hervor, auf dem ein Mädchen mit langen schwarzen Locken zu sehen war und daneben ein kleineres Mädchen, das die Größere verzückt ansah. Beide lächelten.

Die alte Frau küsste das Foto und begann zu weinen.

»Alles wird gut, Nana«, sagte der junge Mann neben ihr beruhigend. »Ich bin bei dir, und ich kümmere mich um dich, bis wir zurückkehren können.«

»Bitte versprich es mir«, bat die alte Frau.

»Ich verspreche es, Nana, wir werden zurückkehren.«

Amaia schloss die Augen.

Bis Houston waren sie sechs Stunden unterwegs und dann noch zwei weitere Stunden, um zum Astrodome zu gelangen. Von dort brauchte Amaia zwanzig Minuten im Taxi bis zur nächsten Autovermietung, drei Stunden bis Austin und eine Stunde, bis sie die Adresse von Robert Davis' Familie fand, die Landis ihr gegeben hatte. Es war fast Mittag, als sie bei dem eleganten zweistöckigen Haus ankam, das in einem Wohngebiet lag.

Amaia näherte sich dem Vorgarten und entdeckte einen Ölfleck auf der Garagenzufahrt. Daraus schloss sie, dass dort üblicherweise ein Auto stand, das jetzt nicht da war. Eine Nachbarin, die einen Kinderwagen vor sich her schob, kam vorbei und musterte sie. Amaia hatte sich das blonde Haar zum Pferdeschwanz gebunden. Ihr Shirt war in Ordnung, die Hose, die nach dem Trocknen ziemlich steif war, nicht ganz so. Doch zweifellos sprach der Lexus, den sie in Houston geliehen hatte, für sie.

»Sie sind nicht da.«

»Oh, ich wollte Mrs. Davis besuchen. Ich habe Natalie versprochen, dass ich vor der Entbindung noch mal vorbeikomme. Ich hab extra den weiten Weg auf mich genommen und wollte sie überraschen.«

Damit hatte sie Informationen preisgegeben, die eigentlich nur jemand wissen konnte, der der Familie nahestand, und hatte gleichzeitig einen Grund für ihr erschöpftes Aussehen gegeben.

Die Nachbarin biss an. Sie nahm das Baby auf den Arm, ließ den Kinderwagen vor ihrer Haustür stehen und näherte sich dem Zaun, der die beiden Gärten trennte. Amaia war froh, dass die Frau nicht näher kommen konnte, da ihre Hose äußerst unangenehm roch.

»Oh, dann habe ich gute Nachrichten für Sie. Mrs. Davis ist im Krankenhaus, das Kind ist vorgestern auf die Welt gekommen.«

Amaia war perplex, zwang sich aber zu einem überraschten Lächeln und überlegte, dass die Entbindung kurz nach ihrem Gespräch mit dem Arzt erfolgt sein musste. »Oh je! Aber die Geburt sollte doch heute Nachmittag eingeleitet werden!«

Die Frau nickte, ebenfalls lächelnd, und entschied offenbar, dass sie dieser jungen Frau vertrauen konnte. »Tja, da hatte Mutter Natur andere Pläne. Beim ersten Kind ist es immer am schwersten, bei den nächsten geht die Sache dann schneller. Mein

Jeremy war auch eine Woche zu früh, stimmt's, mein Süßer?«, sagte sie und küsste das Kind.

»Sie wissen nicht zufällig, bei wem Thomas und Michelle jetzt sind?«, versuchte Amaia ihr Glück. »Soweit ich weiß, ist Mr. Davis auf Reisen.« Sie war sicher, dass eine so aufmerksame Nachbarin wusste, ob der Ehemann schon wieder zurückgekehrt war.

»Ja, so ist es, das liegt an seinem Beruf, aber die Kinder sind bei Catherine, Natalies Mutter. Sie ist hergezogen, um ihnen mit dem Kleinen zu helfen. Ich hab sie heute Morgen gesehen, als sie auf dem Weg ins Krankenhaus waren. Sie waren absolut glücklich.«

»Das kann ich gut verstehen, dieses Kind ist ein Geschenk«, sagte Amaia, während sie, noch immer lächelnd, zum Auto zurückging. »Wissen Sie, ob es ein Junge oder ein Mädchen ist? Damit ich die Luftballons in der richtigen Farbe kaufe.«

»Ein Junge, wobei ihnen das völlig egal war, Hauptsache, das Kind ist gesund, sie haben ja schon einen Jungen und ein Mädchen.«

»Sie ist im Seton Family Hospital, richtig?«

»Ja.«

Bevor Amaia den Wagen startete, ließ sie die Autoscheibe nach unten, um noch etwas zu sagen. »Bitte erzählen Sie Robert nichts, wenn er früher zurückkommt. Ich möchte sie im Krankenhaus überraschen.«

Die Nachbarin nickte verzückt.

Sie brauchte etwa eine Stunde zum Krankenhaus. Mit der Möglichkeit, dass das Kind früher geboren wurde, hatte sie nicht gerechnet, und sie betete, dass Lenx nichts davon erfahren hatte.

Im Krankenhaus ging sie eilig zum Empfang. »Ich bin hier, um Mrs. Natalie Davis zu besuchen. Die Geburt ihres Kindes sollte heute eingeleitet werden, aber wie es aussieht, ist es schon da.«

Die Angestellte gab die Angaben ein. »Mrs. Davis und ihr Baby sind schon entlassen worden.«

»Aber ... das ist unmöglich, ich war gerade bei ihr zu Hause, und man hat mir gesagt, dass ihre Mutter und die Kinder gerade bei ihr zu Besuch sind.«

»Einen Moment«, bat die Angestellte und rief auf der Entbindungsstation an. Als sie wieder aufgelegt hatte, meinte sie: »Sie haben recht, ihre Familie war hier, doch vor einer Stunde haben alle zusammen das Krankenhaus verlassen.«

Amaia rannte zum Ausgang und verließ das Krankenhaus.

75
Kein Versehen

Elizondo
Freitag, 2. September 2005

Engrasi verließ das Bestattungsinstitut.
Es war ein Fehler gewesen, zur Totenwache zu erscheinen. Natürlich hatte ihr weder Rosario noch sonst jemand verwehrt, sich von ihrem Bruder zu verabschieden, aber nachdem sie eine Weile das Theater der untröstlichen Witwe ertragen und mit Flora und Rosaura gesprochen hatte, war sie lieber gegangen. Wofür es allerdings einen ausschlaggebenden Grund gegeben hatte.
»Mutter geht es extrem schlecht«, hatte Ros gleich nach ihrer Ankunft zu ihr gesagt. »Sie leidet sehr, nimm es ihr nicht übel, Tante Engrasi.«
»Ihr wisst doch, dass ich mit eurer Mutter nicht viel zu tun habe.«
»Ach, Tante Engrasi, es ist besser, dass du es von uns erfährst, bevor jemand anderes es dir sagt.« Rosaura war in Tränen ausgebrochen.
»Mutter war nicht bereit, deinen Namen in die Todesanzeige mit aufzunehmen«, ergriff Flora für sie das Wort.

Engrasi nahm wahr, wie Rosario sich auf ihrem Stuhl in der ersten Reihe umdrehte, als sie zum Aushang des Bestattungsinstituts ging, wo die Todesanzeigen hingen.

Tatsächlich war ihr Name, obwohl sie Juans einzige Schwester war, nicht unter denen der Familienangehörigen, dafür aber Cousins und Cousinen und noch weiter entfernte Verwandte.

»Bitte nimm es ihr nicht übel, Tante Engrasi«, entschuldigte sich Flora für ihre Mutter, die ihr mit ihrer Schwester gefolgt war. »Du weißt ja, wie sie ist, und seit *aitas* Tod ist sie noch seltsamer. Es hat sie härter getroffen, als wir befürchtet hatten.«

»Tante Engrasi, du hast jeden Grund, wütend zu sein.« Ros umarmte sie. »Und ich kann gut verstehen, wenn du sie dafür zur Rede stellen willst. Aber wir bitten dich, heute nicht mit ihr zu streiten. Unser Vater war sehr beliebt hier in Elizondo, und wir wollen, dass die Leute ihn positiv in Erinnerung behalten.«

»Keine Sorge«, hatte Engrasi gesagt und ihre Nichten mit betrübten Mienen, zugleich aber erleichtert zurückgelassen. Sie konnte an diesem Ort nicht bleiben und würde später noch einmal kommen, wenn der ganze Zirkus vorbei war.

Sie machte sich auf den Heimweg und fühlte sich mit jedem Schritt schlechter.

Wie dumm sie doch gewesen war! Als Amaia ihr gesagt hatte, dass sie nicht nach Hause kommen würde, hatte sie gedacht, dass dies vielleicht die falsche Entscheidung wäre. Natürlich hatte ihr Engrasi das nicht gesagt. Schon vor Jahren hatte sie sich geschworen, immer auf Amaias Seite zu sein. Aber insgeheim war sie der Ansicht gewesen, sie könnte es eines Tages bereuen, sich von ihrem Vater nicht verabschiedet zu haben. Doch nun war ihr bewusst, dass es ein großer Fehler von Amaia gewesen wäre, zu kommen. Denn Engrasis Name war nicht der einzige, der in der Todesanzeige fehlte. Amaia war auch nicht aufgeführt. Als würde sie nicht mehr leben, als wäre sie ein Gespenst aus vergangenen

Zeiten, dessen Name aus dem Gedächtnis aller gelöscht worden war, als hätte sie niemals existiert.

Engrasi überquerte die Brücke und blieb an der Stelle stehen, an der auch Amaia immer innegehalten hatte. Eine laue, sanfte Brise löste eine Strähne aus Engrasis Haarknoten.

Der Winter in Baztán war so eindrucksvoll, so einprägsam. Im Winter zu sterben wirkte wie aus dem Drehbuch.

Sie wandte sich der ehemaligen Calle del Sol zu, die an diesem Tag ihren früheren Namen verdient hätte. Nachdem sie ins Haus getreten und die Tür hinter sich geschlossen hatte, setzte sie sich kraftlos auf die Treppe und begann zu weinen.

Sie hatte ihren Bruder geliebt. Sie waren oft unterschiedlicher Meinung gewesen, und er hatte sie immer wieder auf die Palme gebracht. Aber war das nicht häufig so zwischen Menschen, die sich liebten? Alle, die Juan gekannt hatten, hielten ihn für einen guten Menschen. Natürlich wussten die meisten Leute nicht das, was sie wusste. Und manchmal reichte es nicht, ein guter Mensch zu sein, um das Richtige zu tun. Juan hatte der Mut zur Gerechtigkeit gefehlt. Er hatte zugelassen, dass ihn ein guter Mensch zu sein zu einem bigotten, zum Teil heuchlerischen Schwächling hatte werden lassen, der, um eine scheinbare Stabilität aufrechtzuerhalten, jeder Auseinandersetzung aus dem Weg gegangen war.

Juan war es nicht gut gegangen. Er hatte in den letzten Jahren unter Amaias Schweigen gelitten. Dem Schweigen der Tochter, die er am meisten liebte, die als Kind Stunden bei ihm in der Backstube verbracht hatte, um ihm bei der Arbeit zuzusehen, die, auf den Schuhen ihres Vaters stehend, mit ihm den Kaiserwalzer getanzt hatte, die für ihn rote Herzen gezeichnet hatte, wie es alle kleinen Mädchen tun, die ihren Vater lieben, bis sie vom Blitz getroffen worden war.

In der ersten Zeit nach Amaias Fortgehen hatte sie ihrem Vater häufig geschrieben, kindliche Briefe mit Herzen und »Ich hab

Dich lieb«, die Engrasi Juan zu lesen gegeben und danach aufbewahrt hatte, damit sie nur nicht in die Hände von Rosario gerieten. Als Amaia älter wurde und vor allem während ihrer Studienzeit waren die Briefe seltener geworden und schließlich ganz ausgeblieben. Vor zwei Jahren war Amaia schließlich aus den USA zurückgekommen und nach Pamplona gegangen, um in den Polizeidienst einzutreten; seitdem wohnte sie dort, war nie mehr in Baztán gewesen und hatte ihren Vater nicht wiedergesehen.

Für ihn waren die letzten Tage die schwierigsten gewesen. In seinem Krankenhausbett hatte er alle Kraft zusammengenommen und gefragt: »Amaia wird nicht kommen, oder?«

Er hatte ihr so leidgetan, wie er dort gelegen hatte, alt, abgemagert und von der Krankheit gezeichnet, dass sie beinahe gelogen und ihm eine schonende Ausrede aufgetischt hätte. Aber Engrasi hatte immer betont, dass sie ihren Bruder niemals belog, und ihm manchmal unter Tränen die Wahrheit gesagt. Sie hatte gedacht, dass er dies brauchte, da gute Menschen wie er dazu neigten, sich selbst zu betrügen und sich etwas vorzumachen, um ihr Leben zu ertragen.

»Amaia wird nicht kommen«, hatte sie ihm gesagt.

Er hatte die Lippen zusammengepresst. »Weiß sie, dass ich ...?«

»Ja, sie weiß es.«

»Kannst du ihr etwas von mir ausrichten?«

»Juan ...«, wollte sie widersprechen.

»Sag ihr, dass ich sie immer geliebt habe, und bitte sie, mir zu verzeihen.«

»Juan, dass ein Vater seine Tochter liebt, ist nichts, was man ihr posthum ausrichten lassen sollte.«

»Aber wirst du es ihr sagen?«

»Das mache ich, aber nicht für dich, sondern für sie. Doch was das Verzeihen angeht ... Amaia hat ihr ganzes Leben lang versucht, dir zu verzeihen, und ich glaube sogar, dass es ihr für eine gewisse Zeit gelungen ist. Aber ob man jemandem verzeihen oder etwas vergessen kann, sind zwei Paar Schuhe, Juan. Sie kann es von sich schieben, sich bemühen, nicht daran zu denken, so tun, als wäre es nicht geschehen. Aber dieses Mädchen ist eine Überlebende, und die Stärke, die sie am Leben erhalten hat, erlaubt nichts anderes als die Wahrheit.«

Engrasi hatte oft an Juans Krankenhausbett gesessen, hatte ihn an ihre Kindheit erinnert, ihm Lieder und Anekdoten in Erinnerung gerufen. Bis er das Bewusstsein verlor. In seinen letzten Stunden war Rosario dann nicht mehr von seiner Seite gewichen und hatte niemanden sonst zu ihm gelassen ...

Das Telefon klingelte, und Engrasi stand von der Treppe auf, um ins Wohnzimmer zu gehen und den Anruf entgegenzunehmen. Es war Ignacio.

»Engrasi, warst du im Bestattungsinstitut? Eine Frau hat mir gesagt, dass sie dich kommen gesehen hat, dass du aber gleich wieder gegangen bist.«

»Meine Schwägerin hat meinen Namen nicht auf die Todesanzeige gesetzt und auch nicht den von Amaia.«

»Was für ein schlechter Mensch sie doch ist.«

»Ja, aber das ist nichts Neues. Jedenfalls hab ich es vorgezogen zu gehen, anstatt ihr die Genugtuung zu gönnen, sich an meiner Trauer zu ergötzen. Als wäre es nicht schon traurig genug, dass ich meinen Bruder verloren habe. Ich gehe später noch mal hin, wenn sie weg sind.«

»Also, wenn du nur so kurz da warst, sind dir die Leute dort wahrscheinlich nicht aufgefallen. Da waren ein paar Frauen bei Rosario, die nicht aus Elizondo sind. Zuerst hab ich gedacht, dass es ihre Schwestern aus San Sebastián sein könnten.«

»Nein, sie hat schon seit Jahren keinen Kontakt mehr zu ihnen.«

»Ja, das wusste ich von dir, deshalb habe ich mir diese Frauen genauer angesehen und ...«

»Ja?«

»Engrasi, der Wolf war dabei. Diese Frau, die vor dreizehn Jahren versucht hat, Amaia zu entführen.«

»Ignacio, bist du dir sicher? Seitdem ist viel Zeit vergangen.«

»Dreizehn Jahre, aber sie hat sich überhaupt nicht verändert, Engrasi. Und damit meine ich nicht, dass sie sich gut gehalten hat, sondern dass sie aussieht, als wären seitdem nur ein, zwei Stunden vergangen.«

Engrasi schwieg ein paar Sekunden und dachte nach.

»Ignacio, ich glaube dir«, sagte sie dann. »Aber dafür muss es eine logische Erklärung geben, meinst du nicht? Zum Beispiel, dass es die Tochter dieser Frau war oder ...«

»Das war das Erste, was mir durch den Kopf ging, als ich sie gesehen habe. Dann bin ich zu Rosario gegangen, um ihr zu kondolieren, nur um in die Nähe dieser Frau zu gelangen. Und sie hat mich genauso erkannt wie ich sie.«

»Hat sie etwas zu dir gesagt?«

»Nein, aber sie hat ... gelächelt. Engrasi, ich habe dieses Lächeln, diese *Zähne* noch genau in Erinnerung. Wie bei einem kleinen Kind, bevor es die neuen Zähne kriegt, wenn die Milchzähne sich abnutzen und mit der Zeit spitz werden wie bei dem Gebiss einer Ratte!«

Engrasi wartete noch bis halb elf abends und füllte dann eine Thermoskanne mit Wasser, um sie mitzunehmen. In ihrer Familie gebot die Tradition, die Toten in der ersten Nacht nicht allein zu lassen. Das war ein jahrhundertealter Brauch.

Engrasi hielt sich für eine moderne Frau, doch in ihrem Inneren hatte sie sich einen Platz für die alten Bräuche und Überlieferungen bewahrt, und dazu gehörte auch der Glaube, dass sich eine Seele nicht sofort vom Körper trennte und das Sterben ein langsamer Prozess war. Dass schmerzvolle, schwere und düstere Stunden vergingen, bis die Seele bereit war, sich aus ihrer Hülle zu lösen wie ein verwirrter, zarter Schmetterling aus seinem Kokon. Man wurde nicht ganz plötzlich in einer Sekunde geboren, und genauso war es auch mit dem Tod. In allen Religionen gab es Gebete oder ein Ritual für diesen Prozess. *Jetzt und in der Stunde unseres Todes ...*

»Ich werde tun, was ich tun muss«, sprach sie sich selbst Mut zu, bevor sie das Haus verließ.

Der tote Juan wirkte vollkommen anders. Er trug einen Anzug, den sie noch nie an ihm gesehen hatte, und sein Gesichtsausdruck war ernst, nachdenklich und bekümmert, was überhaupt nicht zu ihm passte. Nur die Lippen zeigten die Andeutung des aufrichtigen, liebenswerten Lächelns eines Kindes, das sie an ihm immer so geliebt hatte.

Sie hörte ein leises Rauschen hinter sich.

Rosario.

Engrasi drehte sich langsam um und sah sie. Von Kopf bis Fuß in Trauer gekleidet, wirkte sie höchst elegant. Sie war direkt vor der Schwingtür stehen geblieben, deren Flügel sich noch bewegten. Dahinter waren düstere Gestalten auszumachen, die sie begleitet hatten. Und es waren nicht ihre Töchter.

Rosario lächelte auf eine unpassende Art und Weise, wenn man bedachte, dass sie sich in einem Bestattungsinstitut befanden und es ihr Ehemann war, der vorn in dem Sarg lag.

»Und?«, fragte sie. »Wo ist sie?«

Engrasi atmete tief durch. Die Luft roch nach Blumen. Sie fragte sich, ob das ein spezieller Raumduft war, weil der Geruch an diesen Orten immer gleich war.

»Wo ist wer?«

»Du weißt genau, wer«, entgegnete Rosario geduldig.

Engrasi nahm ihren ganzen Mut zusammen, um zu lächeln. »Hast du ernsthaft gedacht, dass Amaia hier wäre?«

»Ich weiß, dass sie hier ist, denn wie könnte es das kleine Mädchen versäumen, sich von ihrem geliebten *aita* zu verabschieden!«

Engrasi sah ihre Schwägerin an. »Sie ist nicht gekommen, Rosario, und sie wird nicht kommen. Und ich gebe dir mein Wort, ich werde sie von dir fernhalten, und ich werde dich überleben, um sicher zu sein, dass, wenn sie eines Tages in dieses Tal zurückkehrt, um an einer Beerdigung teilzunehmen, es die deine sein wird.«

Rosario verzog leicht den Mund, und ihr war der Hass anzusehen, den sie empfand. Später würde ihre Verrücktheit die Überhand gewinnen, aber im Moment spiegelte ihr Gesicht reine Bosheit wieder.

»Bring mich nicht auf üble Gedanken, Engrasi. Es wäre nicht das erste Mal, dass wir ihrem Wachhund die Gedärme rausreißen.«

Engrasi hielt sich am Sarg ihres Bruders fest, weil die Knie unter ihr nachzugeben drohten. »Du Miststück!«, entgegnete sie, zitternd vor Angst und Wut. »Wenn du mir oder dem Mädchen zu nahe kommst, werde ich dir den Kopf abreißen, das schwöre ich beim Gedenken an meinen Bruder. Ich bin nicht er, ich habe die Kraft, die ihm fehlte, und ich verfüge über genügend psychologische Kniffe, um deinen Tod mit meinem Gewissen zu vereinbaren. Ich werde dich töten, Rosario, und es wird mir ganz sicher nicht den Schlaf rauben.«

Obwohl sie zitterte wie Espenlaub und es schien, als könnte sie sich nur mühsam auf den Beinen halten, enthielten ihre Worte genügend Nachdruck und Entschiedenheit, um Rosario das Lächeln aus dem Gesicht zu wischen. Sie wandte sich um und stieß die Schwingtür auf.

Die Schatten, die im Halbdunkel auf sie warteten, umringten sie, und ein wilder Schrei zerriss die Luft. Dann herrschte Stille, und das Einzige, was blieb, war die Leere an der Tür, die sich hinter Rosario geschlossen hatte.

Engrasi atmete tief durch, während sie versuchte, ihr Zittern in den Griff zu bekommen. Sie wandte sich wieder ihrem Bruder zu.

»Juan, ich weiß nicht, ob ich es dir schon mal gesagt habe, aber deine Frau ist eine böse Hexe.«

76
Metallfarbene Ballons

Austin, Texas
Samstag, 3. September 2005

Martin Lenx, der inzwischen Robert Davis hieß, hielt vor dem Haus seiner Familie, genauso wie es einige Tage zuvor Brad Nelson in Florida gemacht hatte. Und ebenso wie dieser betrachtete er, im Auto sitzend, die Fassade des Gebäudes. Aber im Gegensatz zu Nelson überkamen ihn keine Zweifel. Er hatte keine Angst und fürchtete nicht, zurückgewiesen zu werden. Er war nur ein wenig müde.

Der Bus, mit dem er New Orleans verlassen hatte, hatte eine Ewigkeit bis nach Baton Rouge gebraucht, und dort hatte Lenx einen Wagen gemietet, um nach Austin zu gelangen. Er wäre gern ins Haus gegangen, um zu duschen und zehn Stunden zu schlafen. Doch das konnte er nicht tun. Er hatte jeden Schritt geplant, die Zeit, die Worte … Seine Ankunft, die Entbindung, die Rückkehr aus dem Krankenhaus. Sie alle im Wohnzimmer. Vielleicht würde er Michelle bitten, etwas auf der Geige zu spielen. Aber die überraschend frühe Geburt des neuen Kindes hatte alles beschleunigt, als ob Gott es eilig hätte.

Er beugte sich vor und stützte die Arme aufs Lenkrad, genau wie Nelson es gemacht hatte. Auch er versuchte zu beten.

Doch er konnte nicht.

Vor der Garage stand das Auto seiner Frau, und unterhalb des Kofferraums war der Ölfleck zu sehen, obwohl er sie millionenfach gebeten hatte, es nicht dort stehen zu lassen, sondern es in der Garage abzustellen. Natalie war in den letzten Jahren sehr nachlässig geworden, und die Schwangerschaft hatte ihr Verhalten auch nicht gebessert.

In früheren Zeiten hätte sie sich die Mühe gemacht, das Auto wegzufahren, zumindest wenn sie wusste, dass er von einer Reise zurückkam. Zu ihrer Verteidigung musste er eingestehen, dass sie ihn heute nicht erwartete. Nachdem er sie im Krankenhaus erreicht und zum Schein sein Bedauern ausgedrückt hatte, dass er bei der Geburt des Kindes nicht hatte dabei sein können, hatte er versprochen, am nächsten Tag zu kommen.

Martin schüttelte den Kopf und verzog das Gesicht. Heute hatte sie das Auto ein wenig anders geparkt als üblich, um genügend Platz für den Geländewagen ihrer Mutter zu lassen, der mit seinen Hinterrädern fast auf dem Gehsteig stand. Die Sonne entlockte den metallfarbenen Ballons im hinteren Teil des Wagens seiner Schwiegermutter bläuliche Reflexe.

Es ist ein Junge, las er die Aufschrift auf den runden Ballons. Er hatte einen weiteren Sohn, doch er freute sich nicht, denn das bedeutete, dass Gott ihn erneut auf die Probe stellte.

Martin Lenx beugte sich vor und zog den Koffer hervor, der vor dem Beifahrersitz gestanden hatte. Er öffnete ihn, nahm den alten Revolver heraus und steckte ihn sich in den Gürtel. Dann benutzte er das Leinentuch in seiner Brusttasche, um seine Brillengläser zu putzen, faltete es anschließend zusammen und steckte es wieder ein.

Er strich sich mit der Hand übers Haar und stieg aus dem Wagen.

Robert Davis ging an der Haustür vorbei und an der Seite des Gebäudes entlang zur Küchentür. Seinen Schlüssel brauchte er nicht, denn wie immer hatte Thomas oder Michelle die Tür nicht abgeschlossen. Er schnaubte verärgert.

Nachdem er die Tür hinter sich zugezogen hatte, achtete er darauf, den Riegel vorzuschieben, falls die Nachbarin auf die Idee kommen sollte, kurz vorbeizuschauen.

Schon in der Küche lag der Geruch des Babys in der Luft. Seit dem Moment, in dem er von dem neuen Kind erfahren hatte, war es der Bote, der das Ende verkündete, das Signal des Himmels, das er gebraucht hatte, um sich die Binde von den Augen zu reißen, die ihn blind gemacht hatte. Verzweifelt hatte er sich gefragt, ob es immer so sein würde, ob vielleicht ein Fluch auf ihm lag, der ihn erneut in jenen Abgrund des Scheiterns und der Fehler riss, die seine Familie zugrunde richteten, sodass er als unschuldiges Opfer der Umstände nichts anderes tun konnte, als für ihre Seelen zu beten.

Aber Gott schloss Türen, um Fenster zu öffnen, und schon bald sah er es vor sich. Er würde noch einmal von vorn anfangen, und diesmal würde alles besser sein.

Er hörte, dass seine Familie im Wohnzimmer war. Sie sprachen leise. Flüsternd. Vielleicht schlief das Baby.

Er zog den Revolver aus dem Gürtel und durchquerte den Flur.

Das u-förmige Sofa stand mit dem Rücken zur Tür, und er sah die Köpfe von Thomas und Michelle. Seine Schwiegermutter saß zwischen ihnen, Natalie genau gegenüber. Entzückt blickte sie auf das Baby und bemerkte nicht einmal, dass er die Waffe hob und den Lauf auf den Hinterkopf ihrer Mutter richtete. Sie sollte die Erste sein, die starb.

»Martin Lenx, nehmen Sie die Hände hoch!«, sagte Amaia hinter ihm. »Ich bin FBI Special Agent, und Sie sind festgenommen!«

Wütend kräuselte Martin die Lippen.

Catherine, Michelle und Thomas sprangen auf und liefen hinüber zu Natalie und dem Baby auf die andere Seite des Sofas. Sie starrten Martin entsetzt an. Das Baby begann zu weinen, sein älterer Sohn starrte ihn erschrocken an, und seine Tochter fragte mit erstickter Stimme: »Papa, was ist los?«

Martin sah sie an und erlaubte sich zu lächeln. »Nichts, mein Schatz.«

Amaia kochte innerlich. *Lass nicht zu, dass er mit ihnen spricht.* »Seien Sie still und tun Sie, was ich sage, Lenx!«

»Sie irren sich. Ich bin Robert Davis, ich kenne niemanden mit dem Namen …«

»Halten Sie den Mund!«

Die Frauen stöhnten verängstigt, das Baby weinte.

Beruhige die Geiseln, los!

»Legen Sie sich auf den Boden«, sagte sie zu der Familie, »gleich ist alles vorbei!«

Alle bis auf den Jungen gehorchten.

Bleib ruhig, sagte sie sich, *gleich hast du's geschafft.*

»Martin Lenx, legen Sie die Waffe auf den Boden und nehmen Sie die Hände hoch. Ich werde das nicht noch einmal sagen.«

Martin legte die Waffe nicht hin, hob aber langsam die Hände, während er sich umwandte.

Nein, hier läuft etwas schief!

Martin bewegte sich, was er nicht hätte tun dürfen, drehte sich zu ihr um, wollte sie sehen. Er war fünfundfünfzig Jahre alt, hatte sich aber eine schlanke, athletische Figur bewahrt. Er wollte sehen, wie seine Chancen standen, wie viele sie waren.

»Nicht bewegen!«, befahl sie. Sie hielt die Waffe mit beiden Händen, doch die neunzig Gramm der Glock, mit der sie Tausende Male geübt hatte, kamen ihr plötzlich unglaublich schwer vor.

Martin analysierte seine Möglichkeiten. Wäre er schwerfällig, nachlässig oder unbesonnen, hätte er die Polizei nicht achtzehn Jahre lang zum Narren gehalten. Diese Frau … sie war die einzige Polizistin in diesem Raum, in diesem Haus, in der näheren Umgebung. Wären noch mehr da gewesen, hätten sie längst eingegriffen. Sie war allein, und an ihrer Stimme erkannte er, dass sie sehr jung war und deswegen wahrscheinlich unerfahren.

Amaia wusste, dass der Junge, so wie er sich verhielt, Probleme machen würde. Er sah seinen Vater herausfordernd an.

»Stimmt es, was sie gesagt hat?«, fragte er sehr ernst. »Willst du uns töten, *Papa*?« Das letzte Wort klang wie eine Beschimpfung.

Da Lenx seine Haltung verändert hatte, war Amaia gezwungen, sich zu bewegen. Sie musste hinter ihm bleiben, sonst konnte sie ihm keine Handschellen anlegen.

Handschellen anlegen? Er ist noch bewaffnet, hat den Revolver noch in der Hand!

»Martin Lenx, legen Sie die Waffe weg! Ich sage es zum letzten Mal!«

»Papa …«, sagte der Junge erneut.

»Sei still, Thomas!«, befahl Lenx und drehte sich langsam zu seinem Sohn um.

»Ich werde nicht still sein!«, entgegnete der Junge und ging einen Schritt auf seinen Vater zu.

»Thomas, bitte …!«, flehte seine Mutter ängstlich.

Doch der Junge trat einen weiteren Schritt nach vorn, während seine Schwester und seine Großmutter die Hände nach ihm ausstreckten, um ihn zurückzuhalten.

»Gehst du deshalb nachts in Michelles Zimmer?«

»Halt den Mund!«, befahl Lenx, der sich nun gänzlich dem Jungen zugewandt hatte. Nur das Sofa trennte sie noch voneinander.

»War er in deinem Zimmer?«, fragte daraufhin die Mutter und sah ihre Tochter an.

Das Mädchen weinte, nickte jedoch und sagte: »Er hat mir Angst gemacht.«

Die Frau blickte ihren Mann angewidert an. Der Sohn hatte ihn bereits verurteilt.

»Um Gottes willen!«, rief Lenx verärgert. »Sie ist meine Tochter, ich würde sie niemals anfassen. Ihr seid noch verkommener, als ich dachte, wenn ihr auch nur an so was denkt!«

Er ließ die Hände sinken und betrachtete die Waffe, als hätte er sie gerade erst bemerkt.

»Lenx, nehmen Sie die Hände hoch!«, rief Amaia und stellte sich in Schussposition.

Doch Lenx sah seinen jugendlichen Sohn an, als wären nur sie beide im Raum.

»Nein«, sagte Thomas, »du würdest sie nie anfassen, aber du hättest keine Skrupel, uns alle zu töten, das weiß ich schon eine ganze Weile.«

»Sei still!«

»Du hast es bei den Andrews geprobt, deshalb ist Michelles Geige verschwunden.«

»Sei still! Thomas, sei still!«

»Du liebst uns nicht«, sagte Thomas vollkommen ruhig, als würde er nicht mehr als eine bloße Tatsache aussprechen.

Du liebst mich nicht, sagte ein kleines Mädchen in Amaias Kopf.

»Sei still!«, entgegnete Lenx zunehmend genervt.

Sei still!, antwortete Amaias Mutter und ging weiter auf sie zu.

»Du hast uns nie geliebt«, meinte Thomas.

Du hast mich nie geliebt, sagte die neunjährige Amaia.

»Ich habe euch nicht geliebt?«

Er wird seinen Sohn töten, genau wie sie dich! Er wird auf ihn schießen!

»Nehmen Sie die Waffe runter, hab ich gesagt!«, schrie Amaia und ging ein wenig zur Seite, damit Lenx ihre Waffe sehen konnte.

Martin Lenx hörte sie, und es war, als ob ihre Stimme ihn in die Wirklichkeit zurückgerufen hätte.

Alles ging sehr schnell. Er drehte sich um und schoss fast im selben Moment.

Die Kugel traf Amaia an der Brust. Es war ein immenser Schlag, und sie spürte, wie alle Luft aus ihrer Lunge entwich.

Sie wurde von den Füßen gerissen und schlug zu Boden.

Wie betäubt, aber bei Bewusstsein, hörte sie Lenx' Familie schreien.

Sie dachte, wie seltsam es war, dass sie keinen Schmerz spürte, aber sie hatte das Gefühl zu ersticken. Also atmete sie tief ein, um diese innere Leere zu füllen. Und dann kam der Schmerz. Mit Wucht.

Sie keuchte panisch und hob den Kopf, um etwas zu sehen. Ein kleiner dunkler Fleck, nicht größer als ein Geldstück, zeichnete sich auf ihrer Brust ab, genau an der Stelle – und das wusste sie mit Sicherheit –, wo sich ihre Herzspitze befand.

Das ist der Trefferschock, du hast tausendmal darüber gelesen. Hör auf, an die Kugel in dir zu denken.

Sie hob eine Hand und legte sie auf die Stelle, wo die Kugel sie getroffen hatte. Dabei dachte sie an die schusssichere Weste, die sie in New Orleans hatte zurücklassen müssen, als sie in den Bus gestiegen war.

Wie aus weiter Ferne hörte sie die Schreie der Familie. Das Sofa nahm ihr die Sicht, aber sie erkannte die Stimme des Jungen, der um Hilfe rief. Keuchend stützte sie sich auf die Ellbogen, konnte aber dennoch kaum etwas sehen, denn das Adrenalin, das ihr Körper gerade in Massen ausschüttete, um sie am Leben zu erhalten, sorgte für eine partielle Blindheit, und das von der texanischen Sonne erhellte Wohnzimmer war zu einem dunklen Tunnel geworden, wie sie ihn aus Beschreibungen von Menschen kannte, die eine Schussverletzung überlebt hatten.

Sie kroch zum Sofa. Irgendwie musste sie auf die Füße gelangen. Die freie Hand noch immer auf die Brust gedrückt, stützte sie sich mit der, in der sie die Pistole hielt, auf der Armlehne ab und kam auf die Knie.

Lenx hatte sich auf seinen Sohn gestürzt. Er saß rittlings auf ihm und wollte ihm die Revolvermündung ins Gesicht drücken, doch Thomas wehrte die Waffe mit beiden Händen ab, während seine Mutter und seine Schwester hysterisch schrien.

Amaia richtete ihre Glock auf Lenx' Kopf. Doch die Gefahr, dass die Kugel ihr Ziel verfehlte oder durchschlug und Thomas traf, war zu groß. Also schoss sie Martin in die Wade.

Der Mann heulte auf wie ein Tier, und der Revolver entglitt seinen Fingern.

Kümmer dich nachher um die Waffe, leg ihm zuerst die verdammten Handschellen an!

Amaia stemmte sich hoch, ging hinter ihm auf die Knie, riss mit aller Kraft seine Arme zurück, und dann schnappten die Handschellen zu.

Erst danach tastete sie nach dem auf dem Boden liegenden Revolver und steckte ihn sich in den Gürtel. Dann sank sie, verschwitzt und vollkommen entkräftet, neben Lenx zu Boden.

Die Familie floh aus dem Zimmer, und wie aus weiter Ferne hörte Amaia, dass sie die Polizei riefen. Lenx, der schweigend neben ihr lag, sah sie angewidert an, mit jener moralischen Überlegenheit, die er selbst jetzt noch zur Schau stellte.

Sie nahm die Hand von der Stelle, wo seine Kugel sie getroffen hatte. Seltsamerweise war ihr in den letzten Minuten das Atmen leichter gefallen. Sie tastete nach dem Einschussloch, riss an der Stelle ihr Shirt auf, griff unter den Stoff …

Und ertastete etwas.

Sie zog das kleine Säckchen aus Ziegenleder hervor, in dem die kupferfarbene Kugel steckte. Ungläubig untersuchte sie ihre Brust, berührte die schmerzende Stelle. Doch bis auf eine Prellung war sie unverletzt.

Noch einmal wandte sie sich Lenx zu und betrachtete, von ihrer eigenen Voraussicht erstaunt, sein Gesicht. Der gleiche Haarschnitt, der gleiche unauffällige Anzug, die gleiche Pedanterie wie vor achtzehn Jahren; er hatte sich nicht mal ein anderes Brillengestell zugelegt. Ein Mann der Gewohnheit.

Schlechter Gewohnheit.

»Martin Lenx, Sie sind wegen des Mordes an Ihrer Mutter, Ihrer Frau und Ihren Kindern in Madison vor achtzehn Jahren festgenommen«, sagte sie, »und für den Mord an der Familie Andrews in Galveston vor acht Monaten. Des Weiteren werden Sie des Mordes an mindestens sechs Familien an unterschiedlichen Orten des Landes verdächtigt. Dazu kommt der versuchte Mord an Ihrer Familie heute in Austin, Texas. Sie haben das Recht …«, fuhr sie fort, während zwei texanische Polizisten mit vorgehaltenen Dienstwaffen in den Raum stürmten.

77

Ein ganz normaler Mensch

J. Edgar Hoover Building, Hauptquartier des FBI
Washington, D.C., Freitag, 16. September 2005

Amaia saß auf dem Besucherstuhl im Büro von FBI-Direktor Jim Wilson und unterschrieb einen Stapel Papiere. Johnson, den verletzten Arm in der Schlinge, hatte auf dem Stuhl neben ihr Platz genommen, und Verdon lehnte an der bis zum Boden reichenden Fensterscheibe.

Nach der letzten Unterschrift legte Amaia erleichtert den Kugelschreiber beiseite und sah zu ihrem Gepäck hinüber, das neben der Tür stand.

»Sind Sie sicher, dass Sie es sich nicht noch mal überlegen und bleiben wollen?«, fragte Direktor Wilson.

»Das bin ich«, erklärte sie und reichte ihm die Dokumente.

»Es wäre gut für das FBI, wenn Sie die Sache noch mal überdenken.«

»Während Katrina New Orleans zerstört hat, ist mein Vater in Spanien gestorben«, sagte sie ohne weitere Erklärung. Es war das erste Mal, dass sie es laut aussprach, und das verlieh ihren Worten so viel Gewicht und Gefühl, dass Direktor Wilson es dabei beließ.

Er wusste nun, dass Dupree es ihr gesagt hatte. »Ich verstehe. Vielleicht später …«

Sie machte eine vage Geste.

Es gefiel niemandem beim FBI, dass ihre »Heldin« nach Spanien zurückkehren wollte, aber immerhin hatte sie sich breitschlagen lassen, zusammen mit Johnson und Verdon auf der Pressekonferenz zu erscheinen. In den letzten Tagen war die Festnahme des »Familienschlächters«, wie die Presse ihn nannte, die Sensation in den Nachrichten gewesen. Alte Schwarz-Weiß-Bilder von dem Haus in Madison, wo er vor achtzehn Jahren seine erste Familie umgebracht hatte, waren im Fernsehen gezeigt worden sowie Aufnahmen seines Hauses in Austin.

»Gut, Agent Salazar«, sagte Wilson. »In den nächsten Monaten wird Ihr Name noch in aller Munde sein. Die Agentin, die den cleversten Mörder in der jüngeren Polizeigeschichte gefasst hat. Und das«, fügte er lächelnd hinzu, »unter meinem Befehl.«

Amaia atmete tief durch, obwohl sie dabei noch leichte Schmerzen hatte, und nickte schweigend. Doch Direktor Wilson war noch nicht fertig.

»Als ich Ihren gewagten Bericht zum Fall des Komponisten gelesen hatte, habe ich zu Dupree gesagt: ›Nur weil sie genial ist, hat sie nicht das Recht, unverschämt zu sein.‹«

»Ich hatte nicht die Absicht, unverschämt zu sein«, entgegnete sie.

»Aber Sie *sind* unverschämt. Doch zweifellos hatten Sie den besten Lehrer. Was können Sie uns über Agent Dupree sagen?«

Amaia nahm sich kurz Zeit, um ihre mentalen Notizen zu ordnen. »Als ich ihn zum letzten Mal gesehen habe, sind Agent Johnson, Detective Charbou und ich auf seinen Befehl hin nach New Orleans zurückgekehrt, weil wir von der Notfallzentrale von einem Verbrechen erfahren hatten, das mit der üblichen Vorgehensweise des Komponisten verübt worden war. Agent Dupree hatte ernsthafte Probleme mit dem Herzen, und Detective Bull blieb bei ihm. Einige Stunden zuvor hatten wir den Ort gefunden, an dem die entführten Mädchen, nach denen wir suchten, zwischenzeitlich festgehalten worden waren, eine Fischerhütte, die nach dem Sturm in so schlechtem Zustand war, dass sie, nachdem wir sie verlassen hatten, vollkommen zusammenbrach. Die Mädchen waren nicht dort, aber wir fanden Hinweise, aus denen wir schlossen, dass ein gewisser Dominic Darrel an der Sache beteiligt war. Wir denken, dass er ein Mittelsmann war und die Mädchen wahrscheinlich nach Baton Rouge gebracht wurden, wo eine Übergabe stattfinden sollte. Vielleicht hat Dupree sich entschieden, dieser Spur zusammen mit Detective Bull zu folgen, nachdem wir anderen nach New Orleans aufgebrochen sind.«

Wilson sah Amaia ungeduldig an. »Jaja, das weiß ich alles schon, es steht in Ihrem Bericht, und auch Johnson«, er warf dem Special Agent neben ihr einen Blick zu, »hat das zu Protokoll gegeben. Nur die Aussage von Detective Charbou liegt uns noch nicht vor, denn die Lage in New Orleans ist immer noch sehr schwierig und die Kommunikation nach wie vor ein Problem. Allerdings kann ich mir vorstellen, dass wir von ihm auch nichts anderes hören werden als von Ihnen beiden.«

Amaia senkte kurz den Blick.

»Dupree hat eine Art Herzanfall erlitten«, fuhr Wilson fort, »aber darüber gibt es aufgrund der Umstände keine medizinischen Unterlagen, und das Charity Hospital wurde inzwischen komplett evakuiert. Doch obwohl Dupree die Ermittlungen im Fall des Komponisten leitete und zwischenzeitlich im Krankenhaus lag, haben Sie sich entschieden, in die Sümpfe zu fahren, weil dieser Junge namens …«, Wilson blickte in den Bericht, »… Jacob Emerit gehört hat, dass die Täter davon gesprochen haben.«

»Das war Duprees Entscheidung«, erklärte Amaia.

»Agent Tucker vermeldete die Festnahme von Brad Nelson in Florida«, ergriff Johnson das Wort. »Damit schien der Fall um den Komponisten gelöst, und Dupree war der Meinung, dass wir daher nach Jacobs Schwestern suchen sollten.«

»Ja«, erklang Verdons Stimme vom Fenster her. »Zweifellos waren Hurrikan Katrina und der katastrophale Zustand der Stadt New Orleans die perfekte Ausrede ... ich meine, der perfekte Grund, so zu handeln.« Er kam langsam zum Tisch herüber, und keiner sagte etwas, bis er neben Wilson stand. »Agent Dupree ist noch immer unauffindbar. Haben Sie dafür eine Erklärung?«

»Na ja ...« Amaia sah Johnson hilfesuchend an. »Sie haben ja gerade selbst erklärt, wie schwierig die Lage derzeit ist, nicht nur in New Orleans, sondern auch außerhalb der Stadt. Wir haben das einzige Boot genommen, das wir hatten, und Agent Dupree war noch sehr geschwächt, als wir ihn bei Bull und diesem Heiler in den Sümpfen zurückgelassen haben, der dort der einzige Mensch mit medizinischen Kenntnissen ist.«

»Wie ich gesagt habe: die perfekte Ausrede«, wiederholte Verdon.

»Der perfekte ›Grund‹, keinen Kontakt mit uns aufzunehmen, keine Verstärkung anzufordern und uns nicht über neue Verdachtsmomente zu informieren.«

Amaia verstand nicht, was das sollte, denn gerade Wilson und Verdon hätte doch am meisten daran gelegen sein müssen, eine »offizielle Version« der Ereignisse zur Hand zu haben. »Wollen Sie damit andeuten, dass unser Vorgehen nicht gerechtfertigt war?«

»Bei allem Respekt, meine Herren«, brachte sich Johnson erneut ein, »die Ergebnisse der technischen Ermittlungen haben Agent Tucker dazu veranlasst, Nelson festzunehmen, und danach gab es keine Kommunikationsmöglichkeiten mehr. Subinspectora Salazar ist auf Lenx gestoßen, indem sie ihrem Instinkt gefolgt ist, und in dem Moment, als sie mit Lenx' Ehefrau und seinen Kindern sprach, kam Lenx zurück, um seine Familie zu töten. Es war reines Glück, dass sie gerade vor Ort war, denn ansonsten wäre Lenx noch immer das Phantom, das er in den letzten achtzehn Jahren gewesen ist.«

Wilsons und Verdons Gesichtern war anzusehen, dass sie nicht überzeugt waren.

»Wir haben die Familie Emerit ausfindig gemacht, Jacobs Großeltern, und mit ihnen haben wir einige interessante Gespräche geführt«, sagte Wilson. »Mrs. Emerit hat uns erzählt, dass Baron Samedi ihre Nichten entführt habe, dass ihr Mann auf einen Zombie geschossen hat und dass einer der Agents, die ihnen zu Hilfe kamen, einen Herzinfarkt erlitt, als er das Gesicht des lebenden Toten gesehen hat.«

Verdon wandte sich an Amaia. »Sie haben gerade den Namen Dominic Darrel erwähnt und von einem Übergabeort in Baton Rouge gesprochen.« Er öffnete eine Mappe, die auf dem Tisch lag, nahm ein paar Papiere heraus und hielt sie Amaia und Johnson hin. »Das ist ein Bericht aus dem Büro des Sheriffs von Baton Rouge in Louisiana. Gestern Morgen hat Detective Jason Bull von der Polizei in New Orleans während eines Schusswechsels außerhalb der Stadt Verstärkung angefordert. Später hat er ausgesagt, dass er der Spur eines Mannes bis dorthin gefolgt sei, der in den Fall um das Verschwinden von Bella und Ania Emerit verwickelt war und dessen Name Dominic Darrel lautet. Dabei sei er Zeuge der Übergabe der beiden minderjährigen Mädchen an eine bewaffnete Gruppe geworden, die das Feuer auf ihn eröffnet habe, als er sich als Polizist zu erkennen gab. Er glaubt, mindestens einen von ihnen angeschossen zu haben, woraufhin Darrel sowie die anderen Männer geflohen seien. Die Mädchen sind in Sicherheit und derzeit zur Beobachtung im Krankenhaus.«

»War Agent Dupree bei Detective Bull?«, fragte Johnson.

Verdon schüttelte den Kopf. »Detective Bull hat ausgesagt, Agent Dupree würde sich noch bei diesem Heiler in den Sümpfen befinden. Allerdings hat der Sheriff von Terrebonne festgestellt, dass dessen Hausboot gesunken ist, nach Meinung des Sheriffs aufgrund des Hurrikans, aber … klar, das kann man nicht wissen. Es wurden keine Leichen darin gefunden, aber beim Rückgang des Wassers hat es sicher nicht nur Schlamm mit sich gerissen.«

Amaia seufzte. »Ich weiß nicht, was ich sagen soll. Hoffentlich konnte sich Agent Dupree retten und wird bald gefunden.«

»Sicher«, meinte Wilson.

Bevor Amaia Johnson durch die Tür nach draußen folgte, sah Verdon ihr noch einmal in die Augen.

»Genialität oder Unverschämtheit?«, fragte er.

Sie lächelte nachsichtig, bevor sie antwortete:

»Nur eine Ahnung.«

Die beiden Direktoren blieben zunächst schweigend im Zimmer zurück. Schließlich seufzte Wilson und sagte: »Sie hätte uns ohnehin nur weitere Probleme gemacht. Vielleicht ist es besser, dass sie geht.«

Verdon starrte ihn ungläubig an. »Meinst du das ernst?«

»Nein, natürlich nicht. Es wäre besser, sie wäre geblieben. Sie ist unverschämt *und* genial, und mit der Zeit hätten wir sie in den Griff gekriegt.«

»Du meinst, so wie wir Dupree in den Griff gekriegt haben, oder?«

Epilog

Pamplona
November 2005

Amaia sah die unbekannte Nummer auf dem Display ihres Handys, ging aber trotzdem ran.

Duprees Stimme erklang von der anderen Seite des Ozeans her. »Ist es schon dunkel in Baztán, Salazar?«

Amaia lächelte, bevor sie antwortete.

Am 16. April 2017 habe ich in Zimmer 105 des Hotel Dauphine in New Orleans mit dem Schreiben dieses Romans begonnen und ihn am 16. Juli 2019 am selben Ort beendet.

Glossar

AITA: Vater
AITATXO: Papachen, Koseform von Papa
AWRITE!: Antwort auf einen Gruß in New Orleans
BASAJAUN: im Baskischen der Herr des Waldes. Kreatur in Menschengestalt in der baskisch-navarranischen Mythologie, im Allgemeinen dem Menschen wohlgesonnen, schützt das Gleichgewicht zwischen dem Menschen und der Natur.
BAYOU: geht wahrscheinlich auf das indianische Wort *choctaw bayuk* (»Wasserlauf«, »kleiner Strom«) zurück. Geografische Bezeichnung in Louisiana für ein stehendes oder langsam fließendes Gewässer in einer Sumpflandschaft.
BAZAGRÁ oder BAZAGREÁ: Name eines Voodoo-Dämons, abgeleitet von »Baal« oder »Beelzebub«. Taucht bereits im alten Sumer und als Baal im Alten Testament auf. Das Wort wird auch als Fluch benutzt.
BIHOTZ: Baskisch für »Herz«
BITZITO: liebevoll für »unbändig«, »aufsässig«
BOKOR: Grad eines Voodoo-Priesters, der »lukumi« (Schlange), Schwarze Magie, praktiziert. Die andere Seite ist »conga« (der

Regenbogen) oder die Weiße Magie. Derselbe Hexer kann in beides eingeführt sein, »mit beiden Händen dienen«.

CRAWFISH BOIL: Flusskrebs-Pfanne, wird häufig mit der Familie oder mit Freunden im Garten oder auf der Straße gegessen.

EGUZKI-LORE: Silberdistel, schützender Talisman in der baskischen Mythologie. Die Ähnlichkeit mit der Sonne verleiht ihr schützende Kräfte über die Wesen der Nacht, vor allem über Hexen und ihre Zaubersprüche. Wird zum Schutz an Türen von Häusern oder Scheunen gehängt.

FIFOLET: Irrlicht, legendäre blaue Lichter, die über den Sümpfen Louisianas schweben, angeblich die Geister der Toten in den Sümpfen. Während der Piratenzeit auch Geister, die die in den Sümpfen versteckten Schätze der Piraten bewachen.

GABON: Baskisch für »Gute Nacht«

GAUEKO: Baskisch für Wesen der Nacht; alle Wesen der Dunkelheit und des Bösen, von Hexen bis zu Kobolden, irrende Geister und Dämonen wie »Inguma«, in verschiedenen Kulturen zu Hause. Die älteste Version ist wahrscheinlich die der Sumerer.

GRIS-GRIS: Voodoo-Amulett, Talisman, der den Träger vor Bösem schützt

OWSYAMAMMAANEEM: wörtlich: »Wie geht es Mama und ihnen?«, üblicher Gruß unter Freunden in Louisiana, vor allem in New Orleans. Man erkundigt sich zuerst nach der Mutter und dann nach allen anderen.

IPAR: Baskisch für »Norden«

ITXUSURIA: Baskisch, Seelenkorridor, der Bereich zwischen der Hauswand und der Linie, die das Wasser, das vom Dach herunterläuft, auf den Boden zeichnet. Ort, an dem traditionell ungetauft verstorbene Kinder begraben wurden, die nicht auf dem Friedhof beerdigt werden durften.

JAMBALAYA: traditionelles Gericht in Louisiana aus angebratenem Gemüse, Gambas und Schinken; es gibt auch andere Varianten.

KREWE: Besatzung, hier: die Besatzung eines Wagens im Mardi Gras, dem Karneval in Louisiana, angeführt von einem Verrückten, dessen Befehle befolgt werden.

LAISSEZ LES BONS TEMPS ROULER: typischer Satz in New Orleans, der zum Motto geworden ist: »Man muss die guten Zeiten genießen.«

LOAS: Im Voodoo-Glauben ist *loa* ein Geist, der zwischen den Menschen und einer übernatürlichen, für Menschen unerreichbaren Gottheit wie Mawu oder Bondye vermittelt. *Loas* sind Gottheiten, die mit den Menschen und dem obersten Gott in Verbindung stehen.

LUTIN: freche Geister, im Allgemeinen ungetauft gestorbene Kinder. Nur kleine Kinder können sie sehen, alle anderen können sie nur spüren. Tief verwurzelter Glaube unter den Cajuns in den Sümpfen. Sie machen gern Unfug und lieben es, schlafenden Menschen, Pferden oder Hunden Zöpfe zu flechten.

MAIRU: Baskisch für »nicht christlich«, »ungetauft«. Geister von Kindern, die im *itxusuria* begraben werden und das Haus beschützen. Ihre Knochen werden wegen ihrer magischen und betäubenden Kräfte gern für Hexerei benutzt.

MAITIA: Baskisch für »Liebling«, »Schatz«

MAUDIT: verflucht

ROUGAROU: legendäres Wesen in der Cajun-Kultur; lebt in den Sümpfen und ähnelt einem Wolfsmenschen

SHOTGUN HOUSE: typisches schmales, längliches Wohnhaus in Louisiana, vor allem in New Orleans

TRAITEUR: Heiler, cajunischer Zauberer, der Weiße Magie ausübt; er heilt durch Beten und Handauflegen; heilige und sehr spirituelle Männer und Frauen

TTUKU-TTUKU: in Elizondo, Baztán, Gerüchte, Klatschgeschichten
ZIRIMIRI: Baskisch für den typischen anhaltenden Nieselregen an der kantabrischen Küste, der kaum zu sehen ist.

Die Nordseite

Dieses Buch ist Teil eines Romanzyklus, dessen Bezugspunkt der Norden Spaniens ist. In einigen dieser Romane ist die Protagonistin Amaia Salazar; in anderen begegnen sich die handelnden Personen der einzelnen Romane, und die Handlungsstränge sind miteinander verwoben und bilden ein gemeinsames Universum, in dem der Norden von Spanien nicht immer den Mittelpunkt darstellt, aber er gibt in allen Romanen die Richtung vor.

Weil der trostloseste Ort auf der Welt die Nordseite des Herzens ist.

Die im Roman erwähnten Zeitungsschlagzeilen stammen aus dem Artikel *Remembering Hurricane Betsy, A New Orleans Nightmare* des Journalisten Mike Scott in *The Times-Picayune* vom 31. Mai 2017.

Die im Text wiedergegebenen Notrufe enthalten Auszüge von tatsächlich unter der Nummer 911 eingegangenen Anrufen während des Hurrikans Katrina.

Danksagung

Mein Dank gilt der Stadt New Orleans und ihren netten Einwohnern, den offiziellen Opfern des Hurrikans Katrina und den Vermissten. Für ihre Tapferkeit und ihre Liebe zu »Nola«. Weil sie durchgehalten haben und zurückgekommen sind. »Ich habe die ganze Welt bereist, aber mein Zuhause ist in New Orleans.«

Ich danke Elizondo und dem Baztán-Tal für die Inspiration, und weil es der Ort ist, an den ich zum Träumen zurückkehre.

Vielen Dank an Manuel Anguita Sánchez, den Vorsitzenden des spanischen Kardiologie-Verbands für das interessante Gespräch über gebrochene Herzen und Kreativität.

An Oriol Cardús, der mich durch New Orleans geführt hat, für seine unschätzbare Hilfe.

An die Küstenwache der USA, weil sie die wahren Helden dieser Geschichte sind.

An die Feuerwehr und die Polizei von New Orleans, die Polizei im Staat Louisiana und den Notrufdienst, weil sie nicht aufgegeben haben.

An das Museum The Presbytère (Cabildo) in New Orleans und seine ständige Ausstellung über den Hurrikan Katrina.

An *The Times-Picayune*, die Zeitung von New Orleans, die mir als Quelle für diesen Roman gedient hat.

An die *Policía Foral de Navarra*, die Polizei von Navarra, für ihre ständige Hilfe und den Respekt.

An das Büro des FBI in New Orleans, das während Katrina zerstört wurde.

An das Hotel Dauphine und seine Geisterbraut.

An das Charity Hospital, das mit seinem geisterhaften leer stehenden Gebäude an das erinnert, was nicht vergessen werden darf: das Elend, der Kampf und der Triumph.

An Moe, Taxifahrer in New Orleans, der sein Taxi und sein Haus im neunten Distrikt während des Hurrikans Katrina verloren und mich gebeten hat, ihn in meinem Roman zu erwähnen.

An die New Orleans Saints und den Superdome. »I'm no Angel, I'm a Saint.«

An die Musiker und die Geister, die New Orleans niemals verlassen.

An das ganze Team des Verlags Destino; ich kehre ins Gryffindor zurück.

An die Göttin Mari. Das ist nur gerecht, denn die Unwetter gehören ihr.

Die spanische Originalausgabe erschien 2019 unter dem Titel
»La cara norte del corazón« bei Editorial Planeta, Barcelona.

Die Übersetzung dieses Buches wurde von
Acción Cultural Española, AC/E, unterstützt.

Sollte diese Publikation Links auf Webseiten Dritter enthalten,
so übernehmen wir für deren Inhalte keine Haftung,
da wir uns diese nicht zu eigen machen, sondern lediglich
auf deren Stand zum Zeitpunkt der Erstveröffentlichung verweisen.

Die Bibel-Textstellen auf S. 206 entstammen Markus 13, 24
und Markus 13, 25, der Auszug auf S. 210 findet sich in Markus 13, 2.

Wir haben uns bemüht, alle Rechteinhaber ausfindig zu machen.
Sollte uns dies im Einzelfall bis zur Drucklegung
bedauerlicherweise einmal nicht möglich gewesen sein,
werden wir begründete Ansprüche selbstverständlich erfüllen.

Penguin Random House Verlagsgruppe FSC® N001967

1. Auflage
Deutsche Erstausgabe September 2022
by btb Verlag in der Penguin Random House Verlagsgruppe GmbH,
Neumarkter Straße 28, 81673 München
Copyright © der Originalausgabe 2019 by Dolores Redondo Meira
By agreement with Pontas Literary & Film Agency
Copyright © der deutschsprachigen Ausgabe 2022 by btb Verlag, München
Umschlaggestaltung: semper smile, München
Umschlagmotiv: © getty images / wanderluster
Satz: GGP Media GmbH, Pößneck
Druck und Einband: GGP Media GmbH, Pößneck
mb · Herstellung: sc
Printed in Germany
ISBN 978-3-442-77278-0

www.btb-verlag.de
www.facebook.com/btbverlag